绿 宝 石

Fall into your light

山谷君
著
今日宜偏爱
上
love
北京联合出版公司
Beijing United Publishing Co.,Ltd.

少年时期的悸动竟没有丝毫减少，
那是心头的一股热血在荡漾着，喜悦地跳动着，鲜明而熟悉。

C O N T

星期天 Sun | 星期一 Mon | 星期二 Tues

ENTS

星期三 Wed　星期四 Thur　星期五 Fri　星期六 Sat

第一章

蓄谋已久

舒听澜原以为自己的第一次会被她守到地老天荒，到死的那一天也没机会体会到好友林之俜说的“男女之间的事，只有亲身体会了，才知道什么叫死了又活，活了又死”。

倒不是她多保守，只是她从小到大按部就班地上学、工作，缺乏实践的对象，直到遇到眼前的男人。

不得不说，她的初体验很好，这个男人一直很绅士、很照顾她的感受，即便在得到满足的事后，他也没有起身就走，而是像对待亲密爱人一样抱了她许久，让她觉得自己被尊重，甚至被深爱着。这份温柔抵消了她第一次约的忐忑与自我怀疑。

当然，她没有告诉这个男人她是第一次，一是不想给对方造成心理负担，二是不想让对方得意。所以在开始时，她尽量装作熟练而大方的样子，牢牢掌握了主动权，只是，到了最后一步，她终是忍不住，道：“关灯吧！”

男人听到她的话，轻笑出声，很配合地抬手把灯关了。陷入黑暗之中后，舒听澜总算松了口气，也庆幸关了灯，刚才太疯狂，她不想让对方看到。

此时，男人起身打开了床边的落地灯，光线温和，把他挺直的腰背线条衬托得格外流畅。

舒听澜不禁觉得口干，刚才出了一身汗，黏糊糊的，很难受，她道：“我去洗澡。”

趁他没转身，她裹着床单一溜烟进了浴室，颇有点儿落荒而逃的样子。直到氤氲的雾气弥漫，她才真正放松、平静下来。

犯了个错！

好友林之俜作为她的性启蒙“老师”，千叮咛万嘱咐，不要约认识的人，尤其是她这样的菜鸟，很容易惹麻烦。可是外边那个男人算认识的人吗？

卓禹安是森洲市知名人物，她当然认识他，但他应该是不记得她的，所以算不认识吧？

今晚纯属意外，她多年不参加同学聚会，今晚她高中唯一的好友程晨来森洲出差，组了个局，叫了几位同在森洲的高中同学，她推托不了，只好参加，而后，便见到了卓禹安。

卓禹安不是他们的同学，当年他在理科班，她在文科班，井水不犯河水，唯一的交集是他与他们的班长陆阔是发小，班长陆阔也在森洲。

聚会时，班长没有特意介绍卓禹安，只轻描淡写道："刚刚跟他在谈事，顺道带过来，蹭顿饭。"

本来也不用班长多介绍，在森洲混的同学，谁不知道卓禹安？甚至他们平日喝酒吹牛时，也喜欢说一句，当年跟卓禹安是高中同学，那小子是天才，在高中时就显露无遗，再讲些细节，以此彰显自己与卓禹安很熟。

反而现在到了卓禹安面前，一个个都拘谨得跟什么似的，连句话都不敢主动开口跟他说，也不能怪大家，实在是卓禹安这人气质冷淡、疏离，一副很不好相处的样子。班长说他是来蹭饭的，还真就是蹭饭。他落座之后，就旁若无人、慢条斯理地吃着，并不参与同学之间的聊天。

舒听澜也不太有参与感，若不是因为程晨，她是绝不会来参加高中同学聚会的。但班长许久不见她，热情过了头，聊不到三句，就把话题引到了她身上："听澜现在是大律师了，你都负责哪一类案件？"

"我还只是助理律师，负责打杂。"她寡淡地回答。

实际上，她毕业之后，一直在企业当法务，今年刚转入律所，确实是一名小助理。按林之俏的话说，她总是反其道而行，别人是在律所当几年律师后转入企业，而她恰好相反。

"听澜谦虚了。"班长道。

她是话题终结者，班长几次想和她多聊几句，最后都讪讪地收尾，加上别的同学对她不感兴趣，话题很快就转移到了高中时期的风云人物——理科班的男神女神卓禹安与温简身上。

陆阔炫耀一般笑道："当年温简还追过卓禹安呢，对吧？"

"陆阔！"一直没说话的卓禹安终于开口警告，制止他再往下说。

舒听澜多年没听到"温简"这个名字了，心里沉了沉，低头喝了一口水，心情随之坠入谷底。

舒听澜聚完餐，才知道程晨是当晚的飞机回栖宁市，陆阔作为她曾经的追求者，义不容辞送她去机场。临出发前，他朝不远处花坛旁正在抽烟的卓禹安喊了一声，说："你送听澜回家。"

"走吧！"卓禹安的目光没在舒听澜的身上多停留一秒，他说完径直朝前边的车走去。

"不用了，前边就是地铁站。"

听到她的拒绝，卓禹安才停下脚步回头看她，伸手把自己的手机递给她，没什么表情，道："你自己跟陆阔说。"

他摆明了态度，送她只是听从班长的嘱托。可在她看来，那只是班长随口一句礼貌的嘱咐而已，不用当真，哪用得着特意打电话拒绝？但眼前的卓禹安显然是当真了。

"那麻烦你了。"她不矫情了，心想，送就送吧。

到了她家小区门口，两人本来相安无事，但一路沉默的男人在最后忽然说："我送你进去。"

舒听澜回头看车窗里的男人，他除了身份加持，外形更是无可挑剔的矜贵、帅气。大概是喝了一点儿酒的关系，与他对视的那一秒，她脑子里闪过林之俐的两句话："饮食男女，食色性也；这样的男人，约到就是赚到！"她跟魔怔了一样！

她此时想起来，卓禹安当时说送她上楼，应该就是单纯要送她上楼，确保她的安全，保证完成陆阔交代的任务。

都怪林之俐这两年不停给她灌输"要好好享受青春，再不享受就要老了"的观点，那时，她是极度不清醒的，满脑子都是黄色废料。

浴室里的水汽继续氤氲升腾，舒听澜越冷静，越是觉得尴尬，无法面对。好在很快，浴室外传来敲门声。

"什么事？"她问。

"抱歉，公司出了点儿状况，我需要过去处理。"卓禹安在门外解释，声音依然低沉、好听。

"好，帮我把房门带上。"她淡然地回道，他的话一听就知是借口，睡完就走，两个陌生人之间理应如此。

房门关上的同时，她的手机铃声响起，是医院打来的。

"舒小姐，您母亲不见了！"护工焦急的声音如平地惊雷，把刚才的那点儿旖旎炸得粉碎。

她狂奔下楼，想拦住卓禹安的车，麻烦他送她去医院，因为这个时间点不好打车。他的车就在前边，正缓缓驶出小区，她使尽力气在车后追，向他招手。

他或许看到了车后的她，故意视而不见；也或许没看见，她追到小区门口，眼睁睁看着他的车绝尘而去。

深秋的夜晚气温已很低，她因出来得匆忙，长长的黑色鬈发湿漉漉地披着，身上是黑色的吊带睡裙，外边披着居家的黑色针织长衫。她全身上下都是黑的，显得那张脸格外惨白，手上拎着的那双暗红色高跟鞋是唯一一抹亮色，在沉寂的黑夜里格外醒目。

舒听澜好不容易打车赶到医院，医生、护士、护工拥上来，各有各的说辞，她只听到最重要的一句："查监控找到了，您母亲在顶楼的天台。"

黑沉沉的夜里，她妈妈站在阳台边上仰头望着远方，白色的病号服裹着瘦弱的身体，身形单薄，摇摇欲坠。

医生、护士以为她母亲是想不开才跑到天台上来，只有她知道，她妈妈不会轻生，更不会以这样的方式轻生，因为妈妈爱她。

她走过去蹲在妈妈的身边，握住妈妈的手："妈。"

"来了？"妈妈平静得好像在家里的客厅。

"嗯。"舒听澜声音是沙哑的，她穿着单薄的衣服，在夜风里吹了这么久，有感冒的迹象。

妈妈慢慢地回头看她，然后目光定在了她裸露的脖颈与胸前，她雪白的肌肤上分布着暧昧的红色痕迹。

妈妈的目光忽然变得冷冽，她情绪激动，伸手狠狠地扒开舒听澜的针织外套，整个人险些摔倒。舒听澜急忙扶住她，任她撕扯，外套滑落，好看的肩颈上已被妈妈抓出一条条的红痕。

"叫你不自爱，叫你不自爱。"一拳一拳打在舒听澜的身上。

医生、护士想过来阻止，被舒听澜以眼神制止，她轻轻揽着妈妈安抚道："妈，我错了，我保证以后再也不敢了，一定自尊自爱。"她语气温柔，足够镇静。

"澜澜，不要轻易相信男人，男人没有一个好东西。"

"我知道。"

妈妈的情绪渐渐平稳，舒听澜把她推回病房。医生打了镇静剂，她终于安然入睡。

"您母亲平时情绪很稳定，也很配合治疗，极少出现今天这种情况，明天我们会给她做个全面的检查。"医生道。

"好，辛苦您了。"

舒听澜在微信上给护工转了三千块当红包，只希望护工在护理妈妈时能更尽心一点儿，她能做的只有这些，别的什么也做不了。

她凌晨才到家，脑海里只余下妈妈说的"不自爱"这三个字。可她已经二十五岁了，在今晚之前，连男人的手都没摸过，还要怎么自爱呢？

昨晚，与卓禹安的第一次，她不后悔，这与自爱并不冲突，在她看来，自爱就是对自己所做的一切负责，她很清楚自己在做什么，也能为此负责。

森洲国际机场，卓禹安熟练地停好车，一只手拉着行李箱，一只胳膊上挂着西装外套。他大步朝安检口走去，整个人气质卓越，充满精英范儿，路上的人不由得纷纷偷看他。

他早已习惯在哪儿都能成为众人关注的焦点，因此一心在讲电话，电话是公司技术部总监王岩打来的。

“我们原定周末发布的概念产品被偷窃，对方今晚捷足先登发布了我们这款概念产品。”

“视新锐觉公司？”

“对，他们今晚发布的概念产品，除了外形，其他所有功能以及核心竞争力都与我们的一样，不知到底是谁泄露给他们的。”

“嗯，我现在出国找Jane商量，国内你帮忙盯着，必要时发律师函。”

“好，今晚你去哪儿了？打了几次电话都没人接。”

“高中同学聚会。”卓禹安平平静静地回答。

王岩惊呼，比听到自家产品被对手公司偷窃更加震惊与不可思议：“你去参加高中同学聚会？你？同学聚会？并且投入、忘我到不接电话？”

他一连串的提问，只得到卓禹安一个字的回复：“嗯。”

舒听澜一夜没睡，早早挤地铁去上班，照旧是黑色职业装、红色高跟鞋，黑色、红色已成为她的标配，按林之偶的话说是很少有人能把中规中矩的职业装穿得这么勾人，简直是活脱儿的制服诱惑。舒听澜早已习惯她的“偶言偶语”，并不放在心上。

今天是周一，例行会议，她的顶头上司，也是律所并购项目组的合伙人肖主任，正在跟底下的律师过项目进展。

舒听澜作为助理律师，是项目组的万金油，哪里需要去哪里，既没有带教律师，也没有负责的项目，所以每周的例行会议，她都负责记录会议要点。

“接下来，我们讨论一下最新的项目。根据业内消息，卓远科技计划收购胜普瑞智能科技公司——”肖主任说着，打开了她的PPT。

舒听澜一眼就看到PPT上卓禹安的个人资料，她以为是幻觉，大脑像被轰炸过一样乱哄哄的。她以为昨晚之后，两人会毫无交集，毕竟森洲市人口上千万，想要第二次遇到，是千万分之一的概率，很难。

整个会议室的律师都凝神听着，一提到卓远科技，就知一定是个大标，数额惊人。

舒听澜迅速从震惊中调整好状态，认真听讲。

她所在的宏正律师事务所是国内有名的红圈所，招聘要求一向严格，进入律所的不是国内“五院四系”毕业的就是海外知名法学院毕业的，而且绝大部分是硕士起步。舒听澜属于另类，她毕业于森洲大学，森洲大学虽属于双一流大学，但法学院不是森洲大学的强项，加上她本科毕业时，出于经济原因急于工作没有考研，所以在宏正律师事务所里，她既没有学历的优势，也没有任何人脉的优势，来了半年，还属于小透明状态。

在这之前，她虽没有在律所工作的经验，但在企业做了三年法务，企业被收购时，所有的法律程序都是她一项一项跟进配合的。她当时所在的企业只有三百多人，说是法务部，实际上整个部门只有她一个人，还有一位兼职律师顾问，一个月来一次，有等于无。所以她想她的经历已足够独当一面。

最初，她找肖主任争取过，希望能把她指定给组里固定的一位律师，跟着做项目。

她记得当时肖主任只抬头看了她一眼，语气颇冷，抛出一连串的质问："看不起跑腿的工作？

"组里谁不是从跑腿的工作做起的？

"你在企业当法务的经验对我们没有任何用处，不管你工作了三年还是十年，在这里，你记住，你只是个新人，一切从头开始的新人，明白？

"如果连这点儿熬时间的耐心都没有，就趁早滚蛋。"

舒听澜被劈头盖脸骂了一顿，她面红耳赤，张了张嘴，却说不出任何反驳的话。她有些操之过急了，甚至都没有摸清肖主任的脾性与喜好，就贸然跑来争取资源，这样只会给肖主任留下浮躁、不踏实的印象。

自此之后，她不再提要跟项目的事，踏踏实实任并购组律师差遣，磨炼自己，等待机会。

肖主任讲着PPT："我们目前遇到的最大困难是如何接触卓远科技。"

在座的律师既没有与卓远科技业务往来的经历，更不认识卓禹安本人，也没有收到竞标邀请，平白想去竞标，连标书递给谁都不知道。

"从媒体的一些采访来看，卓禹安这人不太好攻克，谈技术谈产品时，可以侃侃而谈，但是涉及别的方面，一律缄口不言。在业界也不曾听说他有来往的朋友。

"受他的影响，他们的法务部门同样谨言慎行，至今还未跟任何律所来往。

"据说卓禹安本人是偏向于海外的律所，毕竟卓远科技属于外资公司。"

舒听澜不停地听到卓禹安的名字，心跳得厉害，没等她多想，行动快过思考，在大家正一筹莫展时，她主动请缨："肖主任，可以让我试试吗？"

整个会议室瞬间安静了，所有人都朝她看来，眼神充满狐疑。

她解释道："卓禹安是栖宁高中毕业的，我与他是同一届，可能有共同认识的同学。"

实际上，昨晚聚餐时，在程晨反复要求下，卓禹安出示了他的微信让大家加，她当时出于礼貌也加了。

"可以。"肖主任只简单地回答了两个字，算是允许，只是未免带着点儿敷衍，压根儿就不相信她能联系上卓禹安。

别的律师同样没把她的话当真，现在人情淡薄，别说是高中同一届了，即便是大学同班同学，也未必肯理你。

舒听澜说完这句话之后，也隐隐有些后悔，毕竟昨晚两人有了另一层的关系，她当时是抱着以后不会见面、只约一次的心态，若是她今天就去找他谈业务，就显得昨晚的一切都是她有计划、有预谋的，甚至会被认为是为了业务不惜出卖一切的人。

但眼下，她管不了那么多，她想在律所有所突破，想进项目锻炼，还有一点不足与外人言明的，她急需要钱。她从公司法务转到律所的一个很大的原因就是经济原因，只是没想到，她来了大半年，没有接触任何项目，使得她应付开销有点儿捉襟见肘。

舒听澜在下班到家之后才给卓禹安发了一个语音通话请求，对方很快就接了，只是接电话的人并不是卓禹安。

“卓总在开会，请问您是哪位？”好听的女声传来。

原来聚餐时他给的微信号是他的工作号，平时大约是助理在管理。也对，以他的身份，自然没有时间应对无用的交际。

舒听澜犹豫了一下回答：“我是舒听澜，可否转告卓——总一声，我找他有事？”

“好的，我会帮您传达。”对方像是敷衍，然后挂了电话。

舒听澜对此并未再抱任何希望，她的行为在卓禹安的眼里或许就像纠缠。

未料，晚上十点，在她快要入睡时，卓禹安的视频请求发过来了，她心一慌，急忙接通。

“你找我？”他是在办公室，窗外竟然是白天，原来他出国了。

“嗯。”她忽然语结，一时不知是该起床去换一套正式的衣服再来聊视频，还是就这样穿着睡衣、披散着头发谈比较好。

“什么事？”他看似很忙，正对着电脑噼里啪啦打字，只用余光看了一眼视频里的她。

“是这样的，听说卓远科技要收购胜普瑞智能，但合作的律所还没有确定。我所在的宏正律所的肖君华肖主任有很丰富的经验，能否安排——”

“你找我就是为了这件事？”卓禹安打断了她的话，没让她说完，轻轻地把桌上的电脑合上，正色看着她。

不知为何，舒听澜觉得他生气了，她急忙解释了一下：“你放心，肖主任之前做过类似的项目——”

“舒听澜！”他连名带姓地叫她，再次打断她的话，然后继续说道，“我没记错的话，你现在还是助理律师？”

“是的。”她点头，不知他为何问这个问题。

“所以，你所谓的肖主任让一个助理律师来找我谈？这就是她想合作的诚意？”他的声音不疾不徐，面无表情地看着视频里的舒听澜。

舒听澜瞬间有一种无处遁形的羞愧感，她以为，她以为——

她以为什么？以为卓禹安至少会给她一点点面子？她未免太把自己当回事了！

尤其此刻，卓禹安穿着西装，打扮得一丝不苟，商业精英范儿十足，一副公事公办的表情，而她穿着睡衣，睡眼蒙眬。深深的羞愧感、挫败感围绕着她，她到底在干什么？

“对不起，打扰了。”她道歉，是她破坏了游戏规则，两人本就毫不相干，她怎么会因为昨晚的一时温柔而对他寄予不切实际的幻想？天真，太天真！

卓禹安听到她的道歉，皱了皱眉，看了她一眼，不再说话，也不挂视频，反而是舒听澜扛不住心里的失落，先关了视频，手心已全是汗，很是无地自容。

卓禹安果然如外界所传是个极难相处的人，是她误解他了，只因昨晚的他太过温柔，全程很顾及她的感受，看着她的眼神温柔如水，就像认识许久，昨晚只为爱她。

关于自己在会议上请缨这件事，注定要被啪啪打脸了。好在肖主任和几位律师都没当真，第二天上班时，谁也没问她联系卓禹安的进展，避免了她的尴尬。只是到了项目会议时，与她同期进律所的一位助理律师嘉佳忽然问道：“听澜昨天说和卓总是高中同学，是否联系上了呢？”

嘉佳的问话唤起了大家的记忆，他们纷纷朝舒听澜看过来。

众目睽睽之下，舒听澜如坐针毡，只好如实回答：“我与他是同届不同班，昨天问了几位高中同学，他们与他都没联系了，抱歉，肖主任。”卓禹安给她上了深刻的一课——不要不自量力，不要太把自己当回事。

“嗯！”肖主任点了点头，不置可否，大约从头到尾都不相信她能联系上卓禹安。

“也难怪没联系了，看卓总的简历，他高中毕业后就出国留学了，圈子不同嘛。”嘉佳与舒听澜同龄，毕业于某政法大学法学院，硕士学历，宏正律所三分之一的合伙人都是她的同门师兄师姐，跟舒听澜比起来，算是有先天优势，加上性格活泼、能言善辩，很受大家喜欢。

两人同期进来，目前都是并购组的助理律师，难免彼此较劲。她此番故意提起联系卓禹安的事，表面是关心项目进展，实际是想让舒听澜难堪。

舒听澜安静地看着投影屏幕上卓禹安对外的个人资料，他名校毕业，在校期间获得多次世界级机器人大赛冠军，在大三时创立了卓远科技，卓远科技主营智能家居，旗下多款产品集美观、多功能、实用、创新于一体，深受消费者喜爱，几年来稳居各大销售榜第一名的位置。两年前，他才回国开拓国内市场。

肖主任继续刚才会议的内容：“卓远科技收购案可以先缓一缓，他们原定于这周末要发布的一款概念产品被同行视新锐觉公司捷足先登发布了，卓禹安这会儿在国外，应该无暇顾及收购一事。”

“我前晚出差回来时在机场的停车场看到他了，当时见他在打电话，没敢上前打招呼，错失了认识的机会。想必就是为了概念产品的事才出国的。”周铭周律师说。

舒听澜想，原来那晚他是真的公司有事，她想起他在浴室外跟她告别时声音从容、平稳，事情应该不棘手，可以处理。

会议快结束时，肖主任忽然看了眼舒听澜，问:“你是栖宁高中毕业？栖宁人？”

“是。”忽然从别人口中听到这个城市的名字，舒听澜下意识想否认。

“准备一下，明天你和嘉佳陪我去栖宁出差，有个项目的尽调工作要驻场。稍后我会把相关资料发你们邮箱。”肖主任说完，径直出了会议室的门。

这是肖主任第一次带她们做项目，嘉佳开心地应答，然后就追着肖主任出去了。

舒听澜也开心，只是如果不是去栖宁市，那便更好了。

肖主任的邮件言简意赅，里面简单介绍了一下在栖宁的项目，是森洲纯元食品公司全资收购栖宁食匠食品。她们这次过去，主要任务就是尽职调查，大概因为标不大，所以肖主任带着她们去练手。

舒听澜查阅了一天的资料，下班时，好友林之俣听说她明天要去栖宁出差，便约她去吃火锅。她到火锅店时，林之俣已点好了菜，正在等她。这个妖孽在等她的间隙，还把腼腆的男服务员逗得满脸通红，见到她来，男服务员如蒙大赦般一路小跑着走了。

“要到小哥哥微信了？”舒听澜挖苦她。

“没，小哥哥说餐厅有规定，不能给客人留私人微信，多实在的孩子！”林之俣也不在意，她就是喜欢走哪儿撩哪儿，倒也不会做什么出格的事。

“还好，人家逃过一劫。”

两人太熟悉了，从大学同寝室的上下铺到毕业工作，这么多年亲如姐妹，什么话都敢说。

林之俣刚结束一段短暂的恋爱，舒听澜本想安慰她几句，却见她丝毫没有失恋的消沉。也对，林之俣不是恋爱脑，她的原话是:“男人如日用品，好用就多用几次，不好用当断则断，人活着，自己开心才重要。”

她拿得起放得下，很是潇洒。

林之俣的本职工作是猎头顾问，她在工作场合，百分百地正经、认真且专业，很受客户青睐；而她还有一个隐藏的身份，就是网红情感博主，她大胆的“俣言俣语”很受追捧，拥有上百万粉丝，舒听澜也是她的事业粉之一。

“舒舒，你一个人去栖宁出差行吗？要不要我陪你去？”林之俣对舒听澜十分仗义。

“不用，同行的还有肖主任与嘉佳。”

“也行，我手机二十四小时开着，你有事随时给我打电话。”

舒听澜笑：“我从小在栖宁长大，过去出差能有什么事？再说程晨不就在栖宁嘛，你放心吧。”

林之twin一听她提程晨，顿时生气了：“别跟我提她，太过分了，她前几天来森洲，你们去聚餐，竟然不叫我。”

舒听澜解释道：“因为是栖宁高中的同学聚会，所以就没叫你，而且你不是最烦这种同学聚会吗？”

林之twin是她大学同学，程晨是她高中同学，两人本来互相不认识，因她的关系才成为好友。

“那要看是什么同学聚会，如果知道有卓禹安在，爬也要爬过去，我现在迫切想要认识他。”

卓禹安？忽然从林之twin口中听到这个名字，舒听澜一愣，险些被火锅的汤给烫着。

“我听程晨说，你们聚餐结束后是他送你回家的？”

“嗯。”舒听澜心虚，就怕多说一个字会被她看出端倪，毕竟这妖精是火眼金睛。其实她本来没必要隐瞒林之twin自己的第一次没了，毕竟林之twin乐见其成，只是这事还有另外一位当事人参与，她需要尊重对方的隐私。

“那他有没有想起你们曾有一睡之缘？”

噗——舒听澜一口饮料差点儿喷出来。什么一睡之缘？林之twin在她家安了摄像头吗？

“高中毕业那会儿。”林之twin提醒道。

“哦。”舒听澜松了口气。

所谓的一睡之缘是舒听澜平时开玩笑的话。那会儿他们刚高考完，班长陆阔组织毕业狂欢会。聚餐后，关系好的十几位同学去KTV唱歌玩通宵。舒听澜是被程晨拉着去的，同行的还有陆阔与卓禹安。

卓禹安这人很奇怪，他是理科班的学生，平日对谁都是一副爱搭不理的模样，但偏偏跟陆阔形影不离，没事就爱往文科班跑，连毕业狂欢会也来文科班凑热闹，因为一副清高、疏离的模样，文科班的同学都不太敢靠近他，包括舒听澜。

舒听澜一向不爱参与这类活动，所以只是坐在角落听他们唱歌，看他们玩游戏发疯。卓禹安与他们不熟，也是坐在一旁，未参与。

KTV里很热闹，舒听澜那天心情不好，家里发生了点儿事，又因为填报高考志愿，与妈妈闹过一场，所以很沉默地坐在一边，吃了点儿零食，喝了一点儿鸡尾酒。到了后半夜，她太困了，便靠在角落的沙发上睡着了。

她醒来时是清晨五点多，大部分同学都东倒西歪地睡着，而她竟然是在卓禹安的怀里醒来的。

卓禹安并没有任何动作，他只是正常地靠在沙发上睡着，是她大概睡梦中把旁边的卓禹安当成家里的玩具熊了，整个人靠在他怀里，双手还牢牢环着他的腰。

那个清晨，时光跟定格了一样，她闻到他身上清冽的香味，听到他规律的心跳声，她与他原本毫无交集，却在那个清晨之后很长时间，她都记得那种味道与心跳声。

没有惊扰其他任何人，更没有惊动卓禹安，她偷偷起身离开了那个KTV，所以自始至终，卓禹安并不知自己被她当玩具熊抱了一夜。那个清晨之后，家里发生了很多变故，她和过去彻底分割，而后来到千里之外的森洲市上大学。

她之所以会对林之俜提起卓禹安，是因为偶然在媒体上看到关于他的一篇报道，她开玩笑说，他是她的高中同学，两人还有一睡之缘，实际上，她对卓禹安高中时期的所有印象也仅剩下在KTV那一晚。

她没想到，林之俜竟然记住了她开玩笑说的话。

之后，林之俜拿着手机神秘地在她的眼前一晃："程晨为了将功补过，把卓禹安的微信推给我了，我加了两次，他才通过。"林之俜一想到自己的微信好友里有一位大佬，顿时觉得自己的微信增值了几分。

"你找他有什么事？"舒听澜感觉全世界的人都想联系他。

"这还用问吗？卓远科技要收购胜普瑞智能的事早在业界传开了，一旦收购成功，势必会大量招聘，只要能谈成合作，分包给我一部分业务，那么我今年以及明年一整年的业绩不仅不愁，我还能顺利晋升为合伙人。"

据舒听澜所知，卓远科技目前合作的猎头公司有近百家，他们人资部门每年都会对合作的猎头公司进行排名比较，前十名，除了一家本土公司，余下的全是国际知名顾问公司，可见人资部门并不愿意重用本土顾问，也或者是他们的岗位需求偏重海外背景。

林之俜所在的猎头公司主营项目是地产，在电子科技方面毫无优势，想取得与卓远的合作，几乎没有可能。

"我好不容易联系上他们人力资源部，结果人家派一个小助理就把我打发了，我这才想到直接联系卓禹安。俗话说，阎王好见，小鬼难缠。"

舒听澜想林之俜怕是对卓禹安有什么误解，这个男人可不是什么好见的阎王，所以她好心提醒道："这个是他的工作号，平时都是助理在打理，而且他这人不好说话。"

林之俜："废话！这种大佬的私人号能随便让别人加吗？能加上工作号，我已经谢天谢地了，我加了两次才通过的，第一次被拒绝估计是他本人操作的，第二次助理才通过，助理一定是被我们的美貌惊艳到了。"

我们？舒听澜心里疑惑，看林之偈的微信头像，发现是她们两人的合影，是去年年底，两人去日本旅游泡温泉时拍的。两人都是素颜，但因泡了温泉，肤色水嫩嫩的，眉眼含着风情，林之偈对这张照片很满意，随手就换成了微信头像，她得意地说：“让他们看看什么叫真正的素颜女神。”

“那他答应帮你了？”舒听澜想，毕竟林之偈是少见的美女，男人谁不喜欢美女呢？

“没有，卓禹安说他不负责这事，让我直接联系他们人力资源部。”林之偈想起这条回复是在她发了三次自我介绍后卓禹安本人的语音回复。

林之偈完全没有被拒绝的挫败感，因为她什么也没记住，就记住了卓禹安的声音真性感、好听！

“只要没删我微信就好，以后再慢慢谈，总有机会的。”

“那你加油。”舒听澜喜欢林之偈的心态，不像她，被拒绝一次之后，恨不得拉黑他。

“你也加油，去栖宁真的没问题吗？”林之偈还是担忧她回栖宁的事。

“放心，这次肖主任肯带我出差参与项目，机会难得。”舒听澜在律所入职已经大半年，只负责一些打杂的工作，肖主任有意磨新人的性子，能通过她的考核，她才愿意给她们项目。

* * *

舒听澜明白，这次去栖宁出差，是肖主任真正从业务上来考察她们，同时带着她跟嘉佳，意义不言而喻，是合作也是竞争。身处他们这个行业，如果没有资深律师带，很难出头。舒听澜自然也知道肖主任重点栽培的意义，不夸张地说，能直接决定她们未来的职业发展。

“舒舒，工作别有压力，你已经很棒了，大不了不干，我养你和阿姨。”从火锅店出来时，林之偈忽然抱了抱她，安慰道。

“我知道。”

舒听澜多年没回栖宁，跟肖主任一行人下了飞机，耳畔传来的都是熟悉的乡音。她在外那么多年，很久不说栖宁话了，而且普通话也练得纯正，没有任何栖宁口音，原以为一切都忘了，但熟悉的乡音、熟悉的风景、熟悉的空气使得她大脑昏昏沉沉。

嘉佳已替肖主任拎了行李，预约好的车辆已在机场等候，舒听澜快速调整好心态，急忙跟过去。

嘉佳很兴奋，一路上看到车外的景物，不停地问舒听澜：“栖宁都有哪些好玩的景点呀？

“栖宁的美食都有哪些呢？”

嘉佳性格活泼，经常表现出一副天真烂漫的样子，而且她抗压能力很强，前一秒刚被肖主任骂哭，后一秒就能跟在肖主任后面老大老大地叫着，完全不在意被当众骂得难堪。

舒听澜自知自己做不到，所以总是小心翼翼，生怕出错后被骂。她确实很少出错，也确实未被批评过，可是，在这个安全的范围内，她与肖主任也一直保持着疏远的距离。而嘉佳总出错，总被骂，但与肖主任之间打破了那份疏离，反而变得亲近。

在飞机上时，肖主任已大致概括了一下项目的进展，这次的工作主要由舒听澜和嘉佳负责，而肖主任则承担后方支持以及最后审核工作。寓意很明确，这次放手让她们做，大家各凭本事，公平竞争。

下了车，入住酒店时，嘉佳挽着舒听澜的胳膊，笑嘻嘻地说："听澜是栖宁人，对这里一定比我熟，那这几天我们的饮食以及交通安排就麻烦你负责了。"

"好。"舒听澜应下这份差事，心里又怎会不懂嘉佳是在给她下马威，以订餐、安排交通的杂事直接定义了她此次出差的作用——负责后勤工作。偏偏嘉佳说得真心真意，她若拒绝了，反而显得她太过于计较。

她们这次出差只有一周，时间紧，任务重。

她们到了酒店稍作休整之后，便马不停蹄地按计划开展工作，先同肖主任去了目标公司，见了相关负责人，就尽职调查清单内容里有疑义的部分重点沟通。

嘉佳主动争取了与目标公司对接的工作，主要负责目标公司业务、往来合同等的审核，而舒听澜主要负责资质的审核，到工商局、税务局等地核对基础资料。

两人的工作分配表面看似乎没有区别，都是尽调的重要部分，但真正有含金量的工作则属于嘉佳负责的部分。

肖主任是工作狂，尤其出差在外，更是争分夺秒，一刻也不浪费，三人从目标公司回酒店房间一直忙到夜里十点。舒听澜因为接的任务少，加上原来在企业做法务的经验，所以写文件之类的工作有自己的一套逻辑与程序在脑海里，并且因为严谨的作风，她很快写完，交给肖主任时，肖主任难得点头："可以，没事的话，回去休息，明天早点儿起来。"

"好。"

舒听澜看到肖主任的电脑上正在查卓远科技的资料，知道肖主任是身在曹营心在汉，食品项目，她只负责把关，却一心想着卓远科技并购的案子。肖主任工作上雷厉风行，自信满满，很少有一筹莫展的时候，可见卓远科技的案子不好攻坚。

嘉佳也把自己写完的文件发给肖主任看，舒听澜关门的刹那，如她所料，房内传来肖主任怒斥的声音："这个问题还要我强调多少遍？这些文档不要从网上下载，不要从网上下载，你自己没脑子吗？别总给我看这些垃圾浪费彼此的时间。"

嘉佳态度极好，满口认错，接受批评。舒听澜无意帮助嘉佳，既然是她自己揽下的活儿，就自己承担责任。

栖宁好像总有下不完的雨，不分季节，不分时间。已是深秋，淅淅沥沥的雨下得让人心情也湿漉漉的。

从肖主任那儿出来之后，舒听澜没回自己房间，而是沿着酒店外的那条街漫无目的地走着，多年没回这座城市，一回来，阴雨、空气，熟悉的感觉迎面扑来。她不知不觉走到了曾经的家楼下。她家临街，小时候推开窗，就能听见楼下早餐店熙攘的人声，或者深夜人们吃消夜的嘈杂声。

她转身，往栖宁高中的方向走，远远地，看到从前常去的那家汤粉店还开着门，只是没有往常的热闹，两三位顾客稀疏地坐着。这家汤粉店离栖宁高中不远，以前下晚自习后，一大班同学会热热闹闹地来吃消夜，老板与老板娘人很好，能记住每个同学的喜好。

舒听澜喜好喝汤吃菜，不喜欢吃粉丝，老板每次都放很多菜，粉丝只有几根做点缀。

程晨喜欢吃麻辣的，但因为是消夜，老板每次都劝她晚上吃清淡点儿，即便程晨不满，老板也坚持少给她放辣椒。

陆阔是大男孩，食量惊人，每次程晨吃不完，他也不嫌弃，全部倒进自己碗里，连汤都喝干净。

卓禹安，他也在？舒听澜此时忽然想起，卓禹安有段时间，每晚都会跟他们出来吃消夜，但是他并不吃，只是安静地坐在那儿等陆阔。

有一次陆阔说："你不吃来做什么？"

卓禹安说："等你。"

陆阔讽刺地一笑："等我做什么？我们两家又不同路，醉翁之意不在酒啊！"

那时候舒听澜还想，他们感情真好，能多相处一会儿都是好的。

大约是卓禹安那时很安静，也不吃消夜，所以舒听澜几乎不记得他参与过，只是现在站在汤粉店的门前，觉得好像当年有他的影子。

老板见有客人来，依然是笑容满面地问："要吃什么？"

"汤粉。"她回答，顺利找到以前常坐的靠窗位置。

店里人不多，老板很快做好端上来，闲来无事与她聊天："姑娘不是本地人吧？"

老板已完全忘记她了。

"嗯，来出差。"

"听口音就不是栖宁人。不过，你长得跟以前常来我们店的一个小丫头有几分像。那小丫头没良心的哟，高中毕业后就再也没回来过。以前看她长得跟洋娃娃一样漂亮，我老婆每次都会偷偷给她加一个煎蛋放在汤粉最底下。我老婆念叨了好几年，说做梦都想生一个那么漂亮的女儿，女儿长大了，肯定比明星还好看。"

舒听澜一愣，才反应过来老板口中的小丫头就是她，原来那个煎蛋是特意送她的，而不是汤粉里本该就有的。难怪程晨说她总是后知后觉，感受不到别人的好意。

“老婆，你过来看看，这姑娘长得像不像当年总来我们店的小丫头？”

老板娘闻声走过来，还真的仔细看了几眼舒听澜，随后有些失望地摇了摇头：“五官像，都长得好漂亮，但是不是啦，气质不一样。那个小丫头高傲得很，对谁都是爱搭不理的模样，这姑娘眉目平和，有亲和力。”

老板娘一针见血地指出区别。

舒听澜只是微笑，没想到多年后第一次回栖宁还能遇到惦记她的人，并且是两位在她看来毫无交集、她也不记得的陌生人。只是老板娘对她是不是有误解？她高中时期并不高傲，只是不喜交际，所以说话少。

汤粉一如当年般好吃，只是少了碗底那个煎蛋。舒听澜一时心血来潮，拍了一张汤粉的照片，连同刚才拍的小店的照片，一起发到朋友圈，配文：一份小温暖。

她几乎每天都会发朋友圈，内容仅限于一日三餐以及看到的好看的风景的照片。她也没有特别想发给谁看，就当是一份记录。

很快，林之偶就在下面评论：“大半夜，吃的什么奇奇怪怪的东西？”

程晨评论：“回栖宁了？”

而后，对话框里程晨发来视频请求。

“什么时候来的栖宁？之前没听你说啊。”

“来栖宁出差，主任临时分配的任务。”

“还好吗？”大约是她多年后第一次回栖宁，程晨的语气透着小心翼翼。

“还好，工作任务比较重，恐怕这次没法跟你约见面。”

“刚见完，下次等我去森洲再见。”

舒听澜与程晨聊了一会儿，已是深夜十二点了。她再次打开朋友圈，发现多了两条评论。

肖主任：“别在外边瞎逛，我没空管你的安全问题。”

ZYA：“这家粉店还在？”

ZYA？舒听澜反应了半天，才想起这三个字母代表的是谁，卓禹安？这个号不是前两天聚餐时加的工作号。

她什么时候加的这个号？当年她刚开始用微信时，通讯录推送了好多好友，她那时还不会用，便一一通过了，想必是那时候加的。因为她平时不整理通讯录，加上这个号从来不发朋友圈，所以她压根儿不知道有这个号。

舒听澜没有回复这条评论，甚至很快就把ZYA这个微信号给删了，毕竟那天在视频里，他的态度很明确，公事公办。她已有他的工作号，没必要再留一个私人号，不给自己留有幻想的余地，也不给对方贬损自己的机会。

她承认，她在人际交往上确实有点儿敏感，甚至清高。

程晨无数次跟她说，要善于利用人脉资源拓展业务，律师除了要有专业知识，还需要营销自己，去拉项目。

道理她都懂，倘若她那晚没有满脑子黄色废料，没有与卓禹安发生关系，后来没有被他冷漠地严词拒绝，她想，她一定会很高兴能拥有他的私人微信，也会积极地联系业务。

只是她现在不可避免地会想起视频里，他隐隐含着怒意的声音：“你所谓的肖主任让一个助理律师来找我谈？这就是她想合作的诚意？”画外音便是她分量不够。

当然，卓禹安说得没错，是她不自量力。

舒听澜回到酒店时，嘉佳还在台灯下改文件，见到她回来，淡淡地看了她一眼，就继续埋头改。

两人住的是双人间，舒听澜洗完澡，躺了好一会儿，毫无睡意，她睡眠一直不好，有一点儿声响便会失眠。嘉佳敲键盘噼里啪啦的声音在深夜里格外刺耳，大概是没改好，到了后来，她明显烦躁起来，敲键盘的声音便更大了。

舒听澜瞪着双眼，毫无睡意，索性起身走到嘉佳旁边，问道：“需要帮忙吗？”

嘉佳双眼已熬红，她转身看了一眼舒听澜，目光忽然盯在舒听澜的身上。

舒听澜随着嘉佳的目光低头看了自己一眼，她的睡衣是林之偶送她的，怎么说呢？自己独居在家穿比较合适，出差跟同事住标间就显得过于性感了。关键是，她的胸前还有前晚卓禹安留下的几个痕迹，此时这么近距离地看，格外明显，格外暧昧。

嘉佳扑哧笑出声：“听澜，想不到你还挺开放。”

众所周知，她是单身，所以身上这些痕迹不言而喻。

舒听澜也不解释，大约是潜移默化被林之偶影响了，觉得成年女性坦坦荡荡就好。

“要不要帮忙？”她又问了一句，只想让嘉佳早点儿改完文件，早点儿睡觉。

“要，当然要。”嘉佳也不客气，直接把电脑推到舒听澜面前，起身瘫到一旁的床上，她太累了，文件被肖主任打回来好几次了。

舒听澜接过电脑，专心地帮忙改。

“听澜，没看出来你身材这么好。”嘉佳羡慕地说。其实嘉佳身材也好，高高瘦瘦的，但是一跟舒听澜比就逊色了。舒听澜属于穿着衣服显瘦，但脱了衣服就看出凹凸有致了，腰是腰，胸是胸，每一寸都长在该长的地方。

舒听澜听到她的话，起身从行李箱里翻出一件外套披上，像个中规中矩的老太太。她办事效率高，很快就把嘉佳文件里错误的地方改好了，其实需要改的地方不多，项目里的每个条文都逻辑清楚、有序，问题就是排版太乱、字体不统一，以及口语化的东西很多，显得很不专业，所以肖主任才一次次打回让嘉佳改。

嘉佳见她改完了，起来坐到电脑前，把文件发给肖主任，而后漫不经心地说道："纯元食品这种小标，我们跟着肖主任学不了什么，都是一些常规的操作。"

舒听澜不置可否。嘉佳的态度真假参半，两人明面上是战友，但实则存在着竞争关系。组里就她俩是新人，肖主任最后会优先培养谁，还不好说。

但无论如何，这是她们第一次进项目，不管标的大小，舒听澜都十分珍惜，想尽自己所能做好。

两人躺在各自的床上，准备入睡。舒听澜想到刚才帮她改文件时看到的报告，想了想，开口说道："嘉佳，食匠的销售数据，你明天要不要再跟进确认一下？"

"跟进了。"嘉佳含糊地回答，已快入睡。

第二天的行程是去参观食匠的食品生产线，一早起来，肖主任直接打车带她俩去食匠的工厂，没坐工厂派来的专车。

在出租车上时，肖主任说道："你们记住，与目标公司的人该多接触的要多接触，不该接触的一律屏蔽。工厂派来的专车带你们去参观的是想让你们看到的，不一定是真实的。"

而她们的职责是挖掘真相。

食匠是栖宁市家喻户晓的一个品牌，舒听澜记得小时候，食匠的一款饼干很好吃，家里过年过节会买一大箱放着。

到了工厂，她们分工参观不同的生产车间，参观得差不多了，厂长才闻讯赶来，说要请她们吃饭，被肖主任拒绝了，她说工作太忙，有机会再聚。无论对方多热情，肖主任始终保持着礼貌的微笑应和着，别说外人，连嘉佳、舒听澜都看不出肖主任的真实想法。

回酒店的路上，嘉佳忍不住开口问："老大，您是怎么想的？"

"我的想法很重要？"肖主任冷冷地回问一句。

"当然很重要啊，尽调报告最终能否通过就看您。"嘉佳如是回答。

肖主任冷哼一声："你跟着我也快一年了吧，还这么幼稚？我的想法毫不重要，重要的是事实、是数据。他们每年的采购数据、销售数据、仓库进出货数据，你都调查清楚了吗？"

"差不多了，有几个信息，下午要去食匠的总部再核实一下。"嘉佳见肖主任发脾气了，不敢放松，正色回答。

"听澜下午跟嘉佳一起去。"

"好的。"舒听澜心想自己确实后知后觉，看肖主任对嘉佳的态度，表面上总是声色俱厉，骂起来毫不留情面，但实际上，肖主任一直很纵容嘉佳。

下午，肖主任在酒店忙，应该是在查关于卓远科技的资料。舒听澜与嘉佳去食匠开会，她俩毕竟是代表收购方，所以管理层几个人热情款待。有嘉佳在，舒听澜全程几乎不太有开口说话的机会，索性沉下心，再次核对自己负责的尽调部分。

不知不觉，一下午的时间就过去了，食匠这次并购的项目负责人王总邀请她们一起吃晚饭，除了她们，还有其他合作机构的人员，评估机构的、财务会计师等人，舒听澜与嘉佳自然是不能拒绝的。

到了饭店，一行人相互客气地入座。舒听澜第一次参加这种饭局，有点儿无所适从，嘉佳却是如鱼得水，很快就与别的合作方以及食匠的管理层打成一片。

“小舒律师，小佳律师，不容易啊，年纪轻轻就能独当一面。”食匠的王总夸赞道。

舒听澜微笑地回应。

这时，坐在她对面的一个中年男人朝她笑了笑，开口道：“听澜，不记得你涛叔叔了？”

涛叔叔？舒听澜不由得又认真看了对方一眼，只觉得熟悉，进而感到心慌、麻乱，这就是她多年不回栖宁的原因，因为难免会遇到认识的人。

舒听澜没回话，一旁的嘉佳倒是极开心地道：“涛总认识我们舒律师？”

“我是看着你们舒律师长大的，我以前是她父亲的下属，不过，自从她父亲去世后，就很多年没见了。”

“那你们好有缘分啊。听澜，你该敬涛总一杯。”嘉佳开心地说，似乎完全忘记了舒听澜平日是滴酒不沾的。

在场的人听到他们还有这样的缘分，都表示惊喜，开始劝她敬涛总一杯。

往事浮上心头，舒听澜内心已摇摇欲坠，但毕竟是在工作场合，她强忍着不适，落落大方地端起酒杯：“涛总，最近几天多有打扰，我敬您一杯。”

辛辣的酒顺着嗓子一路烧到胃，对面的涛总只是意思意思地轻抿了一口，悠悠然道：“听澜随了父亲，好酒量。不过，我们之间不必这么客气。既然回栖宁了，有空就上家里玩。”

这个饭局还算文明，没有真正的劝酒，在场的男士也不讲黄段子，大家客客气气地聊了聊天便散了。

饭店离她们入住的酒店并不远，舒听澜想走一走，便让嘉佳先行回去。她喝了一杯酒，胃里翻江倒海的，很难受，她找到一个垃圾桶，吐了半天，才缓过来，精神也好转了，才回酒店。

结果，舒听澜在酒店一见到肖主任，就被她劈头盖脸地骂了一顿。

“我有没有跟你说过，在饭局上不要喝酒？尤其是我们做律师的，任何时候都要保持头脑清醒。”

嘉佳在一旁帮她说话：“听澜不是故意的，正巧在饭局上遇到了熟人，躲不过。”仿佛刚才让听澜敬酒的不是她。

“别替她找借口，如果连拒绝喝酒的勇气都没有，那以后怎么拒绝别人的无理要求？”

肖主任是女强人的典范，做项目一直是以专业能力征服客户，鲜少应酬，也反感手下靠应酬获得单子，虽有点儿理想化，但至少，她靠过硬的工作能力一个项目一个项目做下来，成绩有目共睹。

因为这次食匠的项目相对简单，所以她们比预期更快地收集完相关的资料，只要回去把报告再完善一下就可以提前回森洲了。

但肖主任没有急着让她们回去，而是给了她们一天自由活动的时间，当作放假放松。

栖宁市有不少知名景点很值得去，嘉佳晚上熬夜把尽调报告做完，第二天竟精神抖擞地去各个景点打卡。

舒听澜是土生土长的栖宁人，对这些景点并无兴趣，况且在出差期间，哪有真正的自由活动时间？

肖主任也一早就不见人影，她此次带她们来栖宁市，绝不是为了食匠的收购项目，食匠的标不入她的法眼，她是醉翁之意不在酒。

舒听澜联想到她最近查的资料，她大概还是为了卓远科技的事在做准备，但卓远科技要收购的胜普瑞智能科技并不在栖宁市。舒听澜实在猜不透肖主任的心思，直到她看到酒店大堂的一张海报，上面写着“栖宁市青少年机器人大赛”，赞助商是卓远科技。

卓远科技每年都会赞助两次机器人大赛，一次是春季的森洲大学生机器人大赛，一次是秋季的栖宁市青少年大赛。大赛的前三名，卓远科技会出资重点培养。针对赞助，媒体采访过卓远科技的技术总监王岩，王岩发言很官方、很冠冕堂皇，说是为了培养青少年的爱好，也是为了让有能力、有兴趣的大学生都能实现自己的梦想。这是官方回答，实际上，这是卓远科技人才战略的重要一步，他们通过大赛筛选出种子选手，重点培养，送出国深造，以此网罗了大批有潜质的、优秀的科研人员。

卓远科技最核心的竞争力就是他们的科研能力、创新能力。

等舒听澜看到肖主任时，就见她在跟卓远的技术总监王岩聊天。

肖主任见到门口的舒听澜时，招手让她过去：“听澜，帮王总布置一下场地。”

王岩带来的几位科研人员是来做评委的，只有一位女助理在布置场地，忙得团团转，舒听澜急忙过去帮忙。

“谢谢呀。”女助理感激地朝她笑道。

“不客气。”

舒听澜再次对肖主任的能力佩服得五体投地。她不像别的律所直攻卓远科技的本部或者卓禹安本人，而是先从外围攻入。王岩作为卓远科技在国内的技术总监，是卓禹安的得力部将，说话有着举足轻重的作用。

接近王岩，是肖主任此行唯一的目的，很成功。

回森洲前，嘉佳买了不少栖宁当地特产，准备送给同事，她确实很擅长人际来往。肖主任因为目的达成，心情也不错，不再冷言冷语地对她们，直到下了飞机，在机场分开时，才对她俩说：“食匠的尽调报告，明早开会讨论，你们再完善一下。”

这是舒听澜跟的第一个项目，她不敢掉以轻心，从机场回到家，洗完澡之后，便抱着电脑把这几天的调查过了一遍，确保无误之后才关机。

第二天，开会讨论食匠的尽调报告时，气氛一度凝重。

肖主任把一堆文件扔到嘉佳面前，厉声道：“这就是出差四天，你给我看的垃圾？”

那是嘉佳做的几百页的尽调报告，除了她自己写的部分，还有一部分是食匠公司提供的各种资料，非常全面。

但显然，肖主任非常不满意。

嘉佳被当众骂，眼眶通红，她默默地一页一页整理好文件，忽地抬头看了一眼舒听澜，而后说道：“老大，我只负责这些资料的收集、汇总，实际最后审核的部分是由听澜完成的。”

她忽地把矛头指向了舒听澜。

舒听澜一听便知自己跳进了嘉佳挖的坑里。那晚在酒店，她帮嘉佳整理、修改报告是出于好心，现在想起来，嘉佳是早有准备，故意让她帮忙修改的。

如果肖主任满意这份尽调报告，嘉佳可以领功；若是肖主任不满意这份报告，她可以把责任推卸到舒听澜身上，反正最后一步确实是舒听澜做的。

整个会议室的人都屏息看着舒听澜，大多抱着看热闹不嫌事大的心态。

肖主任皱了皱眉，继续骂了一句嘉佳工作不够尽心，而后转身问舒听澜：“这些是你审核的？你有没有想过，食匠公司提供的一切数据都可以作假？销售合同、采购合同，甚至他们进出库的系统记录，都是可以作假的。将这些没有验证的数据交给客户，是对客户负责吗？”

肖主任的声音冰冷，她咄咄逼人地看着舒听澜，嘉佳也红着眼看着舒听澜。组内所有的律师都看向她，仿佛在说如此低级的错误，她怎么能犯，他们眼里仿佛写着：新人果然不靠谱，太浮躁，太急功近利。没人去深究，这部分工作主要负责人是嘉佳。

舒听澜没有太多解释，冷静地回答："是的，这些数据最后是我负责审核的，但昨晚回到家后，我又补充了一部分报告，今早还未来得及跟嘉佳沟通。"说着，她又拿出一份报告，是食匠市场占有率的调查报告，"这份报告是我昨天下午走访了栖宁市的商超、餐饮店、零售小卖店调查的结果，有市区的、有郊区的。数据与之前食匠公司提供的报告有一定的出入，食匠作为栖宁市的老牌食品，曾经的市场占有率确实能够达到65%，甚至更多。但近几年，随着人们饮食习惯以及购物习惯的改变，食匠作为本土的老牌食品，已没有任何优势。大的商超以及酒店基本不再采购，只有郊区的小商超以及小卖店有零星的采购，实际市场占有率不到10%。栖宁人对食匠更多的只是一份情怀。"

舒听澜说话不疾不徐，报告也做得尽善尽美，该有的走访、该有的数据分析全都罗列得很详细。

肖主任的眉心总算舒展了一点儿，而后她把报告扔到嘉佳面前："学着点儿，特意给你们一天自由活动的时间，你以为真是让你去各个景点打卡？舒听澜利用这一天不仅实地调查了食匠的真实数据，并且还帮卓远科技的人布置场地，顺利加上了王总监助理的微信。"

嘉佳满脸通红，她想争辩几句，却发现一句话也说不出口。

肖主任继续道："给你们的机会是一样的，但一天的时间，在你游山玩水的时候，别人已把你远远甩在身后。"

嘉佳在部门虽也是助理律师，但因活泼、嘴甜、会来事，是部门的团宠，几位律师平时都比较惯着她，而舒听澜话很少，又独来独往惯了，在部门内没什么存在感。

有一位律师替嘉佳说话："同一个部门出差，有工作安排为什么不能协商一起去呢？私自行动，不就是为了抢功劳？听澜，我这人说话比较直接，你别介意，但你的这种行为确实不妥，没有团队意识。"

其他几位律师微微点头，颇有同感，肖主任最恨这种自作聪明的人。

唯独周铭周律师替舒听澜说话："你们的意思是，自己偷懒，反过来还要埋怨积极主动工作的人？听澜入职的时间虽不长，但在座的各位想一想，你们交给她的乱七八糟的杂事，她哪一项没给你们做好？即便她没有跟任何项目，但你们手上的项目，她都会帮忙分类管理跟进度，你们任何时候需要的资料，她都能第一时间提供。

"听澜唯一的问题就是自己默默做了很多事，但不擅长表达，才让你们忽略她。我今天正式跟肖主任申请，让听澜到我的项目中来，我亲自带她。"

舒听澜诧异地看了一眼周铭，她在律所这半年多，周铭确实对她颇有照顾，但是她并不想跟周铭。周铭做项目路子很野，总是不按常理出牌，甚至有点儿江湖气，并不是这种方式不好，而是她的性格不适合这种方式。她想跟的是肖主任，她喜欢肖主任这种靠专业能力做项目的方式。

她正斟酌语言想着如何婉拒周铭时，肖主任忽然道：“舒听澜暂时不能给你，卓远科技的项目，我带她。”

第二章
不约自来

肖主任话音一落，全场哗然。卓远科技的并购案，如果能顺利拿下，将会创造宏正律所的历史新高。这么一个大标，必然要组织最强并购团队，别说是舒听澜这样的新人了，就是部门内的资深律师也不一定有资格参与。

舒听澜整颗心都在扑腾扑腾跳，此时只想起，刚来宏正律所的时候，她不知天高地厚跑去找肖主任要项目，当时肖主任狠狠骂了她一顿的情形还历历在目，短短半年的时间就被认可的感觉真好。

“谢谢肖主任，我会努力的。”她话少，但这是她的真情实感。

肖主任用人一向果断，这次卓远科技的项目，她只带了周铭与舒听澜。周铭是资深律师，脑子灵活，临场发挥能力强，他能弥补她做项目中规中矩的弱势；而舒听澜做事认真有耐心，收集、汇总信息以及写报告堪称完美，交代她办事，可以完全放心。

下午，三人提前到达卓远科技，王岩很热情地接待他们，并不避讳，带他们参观了展区及办公区，并且在展区给他们演示了几款卓远最新的高科技产品。展区像个科技展览馆，周铭很感兴趣，一连惊呼太神奇。舒听澜对这些产品并不感冒，只是出于工作习惯，认真记住了王总演示的产品型号、功能以及一些参数。

他们参观完后，在会议室，王总如实说道：“肖主任，其实你找我用处不大，我们卓总这会儿还在国外，预计要下周才能回来，到时候我帮你引荐一下，不过，成不成靠你们自己。目前可以跟你透露的是，卓总在谈的律所已经有三家。”

这话说得很官方，舒听澜查过资料，知道王岩是卓禹安的左膀右臂，地位不言而喻。

当年卓禹安在国外求学，与王岩是同学，两人在一次大赛中认识。因志同道合，卓禹安在创立卓远科技之初便邀请王岩加入，前两年，卓禹安回国开发国内市场，把王岩也带回国。

不过，资料显示，卓远真正核心的科研基地仍然在国外，由他的另外一位得力部将全权负责，这位得力部将很神秘，公开的信息中没有透露任何个人信息，只有一个简单的英文名：Jane。卓远科技大部分产品设计师的落款都是Jane，应该是位女性。

几人在会议室相谈甚欢，王岩很善谈，与周铭更是如遇知音、一见如故。聊了一个小时左右，几人正要起身告辞，这时会议室的门开了，进来一人。

“王总，到我办公室一趟。”低沉、无甚感情的声音传来。竟然是卓禹安。

他大约没想到会议室里有外人，看到肖主任、舒听澜等人，眉毛轻微地抬了一下，问：“在开会？”

“开完了，不是下周回国吗？怎么提前回来了？”王岩一边起身往外走一边问，到了门口才回头对肖主任道，“肖主任，抱歉，我们再联系。”

“好，你先忙。”虽然他们真正想拜访的是卓禹安，但眼下，卓禹安刚回国，显然不是拜访的好时机。

看到卓禹安，舒听澜的内心已毫无波澜，他本就与陌生人无异。现在想起来，值得庆幸的是卓禹安也把她当成陌生人，刚才连一个眼神都未放在她身上。最好一直如此，因为肖主任难得肯亲自带她参与项目，她不想失去这次学习的机会。

王岩的助理送他们到电梯间，电梯间人有点儿多，好像因为卓禹安回来，正召集科研部的员工开会。

等进了电梯，周铭低声说：“卓禹安本人比照片上更帅，真是年轻有为。”

回到宏正律所，舒听澜开始整理今天在卓远科技收集的信息，以及相关行业信息。等整理完资料，她回到家已是晚上十点。

她家在近郊的普通住宅区，森洲市的房价惊人，房子是当初妈妈倾其所有为她置办的两居室，她拒绝要，但妈妈说：“这是我这辈子能为你做的最后一件事了。”

电梯往上的数字不停跳动着，她靠在电梯壁上，不知为何忽然想到了妈妈说的这句话，精神有点儿恍惚，所以直到出了电梯，到家门口时，才看到她家门口倚着一个高大的身影。

她顿住，楼道里的感应灯忽明忽暗。

“卓总？”她不知他为何会出现在她家，而且看似等了许久。

卓禹安朝她的方向看来，手里拿着手机，漫不经心地转着，也不说话，就那么看着她。

舒听澜被他看得心里有点儿慌，手里攥着钥匙，犹豫要不要往前走，以他上回视频通话以及今天在卓远科技时的态度，她无法理解他忽然出现在她家门口的原因。

“不回家？”卓禹安的声音传来。

“回。”她拿钥匙开门，但并不打算邀请他进门，所以站在门口问，“卓总，有事？”

她严肃又一本正经，卓禹安忽然笑了：“生我的气？”

像被戳中心思，舒听澜微不可察地挺了挺脊背，站得笔直地回视他，只是因为身高的差异，她的气势明显弱很多。

卓禹安忽然说："把我微信删了？"

什么？舒听澜微愣，过了一会儿，才想起在栖宁那家粉店，她把ZYA这个微信删了。所以，他今晚特意把她堵在家门口，就是因为被删了微信？

"我没加过你微信，怎么可能删？"她装傻，反正谁知道ZYA这三个字母就是他呢？

"好，那现在加，把手机拿来。"卓禹安把自己的微信二维码展示给她。

舒听澜则不情不愿地拿出手机扫码，看到名字还要佯装恍然大悟："原来这是你的号？"

"嗯。"卓禹安顺手把自己的微信名由拼音缩写改为卓禹安。

把他微信删了被发现，舒听澜有点儿心虚，所以开门后出于礼貌邀请他进去坐。

卓禹安很自然地进了她家，只是站在客厅中央，忽然定住。

"怎么了？"舒听澜问，然后顺着他的目光，看到从厨房的方向不停流出水，把整个餐厅都淹没了。舒听澜也定住，她第一次遇到这种情况，不知该怎么办。

"你去客厅，我来处理。"卓禹安一边说着，一边已卷起衬衫袖子朝厨房的方向走去。

"厨房的水阀在哪里？"他问。

厨房的水阀在哪里？舒听澜也不知道啊，她平日不做饭，进厨房的次数屈指可数，水管怎么就爆了呢？

"我找找。"她起身想往厨房的方向走。

"站那儿别动，我找。"卓禹安制止了她。餐厅里的水马上就要漫延到客厅这边来了，水虽不算多，但是客厅是木地板，被泡了很麻烦。

卓禹安踩着水进了厨房，厨房是重灾区，他挨个儿打开橱柜，低身寻找水阀，很快就发现水阀在洗菜盆底下，爆破的水管在旁边的橱柜底下。

水阀一关，一直汩汩往外冒的水才停止。

不过，卓禹安此时的形象与平日精英范儿的他大相径庭，白衬衫的袖子卷着，上面落下几片污渍，笔直的裤腿也被水泡湿了。

舒听澜不好意思让他做善后的工作，再次起身想过去帮忙清理地面的水，但卓禹安又制止了："我衣服已经脏了，你别过来，马上就好。"

很快，他就把餐厅的地面打扫干净，然后蹲在破裂的水管处看了一会儿，说道："明天找工人过来修吧。"

"好，谢谢啊。"她想，还好有他在，否则她真不知道该怎么办。当初装修时，她与妈妈都没什么经验，加上经济能力有限，只是简单装修，可能是装修公司以次充好。

此时的卓禹安白衬衫、西装裤上都是水渍，但丝毫不减损他的帅，他更没有一点儿狼狈的样子。

“我去洗个澡。”他倒也不客气，径直朝卫生间走去。身上的水渍让他难以忍受。

“好。”舒听澜心跳慢了半拍，“我去洗个澡”这几个字会让她不自觉产生联想，尤其两人有过一次。

在卓禹安去洗澡时，她急忙掏出手机给林之侽发微信：“侽侽，救命。”

林之侽：“什么事？”

舒听澜：“你说，约过一次的对象忽然出现，不约自来，是什么意思？”

林之侽：“想再睡你的意思。”

舒听澜：“应该不会吧，他看起来并不缺女人。”

林之侽：“宝贝，你对自己的魅力一无所知，不过，等等，你什么时候约过？对方是谁？安不安全？”

舒听澜：“很安全，以后再跟你说——”

林之侽：“先别管他怎么想，关键在于你想不想继续。上回感受如何？老师还是那句话，遇到优质的睡友，睡到就是赚到。”

舒听澜：“……”

现在的问题也不在于她想不想继续睡，对方身份特殊，如果肖主任拿下这个项目，以后抬头不见低头见，她自认没有那么强大的心脏来应对这件事。

可是，卓禹安诱惑很大，又送上门来，她若是就这么拒绝了，又觉得有点儿亏。她本就是一个很矛盾的人，一方面想忠于自己的身体，一方面又被长久以来的观念压抑着。

她真的被林之侽的“侽言侽语”毒害颇深，其实今晚，卓禹安并没有表露出任何想继续睡的意思，只是帮她收拾了一下狼藉的厨房，然后确实因为身上脏了，才借用她的浴室洗澡，她怎么就脑补出这么多呢？

正当她胡思乱想之际，浴室里传来卓禹安的声音：“舒听澜，帮我拿一下浴巾。”

“好。”

后来她想，并不是她想多了，卓禹安走进浴室时，寓意已经不言而喻。她从阳台上取了浴巾，慢悠悠地敲了敲浴室的门：“我放在门外的架子上了。”

浴室是用玻璃隔出来的，隐隐约约能看到他的身影，她的脸瞬间红透，心跳快得不行。

“给我。”

浴室的门忽然开了，卓禹安健硕、完美的身体赫然出现在她的眼前，伴着氤氲的雾气，她极没有出息地咽了一下口水。

这是成年男女之间的较量，她一败涂地。

卓禹安笑了，眼眸倏然暗沉，把她拽进了怀里。

她与卓禹安心照不宣，彼此身体的吸引，谁也不比谁高尚多少。

曾经，她觉得只有相爱的人才能这样疯狂，只有相爱的人才能灵神合一，然而现在，她发现，都是俗人，什么爱？什么情？都不重要。

狗头军师林之俐是对的，只要不涉及道德、不违法，在保证安全的前提下，去放松、去享受就好，性如吃饭一样正常，没什么大不了的。

只是，这个男人精力未免太旺盛，她想起来，他今天刚从国外回来，正在倒时差，所以毫无困意。而她，在第二次结束时，几乎昏睡过去。

卓禹安问她："吹风机在哪儿？把头发吹干再睡。"

她气若游丝地回："在第三个抽屉。"

吹风机声音轰隆隆的，吹着她的头发。她一点儿也不想动，只沙哑着嗓子说："一会儿离开时把门关好。"

大约对方是鼎鼎大名的卓禹安，让她觉得安全，不会加害她，所以说完这句话便彻底睡死过去。

舒听澜一觉睡到了天亮，难得一夜无梦，醒来时精神清明，只是，一睁眼就见到一双好看的眼睛正看着她。而她双手环抱的并不是平时床头上的那只玩具熊，而是卓禹安。

"还没抱够？"他清冷又温和的声音传来。

这人很奇怪，明明长着一副不可一世、高傲冷峻的样子，尤其在工作场合，但是每次私下跟她说话时，语气总是温柔的。

"你怎么没走？"

"衣服湿了，没法出门。"他轻声回答，理由很正当。

"哦。"

舒听澜抬头看向窗外，只见阳台上挂着她昨晚换下来的衣服，还有他的衣服，空气里飘着若有似无的洗衣液的清香。

所以，他昨夜还把两人的衣服都洗了？这——未免也太绅士了。若两人不是这样的关系，而是正常的男女朋友关系，她怕是要死心塌地地爱上对方，她喜欢温柔又体贴的男人。可惜了。

舒听澜径自胡思乱想着，忽觉他的目光炙热地凝在她的身上，舒听澜想，这样很容易让人产生一种他深爱她的幻觉，只能说，这个男人太会了，一定是情场老手，每个表情、每个眼神都让女人产生一种自己是被宠爱的、被尊重的感觉，这谁抵得住？

早晨去上班，两人一起乘电梯下楼，在门口，他说："我送你。"

"不用，小区前面就是地铁站。"舒听澜想也没想就拒绝，早高峰当然是坐地铁方便，加上她也不想让他送，便一路小跑去地铁站，把他甩在了身后。

早高峰的地铁人满为患，等了两趟，她才勉强挤进去，人只差没悬空，身体紧挨着身体，全是人，她只勉强拽着扶手拉环避免摔倒。

地铁里虽有通风，但人太多，气味并不好闻。她看着窗外漆黑通道里的广告，漫无目的地想，她何时能买一辆车呢？

如果肖主任能顺利拿下卓远科技的项目，带着她做，有了这个经验，她将来可以独立负责项目了，收入就会慢慢涨上去吧？

如果收入涨了，她先给妈妈换个好的医院，再存钱买辆车。在森洲这个城市，他们都是蝼蚁，一年、两年、五年，慢慢熬着时间往上走，总归会越来越好吧？

她想得太出神，地铁到了下一站靠站时，惯性使她的身体往左倒，她使劲拽住拉环，结果，人倒霉喝凉水都塞牙，扶手拉环的带子竟然断了——断了——

她刚才若是没使劲拽着，地铁靠站的惯性不会让她摔倒，但是刚才身体重心都放在拉环上，拉环带子突然断了，她整个人就不可避免地往左边倒，并且极有可能会把左边的人撞倒一片。

就在她绝望之际，有个人从身后轻轻扶住了她，熟悉的声音就在耳边响起："小心！"

竟然是卓禹安？他什么时候上的地铁？

此时的她呆若木鸡地转头看着身后的卓禹安，她的手里还举着断了的拉环，腰被他用双手轻轻地扶着，尴尬极了！

她宁愿刚才摔死上社会新闻，也不想被卓禹安看到如此滑稽的一面。

她道："你怎么也坐地铁？"

"坐地铁环保。"他淡淡地回答，然后手一使劲把她扶正，顺便接过她手中断了的拉环。

因为到站，地铁里又一次人潮涌动，她穿着高跟鞋，又没有扶手可借力，便站不稳，摇摇晃晃的，真是倒霉的一天。

但很快，卓禹安利用身高的优势，将手放在上方的扶手杆上，站在她的身后，为她屏蔽了别人的拥挤。后边九站地的路程，她都稳稳地站在他的前面。

地铁里的气味消散了，只有他身上清冽好闻的味道，哦，对，难怪这味道熟悉，他今早用的是她的洗漱用品，衣服上也是她家洗衣液的味道。

舒听澜出了地铁站，卓禹安也跟着走出地铁站，两人一前一后走着，她不得不自作多情地想，他是不是特意陪她坐地铁？

只是当在地铁口看到他的司机和助理，她才恍然，原来他是去旁边的金融街谈事，和她同一站下车而已。

因为有他的司机和助理在，她连招呼都没打，快速朝宏正律所走去。

舒听澜刚坐到位子上，电脑还没打开，嘉佳便一路风风火火地进来了，兴奋道：“你们猜，我刚才在地铁出口看到谁了？”

“谁啊？”

几位同事纷纷看向嘉佳，只有舒听澜没动。自从上次做栖宁的食品项目时嘉佳甩锅给她后，她便从不主动与嘉佳来往。舒听澜愿意接受公平竞争，但绝不接受小人行径，所以平日与嘉佳只公事公办，连表面功夫都懒得做。

嘉佳的声音很会渲染气氛，大家的好奇心都被她勾起，连周铭也抬头看向她。

嘉佳拿着手机在大家眼前一晃，开心地说道：“卓远科技的卓总，他竟然也会坐地铁。”

办公室里一阵哗然，卓禹安现在是他们并购组重点开发的客户，一举一动都牵动着他们的心。

“不可能吧，他是什么身份？会坐地铁？”

“你是不是看错了？”

大家质疑嘉佳。

“千真万确，就是他，我还偷拍了几张他的照片，你们看。”

“好帅啊！”

“连背影都这么帅！”

大家关注的重心瞬间偏移，行政与前台的小女孩甚至双眼冒星星，几位律师倒是稳重，没凑热闹。

舒听澜原本完全不想听这些没用的八卦，但是一听到“卓禹安”“地铁”等字眼，她内心便焦灼起来，一时不确定嘉佳是在地铁车厢里就看到了卓禹安还是在地铁出口看到的。

她和卓禹安现在这种关系，她绝不想让任何人知道，连林之俣，她都没敢说。

“咦？前面那个人是不是听澜？”前台小女孩眼尖地发现，在地铁出口处，站在卓禹安前面一米远的人是舒听澜。

舒听澜心一沉，以为是车厢里的照片。在车厢里，她与卓禹安虽全程无交流，但卓禹安一直站在她的身后，在外人看来，两人关系亲密。

“对啊，听澜只顾着走路，错过了身后的大佬。我叫了她两声，她都没听见。好遗憾，不然你们见面，卓总或许就会想起来，你们是高中同学呢。”嘉佳语带讽刺。

在大厅办公的几位律师听到这句话，没忍住，扑哧一下笑出声，大家都对舒听澜之前自告奋勇要联系卓总的事记忆犹新。

“嘉佳，别忘了你是律师，偷拍别人照片的行为涉嫌侵犯隐私，尤其对方还是卓总。”一旁的周铭忽然严厉地批评了一句，明眼人都看得出来，他是在给舒听澜解围。

嘉佳一愣：“我现在就删了，周律师好严肃，开个玩笑而已。”

办公室里瞬间安静下来，周铭是并购组里除了肖主任最有资历的律师，而且极有可能会升为合伙人，别看他平日大大咧咧，严厉起来可气势十足。嘉佳不敢多话。

好在大家都开始忙碌，因为更严厉的肖主任来上班了，她一手拎着笔记本包，一手拉着一个小的行李箱，像要出差，一走进办公室便命令道："大家把手头的工作放一放，到大会议室开会。"

并购组的同事有一部分都在外出差，这会儿办公室里也就十几人。肖主任办事雷厉风行，开会时，快速过了一遍大家手中的项目，几个遇到困难的项目，她三言两语就帮底下的律师厘清思路。舒听澜十分佩服她能在如此短的时间里高密度高质量地输出，非常人能及。

会议最后，肖主任特意安排了舒听澜的工作，让她主要负责收集卓远科技的相关资料："我要出国半个月左右，你有任何问题可以先问周律师，或者给我发邮件。"

"好的，肖主任。"

肖主任手中有不少项目，又是几家上市公司的法律顾问，几乎常年都在出差，这次突然出国，不知是因为哪个项目。

周铭私下对舒听澜说："肖主任这次算是踢到硬骨头了，卓禹安深藏不露，至今都不表态，几家律所争得头破血流。

"他们法务部门得了他的真传，保密得很，连招标时间都不肯透露，搞得大家都跟无头苍蝇一样。"

舒听澜问："没有别的办法了吗？以前别的项目都是怎么争取到合作的呢？"

"我们在大部分企业的律师库里，有项目会直接找我们参与竞标，还有一些是客户介绍客户。但是卓远科技入驻国内才两年，没有律师库，加上他们的法务本身很强，对外合作的机会很少。这次的收购案，标的金额太有吸引力了，除了国内的红圈所在争取，还有几家境外知名律所也在争取。肖主任若是能拿下这个项目，将是她事业的又一个里程碑式的记录。"周铭很耐心地跟舒听澜解释。

舒听澜与卓禹安虽有两次亲密的关系，但对他这个人是完全不了解的，所以她再也不敢随意开口去争取机会，免得自取其辱。

周铭又说："不过也不用太泄气，咱们肖主任毕竟是肖主任，她当初特意跑去栖宁认识卓远科技的技术总监王岩，知道是为什么吗？"

"为什么？"

"卓远科技被竞争对手窃取的概念产品是王岩与设计师Jane一起研发出来的，现在他们正在打官司，肖主任是这场官司的代理律师，卓远科技的总部在国外，肖主任这次是跟卓禹安一起出国。"

舒听澜震惊了，不得不佩服肖主任的手段。她这是"曲线救国"，不直接去谈并购案的项目，而是先从小案子做起，只要得到王岩与法务的信任，就有机会得到卓禹安的信任。

当初他们听到卓远科技概念产品被盗一事，只是当个新闻来听，听后就忘。而肖主任已经找到突破口，特意去栖宁帮助忙于机器人大赛的王岩，布局好了这一切。

“跟着肖主任好好学吧，你只要学得七成，以后将大有发展。肖主任当初没让你跟我，要亲自带你是对的。”周铭语重心长，“你身上有很多好的潜质，有韧性，办事细心、周到。咱们这一行，专业知识是敲门砖，但长远发展靠的是努力、细心、责任感。这几个词很简单，但能真正做到的很少。”

突如其来的夸奖让舒听澜有点儿无所适从，她只能点点头，虚心道：“周老师，我会努力的。”

“你知道当初面试时，肖主任为什么从一堆比你优秀的人里选了你吗？”

舒听澜摇头，这是她一直很好奇的问题。当初面试完，她觉得自己大概率不会被录用。

“一是因为你的外形突出；二是面试时，你很稳，话不多，但句句都说在点上；三是你的简历做得非常简洁，堪称完美，不管是排版还是格式、字体，甚至标点符号，都挑不出错。我们每天大量的工作就是给客户写报告，所以这点至关重要。”

原来如此。因为周铭的一番话，在律所一直不自信的舒听澜找回了一点儿信心。

“周老师，谢谢你啊。”她是真心的，来律所大半年，周铭对她一直很照顾。

“怎么谢？”

“请你吃饭，你看你什么时候有时间。”

“择日不如撞日，就中午吧，对面茶餐厅。”周铭就这么愉快地决定了时间，完全没有问舒听澜是否有时间。

* * *

舒听澜其实中午约了林之偶，也在对面的那家茶餐厅，如此，只能对不起林之偶了，毕竟闺密就是用来辜负的。

但林之偶一听她约了男同事，顿时来了精神：“一起吃嘛，有什么要紧的，你不用跟对方说，到时候我过去假装偶遇。”

舒听澜无语，只能随她，反正拒绝也没用。

中午一进茶餐厅，她就“偶遇”了林之偶。

林之偶风情万种，穿着裁剪合宜的小西服，里边搭配了一件领口极低的黑色吊带，引人遐想，却也不让人探究更多，波浪长发随意地散着，发尾染成了淡淡的蓝色，从眉眼到举手投足之间都是风情。

妖精！舒听澜递给她一个眼神作为评价。

林之偈假模假样地惊呼："好有缘，好巧啊，午休时间出来吃个饭也能遇上。不介意拼个桌吧？"

"不介意。"舒听澜咬着牙说，然后把她拽到自己身边坐好。

"周老师，这是我大学同学，林之偈。"

"周老师好，总听我家舒舒提起你，多谢你的照顾哦。"林之偈见人说人话，见鬼说鬼话，舒听澜并没有跟她提过周老师。

"你们是同学？你也是学法律的？"周铭也是自来熟，落座之后就开始跟林之偈交流。

"不是，我是学心理学的，当年学校分配寝室时，我们阴错阳差住到同一个寝室，成了上下铺。"林之偈如实回答。

"心理学？那现在是心理专家了？"

"差不多吧。"林之偈作为网红情感博主，每天回答N多咨询，勉强也算个心理专家吧。

周铭三十岁出头，身材保养得好，在律所收入不菲，也算是黄金单身汉，但显然没有对林之偈的眼。

舒听澜太了解林之偈了，一旦她一本正经、客客套套地说话时，就说明她没看上对方，周铭似乎对林之偈也不感冒。三人一边吃饭一边聊天，像一起工作了多年的同事。

过了一会儿，周铭的手机响起，是约好下午见面的客户提前到律所了，他便只能告辞提前回去。

等餐厅只剩舒听澜与林之偈后，林之偈说："这个周老师对你有意思。"

舒听澜斩钉截铁地否认："不可能，周老师这人眼里只有工作。"

林之偈："宝贝，相信老师的判断。不过，这个男人很现实，他想找的另一半一定是能与他旗鼓相当、并肩作战的类型。对你嘛，现在应该还处在有好感、想稳住你，但又不想有更进一步承诺的阶段。所以他在有意无意地培养你，一是想赚取你的好感，二是观望你是否有成长空间，是否有资格与他并肩而立。"

舒听澜："偈偈，你一本正经胡说八道的功力又见长了，要不是我太了解周老师，就差点儿被你骗了。"

林之偈："宝贝，你对自己的魅力一无所知，简直是暴殄天物。"

舒听澜不想理她，转移话题："你今天说有好消息告诉我？"

林之偈："对，差点儿忘了。我拿下卓远科技了，他们人力资源总监让我明天过去签合同，明年一年，他们技术部的招聘会分一部分给我做。这事还真要感谢卓禹安，他虽然拒绝我，说他不管这事，但是，他把我的微信推给他们人力资源总监了，你想啊，老板亲自推荐的微信，人力资源总监能不重视吗？"

猝不及防又从林之偞这儿听到卓禹安的名字，舒听澜有些心虚地回答：“那很好，你好好加油。”

林之偞：“我原本做猎头就是为了接触形形色色的人，体验人生，但既然拿下了卓远科技，我就努力一回，将来也有资格跟粉丝吹嘘，姐在职场也是风云人物呢。”

舒听澜不置可否，林之偞活得潇洒、肆意，一旦明确自己想要什么，便义无反顾地向前冲。

两人分别时，林之偞习惯性挽住舒听澜，拍了一张自拍发朋友圈。照片里，秋末冬初，阳光明艳，透过茶餐厅的玻璃窗打进来，落在舒听澜微笑的脸上，光和影都恰好，格外好看，林之偞也好看。林之偞的好看是艳丽、魅惑的，舒听澜的好看是素雅的，放在一起，竟出奇地和谐。

等舒听澜到了律所，林之偞的这条朋友圈已收到无数的点赞。两人共同认识的朋友不多，程晨是其中一个。

程晨评论：“妖精，不要整天给我家听澜介绍乱七八糟的男人。”

林之偞回复：“哪来的男人？”

程晨：“你们身后的餐桌上有三套餐具，肯定是男人，不然你们除了我，哪里还有共同的朋友？”

林之偞：“火眼金睛，猜对了，不过不是我介绍的男人，是我们舒舒的追求者，我帮她把把关。”

程晨：“舒——听——澜——出来给我解释解释，我怎么不知道你有追求者？”

林之偞与程晨在评论区里互撵了十几条，占了整个页面。舒听澜习以为常，加上工作忙，便没有理会她们。

程晨与林之偞的共同好友只有她一个人，所以三人经常在评论区里无所顾忌地互动，偶尔把这儿当成了聊天界面，反正只有三人能看见。

只是，这次，舒听澜总感觉有哪里不对劲，等她忙完手头的工作，脑子里忽然闪过一个念头，林之偞与程晨前阵子都加了卓禹安的私人微信，所以她俩的评论互动，卓禹安能看见。

与此同时，舒听澜看到她们评论互动的最后几条。

舒听澜看完，想当场表演去世，她马上给林之偞打电话，强烈要求林之偞把这条朋友圈删了或者屏蔽。

林之偞不干：“这是我点赞最多的照片，我不删。”

舒听澜：“求你了，要不你把跟程晨的评论互动删了。”

林之偞：“删了干吗？我们之间又没有秘密。”

舒听澜：“卓禹安是你们的共同好友，能看到。你真要把姐妹的隐私弄得天下皆知吗？”

林之楞："我——天啊——忘记这茬了，我马上删。"她立即把这条朋友圈给删了，删完之后安慰舒听澜，"没事，卓总是大忙人，不至于闲得看我的朋友圈，而且他在国外有时差，看不见，放心吧。退一万步讲，即便看到了，人家管你是谁啊。"

舒听澜："楞楞——"

"干吗？"

舒听澜犹豫了一下，又忍住了，没有告诉林之楞，她第一次的对象就是卓禹安。她只能寄希望于他不会那么凑巧地看到这条朋友圈。

但舒听澜忘了，天下事无巧不成书，卓禹安偏偏看到了这条朋友圈。她晚上到家准备睡觉时，卓禹安发来了微信："？？？"

他什么也没说，只发了三个问号。

但这三个问号已让舒听澜头皮发麻，这是两人加了微信之后首次的互动，她也回了三个问号过去，什么也没说。

微信许久没回音，等她快要入睡时，屏幕再次亮了。

卓禹安："等我回去再谈。"

"谈什么？谈工作吗？"她问。

其实在她看来，不管她是第一次还是第几次，都与卓禹安无关。她也觉得卓禹安不是什么保守的人，这都什么年代了，难道还要为对方是第一次而负责吗？

卓禹安："舒听澜！"

一天高强度的密集工作，舒听澜此时是真的困，没等他往下说，她便昏睡过去。第二天醒来她看了一眼手机，上面有一条未读消息，还是卓禹安发来的，与上一条间隔了三个小时："好好工作，不要谈恋爱。"

这语气，跟她父母当年跟她说的一模一样："好好学习，不要早恋。"

舒听澜更加确定了，他昨天看到了林之楞与程晨的互动，看到了林之楞说的周老师在追她的话。

她现在哪里有心思谈恋爱？再说了，谈不谈恋爱跟他有什么关系呢？

舒听澜没再回复，随手把聊天记录删了，工作一忙，她就把这个小插曲抛诸脑后了。

周铭受邀去行业协会给新人培训，临出发前，又指导了一番舒听澜才放心离开。舒听澜办事有条理，肖主任出国后一周的时间里，她主要是上网收集了卓远科技、胜普瑞智能的相关信息，以及并购交易所涉及的行业信息，做成了一个详细的报告发给肖主任。

周铭还给她透露了一个信息，肖主任代理的概念产品被窃案进展很顺利，只要取得卓禹安的信任，后期应该能获得卓远科技并购案的竞标邀请。所以周铭让她接下来的一周尝试做一份竞标PPT，等肖主任回国后参考。

舒听澜马上着手准备，虽然项目还没有进展，但忙碌的工作让她觉得十分充实，第一次做竞标书，光是内容搭建与主次分布，就让她忙得头脑昏沉，所以再次在自己家门口看到卓禹安时，一时以为是自己眼花。

他不是跟肖主任在国外吗？

基于两人目前的关系，对于他再次不请自来，舒听澜十分清楚他的目的，只不过经历了高强度的工作之后，她现在没有心情，只想安静地睡觉。

卓禹安来她家已熟门熟路了，等他进门时，舒听澜才看清他手中拎着好几个附近超市的购物袋，购物袋里装得满满当当的。

见她一脸疑惑，他一边换了拖鞋，一边往她的厨房走："冰箱太空。"

他惜字如金，但动作很流畅，购物袋里蔬菜、水果、肉类全都有，他分门别类地给她放进冰箱。

"我平时不做饭，放冰箱会坏。"舒听澜说。

"我做！"

"……"

卓禹安总是不按常理出牌，舒听澜摸不透他到底想干吗，两人只是心照不宣的关系，他总这么不请自来，犯规了，好吗？

"我今天有点儿累，今晚不方便。"她提前表明态度，拒绝今晚再次发生关系，言外之意，是希望他离开她家。

卓禹安顿了一下，抬头看了她一眼："累了就去休息，我帮你整理好就走。"

舒听澜点头说了声谢谢，原本想去洗个澡，但碍于卓禹安也在家，今晚她不想发出任何让人觉得暧昧的信号，所以只是去卧室换了一套中规中矩的家居服出来。

她家的厨房做了一整面墙的推拉门，平时推拉门不关上，就是一个开放式厨房，所以她一眼就能看见卓禹安正在灶台前煮面。

明明是很陌生的人，许是因为有过亲密关系，加上他帮助过她两次，一次是处理厨房漏水，一次是在地铁里扶她，所以同在一个空间，竟也自然、和谐。

就像他莫名出现在她家门口，莫名出现在她家厨房，甚至莫名地给她做了一碗面，都不显得突兀，反而理所当然的样子。

面条很简单，上面是几根青菜、一个荷包蛋、一点儿葱花，但是色泽莹润，看着很好吃的样子。

卓禹安递给她筷子："你不吃晚饭的毛病要改一改。"

舒听澜："你怎么知道我不吃晚饭？"

"你的厨房像做过饭的吗？"

他一语中的，舒听澜则不再说话。从买这套房子到现在，厨房只做过一次饭，刚搬进来时，妈妈做了一顿开火饭，之后再也没做过。

她自己一个人时确实不吃晚饭，偶尔下班后被林之俜拽出去玩，才会吃一点儿，但林之俜夜生活丰富，并不经常带着她。

她长久不吃晚饭，胃变得很小，原以为吃不了多少，但这面的味道很好，她不知不觉就把一碗面包括汤，都吃完了。

卓禹安自己也盛了一碗，坐在她对面，慢条斯理地吃着。

“怎么提前回来了？我们肖主任跟你一起回的吗？”

“不清楚，她的行程没必要跟我报备。”

“概念产品被窃的案子解决了吗？”舒听澜还是鼓起勇气再次跟他提工作上的事，其实也是想旁敲侧击他对肖主任的态度。

卓禹安看了她一眼，放下筷子，正色道：“舒听澜，你们肖主任想争取卓远科技的并购案，对吧？”

“是的。”

“这个项目，她亲自带你，让你提前收集相关资料？”

“是。”舒听澜如实回答，不知他想说什么。自从上次被他拒绝之后，她再也没有跟他提过任何工作上的事。

“但你对卓远科技的最新动向一无所知，不得不让人怀疑你的专业能力。”他轻飘飘地说完这句话，继续低头吃面。

舒听澜不明所以，这一周，她一直在收集卓远科技的相关信息。

卓禹安拿出手机，翻出新闻频道科技版的新闻给她看：“解决了。”算是回答她的问题。

科技版的这条新闻是今天下午发的，卓远科技概念产品被窃取的案件胜诉，其中不起眼的一行写着代理律师肖君华。

舒听澜正巧就今天没有关注相关新闻，因为在做竞标PPT，错过了这个消息。

“好好跟你们肖主任学习。”

卓禹安对她说话的语气总是平和的，即便刚才说她不专业时，语气也是平和的，完全听不出他的态度，不过，这句话隐含的意思应该是认可肖主任，她的心才稍微放松了一点儿。

两人吃完面，卓禹安起身把碗筷都收走，转身进了厨房。

“我来吧，洗碗我会。”舒听澜站在他旁边，伸手想去拿碗，这是她家，卓禹安却反客为主，让她无所适从。但卓禹安已打开水龙头，手指翻飞，很快把碗洗了，然后放到一旁的架子上晾着。

舒听澜在心里总结了一下，这个男人很爱干家务，虽然与他的气质很不搭，因为他看上去就是那种被人高高捧着，连喝杯水都要秘书给接的主儿。再看他的手，修长，骨节分明，没有被俗事浸染过。偏偏他在她家做这些琐事且细致入微。

她正神游着，卓禹安忽然转过身道：“我们谈谈。”

“谈什么？”舒听澜不明所以。

“你说呢？”卓禹安并不跟她绕弯子，拿出手机，翻到相册里的一张截图，竟然是林之twentiethu朋友圈下与程晨互动的评论。

“舒舒终于把自己的第一次送出去了，据她说，对方很厉害，她体验很好——”卓禹安慢条斯理地念了这条评论，声音低沉又性感，表情更是说不清道不明，念完悠悠然抬头看向舒听澜，“不解释一下？”

舒听澜尴尬归尴尬，但已能镇定自若了，心想，他该不会就是为了这个提前回国来找她质问的吧？

她是不是第一次是她自己的事，与任何人无关。她知道自己在做什么，也对自己的行为负责。

见她没说话，卓禹安叹了口气，声音转而变得温柔：“抱歉，那晚我不知你是第一次，否则——”

舒听澜急急打断他的话：“没必要道歉，我们都是成年人，况且那晚是我主动的，与你无关。”那晚她纯粹是因为参加高中同学聚会，听到温简的名字，想起一些往事，整个人状态极差，颇有点儿自暴自弃的意思。

“与我无关？”

“嗯，不是你，也会是别人。所以你不必放在心上。”她好心宽慰他，不必道歉，更不必愧疚，那晚她的体验很好。

但卓禹安的脸色不太好，他一直看着她，好一会儿才自嘲地笑了笑，莫名其妙说了句：“舒听澜，我没那么差吧。”

“什么？”舒听澜没听明白他莫名其妙的话，只是感觉他平和的语气里夹着一点点卑微。不过，随后，舒听澜就把这种感觉抛诸脑后，他是卓禹安啊，不管财力还是外形，他都是领先者，哪里会卑微？

卓禹安没再说什么，拎起放在沙发上的外套就离开了，看着心情很不好。

舒听澜没多想，洗了澡，跟林之twentiethu闲扯了几句，便睡着了。

第二天早上，舒听澜接到周铭的电话，让她直接去机场接肖主任，九点到。她打车过去，周铭比她早到一步，见她来，递给她一杯咖啡，还有三明治：“没吃早饭吧？”

“谢谢周老师。”她接过来，小口小口吃着。

而周铭狼吞虎咽三两下就解决完，然后把空盒扔到一旁的垃圾桶，回头见舒听澜坐在那儿认真翻着桌面上的资料，手里的三明治才吃了三分之一，不由得感慨：“要不要这么拼命？你现在手里除了卓远科技的项目，没有别的项目吧？”

“竞标PPT，我把需要的内容都列好了，不过，重点怎么呈现还需要考虑。”

“放轻松点儿，这次只是让你练手，做好给肖主任参考用，最终使用的版本，肖主任一向是自己做。”

“好的。”舒听澜嘴上应着，心里却没有丝毫放松，她做事一定要尽善尽美。

“快把早餐吃了，肖主任回来后，恐怕有一场硬仗要打。”

“出什么事了吗？”听卓禹安昨晚的语气，他对肖主任的工作能力是很认可的，况且肖主任刚替他解决了概念产品的案子。

“还不清楚，肖主任登机前给我来过一个电话，原本卓禹安是和她同一航班回国，但是他临时改签提前回国，不与她同行，肖主任怕事情有变。而且据我所知，卓远科技这两天会开始招标，他们法务今天约了三家律所见面，我们并没有优势。”

舒听澜一听，不由得紧张起来。坦诚说，她很想拿下卓远科技这个项目，一是有肖主任亲自带她，二是卓远科技作为业界巨头收购另外一家老牌巨头，可学的东西很多，并且对她将来独立执业具有重大意义。

肖主任准点儿下了飞机，近十个小时的行程下来，丝毫看不出一点儿疲态。舒听澜急忙上前拎过肖主任的行李箱，周铭则带着她们去停车场，顺便汇报卓远科技的最新进展。

“好，现在过去。”肖主任马不停蹄继续上战场。

原本她替卓远科技解决了概念产品被窃的案子，合作顺利，甚至卓禹安与她订了同一航班回国，这让她自信满满，结果，卓禹安提前回来，打了她一个措手不及。

等他们到卓远科技时，另外几家律所的人早就到了，卓远的法务部门正跟所有人开会，肖主任带着周铭与舒听澜熟门熟路进了会议室，跟法务的负责人打了声招呼后落座。因为肖主任刚帮卓远科技赢得概念产品被窃的案子，其他几家律所的人纷纷朝他们看过来，都是同行，还都是同行内的佼佼者，彼此之间都认识，气氛倒也融洽，没有舒听澜想的那么剑拔弩张。

这次的会议其实没有实际意义，就是法务约几家律所过来熟悉熟悉，走个流程。因为真正的决策人是卓禹安，法务部门不知道他们卓总的真实想法。

肖主任露了个脸，中途借故上洗手间便离开了会议室，留周铭和舒听澜继续开会。等会议结束时，肖主任才再次出现，当着众人的面，招呼周铭与舒听澜道：“你俩过来，介绍你们跟卓总认识。”

肖主任声音很平淡，但在场的人都听出了一个信息，那就是她与卓总很熟悉，已经熟悉到可以把自己的下属介绍给卓总认识的程度。

而他们想见卓总一次，需要跟他的秘书提前很久预约。这么一看，高下立判，这个并购案，宏正律所的肖君华赢面最大。

去往卓禹安办公室的路上，周铭很兴奋，不时整理自己的着装，还不忘嘱咐舒听澜：“一会儿见到卓总别紧张，多听少说话，知道吗？”

“好。”

这是舒听澜第一次见到卓禹安工作时的样子，他很冷漠，也很严肃，不苟言笑，见到他们进来，只是微微抬眼说：“坐。”

工作时的他与舒听澜印象中的他相去甚远，为数不多的几次相处，他不管是对她说话，还是看她时，总是温柔的，让人安心，当然，那几次的相处是在特殊情景之下。

这次见面，诚如周铭所说，以肖主任为主导，不需要他们开口说话，只要认真听着就好。

肖主任是有备而来，这些谈话内容，她原本是想和他同航班回来时讲的。她逻辑清晰，先讲了一下自己过往的成功案例，再引到目前卓远科技与胜普瑞智能的相关业务上来，一切与她十分契合，不管是能力还是经验，她都能够胜任这个并购案。

肖主任目标明确，积极争取，全程没有一句废话，更没有一句恭维的话，只用一个个专业数据来说明。

卓禹安倒也耐心，虽表面看不出任何态度，但没有打断肖主任，甚至认真看了她准备的资料。只在最后的时候，他忽然指着其中几页报告问道：“这份报告是肖主任做的？”

“是我们舒律师做的，还有待细化。”肖主任回答。

“舒律师？据我所知，她还只是助理律师。肖主任拿助理律师来应付我？”卓禹安始终没有正眼看舒听澜，但语气里对她做的报告极不满。

这是舒听澜加了几天班做出来的，能通过肖主任的审核，就说明没有问题，所以卓禹安就是故意找碴吧？

这样的情况下，她只能站出来认错，虚心接受批评，不能让肖主任背这个锅，她正要开口道歉时，肖主任先她一步说道：“卓总，这份报告是舒律师做的一个大的框架，之后如果合作，我们会落实到每一个环节。舒律师目前虽然只是助理律师，但她做事认真、积极上进，已有能力独当一面，就这份框架而言，已包罗了大部分需要考虑到的问题，后面我会让舒律师再完善一下交给您。”

舒听澜没有想到肖主任会替她说话，会在客户面前夸她，她心里有一丝感动。

卓禹安不置可否，又翻了翻那份报告，最后只淡淡说道：“我相信肖主任用人的眼光。”算是间接肯定了舒听澜的工作。

“不过，收购的事，我们还未开始招标，肖主任不妨再耐心等几天。”卓禹安下了逐客令，他始终没有松口，任肖主任如何专业、有能力，也无法窥得半分。而一向擅长活跃气氛的周铭，许是卓禹安气场太强大，或者太严肃的原因，他竟丝毫没有开口说话的机会。

回律所的路上，周铭不由得感慨："卓禹安这老狐狸城府太深了，想做他的生意，没点儿真才实学还真不行。

"不过，他是怎么知道听澜只是助理律师的？观察力惊人啊。"

舒听澜心虚，所以做律师在任何场合都要谨言慎行，当初高中同学聚会时，她只是随口一说自己还是助理律师，结果他就记住了。

"越是难啃的骨头越有意义。小舒，你这两天把报告再完善一下，然后亲自给卓总送去。"肖主任忽然吩咐道。

"我亲自送过去？"舒听澜一愣，一时没猜透肖主任的用意，当她坐在律所的办公桌前，回忆了一下今天去卓远科技的过程，渐渐明白了肖主任的安排。

在卓禹安办公室时，肖主任说："我会让舒律师再完善一下交给您。"肖主任是故意用了她那份并不完美的风险评估报告，以争取再见面的机会。因为在洽谈阶段，这份报告本就可有可无，不会影响结果。果然，姜还是老的辣，肖主任能有今天的成绩，绝非偶然。

舒听澜当即投入工作，翻了大量的案例找思路。之前的报告，是肖主任出国期间她写的，一共写过两个版本，第一版被肖主任直接打回，第二版得了周老师手把手的指导才通过肖主任的审核，这次属于第三版，她补充了一些细节。

这么一忙，舒听澜回到家时已是晚上九点多。

又在家门口见到卓禹安时，她有一点儿诧异，因为昨晚他离开时，明显是生气了，加上白天在卓远科技，他都没正眼瞧过她，甚至还批评了她助理律师的身份，她以为他不会再来了。

"昨天买的菜不吃会烂掉。"他貌似在解释，然后站在门边，极其自然地等舒听澜开门。

"哦。"舒听澜心想，这人是不是有人格分裂症？

他在公司是一副样子，在家里又完全是另外一副样子，公是公，私是私，分得明明白白。

既然如此，在她看来，两人都是成年男女，发生亲密关系纯属各取所需，真不必渗透到彼此的生活里。

"每天都加班到这么晚？"

"嗯。"这还不是怪他？他对她的报告不满意，又迟迟不肯开招标会决定，让他们这些律所的人跟着忙前忙后。

"很喜欢这份工作？"他又问。

"嗯。"

舒听澜并非惜字如金，而是面对卓禹安真不知该说什么，她甚至想，他若是愿意，两人可以直奔主题，免去中间这些虚伪的问候。

所以开门到家后，是她先主动的。这种事情也是熟能生巧，两人的契合度也高，这或许是卓禹安喜欢来找她的原因，高效、安全。

结束之后，卓禹安照旧俯身，低头深深浅浅地吻了她好一会儿才放开她，像个温柔的男朋友："饿不饿？我去做饭。"

"饿。"舒听澜想，他是不是对做饭有什么执念？

卓禹安闷声笑了笑，然后起身去厨房。

坦诚说，在这方面，舒听澜每次的感受都很好，除了让人耳红心跳的过程，还有后面的温存，有温度，让她觉得暖心。

她躺了一会儿，厨房里传来饭香，她套上家居服去餐厅。

卓禹安做了三菜一汤，端上餐桌，饭菜色香味俱全。他不说话，盛了汤与米饭放到她面前。

舒听澜没客气，小口小口吃着，觉得很好吃。

她有几年没有吃过家常菜了，她不会做饭，林之偶更不会做饭，平时主要以快餐、外卖为主，吃得几乎味觉失灵，饭菜于她而言就是维系生命的物质而已，在家吃一顿家常菜这样稀松平常的事，对她来说是奢望。

"谢谢。"她真心地感谢。

卓禹安一愣，摇了摇头，没说话。

"你是专门学过厨艺吗？"

"没有。以前在国外留学，吃不惯国外的食物，所以自己动手做，久而久之就练出来了。"他回答得轻描淡写。

"哦，你高中毕业后就直接出国了吗？我记得你当年在栖宁高中时成绩很好。"其实，她并不记得当年他的成绩好不好，因为真的没有关注过。

"难为你还记得我也是栖宁高中毕业的。"

舒听澜听着这话，怎么像嘲讽她，栖宁高中那么多人，她不记得他不是很正常吗？

"当然记得，你是栖宁高中的风云人物。"这是程晨告诉她的，她这么说总没有错。

卓禹安哼了一声，明显不相信她的话。

舒听澜今天心情好，不与他计较，继续聊天："所以你在国外养成了做家务的习惯？现在很喜欢做家务？"

"舒听澜，没有人会喜欢做家务。"他否认。

"那你辛苦了。"舒听澜埋头喝汤。

用完餐，卓禹安很自然地收拾了餐桌上的碗筷，舒听澜不好意思继续当甩手掌柜，抢着要帮忙。但卓禹安拒绝："你别帮倒忙。"

他这么说，舒听澜也乐得轻松，心安理得地窝到客厅的沙发上看电视。她的电视常年只播放一个节目——法制节目。她的生活很无趣，她平时不玩游戏，除了微信，不刷别的社交软件，连刷剧也只刷律政类的。

卓禹安过来时，她披着毛毯陷在沙发里，只露出一个脑袋，看了他一眼："出门时帮我把门锁好。"

这是她赶客的意思，她无意留他，上次他在这儿过了一夜，已是破天荒。

卓禹安并没有要走的意思，坐到她身边，连人带毯子将她搂进自己怀里，在她耳边低声说："用完就扔？"

"……"

卓禹安把她身上的毯子掀开，霸道地盖了一半到自己身上，在毯子里把她搂住："在看什么？"

今天的法制节目讲的是一个小三带着私生子抢夺财产的狗血情节。

舒听澜看得认真，看到最后法院判私生子继承一半家产时，她脸色苍白，眉头轻皱，很有代入感地生气了。

卓禹安笑："你是律师，还这么感性？法律规定，私生子本就是第一顺位继承人。"

舒听澜像被触动了哪根神经，莫名暴躁地站了起来，冲着卓禹安道："你是谁啊？轮不到你来告诉我法律怎么规定。"她想，她此时的表情一定很吓人，因为卓禹安的笑容凝固了。

他几不可察地皱了皱眉，没说什么，掀开毯子起身："早点儿休息。"然后离开了她家。

舒听澜的情绪来得莫名其妙，自己都控制不住，她去冰箱想拿瓶啤酒喝，发现之前放的啤酒不知被卓禹安扔到哪儿了，冰箱里全是分类放好的各种蔬菜、水果，让她很不适应。她不想自己待着，于是给林之枂发信息，约林之枂出去喝酒，她平时不喝酒，只偶尔心情不好时才喝几口。

林之枂很快回复："宝贝，我马上到。"

她住在隔壁小区，不过十几分钟就到了，身后还跟着楼下便利店的店员。店员抱着一箱啤酒，上面放着几盒鸭货。

她对店员说："放门口就行，谢谢你啦。"

林之枂大半夜过来，只在睡衣外套了一件大衣，到了舒听澜家，将大衣一脱，里面睡衣与舒听澜的是同款，两人相视，都笑了。

舒听澜由内到外的衣服几乎都是林之枂替她操办，原因无他，林之枂嫌她穿得太中规中矩。

此时林之偲见到舒听澜胸前的红点点，她八卦的心顿时上来，她像福尔摩斯一样，环视了一圈舒听澜的家，最后肯定地说："家里来过男人，刚走！"

舒听澜震惊了："你怎么知道？"

"情感博主的第六感。"

舒听澜佩服。

林之偲也不深究男人是谁，按她的理论就是，只要男未婚女未嫁，不涉及伦理，不涉及道德，在安全的情况下，尽情享受男女之情，这事如吃饭一样正常，吃好了就行，管他厨子是谁呢？她有一套自己的理论，舒听澜在她潜移默化的影响下，也接受了这套理论。如果对方不是卓禹安的话，那便更好了。

一整箱的啤酒，林之偲喝了几瓶，舒听澜一瓶都没喝完，不过心情已完全好了，她带着一点儿酒意，很快顺利入睡。

第二天，舒听澜醒来，发现两人就睡在客厅的沙发上，她习惯性地拿手机看时间，看到程晨发来的信息："舒听澜，给我离林之偲远一点儿。"

林之偲昨晚发酒疯，在朋友圈更新了十几条视频，把两人丑态毕露的样子展露无遗，底下有几位大学舍友的评论，是一排排问号与感叹号。林之偲真是妖孽，舒听澜的形象被她毁尽了。程晨若不是隔着千里的距离，恐怕要暴揍林之偲。

她的两个好友，林之偲负责让她放纵，程晨负责把她拉回来，她在中间随波逐流。

林之偲被舒听澜叫起床，马上要迟到了，她顾不得回家换衣服，便穿了舒听澜的衣服出门，两人一起挤地铁。

"怎么不开车？"舒听澜问。

"我最近在卓远科技坐班，那里停车费死贵死贵的，还不好找车位，不如坐地铁方便。"

"怎么跑去卓远科技坐班了？"舒听澜问。她心想，卓远科技还真是阴魂不散，全世界都要围绕着它转啊。

"他们人力资源部在做明年的人才规划，让我沉浸式参与，了解他们的需求，明年好招聘。其实，他们是想挖我过去做招聘经理。"

"你是怎么考虑的？"

"当然拒绝了。当初我的微信是卓禹安推荐给他们人力资源总监的，导致他们误会我跟卓禹安关系匪浅，你也知道，我这狐狸精的长相，很容易让人误会。"

舒听澜："……"倒也不必这么说大实话。

林之偲坦荡也自信，这一番话惹得一旁同乘地铁的小哥频频看她。她则朝小哥挑眉一笑，继续说道："尤其是上回，在卓远科技好不容易有机会见到卓禹安，我还上前套了个近乎，和他聊了几句，人资部已认定我是卓总的关系户。”

舒听澜听着，林之偶做什么，她都不觉得奇怪。

“不过差点儿丢人，我以为他跟程晨很熟，你不是说过，他最好的哥们陆阔在追程晨吗？我当时自我介绍说我是程晨的好朋友林之偶时，他愣了一下，明显不记得程晨是谁。好在他修养好，很绅士地回应了我的招呼。”

舒听澜想，这个男人是挺绅士的，不管在哪方面。

两人到了换乘站分开，林之偶去卓远科技，舒听澜回律所。

第三章
秘密恋

不过，舒听澜没有想到，她很快就被肖主任打发到卓远科技送报告。

送报告是借口，肖主任真正的目的是让舒听澜打前站，至少在正式招标前，每天去卓远科技报到，混个脸熟，也探听探听其他律所的动向，知己知彼，才能百战百胜。

舒听澜想，昨晚朝卓禹安乱发脾气确实是她的问题，卓禹安并没有错，她正好借此机会，顺便道个歉。

她给他发微信："你在公司吗？我想见你一面。"

他一直没回，直到中午时才回："公事还是私事？"语气冰冷，看来是真生气了。

"有公事，也有私事。"舒听澜如实回道。公事是提交风险报告，私事是道歉。

"私事不在公司谈，晚上再说，公事找助理预约。"

舒听澜气晕，找助理约什么约？这个男人就是故意为难她。

她已到了卓远科技的楼下，即便她可以直接联系上卓禹安，但没有经过预约，没有助理的同意，保安还真不让她上去。

见她许久没再回复，卓禹安又发来一条信息："公事上，我们没有沟通的必要，你有事找法务，我跟他们打过招呼，你以后可以直接过去。私事，晚上回去再说，现在工作时间，我很忙，没空。"公私分得明明白白。

"晚上回去再说？还想去我家？对不起，我不接待了。"舒听澜心想，然后迅速回复了一行字："没有私事，不必再见。"

她气冲冲地打完这句话，之后并没有离开卓远科技，因为和林之偶约了饭，所以在一楼大堂等着。

"这不是宏正律所的小舒律师吗？"

舒听澜正等着，忽听旁边传来声音，她循声看过去，发现是卓远科技的法务负责人张律师，张律师的旁边竟然是声称工作时间很忙没空理她的卓禹安。

"张律师，卓总。"私下她敢朝卓禹安发火，在外面她只能礼貌地打招呼，感觉自己也有人格分裂症，明明内心气得要命，表面上却要恭恭敬敬。她心想，忍住，忍住，这是一个律师的专业素养。

“小舒律师怎么不上去？你们肖主任跟我说你过来送资料。”

舒听澜急忙把资料递给张律师，自始至终不再看卓禹安一眼，自动把他当成透明人。当然，在别人眼里，她是紧张、胆怯，不敢看卓禹安。

“舒舒。”出口处忽然又传来一声喊叫，声音与人影同时飘到她面前，她被抱了一个满怀，是风风火火的林之僻。

“早上没吃饭，饿死啦。”林之僻撒娇一样说完这句话，才惊觉旁边站着的是卓禹安与法务部的张律师，顿时松开熊抱着舒听澜的双手，道：“卓总好，张律师好。”

张律师不动声色地在卓总与林之僻身上打量了一圈，开口说道：“既然饿了，那要不要去我们员工餐厅看看？我们餐厅的大厨都是从五星级酒店聘请来的。”

小道消息，这个林之僻是卓总亲自推荐到人资部的，据他们这些老员工所知，卓总一向公私分明，这是唯一的一次推荐合作方到部门坐班。

加上他刚才的观察，林之僻出来熊抱舒听澜时，卓总的目光落在林之僻的手上，虽然只是一闪而过，但意味深长，信息量很大。张律师判断，卓总与林之僻是传言中男女朋友的关系，那他自然要投其所好。

舒听澜想拒绝，并不想跟卓禹安一起吃饭，但林之僻兴冲冲地答应道：“要的，要的。久闻卓远的员工餐厅是美食天堂，早想参观了，可惜我们外部工作人员没有员工卡。”

林之僻挽着舒听澜的手，走在张律师的身侧。

“这还不简单，我回头让行政部给你办一张。”张律师鬼精，不动声色地站到林之僻与舒听澜的另一侧，这么一来，舒听澜便站到了卓禹安的身边。

“给我们舒律师也办一张呗？”林之僻脸皮厚，她想，反正一只羊是放，两只羊也是放。

张律师稍微愣了一下，办张饭卡不算事，只是卓远科技的行政总监出了名地精打细算，以他的面子办一张外部员工的卡没问题，办两张估计要费一点儿唇舌，他想，真是自己给自己找事。他心里抗拒，嘴上却是高高兴兴地答应：“没问题。”

员工餐厅有卓禹安专属的就餐空间，他的饭菜是师傅单独给他做的，不过，他这人接地气，工作忙的时候，有什么吃什么，很少单独点餐。今天是破天荒，他竟然跟师傅点了几道菜，荤素搭配、营养齐全。

“卓总怎么知道我们的口味？点的都是我跟听澜爱吃的呢。”林之僻惊呼。她这人自来熟，最初见到卓禹安时还有点儿犯怵，但见了两次面后，心里虽觉得卓禹安不好相处，但已能自然交流。

卓禹安没回答，只在一旁用开水把碗筷都烫了一遍，然后自然地放到舒听澜面前，舒听澜随手把这套碗筷传给了旁边的林之偑。

张律师在一旁笑，目光意味深长，他打开话题闲聊：“林经理和舒律师都是森洲大学毕业的吗？那也算我的半个学妹，我曾在森洲大学做过一年的交换生。都说森洲大学美女如云，你们俩应当是女神级别的吧？”

舒听澜只是礼貌地微笑。

林之偑则打开了话匣子，说道：“这倒是真的，尤其是我们听澜，当年在森洲大学不知迷倒多少学长学弟，可惜他们终究是错付了感情，因为她只是一个没感情的读书机器，天生迟钝。”

张律师兴致很高，追问道：“真的吗？”

“真的，最好笑的是，我们大二时，有一位大四的学长每天都会在图书馆给她占座，并且买好热饮放在桌上，整整一年的时间，学长毕业前鼓起勇气跟她表白，你们猜她是怎么说的？”

“怎么说？”张律师问。

一旁的卓禹安也看向她，等着答案。

“她说你是哪位。”虽然已过了很多年，但是林之偑每回想起舒听澜当时迷茫的眼神以及学长一脸吃瘪的表情就爆笑不止。

她坐了一整年人家特意为她占的位子，喝了一整年人家特意为她买的热饮，却连人家是谁都没记住。

外人会以为她是故意装傻，贪男生便宜，只有林之偑了解她，知道她是真的对这方面神经大条到令人发指，抑或是根本无心男女之情。

后来知道来龙去脉之后，她便真诚地找男生道歉，并且执意要把这一年买热饮的钱还给男生。她坦坦荡荡，以至男生想恨都恨不起来。

“诸如此类的事情太多了，久而久之，就没有男生再追她了，所以她至今都保持单身。可惜了，也不知道将来便宜了哪个男人。”林之偑说着，颇有点儿怜爱地抱了抱舒听澜。

张律师听后，笑道：“没关系，你和舒律师是闺密，以后让卓总给舒律师多介绍几位男生，卓总身边都是青年才俊。”

林之偑马上“心领神会”地说道：“那我先替听澜谢谢卓总。”

卓禹安收敛了刚才隐隐的笑意，一本正经道：“我看起来那么闲吗？赶紧吃完回去工作。”

气氛顿时凝滞，本就是张律师开玩笑的话，他还当真了。对他的喜怒无常，舒听澜已习惯。反而对于林之偑总以提她糗事为乐趣的毛病，她心里对林之偑翻了第N个白眼，但表面上该配合，她还是积极配合。

食堂的师傅很快把卓禹安点的菜端上来，林之偑为了保持身材，即使喊饿，真正吃的时候也吃得不多，全程都在照顾舒听澜，怕她在卓禹安与张律师面前不自在，不敢放开了吃。

舒听澜因为早上没吃饭，这会儿倒是真的饿了，所以安然享受林之偀的照顾。这是两人相处的模式，林之偀狐朋狗友多，以前聚餐经常带着舒听澜，就跟带着自家孩子一样，全程倒水、夹菜地照顾。

张律师感慨道："你们感情真好，很难得。"

"当然了，我们比亲姐妹还亲。"

因为是在公司的食堂，又是中午吃饭的高峰点，即便他们有独立的空间，但卓禹安毕竟气场强大，又是第一次与两位女生共餐，其中一位还是大家私下传言的关系户林之偀，所以一直是全场的焦点，很多员工有意无意地看过来，眼神里透着探究之意。

林之偀是人来疯，越受关注，她发挥得越好，并且很擅长利用大家的误会，毕竟她跟卓禹安传绯闻受益的是她。

而卓禹安后来心情似乎也不错，在林之偀说话时，他都眉目温和地听着。

用完餐，四人起身走出员工餐厅，门口有一个小台阶，舒听澜一时不察，被绊了一下，险些摔倒，旁边的卓禹安虚虚扶住了她的手臂。

"舒律师小心。"他声音平稳，手上的力道紧了紧，让舒听澜有个支撑站直了。

"谢谢。"舒听澜尴尬地道谢，更尴尬的是，发现自己脸上的粉底蹭了一点儿在他肩膀处，在黑色衣服上格外明显。她想伸手去拍，又忍住了，好在卓禹安不在意，松开了手，与张律师先行离开。

林之偀望着他的背影，一连感慨："可惜了，这么好的男人，我不敢肖想。"

卓禹安确实算得上好男人，有身家、有长相，为人沉稳、不轻浮，即便与舒听澜有过那样的亲密关系，也绝无任何轻浮的语言或动作。

下午舒听澜回到律所，肖主任组织并购组开会，主要针对卓远科技的并购案进行讨论，整个项目的进展并不顺利，谁也无法揣测出卓禹安真正的心思，他最终会选择哪一家律所合作。

"卓禹安接触国内的律所，极有可能是个烟幕弹，他并不相信国内律所的实力。"周铭觉得这个男人不可捉摸，进行到现在，依然看不出他任何的倾向性，即使肖主任刚替他解决一个案子。

肖主任回答："不排除这个可能性，但你别忘了，他要收购的胜普瑞智能是国资企业，对于国家的很多政策，必然是国内律所有优势。我想如果他没有意向与国内律所合作，不会浪费时间周旋。

"舒听澜，听说你今天去卓远科技时，与卓总及张律师一起吃饭了？"

正认真做笔记的舒听澜忽然被点名，一时大脑短路，心想，肖主任如此神通广大，竟然会知道她中午跟谁吃饭。

“卓总或者张律师透露消息了吗？”

舒听澜摇头，中午全程就听林之俤爆料她的糗事了，什么正经的事也没谈到。

肖主任失望地摇头。

一旁做资产重组的陈律师说道：“肖主任，人际攻坚相关的工作，应该让嘉佳去。听澜太乖，别人让她往东，她就不敢往西，在卓总面前，恐怕话都说不利索。”

陈律师一语中的，肖主任抬头打量了一下嘉佳。嘉佳在人际关系的处理上自然是远胜舒听澜的，但嘉佳稍显浮躁，做小项目没问题，参加卓远科技这样的大项目，就怕适得其反，引起卓禹安的反感。

嘉佳早就想参与到卓远科技这个项目中来，这会儿听到她的名字，立即来了精神，主动请缨：“肖主任，我没问题，我一定会谨慎再谨慎，绝不辜负大家。”

经过上次食品的项目，舒听澜对嘉佳已无任何好感，亦是时刻戒备着她，坦诚说，并不想与她共事，如果她也加入卓远科技这个项目，将来不知又要替她做多少收尾或补救的工作。

肖主任反复打量着嘉佳与舒听澜，沉思了片刻之后，说道：“这样，以后外联等工作交由嘉佳来做，相关的报告、合同审核、起草文书等工作由舒听澜负责，希望你们相互配合，好好合作。”

肖主任这个安排很合理，很多外联的工作，她不便亲自出面，就必须找嘉佳这样擅长这些事的助理来完成。

舒听澜虽知道这个安排很合理，但不免心情沮丧，怀疑自己的工作能力，她不擅长社交，甚至有一点儿社恐，到底适不适合做这一行。

当初毕业，她选择去企业做法务，其中一个原因就是考虑到自己的社交能力欠缺。

但做了三年法务，她才发现，要与企业各个部门沟通同样需要很强的沟通交流能力，她从一开始的磕磕巴巴慢慢锻炼，终于锻炼好了，这才有勇气跳进律所。

然而只是一个项目就让她原形毕露了。

这样自我怀疑以及低落的情绪一直持续到下班回家，舒听澜见到家门口的卓禹安时，心里不由得怪他这个罪魁祸首。

“上午找我要说什么事？”卓禹安指的是上午她在微信里说的私事。

“没事了。”她原本想针对昨晚自己的态度道歉，但现在觉得没必要了。

“心情不好？”卓禹安问。

舒听澜不回答，径直拿着钥匙开门。

卓禹安握住她拿钥匙的手，迫使她转身面对他，继续问：“因为我让张律师来接你的资料生气了？”

“不敢，卓总是高高在上的甲方，想怎么对我们这样微不足道的乙方是您的自由，哪敢劳烦您亲自接我的资料？”

“我没接你的资料，被你们肖主任批评了？”他问。

卓禹安叹了口气，把她揽进怀里：“卓远科技最终会选择哪家律所进行合作，一定是综合评估后的结果。并非我不想给你答案，而是我目前还没有答案。你们肖主任专业能力、过往经验无疑很合适，但与她旗鼓相当的人也有不少。你明白我的意思吗？”

哼，老狐狸，舒听澜一点儿也不相信他的话，接触了这么多律所，她不相信他心里会没有偏颇，他不愿意跟她透露真实想法罢了。

不过，以两人的关系，他确实没必要跟她说真话。在他眼中，她不过是一个能满足他生理需求的女孩而已。

那她为什么允许他每次不请自来呢？似乎理由是一样的。

两人都只是为了满足彼此的需求，所以他确实没有理由跟她讲真话，而她也没有理由对他发泄情绪与不满。

她向来理智，理清楚两人之间的真实关系之后，便不再纠结这个问题，只管去放纵，去享受。

见她情绪逐渐平稳下来，卓禹安揉了揉她的头，然后转身进厨房准备晚餐。他今天做的主食是黄金炒饭，饭质软绵、有清香；主菜是蜜汁酥皮虾、肉松茄子煲、时令蔬菜；甜点是草莓甜橙布丁。总之饭菜不一会儿就摆上桌，水平堪比酒店大厨。

舒听澜已洗完澡，坐在餐桌前也不客气，小口小口吃起来，很满足，心里不由得想，就这么保持长久的关系也不错，不管从哪方面来讲，她都是赚到了。

吃完饭，卓禹安继续负责洗碗、清理的工作，然后再去洗澡，出来时，舒听澜如上回那样，窝在沙发上看法制节目。

他过去把她揽在怀里和她一起看，有了上次不愉快的经历，这次两人都不再提节目的内容，就依偎在一起安静地看着。

也不知是谁先开始的，电视上放着法制节目，客厅的沙发上却是另一番景象，嘈杂的节目声不时夹杂着让人脸红心跳的声音。

卓禹安再次留宿舒听澜家的结果就是第二天早上舒听澜险些迟到，卓禹安执意要送她去律所，她便也不推辞。

在路上时，卓禹安把车停在路边，一路小跑去便利店给她买了牛奶与面包，递给她：“抱歉，早上睡过了，没做早餐。”

“谢谢。”

舒听澜怕被同事看见，所以隔着一个路口就让卓禹安放下她，但卓禹安坚持把她送到地下车库，并且体贴地道：“这辆车我平时不开。”言外之意便是没人能认出是他的车，叫她放心。

舒听澜乘电梯到律所时，忽然想起他这句话，觉得好笑，两人怎么像在偷情呢？

到了律所，舒听澜见嘉佳拎着包正往外走，她身上似乎喷了香水，清新、好闻，头发也特意吹了造型，妆容更是无可挑剔的精致，不用猜，她应该是去卓远科技。

见到舒听澜时，她嫣然一笑："卓远科技的法务刚来电话，约我们过去提交资料。听澜，等我凯旋哦。"语气亲切，但充满了骄傲、炫耀，甚至挑衅。

舒听澜点头，坐到自己的办公桌前开始一天的工作。她有些失落，也有些不甘心，前期辛辛苦苦的工作被另一个人替代了，任谁都会心情低落。临近中午时，她忽然收到林之偈的微信："你们肖主任的脑袋被门挤了？派过来一个叫嘉佳的什么东西。"

"她是我同事，怎么了？"

"她是把卓远科技当成秀场了吗？从法务部串到人资部，现在又去秘书室聊天了。我林之偈到今天算是遇到对手了。"

"那很好，说明我们肖主任没有选错人。"舒听澜又失落又不得不佩服嘉佳交际的能力。

"好什么好？刚才我路过秘书室，听到秘书室的人被卓禹安骂得狗血淋头，说为什么让一个陌生人在公司乱走。这会儿你们的嘉佳红着眼从卓远科技离开了。"林之偈说完幸灾乐祸地哈哈大笑。

舒听澜却笑不出来，不管她与嘉佳有何恩怨，但在卓远科技这个项目上，她们是一体的，都希望项目顺利。

只是她不明白向来谨慎的肖主任为何会派嘉佳去，论交际能力，并购组里高级别的律师并不比嘉佳差。

嘉佳红着眼回到律所，直接进了肖主任的办公室汇报。

开会时，肖主任脸色极差，但也没有过多地批评嘉佳，只在嘉佳还想辩解时，她摆摆手，示意嘉佳闭嘴。

周铭私下说："嘉佳的父亲是某行行长，是肖主任的大客户。"言外之意，便是她父亲给肖主任施压了，肖主任不得已要培养她。

"这丫头拎不清，那天在地铁口遇见卓禹安，一见钟情迷上了，所以想进这个项目。"

原来如此，难怪嘉佳之前对卓远科技这个项目并不感兴趣，现在忽然180度大转弯，她也明白了向来严格的肖主任为何会一再纵容嘉佳。而她什么都没有，只能努力工作，争取机会。

卓远科技的张律师来电话，终于确定了竞标时间，给肖主任发来邀请，竞标时间就在下周一。而舒听澜必须在周五前把竞标书写好，给肖主任做参考用。

她的初版已做好，她先发给周铭看。

“PPT做得很漂亮，内容也很完整，但还有两项，你可以添加进去，一个是项目所需时间，还有一个是我们的报价单。”周铭虽不是她的带教律师，但确实手把手在教她。标书的这两项内容一般不会让新人写，但他依然指导她去做，让她更完整地参与整个过程。

舒听澜自然是感激不尽，想着等竞标会结束，一定要好好请他吃饭。

“你成长起来才是最重要的，好好努力。”周铭道。

晚上，卓禹安在做饭，舒听澜抱着电脑坐在客厅的沙发上专心致志地修改标书。

过了一会儿，卓禹安喊她：“舒听澜，洗手吃饭。”

她不想理，继续埋头工作。

卓禹安又叫了她几次，她嫌烦，索性抱着电脑到卧室办公桌上工作，只差没有反锁门了。

卓禹安随后跟了进来，弯腰看了一眼她的电脑屏幕，道：“吃完饭再工作。”

舒听澜真烦了，她报价单还没梳理好，涉及项目成员、出差费用、调查公关费等等问题，顿时觉得一个头两个大，旁边是卓禹安锲而不舍叫她吃饭的声音，她不由得抬头看他：“你能先出去吗？我不饿。”

许是从来没人敢这么跟他说话，他脸色一沉，伸手把她的笔记本电脑合上，不容置疑道：“先吃饭！”很是霸道。

舒听澜心里的小火苗噌一下燃起来，她正想发火时，卓禹安一边伸手揽住她的肩膀往外走，一边道：“吃完饭，我帮你改。”

一听他的话，舒听澜不由得抬头看向身侧的人，质疑道：“你帮我改？你知道我做的是什么标书吗？”

“卓远科技周一的招标会。”他带着她到了餐厅，替她拉了椅子让她坐下。

舒听澜将信将疑，如果卓禹安肯帮忙改，哪怕是给点儿意见，都无疑是最有价值的，她姑且相信他一次。

因着这一点，她格外乖顺，他夹菜给她，她悉数吃下，以至有点儿吃撑了。

“下楼走走吗？”卓禹安问。

“不要。”她坚决拒绝，一是两人这种关系，她不想被别人看到；二是更不想让他找借口不帮她改标书。

他洗碗的工夫，她噔噔噔跑回客房把电脑抱出来，站在他的身后等着。

卓禹安一转身便看到她眼巴巴地看着他，样子倒是很乖巧，像小学生等着讲台上的老师答疑解惑。“我看看。”他从她手中接过电脑，就近坐在餐桌旁，转着鼠标从第一页滑到最后一页。

她拿着笔和本严阵以待，准备连卓禹安一个表情都不放过，一切都有参考意义。

结果，他快速翻到最后一页，只说了一句：“很好，不用改。”

什么？舒听澜小小的脑袋有着大大的疑惑，所以她又被他骗了，是吗？他怎么可能真的帮她改标书？

她气到失语，不可思议地看着眼前的男人。偏偏这个男人面不改色、一本正经地胡说八道：“以你的水平，确实已经足够好，非常完整，该涉及的内容都提到了。”

舒听澜被惹怒了，像个炸毛的小狮子：“不要以我的水平来判断，我要的是意见，你的意见、你的要求、你的想法。”她原本就知道他公私分明，所以最近即便天天在一起，她也从没求助过他，但刚才是他主动提出要帮她改的。

她在吼，卓禹安也不生气，反而像顺毛一样抚摸她的头发，却依然坚持：“对自己有点儿信心，你的这份标书已十分完美。”

舒听澜无语，她愤愤然抱着电脑准备起身离开。

“如果非要有建议，就是最后的报价不必那么详细，因为有些公关费用是你无法预料到的，只需要一句话即可解决，公关费以实际产出为准。”

所以，他确实认真看了她的标书？也一眼就看出她一直纠结的点在哪里？舒听澜的脸色这才好一点儿。她放下电脑，按照他说的把最后的报价算好，不再纠结，直接把邮件发给肖主任。

她的标书，肖主任并不会用，只是起到一个参考作用，但她依然会认真对待，呈现给肖主任的东西就是能直接呈现给客户的标准。

很快，肖主任就回复邮件了：“周末好好休息，周一直接去卓远科技会合，提前一个小时到。”

舒听澜收起电脑，窝在沙发上看着卓禹安，好奇地问：“我们肖主任的胜算有多大？”

“不确定。”他回答得很谨慎，涉及工作上的事绝不松口。

舒听澜也习以为常了，觉得这个男人哪天肯坦露心迹才是见鬼。

卓禹安还是像之前那样，连人带毯子把她拥在怀里，陪她看无聊的法制节目。

舒听澜突发奇想试探地问：“卓禹安，以我们俩的关系，我能提个小要求吗？在竞标时，如果同等实力的情况下，能否优先考虑我们肖主任？”

“我们俩是什么关系？”卓禹安不答反问，语气温柔，但连一眼都没看舒听澜，只是专注地看着电视屏幕，很是漫不经心。

舒听澜瞬间失去了再开口交流的兴趣，心想，这个男人太现实了，两人就是纯粹的睡友关系，他不肯让她占一丝一毫的便宜。

卓禹安见她没再回话，松开了环着她的手，坐直了看着她，正色道：“舒听澜，你还没回答我的问题，我们俩是什么关系？”

呵，他倒是不依不饶了，生怕她赖上他吗？舒听澜气不过，不耐烦道：“睡友关系，放心吧，我不会缠着你。”

“睡友？”他像第一次听到这个词，震惊，甚至不可思议地反问舒听澜。

舒听澜没再说话，身体往毯子里缩了缩，只露出小小的脸在外面，她想，她对卓禹安已够宽容，在她这儿，他一直来去自如。

“舒听澜，我真是小看你了。”这是卓禹安去厨房连着喝了三杯水后，回来说的唯一一句话。

舒听澜解释：“我们的关系是随心所欲的，我不愿意了，可以随时终止，同样，你也是。”她说得很直白。

卓禹安抬头看她：“舒听澜，我可以问你一个问题吗？”

“你问。”

“我很好奇，是什么事让你有了这样开放的性格？在我印象中，你不是这样的人。”他很真诚地看着她，等待答案。

“在你印象中我是什么样的人呢？”

“美丽、骄傲，也保守。高中时，只差没在脑袋上刻着‘男生勿扰，不早恋’。”

舒听澜没有想到他对高中时期的她竟然真有印象，不由得自嘲地说：“可能是物极必反吧。”

年少时是温室里的花朵，循规蹈矩地生活着，以为世界是充满善意的，也是美好的，成年后，尤其是在父亲骤然离世后，原来认知的整个世界轰然塌方。人性的扭曲、卑劣、肮脏一瞬间朝她涌来，把她淹没，她想，就这样吧，不会好了。

“舒听澜，我不是开放的人。”他很认真地说。

“哦。”所以呢？她倒是一点儿也没看出来他保守。

见她没有继续交流的意愿，卓禹安不再说话。

舒听澜回卧室睡觉，习惯性地嘱咐他出门时别忘了关门。

第二天舒听澜醒来，见卓禹安竟然没走，他抱着电脑在客厅的茶几上办公，并且在开视频会议，他声音调得很小，但舒听澜依稀能听到他们的交流。

他们是纯英文沟通，对面应该是技术总监王岩，还有那位神秘的产品经理Jane。卓禹安见舒听澜出现，对那边说了句：“今天就这样。”

王岩：“好。你今天在哪里办公？背景奇奇怪怪的。”

卓禹安：“回头再说，挂了。”

“你怎么没走？”舒听澜倒是奇怪了，这人忙成这样，为什么要待在她家里不走？总不会是为了陪她吧？

“陆阔约我们中午吃饭，去吗？”

“不去，跟他不熟。”她想也没想就拒绝。

“他想追程晨，想让你帮忙，毕竟你是程晨最好的朋友。”卓禹安解释。

“我帮不了他，他与程晨最大的问题是异地，程晨不可能为了他来森洲，他也不可能为了程晨去栖宁，所以没什么可谈的。”她很理智。

“好，我回绝他。那……中午我请你，冰箱里的菜不多。”他也不为了陆阔而为难她。

“不用了，叫外卖吧，这次我请你。”舒听澜秉持着有来有往的精神，执意请卓禹安吃了一顿很丰盛的外卖午餐。

结果卓禹安并不给面子，只吃了几口就放弃了。

整个周末的两天，卓禹安都没离开。但是两人的交流不多，他很忙，好像有开不完的会，舒听澜也很忙，一直在准备周一竞标的工作。

周日晚上，临睡前，卓禹安说：“明早坐我的车去公司。”

“不用，我坐地铁不堵车，免得迟到。”

“不会迟到，我没到场，他们就不会开始。”

“哦，那甲方爸爸明天能不能多照顾照顾我们？”舒听澜开玩笑。

“嗯，看你今晚的表现。”他又翻身压下来。

“所以这是潜规则……吗？”

周一清晨，卓禹安还在熟睡，舒听澜没开灯，轻手轻脚踩着地毯到浴室梳洗加化妆。她回卧室换衣服时，卓禹安不知何时已醒了，正靠在床头看她。

舒听澜懒得理他，自顾在衣柜里找了职业装穿上。她的衣柜清一色中规中矩的职业装，林之俜替她买了几套颇有点儿小心机的职业装，都被她束之高阁了。好在她身材好、气质佳，普通着装也能穿出自己的风格，林之俜每每看到她都不由得喊：“天妒人怨。”

尤其今天她因为要去卓远科技参加竞标会，所以化了妆，吹了头发，举手投足间充满了职场精英的气场。看着镜子里的自己，她是满意的，照肖主任与周老师的话说，当律师，精气神是必备条件。

卓禹安已起来，与她并肩站在镜子前仔细看她。舒听澜从他的眼神里看到了他的想法。两人虽不谈感情，但毕竟日夜相处了几次，他一个眼神，她便能捕捉到他的意图。

她急着出门，没时间陪他疯，所以往旁边挪了几步，离他远一点儿。

结果，他长臂一伸，把她带入怀里，与她面对面，他一手搂着她的腰，一手伸出大拇指，把她唇上的口红一点儿一点儿擦了。

“喂——”舒听澜大怒。这是她精心化好的唇妆，头可断，血可流，妆容不可花。

卓禹安却气定神闲，极满意地看着被他擦干净的唇，迤迤然开口道：“口红颜色太艳了，不适合你。”

你这个直男懂个头啊！舒听澜忍不住在心里骂了句。

卓禹安从她的梳妆台上精准无误地找出一支无色的润唇膏。“你的唇色本就很好看，只需要涂点儿润唇膏即可。况且在竞标会上，如果唇色太过于艳丽、太突出的话，你开口讲话时，评审员注意力就会被带跑。”他一本正经地解释，倒是有一点儿道理。

“我帮你涂——”他稍稍低头，用手捧着她的脸。

舒听澜被迫仰着脸让他涂抹。

结果，半晌，他抓着唇膏的手始终没有落下，倒是眼眸一沉，他声音低低沉沉地道：“在这之前，我想我需要先做点儿别的事。”

他的唇落下，开始只是浅浅地舔砥，而后越来越深入，舒听澜几近窒息时，他才放开。见舒听澜满脸通红，他笑得十分开心：“别动，我帮你涂。”

最后，舒听澜成功地迟到了，等她赶到卓远科技时，肖主任与周老师及嘉佳已到了半个多小时。三人正在一层大堂的小会客厅讨论竞标的事。

“怎么回事？说好提前一个小时到。”肖主任眼神锋利地瞪了她一眼。

“对不起。”舒听澜认错，急忙掏出笔记本电脑跟上他们的讨论进度。

“听澜，你和嘉佳都是第一次参加招标会，旁听就行，多学习，不仅要学习肖主任，也要学学对手律师，以后自己独立做项目了，会有跑不完的招标会。”周铭倒是和颜悦色。

“好的。”

“嘉佳，尤其是你，不该说的话一句都别说。”肖主任最后嘱咐。

“放心吧，老大。”

过了一会儿，其他律所的律师也来了，彼此打了招呼。作为这次竞标最有力的竞争者，肖主任与周铭最受关注，不时有律师过来打探消息。

都是一个圈子里的人，大家其实都很熟悉。周铭笑着说道：“你们过分了啊，别想从我这儿打探消息。

“卓远科技，你们还不知道吗？你们得不到的信息，我们一样得不到啊。

“公平竞争，公平竞争。”

大约又过了半个小时，快到竞标时间了，卓远科技的法务部门、技术部门，还有财务部、运营部的人员都陆续入场，参与竞标的几大律所的项目负责人也陆续入场，只有老板卓禹安姗姗来迟，比原定的时间晚了十五分钟。

舒听澜坐在门边的位置，卓禹安一进场，偌大的会议室瞬间安静，针落有声，仿佛被按了暂停键，所有人都屏息看向他。连舒听澜也不免多看了他几眼，他穿着一丝不苟的西装，把他整个人衬托得无比矜贵且有距离感。他谁也没看，径直坐到最中间的位置，表情严肃且认真，冷冷地说了一句话：“开始吧。”

会议室里，像被按了启动键，霎时出现了窸窸窣窣翻资料、提交报告书的声音。

这场竞标会由卓远的张律师主持，流程很常规，参与竞标的律所派负责人依次上台演讲。最终能够入围的都是行业内的佼佼者，不管是做的PPT还是现场的表达能力以及渲染气氛的能力都是个中高手。

舒听澜每一场都认真听，恨不得拿笔记下他们精彩的发言。

卓禹安坐在正中央，始终没有太多表情，只有在讲到他不感兴趣的内容时，才会微微一挑眉。这细微的表情被底下的人迅速捕捉到，到演讲时他们会特意避开相关的内容。

肖主任最后一个上台，作为最有力的竞争者，别的律所格外关注她。

舒听澜不由得紧张起来，双眼一眨不眨地看着台上的肖主任，手心都是汗。

这是她第一次参加这种竞标会，又是肖主任第一次真正意义上带她做的项目，她比谁都希望能获胜。

肖主任打开了PPT。

舒听澜的心跳顿时漏了半拍，这是她做的那份，卓禹安看过的那份。肖主任竟然直接用她做的PPT，这算是对她莫大的肯定了，她心里既紧张又激动，不由得看了一眼前方的卓禹安。

她想起那晚，他信誓旦旦地说她的标书做得很完美，不需要再改，是不是意味着他很满意？不过，这人城府深，又表里不一，谁知道他是真满意还是托词？

此时，他双手交叠坐着，身体微微靠向椅背，似乎有些放松地在听肖主任的演讲。肖主任的气场与表达能力完全不亚于竞争对手中的任何一位律师。在她的演讲中，舒听澜顿时觉得自己做的PPT瞬间变得完美，没有任何瑕疵。

肖主任演讲完，卓远法务部的张律师、技术部的王岩例行提了几个问题，肖主任都完美解答。始终没有说话的卓禹安忽然开口：“麻烦肖主任翻到第26页，里边提到的合作方，可否解释一下？”

这是他整场竞标会上唯一一次提问题。现场的气氛瞬间紧张起来，与此同时，其他律所的人有些失落。不怕客户提问，就怕客户不问。他们刚才演讲完，卓禹安没提任何问题，说明他不感兴趣。

肖主任打开了第26页，上面是她过往做过的成功案例，这是整个PPT里，她在舒听澜原版的基础上唯一添加的内容：“这三个案例是我主导的，与贵司收购胜普瑞智能一样，属于外资企业收购国有企业。案例中提到的合作方有华信会计师事务所，以及MA评估机构，我们过往有近十次的合作——”

肖主任一提到这两个合作方，舒听澜瞬间明白了什么意思。她不由得有些心虚地看了一眼坐在正中间的卓禹安，而卓禹安也面无表情地看了她一眼，分不清喜怒。

整个竞标会就这么结束，下午经过评审后才会公示结果，肖主任干脆不回律所了，带着他们就在卓远科技的附近等待结果。

舒听澜对结果并无把握，毕竟从头至尾卓禹安都没表态。

嘉佳先沉不住气，问："老大，我们胜算大吗？"

肖主任没回答，她也没把握。以前在别的项目上，竞聘演讲完，她基本能猜个八九不离十，但是卓远科技，从卓禹安到别的部门，她完全捉摸不透。

只有周铭最放松，他的人生原则是尽人事，听天命。他看到嘉佳翘首企盼看向卓远科技大厦的样子，笑道："嘉佳是在看卓总吗？"

远处，卓禹安与王岩及张律师一行人从大厦出来，朝他们所在的餐厅走来。卓禹安走在最前边，因为是初冬，他西装的外边还披着一件黑色风衣，走路时被微风带起，衣角猎猎生风，显得矜贵、傲气、难以靠近。

舒听澜别过头没看他，她今天在职业装的外边也披了一件风衣，他们的风衣品牌不同，颜色也不同，她的是米色，但是款式相同，是早上出门时，他从她衣柜里挑出来的，说跟他的正好搭成情侣款。

此时想起早晨的场景，她把手边的风衣折了折，塞进旁边的包里。

周铭忽然道："嘉佳，别想太多，看到卓总旁边的美女了吗？你不是卓总喜欢的类型。"

舒听澜这才又看了一眼卓禹安，才发现，他身后与张律师并排走着的还有林之偤。这个妖精，即便在微冷的天气，该露的一点儿都没少露，很有风情，与嘉佳确实完全是两种风格。

不一会儿，卓禹安一行人走进餐厅。众人简单打了声招呼，林之偤笑嘻嘻道："舒舒，你跟我一起过去吧，卓总和张律师，你都是认识的。"林之偤不容分说便挽住舒听澜的手。

舒听澜看了眼肖主任，觉得就这么离开不合适。

"去吧去吧！"肖主任热情地挥手。对方是卓远科技的人，肖主任举双手双脚赞成她过去，顺便能探听探听上午竞标的结果，只有嘉佳一脸阴沉地坐在旁边。

林之偤虽然不是卓远科技的员工，但因为在人资部办公，加上是传言中卓禹安的女友，并且卓禹安本人似乎也默认她的存在，所以她在卓远科技混得如鱼得水，与一众高层都很熟悉。

"小舒律师快过来。"张律师与舒听澜一起吃过饭，知道她是林之偤的好友，热情地招呼道。

技术总监王岩也认识舒听澜，他们在栖宁以及后来在卓远科技见过几面。他笑意盈盈地看向她，往旁边挪了一下，空出两个位置给她们："舒律师，林经理，坐这儿。"

也不知道是凑巧还是有意，空出的位置旁边就是卓禹安。

今日宜偏爱

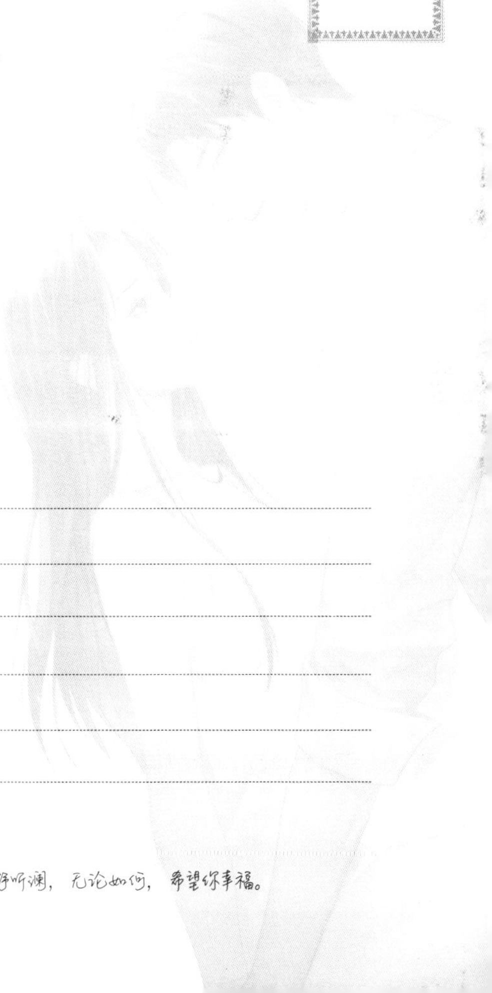

舒听澜，无论如何，希望你幸福。

今日宜偏爱

卓禹安看了舒听澜一眼，淡淡道："坐吧。"

舒听澜与林之偶并肩坐下。

卓禹安很自然地给舒听澜倒了杯柠檬水，她顺手把水传给旁边的林之偶。卓禹安不以为意，又倒了一杯给她。

这人在外人面前很是一本正经，很有老板的威严，有他在，总有一种压迫感。舒听澜因一心挂念竞标结果，所以胃口欠佳，商务套餐，她只吃了几口便放下了筷子，听他们聊天。

"不饿？"卓禹安忽然问。

"嗯，吃饱了。"

餐桌上，张律师和王岩因为他们简短的对话，都一愣，奇怪地看了舒听澜一眼，又看了看旁边的林之偶，一脸高深莫测的笑意。

连林之偶都为之一愣，似乎嗅到了"奸情"的气味，但转念一想，她家舒听澜多老实、听话的女生，能与卓禹安有什么事？两人充其量是不认识的曾经的高中校友而已。

舒听澜此时脑子里想的都是如何从张律师那儿探听一点儿消息，他们到底会不会选择肖主任进行合作。

她还没开口，林之偶与她心有灵犀，直接开口替她问了："卓总，王总，张律师，既然你们都在，就跟我透露一下上午竞标的结果呗。"

舒听澜心想："果然，知我者，偶偶也。"

但，卓禹安在场，他没说话，王岩与张律师自然不敢松口。

可林之偶不是轻易放弃的性格："那我问，你们只要回答是与不是，好吗？"

林之偶声音好听，谁也不忍心拒绝。

她单刀直入地问："宏正律所竞聘上了吗？"

王岩与张律师打哈哈一笑而过，自家老板就在这儿，谁敢回答？况且他们也默认了，林之偶这是跟卓总撒娇呢。

舒听澜屏息等着答案，说到底自己还是沉不住气，下午便可知结果，何必急于一时呢？

王岩与张律师不回答，林之偶则直直盯着卓禹安。

林之偶内心虽忌惮卓禹安，但是几次相处下来，发现只要别太过分，卓禹安这人并没有外界传言的那么不好相处，至少，对她还算和颜悦色。当然，她久经情场，自然不会对卓禹安的和颜悦色过多解读，一个男人对她有没有意思，她第一眼就能判断出来。

卓禹安在哪儿都是全场的焦点，他并不看林之偶，只问了一句："是你想知道答案，还是舒律师想知道？"

他说完，目光掠过舒听澜，状似无意。因他的话，几人的目光瞬间落在舒听澜的身上。

林之偶不敢再问，怕自己的行为引起卓禹安的反感，坏了事，她打哈哈道："卓总保密工作做得真好。"

舒听澜无语了，对卓禹安的行为早已习以为常，他要肯透露半分，那就不是卓禹安了。就在她失望之际，卓禹安忽然道："肖主任表现很好，舒律师收集消息的能力更好。"

这是讽刺她无疑了，讽刺她周末听他那个电话会议的内容。

原本舒听澜还有点儿心虚，但此时想起那是在她家，并非她偷听。他若在意，大可不必在她家开电话会议。

一时间，舒听澜更不确定这次竞标，他们有没有被选上。林之偶投给她一个爱莫能助的眼神。

吃完午餐，就到了公布结果的时候，所以肖主任带着他们再次回到卓远科技。其他律所的人也都到了。

地点还是在上午竞标的大会议室，卓禹安、王岩等人没再出现，只有张律师来公布结果。肖主任与周铭都见惯了这种场面，所以表情平静，唯独舒听澜克制不住地紧张，这是她进宏正律所之后的第一个项目，又是这样大标的项目，能直接影响她整个律师生涯，不紧张是不可能的。

周铭看出她的紧张，低声安慰："这个项目不管成与不成都没关系，你的能力与努力，肖主任都看在眼里。再不济，以后我亲自带你，放轻松。"他是真的轻松，在这个行业也算经历过大风大浪了，尽人事，听天命就好。

"我知道，谢谢周老师。"

周铭笑，与舒听澜并排坐着，转头只能看到她的侧脸，她皮肤很白，被会议室的灯光照着，能看到细腻皮肤上似乎有一层绒绒的毛，因为紧张，整个人坐得笔直，身体甚至紧绷。她很认真，也很惹人喜爱。

周铭表面风流倜傥，实则是个保守谨慎的人，在这之前对舒听澜是有好感，但还缺乏与她进一步来往的冲动。而此刻，他看到她的侧影，心里似乎被什么东西撞击了一下，觉得就是她了。

舒听澜正全神贯注听着台上张律师的官方发言，直到张律师说出宏正律所肖君华的名字时，她整个人才长长地松了口气。

他们竞标赢了。她觉得似乎一切都在预料之中，又似乎不可置信。

"肖主任，稍后麻烦跟我到会议室签合同，商定具体合作事宜。"

"好。"肖主任颔首。

其他律所的人纷纷来道喜，舒听澜云里雾里地帮忙应和着，随后跟着肖主任到了张律师的会议室开始商谈合作的细则。

舒听澜只负责听和记录，还没从赢得竞标的喜悦之中缓过神来。

肖主任与张律师在谈合作细则，舒听澜在旁边认真记录。直到张律师忽然抬头看向她道："卓总的意思是，希望宏正律所能派一名律师到卓远科技常驻办公，这样方便双方的联络。舒律师之前有在企业做法务的工作经验，对于企业内部沟通比较擅长，所以肖主任能否安排舒律师到卓远科技来？"

舒听澜愣住。

肖主任倒是没有多考虑，直接回答可以，因为舒听澜手上没有别的项目，随时可以外派。

双方又继续谈了一些细节，都是做律师的，当场就拟好合同签了字，卓远科技这个项目算是尘埃落定了。

＊ ＊ ＊

这一天虽没有惊心动魄，却是舒听澜第一次经历，她学了很多，晚上回家时大脑还处于亢奋的状态。

她心情好，见谁都觉得顺眼，在家见到卓禹安时，也觉得他比之前更加帅气逼人。

卓禹安笑："心情这么好？"

舒听澜抬头看他："你是不是早就确定要选肖主任进行合作？"

"没有，这是今天几个部门共同商讨的决定。"他否认。

"那让我进驻卓远科技办公是不是你的主意？"

"不是，这是张律师的选择。"他又否认。

随着两人的谈话，不知何时，他已双手环住她的腰，两人面对面紧贴着一问一答，他低头说话时，表情温柔似水。

"我以为张律师会选择嘉佳，嘉佳比我擅长沟通。"

"你也很好。"

"卓禹安，你这个人真是我见过的最铁面无私、最无情的人。这个项目，你从头到尾都不肯给我帮助，哪怕是一点点。"

"公是公，私是私，这是原则问题。倘若你们律所没有能力接这个项目，而我给你们开了后门，那之后的合作对双方都是一种损耗，不是吗？"

他说得有点儿道理，但是舒听澜觉得在不违背他的原则的情况下，偶尔给点儿提示、给点儿帮助也可以吧，哪有人像他这样滴水不漏？

她不由得感慨道："卓禹安，你这样有原则，将来是追不到女孩子的，注定会孤独终老。"

卓禹安低头看她，半晌才开口问："如果没有原则，就可以追到吗？"

他问得很认真，舒听澜也很认真地想了这个问题，答案是："不一定，分人吧。"

“你呢？”他搂着她腰的手紧了紧，漆黑的眼眸深深地看着她。

舒听澜一时有些迷惑，她吗？她喜欢有原则还是没有原则？她从未思考过这个问题，刚才也只是打趣的话。

她很少想恋爱的话题，对未来的另一半完全没有设想过，如林之偶所说，她在这方面神经很大条。可是，努力工作、努力赚钱，尽可能对自己好，不是最重要的吗？

卓禹安几不可察地叹了口气，一只手游移上来，托着她的脑袋，深深浅浅地吻她，热烈、霸道。

舒听澜回应着，已完全适应两人相处的节奏。

半夜时，舒听澜昏昏沉沉，也不知是做梦还是真实，感觉林之偶来她家了，她听到林之偶在敲卧室的门。

她告诉自己要起来给林之偶开门，但感觉意识清醒，身体却怎么也动不了。

“睡吧。”有人在她耳边温柔地说，轻轻拍着她的后背。应该是做梦吧？她又昏昏沉沉地睡过去。

林之偶晚上跟狐朋狗友喝了一点儿酒，回家后才想起要跟舒听澜道喜，就直接来她家了。她在大门外按了两次门铃，没人应答后便直接用钥匙开门，她们当初给彼此家门的钥匙就是为了以防万一，可以救急用。

她喝得有点儿晕，到了客厅忽然记不起来找舒听澜是为了什么事。

“舒舒——舒舒——”她叫了几声，还敲了卧室的门，卧室的门竟然反锁了？酒意上来，她趴在房门前鬼哭狼嚎。

“舒舒，你不要我了吗？

“快开门，我要跟你睡。

“你是不是在里面藏了男人？”

她拍了一阵，没人应答，便瘫在房门口抽泣，絮絮叨叨，不知道在说什么，这酒品也是没谁了。

奈何舒听澜今天心无杂念，难得睡得昏沉，始终没有出来开门。

林之偶累了，在房门口睡意渐渐袭来，迷迷糊糊间，感觉房门开了，自己被一股强大的力量拖到了沙发上，动作虽不粗暴，但也算不上温和。

她只以为是做梦呢，直到第二天，被渴醒，才发现自己确实睡在沙发上。

她这人喝醉归喝醉，但记忆不会断片儿，昨晚在客厅，她似乎看到地上有凌乱的衣服。而且她家小舒舒还反常地锁了卧室的门，昨晚喝醉了没细想，这会儿清醒过来，她似乎闻到“奸情”的味道，顿时笑得暧昧，直勾勾地盯着卧室的门看，她倒是要看看是何方妖孽有本事收了她家小舒舒。

她很兴奋，是一种正室来捉小三，捉奸在床、证据确凿的兴奋。

她披着舒听澜放在沙发上的毛毯，披头散发，盘着腿，正对着主卧的门，犹如禅定。

卧室里有脚步声传来。

“哼，今天你们谁也别想逃出我的掌心。”她得意地想着。

卧室的门开了，一道明亮的光线照出来，卓禹安一身休闲服，逆着光走出来，高大、慵懒，帅得惨绝人寰——

原本抱着戏谑心态想好好敲打敲打男人的林之倂看到卓禹安的刹那震惊了，她两眼瞪着，嘴巴毫不夸张地张成了O形，犹如中风十级患者，嗯嗯呀呀,就是一句话都说不出口。

她僵硬着，身体僵硬，目光也僵硬地看着卓禹安逆着光走出卧室的门，淡然地看了一眼沙发上的她，然后直接无视她，走向了厨房。

相较卓禹安的冷漠、无视，紧随其后出来的舒听澜看到林之倂则完全不同。她的震惊程度不亚于林之倂。

林之倂终于回神，惊叫了一声，冒出一迭声的脏话。

舒听澜则是脸红到了耳后根，被林之倂抓了现行，犹如早恋被家长撞见。

“你不解释解释？”林之倂上下打量她，愤怒了。倒不是因为舒听澜跟别人睡了，而是因为对方是卓禹安，他们三人相处过几次，她竟然没有丝毫的察觉，这对她情感博主的专业能力是个致命打击。

“就是你看到的那样。”舒听澜放弃解释了。

“所以，你所说的睡友就是他？”

“是的。”她如实回答。

林之倂听完她的回答更生气了。“舒听澜，你是不是脑子进水了？”她恨铁不成钢。

“我当初以为就一次，所以没跟你说。我也没想到会变成现在这样，你要觉得他不行，那我以后不让他来就是了。”舒听澜在这方面绝对相信林之倂看人的能力，林之倂要是觉得卓禹安不行，那就是真的不行。

林之倂气得吐血：“我是说，你脑子进水了，这样优质的男人，你不发展成男朋友，反而发展成了睡友？你的小脑袋瓜整天都在想些什么东西啊？”

舒听澜想开口辩解几句。

“你闭嘴！”林之倂懒得再听。她终于从震惊中回过神来，眼角余光开始寻找卓禹安的身影，结果，见到卓禹安正在厨房忙碌的背影，她再度震惊，结结巴巴地问舒听澜：“他……他在干吗？”

“做早餐啊，他厨艺不错。”

林之倂再次想爆粗口，但忍住了。因为卓禹安已从厨房出来，喊她们：“吃早餐。”

林之偈立即换了一副面孔，笑容和煦地走向厨房，身后跟着耷拉着脑袋像做错事的舒听澜。林之偈是人精，眼下舒听澜与卓禹安的关系已然如此，她便不再追问。

她见卓禹安娴熟地给舒听澜倒热牛奶，递三明治，忽然想起之前在卓远的员工食堂及昨天的餐厅，卓禹安第一时间都是给舒听澜倒水，只是舒听澜转手递给了她而已。原来一切早有端倪！

她一边喝着牛奶、啃着三明治，一边上下打量卓禹安与舒听澜，诡异地笑着。

"卓总，一会儿我搭你的车去卓远科技呗。"她主动要求搭他的车。

卓禹安没回应，算是默认。

吃完早餐，舒听澜趁林之偈去化妆、换衣服的间隙对卓禹安道："抱歉，我不知道偈偈会来，她说什么，你别放在心上，她没有恶意。"

"嗯，她说什么了吗？"卓禹安淡淡地看着她。

"没有，不过，她的偈言偈语有时候语不惊人死不休。"舒听澜提前给卓禹安打预防针，林之偈的话仅代表林之偈个人的看法，与她无关。

"你很在意她？"卓禹安问。

"当然，不是亲人胜似亲人。"

"好，我知道了。等一下先送你去律所。"

三人出门，卓禹安先送舒听澜到律所，隔着一条马路把她放下，看着她的背影消失在大厦的旋转门内时，才关上车窗。

林之偈一脸笑意地看着卓禹安，试探地问："卓总爱惨了我家舒舒吧？"

卓禹安没理会她，把她当成空气，转着方向盘专注地开车，一副闲人勿扰的冷漠样子。

林之偈自认熟谙男女之事，只要一眼就能判断出男人是真心还是假意。但是眼下这个卓禹安城府太深，竟让她完全猜不透。

"舒舒最听我的，要不要我帮你追她？"她再次试探。

而卓禹安完全无动于衷，压根儿没理她。

林之偈迷茫了，迅速在大脑数据库里寻找这种类型男人的特点。

他们外形好、学历高、事业有成、社会地位高，这种人最势利、最现实，找另一半的标准一定要门当户对。

对她家舒舒，卓禹安想必也就是图她漂亮、单纯，把她当个玩物。

渣男！林之偈心里对卓禹安骂骂咧咧，但是表面上丝毫不表现出来。反正对男女之事，她还是那套理论，不伤害他人，不做有违道德的事，那就是正当的。

况且卓禹安这样的人，被她家舒舒睡了，就是赚了。凭什么女人就不能睡男人呢？

两人到了卓远科技，正值上班高峰期，林之偀从卓禹安的车里下来时，路过的员工纷纷露出了或八卦、或暧昧、或了然的表情。

之前只是传言她是卓总的关系户，而现在，便是坐实了两人男女朋友的关系，而且关系稳定，已同居。

消息只会越传越夸张，两人从同居关系变成已是谈婚论嫁的关系。

"失算了。"林之偀想。她在卓远科技被安上卓禹安女朋友的身份，算是骑虎难下了。

下午舒听澜来卓远科技正式报到，张律师热情地接待，亲自给她安排了工位，交接了各项工作。

其间，林之偀给她发了几次信息，但她实在太忙了，只用语音回复："偀偀，我现在有点儿忙，晚上回去再说哈。"

张律师很体贴："是林经理有事找你吗？你先处理她的事，我们不着急。"

"她没事，我们继续。"

舒听澜是来工作的，无心顾及其他，后来林之偀再发什么信息，她没看也没再回复。直到下班后，林之偀过来等她一起走。

两人到了大厦门口时，卓禹安的车正好经过，他开了车窗，说："上来。"

舒听澜本能要拒绝，然而林之偀已经率先一步，在众目睽睽之下上了车，舒听澜只好跟上。在车上，舒听澜其实脑子里想的是明天的工作安排，她作为卓远与宏正律所沟通的桥梁，需要制定合理的流程提高工作效率，但此时还毫无头绪。

卓禹安话不多，全程基本没说话，只有林之偀不时说几句。

到了她们两个小区中间的十字路口，卓禹安停下车。林之偀会意，默默下车，不当电灯泡，她现在就是个没有感情的工具人，为他们打掩护，转移众人视线。

舒听澜真是后知后觉，林之偀下了车，她才忽然发现林之偀不在。

"偀偀呢？"她刚才正专注地在手机办公软件上设置工作流程，以为停车是因为红灯。

卓禹安笑，拿过她的手机，锁屏，放入她包里："现在是下班时间，项目还没开始，先好好休息。"

回到家，照旧是卓禹安去做饭，舒听澜偶尔打个下手，奇怪的关系、奇怪的相处模式，两人倒也习惯了。

吃完饭，两人继续窝在沙发上看无聊的法制节目。

舒听澜的手机响了，是医院打来的。

"舒小姐，这个月的缴费账单上周就发到您邮箱了，明天是缴费的最后期限，我怕您没看到邮件，所以打电话提醒一下，千万别忘了。"

“好的，我马上看。”

她最近忙，确实忘了查看个人邮箱。邮箱里是很长的账单，每一天，每一个时间段，用的每一种药，每一次的护理，都列得清清楚楚。当然，最后账单的总金额也写得非常清楚。

她交完医院的费用，再加上房贷，银行卡上的金额只剩了个位数。她这半年在律所没有接项目，只拿基本工资，一直在透支之前的积蓄，这个月，积蓄基本清零，而离下次发工资还有将近二十天。二十天很短也很长。

其实医院那边给过建议，说她妈妈可以转到收费低一些的公立医院，每个月至少能节省一半的费用。可是她舍不得，倾其所能，她要给妈妈最好的条件。

她转完账，看着几近归零的手机账户有些愣怔。

“需要我帮忙吗？”卓禹安的声音在耳畔响起，吓了她一跳。她刚才接完电话，沉浸在个人思绪里，完全忘了身边还有一个人。

她急忙关闭手机页面，摇头：“不用，你已经帮我很多了。”他每天做早餐晚餐，已经帮了她很大的忙，让她不至于饿肚子。

这一晚，卓禹安只是从身后抱着她睡，并没有动她，这是两人睡一起以来，除了她生理期，他唯一没碰她的一晚。

深夜里，舒听澜睡不着，很多事浮上心头，觉得很压抑。

银行卡里个位数的存款，工作的进展，妈妈的病，每一个都如大山般压着她。她轻轻掰开卓禹安环着她的手，想下床透透气。但卓禹安收紧了手臂，在她耳边轻声道：“舒听澜，跟我讲讲你高中毕业后的事吧。”

这话如一道闪电，劈开黑墨一样的天空，打在她心上。她全身僵硬，摇了摇头。她不想说，也没什么可说的。

“卓禹安，你如果觉得可以，我们便维持现在的关系。不要问，更不要做任何事。”她不想让自己的家事弄得天下皆知，更不想打破得之不易的平静生活，所以她的语气是严厉的，像冰锥，又冷又戳心。

她就是这么一个人，看着温和、没脾气，实际是因为不关心、无所谓。但面对真正在意的东西，她比谁都锋利。

卓禹安闻言，默默松开了她，然后下床，似乎是去外边喝水了。

舒听澜知道卓禹安生气了，没有人能忍受她的冰冷以及无趣。他迟早会厌倦她的身体而对她失去耐心。

她只希望到时候不要因为关系的破裂而影响合作，但想来他这样公私分明的人，应当不会让私事影响合作。

她隐隐约约听到客厅里传来卓禹安打电话的声音，听不真切，她也无意听。

电话是王岩打来的，他语气惊讶：“怎么回事？消息传到总部了，说你要结婚，对方是林之俜。”

卓禹安沉默，事实上，接通电话后，他就一直没说话。

“不会是真的吧？我才刚出国——什么情况？！”

卓禹安依然沉默。

“不方便接电话？打扰到你了吗？”王岩一拍脑门，恍然大悟，现在国内是深夜，他不会打扰到什么好事吧。

卓禹安终于出声：“还有事吗？”

“没事了，不过，Jane也知道你的绯闻，你要不要跟她说一声？”

“不必，Jane的智商比你高。”

“卓总，什么意思？”王岩觉得被内涵了。

卓禹安心情稍稍好转一点儿，但继续沉默，不想开口。

王岩在最后挂电话前又说了一句：“对了，Jane说今年春节会回国工作一阵子，协助并购一事。”

“好，她跟我说了，我来安排。”提到Jane，卓禹安总算没那么沉默了。

末了，王岩还是不死心，又追问：“你跟林之俜到底是不是真的？总不会是空穴来风吧？”

回应他的是卓禹安毫不留情挂断电话的声音。

舒听澜迷糊中知道卓禹安回来了，整个人被他揽进怀里，她意识模糊地想，这人怎么还没走？他没有家吗？

那天之后，舒听澜有一阵子不见卓禹安，张律师透露卓远科技年底有新产品要上市，正在最后的检测阶段，所以他和王岩都去国外的总公司盯着了。

舒听澜没有打探太多，因为并购的工作正式开始。目标公司胜普瑞智能已召开启动仪式，律所、审计、评估等中介机构都开始陆续进场，舒听澜作为律所的一员，每天忙得脚不沾地。

肖主任作为项目负责人，除了带周铭、舒听澜与嘉佳，又带了三位资深律师参与进来，大家各司其职，都有具体负责的领域，唯独舒听澜没有具体的指派。她更像肖主任的助理，负责帮忙统筹、联络，哪里需要就去哪里，经常一个通宵一个通宵地熬。

周铭说：“这是肖主任在培养你，整个项目的统筹交错复杂，你若是能把所有事项、时间节奏都安排妥当，就会成长飞速，下次就可以直接独立接项目了。”

舒听澜不傻，肖主任虽不多言，又严厉，但一直在手把手带她，工作这半个月，她学习到的东西，比之前半年都多。

胜普瑞智能的总部在森洲市，还有几个分公司在隔壁市。肖主任与舒听澜主要在总部坐镇，周铭带着嘉佳，还有另外三位律师，进驻其他市负责。

舒听澜在律所、卓远科技、胜普瑞智能之间来回跑，忙得连睡眠时间都没有。偶尔收到卓禹安发来的微信，她都没时间看，更没时间回，况且都是一些无关紧要的琐事。

例如，早餐别忘了吃，冰箱里有牛奶和面包。

例如，卓远科技的员工餐厅，我跟后勤部门打过招呼，你和林之僩直接过去就好。

例如，张律师说你今天熬通宵，这次并购不急，没必要这么赶时间。

舒听澜哪有空理会，他是站着说话不腰疼，事无巨细，像大山一样压在她的身上，每天邮件、电话、微信提示音同时响，她被推着往前走，根本停不下来。

卓禹安发了几次，见她没回复，就不再发了，隔了近十天，忽然又发来一条信息："我月底回国。"莫名其妙跟她报备行程。

舒听澜看到这条信息时，是周五晚上，她被林之僩强行关了电脑带出去吃饭，在餐厅时看到的。

"卓总发来的？"

"嗯。"她不以为意地把手机放在一旁。

林之僩看了看聊天界面，信息都是卓禹安发的，舒听澜竟然真的一条都没回。

"你对他就真的没有一点儿感觉？"林之僩很好奇。

"什么感觉？"舒听澜难得休息，大脑放空，此时有点儿木木的。

"我觉得卓禹安虽然没有明说，但是表现得已经很明显了，他喜欢你。"林之僩提醒道。

舒听澜依然是麻木的，淡淡地回道："你说过，男人如果想把女人弄上床，最擅长伪装温柔、体贴；你也说过，一个男人如果真的喜欢你，一定会明确地告诉你。"

"呃，话虽这么说，但也分人。他是卓禹安啊，他想要什么女人没有？如果只是想找个床伴，根本不用如此大费周章。你想想，他对你的好绝不是只当睡友的好。"

舒听澜只当林之僩在开玩笑，无法想象卓禹安喜欢她这件事。因为两人从头到尾相处模式都很直接，经常都是直奔主题。当然，卓禹安确实在生活上对她颇多照顾，但她认为这并不是因为喜欢，而是因为他的修养。换成任何女孩，他都会同样照顾。

"舒舒，其实我一直跟你说放开了去享受去放纵，只要不违背道德、不违法就好，但是，除了身体放开，你的心呢？心也要放开啊，去谈一场甜甜的恋爱吧。不要去想将来，也不要想有无结果，只感受当下，卓禹安会是一个好的恋爱对象。"

林之僩难得一本正经地跟舒听澜谈心，偏偏她没心没肺，扑哧笑出声："僩僩，这太不像你了，受什么刺激了？"

"我是说真的，你看你现在忙成这样，我怕你猝死，来不及体会恋爱的感觉。

相信我，卓禹安会是很好的恋爱对象。”

舒听澜哭笑不得，她忙得昏天暗地，林之俏把她拉出来，就是为了灌输这个思想：“好，等我把这个项目完成，我一定好好恋爱。”

两人吃完饭，手挽着手回家。舒听澜难得放松下来，到了两人小区间的十字路口，她抱着林之俏撒娇：“谈什么恋爱？有闺密就足够了。”

林之俏嫌弃地推开她：“你不谈恋爱别连累我啊，我可是要谈的。”

舒听澜笑，忽而一本正经道：“俏俏，谢谢你。”她指的是银行卡上多出来的金额解了她的燃眉之急。

“鸡皮疙瘩起来了，快回去吧，不准再熬夜。”林之俏潇洒地道别，然后往自家小区走。

舒听澜回到家，听林之俏的话，准备好好休息一晚，不再开电脑加班工作。她刷了一会儿剧，困意袭来，准备入睡时，卓禹安的视频请求发来了。

她本不想接，但联想到林之俏晚上的劝告，“适当地把自己的心打开并不难”，她便接了。

国内是深夜，国外正是艳阳高照，卓禹安的背景是在办公室。手机屏幕是两个画面，一黑一白。

“睡了？”他声音低沉。

“准备睡。”她嗓音慵懒。

两人就此沉默，实在不知有什么可聊的。工作上的事，她每天的工作报告写得很详细，他可以直接看到；私事上，好像没什么可聊的。

一黑一白的屏幕里，舒听澜的脸隐没在一片黑暗之中，只能看到一点儿模糊的轮廓。

“把灯打开，让我看看你。”卓禹安说。

舒听澜没拒绝，开了床头灯，光线暖黄，把她照得很柔软。

卓禹安忽然笑了：“有没有想要的礼物？我下周回国。”

“不是月底才回吗？”

“嗯，提前回。”

舒听澜认真地想了想，她确实有需要带的，医院那边建议给妈妈换一种药，原来的药已产生耐药性，新药在国内卖得比较贵。

但，算了，她跟卓禹安开不了这个口，加上家里的事，她不想让他知道，她心里来回翻腾了几遍，面上却是一点儿痕迹都没露。

许久，卓禹安才说：“早点儿睡，晚安。”

“晚安。”

视频那边卓禹安的秘书找他开会，这个秘书似乎是常驻国外总部，即便卓禹安回国工作，也没跟着回来。

周末两天在家，她主要梳理了一下胜普瑞智能各地分公司一周的调查情况，再计划下周的工作内容，做成了一份报告发给肖主任审核。

自从接手卓远科技这个项目以来，肖主任便十分信任她，事无大小，基本都交由她来做，只偶尔在关键的问题上指导一二。

舒听澜从一开始的没信心到现在信心十足，连周铭都感慨，她做事已十分专业，像一位资深的律师，不提的话，没人知道她是新手。

舒听澜笑："都是肖主任和周老师教我的。"

这话不假，有他们的指导，加上她足够努力，又有耐心、善于思考，很多问题走一步想五步，便不容易出错了。

第四章

重游故地

周一，舒听澜回律所汇报工作，肖主任听完之后吩咐道："这周你要去一趟栖宁市。"

"栖宁？"

"对，胜普瑞智能的一家代工厂在栖宁市，涉及一项土地问题及员工股权的问题，需要你去核实后给出法律意见。你是栖宁人，对当地比较熟悉，而且，现在我们组能调派的只有你。"

"行，我今天就出发。"

因为上次食品公司的项目，她已经回过一次栖宁，所以这次再回去已没有太多忐忑与不适。

她到了栖宁，程晨来接机，程晨性格比较内敛，不似林之偶般开放，见到舒听澜只是笑笑："去我家住，房间已经给你收拾好了。"

"不用，我订了酒店。工作可能会比较忙，住家里不方便，替我跟叔叔阿姨问好啊。"

程晨知道她的脾气，也不强求，一路把她送到酒店："这次要待几天？"

"不好说，最少要一周时间，看项目进展。涉及员工股权问题，比较棘手。"

"你做卓远科技的项目，卓禹安有照顾你吗？他要是敢对你苛刻的话，你告诉我，我让陆阔教训他。"

舒听澜笑："他是卓远科技的老板，甲方爸爸，哪会管这么具体的事？"她想卓禹安这人一向公私分明，即便求他照顾，他也不会理会。

"这倒是。我听陆阔说，上次聚会之后，你跟卓禹安联系过几次。"

"他跟陆阔说的吗？"舒听澜疑惑，她以为卓禹安应该不想让别人知道他们的关系，尤其是熟人。

"应该是吧。陆阔说他是外冷内热，并不像表面那么冷漠。我之前就跟你说，在森洲，你要多利用关系为自己拿资源。这个社会很现实，有关系、有资源，你才能让人重用。"

程晨和林之偶完全是两种风格，每次见面，都苦口婆心地劝她搞事业。

舒听澜听完她的话，不由得自嘲道："是很现实，所以需要势均力敌，否则卓禹安为什么要帮我？于他有何益处？"

这段时间相处下来，舒听澜早已经认清一个事实，卓禹安比谁都现实，绝不可能为了两人间床伴的关系而在工作上优待她。

而她也不愿意就此去向他索取资源，那是不自爱。

"你啊，有时候就是想得太明白，成年人的世界，哪有那么多非黑即白？更多的是灰色地带。"

"清醒一点儿没什么不好。"

两人说着已到了酒店，简单吃了饭，程晨被客户叫走，舒听澜也着手准备胜普瑞代工厂的事。

工厂在近郊，来之前舒听澜已把相关资料研究过了，土地所有权的问题不复杂，有明确的权属材料，只需要去相关政府部门确认即可，但是员工股权的问题比较复杂一些，员工愿不愿意转让股权？如果愿意，以多高的价格？这些问题背后的风险需要她出具法律意见，也是她此行的目的。

她约了工厂总负责人详谈，负责人见到她，态度冷淡，不愿意配合："总部一句话说卖就卖，当我们好欺负吗？

"工厂卖了，我们这些员工喝西北风去。

"在栖宁，还轮不到他们来支使。"

负责人看她一个小姑娘来，根本不把她放在眼里。

舒听澜只是安静地听着，她是律师，在这种情况下，并不适合发表任何言论。况且，在她看来，负责人也只是发发牢骚，毕竟这是胜普瑞总部的决定，工厂只能服从。

然而她毕竟是第一次跟这样的工厂接触，低估了工厂人员的匪气。与上回的食品项目不同，这家工厂只是胜普瑞在栖宁的一个加工厂，当初设置在栖宁就是因为土地便宜、人工廉价，这儿山高皇帝远，早已经脱离了胜普瑞总部的控制，私下接了其他很多公司的单子，倘若工厂也随胜普瑞总部被卓远科技收购，就意味着断了财路。

舒听澜是在跟工厂的人接触了五天之后，旁敲侧击从底下的一些工人口中知道这一事实的，这是她始料未及的，原以为只是简单的工厂尽调工作，最多员工持股复杂一些，但万万没有想到背后还有这样的利益链。

工人并不知她真实的身份，只是劝道："这里边的水太深了，姑娘，你别多管闲事，其实胜普瑞总部这两年也是睁只眼闭只眼，这帮人跟地头蛇没两样，得罪不得。"

"谢谢。"

舒听澜想起小时候在栖宁时，觉得栖宁是全世界最宜居的城市，环境好，风景美，人民朴实，城市有底蕴，而后随着父亲的骤然离世、她与妈妈的遭遇，她才知藏在一切平和表象下的暗涛汹涌，这座城市早已从底子上腐烂了。

她跟肖主任汇报工厂的情况，原以为肖主任会和她一样着急，但肖主任听后一点儿都不诧异，语气平静地道："既然如此，你就早点儿回来。"

"那工厂这边的——"舒听澜放心不下，事情悬而未决，就这么离开不符合她做事的风格。

"不是让你不管，而是经过调查，有了事实依据，全面且详尽地写进你的报告里，出具一份法律意见书，懂吗？"

肖主任一席话让舒听澜醍醐灌顶，是啊，他们并购律师不是去解决问题，而是去发现问题，如实写进报告即可。具体怎么解决，那是胜普瑞或者卓远科技的事。

"我知道了，谢谢肖主任，我今天约了工厂的工会负责人开会，等开完会，我就回去。"

"行，你自己在栖宁注意安全。"

周五下午，舒听澜与工会负责人见面，原以为是在工厂总部，结果负责人单独给她打了电话："有些事在工厂里说不方便，舒律师到清韵茶楼来详谈。"

舒听澜本着尽责的态度，想更全面地了解工厂的现况，便答应赴约。她心里并不是没有忐忑，只是想着光天化日之下，在茶楼能出什么事呢？

到了茶楼，她倒是留了一个心眼，在门口拍了一张照片，将定位发了一条朋友圈。她的微信里有工会负责人，发朋友圈是借此提醒对方别乱来。

工会负责人是个有一点儿发福的中年男人，他热情地带她到预订好的茶室，样子倒是和蔼可亲。

开始时，舒听澜还有戒备，但看茶楼别的茶室也有不少顾客，加上工会负责人全程都礼貌而客气，让她放松了警惕。

两人就员工持有股权的问题讨论了一番，对方感慨："舒律师，我们厂的情况特殊，当初总部办厂时，说是国有企业，按国有企业的待遇。结果后来才知道，是挂羊头卖狗肉，所以工会经过争取才给员工谋得持股这个福利，混口饭吃，保障最重要。我这周也一直在跟工人开会，大家最后达成一致的意见，股权不卖，继续在厂里上班。最后不管是胜普瑞还是卓远科技接手，只要有班上，能正常发工资，谁是老板不重要。"

工会负责人说得很诚恳，舒听澜认真听着，用笔记本记下来，并不发表任何意见，心里盘算的是，这样的情况下，卓远科技收购会有哪些法律风险？她需要想的是如何写法律意见书。

不知不觉，天已经黑了。对方忽然问了一句："舒律师也是栖宁人吧？"

“嗯。”

“舒律师的父亲，当年我有幸见过一面。”

忽然听到“父亲”这两个字，舒听澜整颗心都被刺痛，她强压着内心的不适感，冷声道：“没什么事的话，今天就这样。”她起身准备走。

“是这家茶楼的老板徐涛带我去见的，哦，就是涛总，他当年是你父亲的下属。当年你父亲很威风。”

又是徐涛？她上回来栖宁负责食品项目时，徐涛也在场，还逼着她喝了一杯酒。她当时只当作不认识他，如今两人在这个项目上又遇到了。

父亲去世后她只回过两次栖宁，而这两次竟然都遇上了徐涛，她绝不相信这是巧合，她没那么天真。而且，就目前来看，徐涛在栖宁势力强大，才能如此轻易地接近她。

只是她不明白，徐涛接近她有何目的？当年父亲极少在家谈工作上的事，她与妈妈都一无所知。

“既然来了，别急着走，见一见涛总，你们叙叙旧。”工会负责人拦着舒听澜不让走。

“我不认识涛总，更没有旧可叙，让开。”舒听澜面无表情，实际内心已有些慌乱，她想掏手机给程晨打电话。

“听澜，你这么说就见外了，真不认识涛叔叔了，我会伤心的。”门被打开，涛总从外边进来，笑得如沐春风，有中年成功男人特有的那种倜傥。

舒听澜虽害怕，但是强自镇定，她倒是想看看这徐涛想做什么。

“坐，别紧张，涛叔叔又不会吃了你。你忘了，你小时候，我还抱过你呢？不过，那时候你还是一个小孩子，没想到如今出落得如此漂亮、迷人，真是女大十八变。”

舒听澜僵硬地站在那里，徐涛话里的轻佻已毫无隐藏。工会的负责人已识趣地默默离开，顺便关了茶室的门。

“你父亲要是还在世，看到你如今这么好，一定会很欣慰。”

舒听澜依旧站着不动，但眼睛直视着徐涛道：“对，我想起来了，张阿姨的父亲是我爸的上级，张阿姨长得特别漂亮。”

张阿姨是徐涛的爱人，当年徐涛就是靠娶了她才平步青云的。舒听澜此时提张阿姨便是想给他一个警告，他要是敢乱来，她便告诉他爱人。

徐涛听到竟笑了，笑容肆意：“你张阿姨还时常念叨你呢，有空上家里看看她，她会很高兴。”

徐涛闲散地坐着，全身上下都是名牌，已完全不是从前那副在父亲面前鞍前马后的卑微模样。

“来，坐叔叔身边来。”徐涛伸手猛地去拉舒听澜的手，舒听澜不备，被他拉着倒在了茶室的榻榻米上，徐涛趁机控制住她，俯身在她的上方，带着烟味的气息喷在她的脸上，“这么迫不及待？到底是舒明海的女儿，就是识时务。”

舒听澜浑身僵硬，身上起了一层鸡皮疙瘩，既害怕，又感到无比恶心：“放开我，不然我就叫了。”隔壁茶室里都是人。

“叫吧，看有没有人敢进来。”徐涛倒是没想到舒听澜会这样镇定，想着她这样的长相，一个人在森洲混，不知被多少男人睡过了，那技巧一定了得，想必十分销魂。

他一想到这儿，全身便燥热起来，这把岁数了，难得还能遇到让他急不可耐的人，他低头开始亲她，撕扯她的衣服。

舒听澜此时真切地体会到什么叫叫天天不应，叫地地不灵。她拼命挣扎，使劲呼叫，外边有人走动，可都被门口守着的人呵斥走：“看什么看，没见过秀恩爱吗？都给老子滚远一点儿。”大约是徐涛带来的保镖。

挣扎不过，她只觉得浑身冰凉、灵魂出窍了一样，只有衣服被彻底撕扯开时微微的凉意让她不由得打了个冷战。她只能惨叫一声把她的灵魂叫归位。当她意识清醒时，看到的是一张很帅又充满戾气的脸，竟然是卓禹安。

他仿佛从天而降，脱下自己的外套把她紧紧地包裹住，安置在茶室角落，柔声说了句：“没事了。”而后起身朝徐涛走去。他跟她说话时的声音依旧是温柔的，然而他的表情、他此时整个人的气场都是暴戾的，她从未见过他这个样子，仿佛来自地狱。

徐涛显然也不是吃素的，他身手敏捷，然而毕竟年龄在那儿，根本不是卓禹安的对手，三两下就被卓禹安打趴在地。门外的保镖只有一个，刚才就吃了卓禹安两脚，这会儿见徐涛被打趴下，救主心切，开始攻击卓禹安。

卓禹安今天就像吃了枪药，有一股谁来谁死的狠劲，那保镖三两下也被打趴下。

卓禹安是完全失控的，对着徐涛继续往死里打，直到有人轻轻拉扯住他衬衫的衣角，道：“够了，别闹出人命，为这种人背上官司不值得。”

这熟悉的声音冷静而理智。卓禹安停手，转身看向旁边的舒听澜，她披散着头发，身上空荡荡地裹着他的大衣，脸色惨白，眼神却是平静的。

卓禹安慢慢地收敛了自己全身的戾气，像用了极大的力气，手掌微微颤抖着。

“嗯。”他声音很低沉地说了一个字。

这茶楼虽是徐涛的地盘，但以茶艺师居多，此时见徐涛和保镖被打趴下，谁也不敢再上前。大概是有客人报了警，所以很快警车就来了。

茶室里一度很混乱。徐涛被打得奄奄一息，在警车来时，竟如回光返照般摸着脸上的血，道：“抓他，抓他。”

保镖也浑身是血地扶着他，向警察控诉卓禹安。

而此时，卓禹安与舒听澜并排站着，表情平静，甚至连眼神都是毫无波澜的，他们静静地看着两个浑身是血的人。

“涛总？”警察认出是徐涛，态度立即变了。他转身像审犯人一样审卓禹安与舒听澜：“是你们打的？”

没人回答。

“哑巴了，刚才不是很能吗？是不是你们打的？”警察态度恶劣。

卓禹安看了一眼警车，语气不屑：“一切交由我的律师处理。”他到底是文明人，并不知栖宁市的黑暗。

警察听到之后都笑了：“行，那劳驾你跟我们去一趟派出所。”

“别……跟他废话，抓他。我要让他把牢底坐穿，绝不私了。”徐涛叫嚣。

“涛总，您要不要先上医院检查一下？回头我让人去医院做笔录。”

“不用，我跟你们去派出所。”

舒听澜忽然说道：“我需要验伤。”

警察一脸莫名其妙地看向她，心想，这是闹的哪一出？全场就她看着最正常，哪里有伤？

舒听澜解开外套上面的几颗纽扣，雪白的肌肤瞬间裸露在外，上面有几处被徐涛咬出来的痕迹，格外刺目：“是徐涛先侵犯我的，这是证据，我需要验伤以及DAN比对，固定证据。”她冷静得过了头，完全没有被侵犯的恐惧。

她这么一说，徐涛瞬间炸了：“我×你妈，裤子都没脱。”想起来就生气，她刚才跟一具尸体一样僵硬，他摆弄半天连裤子都没脱，就被人从身后拎起来暴打。

“你嘴巴放干净点儿。”卓禹安又想一拳打过去，被舒听澜拦住了。

“行，验伤是吧？走，去派出所验伤。”

一行人跟着警察上了警车，卓禹安沉默着，舒听澜也沉默着，徐涛大约伤口痛，也不说话，只有保镖骂骂咧咧的。

“你怎么来了？”舒听澜上了车之后冷静地问卓禹安。

他刚才真的如从天而降，一个本该在国外，即便回国也是回森洲的人，怎么会忽然出现在栖宁，并且在关键的时间点出现在那个茶室？

“嗯。”卓禹安前所未有地寡言，任舒听澜说什么，他都不回答，似乎还在刚才的情绪里没有出来。

舒听澜摸不透他的心思，他出现在栖宁市就让她十分不解了，加上刚才他浑身的暴戾，以及现在的沉默。被欺负的是她，他到底在生什么气？

警车很快就把他们带到派出所，他们远远地便看到派出所的门前站了几十人，应该是徐涛的手下过来助威的。

徐涛龇牙咧嘴阴暗地笑着：“在栖宁，还没人敢在我头上动土。听澜，你真让涛叔叔伤心。”

他说话的同时，伸出手，想捏舒听澜的脸。

“滚。”卓禹安一把拽住徐涛的手腕，眼神凌厉。

徐涛一声惨叫，手腕快被捏碎的剧痛传来。

舒听澜急忙去拉卓禹安，生怕再出事，毕竟前面有几十个徐涛的人，派出所的警察显然也是偏向徐涛的。栖宁离森洲太远，纵使他在森洲再有人脉，但在栖宁照样行不通。今天他们只能先忍着，能安全离开栖宁最重要。

卓禹安被她拉着手臂，这才松开了徐涛的手腕。

“你他妈是谁啊，给我等着。你们可都看见了啊，是他先动的手。”徐涛嚷嚷着对前面的警察说。

警察也不想把事情闹大，派出所门前聚集着那么多人，影响已很不好，所以他们只能先把人都带进去。

舒听澜不禁有些紧张，上午跟肖主任沟通时，完全没预料到下午只是见工会负责人会发生这样的事，更没想到会把卓禹安牵扯进来。

卓禹安虽然事业做得很大，但毕竟长年在国外，根本不了解国内的情况，更不了解栖宁的黑暗。他这样骄傲的人，一会儿指不定又会做出什么出格的事。

好汉不吃眼前亏，所以从警车上下来时，舒听澜轻声对他说：“一会儿你什么都不要说，把所有责任推到我身上就行。这件事本来也跟你无关。”她不想牵连他，想着最好能把他择出去。

卓禹安听到她的话，站在原地，不可思议地看着她，也不说话。

舒听澜继续道：“你的身份在那儿，要是惹上官司，对卓远科技影响不好，栖宁不是你想的那么简单。等一会儿，不管警察问你什么，你都不要回答。”

她是第一次面对这种事情，不知该怎么解决，只是本能地不想把卓禹安牵扯进来。

“舒听澜，在你眼中我是怕事、怕惹麻烦的人？

“还有，你是律师，你确定要欺骗警察，不告诉他们真实名字？”卓禹安语气冷冷地质问。

舒听澜愣了一下，最后说：“那就把所有责任推到我身上，你就说是我指使的。”

卓禹安冷哼一声，不再理会她，率先进了派出所，浑身上下的温度似乎低了好几摄氏度。

他完全没有管舒听澜刚才的嘱咐，警察问个人信息时，他毫无隐藏地直接回答。

“姓名？”

“卓禹安。”

“身份证？”

“101××××××××××××××××。”

“职业？”

“卓远科技××。”

警察问到案情的相关问题，他才闭口不答，只是说：“一切等我律师来了再说。”

询问的警察一听正想发火，旁边登记的警察制止住他，用眼神示意，大约是听到卓禹安的名字与公司时觉得耳熟，有一点儿避讳。

警察在盘问舒听澜时，舒听澜毫无避讳，把事情的来龙去脉说得非常清楚，当然，卓禹安打人的事，她只一句带过，重点说的是徐涛对她的侵犯。

另一张桌子旁的徐涛一听，立马站起来捂着伤口叫嚣：“你别血口喷人，我的伤可都在这儿呢。”

别说警察本就偏向他，就是他身上显眼的伤口，就让卓禹安与舒听澜完全不占优势。

舒听澜既愤怒也紧张，转身看卓禹安，他却老神在在，完全不把眼前的劣势放在心里。

警察询问完之后，他们被带到一旁的一个小房间里关着。

“你的律师呢？”舒听澜问卓禹安。

“没有，律师在森洲，赶不过来。”

舒听澜：“……”

在这里，即便她是受害者，但是完全处于劣势，刚才看徐涛的意思是，要置他们于死地。如果私了，以徐涛的势力，他们根本走不出栖宁市；如果走公，伤口鉴定，以及徐涛暗箱操作一番，到时判刑要多长时间？卓禹安一旦背上刑事案件，那么对卓远科技的影响几乎就是毁灭性的。这就是一个死局！

“对不起。”她情绪低落，觉得已无路可走。

卓禹安看着她，半晌才开口：“别担心，有我在。”

卓禹安借来手机，走到一旁的角落，背影对着舒听澜，因为他声音很低，舒听澜只能隐约听到他说：“章叔……我在栖宁××派出所……好的，麻烦您。”

他回来时，神情依旧是淡淡的，但舒听澜豁然开朗，是她刚才低估了他的能力，他年纪轻轻能白手起家，又怎么会没有一点儿手段，任人欺负呢？

外边的徐涛虽然叫嚣着，阵仗很大，但不过就是一介莽夫，没有眼界、手段简单，否则也不会光天化日之下就敢侵犯她。

也就过了十分钟左右，派出所的所长大步朝他们所在的房间走来，亲自开了门，请他们出去。

他们上了车，卓禹安报了地址，是他订的酒店。

“我是晚上的飞机回森洲，能送我回我的酒店吗？我拿行李去机场。”既然已经没事，舒听澜只想尽快离开栖宁，她对这个从小长大的地方没有什么好感。

“明天是周六，把机票退了，陪我在栖宁待两天。”

舒听澜是想尽快逃离栖宁，怕夜长梦多，而他无比淡定。见舒听澜没有答应，他转头看她：“舒听澜，我刚救了你。”

“我刚救了你。”他的目光终于不再像之前那样阴沉，而是灼灼地看着她。

舒听澜秒懂他的意思，是要她感恩，不要过河拆桥。她本来觉得栖宁不安全，想尽快离开徐涛的势力范围，但一想到刚才在派出所，所长对他们180度转弯的态度，心想，他在那通电话里称呼的章叔不是小人物，这两天他们在栖宁至少是安全的，于是道：“好。”

卓禹安订的酒店是栖宁最大的一家五星级酒店，并且还是顶层的总统套房，既豪华，私密性也极强。从专属电梯出来，踩在软绵的地毯上，舒听澜一直紧绷的心终于松弛下来。

从茶楼一路到派出所，甚至直到刚才，她不过是靠心里那口气强撑着罢了，并不像表面看起来那样无畏无惧，被徐涛碰过的地方也早已如上百只虫子爬着，让她恶心。

卓禹安走在前面，在进房门之前，忽然停下脚步回头看舒听澜：“今天如果我晚去一步，你知道后果吗？”

“知道，但工作职责所在。”她点头。如果今天不是卓禹安有如天降，她这辈子可能就毁了，被徐涛强迫，然后投诉无门。

“今天谢谢你。”她在人情方面嘴巴很笨，特别不擅长表达情绪，“谢谢”两个字就是她能说出口的。不过，一切都放在她的心里。

卓禹安不知道想到了什么，脸色又变了，似发怒：“舒听澜，明知道有危险，你为什么要去赴约？今天如果我没有临时改了机票提前回国，没有来栖宁，又或者没有看到你那条朋友圈的定位，你说，你怎么办？如果你出事了算什么？宏正律所会给你颁奖，还是你们肖主任会给你补偿？你这不叫工作尽责，你这叫愚蠢。一切不顾自己安危的行为都是愚蠢至极——”他本有一大堆话要骂，但见舒听澜红了眼眶，又生生咽了回去。

“进来吧。”他开门进去，然后径直朝浴室走，给舒听澜放热水，命令道，“去洗澡。”

舒听澜听话地进了浴室，关门的刹那，所有紧绷的情绪以及后怕才全部涌上来。她洗了一遍又一遍，然后躲进浴缸里泡了许久，直到身上被泡得发红，她才慢悠悠地出来，情绪已经恢复如初。

她穿在身上的浴衣有些大，松松垮垮地包裹着她，白皙的皮肤带着一点点粉，整个人都是虚弱的。

卓禹安在客厅阳台打电话，听到动静回头看了她一眼，眉心紧皱，也不知是生她的气，还是生电话那头的人的气。

电话是他父亲卓闳打来的，卓闳很威严，质问道：“你好端端的跑到栖宁去做什么？”

“成天在外胡搞，我睁只眼闭只眼就算了。但你不该动用你章叔叔的关系，他一辈子清廉惯了，从不动用任何特权，你一个电话，就让他破了自己的原则，为你欠了这份人情，以后那些妖魔鬼怪以此要挟，他要如何处理？你这是给他添乱。”卓闳怒不可遏，章文铂是他当年在栖宁的旧部，也不说清楚是什么事，只说卓禹安跟一个姑娘在栖宁惹了一方恶霸，被关在了派出所。

卓禹安任由父亲发火，并未回应。

“那个姑娘是谁？”

“一位同事。”

“同事？同事值得你动用章文铂的关系？你在外胡搞，我不管，但是想进卓家的门，必须家世清白。”卓闳狠狠地挂了电话。

卓禹安收回手机，转身看舒听澜时，布满阴鸷的眼神渐渐柔和下来，他推开阳台的门大步朝她走来。

“发生什么事了吗？”舒听澜以为徐涛那边又出事了。

“没有。”他从舒听澜手中把吹风机接过去，“把头发吹干，一会儿吃饭。”他很认真地给她吹头发，发丝在他指间飞扬、撒落。

舒听澜的心终于渐渐平静下来，窗外已是万家灯火，星光璀璨，她只觉人生境遇是一场虚幻，虚虚实实，不必当真：“卓禹安，谢谢你。”

“嗯。”

客房管家敲门，推了餐车进来，红酒、红烛、美味佳肴在餐桌上精致地铺陈开，房内的气氛顿时浪漫起来。

但舒听澜是浪漫杀手，她还沉浸在刚才他的那通电话里：“是不是给你惹麻烦了？”他们今天能从派出所如此顺利地出来，卓禹安必然是请了一方大神。她对他的家庭情况并不了解，加上他对外的资料上对家庭只字不提，因为不在意，她从未去查过。

“没有。”他表情淡然，把她的牛排端到自己面前，仔细切成块后，又放到她面前，动作熟练，行云流水，体贴入微。

她细想起来，抛开工作上铁面无私的作风，在生活上，他一直很照顾她。他只要在国内，每天早晚餐必然给她准备好，家里的卫生也替她打扫干净，甚至换洗的衣物都是他帮忙放进洗衣机，帮忙收拾。

眼前的男人无疑异常优秀，长相俊朗，事业有成，温柔体贴，有责任心。可一个人凭空对另外一个人产生好感，这份好感能维持多久呢？最初的吸引力、激情总会有消失的一天，不是说爱情的多巴胺最多只有三个月吗？现在的大环境下，三个月之后，彼此忠诚的有多少？

舒听澜天马行空地想着这个问题，得出的结论便是不必太当真，得过且过吧。

“在想什么？”许是她的眼神太放空，盯了他太久，他抬手在她眼前晃了晃。

“在想，胜普瑞在栖宁的这家加工厂，尽调报告怎么写。”她转移话题。

卓禹安浅笑：“工作狂。”

“彼此彼此。”

胜普瑞在栖宁的这家工厂，在卓远科技的评估报告里就属于劣质资产，现在出现这种情况，歪打正着，卓远科技之后在收购胜普瑞的谈判时，就有正当理由放弃这家工厂，不予收购。

舒听澜是第一次住传说中的总统套房，此时吃饱喝足，心绪平静下来，才有心欣赏。从一入门的地毯，到客厅摆放的家具，到浴室的洗漱用品，清一色都是奢侈品牌。整个装饰奢华得让人炫目，主卧室三面墙都是落地窗，客厅的一面墙前放着一架钢琴，卓禹安此时正坐在钢琴的旁边。

“过来。”他朝她招手。

舒听澜慢悠悠地坐过去，身体有些僵硬，刻意与钢琴保持一定距离。但卓禹安霸道地把她的双手架在琴键上命令道：“你弹！”

“我不会！”舒听澜抽回自己的手。

见她如此，卓禹安什么也没说，便自己开始弹，琴声悠扬，是一曲她耳熟能详的《天空之城》。

舒听澜惊住，熟悉的记忆翻涌上来，她紧紧握着拳，不让自己触及感情。

一曲完毕，卓禹安道：“你知道我第一次听这首曲子是什么时候吗？”

舒听澜摇头。

“是在高一迎新会上，你弹的。”

舒听澜瞪大了眼睛，她完全忘了，毫无印象。小时候她妈妈特别热衷于要把她培养成琴棋书画样样精通的才女，画画、芭蕾、书法、钢琴，不知上了多少培训班，考了多少级，直到后来，家庭突变，她妈妈说，这一切都没用，好好赚钱、好好养活自己才是最重要的。

她亦是觉得如此，从此便忘了，全忘了。

“那是我第一天到栖宁，因为堵车，到学校时，迎新会已接近尾声，只剩最后一个节目，你在弹琴。”

“来，我带你一起弹。”他说着，双手覆在舒听澜的手背上，带着她在琴键上飞舞。两人的十指紧紧贴合着，让舒听澜想起之前的每次亲密，他喜欢与她十指相扣，紧密结合，如此，弹琴的气氛便变得暧昧起来，加上她多年不弹琴，早已生疏，错了几个音。

“慢慢来，跟着我。”他低沉而温柔的声音响在她的耳畔。

她的心渐渐平静，接下来她没再出错，也渐渐找到当年的感觉，等一曲完毕，才发现卓禹安的手不知何时已离开，此时他正定定地看着她问：“再来一曲吗？”

“嗯。”

记忆的阀门被打开，她几乎不用看琴谱，凭着记忆，凭着手指的肌肉记忆，弹了一曲经典的《爱之梦》，从开始的恬静柔软到后面的热烈激昂，手指飞快跳跃，心也渐渐越跳越快，她整个人几乎融入到曲子里去，真实的她被音乐带出来了，剥离了束缚着她的身体与精神，这才是真正的她。

等声音停下，一室寂静时，她的灵魂才慢慢归位。只是许久之后，手指还在微微颤抖。

卓禹安适时地握住了她的双手，紧紧地握着，直到她的情绪平静下来。

“谢谢。”她想这个男人很懂她。

卓禹安摇摇头，伸手揉了揉她的头发，然后带她离开了这架钢琴。

已是深夜，两人回到卧室，所有的亲密都是那样自然与水到渠成。卓禹安想用遥控器把三面落地窗的窗帘拉上，舒听澜却制止了，她喜欢看着窗外的夜景。

即便三面墙都是落地窗，但因为是顶层，加上玻璃材质，私密性其实很强，卓禹安便听从她的。在亲密关系上，他待她始终是温柔的，也是尊重的，今夜她甚至感受到他带着一点点的虔诚，只为服务她。

舒听澜想问“你喜欢我吗”，可终究没问出口。

两人一觉睡到临近中午才起床，舒听澜问：“你今天有什么安排吗？”她想着他特意来栖宁，特意把她留下，是不是因为并购的事。

“陪我在栖宁走走，很多年没回来了。”

“就这？”

“对！”

已是深冬，好在栖宁温度适宜，又是中午，阳光明媚。不知卓禹安要去哪里，舒听澜只负责跟着，走到酒店前台，他竟然借了一辆自行车。

“上来。”他朝她喊。

舒听澜慢悠悠地坐上后座，卓禹安大长腿一蹬，开始带着她在栖宁的大街小巷乱串，他对这里的熟悉程度完全不亚于舒听澜。若不是亲眼所见，舒听澜很难想象，眼前这个总上财经新闻，被评为优秀企业家的青年才俊，会如同少年一般，骑着脚踏车在这里穿梭。

“以前陆阔经常带我走这条路。”他在前面说。

舒听澜有印象，陆阔以前住在这附近，离程晨家很近。他经常骑着脚踏车带程晨回家，有一次摔了，程晨的膝盖破了一大块，自此不再让陆阔带她。

卓禹安又骑了一会儿，终于停了。舒听澜跳下车一看，“栖宁高中”几个大字在前面闪着。

“来看看。”他解释。

舒听澜不置可否，她没想到这个男人会恋旧，一所高中而已，有什么可值得留恋的？

因为是周末，校园里没人，卓禹安跟门卫沟通了几句，门卫笑眯眯地开了一旁的小门让他们进去。

校园并不大，里面有两栋教学楼、一栋实验楼、操场、教职公寓。卓禹安骑着车带她逛了一遍校园，不过几分钟就逛完了。

站在教学楼前，舒听澜忽然记起，她第一次见卓禹安是在高一。那时候陆阔已经在追程晨了，有一次月考前，她给程晨送学习重点笔记。

“他成绩还不如我，好意思给我画重点。”程晨原本嗤之以鼻，但是看到笔记本上的拼音名字：zhuoyuan，她瞬间开心，“原来是学霸的笔记啊。舒听澜，你也一起看，看完帮我还回去。”

所以舒听澜跑到二班去还笔记，犹记得她当初站在二班的门口喊：“卓远，卓远是哪位？”

他们班所有人都看着门口的她，而后哄堂大笑。

卓禹安冷着脸出来，从她手中接过笔记本，冷冷地强调：“我叫卓禹安！”

只可惜舒听澜并没有记住，因为她只记得二班同学的哄堂大笑，像在嘲笑她，以致她后来都绕着二班教室走。

原来他们的交集比她认为的要更早。

两人许是都想起高中时的一些回忆，不由得相视一笑。

“这里好像没什么变化。”卓禹安说。

“是的。”即便舒听澜对栖宁高中，或者对栖宁没什么好的印象，但此刻依然心底柔软、潮湿，毕竟这里承载了她的青葱岁月，也承载了她最快乐的时光。

“走吧！”她说。

“好！”他继续牵着她的手，穿过校园的操场，然后骑上车带她离开。已近黄昏，夕阳把他们的影子拉得长长的。

脚踏车，年轻的男女，长长的影子，如果是春天，如果他们都穿着白衬衫、牛仔裤、帆布鞋，那便是初恋的味道。

舒听澜试着用手环住他的腰，脸轻轻地靠在他的后背上，闭着眼享受微凉的风拂过脸颊，这样刚刚好，一切都刚刚好。

卓禹安放慢了骑行的速度，过了一会儿，舒听澜的耳边渐渐嘈杂起来，空气中也若有似无地传来阵阵食物的香味。

等她睁开眼，车正好停下，停在那家他们以前常来的汤粉店。

此时正是晚饭时间，汤粉店几乎坐满了人，只有一张桌子还空着。不知为何，卓禹安一走进汤粉店，舒听澜便觉得这家店瞬间失色，显得拥挤与逼仄。

老板热情地招待，请他们坐在那张空着的桌子边，卓禹安却朝窗边舒听澜上回坐过的位子走，对那桌的客人说："能换一下吗？谢谢！"他指了指旁边的空桌。

许是因为他长得太帅，气场又强，桌上两个小女生瞬间脸红，几乎是条件反射地站起来坐到旁边的位置，回头偷偷看他。

舒听澜落座，卓禹安跟一旁的老板点餐，都是以前他跟陆阔来时总点的。末了，他还不忘加一句："她的粉里加一个煎蛋。"

他带她来这家粉店已让她十分惊讶，他竟然还知道要加一个煎蛋，更让她震惊。

"以前这家老板不是每次都偷偷给你加一个煎蛋吗？别人都没有。"

"你怎么知道？"舒听澜很震惊，老板这个温暖的小举动，她是多年后回来才偶然知道的。他是怎么知道的呢？

"你以为每个人都跟你一样没心没肺？"

她怎么就没心没肺了？

老板过了一会儿笑嘻嘻地端着粉过来，站在他们桌前，仔细打量了一下舒听澜与卓禹安，随后便是一声惊呼："老婆，你快过来，就是那个小丫头，没错，这回确定就是她。"

老板娘闻声过来，先看到舒听澜，接着失望道："这不就是上回来店里的姑娘吗？我说了，不是那个小丫头。"

"你再看看她对面的人。"老板提醒道。

老板娘看了一眼对面的卓禹安，愣住了，随后惊喜地拍了一下大腿："没错，没错，就是他们，哈哈哈哈，就是他们。"爽朗的笑声传来。

被别人如此惦记着，舒听澜有一丝感动。

卓禹安则是有些尴尬，他没有与这个群体的人打交道的经验，无法体会对方的情绪。

"小丫头，你真是没良心，上回来还不承认，这回可不能否认了吧？一个人长得像还可能是巧合，不可能两个人都长得像吧，就是你，没错。"

老板与老板娘的热情引得店里其他人都频频看过来，舒听澜尴尬得脸红。

卓禹安见此，正想开口说"我们要用餐"，但是话还没出口，只见老板娘兴奋地道："你们现在是在一起了吗？结婚了吗？"

舒听澜一听，险些被水呛到，心想，这都是哪儿跟哪儿啊？

"我当年就看出来了，他喜欢你喜欢得不得了，每次陪你们来店里，自己不吃，就看着你吃，哎哟，那个眼神啊，老阿姨我都心动了。"

这——舒听澜想这个阿姨脑补得太精彩了，果然八卦是女人的天性。

她更加尴尬了，看了一眼卓禹安，等着他跟老板娘否认，结果他倒好，难得地竟然笑了。她只好亲自上阵否定："不是，我们只是——"该说是同事关系？合作伙伴的关系？还是床伴的关系？她感觉在如此真诚的阿姨面前，不说实话会遭天打雷劈。

她正斟酌语言，老板娘一把打断她："迟早的事，迟早的事。今天可算了却我一桩心事了，看到漂亮的小丫头长大后的样子，也如愿看到你们在一起了，哈哈哈哈。"老板娘爽朗地大笑着。

舒听澜一时不知她是关心自己，还是纯粹出于八卦心理，把他们当成电视剧看，因为没有看到结尾，而念念不忘这么多年。

"今天我请客，你们尽管吃。"老板娘心满意足地离开了。

"你们了却了她一桩心事。"老板也开心地说完就去忙了。

只留下面面相觑的舒听澜与卓禹安。两人吃完，卓禹安直接扫码付款，跟老板、老板娘道别后离开。

夜幕降临，气温骤降，走出汤粉店，舒听澜不由得瑟缩了一下，卓禹安则拽过她，把她裹在自己的风衣里，站在路边拦车，不再骑单车。

"你这次到栖宁来是什么事？"她问，因为一整天，他好像什么正事也没干。

"来玩。"他低头看着怀里的人说，目光被霓虹街灯照得异常温柔。

舒听澜才不相信，卓远科技周一有新品要上市，正是最忙的时候，而且他从国外一回国便直接转机到栖宁，以他工作狂的态度，怎么可能纯粹是来玩。但这个男人一向不跟她说公事，她已习以为常。所以她不再说什么，只是想从他怀里离开一点儿。

卓禹安收紧了手臂，再次把她揽进自己怀里，说道："明晚回森洲，周一上午的新品发布相关事宜都已准备好。这两天没事可做，所以来栖宁走走，很多年没回来了。"

"你不过是在这儿上了三年高中。"

"舒听澜，这三年对我意义非凡。"

舒听澜似懂非懂地点头。

卓禹安笑："你呀，没心没肺，不会懂。"

这已经是他今天第二次说她没心没肺了，像是骂她，但又态度温柔。所以她到底哪里没心没肺了？

两人打了车回酒店，即便是周末，也没有真正能好好休息的时候，舒听澜的邮箱里有好几封邮件等待她回，卓禹安的手机铃声似乎就没断过。酒店的书房很大，两人各据一方处理事情。

舒听澜的邮件，实际上白天她都会看，因为不是紧急的事，所以她留到现在才来处理。

卓禹安似乎就比较忙了，并不是他所说的无事。

先是陆阔打来了电话，没开免提也能清清楚楚地听到他惊呼的声音："你去栖宁了？"

"嗯。"

"你怎么不跟我说？我也去啊。我家程晨最近没出差，一直在栖宁。"

舒听澜听得直翻白眼，心想，什么时候变成他家程晨了，还要脸吗？

"有事吗？没事挂了。"

"等等，你什么时候回森洲？要不我现在去栖宁找你，顺便叫上舒听澜，明天我们四人可以重游栖宁，寻找一下当年的感觉。"

"没空，回头再说。"卓禹安毫不留情地挂了陆阔的电话。

过了一会儿，他手机又响了，只听他声音沉沉地叫了一声对方的名字，Jane？卓远科技那位神秘的产品设计师？

两人主要是针对周一要发布的新品做最后一轮的确定。

"我和王岩做过最后的确认，没任何问题，Jane，放轻松。"

"是的，周一的发布会由我主讲。"

"可以，你春节后回来也行，我这边已让人安排好你的住处。"

"收购进展很顺利。"

舒听澜能听出卓禹安与这位产品设计师关系很好，因为他即便是在和对方谈公事，也很放松，不管是语气还是动作，都是下班后的闲散状态。

等卓禹安挂了电话，舒听澜的邮件也处理完了："是卓远科技那位鼎鼎大名的产品设计师Jane？"

"是，等她回国，我介绍你们认识。"

"好啊！"

"要喝点儿酒吗？"他忽然邀请她。

"好。"

两人走出书房来到吧台。

卓禹安从酒柜拿出一瓶红酒，只给她倒了一点点："尝尝。"

舒听澜对酒没有研究，轻抿了一口，尝不出好坏，只觉得有甘甜有回味，比林之侽带她喝的劣质红酒口感好很多。她又轻抿了一小口，然后笑眯眯地看着卓禹安道："好喝。"

卓禹安也笑，喝了一小口，转身看着窗外的夜景。他是调气氛的高手，整个套房的灯被调成暖色调，音响里流淌着低低的音乐声，他拿着杯子站在落地窗边静静地目不转睛地看着舒听澜，身后的窗外是一片璀璨的灯火。

舒听澜喝了一点儿酒，坐在吧台处，与他对视着，目光交织，她只觉眼前的男人很帅、很有味道，自己被卷进了他的眼里。

她忽然想起汤粉店老板娘的话："他喜欢你喜欢得不得了，每次陪你们来店里，自己不吃，就看着你吃，哎哟，那个眼神啊，让老阿姨我都心动了。"

想到老板娘的话，她心跳得飞快，加上喝了酒，只觉得耳根开始发烧，脸在发烫。

卓禹安真的喜欢她？在高中的时候？她正胡思乱想着，却见卓禹安站在窗边，朝她伸手："过来。"

她听话地挪过去，还差一步远时，他长手一伸，就把她捞进怀里，低头开始吻，迫切地毫无章法地吻。

转眼，舒听澜被按在落地窗的玻璃上，他贴上来，用他惯用的姿势，双手牢牢握着她的双手，完完全全控制着她。

好在舒听澜并不恐高，热烈地回应他。

红酒的余香在唇齿间酝酿出了更多更激烈的情愫，直到她的衣服被脱掉，冰凉的玻璃窗让她打了一个寒战，他才如梦初醒，弯腰把她打横抱起来，回到卧室。

过程自是不用多说，两人在这方面的契合度惊人。只是这次，舒听澜竟然舍不得关灯，就想这么看着他，看着他为她失控时的样子。

她心里有一种东西要破土而出，在心尖尖上缠绕着、飞舞着，让她快乐。她不知这是什么东西，只是看着卓禹安，挪不开眼。

卓禹安似乎感受到了，又是发疯的一夜，两人凌晨才睡下，第二天周日睡到了日上三竿，上午原本的计划全部泡汤。

舒听澜这次是真的累了，即便醒了，也一点儿不想起床，不想动，只想这么瘫着。

卓禹安倒也不强迫她，只是亲吻她的额头，笑道："我让人送吃的上来。"

"嗯。"她点头，被子盖在身上，只露出小小的脸。

卓禹安原本只是轻轻吻她的额头，结果没忍住吻了一下她的唇，又失控了。

舒听澜："……"

这个男人的精力未免太旺盛了，她只好出声点醒他："酒店管家马上送餐上来。"

卓禹安泄愤一样轻咬她一口，轻挠她。

舒听澜怕痒缩成一团，咯咯笑，心情明媚。她从未在他面前如此放松地笑过，眉眼里全是娇与喜。

卓禹安又忍不住了，覆身上去，还不忘取消刚才的订餐。

整个周日的安排全部泡汤，两人就没从酒店的套房出来过，从黑夜到白天，又从白天到夜幕降临，累了睡，睡醒了起来继续，有瘾一般，不知疲倦。

直到飞往森洲的飞机马上要到点了，两人才恋恋不舍地赶往机场。舒听澜累得跟没有骨头一样，脚步都是虚浮的，任他牵着往前走，全然相信他。

“上来。”他指了指行李箱，示意舒听澜坐在行李箱上，他推着她往前走。

舒听澜赧然，她又不是小孩子，她踩着高跟鞋傲然地往前走，留给卓禹安一个快步远走的背影。

过了安检，上了飞机，舒听澜要了一个毯子直接昏睡过去，也不知道过了多久，飞机落地，她依然沉沉地睡着，太累了。

空姐站在座位前想礼貌地叫醒她，卓禹安比了一个嘘的手势，然后转身低头，轻声唤她：“舒听澜——

“舒听澜，到了。”

他声音太轻了，生怕吵到她，所以她依然在沉沉入睡，头发随意地散在白皙的脸颊上，丝毫不为所动。

空姐只好出声提醒，飞机上的人已经全下去了。

“听澜——”卓禹安轻轻拍了拍她的肩膀。

舒听澜这才有了一点儿动静，她茫然地睁开眼，一时忘了自己在哪里，眼前的男人是谁。直到空姐再次出声提醒，她的思绪才一点儿一点儿回来，她去栖宁出差，险些被徐涛侵犯，卓禹安从天而降，两人在栖宁度过了一个周末，此时是在回森洲的飞机上。

“到森洲了？”

“嗯，到了。”

卓禹安见她清醒了，这才起身带她一起下飞机。

第五章

年夜饭

回到家已经是深夜，舒听澜看着自己的行李箱犯愁，她不想收拾，平日不管是出差还是出门旅游，回来最怕收拾行李箱。

此时她只想快速洗个澡，然后马上去补眠，在飞机上睡的三个小时完全不够恢复体力。等她洗完澡出来，见卓禹安正戴着耳机，一边在讲工作电话，一边有条不紊地帮她收拾行李箱，他将化妆用品一件件帮她放回梳妆台，脏了的衣物放进洗衣机，行李箱也擦拭干净放进柜子里。

舒听澜站在卫生间门口，看他忙进忙出，做这些细琐的事，心里冒出来的想法是："这是什么神仙男人啊？如果与他谈恋爱，应该会不错。"

卓禹安转身看到她，因为还在讲工作电话，所以用动作示意她，让她先回房睡。

舒听澜哪好意思自己回房睡，便窝在沙发上等他忙完。

明天，哦，不，确切地说，应该是今天上午十点新品发布会的事，对方在跟他确认整个发布会的流程。

他只听着，不时回应一句。能看出对方很紧张，原本这些工作是周末要面对面沟通的，但是卓禹安整个周末都找不到人，只有现在凌晨才有时间。

不知讲了多久，他终于挂了电话。

"怎么不去床上睡？"卓禹安把睡意昏沉的舒听澜抱回卧室，自己也躺下，从身后搂住她。

他大概是真的累了，不一会儿，就传来他匀称的呼吸声。

舒听澜反而没了睡意，心里有一点点乱，她似乎已经习惯了这个男人的存在，不再单纯地把他看成睡友，甚至不得不承认，对他产生了好感。

这种认知让她慌乱，这种不可控制的情绪是前所未有的。她自认无法做到像林之侽那样在一段感情中来去自如，对方会喜欢她多久？倘若对方变心了怎么办？又或者背叛她了怎么办？

这些悲观的念头就像条件反射，在第一时间冒出来，使得她把那一点儿好感一点儿一点儿压下去。她觉得不轻易交心，就不会被伤害。

"不要轻易相信男人。"这是妈妈一直反复跟她强调的，她又怎会不知男人都不可信，极少有意外。她迷迷糊糊想着想着便睡着了。

卓禹安不知何时起来的，等她醒来时，他已穿戴整齐要出门。今天是卓远科技的新品发布会，他是主演讲人，此时穿着西装，里边配着白衬衫，头发梳理得一丝不苟，既有商务精英范儿，又透着无与伦比的贵气。

舒听澜笑："我以为你会穿T恤、牛仔裤，这不是你们行业新品发布时的标准穿着吗？标榜亲民。"

卓禹安回头也笑："盲目追随多俗气。况且，我不走亲民路线。"

确实，他这人对外的形象永远是西装革履、高高在上，很有疏离感，与"亲民"两个字没有丝毫关系。

"你如果来发布会现场，提前跟我说，我出去接你。"

"好。"

卓远科技发布会现场是一票难求，同行、各级代理商、媒体等都在。舒听澜早就从林之侽那儿要了三张票，要和肖主任、周铭一起去参加。

只是舒听澜没有想到，林之侽给的内部票竟然是在第一排最中间的位置。

林之侽也在，悄声对她说："负责人以为我是卓总正牌女友，给我的票当然是最好的。"

肖主任与周铭坐在舒听澜另一侧，没听见林之侽的话，周铭微微倾身低声问："卓总真的跟林之侽在一起了？"

在他看来，林之侽能拿到这个位置的门票，而且还是一下拿四张，两人必然关系匪浅。

"他们没有在一起，只是谣言。"舒听澜解释。

"嗯？真的没在一起？"

"是的。"

"那是卓总在追求林之侽？"周铭还是觉得不可思议。

"应该没有吧。"这种猜测的东西，舒听澜不好斩钉截铁地否定。

"听澜，你啊，有时候还是太单纯了。"周铭在她身边浅笑着说。

毕竟是谈别人的八卦，所以声音很低，两人难免靠得很近，像交头接耳，关系暧昧。

此时，演讲台上的灯光亮了，卓禹安在万众瞩目以及雷鸣般的掌声中款款走上台。他淡淡地扫了一眼观众席，不知为何，舒听澜产生了一种错觉，他在看到中间位置上的她与周铭时目光微冷，与早上出门时完全不一样。

难道是因为他们占了重要的位置？

第一排正中间的位置应该是安排给重要客户或者重要人物的，现在被她与周铭、肖主任给占了，任谁都会不高兴吧？

舒听澜瞬间如坐针毡，低声问旁边的林之俱：“我们要不要换个靠后的位置？坐这儿不合适吧？”

“有什么不合适？给我的票就是这个位置，又没占别人位置。”

舒听澜想，好吧，既来之，则安之。

卓禹安上台之后，演讲台上的光线又渐渐暗了，只有一柱圆形光线追着他，他站在哪里，光线就追随到哪里，犹如明星般耀眼。

巨大的投屏上是这次发布的新品的视频，整个画面呈现出来，有点儿类似3D观影的效果，如同进入高科技博物馆般让人炫目。卓禹安语气缓慢地介绍着产品的功能，核心点以及精致的外观牢牢吸引住全场的注意力。

巨大的屏幕下，他就站在那里侃侃而谈，他的眼中有热爱、有激情、有主宰未来高科技世界的自信，他似乎就是为了这些高科技而降生。舒听澜从未见过他的这一面，不是那个在她家为她做细碎琐事的男人，不是那个在床上轻易就失控的男人，此时，他更像神，是这个领域的主宰者。

舒听澜看呆了，心里再次翻涌着压不下去的好感。她想，任谁也无法忽视这个男人。

旁边的林之俱捂着心口哀号道：“天啊，他这是屠杀，太帅了。如果不是他喜欢你，我肯定要追他，死皮赖脸地追。”

舒听澜的心脏扑腾扑腾跳个不停，演讲台上的他耀眼得让人目眩神迷。

演讲结束，媒体一窝蜂地上台围着卓禹安采访。他倒也没有不耐烦，对于记者提到的产品相关问题，都一一解答，十分细致、专业。

同一时间，所有网络平台都在转播他演讲的视频，一些自媒体更是洋洋洒洒写下几千字的小作文，说卓远科技的这款产品具有跨时代的意义等等。

内行看门道，外行看热闹。除了同行以及一些爱好者会认真分析产品的各项功能，大部分网友都沉浸在卓禹安的外形、气质与言谈举止上。满屏幕的“太帅了”“他杀我”“真正的霸道总裁，做梦有样本了”。

而后很快就有人扒出他的身份。

“霸道总裁只是他的表象，你们知道他真实的来历和背景吗？”

“什么背景？”

“你们自己上网搜，京城那个阶层的只有一家姓卓。”

“我的天啊，厉害了！”

“大家谨慎发言，以免被封号、炸群。”

当然，这些网友的讨论，舒听澜是看不见的，因为她很少浏览这些平台。只有林之俱这个网红博主才会一天二十四小时泡在网上，她默默关注完，默默搜了一下京城卓家的新闻，心想，大概是网友空穴来风、对号入座吧。

卓禹安后面还有一个独家采访，不过有王岩陪同，所以与技术相关的问题都由王岩回答，他只负责讲卓远科技今后发展的方向，都是官方语言，不用太走心。中间的间隙，他给舒听澜发了一条微信：“等我十五分钟，采访结束后，一起回公司。”

“不用了，我今天回律所。负责胜普瑞尽调的同事今天都回所里，要开会。”

“好，那晚上见。”

一起前往车库的林之傍看到她的微信，一把抢过她的手机，回复道：“卓总，我是林之傍，那我坐你的车回卓远吧，我在你车旁等你。”打完字，她把手机塞回舒听澜手中：“你跟肖主任走吧，我去等卓总。”

林之傍风风火火，没等舒听澜回应，人已经走没影了。她今天看到网上对卓禹安身份的起底，有些忐忑，倘若他真是京城卓家的人，舒听澜必须远离他。

过了十分钟，卓禹安和王岩终于出现在车库。

王岩见到林之傍时有些诧异，他想起公司传的绯闻，都传到美国总部了，看来确实不是空穴来风。不过，大家都是成年人，他表示理解，打了声招呼，便走向自己的车，然后离开。

林之傍很自觉地坐到卓禹安的副驾驶座上，卓禹安没说什么，开车出了地库。林之傍不拐弯抹角，直接把在网上搜的京城卓家的相关新闻以及人物介绍发给他看：“你们是什么关系？”

“我爷爷。”出人意料，他完全没避讳。

“听澜知道吗？”林之傍惊愕之余，只关注这一点。

“她是否知道有关系吗？我爷爷是我爷爷，我父亲是我父亲，我是我。”

“如果没关系，你又何必隐瞒？”

“没有隐瞒，只是也没有必要特意提，我们的关系还没到那一步。”他走到今天，从来不靠家里一丝一毫，所以当年才会在海外注册公司，等稳定了再打回国内。回国后，媒体采访问他的家庭时，他只是简单地一句带过，避免过度关注。他辛苦打拼下来的事业绝对不想沾染上任何政治色彩。

外人觉得京城卓家代表的是权贵，于他而言，不过是普通家庭，只是父母、爷爷强势一些罢了。他并未隐瞒过舒听澜，只是她没问过，他便也没有主动提。

“渣男。”林之傍一口浊气堵在胸口，什么叫关系还没到那一步？他的意思是与舒听澜没关系，舒听澜还不够资格知道他家的背景呗？

林之傍一直奉行的就是游戏人间的态度，觉得只要不违法、不违背道德，自己开心就好。尤其男女之间，更不必非要立个贞节牌坊，或者海誓山盟，要天长地久，没必要，及时行乐最重要。

但，有些人碰不得，例如眼前的卓禹安，有那样的家世背景，即便是只当朋友，舒听澜也不合适。

车到了卓远科技，两人回办公室时，林之偶难得正经地说道：“卓总，我觉得你跟舒听澜不合适，还是别去招惹她了吧，对你们来说，都是及时止损。”说完便走了。

林之偶作为一个网红情感博主，看过太多狗血淋漓的私信诉苦，上千甚至上万个样本分析，使得她能很快预见一段感情的利弊以及发展走向，她这些话是真心的，出于对好友的保护。

卓禹安脸色不好看，他快步走到她的前面拦下她：“这是我与舒听澜的事，我会处理好，你不要插手。”卓禹安知道林之偶对于舒听澜的意义，所以他不得不正视林之偶的意见。

“你对她是真心的吗？还是只玩玩？”

“我没时间玩感情游戏。”

“所以是真心的？不管发生什么事，你都会保护好她？”

“嗯。”

办公室外的电梯间人来人往，卓禹安与林之偶站在那里聊天，声音压得很低，表情各异，最容易引人猜测。

很快，公司上下已传开，卓总跟女朋友林之偶吵架了，卓总正低声下气地哄女朋友，有图为证。

王岩也看到了员工偷偷拍的照片，他长年在员工私下建的小群里潜水看八卦，看得不亦乐乎。

“这次卓总是来真的啊！他这么公私分明的人，为林之偶破例多少次了？”

“我看那个林之偶倒是很会利用资源，心里不见得多喜欢卓总，上周我还在酒吧看到她跟一个男的喝酒。”王岩在卓禹安的办公室，一条一条念给卓禹安听，“是真的吗？你真的喜欢林之偶？”

“没有。你很闲？”

“是很闲，新品刚上市，我们技术部可以好好休息到年后。”

卓禹安冷眼瞟了他一眼，冷哼道：“看来是太闲了，明年的产品开发计划，这周五提交规划给我。”

“要不要这样压榨我？”

“资本家的本质就是压榨，这不是你的口头禅？”

“不，这是Jane的口头禅，与我无关。”王岩说完，一溜烟跑了。提交规划？笑话，他可是订了一个豪华旅游团，整个技术部门提前放年假出国旅游，他可是一位大方、体恤员工的好领导。

舒听澜乘肖主任的车和她一同回律所，因为年关将至，之前在各地出差的律师基本都回律所坐班，做年底总结报告，肖主任带的并购组前所未有地热闹。

肖主任年后最大的项目就是卓远科技收购胜普瑞智能，分公司的审核工作已经基本完成，等春节之后，将全部驻场到胜普瑞在森洲的总部进行工作。

开年终会时，肖主任言简意赅地把明年的规划与重点工作都安排妥当。她是项目总负责人，周铭、舒听澜、嘉佳等人也分工明确。

周铭带着他的团队，主要负责胜普瑞内部的调查，例如核对原件、审查尽调清单上的内容，包括公司的出资、变革、股东权益、财务各方的报告，以及过往签署的合同等。

嘉佳则负责胜普瑞外围的调查，例如社保、工商、不动产登记，以及与别的中介协调等等。

舒听澜则是负责尽调报告的整理以及跟客户也就是卓远科技汇报每日的进展，作为三方的传话筒。

肖主任是按每个人的特点与专长来安排工作的，十分合理，大家都没什么意见。

"那就这样，这一周大家把该收尾的工作都收尾，不要松懈，下周正式放年假，正月初八回来上班。"

散会后，大家纷纷开始讨论过年要去哪里旅游，他们平日太忙，一年到头只有过年这几天才能真正放松。

肖主任："回家陪父母。"

嘉佳："我们全家出国旅游，好烦，跟长辈出去旅游等于受刑。"

周铭："听澜，你呢，过年有什么计划？"

舒听澜："还没想好。"

其实她没地方可去，妈妈住的医院，没有特殊情况，不让探访，更不让出院，所以这几年的春节，她都是独自一人在家里过。林之俢每年都会邀请她跟自己回老家，她都拒绝了，心想，人家一家人好不容易团聚，她去了会给他们添麻烦。

她一个人已经习惯了，订一份饺子看春晚，等到主持人报倒计时，她关电视，然后睡觉，这一天稀松平常，与平时并没有什么两样。

周铭："我今年约了几位朋友自驾游，沿着省道走，走到哪儿算哪儿，比较自由随意，你要不要参与？正好介绍几位朋友给你认识。"

办公室里众人一听周铭的话，顿时起哄。

"周律有手段。"

"周律一出手，就知有没有。"

"听澜，快答应一起去吧。周律的朋友都是业内精英，认识他们，这波不亏。"

周铭的话引导性极强，也极暧昧。

舒听澜笑了笑，拒绝道："不了，周老师，我晕车，别回头吐你一车，太扫兴。"

"啧啧，还是听澜会说话，拒绝得明明白白的。"

舒听澜不想在律所闹什么绯闻，她只想认认真真工作，争取早日独立接项目赚钱。

周铭也不生气，继续开心地道：“谁想参与我们的自驾游，随时报名，只有一个名额。”

大家嘻嘻哈哈一笑而过，并未把这个小插曲放在心里，毕竟都很忙。

转眼一周就过去了，大年三十正式放假。林之偶乘当天的飞机回老家，前一晚软磨硬泡让舒听澜跟她回老家过年。

舒听澜拒绝道：“不了，替我跟叔叔阿姨问好。”

“你真不跟我回家吗？我爸妈念叨好几次了，让我这次务必把你带回去。”

“等下次吧。今年有点儿累，不想动，想趁着假期好好休息，上班后会很忙。”

“行吧，随便你。反正回我家就是听我爸妈唠叨、催婚、催生孩子，很烦。我尽量提前回来陪你。”

森洲这座人口上千万的大城市，绝大部分都是外地人，过个春节，便成了一座空城，哪里都是空荡荡的，路上都几乎看不见车了。

往年的年夜饭，舒听澜一直是点外卖，但今年她的厨房因为卓禹安不再是个摆设，有了一丝烟火气。她突发奇想，觉得可以去超市买点儿菜，上网看教程学着做饭，这也没什么难的吧。

然而很快，她就后悔了，因为当春晚主持人高亢的声音传来时，她的厨房还是一片狼藉。

西红柿炒鸡蛋，她明明是按照网上的教程做的，但为什么碗里的它们只是红彤彤一片，分不清哪个是鸡蛋，哪个是西红柿？

她做的米饭为什么是生的？红烧排骨为什么黑糊糊的，跟炭一样？

她看教程明明很简单，平时看卓禹安做也很简单啊。

更要命的是，水池堵了，切菜板、锅碗瓢盆没有一样是好的，乱糟糟地堆在台面上，她完全无从下手。

电视上载歌载舞的，很热闹，显得她此刻更加狼狈，第一次发现自己竟然如此无能。她肚子很饿，因为中午就没吃，去超市采购忙到现在，滴水未进。人也很累，筋疲力尽。她用刀切开黑糊糊的排骨，想着哪怕吃一口，也不至于如此难受。

但是她将排骨切开之后，发现里边竟然还是红的，没熟透，根本吃不了，她瞬间控制不住，崩溃了，蜷缩在沙发上，想哭。

她生平第一次，被节日衬托得觉得自己好惨，比她第一年出来独居时还惨。

身后传来钥匙开门的声音，她心想，这个时间谁会来她家？林之偶回老家过年了，卓禹安也回家陪家人过年了，难道是贼？是看她还不够惨吗？她又惊又怒，拿着一个扳手站在门后，要与对方拼个你死我活。

咔嗒一声，门开了！

“……”舒听澜屏息准备一击即中，结果看到门口笑容温存的男人，生生顿住手里的扳手，瞪着眼好半晌才反应过来，“你……你不是回父母家过年了吗？”

“嗯，回来陪你。”他皱着眉把她手中的扳手拿下来，一手把她揽进怀里，低声问，“在做什么？”

“没做什么，在看春晚。”她在他怀里闷闷地回答，不得不说在见到他的这一刻一直飘着的心忽然落地了，感觉很踏实。

“吃饭了吗？”

他不问还好，一问，舒听澜顿时便觉得饿，以及有种深深的挫败感。

“我给你带了年夜饭。”他松开她，从门外拎来一个小小的保温桶，朝厨房走去。

见他去厨房，舒听澜的脑袋顿时嗡嗡响，她的厨房被她糟蹋得惨不忍睹，千万不能被卓禹安看见。电光石火间，她先一步站到厨房的门口，拦住他：“我吃过饭了，现在不饿。我们一起看春晚吧。”

“吃的什么？”卓禹安压根儿不相信她吃过饭，以他的经验来看，只要他晚上不在她家，她就不会好好吃饭。

“饺子，真的。现在一点儿也不饿。”舒听澜睁眼说瞎话。

“让开，我把菜热一下。”他不为所动，执意要进厨房。

舒听澜冲他摇头，禁止他进厨房，厨房太糟糕，显得她太低能了。

卓禹安皱眉：“里边有人？”

舒听澜拼命摇头。

她越是这样，卓禹安越疑心，目光灼灼地看着她，盯得她心虚得不行，默默给他让开门。

卓禹安如愿进了厨房，舒听澜一口气提着，预料之内，传来卓禹安怒吼的声音：“舒——听——澜，你到底是怎么长大的？！”

水池里的水依然堵着，池子里漂着不明物体。锅碗瓢盆东一个西一个放着，锅是黑的，蔬菜、肉摆在操作台上，有的被切碎，有的还是完整一块。

舒听澜只见卓禹安的怒气值噌噌噌在往上涨，她还不怕死地说：“我不让你进，你非要进。”

“你给我闭嘴。”他在戴手套，准备收拾“战场”。

“欸，大过年的，别生气。”舒听澜站在门口劝。

卓禹安瞪她一眼，把带来的保温桶放到外面的餐桌上，恶狠狠地说：“先饿着。”

他回头开始打扫她的厨房。

他大高个子，大长腿，宽肩窄腰，穿着衬衫、西装裤，是标准的模特身材，此时衬衫的袖子一截一截挽着，他低头收拾锅碗瓢盆，气质与这间厨房既很违和，又说不出地和谐，非常矛盾。

舒听澜觉得难于上青天的打扫工作，他却进行得有条不紊，不过二十分钟的时间，厨房就被打扫得干干净净、清清爽爽。

这期间，舒听澜看着餐桌上的保温桶，忍不住好奇，打开看里边都有什么，一打开，顿时香气扑鼻，勾得她更加饥肠辘辘。

等他终于收拾妥当，他才把保温桶里的饭菜拿出来准备去加热。

“就这么吃吧，不凉。”她等不及了。

卓禹安瞪她一眼，把该加热的全部用微波炉热了一遍之后才端上餐桌。保温桶看着不大，里边倒是应有尽有，有黄金炒饭、竹笋老鸭汤、清蒸石斑鱼、水晶虾仁、凉拌时蔬、桂花糯米藕等。

“你家的年夜饭吗？”她问。

“不是，让厨师单独做的。如果我今晚不来，你就饿着？”他给她盛了一碗汤，问。

“嗯，习惯了。”

“习惯不好，改了。”

“霸道。”

汤汁鲜美，菜也可口，舒听澜好多年没有正正经经吃过一顿年夜饭了，餐桌上是美味佳肴，耳边是春晚载歌载舞的热闹，充满了烟火气，她的心也前所未有地暖。

“你怎么不在家跨年？”她问。

“嗯，我们家没有跨年的习俗，一起吃个年夜饭就够了。”

“哦。”

“假期这几天有安排吗？”他问。

“没有，打算在家休息，年后会很忙。”

卓禹安就不再问了，静静陪着她吃，自己一口也没吃。

“你过年不在家，真的没事吗？”舒听澜又问，她并不知卓禹安的家庭情况，猜想他家境应该不错。

“没事。快吃，吃完带你出去玩。”

“去哪儿？”

“去了就知道了。”

舒听澜吃饱喝足，一整个下午的挫败感烟消云散，她认清一个事实，人有专长，就有短板，不会做饭没什么大不了的，饿不死。谁规定女生就一定要会做饭呢？

她开开心心地换了衣服，跟卓禹安出门。

大年三十的森洲市，近郊的街上几乎没车，卓禹安一路畅通无阻地带舒听澜来到了市中心，把车停在某个高档小区的车库，然后牵着她的手进电梯。

“去你家？”舒听澜后知后觉地问。

“嗯。”

两人好像自认识以来，一直是卓禹安不请自来地去她家留宿，她从未去过他家。而今天，他陪她跨年，带她来他家，她想，很多事不用明说，已很明确。

电梯一直往上，直到顶层。出了电梯是宽阔的视野，整个森洲市尽收眼底。

卓禹安站在门口摆弄门锁：“过来。”

他抓着舒听澜的手在门锁指纹上按了几次，语音提示指纹已记录。接着，他又扳着她的脸，对着门锁上的摄像头识别，语音提示已记录。

“指纹、脸部识别都给你开通了，以后可以自由出入。”

舒听澜任由他带着进到他家，原以为是他长住的，结果里边空荡荡的，只有基础装修，别的软装一律没有，她不由得有一点儿失望，原来不是他真正的家啊。

客厅一面是巨大的落地窗，另一面是露台，不管站在哪个角度，都可以看到整座城市的夜景。舒听澜想，这个地段、这种类型的房子，房价至少在9位数以上，真豪气，只是不知他带她来做什么。

窗外是远处高楼巨大的电子屏幕上绽放的绚丽烟花，底下的广场上，男男女女在齐声喊着倒计时：“十、九、八、七……”

原来已到十二点，农历新年来了。

在大家数到“一”时，卓禹安从身后抱住她，低声在她耳边说：“舒听澜，新年快乐。”

“新年快乐！”

即便是在高层，但因为站在露台上，所以他们清晰地听见远处广场上爆发出人们喜悦的相互祝福的声音。

电子屏幕上的烟花绽放得绚烂，光线不时闪过他们的脸。卓禹安把她转过来，低头深深浅浅地吻她。他把她整个人都裹进他的大衣里，紧紧抱着。

许久许久，她几乎喘不过气，他才松开她。

“舒听澜，这套房子交给你装修，好吗？按你的喜好！”他嗓音沙哑，目光却如水一般温柔地看着她，等着她的答案，他话里的意思已足够明确了，按她的喜好装修，再搬进来。

舒听澜在他的怀里摇头，再摇头：“我审美不好，也没有精力，工作很忙。”

她的房子虽然在近郊，也不大，但那是她和妈妈一手布置起来的，很温馨，给她很大的安全感，她从没想过要搬离那里。

“这里离公司近，你上下班可以节省很多时间。”他解释道。

“想圈养我？”她状似开玩笑。

“可以吗？”

“不可以。”

他们从单纯的睡友关系发展到现在有了心的羁绊，但谁也没有开口捅破这层窗户纸，即便卓禹安此时邀请她搬过来住，但始终没有明确两人的关系。

舒听澜猜不透他的心思，是继续当睡友，还是发展成男女朋友？他不说，舒听澜也权衡着利弊不说。

卓禹安几不可察地叹了口气，继续抱了她一会儿才回客厅。这套房子还没有任何家具，今晚没法住人，所以两人又驱车回舒听澜的住所。

这么一来一回，已是深夜两点，舒听澜累得倒头就睡，但架不住卓禹安，又陪他疯了一次，真正入睡已是凌晨四点，两人相拥而眠，直到日上三竿才醒。

冬日正午的阳光太暖了，暖暖地照在床上。床上的人慵懒地躺着，近距离四目相对了许久，

“舒听澜，新年快乐。”跨年时卓禹安已经说过，现在是大年初一。

“新年快乐。”

彼此说完，不由得笑了。

“今天有什么安排吗？”舒听澜问。

“去慧苑寺如何？”他沉思了一会儿后给出建议。

慧苑寺在森洲市的慧山上，是综合类的寺庙，据说求事业、求姻缘、求子嗣、求平安都很灵验。

“你还信这个？”舒听澜觉得不可思议，他可是走在科技前沿的人。

“嗯，信。”他点头，声音犹如下了蛊，让人沉溺其中。

“你想求什么？”舒听澜不由得有些好奇，这个男人已经应有尽有，还有需要求的吗？

卓禹安没有回答她这个问题，淡淡地笑了笑：“起来走。”

“好。”

卓禹安非常少见地穿了一身运动装，戴上棒球帽，与平日严肃的西装革履的模样判若两人，有另一种充满活力的气质。舒听澜难得也穿了一套灰色偏黑的运动装，运动鞋是浅红色，她梳着马尾，青春张扬。

卓禹安发现舒听澜这一点儿小小的癖好，她鞋柜里所有的鞋都是红色，各种各样的红。

他们驱车很快就到了慧山，慧苑寺在山顶，因为是大年初一，里面很多人，停车场已经停满了车，卓禹安转了好几圈，才找到车位。

停好车，他拿着包，包里有保温杯、水果、小零食等，舒听澜空手走，两人看着倒是跟旁边那些小情侣一模一样。

只不过舒听澜还是觉得异样，他是卓禹安啊，走在科技的最前沿，怎么会相信这些？再说，他此时完全没有在公司或者演讲台上傲视群雄的模样，他温柔、平和，就是寻常、普通的男人。

舒听澜平日运动得少，爬到半山腰时，已累得走不动了。

“前边有个凉亭，我们去那儿休息。”卓禹安一路哄着她往前走。

“走不动了，你先上去，不要管我。”舒听澜赖着不走，她多年不爬山，爬这一会儿已经快喘不过气了，白皙的脸已通红。

“上来，我背你。”卓禹安蹲在她面前。

“不要。”她可不想丢人，这山道上的人不少。

“是背还是抱？你自己选。”他不容拒绝。

“背！”舒听澜慢悠悠地爬上他的背。

路过的几个年轻男孩女孩见此都发出哇的羡慕的声音。

男孩子们佩服卓禹安的体力，女孩子们羡慕舒听澜的幸福。在一路关注之下，舒听澜把脸越埋越低，直到埋进他的颈部，好在很快就到了慧苑寺。

慧苑寺是一座庞大的建筑群，错落有致的别苑分别供奉着不同的神像，每一座别苑里都有不少人。

舒听澜并不信这些东西，但既然来了，便虔诚地跪拜了一座观音像，学着旁人三拜九叩，双手合十，闭目许愿。

她的愿望不多，最大的心愿不过是妈妈能身体健康，不被病痛折磨。

许是寺庙里迷迭的佛音让她心境澄明，许愿时她想起了许多与妈妈的往事，最多的是那一年，她们逃荒一样从栖宁到森洲，她住森洲大学的校舍，妈妈在校外找了一份保姆的工作，一辈子养尊处优的妈妈为了她什么苦都受。

当时妈妈的雇主是一位独居老太太，子女都在国外，老太太格外刁钻、蛮横，全身上下充满旧时代女性的压迫感，她把妈妈当成丫鬟使唤，甚至在数九寒天的日子里，故意让妈妈用户外的冰水洗菜、洗衣。

老太太的保姆换了无数人，子女给出的保姆工资远超过市场价。

舒听澜心疼，不让妈妈再做这份工作，但妈妈摇摇头：“再凑点儿钱，给你在森洲买房安家，妈妈这辈子便了无牵挂了。”

后来妈妈发病，舒听澜也不知是父亲的事情刺激她埋下病根，还是在老太太那儿受虐导致的，她时而清醒，能清楚地说出舒听澜单位的地址、名称；时而糊涂，几近自虐。她迫不得已，只好把妈妈送进医院长期治疗。

想起从前种种，舒听澜心痛得厉害，她匍匐在蒲团上又深深地拜了拜。如果真有神明存在，她希望妈妈康复，希望妈妈往后余生都幸福安康。

“舒听澜！

“舒听澜——”

她跪了太久，完全沉浸在过往的世界里，一旁的卓禹安不得不出声提醒她，她的思绪才一点儿一点儿被拉回现实。

“怎么了？”卓禹安扶她起来，担忧地看着她发红的双眼。

“没事，这里香烛的烟太刺眼了。”

卓禹安看了看四周皆是电子的香烛，并没有一丝烟火气，但也不拆穿她，牵着她的手走出这座观音庙。

“接下来去哪里？”舒听澜收拾好心情，把刚才莫名其妙的负面情绪都收了起来。

“随便走走。”他说。

他们沿着一片竹林围绕的石板路往前走，走到另一端恰好是一座月老祠。月老祠不大，里边站着几对情侣，正在求签。

“试试？”舒听澜怂恿他去，有点儿好奇他的姻缘。

“好。”卓禹安过去，抽了一支签。

“我看看写的什么。”舒听澜探身过去看。

“一则以喜，一则以惧。什么意思？”舒听澜每个字都认识，但连在一起，她不知是好是坏。

“前面有解签的，去问问。”她推着卓禹安向前。

解签人接过他的那支签看了看，说道：“中签，意思是这世间的事无法两全其美，取之，舍之，都在你取舍之间。”

卓禹安没说什么，把那支签收好，放进随身口袋里。

舒听澜听得一知半解，总结出的是：他桃花很多，才需要选择、取舍。

“准吗？准吗？”她问。

“不准，我对自己想要的很笃定，不必选择，更不必取舍。”两人正穿过一片小树林，他忽然停下看着她，很认真地回答这个问题。

“哦。”舒听澜点头，表示知道了，不知为何，心怦怦跳得厉害。

冬天白昼短，等他们逛完整座慧苑寺时，已是傍晚，太阳正落山，落日的余晖把半个天空照得发红，站在山顶上看，很是壮观。

卓禹安一手拿手机，一手揽着舒听澜的肩膀，背对着落日，自拍了两张合影，心满意足地把手机放进口袋。

天已渐黑，山路不好走，等他们下山时天已全黑。新年的第一天就这么充实地度过了。晚上睡觉前，卓禹安体贴地给她腿部做按摩，松弛肌肉，避免第二天腿疼。

舒听澜爬了一天山，有点儿累，迷迷糊糊地想着，这个男人可真好，从头到脚找不出一丝一毫的缺点。

第二天是大年初二，舒听澜一早醒来，第一件事就是动了动脚，还好只是有一点儿酸，并不疼。

“早！”卓禹安也醒了，侧躺着看她，嗓音低沉、迷人。

两人又是近距离、四目相对地看着彼此。

“今天有什么安排？”她问。

“这个安排。”他说着，翻身把她困在怀里，清晨总有无限的旖旎。

整整一天，两人都没出门。

到了大年初三，家里的冰箱弹尽粮绝，他们不得不出门采购。卓禹安跟买东西不要钱一样，一个小时不到，推车上已堆满了各式各样的食物。

“你是打算储备到明年吗？买这么多，吃不完啊。”

“吃不完再说，买了放在家里，有备无患。”

舒听澜不置可否，在乘电梯时，忍不住问：“你什么时候回自己家？你真的确定不用陪家人过年？”

卓禹安这次犹豫了几分钟后说道：“抱歉，今晚的飞机回京，要给老爷子拜年。”

实际上，他和父母原本在除夕夜要回去陪老爷子过年，不过，他父亲临时要留在森洲主持工作，所以延迟到大年初二。而卓禹安则是能拖就拖，老爷子已经打了多次电话要他回去，说再不回去，就要亲自来森洲看他。

老爷子脾气硬，说到做到，他一出动，事情就闹大了，卓禹安只好答应回去。

舒听澜原本只是随口问问，听他说真要走，心里闪过一丝失落。

“你一个人可以吗？”他问。

“可以，我又不是小孩子。”

卓禹安揉了揉她的头：“我尽量争取早点儿回来，否则我怕你再把厨房烧了。”

“我哪有烧厨房？”

“也差不多了。”卓禹安说着便起身走到厨房。

“你做什么？”

“给你做饭。”

“刚吃饱。”

“做明后天的，这几天外卖不好叫，以免你饿死。”

“我自己会看着办，不要你管。”

“三餐都吃面包？”

“饿不死。”

卓禹安摇头，也不管舒听澜说什么，他只顾着做，做好之后，该冷藏的冷藏，该冷冻的冷冻，按照一日三餐标注好食用先后顺序。

他一个人在厨房做得专注而认真，仿佛手中的不是一日三餐，而是科研产品，是他钟爱的事业。

舒听澜倚在厨房门口看得出神，直到他抬头问：“微波炉会用吗？”

“啊？哦！”她大脑还在放空。

“过来，我教你。”他带她来到微波炉旁边细心地教她怎么操作。

“我知道怎么用。”她拒绝被他当成幼儿或者傻瓜一般照顾。

“行吧，你要是不懂，随时给我打视频。”

“你快走吧，别晚点了。”

“来得及。”他说来得及就是来得及，不紧不慢地去浴室洗了澡，出来时又抱着舒听澜缠绵许久才松手赶往机场，“舒听澜，我会想你。”

舒听澜点头，送他到电梯间，然后转身回家。关上门的刹那，她看着冷冷清清的家，心里忽然空落落的，仿佛丢了一块。她急忙转身跑到电梯间，她想对他说“我也会想你”，然而电梯早已经下行，不见卓禹安的身影。

她正失望之际，仿佛心有灵犀，另一部电梯的门开了，卓禹安拎着行李箱从里边走出来。

舒听澜欣喜地迎了上去：“怎么回来了？落东西了吗？”

卓禹安没有回答，只是大步走向她，把她紧紧揽在怀里：“陪我一起去，好吗？”

舒听澜说不出是什么滋味，心里仿佛被甜甜的糖灌得满满的，密不透风。她很真切地体会到林之偶所形容的恋爱的滋味以及那份难舍难分。

不过，她尚存一点儿理智，不可能陪他去京城，她从他怀里抬头说道：“你去吧，等你回来，我有话跟你说。”

她打定主意，卓禹安如果不主动开口给这段关系一个明确的答案，她便做那个主动的人，她不喜欢玩暧昧的游戏，一段关系的开始必然是明确的。

“有什么话不能现在说？”他低头问。

“嗯，等你回来再说。”

“好，我也有话对你说。”

舒听澜这次送他下楼到车库，然后看着他的车消失在小区门口之后才回家。

* * *

卓禹安险些迟到，在机场广播通知的最后一遍，他才赶到，下了飞机才看到王岩及Jane都给他发过微信。

王岩：“你去京城陪老爷子了？Jane也刚到京城，原计划转机回森洲，你们联系一下看是否同时在机场，她很多年没回来，你多照顾照顾。”

Jane：“我在机场，你到了跟我联系。”

卓禹安刚看完信息，还没来得及回复，Jane的电话就打过来了，轻快的笑声传来：“回头，我在你身后。”

卓禹安回头，便看到Jane推着车，上面堆着五六个行李箱，朝他走来。

卓禹安笑：“欢迎回来！”

Jane感慨：“终于回来了，久违的祖国气息！”

她把行李车自然地扔给卓禹安推，自己则拎着手提包在旁边走着。

Jane是极简主义者，穿着打扮简单大方，与她设计产品的概念一脉相承。她穿着简单且优雅的法式白衬衫、有质感有垂感的阔腿长裤、矮跟鞋，整个人利落大方，知性而骨感，与卓禹安走在深夜的机场，十分吸睛。

到了机场候车处，冷风吹来，Jane忍不住打了一个寒战，身上的法式衬衫有等于无，被寒风吹了一个透心凉。

“我记得国内的冬天很暖。”

“你说的是栖宁的冬天，那里四季如春。这里是京城，你出发时该看看天气预报。”卓禹安自己穿着黑色大衣，倒一点儿不觉得冷。

车还没来，Jane被冻得直哆嗦，她从行李箱里快速找到一条灰色大围巾披在身上，这才感觉好一点儿。

“国内变化挺大的，当年出国时，也是来这儿转机，当时机场外还一片荒凉。你看现在，高楼林立。”

“是。”卓禹安感触不大，他不像Jane，这么多年一直没回来。

两人闲聊了一会儿，约的车到了。

“先送你去酒店。”

“好。”Jane看了眼网约车司机，感慨道，“你回国后反而更低调了，王岩说要给你配司机和秘书，你都不要。”

“公司有司机，去重要场合让他开就好，助理也有。秘书有崔姐就够了。”

“崔姐在国外，你们有时差，交流不方便。”

“无妨。”

卓禹安确实低调、不张扬。

卓禹安送完Jane，再回卓家，四合院静悄悄的，只有四周围墙上的夜灯泛着微弱的光。原以为老爷子睡了，结果他从院子一走进室内，行李还没来得及放下，老爷子便声如洪钟，说道：“臭小子，你还知道回家。”室内的灯适时地亮了。老爷子戴着老花镜，披着一件毛线外套走出来。

卓禹安放下行李，抱了抱老爷子，玩笑道：“有您这老头子在，我哪敢不回来？”

老爷子笑了，坐在一旁打量他好一会儿，夸道：“不错，成熟了。”

这时他的父亲卓闳、母亲程知敏也闻声出来。

“爸，您别夸他了，再夸尾巴都不知翘哪儿去了。”程知敏在一旁说着，但眼里是藏不住的骄傲，自家儿子优秀，她脸上自然有光。

只有卓闳始终绷着脸，一脸严肃，冷声问：“张师傅去机场接你，说你跟一个女孩走了？”

程知敏紧张地问：“什么女孩子？女朋友吗？外边的女孩子乱七八糟的，你千万别乱来。”

卓禹安皱眉："Jane是我同事、合伙人，不是什么乱七八糟的女孩子。"

卓闳与程知敏的脸色这才好一点儿，末了，他又叮嘱一句："你做事一向谨慎，事业上，我们管不了，但是在择偶上，必须要门当户对。"

"这都什么年代了，还门当户对？"卓禹安犹如听到天方夜谭。

"行了行了，大半夜，吵什么？都回去睡觉。"老爷子发话了，谁也不敢再吱声。

卓禹安陪老爷子回房，他的房间就在老爷子房间的旁边。小时候父母在外省工作，他在初中之前，一直是随老爷子在京城生活、上学，所以爷孙二人感情深厚。

直到卓禹安上初中，进入青春叛逆期，卓闳与程知敏忽然感悟到，为人父母要尽父母的责任，生怕再不经营亲子之情，以后感情淡薄，所以工作调到哪儿，就把卓禹安带到哪儿。

但亲子之情哪是那么容易经营的？他们工作依然很忙，加上十多年的疏远，离开老爷子与父母生活在一起后，卓禹安反而像个孤儿。

父母一出差就是十天半个月，把他扔给家里的阿姨照顾，久而久之，他变得越来越独立，所以即便高中毕业后就独自出国留学，也没有任何不适，父母亲情在他这儿实在有些淡薄。

他们一家三口回京陪老爷子过年的消息一传开，家里亲戚、老爷子的下属、父亲的同僚纷纷来访，这两日都快把这座四合院踏平了。

卓禹安不喜欢这种场合，但母亲程知敏说："老爷子就你这么一个孙子，他宠着你，惯着你，由着你在外胡闹，他的下属来拜年，你总该给老爷子一点儿面子。"言外之意就是，即便装孝子贤孙，你也得在一旁装着。

卓禹安放眼一看，会客厅里，好几个同辈都在，别看他们平日在外花天酒地，此时陪自家长辈来老爷子这儿拜年，皆是低眉顺眼、做小伏低状，他不由得觉得有些好笑。

而后他看到一张熟悉的脸，是陆阔，两人对视片刻，陆阔朝他挑了挑眉，意思是，同是天涯沦落人，要陪长辈，逃不掉。

卓禹安一入会客厅，众人有真心，也有奉承，皆是夸赞他年轻有为、后生可畏。

另一个茶室里，是家属，她们正与程知敏聊得火热。

"这些孩子里，我一直就觉得禹安最好，踏实稳重。"

"可不是嘛！你看那谁家的孩子，跟禹安同龄吧？前年吸毒被抓进去了，费了好大功夫才捞出来。如今给他安排个闲职也提心吊胆，就怕被人举报。"

程知敏听着，真心夸道："这倒是，禹安这孩子从小就没让我着急过。就是不走他父亲安排的路，这一点颇让我们操心。"

"这有什么可操心的，孩子走正道比什么都强，况且他事业做那么大，不瞒你们说，我家新房所有智能设备全是用卓远科技的产品，回头让禹安给我个内部价。"

程知敏谦虚道：“他那就是小打小闹，上不了台面。”

“程老师要求太高，卓远科技都上市了。”

“就是，这群孩子里，当数禹安最有出息，以后只要娶媳妇时找个门当户对的，不拖后腿，您就等着享清福吧。”

“说到门当户对，程老师，这个您可要好好把关，咱根正苗红的，别让外边那些乱七八糟、爱慕虚荣的野丫头给祸害了。”

程知敏是高级知识分子，在教育部任职多年，自有一份清高与高傲，她平日与这些官太太来往不多，嫌她们聒噪。但关于门当户对这一点，她深表同意。

所以这次回京，她有另一个安排，私下物色了几个女孩，让卓禹安去相亲。相亲这事是老爷子与卓闳一致赞成的，女方也是层层筛选出来的。

其实卓家人心知肚明，让卓禹安进行联姻，一方面确实出于对他未来安全的一个考虑，另一方面也是目前的当务之急，便是对卓闳的事业有帮助。

大年初五，卓禹安陪老爷子下了一天棋，累得腰酸背痛，老爷子才放他走。

回到房间，他给舒听澜发了一个视频请求，她好半天才接通。

“在做什么？”他问，心想，这个人啊，他若不主动联系，她是不可能主动联系他的。

“刚洗完澡，准备睡了。”

“哦。”

一时两人无话可说。

“什么时候回森洲？”

“初十左右吧。”他要陪老爷子体检、爬山，还要见几位亲信，另外，有个科技展览，他与Jane受邀参加，如此一忙，大约要初十才能回。

“到时候我们也上班了。”

“嗯。”

之后的几天，卓禹安的主要行程便是陪着老爷子，一路见了不少人。有些人，老爷子不必亲自见的，便让卓禹安去走个过场。卓禹安倒是乖顺，听从老爷子的安排登门拜访，所到之处，皆是受到夸赞。

程知敏收到的信息，绝大部分是夸卓禹安的，也有几条是打探卓禹安的交友情况的，谁都想跟卓家沾点儿边，所以家里有适龄女孩的，都往程知敏这儿介绍。

程知敏一边在手机上客套地感谢对方的厚爱与信任，一边嗤之以鼻地把对方发来的照片删了：“她们也不看看自己的条件，是谁都配得上我们卓家吗？”

她早物色好了人选，只等着卓禹安跟人家女孩见面了。但她知道温文有礼只是卓禹安表现给他们看的，实际上卓禹安骨子里透着冷漠与叛逆，让他去相亲，恐怕他只会回给她一个白眼。

所以，她是以朋友聚餐为由，让卓禹安陪同参加的，她相信，只要卓禹安看到黎家姑娘，必会产生好感，她千挑万选的姑娘错不了。

卓禹安倒真没往相亲这方面想，程知敏让他陪自己去参加好友的聚餐，他便去了。

他回京过年就做好了准备，陪老爷子、父母去应酬，对谁都礼貌客气，给他们攒足面子。面子有了，之后的一年里，老爷子与父母至少会对他和颜悦色，不会过多干扰他的生活，所以为了一年的清净，牺牲过年的几天，他觉得是值得的。

程知敏订的是一家法式餐厅，卓禹安一走进去，一看到女孩便知道是精心设计的相亲，尤其在聊了不到两句，程知敏与女孩的母亲就以有事为由离席，只剩他俩时，他便更加确定是相亲了。

他在心里冷笑，漫不经心地看了女孩一眼。

女孩落落大方："想必刚才你没听到我的名字，我叫黎语，再次见到你很高兴。"

卓禹安抓住了重点："黎语？再次见到？"

"是的，小时候我们同在一个机关家属幼儿园，小学一年级时是同班，只是后来我转学了，随我爸转到了南边。"

"没印象！"卓禹安也不避讳，他确实没印象。只不过他在脑海里盘点了一下老爷子身边姓黎的人，这个姓不多见，很容易就猜出对方身份——某军总司令的女儿。

"没关系，从今天开始有印象即可。"黎语并不因为他的冷漠而生气，或者是根本没把他的冷漠看在眼里。

卓禹安一挑眉，没再说话，拿着刀叉旁若无人地吃起旁边的法式鹅肝，完全把黎语当透明人，这是他最后的克制，避免说出伤人的话而毁了两家的交情。不言语也是他对程知敏私自安排相亲最后的尊重。让他笑脸相迎或者维持礼貌来对待相亲对象，恕他无法做到。

黎语怒目看着他，她足够骄傲，还未曾有人把她当成透明人。"你什么意思？"她问。

"抱歉，我无意相亲。回去后我会与我母亲说明。"

"看不上我？"

"不，我只是无意相亲，与对方是谁并无任何关系。"

"你是第一个敢不给我面子的人。"

"是吗？你若需要，我会与我母亲解释说，是你没看上我，保足你的面子。"他语气漠然得让人憎恶，杀伤力巨大。

黎语不怒反笑："不，我还就看上你了。追我的人满大街都是，我不稀罕，好不容易来只狼，我喜欢。"

"你随意。"卓禹安倒真是无所谓，对方是什么心思与他无关，该说的已说完，他正准备起身离席，身后忽然传来熟悉的声音："禹安，你怎么在这儿？"

是Jane，她入住的酒店就在隔壁，此时她过来用餐，没想到遇到卓禹安，并且一字不落地听完他们的谈话，所以故意亲昵地叫他名字，替他解围。

见到Jane，卓禹安稍感意外，她回国这几天，自己找了个私人导游，满京城跑，忙得不亦乐乎，他原想尽地主之谊请她吃饭，压根儿联系不上人。

Jane自主坐到他们的桌边，也不介意，直接拿起卓禹安用过的刀叉，倒是卓禹安从她手里拿走，说："换一副。"而后叫服务员送上来一副新的刀叉。

看得黎语一愣，脸色极不好看："你是谁啊？"

卓禹安没有回答，Jane也配合默契，不回答，只顾着大口吃饭，她跑了一天，真饿了。黎语哪曾受过这种气，拎起包就转身气冲冲地走了。

"相亲？"待她走了，Jane才抬头，问他。她的头发是微卷的披肩发，她身上穿着薄款低领毛衣，下身是一条米白色灯芯绒阔腿裤，虽打扮休闲，但照旧透着一股职场女精英的范儿，又美又大气。

"嗯。"他也不解释太多。

"没想到啊，你终究逃不过相亲的命运。刚才那个女孩很漂亮，家里介绍的，应该家世也相当，没看上吗？"Jane幸灾乐祸且八卦。

卓禹安没回答她的问题。

"真不知道你想找什么样的。"她幽幽地说了句。

等Jane用完餐，送她回酒店后，卓禹安驱车回家，已预料到家里会有狂风暴雨等着他。果然，他一进院子，连平日见到他会疯狂摇尾巴扑上来的哈士奇都默默地蜷缩在狗圈里，懒洋洋地看他一眼，眼神里透着"你自求多福"。

气氛诡异，程知敏一见他，一个不明物体就从她手中砸了过来，落在他的脚边，是她的手机，屏幕瞬间七零八碎。

"你还知道回来？今天的脸都被你丢尽了，你让我怎么跟黎家交待？"程知敏气疯了，刚才黎家太太打来电话后一通抱怨，说："自家宠着长大的姑娘何曾受过这种气？你们卓家不带这么欺负人的。"

都是有头有脸的人，程知敏从黎太处得知事情的前因后果，既理亏，还要放下脸面赔不是，能不生气吗？

她继续骂卓禹安："你要是不想相亲你早说啊，何必把事情做得这么绝？当场叫来别的女人，不给黎语一点儿面子，你脑子都去哪儿了？我们以后还怎么跟黎家相处？"

Jane的出现也是卓禹安始料未及的，但如此也好，直接断了黎语的念头。

"我明早去黎家道歉，但是，妈，我也强调一遍，这是第一次也是最后一次，不要再给我安排相亲，感情上的事，我有自己的计划。”

程知敏万丈的怒火到了卓禹安这儿便是风平浪静，反而显得像她失去理智、无理取闹一般。丈大卓闳在一旁冷眼看着她，看她如何解决问题。父子俩真是如出一辙地城府深。

程知敏深吸一口气，让自己激烈甚至歇斯底里的情绪平静下来，再看卓禹安时，声音也放柔和：“我明天陪你去黎家道歉。”

“嗯。”卓禹安不反对，不是原则性的问题，他一向顺着他们。

“其实你说你感情上有自己的计划是好事，但和去相亲并不冲突，或许哪天就遇上有眼缘的女孩了呢？感情是可以慢慢培养的，难不成你还相信一见钟情吗？”

卓禹安正色道：“妈，我没时间、更没精力去跟不喜欢的女孩子培养感情。我都这个年龄了，我知道自己想要什么，谈恋爱是冲着结婚的目的，所以必然要找个自己喜欢的。”

“你对感情负责是好事情啊，妈妈当然支持。那你跟妈妈说说，你喜欢什么类型的，我帮你找。”程知敏以退为进。

“我有喜欢的人，不劳您费心了。”卓禹安想用一句话断了母亲再安排相亲的念头。

谁料，她刚才平复下去的情绪瞬间又涨了上来，她尖着嗓子厉声问：“喜欢谁？今晚把你相亲搅黄了的那个Jane吗？这个女孩，我第一个不同意，谈谈恋爱行，但嫁入卓家绝对不行。据我所知，她是单亲家庭吧？”

卓禹安脸色忽变：“你去查过Jane？先不论我与她只是好朋友的关系，即便真谈恋爱，你们又有什么资格去查别人隐私？”

程知敏并不觉得查别人是个事：“查一下有什么关系？我要对你的交友状态负责。你在公司里，跟那个叫林什么偡的传绯闻，妈妈看过她照片，一看她就不是你喜欢的类型，你跟她玩玩，妈妈不会干涉的。”

连林之偡都查过？卓禹安不禁后背发凉，声音极冷，毫无感情：“你还查过谁？”

他的目光如冰窖一般看着程知敏，使得她有刹那的心虚。旁边的卓闳亦是冷眼看着她，嫌她话多，查和他来往的女孩本就不是光彩的事，她倒好，全抖搂出来了。

程知敏定了定神，放缓口气：“没别人了，你没有别的感情，不是吗？妈妈也是为你好，为了卓家好。你要知道，你的另一半直接关乎卓家至少四代人，从你爷爷到你将来的孩子，所以一点儿都错不得。孙家媳妇的事就是一个警醒。”

卓禹安原想再与母亲沟通，但忽然觉得无法沟通。母亲出生在大家庭，从小门第观念深厚，嫁入卓家后，一切以卓家的利益为出发点，阶层的观念是融入她骨血的东西。

卓禹安在高中时便意识到这一点，所以高中毕业后，选择出国读大学，出国创业，为的就是摆脱家族的束缚。只是他没想到，在他有了成绩、有了足够的能力之后，母亲与父亲还妄图规划他的人生。

他冷笑：“妈，停止你们可笑的行为，我的事，你们不要再插手。现在不是请求你们，而是要求。这是我的红线，你们不能碰。”该强势时强势，对父母亦是如此，学业、择业，他从未妥协过，在感情上更不会。

程知敏：“从小到大，我跟你爸何曾约束过你？你不能这样自私，只顾着自己好受。现在只是让你相个亲，至于发这么大脾气吗？”

“我该说的都说了。”留下这句话后，他便摔门而出。

晚上卓禹安陪老爷子沿着胡同外的城墙散步。老爷子穿着普通，为人低调，但自然而然有一股威严的气质，让人心生敬畏。

卓禹安一路没说话，下午与母亲吵架的事想必早已经传到老爷子这儿了。

祖孙二人走了好一会儿，老爷子才开口：“有喜欢的人？”他一针见血。

“嗯。”

老爷子顿下脚步，看了他一眼，不知喜怒道：“带回家来见见。”

“等时机成熟了。”

老爷子倒是比他父母明事理，回家的路上，语重心长道：“你爸妈啊，在外精明、能干、面面俱到，但唯独拿你没办法，是因为爱你，也是因为一直把你当孩子看，总想着管你。你呢，从小就不服管，主意又大，爷爷是不指望你能按卓家的规划走，至于你未来的另一半，能门当户对最好，但也无法强求。爷爷只要求一条，家世清白，为人正直、善良，不能拖累卓家，落人话柄。只此一个要求，不过分吧？”

“不过分！”

姜还是老的辣，老爷子这招以退为进的手段，让卓禹安无可反驳。许是老爷子也跟他父母通了气儿，之后几天，他母亲没再逼他去相亲。

他照旧陪着老爷子下棋、爬山、散步，偶尔接待客人，一直持续到正月初八，大部分企业都开工了，他也逐渐进入了工作状态，因为要与Jane一同参加科技展览，后面还有几个行业会要参加，所以回森洲的时间一延再延，只留了王岩在卓远科技坐镇。

三人开视频会议。

王岩一脸心碎的表情：“Jane就是偏心，回国这么久躲在京城陪你，不来森洲看我。”

Jane笑：“以后会经常在森洲工作，有很多时间。”

“所以我们卓远科技的首席产品设计师终于肯揭开神秘的面纱了，采访约起来。”

“滚！”

第六章

重遇温简

舒听澜正月初八准时去律所上班，托卓禹安的福，她一直吃得好、睡得好，现在精力充沛，随时能上战场，一开电脑，便立即进入工作状态，什么假期综合征，在她这儿完全不存在。

嘉佳刚随父母出国旅游回来，心还没收回来，一进所里就开始讲这一路的所见所闻，不过更多的是吐槽父母安排的种种不合理行程。她一边吐槽，一边把精心准备的礼物挨个儿送过去，赚了一波好感。

肖主任回家陪父母过年，回来也带着隐不住的疲倦，坐在办公桌前，好一会儿才开电脑。

周铭倒是一如既往地精力充沛，完全不像自驾游回来的人，他往舒听澜的桌上扔了一个袋子：“给你带的特产。”

“谢谢周老师。”

旁边有人起哄：“周律偏心，只给听澜带特产，我们怎么没有？”

“以前给你们带的还少？”周铭不讲究，给谁带礼物全凭心血来潮。

一个上午就在闹哄哄的氛围中度过。

林之倗没回森洲，昨晚跟舒听澜视频时，在不停地抱怨：“你知道卓禹安多恶毒吗？年后直接把我支到华桉市来见候选人，不让我回森洲，别以为我不知道他的目的。”

“你得罪他了？”

“没有得罪，他自己心虚而已。”林之倗想起春节之前，在卓远科技，她说他不适合舒听澜，劝他远离舒听澜，他当时说自己会处理，结果把她派到千里之外的华桉市来，见个鬼的候选人啊，不过是假公济私把她调离森洲，避免她向舒听澜揭他的底。

“他不像会是心虚的人。”舒听澜想，卓禹安这人脸皮到底多厚。

“呵，他自己心里清楚。我在华桉至少要一周之后才能回去，让我找的候选人比皇帝还忙、还难约。”

“什么候选人？”

“职业经理人傅慎逸，目前在华桉管理一家上市公司，算是卓远科技的竞争对手，卓远科技想挖他过去管理市场运营这一块。”

“见到人了吗？”舒听澜问。

“没有，我只能在他们公司楼下堵人，先见一面，我好回去跟卓禹安汇报工作。”林之俜说完便匆匆挂了电话，一时竟然忘记打电话的真正目的是要告诉舒听澜卓禹安的家世背景。

晚上，舒听澜与卓禹安聊视频，想起林之俜说的事，便随口问：“你让她去华桉找傅慎逸，真的是醉翁之意不在酒？”

卓禹安一愣，笑道：“你也觉得我那么闲？傅慎逸是个人才，我当然希望他能加入卓远科技，只是这人脾气怪，一般人搞不定，让林之俜先过去接触接触。”

“那她可能会给你搞砸，她理解的不是这样。”

“不会，我心里有数。”

两人又闲聊了几句，快挂视频时，卓禹安才说：“我后天回去。”

“好，那后天在卓远科技见，张律师让我们过去开会汇报项目进展以及安排。”

“好。”

时间转眼就过去，肖主任一早带着舒听澜他们去卓远科技开项目会，同行的还有会计、评估等机构的人。而卓远科技的高层也都参加了此次会议，因为收购胜普瑞智能是卓远科技今年最大的一个部署，马上要进入谈判的阶段，所以前期的各项工作都必须尽快落实。

律所的工作进展一直是舒听澜在对接卓远科技，所以这次汇报工作，肖主任也是安排她主要汇报。

会计事务所以及评估机构提前汇报完，最后才轮到律所。舒听澜从容不迫地打开PPT投影，有条不紊地开始跟会议室的所有人汇报目前的进度。

她讲到一半时，会议室的门开了，卓远的高管全都往门口看去，而后全都站起来。

“卓总好。”

“卓总回来了。”

舒听澜随着大家的目光看过去，见到卓禹安的刹那，唇角不自觉地扬了起来，心里扑腾扑腾跳，冒出无数的泡泡，尤其是当卓禹安的目光越过众人，精准无误地找到她，与她对视时，那无数的泡泡仿佛都是甜的，连空气都是甜的，即便只是对视了短暂的一秒。

不过是七天未见而已，但这七天足够让她诚实地面对自己的内心，她很确定她对卓禹安是有好……“感”字还没出现在脑海，她的思绪却瞬间顿住，她看见了卓禹安背后站着的女生，大脑一片空白。

卓禹安稍稍侧身，让身后的女生往前走了一步，站定在所有人面前。

“Jane，欢迎回来。”王岩率先打了招呼。

众人才知，原来这位漂亮、有气质的女生就是大名鼎鼎却神秘低调的产品设计师Jane。

Jane微微颔首，随卓禹安走到会议桌的正中央，落落大方道：“大家好，我是Jane，温简。入乡随俗，以后大家可以叫我中文名温简。”

会议室里爆发出雷鸣般的掌声，欢迎她的到来。

只有舒听澜大脑一片空白，脸色苍白而发青，她木然地坐回自己的座位，耳边是肖主任的提醒：“听澜，继续你刚才的汇报。”

“哦，好，好。”她回答着，手却不停地抖，把桌边的水杯当成了鼠标晃动，水杯倒了，水洒了一桌子，流到旁边嘉佳的身上。嘉佳惊跳起来，手忙脚乱之中，把电源给关了，投屏瞬间暗了。

大家面面相觑，皱眉看着她们。

“听澜，怎么了？”周铭发现她的异常，关切地问。

“肖主任，我身体不舒服，可以请假吗？”

“走吧走吧。”肖主任看也未看她一眼，对她在关键时刻掉链子很是不满。

舒听澜不知自己是怎么走出那间会议室的，她脚步虚浮，像踩在棉花上，怎么会见到温简？温简怎么会出现？多少年了，她多少年没见到温简了？

电梯里有员工在窃窃私语。

“你刚才看到卓总身边的女孩了吗？据说就是那位低调、神秘的产品设计师Jane。”

“天啊，我没想到Jane会是这样的绝世美人，尤其是气质，又美又飒的感觉，身材跟模特似的。”

“我原来以为Jane可能是个糙汉，或者呆板的技术女，哈哈哈。”

“刚刚公司八卦群里已经把Jane的来历背景都挖出来了，她与卓总是青梅竹马，高中同学，然后一起出国留学，学的是同一个专业，毕业后她陪卓总一起创业，比卓总和王岩王总监的关系还铁。”

“卓夫人无疑了。”

“难怪年后回来没有看到卓总的绯闻对象林之俜，原来是正牌到了，她自然得靠边站。”

舒听澜的手机一直在响，是卓禹安发来的消息：“怎么了，生病了吗？”

“你在哪里？”

她此时眼睛都是模糊的，看不清手机屏幕上的字，那些字一直在跳跃，然后逐渐变成温简的那张脸。

她索性关机，一头扎进地铁站里。因为不是上下班高峰，地铁上还有座，她随便找了个座位坐下。地铁轰隆隆地响，穿过一个又一个隧道，停靠一站又一站，她全然无知，一直沉浸在往事之中。

舒听澜最后一次见温简是在栖宁高中的门口，温简说："舒听澜，我只是拿回属于我的东西，本就属于我的东西。"

温简那时候比现在还瘦，瘦得让人觉得怜惜，不自觉想保护的那种。可这都是错觉，只有舒听澜知道温简的力气很大，比她大很多很多，两人打架扭作一团时，舒听澜从来没有赢过。她只会毫无章法地抓花温简的脸，打不到要害。温简却总是能轻易踢到她的腹部，令她剧痛，但毫无痕迹。

从小到大打架时被骂的都是舒听澜，连妈妈也骂她，让她不准欺负温简；而父亲则是出于"歉意"，每次必然登门道歉，外加买礼物送给温简。

舒听澜与妈妈那时都傻，夸赞父亲办事周到、有温度。舒听澜也傻傻地听父亲的话，第二天一定会跟温简道歉。

后来细想起来，她与温简闹矛盾时，父亲从来没有维护过她，永远是让她先认错。她也会委屈地跟妈妈抱怨，妈妈只会安慰她："你多让着点儿温简，她从小爸爸不在身边，她妈妈一个人带她很辛苦。"

妈妈的这些善意，她后来想起来觉得很讽刺！

父亲的葬礼上，妈妈哭得伤心欲绝，舒听澜蜷缩在灵堂的角落，伤心、惊恐得一句话都说不出来。葬礼很冷清，父亲的同事、家里的亲戚朋友，没有一个人敢来吊唁，生怕被牵扯进父亲的事件中，灵堂里只有她和妈妈在。

温简与她妈妈温兰进来时，妈妈感动、痛哭失声，只说人间还有真情在，至少还有人来送父亲最后一程，并不是人人都那么冷漠、利益至上。

然而温兰与温简走进灵堂，并未看她们一眼，而是直接对着父亲的遗像与骨灰跪下去。

"爸爸，爸爸。"温简跪下时，凄厉地喊了两声爸爸，那是悲伤至极从喉腔里发出的悲鸣。

她这两声爸爸叫得舒听澜几乎窒息，她匍匐在地上，抱着父亲的遗像哭得蜷缩成一团，那一声声撕心裂肺的"爸爸"从此成为舒听澜与妈妈梦魇中难以磨灭的影像。

"老舒啊老舒，你真是狠心，你一走，让我跟小简怎么办啊？"温兰亦是哭，哭瘫在地上，丢了魂一般。

画面诡异，舒听澜与妈妈完全不知所措，不知她们闹的是哪一出，甚至怀疑她们母女是不是哭错了地方。

直到三天后，温兰给出亲子证明，温简与舒听澜是同父异母的亲姐妹，温兰与她父亲舒明海在外有另一个家。

妈妈不相信，心想，怎么可能？舒明海虽不浪漫，但为人忠厚老实、有责任心、很顾家，夫妻这么多年，极少红脸，外人看了都觉得他们夫妻恩爱、幸福。

舒听澜更不相信，父亲虽然对她很严厉、要求高，但对她亦很好。她生病了，他彻夜守着；她上培训班，无论多晚多冷，他都坚持接送；她想要的东西，他几乎有求必应。父亲与她虽不亲昵，但在她心中，父亲是她与妈妈的守护神。

“你们到底想做什么？”妈妈厉声质问。什么亲子证明？这一张纸可以随便伪造。

温兰人如其名，一直给人很温柔、蕙质兰心的感觉，此时憔悴得似一阵风就能吹倒，她从随身的包里拿出一本发黄的相册放在茶几上。

相册里一张张的照片，都是舒明海一手抱着温简，一手揽着温兰，“一家三口”幸福地看着镜头，从温简还是婴儿时期到高中时期。

温简掏出手机，播放了几段视频。

温简在跟舒明海撒娇打闹，“爸爸，爸爸”叫得开心，舒明海一口一个“宝贝”地喊温简，多么融洽的父女关系。

舒听澜想，爸爸好像从来没叫过她宝贝呢，经常是连名带姓地叫她，偶尔会叫她听澜，更不会像视频里那样跟她玩闹。他永远是严肃话少的父亲。

看完相册与视频，舒听澜和妈妈的脸都煞白，一口气堵在胸腔，上不来，妈妈当即就昏迷了。

舒听澜只觉得有一块巨大的石头压在她身上，把她困在泥泞的沼泽地里。父亲已经死了，她想问，想发泄，都找不到对象。

她想问他为什么要这么对她跟妈妈；想问他这么多年了，他周旋在两个家庭里，回家看到她和妈妈有没有一丝愧疚；想问他到底是更爱妈妈还是更爱温兰，更爱她还是更爱温简。

她想问他，为什么要把她和妈妈置于这样悲惨的境地？为什么自己一走了之，让她和妈妈想问却无处可问？为什么把她和妈妈变得这么可笑，任那对母女欺负？

妈妈从昏迷中醒来，歇斯底里地把舒明海的遗像踩得粉碎，把他的骨灰扔进马桶冲走，可这有什么用？他已经死了，没有留下一句话就死了。

遭背叛的愤怒以及死无对证的怨气像一只手不停拉扯着她的五脏六腑。她的一生都建立在谎言上，让她像个傻子一样。

妈妈的感受亦是舒听澜的感受。

舒听澜此时坐在地铁里，想起那一段往事，依然会觉得自己被巨大的石头压在沼泽地里，感觉窒息、无处宣泄。

大一时，她夜夜做噩梦，梦到她与温简打架，父亲总是拉着她，不分青红皂白让她跟温简道歉。

开始时她并不在意，那时候的父母就是这样的教育方式，不管表面怎么凶，心里都是护着自己孩子的。况且自己的亲生父亲还能帮外人欺负她吗？

她在梦里一直哭一直哭，因为她知道爸爸确实是帮温简欺负她。

为什么啊，爸爸，你为什么只帮温简不帮我？如果让你选，你选温简还是选我呢，爸爸？她哭醒了，心脏无比地疼。

后来事情并没有就此结束。

温兰说：“我不是故意要来气你们，只是这么多年了，我自己委屈就算了，我不能让小简也委屈，永远只能偷偷摸摸地叫爸爸，在外人面前只能叫叔叔。现在他走了，最后一次，我想让小简堂堂正正地叫他一声爸爸。”

事情哪有这么简单呢？温兰是带着温简来争家产的。舒明海当了一辈子国企老总，不可能没有一点儿底子。

温兰说：“我问过律师了，非婚生的子女也是第一顺位继承人。”

妈妈已恢复冷静，咬着牙说：“姓舒的只留下这一套房子，没有余下一毛钱。他一辈子假装清高，只肯拿那点儿死工资，才会受不了上边调查他，自杀，一死了之。至于他有没有钱，上边查得清清楚楚。”

温兰也不管妈妈的咬牙切齿，温暾暾道：“老舒是保守了点儿，但这么多年，属于他的那部分存款总该有点儿的。”

人不要脸时当真无敌，连这个财产也要抢？

妈妈当即发飙：“给你脸了，是吗？这么多年，他除了往家里拿那点儿死工资，别的钱去哪儿了，你最清楚。你没工作，靠谁养你跟温简？现在住的房子是谁给你们买的？真要论钱，我是不是该去法院告你，收回这套房子啊。”

妈妈本是一个小小的会计师，一辈子不争不抢，但为了舒听澜，也为了争口气，当真把温兰告了。只不过法院一查，发现温兰母女住的房子压根儿不在她们名下，而是在温兰弟弟名下，无从查证这套房子是不是舒明海出资。

原来人家早有准备，为自己留足了后路。

再后来，温简出国留学，温兰也随之移民。舒听澜和妈妈才知道，舒明海这么多年贪了不少，只不过全是以温兰弟弟的名义进行投资的，所以他被双规、被查根本牵扯不到温兰。那些投资转了几手，在资本市场洗得干干净净才转到温兰的名下，让她们母女可以衣食无忧地生活一辈子。

她们移民出国，衣食无忧，舒听澜和妈妈却开始了真正苦难的日子，两方差距犹如云泥之别。

舒听澜恨温简，恨了很多年，直到毕业工作之后，她才明白恨一个人只会反噬自己，不如当温简不存在，忘记前尘往事，努力工作，自有她的一片天空。

她才缓过来，温简却出现了。

舒听澜在地铁里坐了很久很久，一趟又一趟，直到下班高峰，无数匆忙的脚步经过她身边，她才回神，下地铁回家。

她的心绪已从见到温简的震惊之中逐渐恢复平静。她回到家，正要开门，门却从里边打开了，卓禹安站在门内看着她，盛怒道：“一整天去哪儿了？给你发信息不回，手机还关机。”

舒听澜低头，不想看他，他怎么就跟温简扯到一块儿了呢？

卓禹安的怒气一点儿一点儿散了：“知不知道联系不上你，我差点儿报警？”其实也差不多了，给她发信息不回，手机关机，他丢下一大堆的工作去找她，查了大厦的监控，看她失魂落魄地走出大厦，然后进了地铁站。他沿着她家的那条地铁线坐了整整三个来回去找她，心急如焚。

“生病了？不舒服吗？”她脸色依然惨白，低着头，跟霜打的茄子一样有气无力，他的怒火就是这么一点儿一点儿下去的，他伸手去探她的额头，想看看是否发烧。

舒听澜受到惊吓一般避开了，淡淡地回了一句：“没事了。”

她走进屋子，坐在沙发上，白天情绪波动太大，这会儿有点儿累。

卓禹安倒了一杯温水递给她，蹲在她面前，声音轻柔：“发生什么事了？要不要去医院看看？我约医生。”

舒听澜摇头，定定地看着卓禹安好一会儿才开口问：“卓禹安，这几年，温简一直跟你在一起吗？”

答案很明确，不是吗？Jane这个名字从卓远科技第一款产品开始就有。

卓禹安很快意识到她话里的意思，解释道：“我与温简只是单纯的好朋友关系。”

“男女之间有真正的友谊？”舒听澜反问。

“我们之间除了友谊，还是合作伙伴。从栖宁高中毕业之后，恰好选的是同一所大学，同一个专业。但——”

“停，不必告诉我细节，我不感兴趣。我只问你，在我与温简之间，你选谁？只能选一个，并且保证与另外一个老死不相往来。”

舒听澜也不知自己为什么会问出这样的问题，卓禹安与父亲舒明海的脸在她面前不停变换着。

爸爸，如果你还在世，你选谁呢？会选谁？这问题多幼稚啊，关于温简，她自始至终都没有放下过。

一室的寂静，卓禹安起身坐到茶几上，与她对视着。他问：“你恨温简？为什么？她很多年没回国。”言语里已开始偏袒温简，颇有点儿她在无理取闹的意思。

舒听澜抬着下巴看他，眼中的光渐渐暗了，她点了点头道：“我知道了。”

答案很明显，她于他不过是有一丝好感的睡友，温简是陪了他多年，和他一起打天下的战友抑或有更深的关系，傻子才选听澜吧。

“舒听澜，你与温简如果有误会或者矛盾，告诉我前因后果，我帮你处理，好吗？”

“不必了，我累了，想休息，你请便。”

她不想跟任何人讲她与温简的关系，难道要她说她父亲搞外遇，还有一个私生女？而她与妈妈像个傻子一样以为父亲是位好爸爸、好老公？甚至帮着父亲照顾她们？

在她与温简吵架时，被父亲逼着的每一次退让、每一次道歉都还在脑海里，是挥之不去的画面。她从小就没有温简的圆滑与世故，即便她说了，人们也一定会说：“那是上一代的恩怨，温简也是受害者，她没有错。你该大度一点儿，接受这个与你有血缘关系的姐妹。”

卓禹安会例外吗？当然不会。

舒听澜真的好累，和衣躺在床上，心里庆幸妈妈住院了，看不到温简，不必再受刺激。父亲死了，这些事便没有了可宣泄的对象，连问都无从问起，把他挫骨扬灰又有何用？压在心里久而久之便成了疾病。倘若他没有死，可以骂他是畜生，骂他是渣男，可以折磨得他生不如死，把所有伤害都加倍还回去，至少能宣泄一些。可惜他死了，死在舒听澜面前。

那天高考完，她参加高中毕业聚会，从KTV熬通宵回来，刚走进小区的中心，就有一个不明物体伴随着沉闷的落地声，砸在了她面前。

她被吓傻了，顿住脚步，只见一股股的鲜血漫延到她白色的帆布鞋上，白色帆布鞋渐渐被染成了红色。

地上睁着双眼、死不瞑目的人是她的父亲，她以为是做梦，一直站着不动，等着梦醒，觉得梦醒了就好了。

围观的人拥上来，救护车呼啸的声音传来，母亲撕心裂肺的哭喊声传来，她依旧是一动不动。很多天以来，她都以为自己是在梦境之中，直到在灵堂，温简母女到来，她才感觉到心痛。

没有人知道父亲是死在她面前，没有人知道那双血红的帆布鞋再也洗不干净，永远带着红褐色。

此时的她全身都冷极了，双手紧紧抓着被单，不停地发抖，周边全是血，全是血。

“舒听澜——舒听澜——”有人在喊她，轻轻拍打她的肩膀，舒听澜蓦然睁眼，看到了一脸焦急的卓禹安，“你发高烧了，我带你去医院。”

她全身都被汗水浸透了，连发丝都是湿的，人又发起了高烧，烧得迷迷糊糊的，没有力气。温简像一个开关，把过去的噩梦打开，那些惊心的画面全部朝她涌了过来。

卓禹安不给她拒绝的机会，直接抱起她送医院进急诊，她也无力反抗，很累，脑子也是浑浑噩噩的。

在急诊查了一遍，她除了发烧，没有任何问题，大约是受了刺激后身体的应激反应。卓禹安执意给她安排住院，找了一间VIP病房，医生给她输液退烧，又打了镇静剂，她终于沉沉睡着，一夜无梦。

第二天她醒来，除了身体有些虚，已无任何异常。卓禹安趴在她的病床前睡着，听到她的动静，他猛然清醒，第一时间伸手摸了摸她的额头。“不烧了。”他着实松了口气。

“昨晚谢谢你。”舒听澜恢复了理智，心想，不就一个温简吗？没什么大不了的。

卓禹安送舒听澜回家。

“今天在家好好休息一天，别去上班了。”他嘱咐道，自己也没有要走的意思，似乎想留下来陪舒听澜。

“卓禹安，我们就到这儿吧，以后不要再见面了。你留在我家的东西，今天有空就收拾一下拿走，如果不想收拾，那我找人收拾好给你送过去。”舒听澜平平静静地说着，语气里没有任何波澜，就像在对普通的室友说话。

“什么意思？”卓禹安微愣，不明所以。

“我说得很清楚了。”

舒听澜只想过平平静静的生活，只想远离温简，她逃不掉还躲不掉吗？凡是与温简有关的人，她都不想与其有任何牵扯。

从父亲舒明海去世之后，她无数个日日夜夜都在想，父亲到底是更爱她还是更爱温简。因为没有答案了，所以她会不自觉想起从小到大与温简每次发生矛盾时父亲的立场。这种比较让她一度迷失了自己，她好不容易从温简的阴影中走出来，过上正常的生活，她不想再回去了。

卓禹安与温简有这么多年的感情基础，又是利益共同体，她无须问他的选择。

哪怕他一时冲动选择了自己又如何？温简会从他身边消失吗？不会！

难道她要为了卓禹安，再让自己陷入与温简的竞争中吗？不要，坚决不要。所以她选择退出。

“舒听澜，在你眼中我们到底是什么关系？我之于你又是谁？”卓禹安质问道。

本打算佛系的舒听澜听到他的问话，没忍住问：“那你呢？在你心里我与温简谁轻谁重？我昨天其实已经表明过我的立场，我与温简，你只能选一个。”

其实她心里有隐隐的期待，期待卓禹安会笃定地选择她，笃定地站在她身边，跟她说温简不重要。

“舒听澜，这是两码事，你和温简在我心里是不一样的，没有比较的必要。”

“不一样的？一个是白月光，一个是朱砂痣？”她真的烦透了与温简牵扯到一起。

她们的人生已是云泥之别，她在温饱线上苦苦挣扎，温简早已经功成名就。

她逃不过，还不能躲吗？

不再给卓禹安说话的机会，她转身进房间，从衣柜里把他的衣服一件件塞进行李箱里，把卫生间里他的洗漱用品一股脑儿扔进袋子。

怎么会有这么多他的东西？他明明没有住几天，怎么他的东西占满了角角落落？一个行李箱根本不够。

“舒听澜，你冷静一点儿，我们好好谈谈。”卓禹安拦住她，牢牢钳制住她的手，他完全不知她到底在闹什么。

“没什么可谈的，我们之间还没到那一步，不过是睡了几次，互有好感，现在算是及时止损。”

卓禹安被她的话伤到，攥着她手腕的手渐渐发白：“原来在你心中我们的关系不过如此！”

“不然呢，我说难舍难分，你信吗？”舒听澜已经把他的东西全部收拾好，放到了门口，给他开了大门，做出赶客的姿态。

她觉得自己做得真棒，果断，快刀斩乱麻。

卓禹安是真的被气到了，被伤了自尊，他低眉垂目良久，没拿行李，大步从她身侧离开。

舒听澜请了一天假后去上班，肖主任看到她甚是恼怒：“你昨天是怎么回事？知不知道你的行为给律所带来多少不良影响？”

“肖主任，对不起。”她昨天确实情绪化了，多年不见温简，乍然见到，整个人都失控了，现在想起来，觉得太不理智了。

“跟我说对不起有什么用？你知不知道昨天的会议有多重要？卓远科技所有高管都在，并且是那位产品设计师首次露面，你倒好，当场掉链子跑了。因为你，后面的会议，卓总直接就没参加。”

舒听澜认真地道歉、自我反省，保证以后绝不会再出现这样的事情。

肖主任还是生气：“在职场，最基本的就是职业道德。在开重要会议时，不管你生了什么病，只要还有一口气在，就给我挺着，别逃。舒听澜，我原是很看好你，用心带你，但若是再发生昨天那样的事，你就立马给我滚蛋。”

舒听澜点头，虽被肖主任骂得难受，但也觉得不无道理，职场就是职场，没有人有义务惯着你。

周铭出来解围：“肖主任，别生气了，听澜昨天确实是生病难受，我坐在她旁边，见她小脸煞白，直冒汗。你还不了解她吗？但凡能坚持住，她绝对不会临阵脱逃。她是你带的人，有你身上的韧劲。”

肖主任骂完，气消了大半：“你真是要上天，手机敢一天不开机，你一个人在森洲，真要病死了，是不是我的责任？这种官司打得还少吗？”明明是关心，担心她的身体，打了一天电话都联系不上人，说出来的话却是句句戳心，怎么伤人怎么说，这大概也是肖主任一贯的风格。

舒听澜又是一阵低眉顺眼地认错，再三保证以后绝不会了，任何事情都会跟她汇报，肖主任这才真的消气，不再骂。

“这次卓远科技的项目，你调去跟周律师。卓远科技那边的对接工作，我交给别的律师，免得让人家觉得咱们律所都是你这种水平的律师，砸了我的招牌。”

“好的，谢谢肖主任。”这也是舒听澜目前想做的事情，卓远科技这个项目，她不想放弃，因为关系到她以后的职业生涯。但同时她也不想再见到温简或者卓禹安。如果跟着周老师，她就不用直接和卓远科技对接，这样至少能最大限度地避开他们。

然而肖主任接下来的一句话让她希望破灭：“胜普瑞智能那边早上来电话，说他们公司腾不出场地让我们驻场调查，经过卓远科技的同意，允许我们律所以及别的中介机构到卓远科技驻场办公，胜普瑞那边会把相关资料送过去。真不知他们搞什么，不按常理来。”

周铭：“这么看来，卓远科技与胜普瑞早就协商好了，聘用我们不过是走个流程，不重要。”

肖主任：“卓远的张律师说，是今天临时决定的，他也很意外。但上边的规定，他必须照办。”

舒听澜只听到一个重点：“所以，我们要到卓远科技驻场办公？”

那他们就抬头不见低头见了，她可愁了，心里盘算着要不要放弃这个项目，但她若是放弃这个项目，肖主任绝对会让她再无出头之日。

下午时，林之俜打来电话，这家伙消息很灵通：“姓温的那个女人回来了？她就是卓远科技那位神秘的首席设计师Jane？”

“你怎么知道？”

“卓远科技内部都传遍了，难怪昨晚他们人力资源总监给我打电话安慰我，让我想开点儿，我还以为这个温简只是同名同姓而已。但是程晨今天上午跟我说，就是那个私生女温简，昨晚还跟陆阔聚餐了。”

“是她。”舒听澜听到这个名字还是很不舒服，但经过昨天大起大落的情绪，现在已经能克制了。

关于温简和她的关系，只有程晨、林之俜知道。大一时，她跟林之俜睡隔壁床，她每夜都被噩梦惊醒，太苦闷了，无处诉说，林之俜便成了她倾诉的对象。她们都是她最好的朋友，所以一直替她保守这个秘密。

“去他的，所以这么多年，她一直跟卓禹安在一起？给我等着，我现在就回森洲。”

林之俜一直知道舒听澜内心真正的伤痛，就怕舒听澜一个人面对温简时受欺负，她一向把舒听澜的事看得比自己的事都重，怎么可能袖手旁观？她一知道Jane就是那个私生女温简，就炸了。

“我没事，你好好工作。傅慎逸见着了吗？”舒听澜转移话题。她对温简目前的态度还是能躲就躲，她父亲舒明海已经不在了，过去的事没法解决，未来也解决不了，她目前只想好好工作，好好赚钱，让妈妈少受点儿苦，仅此而已。

“见了一面，不过，现在工作不重要。我已经到机场了，大概下班之前能赶到卓远科技，我倒是要会一会这个温简，也不枉我当了一回卓禹安的假女友。”

“偶偶，我不想再节外生枝。她若是不来招惹我，我们也不要去招惹她。”

“放心吧，我就是以卓禹安‘女朋友’的身份会会她，不做别的。她敢招惹你，有我在前面帮你挡着。舒舒，你现在不是一个人了，有我在，知道吗？”

你不是一个人了，有我在。

舒听澜的眼眶蓦然红了，林之偶永远向着她，永远坚定地站在她的身边，有朋友如此，她觉得足够了。

“还有啊，你别逃，好好工作，好好把这个项目做完。她不过是个私生女，给她脸了，是不？”林之偶代入感太强了，说着说着便生气了，人家温简明明什么都没做。

林之偶风风火火，下午四点多便从华桉市飞回了森洲，一路闯进卓远科技的办公楼。当然，今天大家看她的眼神都带着一丝八卦。

她依然风情万种，走路带风，一路热情地与别人打招呼，脸上笑着，但人人都看出她眼带杀意。

“卓总在开会呢。”卓禹安的助理想拦她，但没拦住。

“开吧，我进去等他。”助理没她高，被她握着双肩转了个方向按在了办公椅上。

助理拦不住，也不敢拦，毕竟她是卓总没有否认过的绯闻女友。

林之偶是人精，也不想给舒听澜添麻烦，所以到卓禹安办公室时早收敛了所有情绪，只有笑脸，笑得风情万种。

卓禹安并没有开会，不过，他的办公室里坐着王岩和温简，三人不像在谈公事，见到林之偶进来，都看着她。

卓禹安也看着她，不说话。

“这位是？”林之偶指着温简问卓禹安，那眼神、语气跟做派，还真是把自己当成卓禹安正牌女友了。

她只是心里暗骂：“他妈的，没有人跟我说这姓温的长得这么漂亮、有气质啊。”要说舒听澜父亲的基因是真好，舒听澜漂亮就算了，连这个私生女也这么漂亮。

“温简。你好。”温简主动起身，自报家门，与她握手。

“林之偶。你好。”林之偶最会假模假样了，与温简握手时，顺便暗自打量了她一番。她学心理学，又做了多年情感博主，不是白混的。

第一眼，她便确定温简认识她，并且把她当成了卓禹安的女朋友。

卓禹安一直看着林之俜，等她演完戏之后，才淡淡地问："找我什么事？"

"没事啊，就是来看看你。你说你这人过分不过分，年都没过完，就把我派到华桉去见傅慎逸，什么鬼啊，没见过那么鸡毛的男人。"言语虽是抱怨，语气却是撒娇。

一旁的王岩看了全身起鸡皮疙瘩，心想，看来卓禹安是真喜欢林之俜，否则一向公私分明的他怎么能允许林之俜私自进办公室说这些？没想到啊没想到，卓禹安竟然喜欢这一款。

温简安静地看着，心里大概跟王岩是一种感觉。

"你见到他了？"卓禹安倒是觉得出乎意料，傅慎逸这人精明，不会轻易见猎头，何况还是他派出去的猎头。他以为林之俜最少要一个月才能见到傅慎逸。

他当初把她派到华桉去，确实存有私心，不想让她回森洲和舒听澜见面，只不过现在不重要了。

"见他有什么难的？"

卓禹安有一瞬间在走神，没有认真听林之俜说了什么，只听到她最后几句："傅慎逸答应我会飞来森洲跟你见一面，我完成任务了啊，不管你们成不成，我都要补偿的，华桉那个鬼地方，若不是因为你，我一天都不想待。所以我不管，佣金一分都不许少。"

"嗯。你回来也好。"卓禹安也不知自己在说什么，但就是这么说了。他觉得有林之俜在，很多事不至于走投无路。

王岩都惊掉下巴了，心想，这还是卓禹安吗？林之俜只是被安排见候选人一面，就要佣金？她怎么不去抢呢？你这也太假公济私、太宠了吧。

"行吧，既然如此，那我就去人力资源部报到了。以后有不好找的职位都可以交给我哦。"

林之俜大功告成，今天闹这一出，不过就是想会一会温简，也是想利用卓禹安给温简一个下马威，只是没想到，卓禹安会顺从她，比较出乎她的意料。

待林之俜离开办公室之后，卓禹安的总裁办公室更安静了，死一般的寂静。之前公司内部的人都在传卓禹安宠女朋友，眼见为实，原来是真的。

卓禹安也不解释这些，沉默了一会儿，忽然看向温简，问："你跟舒听澜有矛盾？"

"谁？"王岩首先问，他想了半天才想起是林之俜那个闺密，做律师的。

"谁？"温简好像也一时没想起这个人，也或者想起了，只是从卓禹安口中听到这个名字很惊讶。

“舒听澜，以前也是栖宁高中的，我记得你们认识。”

“听澜，我知道的。你还记得她？”温简确实很惊讶，这个名字对她来说太久远了，久到几乎忘记，卓禹安竟然记得。

“舒律师是林之偶的闺密，也是我们现在收购项目的律师。昨天开会时她突然走了，你没看见。”

温简倒是看见了，只是昨天初来乍到，只觉得她眼熟，没细看，后来便忘记了。

卓禹安继续刚才的问题：“你跟她是怎么回事？”

温简笑：“我们都好多年不见了，我出国之后就没回来过，跟她能有什么矛盾呢？要说有，也是以前小女生时代的小吵小闹而已，我都忘了。”

温简说得对啊，卓禹安是很了解她这么多年的生活轨迹的，她出国上大学，与他和王岩一起创业，早几年忙到胃出血都没休息过一天，她没回过国，更不可能与舒听澜有过节。

“改天约出来见一见，就不知她是否还记得我。昨晚见了陆阔，那家伙倒是一点儿都没有变呢。”

“嗯。”卓禹安应着。

一旁的王岩道：“原来舒律师也是栖宁高中毕业的。难怪之前去栖宁办机器人大赛，看到她时觉得有点儿眼熟，我是不是在你的毕业照上见过她啊？”

温简：“禹安当年跟我都是理科生，听澜应该是文科生，毕业照上怎么可能有她？”

王岩挠了挠后脑勺：“那就不是毕业照，可能是别的照片。反正我记得在你的相册里见过她，所以那次在栖宁看到她时觉得眼熟。”

卓禹安不否认：“你看的照片应该是我与陆阔、程晨及她的合影。”

“原来如此，难怪我没见过。”温简觉得哪里怪怪的，却说不出来。

“晚上一起吃饭吧。简回国后，我们还没真正为她接风洗尘呢。”王岩提议。

“抱歉，改天吧，我今晚有事。”

“哦——”王岩意味深长地哦了一声，心想，林之偶回来了嘛，能理解，他当然是要先陪女朋友了。

卓禹安下了班直接开车到舒听澜的住处，他只当她早晨是没睡醒或者有起床气，冷静一天也该消气了。

然而他到她家门口时，看到自己的行李箱赫然放在她家门口，顿时感到无力。他按了开门锁，发现锁竟然换了，明摆着是不让他进去，他之前怎么不知道她执行力这么强？

舒听澜今天难得准时下班，原想着卓禹安若是没把他的东西拿走，她便扔到楼下垃圾桶。只是没想到，她一出电梯就看到一个高大的身影斜倚在她家门口，手里玩着手机。

“换锁了？”他抬头问她，与当初他第二次来她家找她时的姿态、语气一模一样。

那次他问的是：“把我微信删了？”

短短几个月，物是人非，那时舒听澜只想着露水情缘，不太走心，而今倒是走心了，只是他们无法再继续。

“你来得正好，把行李拿走，免得我还要找人送过去。”真要把他的东西扔到垃圾桶，她也不敢，只能找快递送。她忽然想起，找快递送，又送哪里去？总不能送到卓远科技去吧？

所以你看，两人相处，他也没真正用心，很多事都藏着掖着，既从没说过喜欢她的话，更是连自己的住址都未曾告诉过她，很防着她。

卓禹安早晨被赶走的时候确实觉得伤了自尊，可冷静一天之后觉得还可以再谈谈，自尊这种东西不重要，况且他与舒听澜之间并没有不可解决的矛盾，不是吗？

他下了班就来这儿守着了，二月份的天还很冷，他从公司出来只穿着西装，外套都没披，全身都凉透了，她又说出这种话，他就觉得更凉了。

“公司的很多传言，你不要听，我与温简只是好朋友的关系。很多事，我觉得是无稽之谈，便懒得解释，就像我与林之俩一样，完全是不可能的事，解释它做什么？但若是你觉得不舒服，我可以在公司内网亲自澄清。”

“你别把林之俩和她的名字放在一起，我听着不舒服。”舒听澜对温简是生理性的厌恶，听到名字就全身不舒服。他不走，她就不开门，拿着钥匙就站在门口，语气冷冷淡淡的，就像对着非常陌生的人。

“所以问题还是在温简身上吗？你和她到底是怎么回事？我问过温简了，她说你们之间没事。”

“她说我们之间没事？”舒听澜笑了，继而道，“她说没事就没事吧。”

想来也是，温简现如今当然希望跟她撇清关系了，当年舒明海在外贪的钱一分不落地进了她们母女的口袋，这还不够，她们还要故意来气她和妈妈，要认祖归宗，要光明正大地叫舒明海一声爸爸。之后，她们移民出国，享受着衣食无忧的生活，现在温简事业有成，不管温兰怎么想，温简自然是不愿意承认这段往事的。

至于卓禹安嘛，他与温简是革命友情，刚才的话言外之意就是相信温简，觉得她小题大做、无理取闹罢了。

从小就如此，她与温简闹矛盾时，父亲舒明海就一股脑儿说是她的错，要她道歉要她认错。那是她父亲，她没有办法反抗，她认了。

但是凭什么，她好不容易从泥泞里走出来了，还要听卓禹安的废话？

“舒听澜，你这不是解决问题的态度。不要闹脾气，你不说，我不知该怎么解决你们之间的问题。”卓禹安觉得头疼，很是无能为力。

“好，那我问你一个问题好了，我与温简同时掉到水里，你救谁？”

这个问题可以说是真的很无理取闹，哪有这么问的？可是舒听澜很认真，很多事，不是真的要解决方案，而是要一个态度，就像林之俬或者程晨的态度，她们很坚定地站在她这边，与她同仇敌忾。

“又或者换一个问法，我之前也问过，我和温简，你选择谁？你不要管我和她之间的矛盾，我和她是死结，谁也解不开。你只要明确地告诉我你选择谁。”

她和温简这个死结，即便是她父亲舒明海在世，恐怕也没法解。

她之所以这么问卓禹安，还是存有一点儿希望，坦诚说，她对卓禹安的感觉远超过有好感。

春节的时候，他回京陪家人，她说等他回来，她有话对他说，那时她就打定主意要告白了，既然卓禹安不揭开那层面纱，那么她愿意当揭开面纱的人，给自己一个机会。

她再次见到温简，发现温简就是卓远科技的Jane时，她的反应那么大，一是因为往事，二是因为卓禹安。她就是生气啊，她在意的人与温简有牵扯不清的关系。

卓禹安一直看着她，知道她是在等他的答案，他开口回答：“你在意的话，我以后会尽量避开温简，尽量不与她见面。”

他有自己的行事准则，他和温简认识了十多年，确实是关系非常好的朋友，从大学创业到后来卓远科技上市，温简功不可没，她、王岩都是他一生的好友。他不可能无缘无故跟她断绝关系，这不是他的为人方式。

舒听澜点头，道：“明白了，我不会强人所难。那我们以后就是合作关系了，相信你也不会在项目上为难我或者为难我们律所。”总要保一个的，爱情是保不住了，面包总要保住。

她是真的很决绝，其实心里有伤痛，也想给彼此机会，毕竟跟卓禹安在一起带给她很多的欢乐。

但能怎么办？这段关系若是再发展下去，她肉眼可以预见将来痛苦会远超过欢乐。

舒听澜终于开门，但是没让卓禹安进来，家里已经没有他的东西了。关上门的刹那，心是血淋淋地痛，刚才的冷漠、克制都是表象，她知道，她对卓禹安的感觉远超过有好感或者喜欢，从他在栖宁救了她开始就远超过喜欢了。

一夜无眠，很多事，她早已习惯藏在心底，不再像从前，遇到伤心事逢人就讲，现在习惯自己默默消化，即便是面对林之俬，她也不说了。

第七章

脏了的白衬衫

第二天上班，舒听澜随团队入驻卓远科技进行项目尽调工作。张律师很热情地给他们安排了一个单独的办公室。

张律师解释道：“这次真是特殊情况，胜普瑞那边腾不出地方来，我们两家公司离得近，送资料也方便，就是麻烦你们了。”

张律师也知这不符合常规，要调查胜普瑞当然要去胜普瑞公司了，跑到卓远科技算怎么回事？但是卓总这么安排肯定有他的原因，自己照办就是了。

大家都很忙，时间也紧，办公室安排好，马上投入工作。舒听澜、嘉佳被周铭派去胜普瑞公司取相关的资质材料，很不巧，电梯门打开时，里边赫然站着卓禹安和温简。

猝不及防见到温简，还是如此近的距离，舒听澜藏都藏不住那份恨意，全凭意志控制自己保持镇定，保持基本的职业素养。

嘉佳见到卓禹安很高兴，开开心心喊了一声：“卓总好。”

卓禹安微微点头，算是应答。

嘉佳便走进电梯，站在一侧。

舒听澜正纠结要不要上去与他们同乘电梯，里边的温简先打了招呼：“听澜，好久不见。”声音亲切得没话说，像完全不记得她们之间的关系，不记得她跟温兰当年是怎么逼舒听澜妈妈的。

凭什么不进去？凭什么要避开她？舒听澜想着，只当没听见或者没看见温简和卓禹安，把他们当透明人一样，站到嘉佳的一旁。

嘉佳心思全在卓禹安身上，目光就跟钉在他身上一样挪不开。她想，怎么能有人长这么帅呢？虽然对人有疏离感，但也温文有礼、有教养，不让人难堪。

舒听澜进来，鼻子不是鼻子，脸不是脸的，连声招呼都不打，他也完全不在意，反而默默往后站了一小步，给她腾地方。

甚至到了一楼，出电梯后，他还很有礼貌地问：“两位去哪里？我送你们一段。”他站在电梯门外，嘴上说着两位，实则眼睛就盯着舒听澜。

温简也在一旁问：“听澜，你们是去胜普瑞吗？我们也正好过去，带着你们。”

嘉佳后知后觉:“温总认识我们舒律师啊?”

“认识，我们是老同学。”温简的语气太过亲切，就像她们真的是关系好的老同学一般。

舒听澜忍不了了，心想:“我从进电梯忍到现在，我不理你就算了，你赶紧跟卓禹安离开就是，结果你还来招惹我，是吧?”

舒听澜可不相信温简是什么念旧的人，她就是故意的。所以她忍不了了，盯着温简冷冷地问:“我们只是老同学?没有别的关系吗?”

舒听澜想着，当年，她跟妈妈乍然知道父亲在外还有一个家庭时是晴天霹雳的感觉，加上父亲去世了，她们的痛就那么悬在半空中，想问一句为什么都无人可问。她们从晴天霹雳之中清醒过来，又觉得实在难以启齿，太丢脸了，会成为所有亲戚的笑柄，所以她和妈妈恨不得把这个秘密捂死在口袋里，不想让任何人知道。

可如今，她光脚的不怕穿鞋的，温简应当更怕自己私生女的身份被曝光吧?

舒听澜一直是表面温和，骨子带刺，心想:“你不来招惹我，我自己伤心、自己消化，以后避着你走，大家相安无事，但是你若是来招惹我，我也不怕你。”

温简倒是不在意她的挑衅，轻松一笑:“听澜，你还是老样子，一点儿都没变。”

与舒听澜紧绷、恼恨的样子相比，温简落落大方、笑容优雅，把她当成失败者，完全不在意她的想法与态度。

多年后的初次见面，舒听澜输得一塌糊涂。她怎么能不输?心态上早就输了。

这么多年来，她和妈妈远离栖宁，在森洲艰难落脚，她们一直就没走出过去的阴影。舒明海没有给家里留任何东西，那点儿存款也被调查后冻结没收，亲戚朋友怕被牵连，不敢帮助她们母女。

而温简与温兰移居海外，过着优渥的生活，海阔天空，自然懒得再想往事。

从一开始舒听澜就注定是输的。

舒听澜靠着很大的意志力控制住自己，不想给自己营造出不专业的形象。她默默深呼吸，默默深呼吸，才让自己看上去坚不可摧:“我们是去胜普瑞取资料，那搭一下你们的顺风车，多谢了。”她想:“不过就是演戏，你会演，我也会。”

卓禹安依旧是自己开车，没有司机。

温简坐副驾驶座，舒听澜与嘉佳坐在后排。

一上车，舒听澜就看到卓禹安车窗上的玉石挂件，那是春节时去慧苑寺，她在路边买的，当时觉得好看，又是在寺庙里开过光的，寓意很好，就随手挂在他的车上了。

她怕太便宜，他不喜欢，结果他说很好看，就一直挂着。她没想到，竟然还挂着呢。

温简也看到那个挂件了，实际上前几天就看见了，觉得挂件固然好看，只是与这辆车、与他很不搭，自然想到不是他买的，极有可能是那个林之侽买的。

“这是什么玉？”她伸手想拿下来。

“和田玉吧。”卓禹安跟护宝贝一样伸手将挂件握在掌心，没让温简碰。

“你还喜欢这个？”温简也不在意，随口说道。

“喜欢。”卓禹安放下手，握着方向盘，开始专注开车。

去胜普瑞很近，如果坐地铁的话，也就一站地，快要到了，嘉佳自然是不甘被忽视的，错过这村就没这店了，她见卓禹安的机会不多。但她没有话题可说，想了想，便扯到舒听澜身上：“之前我们舒律师说跟卓总是高中同学，我们一开始还不相信呢，觉得她在吹牛。”

真是哪壶不开提哪壶，舒听澜本就对嘉佳没什么好感，现在恨不得当场给她一个白眼。

“难得舒律师记得我们是高中同学。”卓禹安一直没理会嘉佳，此时终于回应了她一句。

嘉佳很开心：“当初我们律所在争取这个项目时，大家都不认识嘛，我们舒律师自告奋勇说可以联系您试试。结果没联系上，还被我们律所的律师笑话了一阵子。”

舒听澜心想：“你能闭嘴吗？”

“是我疏忽了。”卓禹安回答。

温简笑：“你们可能都不太了解卓总，他办事最公私分明了，谁来找也没用。不过，你们律所有实力，拿下我们这个项目实至名归。”

果真是红颜知己，她比谁都了解卓禹安。

车很快开到胜普瑞公司，胜普瑞的老总直接到车库来迎接卓禹安与温简。舒听澜与嘉佳则去他们的法务部取资料。

舒听澜刚才很多话不好说，现在只剩她和嘉佳了，便直言不讳道：“嘉佳，我不喜欢别人拿我开玩笑，以后你想找话题，请不要扯上我。”

“干吗这么小气，大家闲聊嘛。”

“我拒绝当你闲聊的话题。”

“有什么了不起？不就因为周律师喜欢你，在肖主任那儿总替你说话嘛，你以为自己是谁啊？”嘉佳本来就不怎么看得上舒听澜。

她除了长得漂亮，还有什么？家境很差，据说妈妈是给别人当保姆的，现在住在精神病院长期治疗，会不会有家族遗传啊？精神病遗传的概率很大。学历也一般，虽是名校毕业，但只有本科学历，本科学历满大街都是。能力嘛，也一般，否则不会工作三年了，还跑到律所来从新人开始做起。性格更是沉闷，少言寡语，只会埋头干活儿，不懂交际。

嘉佳看她各种不顺眼，看不上她，觉得跟自己不是一个阶层的，可她偏偏因为长得好看，有周律师撑腰，肖主任也有心栽培她而忽略自己。

嘉佳心里一直憋着一口气，心想，凭什么啊，她家世背景、学历背景、工作能力都比舒听澜强了不止百倍，凭什么舒听澜能受重用，她只能做一些边缘的工作？

“嘉佳，我不想跟你吵架，今天是出来办公的。”舒听澜一句话就把嘉佳噎住。她有时候说话很气人，这句话的语气里就透着她宽宏大量不跟嘉佳计较，也透着她认真专业，不会不分场合地吵架。

两人已走到胜普瑞的办公室内，不便再说话。

“绿茶！”嘉佳心里暗骂一句。

胜普瑞总部的人，按照之前的尽调清单，把她们要的资料、合同与各类证件都准备好了，等着她们来拿。

舒听澜按照清单一一核对、画钩。嘉佳负责把她画了钩的资料与证件放进箱子里，一会儿带到卓远科技。

“麻烦你们了，这些都是公司的重要资料，按说我们是不允许你们外带的，但既然上边同意了，那请你们务必小心，不能丢失。”对方人员再三叮嘱。

这些资料、合同与各类证件都是公司核心的东西，丢一件都是大事，很麻烦的。

“好的，你放心，我们一定会妥善保管，核查完之后会第一时间还回来。”舒听澜承诺道。

把资料带走确实很麻烦，并且责任重大，她也很希望是在胜普瑞的办公室里办公，随用随还，不用承担这么大的责任。但没办法，卓远科技或者胜普瑞不知抽什么疯，有了这个不合理的安排，让她们很被动。

为了避免混乱，舒听澜计划按批次搬到卓远科技，审核完一部分，还回来，再搬另外一批。

这次她们只搬了尽调清单前两页的相关资料，但也有整整两大箱子。舒听澜没有车，嘉佳的车今天限号，所以叫了网约车。

舒听澜搬一箱，嘉佳搬另外一箱，在胜普瑞门口等了将近十分钟，网约车才到。这期间两人全程无交流。

舒听澜满脑子工作计划，肖主任自然不会做这些基础性的工作，周老师也是，他负责统筹安排，实际具体的工作是舒听澜、嘉佳以及另外几位律师完成。

嘉佳满心的抱怨，这些箱子很重，她从来没干过重活儿，手臂酸疼，正巧旁边有个垃圾桶，她便把箱子放在垃圾桶的上面，单手扶着来放松。

她的目光忽然落到了箱子里面，最上面是一本公司章程。有时候人的邪念就在一瞬间，她随手便把那本章程拿出来扔进了箱子底下的垃圾桶里。

今天来胜普瑞取资料是舒听澜的职责，她只是被周律师派过来帮忙的，出了任何问题，与她的关系不大。

做完这一系列的动作不过几秒钟而已，网约车来了，她脸不红心不跳地与舒听澜上车。

这边卓禹安与胜普瑞的老总开了个会，并未商谈具体的收购问题，就是带温简过来看看胜普瑞的产品线，温简是这方面的专家，她的意见对之后的收购谈判很具有参考性。

胜普瑞老总知道这两人一个比一个精明，自然不敢掉以轻心，以免被抓住不利因素，将来谈判时被动，一被动，收购价格自然就低了。

开完会回去的路上，温简道："将来收购了，他们的技术部没有必要留着，已经完全落后于现在的市场，至少落后五年。"

卓禹安没有说话，温简说得没错，决定收购胜普瑞并非看上他们的技术，而是看上他们的背景以及场地。卓远科技毕竟回国发展才两年，很多政策需要有胜普瑞这样的企业做支撑。

卓禹安开着车，没怎么说话。温简发现他话比以前少很多，只与她交流工作上的事，别的一概不谈。她回国这么久，两人连一顿正经的饭都没一起吃过。

"你和林之偶是真的？"她还是没忍住，问道。她想着他的变化，觉得是不是因为要顾及林之偶的面子，不好与别的女性关系太近。

只是她怎么想，也不明白他为什么会喜欢林之偶这样的。

"不是，我与林之偶没有任何关系。倒是你，跟舒听澜到底是怎么回事？"

很多事，卓禹安不明说，但他不傻，他知道舒听澜不是那种无理取闹的人，更不会伪装自己，今天见她对温简的态度，她们之间绝不是少女时期的小矛盾。

"你似乎很关心听澜，因为她是林之偶的闺密？"温简已从他口中听到两次舒听澜的名字。

集团上下都在传卓禹安与林之偶是男女朋友，卓禹安从来没有当众否认过，温简对他们的关系一直是存疑的，但上次在他办公室，林之偶就那么闯进来，他亦十分纵容，让她相信他与林之偶之间绝非空穴来风。

"简，我一直把你当最好的朋友，这些年你帮了我很多，我很感激。你与舒听澜之间的事原本是你的私事，我不该问，但若是你们真有矛盾或者误会，不妨告诉我，我们想办法一起解决。"

温简听完他的话，沉默地看着他，良久才道："这不像你，你从不关心工作之外的事。"

是的，卓禹安也觉得这不像自己，他何曾为了别人浪费过时间？可是那个人一句话都不肯说，执意要与他撇清关系，他想起来就生气、就懊恼，就想算了吧，也不是非她不可，何必受这份气呢？

可是，这心就跟被大石碾压过一样，碾得粉碎，碎成了渣渣，他不管不行。

“她只是林之偶的闺密而已，你何必管这些事呢？不管你信不信，我与她真没有什么矛盾，我都多少年没回国了，再说，每天这样忙，哪有精力想这些事呢？要真说有矛盾，那也是我妈妈与她妈妈有点儿矛盾，但我妈妈已经放下了，你知道的，我妈妈现在有固定交往的男朋友，过得很幸福。如果因为我与舒听澜的事，让你跟林之偶的感情出现问题，那很抱歉，这不是我的错。要去消化这些问题的是舒听澜，不是我。”温简很生气，语速很快地说完这番话，她想不明白，卓禹安怎会为了林之偶做到这一步，舒听澜只是林之偶一个闺密而已。

“抱歉。”卓禹安真诚地道歉，不过心里已经有了判断，温简与舒听澜之间绝非温简轻描淡写得那么简单。

舒听澜与嘉佳搬回两箱资料，然后按照内容分派给不同的人负责审核。舒听澜有个习惯，她一边看资料，一边做记录，当天一定会把审核报告写完再关电脑。很多资料审核完，当天如果不形成报告，过两天她就会忘个大概，再写报告会不够详尽。所以她总是加班到最后一个才离开。

资料里少了一份公司章程的事，她是在审核到这项时才发现的。

会不会是当时在胜普瑞办公室里没有拿？她急忙打开尽调清单看了一眼，显示已经提交，她亲自画的钩，嘉佳放入纸箱的。

会不会是落在网约车上了？她急忙打开约车软件，打了司机电话，司机说没看到，百分百确定没在他的车里。舒听澜想也是，这份资料对司机没有任何用处，他没必要骗她。

她后背直冒冷汗，把客户公司的重要资料丢了，这是犯了大忌，如果传出去，口碑尽毁，以后谁还敢用她？

她又仔细把今天带出来的所有资料都翻了一遍，还是没有找到，确定是丢了。但能丢到哪儿呢？她仔仔细细地想了一遍整个事情的经过，从胜普瑞公司出来之后，她与嘉佳就坐车回了卓远科技，到这间办公室后再也没出去过，其间也没有外人进来。

她百思不得其解。

极大可能就是当时落在了胜普瑞公司，没有拿回来，但她现在还不确定，不敢贸然去问，万一不在那边，就暴露了自己丢资料的事实。

整个卓远科技其他地方的灯都灭了，唯独他们这间办公室的灯还开着，她一遍一遍翻找今天带过来的资料，并且在脑海里想哪个环节出了问题。

“还没下班？”门外忽然响起卓禹安的声音。

“在找什么？”他走到她身边问。

舒听澜犹豫要不要告诉他实情，如果让他知道她丢了目标公司的资料，他会不会对他们律所不满？嫌弃她不专业等等？

她不回答，卓禹安就自己猜：“胜普瑞的文件丢了？”

他一猜即中，她不得不服。

她如实说了丢文件的过程，又反复强调：“这件事是我全程负责，是我疏忽大意导致的，跟我们团队没有关系。”怕他迁怒他们。

卓禹安道：“在你眼里我就是那么不明事理、那么不分青红皂白的人吗？”

“难道不是吗？一谈起工作就六亲不认。”当然，这是舒听澜内心独白，她不敢说。

“所以这中间有十几分钟是在胜普瑞办公楼下等车，是吗？”他问。

“是的。”

“跟我来。”他说着先走出办公室。

舒听澜跟着卓禹安走出办公室，此时她一心想找回文件，忘了她与卓禹安断了联系，也不奇怪这么晚了他怎么没回家，整个卓远科技就他们俩。

卓禹安开车很快就到了胜普瑞办公楼下，舒听澜莫名地看着他：“去他们公司里面找吗？”

卓禹安摇头，他站在白天嘉佳站的垃圾桶旁，脱了外套递给舒听澜：“帮我拿着。”然后又卷起白衬衫的袖子，一截一截往上卷。

“你要做什么？”

“掏垃圾桶。”他说着就弯腰开始翻那个垃圾桶。

这里的垃圾桶，保洁员一般会在第二天的清晨来收拾，所以如果真的在垃圾桶里，一般能找到。但是，垃圾桶里边有各种饮料的杯子，还有各种乱七八糟的纸、饭盒什么的。虽有垃圾分类，但行人还是会随手扔，里面什么都有。

路灯下，卓禹安大高个子，弯着腰在肮脏的垃圾桶旁认真地翻垃圾，白色的衬衫上沾了一点儿污渍，脏脏的。

舒听澜在旁边看着，心里像压着一座山，很沉，很难受，她转开眼不看他。

“找到了。”卓禹安一脸高兴，举着那份文件。

还好文件外皮上有包装，包装上虽洒了饮料，里边倒是很干净。只是卓禹安的白衬衫有几处被垃圾桶的边缘弄脏了，看着特别刺眼。

舒听澜没有接文件，转身就走。她知道自己这样很无礼，不管怎样，卓禹安是在帮她，她却连声谢谢都不说。

“舒听澜。”卓禹安从身后握住她的手，也不管自己的手是不是脏的。

“脏，拿开。”舒听澜倒是嫌弃上了，甩开他的手，“把文件给我。”

“暂时不能给你，我还有用。”卓禹安不给。

“什么意思？拿着文件向肖主任告我的状吗？”她就说他不会这么好心，工作上出了这么大的疏漏，被他抓住把柄了，他自然要好好利用一下。哼。

“舒听澜，你就不能好好说话？”

“那你拿我的文件做什么？”

“我有用。”

“你怎么知道在这个垃圾桶里？你扔的？”

“我闲的？”卓禹安作势要去敲她的脑门，但是举起手一看，脏，于是就算了。

回到车上，他拿了好几瓶矿泉水洗手才把手洗干净。

“上车吧，我送你回家。”

她上了车，他就唠叨开了：“以后别加班到这么晚，工作是永远做不完的，明天做也一样。”

“你不也一样，这么晚才下班。”舒听澜看着窗外说道，忽然想起她送的汽车挂件，“这个，我拿走了。”她只送过他一样东西，也要收回。

“不准，送我后就是我的了。”卓禹安想也没想，护宝贝一样把挂件握住。

舒听澜又转头看向窗外，一路都不再说话。

到了舒听澜家楼下时，卓禹安熄了火与她一起下车，这个架势像要跟她一起回家。

“我上去换件衣服。”他倒是坦坦荡荡地指了指自己白衬衫上的污渍，确实挺触目惊心的，难为他刚才一路忍着没脱。

“回你自己家换，我家没衣服。”她的态度很恶劣。

卓禹安也不生气，打开后备厢，里边竟然放着她当时收拾出来的行李箱，他的东西全都在车上呢。

“你没有家吗？”

“没有。”卓禹安是实话实说。他回森洲发展，并未急着买房子，因为工作忙，很多时候不是住在公司就是住在酒店，偶尔回父母家住。年前他倒是买了一套，就是带舒听澜去看过的那套，全款买的，做了基础装修，原计划是让舒听澜按照喜好去弄软装，然后他们一起搬进去，但计划落空。

舒听澜听他如此简明地回答没有，心里不无鄙夷，这男人不肯说实话，不就是防着她吗？

卓禹安就是打定主意要跟着她，反正他想明白了，很多事都不能听她的，若都听她的，全都歇菜。

舒听澜就没见过这么厚脸皮的人。他就站在那儿等她开门，锁一动，他先推门而进，熟门熟路，她还没反应过来，他已一个箭步进了卫生间，水声哗哗的。刚才冷静、不在意的模样全都破功，他一秒也忍受不了身上的脏东西。

不知为何，舒听澜笑了，她坐在沙发上翻看失而复得的文件，总之还是觉得很诡异，这份文件是怎么掉进垃圾桶的。

舒听澜脑子里闪过了嘉佳的脸，是她抱着这份资料，是她曾站在那个垃圾桶旁，一切很明显，不是吗？

但舒听澜一切都是猜测，如果告诉肖主任，肖主任会相信她吗？还是会指责她自己犯了错，却嫁祸嘉佳，逃避责任？

嘉佳的父亲是肖主任的大客户，肖主任即便相信她，又真的能为她发声吗？没有想好之前，她不敢轻举妄动，只能以后更加防着嘉佳，等有时机了再说。

卓禹安已经洗完出来了，裹着浴巾，头发湿漉漉的，身上肌肉结实、线条流畅，总之就是让人看一眼就脸红心跳。

他出来时正在打电话，是打给司机的："过来把我的车开去洗一下，洗完再开回来。"

他刚才忍了一路，那件白衬衫直接被扔进了垃圾桶。啧啧，真败家，他的衬衫一看就价值不菲，却说扔就扔了。

卓禹安打完电话，一边擦头发，一边朝她走来。舒听澜急忙起身跑进自己的卧室，关门，反锁，防着他。

以前她可以随便，但现在不可以。已经很晚了，她躺了一会儿便睡着了。半夜她被渴醒，出门喝水，忽然瞥见躺在沙发上睡着的人。

还是春寒料峭的时候，他只盖了一条放在沙发上的薄薄的毛毯。怎么说呢？舒听澜终究是不忍心，她回自己房间拿了一床被子，轻轻盖在他身上。

她刚盖好，轻手轻脚正准备离开，忽然一个大力把她拽住，她倒下去，正好压在他的身上，原来他早就醒了。

有点儿冷，沙发又小，他本就睡得不踏实，她一开门，他就醒了。

"关心我？"他嗓音沉沉的，最后一个"我"字的发音稍稍往上提，有点儿开心的情绪，眼睛在黑暗之中出奇的清亮。

舒听澜被他环着，一点儿都动不了，极近的距离，四目相对，真的觉得他秀色可餐。

舒听澜，矜持啊，不要再被迷惑，这个男人有毒，跟你不合适。她给自己打气，挣扎着从他身上爬起来，冷冷道："你冻死在我家，我担不起责任。"

卓禹安只是笑："不用你担责，都是我自愿的。"

他也不强求，看她有点儿落荒而逃地跑回了自己的房间。后半夜，他盖着被子不冷了，却更加睡不着，熬到天亮起来，想给她做早餐。

他一开冰箱门，顿时傻眼。冰箱里空空如也，比新买的还干净。冷冻箱里，他之前给她买的速冻食品也全没了。

她天天都不用吃饭吗？她是只喝水就能活着的仙女？他很生气，却也无可奈何。

舒听澜起来后，一脸怒意地看着他："你怎么还没走？"她已穿戴整齐，抓起桌上的文件就要走。

“文件先不能给你，我有用。一起去公司吧，路上给你买早餐。你说你这么大个人，到底靠什么活着？”他絮叨着，完全忘了舒听澜说两人不再来往的事情，前几天的冷漠就跟没发生过一样。遇到舒听澜，他只能认栽，只能选择性失忆。

但舒听澜不，她金口玉言，很多事不是你不提就不存在。她背着包，站在门口看着卓禹安，很冷静地问：“你和温简不再见面、不再联系了吗？”

很简单的选择，有她就没有温简，有温简就没有她。

卓禹安感觉很挫败，他何曾被人这样逼迫过？他一向有自己的原则与处世方式，不喜欢被人安排，但在舒听澜面前，就是毫无脾气，只能回复：“给我时间。”

他与温简之间虽无男女之情，但有友情，还有公司利益，都不是能一下就分割开的。人嘛，理智的时候他心里也有一把天平，一边是舒听澜，一边是温简与公司利益，他从来不是儿女情长的人，这么多年，连一段正经恋爱都没有谈过，一心扑在工作上，工作就是他的全部。

理智的时候嘛，天平当然是向公司一边倾斜了，但遇到舒听澜，他就没理智过，天天把她当公主伺候着，还伺候得心满意足，就没有理智可言。否则你看看，这是他能干出来的事？他就差把她当成傻瓜，恨不得一勺一勺亲手把饭喂到她嘴边了，成天替她担心，担心她吃不饱穿不暖，担心她受委屈，担心她不开心，凡事都替她安排好。

“给我时间。”舒听澜早料到这是他的答案。

其实，前两天，林之偶把她与温简、卓禹安的故事发到了微博上，大意是：我有位朋友在一次聚会中遇到了高中同学，这位高中同学很优秀，是行业内的佼佼者，我朋友长得很漂亮，但家庭条件一般。两人睡了，并且互有好感，我朋友准备表白时，发现这位男同学有位红颜知己，两人在一起很多年，红颜知己是他事业上的左膀右臂，不可或缺。重点是，这位红颜知己与我的朋友还有一段狗血往事，她是我朋友父亲在外的私生女。

最后，她问网友：“我朋友还有必要跟这个男同学表白吗？”

这是很客观的描述，不站在任何人的立场。

不到一个小时，就有了上百条的评论：

“千万不要表白，人家明显是跟你玩玩而已。”

“姐妹你是咋想的？你自己也说了，除了好看，别的条件一般，怎么跟红颜知己比？”

“男人嘛，都是很现实的。没结婚可以随便玩玩，但是结婚，一定是选择对自己有利的另一半。”

“基因强大哈，妈妈们共抢一个男人，现在女儿们又共抢一个男人，绝了。是这个世界上的男人都死绝了吗？非要抢同一个。”

这最后一条评论被林之偶删了，但是舒听澜在她删之前就看到了。

评论很犀利，但说实话，舒听澜刚知道温简与卓禹安的关系时执意要与卓禹安断绝关系，潜意识里也有这样的想法。她何必与温简抢男人呢？一个轮回又一个轮回。

她想到林之偶的这条微博，觉得很有意思，当然，底下也有一些妹子劝说："追求真爱，或许男同学就是喜欢她呢？况且他与红颜知己这么多年都没结婚，可见红颜知己并不是他的理想对象。"

喜欢她？舒听澜看了眼眼前的卓禹安，怎么说呢，她想或许是有好感的，但远不到喜欢的地步。她虽没有什么恋爱神经，但是她知道，如果真的喜欢一个人，一定会说出来。卓禹安自始至终都没有明确表达过喜欢她。

"走吧。"卓禹安也穿戴整齐了，催她出门。

"把那份文件给我吧，我今天还需要用。"她把刚才乱七八糟的念头压了下去。

"这份文件，我有用。"卓禹安拒绝。

"你该不会真的要拿着这份文件去跟肖主任告我的状吧？"除了这点，她想不出他拿这份文件的目的。

"嗯，有可能。"他不否认了。

舒听澜脸都黑了，气冲冲地往前走，红色高跟鞋踩得嗒嗒响。她很有骨气，不坐他的车，从他的车旁经过时还踹了几脚车门。车纹丝不动，她脚痛。

"幼稚。"卓禹安在身后笑，也不勉强她上车，自己也不开车了，和她一起进入地铁站。

舒听澜到了卓远科技，周铭先迎了过来，一脸严肃道："听澜，你把胜普瑞的公司章程弄丢了？"

"你怎么知道？"她想，消息传得真快，看来卓禹安真准备拿这件事大做文章。

"肖主任也来了，你这次真是犯了大忌，怎么这么不小心？我尽量把这事压下去，不让它往外传播，否则你以后很难在这个行业立足。"

她还是新人，刚入行，口碑很重要。周铭是真心关心她，比她还焦虑。

"你知道吗？这次是卓总通知肖主任来公司的，卓总本来是不管这种小事的，但是这次他直接越过张律师联系肖主任，可见是真的生气了。"

舒听澜想，卓禹安这人怎么这样，如此大动干戈，是要公报私仇吗？

卓远的高层都来了，温简也在，然后肖主任带着并购团队也来了，这个阵仗一看就是要公布大事。

难不成因为这件事，要解聘他们团队吗？

舒听澜心里有点儿难过，但一人做事一人当，卓禹安非要追究的话，她可以退出这个项目。

她以为肖主任会大骂她，但肖主任只是看她一眼，道："不是什么大事，别瞎想了。"

其实肖主任是相信舒听澜的，她一直看重的就是舒听澜细致、负责任的工作态度，这种低级的错误，舒听澜绝对不会犯。

会议室里很安静，卓禹安扔出那本文件，甩在会议桌上，冷声质问："解释解释，怎么回事？"

把目标公司的资料丢了是很低级的错误，真不至于如此大动干戈，就连卓远科技的张律师都觉得卓总这是小题大做。

舒听澜想，卓禹安就是故意的，就是冲着她来的，就是想让她低头认错，心被刺痛了一下，她想，何必要在大庭广众之下羞辱她呢？

她默默站起来，准备承担责任，总归事实是她丢了文件，才让他抓住了把柄。

肖主任拽住她的衣角，不让她站起来，先开了口："卓总，这次真是抱歉，我们以后一定会更加规范流程，不会再犯这种错误。"

肖主任虽严厉，但在外是绝对会护犊子的，舒听澜不由得眼眶一热。

卓禹安冷冷地看了他们一眼，继而道："规范流程？所以把客户公司的资料扔进垃圾桶？"

"扔进垃圾桶？"肖主任与周铭都愣住了，一时语塞。他们想的是，或许是不小心遗落在卓远科技其他区域的办公室，恰好被卓远科技的人看到了，怎么想，也不可能会在垃圾桶啊，那就是有人故意扔的了。

肖主任多聪明啊，看了舒听澜一眼，又看了嘉佳一眼，几乎已经知道了事情的来龙去脉。

嘉佳看到肖主任审视的眼神，转过头避开了。

肖主任更加确定了自己心中的猜测，很多事，她不说不代表不知道，只是碍于嘉佳父亲的身份睁只眼闭只眼罢了。

"你们还没回答我的问题。"卓禹安没有耐心，又说了一句。

所有人都噤若寒蝉，舒听澜与肖主任想的是一样的，嘉佳的问题属于律所内部的问题，回去之后，该怎么处理就怎么处理，但在客户面前，自然是要团结一致对外的，这关乎客户对他们整个团队的信任与合作的问题。

然而嘉佳不懂，也或者懂，只是不在意，并且自信过了头，在肖主任认错道歉时，她忽然站起来指着舒听澜说："肖主任，这次的事情跟您没有任何关系，资料不是您去取的。是我跟听澜去胜普瑞取的资料，但是我确定，这份资料当时听澜点完之后，我放进了她的箱子里，怎么会在垃圾桶，我想她最清楚。"

"你什么意思？"舒听澜冷眼看着嘉佳，简直不敢相信这人愚蠢、阴暗的程度会与受教育的程度截然相反。这是在客户的公司，她想当众搞内讧吗？

肖主任看着嘉佳也觉得头疼，生平第一次在客户面前尴尬地笑着，不知该怎么接话。

“你的意思是舒律师故意把这份文件扔进垃圾桶的？”卓禹安冷声问。

“是的，文件在她的箱子里，当时她就站在胜普瑞办公楼外的垃圾桶旁。只有她有这个时间。”嘉佳信誓旦旦。

“哦？你怎么知道这份文件是在胜普瑞办公楼外的垃圾桶？就不能是在卓远科技的垃圾桶吗？”卓禹安继续面无表情地发问。

他这一问，全场所有人都唰地看向她。因为在场所有人都默认卓禹安是在卓远科技办公区的垃圾桶看到这份文件的，没有人想到是在胜普瑞办公楼外的垃圾桶。

嘉佳能精确到胜普瑞办公楼外的垃圾桶，答案其实已经不言而喻。

嘉佳也是忽然意识到这个问题，急忙辩解道：“这是我推测的，因为我与听澜一直在一块儿，她没有别的时间做这件事。只有在等网约车时有这个时间。”

嘉佳的解释很苍白无力，况且舒听澜完全没有动机做这件事。肖主任与周铭、舒听澜等人都不禁想翻白眼，心想：“神仙也救不了你。”

“我办事一向不喜欢毫无根据地推测，跟你们律师学的，喜欢摆证据讲事实，所以我请胜普瑞的安保部调了这份办公楼前的监控，肖主任不妨跟我一起看看。”卓禹安语气淡然，没什么感情，他打开了那份监控视频给会议室的人看。

监控视频很清晰，在嘉佳站在垃圾桶旁时，慢动作播放，大家看得清清楚楚，她把文件毫不犹豫地扔进垃圾桶，然后没事人一样跟着舒听澜上了网约车。

卓禹安之所以会在第一时间想到这个垃圾桶找文件，是因为她们在等网约车时，他正巧在楼上与胜普瑞的老总谈公事，当时他就坐在窗边，看到楼下的舒听澜时，多看了几眼，也注意到了嘉佳的这个动作，只是当时以为她扔的是纸巾等，没在意。

嘉佳的脸一阵青一阵白，她万万没想到，这种小事，卓禹安会亲自上阵，并且调监控录像。

卓禹安看也不看她一眼，对肖主任说：“你看着办吧，我们可以忍受合作律师是庸才，但绝不能忍受律师道德品行上的问题。为了一己之私而罔顾客户利益，甚至想嫁祸同事，为人不耻。”

肖主任还能说什么？今天卓禹安特意叫来卓远科技的高管以及律所的人，当众播放监控视频，就是逼着她现场表态，不给嘉佳留任何余地。

虽然顾及嘉佳的父亲，可这事如果不是卓禹安出面，不是当着所有人的面，她私下还可以保一保嘉佳，给她安排个闲职：“卓总说得对，我们一定会严肃处理她。”

“不要让我再看到她。”卓禹安也就是点到为止，相信以肖主任的聪明，会知道他的用意，不再聘用嘉佳。

舒听澜倒是慢了半拍，渐渐明白过来卓禹安的用意。她本来以为今天卓禹安来这一出是借题发挥，让她服软。

结果，他是在帮她，是她以小人之心度君子之腹了，她不由得抬头看他一眼，他恰好也看过来，眼神似笑非笑，然后与卓远一众高管离开了。

卓远科技的张律师、温简以及王岩都是一脸莫名其妙。这只是一件小事，即便文件丢失了，也与卓远科技没什么关系，充其量就是律所内部的失职行为而已。

三人全程没有交流，直到看到从前面款款走来的林之偈经过他们的身边，朝会议室的舒听澜走去时，他们才反应过来。

所以卓总闹了这么一出，就是为了帮女朋友林之偈的闺密讨个公道？这也太假公济私了，这也太不像卓禹安了，这也太宠了吧？

“他这次是来真的？”王岩眼神询问旁边的温简。

“我怎么知道？”温简脸色很难看，她认识卓禹安这么多年，从未见他如此没有理智过。他一向把生活与工作分得很清楚。

后面林之偈挽着舒听澜的手从会议室里出来，两人低声交谈。

“我早跟你说了，嘉佳这种人，你就不该忍，从栖宁回来那一次，你就该直接把她掐死，也不至于今天又被陷害一次。”

“我知道了。”舒听澜回道。

“你知道个头，就知道被人欺负，这次要不是卓禹安帮你，我看你又要背黑锅了。”

两人说着话，从温简、王岩身边经过。林之偈笑嘻嘻地跟他们打了声招呼，继续挽着舒听澜往前走。她是听到风声，说舒听澜闯祸了，卓总正在会议室大发雷霆，她急匆匆赶来救场，想不到事情已经解决。

“你们工作这么闲吗？”温简在她们身后问。她看不惯上班时间闲散着走路、瞎聊天的人。

林之偈与舒听澜同时停下脚步，转身看她。

林之偈指了指自己，反问：“你说我们？”

舒听澜则是更不给面子，直接回复：“我们不是卓远科技的员工。”言外之意就是你管不着。

温简在职场何曾被人这样撑过？一向是她说什么就是什么，想不到林之偈与舒听澜会当众给她难堪。

见温简被她们撑，旁边的王岩看不下去了，开口道：“林经理，舒律师，两位既然在卓远科技办公，就该遵守卓远科技的规章制度。你们作为合作方，连我们公司最基本的规章制度都无法遵守的话，很难让我相信你们的工作能力。这是职场，不是你们的交友场。”

“算了，走吧。”温简看也不看林之偈与舒听澜，率先离开，只留下一个爽利的背影。

王岩与她并肩离开。

“你有时候太能忍。在卓远科技，没有人能爬到你头上去。”王岩依然是义愤填膺。他说得很清楚，即使对方是卓禹安的女朋友也不行。

他们三个人这么多年的交情，他就不相信卓禹安真的能这样色令智昏。温简是谁？林之俚又算得了什么？

“他就是回国拓展市场，压力比较大，加上林之俚性格开朗、放得开，找她只是为了一时的放松而已。孰轻孰重，他知道。”王岩当然知道温简对卓禹安的感情，这么多年的相处，他都看在眼里。

“他最近变化很大。”温简说道。她原本也以为卓禹安只是为了放松找个女伴而已，不会走心，但她不傻，她看得出卓禹安最近对她颇多回避，见面只谈公事，私事缄口不提，把彼此的界线画得清清楚楚。

如此一来，她便想好好会一会这个林之俚了。

这边林之俚与舒听澜被王岩批评完，也不在意。

林之俚反而夸起舒听澜：“做得很好，见一次撑一次，别给她脸。”

舒听澜苦笑，她可以在职场上表现专业，但是遇到温简，实在是功力不够，控制不住情绪。

“话说，这次卓禹安默默帮了你一把，你是不是应该请人家吃个饭啊？”林之俚一边说着，一边看了眼手机微信，一分钟前，卓禹安发来了信息：“中午一起吃饭。”

不用说她也知道他的用意，要她约舒听澜一起。

看在他这次立功的分上，她就帮他一回。

第八章
不会再缠着你

中午到点了，舒听澜被林之併连拉带拽地抓到员工餐厅。卓禹安早已经在他专属的位置坐定，并且点好了菜等她们来。

他这人真的没什么总裁架子，平时工作一忙，就跟员工一起随便吃点儿员工餐，并不讲究。但每次请舒听澜与林之併吃饭，都会特意叮嘱厨师单独做。

舒听澜对他有点儿亏心，上午开会时，在心里骂了他一百八十次，后来才知道他绕了这么一大圈是在帮自己，彻底解决了嘉佳的问题。

“谢谢。”她是低着头说的，不看卓禹安，看起来就像是有一点儿心不甘情不愿。

“没诚意。”卓禹安回了一句。

菜已经全上来了，当然，都是舒听澜爱吃的口味，并且她真的饿了，拿了筷子就吃。

“早上给你买早餐你不吃，活该现在饿。”

林之併也在旁边吃，在卓远科技的员工看来，这是卓总与她这个女朋友在共进午餐，实际上，她就是一个电灯泡、一个挡箭牌，她为闺密真的牺牲太多了。

舒听澜全程就只吃饭，不再说话。

这边温简与王岩到了中午也到员工餐厅来吃饭，看到卓禹安自然就过来了，卓禹安点的菜够多，加上他们两人也完全够。

舒听澜看到温简，瞬间吃不下去了，有种阴魂不散的感觉。

“让陈厨再做一份吧，简吃素。”王岩一看餐桌，没有温简能吃的。

林之併一听来劲了：“温总吃素啊？是因为信佛吗？还是因为坏事做多了想积德行善？”

“因为环保。”温简不理她的挑衅，平平静静地回答。

厉害，真的厉害。林之併不得不佩服这个女人心理之强大，她挑衅得那么明显，温简却能完全无视，轻飘飘回一句“因为环保”，这高大上的理由瞬间甩她好几条街。她家舒听澜哪是温简的对手啊，她们完全不在一个级别。

厨师给温简端来一碟素什锦，她优雅地吃着，整个人从容淡定，依旧是穿着法式衬衫，露出好看的锁骨，连肩颈的线条都透着优雅。

林之偶暗暗感慨，真是美人，要不是因为温简是舒听澜的死敌，她一定要跟温简交个朋友，她一向喜欢聪明的美人。

温简吃了一会儿，像忽然想起什么事，看向卓禹安说道："要跟你借个人，我之前一直在物色的一位工程师最近也回国了，在华桉市，我计划去那里见一见。林经理不是正好从华桉回来吗？我想带着她帮忙从中协调，毕竟这方面她是专业的，当然，如果谈成了，我们可以支付佣金。"

林之偶听了，拼命摇头。她刚从华桉市回来，不想再去，出差的日子不是人过的，况且，重点是，还是跟温简一起出差，温简明显就是带着别的目的。

结果，卓禹安想也没想就说："可以，带她去吧。"弃之如草芥，莫过于此。

林之偶气得咬牙切齿，看着一旁的舒听澜，再次感慨她真的为闺密付出太多了。

温简倒是很诧异，没想到卓禹安会答应得这么爽快，可见，林之偶在他心里也并非真的那么重要吧。

舒听澜皱眉，温简明显是醉翁之意不在酒，她怕林之偶跟温简单独相处会吃亏。林之偶虽然也是人精，但行事磊落，就怕温简玩阴的。

卓禹安继续道："正好，傅慎逸那边，你再跟进一下，务必说服他到森洲来。"

"可以。反正你答应过，只要他来森洲见你，不管成不成，都会给我佣金。温总这边也是哦。这两个任务完成，我一整年的KPI（关键绩效指标）就完成了。"

其实是超额完成，傅慎逸作为职业经理人，年薪是八位数，温简要亲自见的工程师，年薪至少也是七位数。两个职位加起来，她的KPI就直接完成了，佣金可观。

所以管你们葫芦里卖的什么药，我能赚到钱就是关键。她也是这么安慰舒听澜的，舒听澜才答应让她跟温简出差。

舒听澜回到办公室，整个组的气氛低迷，嘉佳被肖主任带走，据说是直接去律所的人资部办理离职手续，肖主任处理事情绝不拖泥带水。当然，为了顾及嘉佳父亲的面子，离职证明上写的是嘉佳主动离职，而不是被辞退。

人终归要为自己的行为负责。

下午的工作比较密集，舒听澜跑了一趟工商局，核对了一些资料，核查完已到下班时间，她便直接拎着电脑回家整理报告了。

很多资料，她现在不用复印件审核，直接用手机拍照存档，既环保，又省了很多空间，不用到处抱着厚厚一沓文件。

她到家楼下时，又看到了卓禹安的车，上楼后，果然看见他站在她家门口。

这人到底想做什么？舒听澜觉得之前已经把话说得够清楚了。

"开门。"他倒是毫不在乎她的态度，也不介意她换了锁把他拒之门外。

舒听澜就站在那里一动不动地看着他。

“买了菜。”他扬了扬手中的购物袋，与以往每次一样，好像这中间两人什么都没发生。因为他的执着与坚持，舒听澜静下心来，不得不重新审视他们之间的关系。所以她开了门让他进去。

“卓禹安，我们好好谈谈吧。”这次换舒听澜主动要谈了。

“好。不过要先等一会儿，我做好饭，我们边吃边谈。”

舒听澜一口气闷着，实在无法理解卓禹安的行为，他完全不在意她的态度，我行我素，只顾着做自己想做的事情。

“不必了，先谈谈吧。”她态度坚决。

“行吧。”卓禹安见此，转身洗手擦干，然后坐到客厅，看着她，“想谈什么？”

“我很感谢你昨晚帮我找到资料，也很感谢你今天上午帮我彻底解决嘉佳的问题。但是，卓禹安，我之前说得很清楚，我们之间没有必要搞得藕断丝连、难舍难分。我承认之前对你是有好感，也曾想过再进一步，但是我也说了，有温简就没有我。”

卓禹安静静看着她，很认真地听她把话说完。沉默良久，他似乎第一次鼓足了勇气说道：“舒听澜，也许是我的错，我从未认真跟你说过，我对你不只是有好感。”

“所以呢，因为你对我超过好感，我就要为你妥协？为你去承受温简的伤害？卓禹安，我真的求求你了，不要做这些让我痛苦的事情。你的存在就是不停地在我的伤口上一把一把地撒盐。”因为你的存在，总是不停地提醒我，当年父亲对温简的爱护；总是不停地提醒我，我从未得到过父亲全心全意的爱。

她要的是笃定的、全心全意的、坚定的爱，否则她宁愿不要。

她对他的厌恶就明晃晃地写在脸上，没有丝毫隐藏，不，也许不是对他，而是对父亲与温简。

卓禹安看着舒听澜，眉心渐渐皱起，一字一句地反问：“在你眼中，我就这么不堪？你一直觉得我对你是死缠烂打？我让你如此厌弃吗？”

卓禹安好不容易拾起的自尊又被扔在地上，任她踩踏。

舒听澜不言语，就那么看着他，看着他一身的骄傲被她的言语击得粉碎。她无意伤害他，她一直都知道，他并没有错，是她的错，是她一直走不出这个心结。因为父亲的事情，让她一直不相信爱情，一直不相信有人能真心爱她，何况还是身边有温简的他。

她不敢去争取他的爱，所以只能用伤人的语言去逃避。

她的沉默在卓禹安看来就是默认。他点点头：“我知道了，以后不会再缠着你了。舒听澜，无论如何，希望你幸福。”他语气很平静，但若是细看，能发现他眼眶里浮现的淡淡的红血丝。说完话，他便起身大步离开。

哐当的关门声震在舒听澜的心头。她知道，他这次是真的不会再回来、不会再理她了。那个关门声简直像把她的心劈成了两半一样，很痛。

她不是懦弱的性格，尤其是上了大学之后，与妈妈相依为命，她就一直很坚强地活着，遇到问题，就解决问题。即便是交了母亲的住院费，身无分文靠吃泡面度日的日子里，她也从没有过怨言，从没逃避过。

可唯独在感情上，她是个懦夫，面对现在的温简，她除了过往的恨，还带着一份不为人知的自卑，不得不承认，温简太优秀了，既有傲人的教育背景，也有让人望尘莫及的工作成就，与卓禹安站在一起，就是天造地设的一对，她拿什么跟温简比呢？

她没有海外留学的经历，没有拿得出手的工作成绩，还有一个需要常年住院的精神病母亲。她拿什么跟温简比？但凡卓禹安不傻，就不会选择她。

这些话，她只敢藏在心里，连对林之俜都不敢提起，否则一定会被林之俜揪着耳朵骂没用。

她是真的没用。

林之俜陪温简去华桉市见候选人，对于温简打什么主意，她心里门儿清，不就是以为她是卓禹安的正牌女友，所以想单独会会她吗？

反正她就是个假的绯闻女友，对温简无惧无畏，底气十足，很放松，她上了飞机全程呼呼大睡，下了飞机入住酒店之后，才仔细看了看温简提供的候选人简历。

她一看顿时傻眼了，全英文简历，前面她还勉强能看懂，但是简历后半部分的所有项目经历，十个单词里有九个都是与什么智能计算啊量子算法等相关的极其专业的术语。

每一个字母，她都认识，但每个单词犹如蚂蚁一般，密密麻麻，她完全看不懂。

其实她作为猎头，不懂这些专业术语倒也不是多大的问题，只要把候选人的工作经历、大概的项目经历了解了就可以，再说了，见面时也可以具体再谈。

温简收拾好自己的行李，看了眼林之俜紧皱的眉头，挑了挑眉，大概是诧异于林之俜的英文水平。她解释道："抱歉，Brian是华侨，从小在国外长大，中文水平有限。"

林之俜在心里骂温简，这是什么水平？这是中文水平差的问题吗？这份简历涉及的专业内容，就是以英语为母语的人看着也费劲啊！

林之俜心里骂了一百遍，皮笑肉不笑地看向温简，语气谦逊得不得了："是的呢，温总，这些专业名词，我有很多都不懂，你要是有空，能帮我翻译一下吗？这样我明天跟Brian沟通时会比较方便。"不懂就是不懂，总比装懂强吧？

温简好像更诧异了，正色道："林经理，你是卓远科技聘请的猎头顾问，对卓远的每项技术，都应该了如指掌才是，否则怎么有能力帮助我们找到合适的人选呢？卓远科技是外资企业，英文熟练是最基础的，况且Brian的简历虽然专业术语很多，但这些词语在卓远科技日常中并不少见。你不该觉得陌生。”

哦，原来在这儿等着她呢。绕了一大圈，就是想找个理由，光明正大地批评她，打压她。

林之偀继续皮笑肉不笑，礼貌、谦逊地说：“温总说得对。我呢，当初是卓总亲自介绍进来的，卓总当时就与卓远科技的HR（人力资源）有过共识，我只负责管理岗位的猎聘工作，具体的技术岗位，HR说一直是温总你选定的海外顾问公司在负责。她说了，技术岗位，没人比温总专业。这次跟温总来华桉市见工程师，说明温总愿意给我这样的机会学习，我非常感谢，一定会努力向温总学习。”

她把卓禹安搬出来，在夸温简的同时，又把自己的职责划分得清清楚楚的，简而言之就是，技术岗本就不是她负责，看不懂这些专业名词与她无关。

温简被她说得哑口无言，只道：“当然，我很愿意帮你。也希望你们做猎头的，不要把自己限定在一个类型的岗位里，多学习，多接触别的岗位，努力提升自己。”

“温总说得极是。”

第一个回合没有输赢，打成平局。但林之偀让温简体验到了她的伶牙俐齿，以及棉里藏针的说话艺术，她并不只是花瓶。

林之偀晚上睡觉时，与舒听澜微信聊天，一连好几个哭的表情发过去：“温简这个女人确实有点儿东西，很沉得住气。”

虽然言语上没有输给温简，但是林之偀心里垮了一个角，没办法，温简真的太优秀，无论长相、谈吐，还是学识、能力，都是不得不承认的优秀。

“偀偀，你好好工作，别因为我的事影响你。”舒听澜回复。

“无所谓，不过，这个女人真的三两下就让我产生了一种挫败感。她说得没错，我既然是猎头，就不应该局限在一个类型的岗位里，对卓远科技的技术岗一无所知，确实是我的问题。”

林之偀不得不承认自己工作中稍微偷懒的部分，温简能一针见血地指出来。跟她这样的人共事，如果不是足够优秀，会非常自卑。

她忽然就更加理解，也更加心疼舒听澜从小的遭遇了。

温简的存在，会让你深深怀疑自己的能力，可又无能为力，有些人天生就智商超群，碾压普通人，她的存在就是一种压力。

温简如此，卓禹安也如此。

舒听澜此时头痛欲裂，耳边一直有幻听，就是卓禹安摔门出去那一下的哐当声，总感觉门回弹了，没有关紧，一个晚上，她反复起来确认好几次，失眠，睡不着。

“偶偶，我好像真的走错了一步。开始时，就不该满脑子黄色废料，与卓禹安发生关系，否则现在很多事都会简单很多。”她的心情也不至于因为温简的出现而如此波动。

“既然事情已经发生，就坦然面对。你现在什么也不要想，好好工作，把卓远科技这个项目做完，以后就是路人，想见也见不着。”林之偶安慰她。

“嗯。”

林之偶发完信息，昏昏欲睡。她看到另一边，温简在书桌前与卓禹安用视频谈工作。订酒店时，温简可能是想与她近距离接触，所以订的竟然是标间，很不符合温简的身份。

“这么晚还在公司？”温简问。

“嗯。”

“生病了？”温简又问，见视频那边的卓禹安脸色很不好看。

“没有。还有事吗？”他说话声音很沉，并非冷漠，而是没有力气的样子。

温简忍了忍，开口道：“林经理就在我身边，要不要她来接？”

卓禹安一愣，想了一下才想起林经理是谁：“不用。”

“那你早点儿回家休息，别熬夜。”

卓禹安先挂了。

林之偶全程围观了他们的视频聊天，给她的感觉就是，他们俩关系真的很好，就是很多年才能培养出来的那种随意、自然。

温简挂了视频，若有所思地回头看了眼林之偶：“你们吵架了？”

不怪温简这么问，而是卓禹安刚才的状态明显很不好，整个人很萎靡。这么多年，她只见过他两次这样萎靡。第一次是刚出国时，他有半个学期都是这样的状态，好像被人打碎了筋骨。

那时候，温简以为他是因为在异国他乡不适应，后来才发现不是，他其实适应得比她更好，只是始终打不起精神，只剩躯壳。后来因为学业繁忙，加上参加各种比赛，开始创业，他原本该有的精气神才渐渐恢复。

这么多年过去，这是第二次，看到他又变成了那样，整个人都空空的。温简挂了视频，想了良久，找不出原因。他事业有成，公司发展顺利，生活也没有什么突变，不该如此啊。

所以她试着问林之偶：“你们吵架了？”

“吵架？我跟他？吵不着。”林之偶觉得莫名其妙，缩了缩身体，进入梦境。

温简看着这人没心没肺地睡着，心里很不痛快，卓禹安怎么偏偏喜欢这样的人？

她一直试图去弄明白，卓禹安喜欢林之偶哪一点，可是一天相处下来，她更加迷茫了。

这个林之俜明知道自己与卓禹安的关系，但是丝毫不在意，就连刚才当着她的面与卓禹安视频通话，她都不在意，这是一个正常的女朋友该有的表现？

还有，林之俜应该是知道她与舒听澜之间的关系的，但是从来不在她面前提舒听澜半个字。

温简完全看不透林之俜，临睡前，忽然问她："听澜跟你提过我吗？"

她坐在林之俜床的对面，幽幽地问出这句话，效果无异于鬼片。林之俜瞬间清醒，觉得这个女人真的有毒，大半夜不睡觉。

"提过，你是他爸爸在外面的私生女。"打扰她睡觉，那就别怪她说话难听了。

温简脸色一沉，没想到林之俜说话这么直接，可见之前的客气全是装的。

"你跟卓禹安提过我的身份？"温简继续问。

"你不配。"林之俜说完又倒头睡了，维护舒听澜是她本能的反应。

"你跟卓禹安在一起多久了？最近才在一起，还是从他回国之后就在一起了？"既然猜不透，那就直接问比较有效率。

"温总，你真的有点儿烦。卓禹安，我不稀罕，你想要你就去追、去表白嘛，别在背后做这些无用功。你们这么多年的感情基础，从高中到大学到创业，他对你有很深厚的感情，你表白过没有？暗恋算什么，爱就大胆表达出来。"

林之俜半睡半醒，可能是作为情感博主的本能吧，开始给她出主意。反正她家舒听澜与卓禹安是不可能了。既然他们不可能，那卓禹安之于她就是一个陌生人，爱谁谁。

温简疯了，在她看来，林之俜是赤裸裸的炫耀，很多年了，她出国之后就从未与这样的人接触过，一时间有点儿难以置信，而后便是很深的挫败感。

卓禹安到底是看上了林之俜哪一点？

要说外貌，她比林之俜好看；要说性格，她亦更温婉，更懂人情世故；要说能力，她是他的左膀右臂，携手打天下的人。

她哪儿哪儿都不比林之俜差呀，唯一比林之俜差的一点便是不够开放，因为她太珍惜了，所以瞻前顾后。

林之俜倒是睡了一个好觉，第二天神清气爽地与温简去见了Brian，温简主要谈卓远科技未来的发展方向以及Brian到卓远科技之后能做什么工作，林之俜则是负责后续一些温简不方便说的薪酬福利等问题。

让温简出乎意料的是，林之俜在工作场合时很认真专业，并且英语口语在正常交流时完全没问题。

谈薪酬福利时，她知道卓远科技的底线在哪里，并且很快就探出Brian内心真正的需求。

之前温简与Brian在国外谈过很多次，但Brian始终没有对她坦露过真实需求，和林之偶不过聊了几句，Brian竟然如同遇到知己，把自己真正的忧虑都说了出来。

Brian很看好卓远科技的未来前景，也愿意加入。但是，众所周知，卓远科技已经有两位技术大拿，一位是温简，一位是王岩，他们两人管理着卓远科技的所有实验室与产品开发，外人如果入职，很难有实权。

林之偶的任务基本完成了，Brian担心的这部分是温简该去解决的，具体温简会给出怎样的承诺，她无法得知。

温简在与Brian商谈的时候，因为涉及很多工作权责的问题，所以把林之偶支开了，林之偶百无聊赖地到隔壁咖啡厅买咖啡喝。

很巧，她遇到了另外一位候选人傅慎逸，他正在咖啡厅坐着，前面放着电脑，在干活儿。

“嘿，傅总，好巧啊。”她主动打了招呼，主动坐在他的对面，心里盘算着，怎么跟他敲定好去森洲见卓禹安的时间。

傅慎逸冷眼看了她一眼，开口说道：“这是我先坐的位置，你有经过我的同意吗，就坐这儿？”

果然，一如既往地事妈。林之偶心里吐槽着，表面却恭恭敬敬地站起来，礼貌地问：“请问我可以坐这儿吗？”

“不可以。”他干脆利落、掷地有声地拒绝。

正要坐下的林之偶硬生生地停下动作，变成了半蹲，她迅速站直了身体，心里怒骂：“狗男人，以为自己多了不起呢，要不是看在你年薪千万的offer（聘书）上，老娘才懒得理你。”她心里骂，表面却是笑嘻嘻的，坐到了旁边紧挨着的一桌。

“傅总，上周跟您约好了，这两天去森洲见卓远科技的卓总，您看您哪天有空啊，我给您订机票。卓总呢，真的是诚心诚意想约您见一面，不管您是否愿意加入卓远科技，就当是与卓总交个朋友。”林之偶开始口若悬河地给傅慎逸推荐卓远科技。其实傅慎逸目前就职的公司与卓远科技是竞争对手。

林之偶猜测的是，卓禹安醉翁之意不在酒，他就是为了打击竞争对手的公司，才要挖走傅慎逸，让对手公司陷入混乱。至于把傅慎逸挖过来，可能就是晾着，并不会重用他。

林之偶都能看清楚的事情，傅慎逸更加能看明白。

她一番话讲到后面，看到傅慎逸连个表情都不给她，就有点儿心虚了。“你们就当是同行交流嘛。”她继续说。

傅慎逸似乎忙完了手头的工作，终于抬头看了一眼林之偶，上下打量了她一番，道：“卓远科技给你多少佣金？我双倍给你。”

“啊？”

“帮我把她挖到我们公司，能做到吗？”傅慎逸指了指窗户外边的温简。

温简与Brian已经谈完，看似相谈甚欢。

"温简？"

"对！"傅慎逸很肯定。

"你开什么玩笑？她不可能背叛卓远科技的。"

"所以呢？你的能力也不过如此，别再来骚扰我。"

他把"骚扰"两个字说得格外重。林之偶简直要气炸，这个男人怎么出尔反尔呢？之前答应得好好的，说会去森洲见卓禹安一面，怎么突然就变卦了？

她愣在原地想了一会儿，直到看到Brian，脑子忽然转过弯来。Brian这次从国外来华桉市，应该就是为了见傅慎逸的，结果被她与温简从中截和了，难怪傅慎逸生气了。

林之偶一路小跑过去，在车库追上傅慎逸，他开着一辆宾利欧陆，已经启动，缓缓朝前开着，林之偶一个小跑，跑到车前拦下他。

傅慎逸没下车，一直按喇叭，一脸不耐烦。

"傅总，给我最后一次机会，我们再聊聊。"林之偶有这份韧劲，不是出于什么职业道德，而是她看到傅慎逸，无异于看到闪闪发光的佣金。只要他见卓禹安一面，卓禹安就会给佣金，多容易赚的钱！

她拦着不让傅慎逸的车开走。

傅慎逸也不是什么善类，探出脑袋喊了一声："再不让开，我就报警了。"

"你报吧。"林之偶笃定他不会为了这点儿小事报警，有恃无恐。

傅慎逸确实不会报警，但是他松开了刹车，慢慢朝林之偶开过去，他就不信，还真有这么不怕死的人。

林之偶见他把车开过来，干脆闭上了眼睛。

她闭上眼睛，就等于把决定权交给了傅慎逸，要不要撞死她，他决定。

傅慎逸骂了一句脏话，在离林之偶十几厘米的位置刹车。林之偶睁开眼睛，笑嘻嘻地小跑到他副驾驶座上坐着："傅总，打扰了，真对不起。但只要去一趟森洲就好，对您真的没有任何损失，就当是同行交流，对不对？今天下午就有一趟航班，头等舱，我帮您订机票啊。"

"你们卓总从哪里找的你这样的奇葩，做猎头可惜了。"傅慎逸一边说着，一边把身份证掏出来扔给林之偶，让她订机票。

林之偶接过身份证，一边打开订票软件，一边吹着彩虹屁："哇，傅总才比我大三岁，真是年轻有为呢。连身份证的证件照也拍得这么帅，您是不是化了妆拍的啊。"

她就是能一心二用，一边说着话，一边已经订好了票。这个机票钱，她不确定卓远科技的人资部是否给报销，所以给傅慎逸订了头等舱，给她自己订的是经济舱。

"傅总，下午在机场不见不散哦。"

“赶紧走。”傅慎逸看见她就觉得烦。

下午的机场，温简看着林之偶靠在椅子上，美滋滋地给别人发短信，不得不重新审视她。上午林之偶拦傅慎逸的车时，她看了全过程。

她身上的韧劲与洒脱确实蛮吸引人的。

说起来，舒听澜身上也有这份韧劲，物以类聚，人以群分嘛，所以两人能成为闺密，但舒听澜身上少了林之偶的这份洒脱。

林之偶正美滋滋地跟舒听澜盘算着，拿到这笔佣金之后怎么用：“先把我房贷的尾款还了，应该还剩一点儿，到时候帮阿姨换一家更好的医院。”林之偶平时花钱还算省，与很多网红比起来，算是节俭了，名牌包与服装不多，平时的工资用来开销，网上接广告的钱攒起来，攒够一笔了，就还一部分房贷，所以现在还得差不多了。

“偶偶，你真棒。”舒听澜很忙，上班时间，没空陪她闲聊，真心赞了一句之后就离开了。

* * *

胜普瑞公司的尽调工作进入最忙的阶段。很多信息需要与别的机构相互配合，评估机构、财务机构的数据，需要她去协调拿到他们需要的那部分，然后给出法律意见。

因为她是第一次参与这样的大项目，为了保险起见，她的尽调报告每次写完，都要发给周铭看一遍。周铭自己负责的部分也很多，等他忙完自己的事，再查看她的报告，然后回复，基本都是后半夜了。

舒听澜不敢睡，再晚收到周铭的回复邮件，都会根据他的建议重新修改一遍，一天睡两三个小时是常有的事。

她忙起来是好事，这样就没有多余的心思去想卓禹安与温简的事，即便偶尔在员工餐厅遇到卓禹安，两人也是擦肩而过，没有招呼，更没有交流，完全是陌生人了。

卓禹安似乎也很忙，每天中午在员工餐厅用餐，都是随便找个角落，助理给他打一份饭菜，他就慢条斯理地吃，吃完起身就走。

肖主任一周会来两天，除了监督他们的工作，也与卓远科技的张律师沟通项目的进展。她一来，中午大家就会一起在卓远科技的员工餐厅吃饭。

有一次他们碰到卓禹安与王岩及张律师也在餐厅，肖主任热情地招呼，邀请他们一起。

王岩与张律师对肖主任的印象很好，加上中午吃工作餐，没那么多规矩，便与卓禹安一起坐到肖主任那一桌。

正巧，舒听澜就坐在卓禹安的对面，很久没有这么近距离地坐在一起，他脸色淡然，很冷漠，看也没看她一眼，只低头用餐。

舒听澜也低头用餐不说话，她本就话少，大多时候就是听周铭与别的律师讲，今天肖主任在，所以肖主任说得多。

肖主任平时对他们很严厉，但在客户面前时最护犊子，不遗余力地夸他们。

在场的除了舒听澜是新人，别的律师也算是久经沙场了，早适应这种高强度、快节奏的工作，所以肖主任不太说他们了，便把注意力放在舒听澜身上，主要是为了给她鼓劲："我们舒律师，别看她娇滴滴的，但很能吃苦，工作很认真负责。她每次提交上来的报告都可以当成模板范本，一点儿都不输资深律师。"

卓远的张律师听到，不由得也夸道："你们舒律师真是我见过的最能吃苦的女孩子，好几次，我看她就没回家，对吧？就在公司熬夜干活儿，只早上趴在办公桌上睡两个小时，然后继续干活儿。"

张律师有时候很早到公司，会特意到他们办公室转一圈，经常看到她趴在一堆文件上睡着，看得他都有些不忍心了。

舒听澜不知怎么话题会转到她身上来，她并不是大家说的那么拼命啊，只是回家也睡不着，事情多没做完，干脆就在公司睡了而已。

被他们夸得，她都有些无地自容了。

周铭倒是不夸她，言语里有点儿指责："说过你很多次了，你这样下去是不行的，身体才是革命的本钱。平时除了午餐，早餐、晚餐都不吃，还熬夜干活儿，你也不怕猝死。从今天开始，每天给我准时下班，我送你回家。"

别的律师都笑："周律，我们也熬夜干活儿，也三餐不定，你怎么不怕我们猝死？"

"我也要你接送，反正也顺路。"

"滚一边去。"周铭骂。

"你们就别添乱了，周律好不容易找到借口，可以接送舒律师上下班。"

大家哈哈笑。

卓远的张律师恍然大悟："原来周律师喜欢舒律师啊！真好，同行，有共同语言，也适应彼此的作息时间，以后家庭矛盾少。肖主任，你们律所不反对办公室恋情吧？"

肖主任道："不反对，我们律所很开明的。而且都是这么优秀的人，肥水不流外人田。"

舒听澜听着，也不知怎么反驳，就希望他们赶紧闭嘴。对面的卓禹安始终在慢条斯理地吃饭，就跟没听到他们聊天一样，很有疏离感，一副高高在上的样子。

周铭起身给舒听澜打了一碗汤，放在她面前，看她吃得太少，人都瘦了一圈，一阵风就能吹倒，说道："多吃点儿。"

被当众公开他对舒听澜的那点儿心思，他也不藏着掖着了，关切之情溢于言表。要说对舒听澜的感情呢，最初他只是觉得她长得漂亮，看着很舒服，也仅限于有好感。他很现实，因外貌而产生的好感并不值得他花太多时间投资，所以他观察了很长时间，发现她除了长得漂亮，工作能力也很强，只要有足够的经验积累，将来的成绩一定不亚于他。

他经过很长时间的深思熟虑才决定追求舒听澜，一旦确定目标，必然是加强攻势。

奈何舒听澜在这方面段位极高，不管他如何示好，她都不着痕迹地拒绝，就像现在，给她一碗汤，她不会当众推托让你难堪，但也绝不会喝一口。

这种成熟的处理方式，反而让周铭更加痴迷，他喜欢的就是这种。

一桌人说说笑笑吃完午餐，各自回办公室继续紧张的工作。

舒听澜这顿饭吃得胃疼，不是因为周铭的示好，而是因为对面坐着卓禹安，她被影响了，吃了什么，吃了多少，全无印象。

而另一边，王岩发现卓禹安刚才很不对劲，不，确切地说是最近都很不对劲，除了工作上的事，其余时间，几乎没有开口说过一句话。

温简与林之侽从华桉市回来，在卓禹安办公室汇报Brian与傅慎逸的情况，他一直漠然听着，温简不再说话了，毕竟她是管技术的，Brian的岗位，她有权安排，不需要卓禹安决定。

但林之侽就不同了，她好不容易把傅慎逸从华桉请到森洲，他现在是什么态度？

“卓总，傅总已来森洲，你看，今天什么时候见一面？”

傅慎逸这人也是工作狂，打算花两个小时沟通完，然后直接飞回华桉市，他已经订好回去的机票。

“安排明天吧。”卓禹安今天很累，没有精力跟他谈。

“不行，傅总是特意飞到森洲来见你，见完就要回去，晚上的飞机。”林之侽表达了傅慎逸是很有诚意的，否则没必要特意飞这一趟。

“让他现在来公司吧。”卓禹安说。在公事上，他一向不含糊，也不会高高在上，毕竟人才难得。

“好，我马上安排。”林之侽给傅慎逸打电话，并且把地址共享给他。安排好之后，她才又开口：“那卓总，你之前说过的，只要傅慎逸来森洲和你见面，不管是否入职，你都会支付猎头费用哦。”她笑靥如花，目光灼灼。

在温简与王岩看来，这就是撒娇了。

女朋友回来了，两人看着也不像吵过架，那卓禹安这脸色怎么还这么差？

“去人力资源部备档，他们会跟财务申请款项。”卓禹安倒是说话算数。

温简与王岩一脸无语，心想：“没有这么办事的，见一面，就要支付费用，你宠女朋友不是这么宠的啊。”

“谢谢卓总。”林之偀说完转身就去安排和傅慎逸的见面事宜。

温简忍不住道：“禹安，这不符合公司规定，财务以什么名目开这笔款？”

卓禹安：“从我个人账户上转。”这是他当初答应过的，不会食言。另外，他也有自信，只要见了傅慎逸，傅慎逸必然会选择到卓远科技就职，所以这笔猎头费早晚都需要支付。

然而在温简看来，他简直是鬼迷心窍：“林之偀真的值得你放弃自己的原则？你一向公私分明。”

“我与林之偀没有任何关系。”卓禹安强调了一遍，外界怎么传，他不在意，所以懒得解释，他对林之偀稍有的和颜悦色也不过都是因为那个人，如今好像没必要了。

他当即吩咐助理：“写一份公开声明，澄清我的绯闻。另外，我的办公室未经过同意，不得随便入内。”他很清楚地表明了立场。

温简与王岩看傻了眼，看来果然是吵架了？并且闹分手了？所以最近几天，他才如此低迷。

但看林之偀，她果真是没心没肺，情绪似乎不受任何影响。

林之偀当然不受影响了，她安排好了和傅慎逸的见面之后，兴高采烈地去人资部报到，并且申请这笔猎头费。

结果人资部的人看到她，眼神躲闪，急忙关了内网通告。

林之偀是外部人员，看不到卓远科技的内网，并且也不在意，只是表明了目的。

人资部总监出来道：“抱歉，林经理，这笔猎头费不符合申请条件，我们需要在候选人入职之后，才会支付60%的费用，等过了试用期，再支付余款。目前这个岗位还在洽谈阶段，没有发offer，更没有入职，不符合我们的规定。”

“是的，但这个职位特殊，是卓总特批的。”

“林经理，有特批文件吗？还是口头承诺？”人力资源部总监言语温和，但态度坚决。

“口头承诺。”她如实回答。以卓禹安的身份，她从未怀疑过口头承诺的真实性。

“抱歉，我们只看白纸黑字的文件。”

“好，我让卓总跟你说。”

林之偀当即发微信语音通话，结果——她被卓禹安拉黑了——什么时候拉黑的？

人力资源部的总监一脸淡漠，静静地看着她表演。

至此，林之偀忽然反应过来，从头到尾都是卓禹安开的空头支票，他并未打算兑现，并且因为这笔费用，把她拉黑了。

她这暴脾气，当即就出门朝卓禹安的办公室走去，她怎么想都觉得他不是这样的人。

他的助理远远看到她过来，就急忙出来阻止，不让她进。

“卓总规定的，林经理，您就别为难我了，好吗？况且进去了，吵起来，多难堪。”助理真心实意地劝道。

林之俜生平第一次这么窝火、憋屈、吃哑巴亏，也是第一次识人不清，她怎么也没想到卓禹安会是这样的骗子。

第二天她与舒听澜一起上班的路上，不免把卓禹安祖宗十八代骂了一遍：“你说有他这样出尔反尔的人吗？去华桉市之前答应得好好的，结果回头就反悔。

“他要是不想支付这笔钱，大可以不答应，或者明确地告诉我，而不是让我去人资部、财务部像个傻子一样被他们看笑话，我真的要被气死了。

“伪君子，真小人，资本家都是吸血的鬼，一句话也不能信。”

林之俜一路上骂骂咧咧，舒听澜便安静地听着，她想，卓禹安这么做就是给她看的。他不过就是想借由此事给她难堪，可冤有头债有主，何必为难林之俜呢？

出了地铁，到卓远科技时，舒听澜便直接上楼直奔卓禹安的办公室。他的助理看到她，急忙出来阻拦：“舒律师，卓总正在开会呢，您有什么事？我帮您转达。”

“不用了，我去他办公室等他。”舒听澜不顾助理的阻拦，径直进入他的办公室。其实内心很紧张，但她必须凭着心里那口气，一鼓作气帮林之俜争取应得的权益，否则后面泄气了，定是一句话都不敢说出口。

“舒律师——”

“舒律师，没有预约不能进。”助理着急地在身后跟着。

舒听澜已经一手推开了他办公室的门。

结果，他确实在开会。温简、王岩都在他的办公室，大概是在开产品研发会。三人在他办公室的小会议桌旁，齐刷刷地看向门口闯入的她。

“卓总，你的办公室何时想进就能进了？”温简因为产品设计的理念与王岩不合，正激烈地讨论，突然被打断，心情不好地看向舒听澜。

卓禹安亦是皱眉看着她，也不说话。

只有王岩面色温和，招呼道：“舒律师找卓总什么事？我们正在开会，如果不急，稍后再来？”

舒听澜点头：“打扰了，我在门外等。”她没想到他们会在卓禹安的办公室开会，正准备默默退出去。

结果，卓禹安叫住了她：“找我什么事？”

他轻皱眉头，暂停了会议，起身走向自己的办公桌，请舒听澜进来。

舒听澜看了看会议桌边的温简与王岩，这些话不适合在他们面前提。“要不我改天再来。”她打起了退堂鼓。

“舒听澜，我很忙，有事就直说。”他看着她冷冷的，没有多余的表情，但是坐回自己的位置上，等她开口，又很有耐心的样子。

这个人吧，总是看着很矛盾。

温简与王岩也朝这边看，在他们看来，舒听澜必然是为林之俜与卓禹安分手的事情来的，真是好闺密，果然，就听舒听澜说道："如果是因为我，我跟你道歉。"

卓禹安就莫名其妙了，挑了挑眉没回应，等她继续说。

"关于这个职位，把傅慎逸请到森洲来见你，她背后付出了很多努力，并不是她表现的那么轻松、容易。"

"说重点。"卓禹安完全不知道她在说什么，她怎么会突然扯到林之俜身上？

"我的重点是，虽然我跟你没有可能成为恋人，但是与林之俜无关。她为了这个职位付出很多，你怎么能出尔反尔不支付佣金呢？况且以她的性格，后期她一定会继续跟进傅慎逸，直到他在卓远科技入职为止。"

卓禹安就那么看着她，在消化她的话。所以是下边人资部或者财务部为难林之俜了？所以她气势汹汹地跑来他的办公室替林之俜讨回公道？她以为是他的命令？

他心里苦笑，她真是从未了解过他，一点儿也不了解。

"好，我知道了。"他低头淡淡地回应，并不为自己解释一句。她以为他是小人，他便是吧。

温简与王岩在旁边听愣了，在舒听澜开口说"我们没有可能成为恋人"时。

所以是什么情况？卓禹安到底是与林之俜还是与舒听澜？又或者是脚踏两条船？不，不，以他们对卓禹安的了解，他绝不是脚踏两条船的人。

舒听澜没走，就站在办公桌前看着卓禹安，意思很明确，要他现在马上解决这件事。卓禹安看着她这样，忽而问道："舒听澜，你是从哪里来的底气敢闯进我的办公室？是觉得你开口，我就必然会答应吗？"

舒听澜愣住，哪里来的底气？好像潜意识里，她就是知道卓禹安不会为难她，所以她才敢有恃无恐地闯进来。

经卓禹安提醒，她为自己这种潜意识感到无地自容："抱歉，我相信林之俜可以搞定这个职位，希望到时候你可以兑现承诺。"她表面镇定地走出他的办公室，实则内心崩塌。

两人虽未正式确定恋爱关系，但也有过一段时间的亲密关系，以至她没有摆正位置，是她僭越了，她关上门后落荒而逃。

卓禹安的办公室内，温简与王岩从他的话语中似乎悟出了什么了不得的真相。只见他拨通内线给人资部以及财务部，亲自确认林之俜佣金的问题。

"对，先从我个人账户上支付。"诚如他所说，只要舒听澜开口，他就必然会答应。

"你跟舒律师？"王岩不由得好奇地问，脑袋还是有点儿迷糊，之前传的是他与林之俜。

"继续开会。"卓禹安并不愿意再提这个话题。

王岩与温简心中都明白了，舒听澜才是卓禹安真正在意的人，林之俜不过是烟幕弹。

产品的讨论会，到最后，三人都有些心不在焉，尤其是温简，几次走神，她只好叫停。

怎么会是舒听澜？卓禹安怎么会喜欢舒听澜？为什么偏偏是她？温简的脑袋里嗡嗡嗡地旋转着这几个问题。年少时的梦魇就这么突然地席卷过来，打得她措手不及。

为什么偏偏是舒听澜？

她以为她的世界早就海阔天空了，原生家庭的痛再也伤不到她半分半毫，可是命运仿佛进入了另一个轮回。

她母亲与舒听澜母亲，她与舒听澜，就这么再次进入循环。

她深夜打电话给大洋彼岸的温兰，问："妈，当年，你在背后默默守候着爸爸，后悔过吗？"

"不后悔，只是遗憾未能给你完整的家庭。"

"一点儿也不后悔吗？为什么？"温简问。

"因为爱。"温兰人如其名，温柔、蕙质兰心，一直遵从自己内心的真实感受，从不避讳在孩子面前说爱。

温简点头，从温兰那儿得到的一点儿力量能让她坚持下去。

"是与禹安闹矛盾了？"温兰与温简既是母女，也是无话不谈的朋友。

"没有。"

"妈妈下周回国，也好久没见他了。"

"你要回来？"

"嗯，你都回去了，我也想回去看看。在外边过得再好，始终都是飘着的。"

"也好。"很多事，妈妈在身边，能替她出主意。

舒听澜难得早点儿下班，与林之俜同行。在路上时，林之俜收到短信进账通知，一看乐了，把手机递到舒听澜面前："卓禹安还算是个人。"

舒听澜想起今天她闯进卓禹安办公室，他没让她难堪，并且很快就解决问题，便夸道："他人其实挺好的。"只是有些人注定无缘。

"好是好，但跟你不合适，你有空可以搜一搜京城卓家。"

"卓家？"舒听澜确实没有去深挖过卓禹安的身份，当年在栖宁高中，她就没注意过他，后来稀里糊涂在一起，也没去关注。

"是的，卓家独苗。就他的背景，你放心吧，温简也没戏。这样的家庭，不可能会让温简这样的私生女进门。"

“哦。”舒听澜对他的家世以前就不感兴趣，现在他们毫无关系了，她更不感兴趣，听着很厉害，但她不会去搜。

“对了，这笔钱，我还完房贷的余款，还能剩一部分，我给阿姨换个更好点儿的医院吧，让你可以随时去探望的。”

“不要，现在的医院挺好的，如果要换，我会替她换。”舒听澜想也没想就拒绝，她不想拖累林之偶。

“你有钱换医院？你银行卡里的余额有过5位数吗？不是我说你，你赚钱的速度比乌龟还慢。就这龟速，还有脸拒绝我？再说了，我也不是白给你，以后要还给我的。我的小本本上都记着呢，以后加上利息，加上通货膨胀，全部还我。”林之偶一边说着一边在银行App上转账，嘀嘀两声，舒听澜的手机就收到到账通知，效率奇高。

她低头看着短信里的数额，眼眶都红了，她何德何能，能有林之偶这样的朋友：“偶偶，谢谢你。”

林之偶懒得理她，继续兴高采烈地开始申请提前还款。

舒听澜妈妈目前住的医院是私立的，各方面条件很不错，但唯一的问题是，医院的管理制度里有一条是没有特殊情况不允许探视，舒听澜只能通过主治医生了解妈妈的病情。

春节时她与主治医生聊过，妈妈的情况好转很多，病情稳定，不必再住在全封闭的医院里。她原本也要办理转院，只是因为经济问题，还没想好转去哪家。

现在她有林之偶这笔钱，很多事便可以迎刃而解了。

后面几天，她工作依然很忙，只能每天抽出一点儿时间去找医院，她依然是以私立医院为主，私立医院除了贵，没有别的毛病。

确定好医院，她特意请了一下午的假，办理转院。

她妈妈的精神状况确实好了很多，一直拉着她的手不放：“澜澜，妈妈跟你回家住，好不好？”

“妈，我跟医生说过了，以后周末，你可以回家住。”这是她与医生商量的折中的办法，她妈妈在精神病院住了太多年，如果突然出院，恐怕无法适应外面的环境。最重要的是，舒听澜平时无法二十四小时在家里照顾。

新的医院，病房比之前好很多，妈妈的活动也不受限制，可以在护工的陪同下在院子里到处走走，只要不出医院的范围即可。

似乎一切都在朝着好的方向进行。她的工作进展也很顺利，大约再过半个月，所有尽调工作都能完成，后期卓远科技与胜普瑞的交易谈判以及最后的交割会由肖主任与周铭协助完成，不用她再参与了。

只要这个项目完成，之后她就再也没有机会见卓禹安，更没有机会见温简了。生活终于要走上正轨了，她期盼着那一天的到来。

第九章

人生云泥之别

只不过让舒听澜万万没有想到的是，有生之年，她还能再见到温兰。她见到温兰是在卓远科技的员工餐厅，温兰、温简与卓禹安、王岩在吃午餐，在卓禹安专属的用餐区。

那时，舒听澜与周铭在员工餐厅排队打菜，旁边有人在窃窃私语——

“那是温总的母亲？好有气质啊。”

“据说一直旅居海外，刚回国。”

“也不挑地方，就在员工餐厅用餐，还蛮接地气的。”

“你没看到卓总对她的尊重吗？人家是看女婿来了。”

舒听澜的心跳漏了一拍，她不由得看向那边的温兰，果然如她们所说，温兰很有气质，并且年轻得不像话，与温简站在一起，像姐妹俩。

舒听澜不知为何鼻尖忽然发酸，她刚帮妈妈转完院，妈妈因常年生病，身体蜷缩，脸上的皮肤松弛、暗淡、布满皱纹，与眼前的温兰比，仿佛两个年代的人。

可明明，也就几年前，妈妈身体笔挺，脸上永远带着笑，眼神亲和有光，并不比温兰差。

这是多么残酷的对比与反差，不知如果父亲还在世，会有何感想。

她鼻尖发酸，眼眶便热了，她怕自己情绪再度失控，所以找了个借口，对周铭说：“周老师，我有个文件忘了收，我先回办公室。”

她转身时，偏偏被温兰看见了。

她在人群的注视中看向舒听澜，眼神顿住，大约是没有想到能在卓远科技看到舒听澜。四目相对，时间就像被定格了一样，舒听澜此时的心是荒凉的，很空旷，像被大风刮过，与她的大脑一样空，她只能本能地充满厌恶地看着温兰，与当年在父亲的葬礼上一样，看着温兰说只是想让温简堂堂正正地叫一声爸爸那样的厌恶。

温兰此时是高高在上的，只不过看了一眼舒听澜，而后便如同不认识一般转身，继续与旁边的卓禹安、王岩相聊甚欢，对舒听澜不屑一顾。

舒听澜终于冷静了，她深吸一口气，回头找周铭继续排队打午餐，她不能再被她们母女俩影响，谁也别想影响她正常的生活。

“嗯？怎么回来了？我可以帮你打包带回去。”

“文件收拾好了，刚才记错了。”

周铭也不拆穿她，她眼眶还红着呢，刚才明显是想哭，不知是想到什么伤心事：“听澜，等卓远科技这个项目做完，肖主任那边如果没有合适的项目，你可以先跟着我，我后面还有两个项目要上。”

“好，谢谢周老师。”对啊，当下没有比赚钱更重要的事。

吃完饭，两人往外走，偏偏是冤家路窄，就这么与温兰他们遇见了。

周铭不知舒听澜与温兰母女的恩怨，开开心心地打招呼：“卓总，温总。”

卓禹安朝他点点头算是回应，目光落在他旁边的舒听澜身上。舒听澜抬头也看到了他，又看了看他身边的温兰与温简，眼神不由得冷了几分。

温兰母女完全把舒听澜当成透明。

“禹安，阿姨下午还有事，先走了，今天感谢你的招待。”温兰对卓禹安说话时优雅而亲和。

“我送您。”卓禹安对长辈一向很客气、有礼有节，他陪温简送她到车库。

卓禹安对温兰是有感激的，前几年在国外，受温兰颇多照顾，这份恩情，他一直记着。他送温兰上车后，她摇下车窗招呼道：“禹安，下班后跟小简一起来，阿姨在家给你做饭。”说完就关窗走了，不给卓禹安拒绝的机会。

不过，温兰回国，于情于理，他都需要为她接风洗尘。

舒听澜觉得自己大有长进，至少在今天突然看到温兰时，她没有像上回看到温简那样，情绪失控，陷入泥泞之中。她今天表现得很好，很镇定。回到办公室后，她很快就调整好情绪进入工作状态。

在当下，没有比努力工作、努力赚钱更重要的事情。她的生活也在朝着好的方向发展，不是吗？妈妈周末可以回家住，等病治好就可以出院，与她长久地住在一起。

她一想到将来能与妈妈住在一起，就有了无限的动力，什么牛鬼蛇神都不必害怕。她现在每天也准时下班，做不完的工作带回家做，因为家里很多事需要她处理。妈妈周末要回来，所以需要把另外一间卧室重新布置一下，布置成妈妈习惯的样子，她还要学会做饭、炒菜、煲汤，总不能让妈妈跟着她吃外卖。

可是做饭对她来说太难了，那些视频，她看了一遍又一遍，学了一遍又一遍，还是不会，学了那么多天，只学会了做米饭不再夹生。

眼见周末就要到了，她只好在公司旁边的一家进口食品超市买半成品，都是做好的，只要回家加热就可以，这家食品超市卫生有保证，至少比外卖好。

卓禹安答应温兰去吃饭，下班后，便开车与温简一同前往，在十字路口等红灯时，看到了舒听澜，她拎着大包小包往地铁站走着，包里是一盒一盒的速食。

“在看什么？”温简问，顺着他的目光看到从车前走过的舒听澜，她的心刺痛，她从未见过他有这样的眼神，专注甚至是痴迷，直到舒听澜的身影消失在地铁口，已经是绿灯，后车按喇叭的声音才把他叫回神。

一路上，他很沉默，与她几乎零交流。其实她这次回国和他再见面之后，他与她只论公事，很少有私人的交流，他们曾是无话不谈的好友啊。他态度的转变，她一直以为是因为林之俣，却原来舒听澜才是那个真相。

只是温简也不明白，他与舒听澜到底是什么关系，到哪一步了。他们看着就像陌生人一样，毫无交集，可他看舒听澜的眼神……

很多次了，在舒听澜不知道的地方，卓禹安总是像刚才那样看着她，专注而沉迷，这很不像他。

温简与温兰住在市中心的一套公寓里，是卓禹安之前帮温简找的房子，就在他除夕带舒听澜来过的那套顶层房子的下面一层。

那时，他并不知事情会变得如此不可收拾。温简是他多年的好友，也是他事业上的得力帮手，她回国后的临时住所在他家楼下，况且离卓远科技很近，上下班方便，所以他觉得并无不妥。

她们这套房子的户型与他家的一样，只是少了露台。

温兰早已经准备好了一桌饭菜，都是卓禹安在国外时爱吃的。温兰的厨艺很好，在国外的那几年，她不愁吃穿、养尊处优，闲着没事就报各种班，学插花、泡茶、烹饪，反正跟一群中国太太有固定的组织与活动。

卓禹安进门入座，有礼有节，风度极好，他这人从小被老爷子带着去见各种有威望的长辈，锻炼出来了，在这种场合表现很得体。

温简是了解他的，他并不一定走心，所有得体都是出于他的修养。

温兰自然也是知道的，有这种修养的男人，品行差不了，很可靠。

“你眼光一向不错，禹安是难得的，你要抓紧了。”

“我知道。”温简当然知道，从在栖宁高中第一次见他时便知道了。她早熟，高一时看同级男生都是一群毛头小子，唯独卓禹安与众不同，稳重而克制，见他第一眼，她就沦陷了。

“小简，光知道没用，你要付出行动，这都多少年了？有一点儿进展吗？”温兰看着温简，像看着不开窍的榆木。

温简语塞，她一直在很努力地让自己变好，让自己配得上他，有资格站在他的身边。她确实做到了，他看到了她，肯定了她，把她当成了不可或缺的左膀右臂。

“从头到尾，你的方向都错了。你再努力，也只是成了他的事业伙伴，却不能成为生活伴侣，知道为什么吗？因为你在他面前没有表现出女性特有的魅力。”温兰一针见血。

“我——”温简想辩解。

“你什么你，在禹安的眼中，你跟王岩有区别吗？没有任何区别。所以你从第一步就错了。”

她和王岩在卓禹安的眼中有区别吗？没有区别，甚至连性别都没有区别。

她一直是知道的，也以为卓禹安是以事业为重，无心男女之情，但只要等他有意想开始感情生活时，必然会看到她，毕竟她是他身边唯一的女性。

可是，怎么就冒出来一个舒听澜呢，怎么偏偏是舒听澜呢？

这是母女俩昨晚的对话。温兰看不上温简处理感情的方式，温简瞻前顾后、不够主动。所以她特意邀请卓禹安来家里吃饭，她知道卓禹安不会驳她的面子。

温兰很会营造气氛，用餐期间讲起在国外生活的共同经历，话题颇多。

“其实你俩都没必要回国，在国外也可以管理国内的公司，况且不是还有王岩在吗？”温兰是想劝卓禹安出国，“国外的环境要比国内好很多。”

温简帮卓禹安说话：“国外虽然好，但是禹安的父母都在国内，他是独子，总归要回来的。”

“现在哪还有这种老观念，只要子女过得好，在不在父母身边，父母都是高兴的。”温兰确实想得开。

卓禹安不置可否，他的很多决定考虑父母的因素不多。在他心里，父母是父母，他是他。

今晚温兰请客吃饭，很多话，她虽不明说，但她相信以卓禹安的情商，自然是能听懂的，那便是撮合温简与他，这也是她此次回国的目的。

这确实让卓禹安意外，他一直把温简当成好友、志同道合的合作伙伴，与王岩一样。他始终也觉得温简是一样的想法，毕竟这么多年，她从没表露过这方面的想法。

然而今晚，温简没有否认。

温简送他出门时，他斟酌了一下语言才道：“简，你是我事业上最好的合作伙伴，一直都是。”

“我知道。”温简回答，又怎么会听不出卓禹安话里的拒绝呢？

告别了温简，卓禹安乘电梯上到顶楼那套空荡荡的房子，想起除夕夜那晚，他与舒听澜一起默数跨年倒计时，一起互祝新年快乐，她看他时满眼的喜悦。

那时的喜悦是藏不住的。

他一直不懂，他们明明没有任何矛盾，为什么温简的出现会让两人的关系破裂至此？借着那股冲动，他再次开车来到舒听澜家楼下。

舒听澜忙死了，把小卧室整理好，扔了很多废品，这是她第三次到楼下倒垃圾，然后便看到了卓禹安，他倚在车边，不知看了她多久。

两人就站在昏暗的路灯下，他倚在车旁，她站在垃圾桶旁，中间隔了一个过道。

“不臭吗？”卓禹安问她，语气揶揄。

舒听澜这才往前走了几步，离垃圾桶远一点儿。

“找我？”她问，真不知他是怎么想的，最近偶尔在公司碰到，他已经完全把她当成陌生人了，不是吗？

“在做什么？”卓禹安没回答，指了指垃圾桶旁她扔的杂物。

舒听澜也不回答，就想着没事的话她就回家了。

“今天下班后，在十字路口看到你了。买那么多速食产品能吃完吗？”他转了一个话题。

舒听澜还是没回答，心想：“你有事吗？跟你有什么关系？莫名其妙。”

卓禹安并不管她的冷漠，反而笑着说：“如果需要我帮忙做饭，可以跟我说，我不介意。”什么自尊，什么骨气，在她面前好像都不重要，他卑微至此。

舒听澜转身就要走，卓禹安一个箭步上前把她拽住，把她困在车与他之间：“为什么？”

如此近的距离，舒听澜只看到他的眼眸黑沉得如同在大海的最深处，有一股慑人的力量。她使劲推开了他，然后头也不回地回家了。

很多事真的没有为什么，更没有答案。就像她、他、温简，如果继续纠缠，注定会成为她们父母那样的结局，很不堪。

第二天是周末，是舒听澜去接母亲出院的日子，林之俜比她更高兴，一大早就开车到她家楼下等着了。

舒听澜上车时，她说：“奇怪，刚才过来时，好像看到卓禹安的车了，他不会昨晚在你家留宿了吧？”

“没有，我跟他没关系了。”她想，他刚刚才走吗？他昨晚在她家楼下待了一夜？应该不可能，一定是林之俜看错了。

两人很快转移了话题，这是第一次去接妈妈回家，舒听澜很激动，妈妈住了多久的院，她盼这一天就盼了多久。

“不知道阿姨还记不记得我。”林之俜替舒听澜高兴。

“肯定记得。”舒听澜上大学的头两年，她妈妈精神状态还好时，每次来学校看她，都会请林之俜一起吃饭。

林之俜性格张扬，并且说话总是格外大胆，按说这样的性格，一直是舒听澜妈妈最反感的，但她偏偏对林之俜很是喜欢，最常挂在嘴边的话便是：“听澜太安静、太内敛了，该跟之俜多学习。

“之偶，听澜有你这样的朋友，阿姨很放心。”

后来妈妈发病的频率越来越高，逼不得已要长期住院，舒听澜整个人都慌了神，是林之偶帮忙跑前跑后地安排医院，对妈妈的事比对她还上心。

想到这儿，她不禁矫情地道：“偶偶，有你真好。”有一个朋友始终站在她的身边，替她挡着所有狂风暴雨，多好、多幸运哪！

“别恶心人。”林之偶鸡皮疙瘩都要掉了。

在医院见到妈妈时，舒听澜的眼泪控制不住地掉了下来，妈妈清瘦了很多，双眼虽有聚焦，表情也是笑着的，可是有一点儿迟钝。

“妈妈，我跟偶偶来接你回家。”她过去挽住妈妈的手臂，妈妈手臂上只有一点点的肉，感觉一用力就要被折断似的，她无比心疼。

妈妈拍了拍她的手背，示意自己没事。

因为妈妈只是周末回家住两天，所以没有行李，只带着几包药。林之偶开车很稳，稳稳当当地把她们送到了家，知道她们母女有很多话要说，便自行离开了。

妈妈到家后，开始在家里四处走动，这套房子是她买的，装修也是她负责监工的，所以她再熟悉不过。

舒听澜端了温水放在桌上，又急忙去厨房，把买的半成品加热后摆上餐桌。

妈妈看了她一眼，眼神渐渐比刚才清明了一点儿，心疼道：“你天天就吃这些？”

“偶尔才吃，我们平时有工作餐，吃得可好了。”

妈妈叹了口气，没说话，安静地坐着吃完午餐。

“下午带我去超市，买点儿菜。”

“好啊，你先午睡，午睡起来，我们再去，好不好？”

“嗯。”

舒听澜真的好开心，好久好久没有这样发自内心地开心过了。妈妈好了，以后每个周末都有妈妈的陪伴，再过不久，就可以彻底出院，永远陪着她了。

无论妈妈是什么样，只要在妈妈面前，她就还是个孩子，可以永远做个孩子。

妈妈午睡时，她就坐在旁边的书桌旁开着电脑，处理邮件，处理工作，等妈妈醒了，她便带着妈妈去附近的超市买菜。

这家超市，她们以前总来，舒听澜一路都挽着妈妈的手，真好，有妈妈在身边就是觉得好，人就像被注入了无限的力量。

她们很快采购完，鉴于舒听澜做饭的手残程度，妈妈只买了一些肉馅及配料，给舒听澜包饺子以及包子，然后冷冻。

“我就包了一周的量，你一、三、五晚上回来煮饺子吃，二、四吃包子，只要加热一下就好。等妈妈下周末回来再给你做。”

“嗯嗯，好的，妈妈，我可不可以一、三、五吃包子，二、四吃饺子？”她欠抽的样子露出来了。

“随你。”

包饺子、包子的速度虽然不比从前，但她还是很快就包好了，一盘一盘放进冷冻室里。

这个场景有些熟悉，舒听澜忽然就想到了卓禹安，他每次出国或者不在森洲时，也会把她每晚要吃的饭菜做好，她加热即可。

她忽然觉得心里空落落的，有一点儿难受。其实，大多数时候，她都不会难受，不会记起卓禹安这个人，但是偶尔，很偶尔，脑子里会忽然闪过有他的画面，心就空落落的，无处安放。

晚上睡觉时，妈妈睡在旁边的卧室，舒听澜忙完工作了，硬是要挤到妈妈的身边躺着，妈妈往旁边挪了挪，让她躺得舒服一点儿。

“澜澜，妈妈会努力变好，尽快出院。”

“我知道，没有任何事能打倒妈妈。”舒听澜往妈妈身上靠了靠，妈妈住了这么多年的医院，身上虽有医院的味道，但奇怪的是，妈妈身上竟然还有熟悉的味道，很好闻，让人很安心。

“澜澜，工作了这么多年，你也是时候考虑自己的终身大事了。”她对自己的病并没有信心，只能在清醒的时候，把自己想说的话赶紧说了。

“我知道。”

“有喜欢的男孩了吗？”

舒听澜摇头。

“澜澜，妈妈当年带着你远离栖宁到森洲来定居，就是希望你能走出以前的环境，开始全新的生活。你若是有喜欢的男孩子，千万不要告诉别人你的家庭情况，尤其是妈妈的病。在森洲，没人会知道你的过去，如果需要，妈妈可以住一辈子医院，不来打扰你。”

“妈，你在说什么啊？如果对方敢嫌弃你，敢嫌弃我们的家庭，这样的人，我宁愿不要。”

“你还小，不懂，人都很现实，是妈妈拖累了你。我是说真的，只要你将来过得好，妈妈可以永远不出现。”

舒听澜不想与妈妈讨论这个问题，因为没有讨论的必要，任何时候，妈妈都是摆在第一位的。

快乐的时光总是很短暂，转眼就到了周日晚上，舒听澜要把妈妈送回医院。她舍不得，一路都在絮絮叨叨：“妈妈，下周六早上，我早早去接你。你要好好配合医生，知道吗？

“你下周打算做什么菜呢？我周五下班后提前买回来。”

妈妈被护工接走之后，她还巴巴地看了好一会儿，直到林之偶都受不了她了，硬拽着她回家：“舒听澜，你现在的样子就像第一次送孩子上幼儿园的老母亲一样。”

“也差不多。其实我妈妈特别不愿意再回医院，我要是不用上班能陪她就好了。”

医生说了，这个阶段，只要家里有人陪着，会比在医院康复得更快。但她要上班，只能折中周末接回来。

“阿姨很快就能完全康复，我跟你说，等你跟妈妈长期住一起之后，你就知道可怕了，每天被唠叨、被催婚，你会连家都不想回。”林之偶想到自己的妈妈偶尔来森洲住几天的可怕之处。

“我倒是希望被唠叨，被催婚也没关系，如果妈妈想的话，我就找个人嫁。”找个简简单单的人嫁。

林之偶开着车上了主路，说道：“卓禹安不适合你，适合你的人呢，远在天边，近在眼前。”

“你？”舒听澜开玩笑。

“滚，姐姐只喜欢男人。我说的是周律师，你的周老师，我看他最近表现不错，对你很照顾。”

“周老师啊。”经她提醒，舒听澜倒是真的开始很认真地考虑周铭这个人。不可否认，周铭很优秀，表面虽然风流倜傥，花花公子哥儿一个，但以舒听澜对他的了解，这个人很自律，也很谨慎，从不见他乱来。

并且，他知道她妈妈住院的事情，前阵子，她要找医院，每天抽空外出，都是经由他批准的，他很是关切，并无嫌弃之意。

“对啊，他跟你都是律师，有共同语言，也更能理解彼此。他长相虽不如卓禹安，但也是你们宏正律所的所草吧？勉强也配得上你。”林之偶一边开车，一边很认真地帮舒听澜分析。

舒听澜笑：“算了，我不搞办公室恋情，万一没成，连工作都丢了，得不偿失。”她也很现实。

“借口，你是被卓禹安祸害了，睡过卓禹安这样的，很难将就别的男人。”“偶言偶语”又出现了。

“你能闭嘴吗？”舒听澜骂。

“我就是想让你清醒一点儿，卓禹安不适合你，别想了。”林之偶怎么会不知道舒听澜心里的真实感受？舒听澜在感情上一向缺根筋，能对卓禹安敞开心，必然是真的动心了。她这样的人，一旦动心，就很难收回。

舒听澜表面什么都不肯说，在夜深人静时，不知道多难过呢。可卓禹安真的不适合她，抛开温简不说，他的家境也不允许他娶她。

要忘记一段感情，除了靠时间，还有一个更好的方式，那就是开启一段新的感情，而周铭便是最佳人选。

“我知道。”舒听澜不否认林之偶说的，卓禹安确实不适合她。

“可怜的小舒舒。”林之偶已打定主意，要帮舒听澜和周铭。她就是热心于这样的事情，谁对舒听澜好，她就帮谁，毫无立场可言。

舒听澜对林之偶也是服气，她执行力超强，每天帮舒听澜找各种机会接近周铭。周铭家与舒听澜家在同一个方向，之前周铭就提过接送她上下班，反正顺路。舒听澜一直拒绝，林之偶倒好，直接替她做了决定，早晚都让周铭接送。

舒听澜生气：“我真的不想谈感情的事，你要是觉得周老师好，你就自己跟他谈。”

“总要给对方机会吧，也是给自己机会，实在不行，到时候再做回同事呗。”

她本就与周铭在做同一个项目，现在又每天一起上下班，每天一起吃饭，形影不离，加上林之偶的推波助澜，这下好了，整个卓远科技的人都知道，她跟周铭在谈恋爱了。

她跟周铭道歉：“周老师，不好意思，林之偶就爱乱点鸳鸯谱。”

周铭：“听澜，其实你知道，我很喜欢你。如果可以，我们可以正式交往试试。我这个人可能没有优点，甚至缺点一箩筐，但是经济尚可，至少能保证你衣食无忧，我也会努力对你好，对你母亲好。”

周铭想，他这次真的陷进去了。最早时，他会权衡利弊，权衡势均力敌的另一半，观察了很久才决定追。可随着两人的相处，所有设定好的条件都不重要了，甚至他愿意为了她照顾她的母亲。

舒听澜是第一次听到这样直接的表白，甚至直接表态会帮她一起照顾她妈妈，她心里难免泛起一丝丝涟漪，有一瞬间甚至想，诚如林之偶所说，周铭确实是个合适的对象，要不就这样吧，就这样与周铭在一起，有个肩膀可以依靠或许能安稳地度过余生。

可是公平吗？对周铭公平吗？因为他愿意承担她的重担，所以她就让他挑着？这不是她的性格。

“对不起，周老师，你很好，但我配不上你。”她很认真地回答。

周铭也不生气，只笑笑：“没关系，听澜，不必有心理负担，我们还是同事，来日方长。”

周铭一向自信，他相信总有一天，舒听澜会喜欢上他。

舒听澜很感谢周铭，至少她拒绝之后，他很快就把这个小插曲抛诸脑后，在工作时，依然尽心尽力地带她。或许成年人之间本就该如此。

肖主任又来卓远科技汇报项目进展，还是像上回那样，中午吃饭时，张律师、王岩、卓禹安与他们同一桌。

张律师开玩笑道：“肖主任这回放心了，周律师与小舒律师在交往，肥水不流外人田。”

他话音一落，就感觉整个气氛急转直下，沉闷而压抑。王岩看着他直摇头，一副“你自求多福”的样子。

“张律师何时这样八卦了？是工作量太少吗？”卓禹安的声音冰寒。

张律师全身直冒虚汗，刚才的气氛不是很好吗？他不过是开了个玩笑。但见卓禹安神色阴沉，话语里充满火药味，他急忙闭嘴。

舒听澜则是埋头吃饭，不想再引起关注，成为别人谈话的焦点。但偏偏周铭一向坦荡，道：“其实是我在追听澜，还在追之中。”

周铭语气热忱而自信，勇于表达自己的感情，这是很美好的一件事，没必要藏着。舒听澜的头低得更低了，她并不适应这样的方式。

肖主任什么也没说，只是礼貌地微笑着，她很开明，只要不影响工作即可。

王岩挑眉看了眼舒听澜与周铭，唇角露着笑，变幻莫测。

卓禹安很沉默。

整个气氛只能用一言难尽来形容。

王岩敢打赌，卓禹安以后绝不会再来员工餐厅用餐，至少有舒听澜在的时候不会来。他自觉对这位多年好友很了解，卓禹安是个自尊心极强的人。

结果，让他大跌眼镜，第二天、第三天，卓禹安照旧来，就坐在舒听澜的对面，也不主动跟人家姑娘说话，存心要给人家添堵一样。

连周铭都看出端倪了，因为这位卓总坐在那儿如同一座冰窖，周围的温度就莫名下降了好几摄氏度，让人消化不良。

周铭礼貌地试探：“卓总，我们工作中有哪些不到位的地方，还请多多指教。”

卓禹安看了一眼周铭，不屑于跟他说话。

反正人家就是不说话，但就是坐你对面，让你们如坐针毡。

王岩都看不下去了，回办公室的路上时，以老朋友的身份道：“你喜欢舒律师？怎么不去追？”

卓禹安一脸“你懂个屁”的表情，摔门就进自己的办公室了，留下王岩一脸无奈，正巧温简经过，他朝温简指了指自己的脑袋，又指了指办公室内的卓禹安说：“脑子坏了？

“不过，这舒律师有点儿手段，把他耍得团团转，我就没见他这样过。”

王岩说完，温简的脸色很难看，她勉强一笑，走向旁边的茶水间泡茶。这么多年，她已经把舒听澜这个人从记忆中一点儿一点儿删除，完全不在意舒听澜了，然而现在，因为卓禹安，她对舒听澜的那份记忆又一点儿一点儿地回来了，与小时候一模一样，她心中充满了嫉妒与恨。

她也会问，为什么啊，为什么舒听澜轻轻松松就能得到的东西，她要费尽所有力气？

从出生开始就如此，舒听澜能堂堂正正地喊一声爸爸，而她只能在无人的地方偷偷喊一声爸爸；她付出了很多的努力，才能与卓禹安并肩而战，而舒听澜轻轻松松就能得到他所有的关注。

如果这是她的命，她偏不接受，她偏要挑战这份对她完全不公的命运，而且她一定要赢。

“王岩，你知道我最喜欢的是什么时候吗？”

“什么时候？”

“卓远科技刚成立的时候，那时候公司只有我们三个人，在那个很小的工作室里，一起吃一起睡。我们常常因为意见不合而大吵一架，恨不得把对方的脑袋掰开，也常常因为攻克了一个技术难题而兴奋地拥抱在一起。你连着熬了几个通宵，问题解决了，电脑一关就地睡着，睡了三天三夜；卓禹安呢，精力吓人，跟你一起熬完通宵，拎着电脑就上客户公司介绍产品，跟打了鸡血一样；而我呢，胃出血住院，醒来时，你们不问我身体情况，只告诉我，我们的产品成功上市了，这句话比任何药都管用。”温简陷入对往事的回忆之中。

王岩被她带入进去：“是啊，那时候真值得怀念，热血、激情、充满斗志。”

“可惜公司越来越大，人越来越多，我们都有了独立的办公室，有了团队帮我们熬通宵，钱也越来越多，但是我们三个人的心也散了。”温简说着，眼里渐渐聚满了水雾。

一向是独立女强人形象的温简，第一次在王岩面前露出脆弱的一面。

王岩抽了一张纸巾递给她，叹口气：“不管外界如何变化，我们三个人的心始终是在一起的。”

温简摇头：“回不去了，我们都回不去了。他现在对我很冷漠，我不知道我们之间的问题出在哪里。”

“简，在他心里，你一直是很重要的，这点毋庸置疑。”这是王岩的真心话，他相信只要温简有事，卓禹安会是第一个站出来帮她的人，他们三人的友谊经得起任何考验。

“真的吗？他心里还有我？”

“当然。”

王岩信誓旦旦，为了证明这一点，下了班就强行拉着卓禹安，三个人去聚餐。

“你说，简回国多久了，我们三个人连一次正经的聚餐都没有过，合适吗？”王岩也不免抱怨。

“是我的错，我自罚三杯。”卓禹安一连喝了三杯酒，哪里是真的道歉，就是借机想喝酒罢了，情绪始终很低落。

温简从他手中把酒杯抢走：“我可不想一会儿送一个醉鬼回家。”

王岩笑：“不会，他酒量是我们三人之中最好的。你忘了很早以前，有次参加投资方的酒会，对方想把你灌醉，最后是他替你喝了，还把对方喝得不省人事？”

说起往事，卓禹安也笑了，因为醉酒事件，那次投资没谈成，温简为此愧疚很久，卓禹安说无所谓，卓远科技也要筛选投资方，不是人人都有这个资格。

“那时候可真好。”温简感慨。

“现在也一样，对吧？”王岩道。

“嗯。”卓禹安看着温简，诚如王岩所说，如果温简需要帮忙，他会尽他所能地帮。

“禹安，我是不是做错了什么？从回国之后，你一直对我很冷漠。”喝了几杯酒，温简敞开心扉直接问他，不给他任何回避的机会。

卓禹安倒是很镇定，手里转着酒杯，抬眸冷静地看着温简。“简，我想我们之间都需要坦诚一点儿，你说呢？”他反问。

一旁的王岩听得一头雾水，不明白他的意思。

但温简听明白了，卓禹安所说的坦诚，是指他问过的她与舒听澜之间的关系。

她与舒听澜的关系，她当时没有告诉卓禹安实话，是因为当时不把舒听澜放在眼里，也不想让他知道她真实的身世。

但现在她更加无法说出口，她在卓禹安这儿没有筹码，卓禹安一旦知道她与舒听澜真实的关系，她想，卓禹安会毫不犹豫地选择舒听澜。

“你们到底在说什么？发生了什么我不知道的事情吗？”王岩见眼前两人的表情变幻莫测，在一旁干着急。在他心里，以他们这么多年的感情，没有什么解决不了的事。

“没事。”卓禹安淡定地喝酒，顺便给温简也倒了一杯。

气氛一度不好，他们早早结束了这次聚餐，找了代驾各自回家。

卓禹安在车上时，司机问他地址，他想了很久自己常住的酒店名字，脱口而出的却是舒听澜家的地址。

他喝了点儿酒，脑袋清醒，行动却不受控制。代驾司机很尽责地一路把他送到目的地，还替他按了门铃。

舒听澜开门的刹那，卓禹安忽然清醒，站直了定定地看着她。

代驾司机：“好好照顾他吧，喝了不少酒。”任务完成，他撒腿就跑。

舒听澜皱眉看着卓禹安，第一次看到喝了这么多酒的他，一身酒气，脸色微红，人却很镇定，直直地站在她家门口，郑重其事地道歉：“对不起，打扰了。”然后木然地转身要离开。

舒听澜无语，任他这样出去，万一出事了，算谁的责任？她只好把他拽回自己家里，睡沙发总比睡大街强点儿吧。

卓禹安笑了，一下倒在她家的沙发上。“听澜，我没有醉。”他看着明明是喝多了，可说话声音平稳，与平时无异，倒真不像喝醉了。

他伸手拉住了舒听澜，紧紧地攥着她的手。

舒听澜想挣脱都挣脱不开：“做什么？”她跌坐在沙发上，四目近距离地对视着。

“舒听澜，不要接受周铭，不要谈恋爱。”他没有醉，此时清醒着，语气里有一丝哀求，他怎么能眼睁睁看着她投入别的男人怀里呢，“听澜，再等等我。”这是这段日子以来他一直想说的话，白天在公司听到周铭在追她，没人知道他的心有多慌。

舒听澜想推开他，却推不动，任由他抱着，他一身的酒气与身上原本的味道相融合，竟然一点儿也不难闻。

她忽然感到很难过，鼻尖有点儿酸酸的，在卓禹安的问题上，是她一直没有勇气面对，一直在逃避。

就在这一刻，她忽然想，再等等吧，等妈妈好了出院，等她在工作上能够独当一面，等她内心更强大了，或许，可以再给自己一个机会，再给卓禹安一个机会。

她骗不了自己，她对卓禹安不只是有好感，即便她没有表现出来。

过了一会儿，传来卓禹安有规律的呼吸声，他抱着她，竟然睡着了。舒听澜轻轻拿开他的手，帮他脱了袜子，解开他衬衫的袖口与领口，看他睡得安稳，她才回自己的卧室。

卓禹安是半夜被渴醒的，醒来一瞬间，看到自己竟然在舒听澜的家中，记忆涌上来，心里不由得发热，至少她不是完全不理他。

他醒来便睡不着了，一身的酒气也难受，便蹑手蹑脚地到客厅的卫生间冲了个澡，然后再躺回沙发上，侧耳倾听着主卧的声音。

舒听澜并没有睡着，她一直在桌边忙工作。客厅里他的动静，她从一开始就听见了，但是没有出去，因为无话可说，更不想在深夜与他独处。

隔着一扇门，他们各自清醒着。

卓禹安第二天很早起来就离开了，怕见到她会舍不得走。

第十章

被打很痛

舒听澜最近每天熬到很晚才睡，一天也就睡两三个小时，经常是踩着点去上班。

今天她本来就起晚了，在地铁时，忽然又接到医院打来的电话。

“舒小姐，请您来一趟医院。”医生声音很严肃。

舒听澜现在只要听到医生的声音，心就会咯噔一跳，再听这语气，她手都发抖。她也不敢多问，急忙换乘地铁往医院赶去。

卓禹安与温简开了一上午的产品研发会，下午还有个厂商的会要开，所以中午与温简就在员工餐厅随便吃点儿。

两人用完餐，并肩准备往外走，还未走出员工餐厅，卓禹安就见到舒听澜朝温简走过来。

他从未见过这样的她，她全身紧绷，眼神充满怒意，直直地看着温简走过来。

“温简，你到底对我妈妈说了什么？

“你还是不是人啊？”

舒听澜满腔悲怆与怒火，大步朝温简冲过来，伸手就要打温简，不是冲动，而是这一巴掌，她忍了很多年，今天忍无可忍。

那一刹那，她是歇斯底里的，完全看不见员工餐厅的其他人，眼中只有对温简的恨。

啪的一声传来，她眼冒金星。她不仅没有打到温简，自己的脸反而火辣辣地疼。那清脆的响声是从她的脸上传来的。

温简先她一步出手，打了她。而她刚才举起的手此时被卓禹安紧紧地拽住了。

随着脸疼、手腕疼，她慢慢地回过神来，看向旁边的卓禹安。所以，他抓住了她的手，任由温简打？

她心里有个地方轰然倒塌，被碾得粉碎，眼前卓禹安的脸与父亲的脸重叠在一起。

小时候，温简总是用言语刺激她，把她刺激得急了，又吵不赢温简，她就会忍不住想动手打温简，每次，父亲都是抱着张牙舞爪的她，控制着她，而温简总会在这时候上前狠狠地揍她一拳，很痛，很痛。

时光交错，卓禹安做了同样的选择。

卓禹安大约也没想到温简会出手打舒听澜，那么快，快得让他措手不及。见舒听澜的脸上现出红红的五个手指印，触目惊心，他的心就疼了。

“听澜。”他第一次手足无措。

他一叫舒听澜名字，她就往后退了一步，脸上除了五个手指印是鲜红的，其余的地方都是青白一片，她恐惧而戒备地看着他。

这中间只是很短的时间，一分钟都不到。

正是用餐高峰期，所有人都目睹了这一切。舒听澜大脑一片空白地站在那里，只见旁边闪过一个熟悉的身影，传来一声清脆的骂声：“不要脸，你敢打她！”

林之偶一阵风一样从她身边经过，拽着温简的头发就打。她一向无所顾忌，尤其在暴怒之下，打温简毫不手软。

温简哪里是她的对手，更不想在大庭广众之下如此没有形象，只想往卓禹安身后躲。卓禹安想去追离开的舒听澜，然而身后是拽着他躲藏的温简，前面是张牙舞爪的林之偶，他被堵在中间出不去。

一场难看的闹剧，是他人生中至暗的时刻。

“叫保安！”他喊。温简与林之偶，他谁也不想帮，甩开她们后就跑出去追舒听澜，但哪里还有她的影子？

舒听澜无处可去，脸上火辣辣地疼，心像被巨轮碾轧过，碾得粉碎。卓禹安牢牢地拽着她的手腕，挡在她的前面保护温简的画面在脑海里挥之不去。

原来这就是他的选择，与当年她的父亲一模一样。

她知道，人潜意识的动作才是最真实的本能的反应。

她曾问过他，她与温简，他选择谁，现在想来是很可笑的问题，他的选择很明确，不是吗？

她无处可去，每次遇到伤心的事，便躲进地铁里，漫无目的地坐着地铁经过一站又一站。

上午她接到医生的电话，说她妈妈的病忽然复发，精神崩溃，她到医院后，才知道这一周的时间护工一直带着妈妈见温兰母女。

护工辩解：“我不知道事情会变成这样，那对母女来时，您母亲并没有排斥，反而把我支开了，与她们单独谈话。”

“都谈了什么？”医生厉声质问。

“我不知道，她们不让我听啊。”护工急着撇清关系。

舒听澜想，只要温兰与温简出现，对妈妈就是致命的刺激。她不敢想象，整整一周，妈妈独自在这儿承受了多大的苦。

她一个正常人再次见到温简时都情绪失控，何况她的妈妈！

因为父亲突然离世，很多事没有了答案，她的心就像被悬空挂在烈日底下，很痛，却没有着落。

“我妈妈严重吗？”追究护工的责任已没有意义，她只在乎妈妈的情况。她问这句话的时候，声音都在抖。妈妈之前已快痊愈，却因温简母女的来访而复发，进入全封闭的管理治疗，如果不严重，医生不会特意找她。

“是这样的，您母亲最近几天一直闹着要出院，每天只要醒着就喊着要出院，要见你。晚上查房时，她想逃跑，被我们医生拦住后，想咬舌自杀以示威胁。”

舒听澜一听，眼前发黑。

“自——杀？”她颤抖地问出这两个字，怎么可能，即便妈妈疯得再厉害，也不会想自杀。

“放心，我们及时制止了。因为她反抗得太厉害，最后折中的办法就是叫你来医院，让她见你一面，跟我来吧。”

张荷嗓子都喊哑了，一直要出院，只要有一点儿力气，就挣扎着喊着要出院。医生怕她再有过激的行为，之前打过镇静剂，但时间很短，她就清醒了，不能再打，所以一直把她的双手绑在床头上，嘴巴塞着防咬的设备，等家属来了，才给她松开。

舒听澜还没进去，就听到妈妈在里边哀求医生：“我真的好了，你们让我出院吧，求求你们了，出去一天就行，我就去看看我女儿，她一个人在外面，会被欺负的。

“她一个人在外面，被欺负了怎么办啊？”

舒听澜脚步顿住，泪水瞬间涌了上来，妈妈是知道温简母女回来了，担心她独自在外被她们欺负，所以以死相拼要出院保护她。

“你母亲这周一直喊着这句话，害怕你在外面被欺负。你进去跟她好好沟通，记住，别再刺激她。”医生说着推门而进。

“妈。”舒听澜止住眼泪，不敢让妈妈看见她的脆弱。

“澜澜？”张荷以为自己是在做梦，踉跄两步跑过来，一把抓住舒听澜的双肩，然后急切地上下打量她，“姓温的母女有没有去找你？

“她们欺负你了吗？啊？

“她们什么时候回来的？”

她问了一连串的问题，担忧全写在脸上。

“妈，我很好，她们没有欺负我。”舒听澜握住妈妈的手，让她冷静，“妈妈，我长大了，能保护好自己。”

“澜澜，你从小就单纯，在温简面前一直吃亏。妈妈这些年想起你小时候的事情就后悔。那时候为了自己的面子，假装宽宏大量，总是帮着温简说话，觉得为人父母这样才大气。舒明海那个王八蛋更是一心护着温简，让你受尽了委屈。妈妈对不起你，你帮我办出院，以后妈妈保护你啊，那对母女要是再欺负你，妈妈就跟她们没完。”张荷并没有再发疯，她很确定自己是清醒的，没有比这一刻更清醒的时候。

她要出院，一想到自己女儿独自在外面，就心急如焚。她越急，医生就越不让她出去。

“妈，过去的事情就不说了，现在谁也不敢欺负我们。我在外边很好，你之前周末出院，不是也看到了。我不再是小时候那个一被欺负就只会哭鼻子的小孩了，现在谁欺负我，我就加倍还回去。”她在医院跟妈妈说这番话时，人是恍惚的，从医院出来之后就失态了，所以才会闯进员工餐厅，想去打温简。

此时，舒听澜坐在地铁上，脸上火辣辣地疼。

手机铃声一直不停地响，有卓禹安打来的，有林之侽打来的，还有周铭打来的，她置若罔闻。地铁呼啸着穿过一个又一个隧道，因为是下午，人不多。

“姐姐，给你。”旁边有个小女孩递给她一张纸巾。

她茫然地看向小女孩，小女孩就坐在她的旁边，另一边坐着的大概是小女孩的妈妈。

“姐姐不哭。”小女孩又把纸巾往前递了一点儿。

舒听澜这才发现，这个车厢里稀稀落落坐着几个人，都在看她，大约是她刚才哭得太惨了而毫不自知。

“谢谢。”她接过小女孩的纸巾擦了擦脸，脸更加火辣辣地疼了，一疼，眼泪又掉下来。

小女孩的妈妈是个特别温柔的人，问她：“要不要去医院？我陪你去。”

舒听澜的鼻尖又酸了，一份来自陌生人的善意像碰触到她内心深处的委屈一样，她控制不住又掉下泪来，急忙转头擦眼泪，不想再失态。

“姐姐不哭，我帮你吹吹。”小女孩只有四岁的样子，可爱而纯真，觉得只要给姐姐吹吹，姐姐不痛就不会哭了。

“姐姐想哭就让姐姐好好哭一下，哭过就没事了。”小女孩的妈妈并不劝舒听澜，在旁边温柔地跟小女孩解释。

舒听澜其实后来就不想再哭了，只是眼眶热得发疼：“谢谢。”

“没关系的，人总会遇到坎儿，迈过去就好了。”

舒听澜后知后觉才发现，小女孩和妈妈是特意陪着她一直坐地铁。车厢里的乘客早已经换了一拨又一拨，只有她们母女一直没下车，一直坐在她的旁边陪她，可能是她的样子太惨了，怕她会轻生，所以一直陪着她。

她们很善良，很美好。她把一整天遇到的伤心事抛诸脑后，心情好像被治愈了一点儿。

“姐姐请你吃蛋糕，好吗？”到了她家的那站，地铁出口的一个商场里有家甜品店，蛋糕很好吃。

小女孩与她妈妈欣然同意，陪舒听澜出了地铁，一起在那家甜品店吃了一块蛋糕。小女孩很可爱，嘴巴特别甜，一直姐姐姐姐地叫她，眼睛笑得像弯弯的明月。

舒听澜的心就真的不疼了。

人世间有肮脏的一面，亦有如此美好的一面。见她好了，小女孩的妈妈才彻底放心，温柔地与她说再见，然后牵着孩子的手再次进入地铁站。

舒听澜还是有点儿挫败的，今天又当众失控，当着卓远科技所有人的面闹了这一出，这个项目，她是无法再参与了，好像一切事情都被她搞砸了。

上天就像跟她开了一个玩笑，在她灰暗的生活中注入一点儿光，让她看到希望，以为妈妈很快就可以出院，以为自己的事业能上一个台阶，然而很快，这束光就消失了，她再次陷入一片黑暗之中。

舒听澜回到家时，天已经快黑了。

楼道的感应灯随着她的走动而大亮，她便看到了她家门口的卓禹安，一看到他，几乎是本能地她往后退了两步，是一种本能的害怕，怕他再抓着她的手任温简打。

卓禹安的心瞬间疼得没边。她眼里的戒备与后退的动作像深深地打在他的心上，很多事，他知道无法挽回了。

“还疼不疼？”他看着她红肿的脸，心想，怎么就走到了这一步？

他只是见她情绪失控，想让她冷静，他怎么也想不到一向优雅、有礼的温简会以那么快的速度打上来。

舒听澜不说话，远远地看着他，戒备地看着他，她靠在过道的墙上，背后冰凉的墙让她觉得有依靠、有安全感。

“听澜——”卓禹安忍不住，大步朝她走过去，想把她紧紧地抱在怀里，他心里的疼已无处躲藏。

“你别过来——”舒听澜大喊，又往后退了一步。

楼道所有感应灯都亮了，强光之下，她的脸更加惨白，眼里除了戒备，还有厌恶。她现在已经彻底不想跟眼前这个男人有任何联系了，哪怕以失业为代价。

他的样子与父亲的样子不停地在她脑海里重叠在一起。

她从小因为父亲在温简那儿受的委屈已经足够多了，把她一辈子的委屈都受尽了，不需要再来一个人。

卓禹安就愣在那里。

“听澜，对不起——”他真的觉得对不起她。

一直以来，他都没能真正地了解她。

一直以来，他只知道自己想要什么，自己想怎么对她好，却从未问过她想要什么。甚至在她很明确地跟他说温简与她只能选择一个时，他心里想的也是这只是小女孩的任性，闹一闹就过了，并未真正当回事。

他总觉得自己为舒听澜放低了身份，甚至没有自尊地讨好她，给她自认为最好的东西，可是这都是他自己的自我感动罢了。

他一直是傲慢的，觉得我给了，你就要接受。

可这是舒听澜想要的吗？从头到尾，舒听澜都是被动地接受他自以为的好罢了。她唯一对他提过的要求只有那一条，在她与温简之间选择一个。

而他觉得，她是闹小女孩脾气。

“这些药放这儿，你别忘了用。”他把药挂在门把上，不想在楼道里与她僵持，她看着很累，就像随时要倒下。他不想再逼她接受他自以为的好。

舒听澜快速过去，开门，回家，关门，那一袋子药被扔在了地上。她没那么娇气，不用药也死不了人。

晚上，林之俤过来陪舒听澜，拿了同样的药给她涂。

她痛得龇牙咧嘴。

林之俤却骂道：“你说你是不是傻？你要打温简，你倒是提前跟我说啊，看我不灭了她。”

舒听澜见林之俤的脸上有一道抓痕，不由得自责：“破相了，都怪我。”

“这点儿小伤怕什么，你不知道，温简被我打惨了，头发被我薅了一把，好多年没这么打架了，太爽了。”林之俤满不在乎。其实她没说的是，温简报警了，她在警察局做了一下午的笔录，温简坚持走法律程序，后来卓禹安来了，事情才解决。

有点儿惨，在警局时，温简完全没有往日的知性优雅、大方得体，她披散着头发，衬衫有几处开了线，一直在哭。她的妈妈温兰也闻讯赶来，在见到卓禹安的刹那，拥上去，讲述温简的委屈：“禹安，你来得太好了，我们不私了。

“你知道，小简从没受过这样的委屈。

“林之俤怎么能出手打人呢？”

自己女儿被打，温兰是真的心疼。

在温兰看来，卓禹安自然是站在她们这一边的，自然以为卓禹安是来帮她们的。

卓禹安原本并未看她们一眼，但是在温兰说完话后，他停下脚步，看向她们母女，平静地说道：“是温简先动手的。”声音明明很平静，但眼神如刃，似冰锥般刺向温简，透着毫不掩饰的指责。

温兰愣住，温简亦是愣住。

林之俤撇嘴嘲讽，现在知道这么说，当时怎么就护着温简让舒听澜挨那一巴掌？众目睽睽之下，舒听澜挨了那一巴掌，她想起来就觉得窝火。

卓禹安直接签字带走了林之俜。

林之俜出了派出所，并没说一句感谢的话。“你以后别再打扰舒听澜了，她跟你们玩不起。”她发自肺腑地说完就走。

有朋友在身边，舒听澜心里好受多了。

她今天一天情绪崩溃，一方面是源于妈妈病情复发，另一方面也是因为卓禹安抓住她手腕的刹那，很多事在她心里忽然就没了意义，卓禹安这个人在她心里就变成了很模糊的一个影像。

“舒舒，没事的，我今天去医院问过医生了，阿姨本来就快康复了，这次只是受了刺激，是短暂的。”

“我知道，她会挺过来的。”舒听澜想这样也好，妈妈迟早都会见到温兰与温简，现在见到了，在医院复发总比康复回家之后再复发强。况且，有了心理准备，以后她们便无惧温兰母女了。

事情已经发生，往积极的方面想总是好的。

第二天舒听澜起来，脸比之前好了很多，粉底打厚一点儿，便看不出任何痕迹了。她被肖主任叫到宏正律所，没让她去卓远科技。

她已经做好了要被肖主任批评甚至开除的准备，在温简的问题上，她确实处理得非常糟糕。

周铭也在律所，看到舒听澜时，表情淡淡的，没说话。

肖主任脸色不好，看着舒听澜质问：“你觉得你适合当律师？你的情绪管理能力都被狗吃了吗？”

舒听澜低头，也不道歉，事不过三，她已经是第二次因温简失控。第一次是在温简刚回国时，她乍然看见；第二次是看到妈妈疾病复发时。但不管她有什么样的原因，在职场，她就是失职的，所以无论肖主任如何处置，她都绝无怨言。

昨天她在卓远科技员工食堂所做的事情早已经在业内传遍了，大家绘声绘色地把这件事一传十、十传百，故事的版本更新了一版又一版，都认定是一起桃色事件。

连肖主任都觉得这是一起感情纠纷，她冷着脸骂：“舒听澜，你真的很让我失望。你对卓总的那点儿非分之想，我不是看不出来，这是你的私事，只要不影响工作，我无权过问，但你不该当众去闹，把我们整个律所的脸面都丢尽了。在行业内，别人不会管你是谁，只会说是宏正律所的律师，只会说是我肖君华带的人。你丢的是我的脸。”

肖主任声色俱厉，她早就察觉到舒听澜对卓禹安的那点儿小心思，几次在员工餐厅时，只要卓禹安在，舒听澜头都不敢抬起来，都是过来人，加上卓禹安又那么优秀，被吸引很正常，所以她从没有干预过，也相信舒听澜是个稳重内敛的人，不会出事。偏偏是她这样的人，一闹就闹个大的。

“你知道我从业这么多年，最恨的是什么吗？最恨的就是你这种在工作场合公私不分的人。”

舒听澜很是无地自容，她在其他时候情绪控制一直很好，也一直以最职业的形象面对工作，唯独在温简的问题上，她一再失控，她知道是她的问题。

“肖主任，对不起，是我辜负了您的栽培，我可以辞职，也会公开道歉，这是我个人的行为，与宏正律所没有任何关系。”她愿意承担责任。

“辞职？这就是你想的解决办法？”肖主任怒斥道，刚消下去一点儿的火气又猛地蹿了起来，她觉得舒听澜简直是脑袋坏掉了。

一直没说话的周铭忽然站起来，走到她身边，指着前面的镜子道：“你看看自己，你好好看看，你比别人差在哪里？”

舒听澜顺着他的目光看向镜子里的自己，人还是那个人，穿着得体的职业装，妆容精致，但是，双眼茫然无措、消极、颓废，整个人不堪一击，她低头不愿意看到自己这一面。

“抬头，好好看看。”周铭扳着她的双肩，强迫她直视镜子里的自己。

舒听澜被迫再次看着镜子里的自己，双眼逐渐通红。

周铭从不在同事面前表现出这样严厉的一面，凡事总是一笑而过，唯独这次也火了：“你比别人差吗？你有很强的专业能力，做事认真尽责，聪明好学能吃苦，还有很好的外形条件，能进入宏正律所，肖主任亲自带你，第一次上项目就给你最好的项目，不管硬件还是软件，你都甩别人好几条街。但是你知道你为什么没有起来吗？”

周铭没有往下说，在镜子里与舒听澜对视，前所未有地严厉，许久之后，一字一顿地说：“因为你懦弱，遇到问题只会逃避。

“你以为辞职就能解决问题？

“不管你跟卓禹安、温简有什么天大的矛盾，你都给我去面对。

“哪怕心里血淋淋的，也别当缩头乌龟，不去面对，你的心就永远无法愈合，一撕就崩裂流血，你想一辈子都这样？

“你的心，从哪里丢掉的，就从哪里要回来。”

从哪里丢掉就从哪里要回来？从哪里丢掉？从父亲死在她面前的时候丢掉的，从温简母女在父亲的葬礼上出现时丢掉的，从妈妈精神失常之后丢掉的。

这些年，她虽表现得坚不可摧，可心是一团豆腐，一捏就碎。

心碎了很疼的，所以她小心翼翼地保护着，遇到问题先逃避，逃到自己的安全港湾里，她以为可以逃避一辈子。

可这港湾越来越小，她已没有藏身之地，必须出来面对。

“听澜，我不相信你是这样的人，我看人的眼光不会错。”周铭松开了舒听澜的肩膀。

肖主任冷声说："你怎么把宏正律所、把我的脸丢掉的，你就怎么给我在工作上找回来，用你的专业能力找回来，没人有义务给你善后。"

她虽骂，但与周铭的想法一致，舒听澜身上有很多难能可贵的优秀品质，这是她欣赏舒听澜的原因。

除了专业能力以及尽职尽责，她的性格也很讨喜，不张扬，进退得宜。甚至在日常的穿着打扮上，她也会刻意弱化自己的容貌与性别，穿着很中规中矩的职业套装，梳着利落的马尾，保持中性，以此告诉领导以及客户，她是律师，没有性别之分。

舒听澜从肖主任与周铭的眼中看到的是信任以及鼓励。她心里沉寂很久很久的那份勇敢与积极慢慢复苏。

"你如果足够专业与自信，根本不必在服装上刻意职业化。你的专业是从你的言谈举止以及日常工作中体现出来的，所以，改变的第一步，先把这套衣服扔了。"

"舒听澜，你才二十多岁，不必穿得如此老气横秋。"肖主任命令。女生的职业装也可以追逐时尚，百花齐放，而不是拘泥于这种全身黑的套装。要改变内心的束缚，就要从着装上开始迈出第一步。"下午跟我去卓远科技找卓总、温总道歉。"

舒听澜一愣，要她跟卓禹安、温简道歉，她无法做到，心里迈不过那道坎儿，只恨不得躲他们远远的。

见她不情愿，肖主任的气又噌噌上涨："刚才跟你说半天，都白说了，是吗？从哪里跌倒就给我从哪里爬起来。"

"肖主任，我和他们有很多事说不清楚，但我很确定，我没有做错，没有对不起他们，所以我不会去跟他们道歉。"

"没有做错？你当众在人家公司闹，还没有错，是吗？你们私下有恩怨，在私下解决，闹出人命，我都不管。但你顶着律师的身份，在卓远科技闹，就是错。

"你去道歉，不是对卓禹安、温简道歉，而是对卓总、温总道歉，你明白我的意思吗？"

舒听澜明白肖主任的意思，但很难去做。

肖主任可以把他们的身份分割开来冷静地处理，但她就在这个旋涡里，很难分割。

"舒听澜，辞职或者逃避很容易，没什么了不起。但如果能迎难而上去解决问题，才是你真正的成长。

"你自己好好想清楚，想清楚了再来找我。"肖主任说完转身走了。

"听澜，这一步是你自己要迈的，我帮不了你。"周铭如是说。

舒听澜不是转不过弯，只是要让她跟卓禹安、温简道歉，就像要把她的自尊狠狠扔在地上，再上去踩几脚，踩得稀烂，很痛的。

但，自尊重要吗？她真的想丢掉这份得之不易的工作吗？没有工作，她能维持她们母女二人的生活吗?

在这些面前，自尊什么也不是。

更重要的是，她想变得更优秀，变得更好，把卓禹安、温简超过去，她便什么也不怕了。是的，这个坎儿需要她自己迈。

下午，肖主任开车带舒听澜去卓远科技道歉，肖主任就是典型的刀子嘴豆腐心，不管把舒听澜骂得如何难听，但从未想过要放弃她，在车上时，语重心长地对她说：“舒听澜，你自己要争气点儿。

“这个社会就是会不停地毒打你，打到你自己变成铜墙铁壁了，才有能力保护自己，保护别人。”

“我知道。”舒听澜回复。

“你呀，看上什么人不好，偏偏看上卓禹安?咱们周律人不够好吗?”

“我和温简的矛盾不是因为卓禹安，跟他没有关系。”舒听澜愿意对肖主任敞开心扉。

“什么矛盾?”

“小时候的事情。这次是因为她去医院找我妈妈，导致我妈妈病情复发，我一时没控制住。我选择道歉，是作为舒律师向卓远科技道歉，不是舒听澜对温简、卓禹安道歉。”舒听澜强调了一遍自己的立场，也是再次给自己做心理建设。

肖主任难得扑哧一声笑了：“你可真是个拧巴的倔姑娘，让我大开眼界。”

气氛轻松了一些，舒听澜也好受了一点儿。

但道歉的过程并不好受。肖主任为了表达诚意，也为了修复合作关系，所以选择了在人多的地方，也就是卓禹安带着一众高管开会的会议室，肖主任推门而进。

她来之前跟卓禹安的助理约过时间，是经过卓禹安的同意才进会议室的，但卓禹安并不知舒听澜也会来。

看到舒听澜的刹那，整个会议室都安静了，原本散会要出去的人也停下脚步，毕竟这位舒律师可以说是在卓远科技，甚至在整个行业内都一战成名。

大庭广众之下，敢伸手打温简的人，她是独一份。

温简看到她顿时脸色铁青。

卓禹安看着她，她的脸因为化了妆，只有认真看，才能看出还有一点儿红肿，他想问她还痛不痛。

“卓总，温总，昨天是听澜冲动，给你们添麻烦了。她也意识到自己的错误了，今天特意过来道歉，对此事造成的所有不良影响，我们愿意承担所有责任，还望两位原谅她，她知道错了。”肖主任说完，看了眼舒听澜，示意她道歉。

看到卓禹安、温简，她感觉道歉很荒谬。

但肖主任已如此帮她了，就像以前上学时做错事，妈妈带着她去办公室找老师认错一样，肖主任已为她如此放低身份，她又岂能辜负？

“对不起！”她朝卓禹安、温简道歉，而后渐渐低头。低下的头颅有数千斤重，她甚至能感觉到颈椎在一截一截地咯咯作响。

卓禹安就那么看着她，知道她这声对不起的背后是被压垮的脊梁骨，是被打得粉碎的自尊，是无尽的委屈。

“舒听澜，你道的哪门子歉？”他怒吼，他失态了。

他就是太心疼了，心想：“舒听澜啊，你怎么总往我心口上插刀呢？昨天插了一刀还不够，今天再来补一刀。”

所有人都不知道卓禹安为什么发这么大的脾气，肉眼可见他全身紧绷，脸色已不能用冰寒来形容了。

他摔门而出。

舒听澜被关门声给震到，终于抬头对上了温简。

温简很平静，仿佛并不认识舒听澜，经过她的身边时，用只有她能听见的声音说道：“装得楚楚可怜，以退为进，舒听澜，你的手段真高，佩服，佩服。”

这一刻，舒听澜彻底清醒而冷静，因为温简这样的人而情绪失控，太不值得，太不值得。

肖主任在职场多年，自认为深谙人情世故，然而这次也摸不透了，卓禹安刚才的态度，到底是接受道歉还是没接受？

回到在卓远科技的临时办公室，舒听澜已彻底调整好心态，这么多年来，对温简的忌讳忽然就烟消云散了。原来勇敢去面对，并没有自己想象中那么难。

她之前特别盼着这个收购项目能尽快结束，她可以回宏正律所，远离他们，但是现在觉得无所谓了，这就是一份工作。

不再逃避之后，她便轻松了很多。

晚上她照旧加班到最后一个才离开，在卓远科技的大厦前面，她看到卓禹安了，他似乎也刚下班，正在打电话，看到她时表情顿了一下。

挂了电话后，他朝她走来。

“陆阔的电话，约我吃饭，一起去？”他语气很平静，就跟没有发生过任何事一样平静。

舒听澜没理他，径直朝地铁口走去。

“舒听澜——”卓禹安叫住她。

她顿了一下，回头逆着光看向他，很平静，眼里一点儿波动都没有。

“我们还是朋友吗？”他小心翼翼地问。

她没回答，转身走了。

朋友？她有些嘲讽地想着这个词，在他们发生了这么多事之后，他怎么还能问出这样的问题？她的朋友只有任何时候都坚定地站在她身边的林之俜和程晨。

她正想着她俩，忽然看到程晨站在她家单元门前，她以为是自己的幻觉。

“不认识我吗？”程晨笑着，张开双臂等她过来。

她笑着跑过去给了程晨一个大大的拥抱，她们真是心有灵犀，她刚刚还在想程晨：“你怎么来了？”

“来看看你被别人欺负成啥样。”

舒听澜这个不争气啊，眼泪差点儿飙出来。这时从单元门口又探出一个身影，朝两人喊道：“快来帮忙，别堵在门口煽情，恶心人。”

是林之俜，她怀里抱着大袋小袋的食品，小手指以极其大的难度钩住一挂啤酒，叫嚷着：“快，快来帮忙，啤酒马上要掉啦。”

舒听澜急忙跑过去，接住那挂啤酒。

“这个女人难得来森洲，今晚吃火锅，喝啤酒，不醉不归。”

三人已进入电梯，舒听澜看着她俩，觉得生活真是美好啊，女孩子们真是美好啊，她何其有幸，拥有胜过亲情的友情。

程晨是特意从栖宁赶到森洲来看舒听澜的，但见舒听澜一点儿事都没有，哪里像被欺负的样子？根本不需要她的安慰，她不由得感慨：“早知道我就不该来这一趟，白白浪费我的感情。我家听澜终于成长了。”

“你来我很高兴，在你们面前，我永远不用长大。”火锅冒着腾腾的热气，冰镇啤酒也很爽口，有美食，有好友，她觉得已足够。

“对，有我罩着你。”林之俜就是愿意宠着她。

“得了吧你。这次的事情，要不是你冲动去打了温简，今天就是温简不占理，温简站下风。但你打回去，还闹得那么难看，最后变成温简有理，舒听澜变成了众矢之的，你是好心办坏事。”程晨一向比她们稳重一些。

“我不打回去，就让舒舒白白挨打？我做不到。”这是林之俜处理问题的方式。

她和程晨一直是两种风格，她不论说话还是做事，都是风风火火的，而程晨则是内敛的，行事方式和她完全不同，舒听澜是她俩的综合体。

“这事吧，不管是你还是听澜，你们都错了，你们对温简有气，就该私下解决，而不是在大庭广众之下，让人抓到把柄。”

“私下怎么解决？”

“她最重视什么？最想要的是什么？去抢回来啊。这叫以彼之道还施彼身，她当年是怎么抢走你爸爸的，你今天就怎么抢回她重视的东西。”程晨恶狠狠地说。

“算了，这么做，我岂不是跟她一样毫无底线？为了她打破自己的底线，不值。”舒听澜说。

林之俜与程晨都看着她，好一会儿，两人不约而同道：“舒舒，你发现自己的变化了吗？”

“什么变化？”

“你现在已经能够如此平静地跟我们讨论温简，说明你对她脱敏了。”

经她们提醒，她觉得好像确实如此。

以前，她完全不敢听“温简”这两个字，但是现在，她竟然能如此平静地谈论温简，说明温简在她心里留下的创伤已经好了。

“你这样就对了。以前温简就是你心里的定时炸弹，一碰就炸，现在这样多好。”

是啊，那时候，温简母女耀武扬威一样到父亲的葬礼上要认祖归宗，就像一阵飓风，把她和妈妈刮到半空中悬浮着，然后她们母女迅速移民，让她和妈妈都落不了地。

而现在她们回来了，虽然又刮起了一阵飓风把她们吹散了，但这阵飓风也终于让她和妈妈飘浮着的身心都落地了，那些创伤便慢慢愈合了。长久压抑在心头的阴霾终于散去，她现在身心舒畅。

三人都喝了些酒，微微地醉了，你看我，我看你，看着看着不由得都笑了，而后，程晨却忽然哭了，哭得很伤心。

舒听澜、林之俣面面相觑，还是第一次见坚强的程晨哭成这样。

“怎么了？”

她们问她，她也不说，拿起手机对着陆阔的微信发语音：“陆阔，你就是个浑蛋，浑蛋。”

骂完，她把手机扔在桌面上，给舒听澜和林之俣看。

对话框上，她的语音后面是一个鲜红的未发送成功的点，下面还跟着一句话：对方已启用好友验证。

程晨被陆阔删除好友了？舒听澜和林之俣都震惊了，陆阔竟然删了程晨的微信？

陆阔这个人虽然性格开朗，见人说人话，见鬼说鬼话，但确实深情且专一，从高中时期就一直追程晨，有了微信之后，更是每天雷打不动地汇报自己的行程，再加上睡前的一个晚安问候。

他连续发了至少五年的信息，不管程晨回不回，他从没有间断过一天。就是这样的人，竟然把程晨的微信删了。

林之俣第一反应就是：“他移情别恋了？”

程晨忽然清醒过来，不哭了，脸色不善地看着林之俣。

“这么看着我做什么？我早跟你说过，你要是真喜欢他就别整天作天作地，把他作没了，拱手让给别的女孩，你就开心了？”

程晨听完生气了：“他对我就这么点儿耐心吗？”

“他对你还不够耐心？这都多少年了？”

“我不是想着等事业发展得更好了，才答应他吗？他什么家庭，你不知道？我如果不够优秀，怎么与他比肩？”这是程晨第一次表露自己的心意。在这之前，她从不承认。

“那你把这话跟他说清楚啊，在我和舒舒面前哭有个屁用啊。”林之俤真是搞不懂她的脑回路。

舒听澜坐在一边，算是听清楚了事情的前因后果。应该是陆阔终于决定不再守着一段无望的感情，放弃继续追程晨了，而程晨是喜欢陆阔的。

看到程晨哭，舒听澜也觉得难受，她想，既然是彼此相爱，就该再给彼此一次机会。所以她拿起手机，第一次给陆阔打电话。

响了一声，电话就被接通了。

“陆阔，你在哪里？”

电话那边很安静，安静得能听到对方呼吸的声音。

“听澜，我是卓禹安，陆阔喝醉后睡着了。”

舒听澜愣住，这时才想起晚上下班时，卓禹安确实说过，陆阔约了他吃饭。

“你找他有事吗？我帮你转达。”卓禹安看了眼面前醉得不省人事的陆阔，觉得头疼。

“没事，我改天再打给他。”舒听澜想挂电话。

“听澜——”卓禹安急忙喊了一声她的名字。

舒听澜握着手机没回应，等着他往下说。

“程晨在你那儿吗？”

“嗯。”

“明天能约她出来吃饭吗？陆阔这家伙闹了一晚，很多事当面说清楚会比较好。”

如果是以前，舒听澜肯定会拒绝，这是程晨的私事，她不会去参与，但刚才程晨表明了心迹，她觉得至少该给两人一个机会。

“好，我约她。”她说完便挂了电话。

程晨是专程来森洲看舒听澜的，见她没事，第二天便打算回栖宁了。

“明天就是周末，别着急回栖宁。”舒听澜拦着她。

“工作很忙。”程晨是典型的工作狂，她在一家房地产公司做策划，靠着没日没夜地打拼，年纪轻轻就已做到了策划总监的位置。最近有个楼盘要上市，她确实忙。

“那就再陪我一天，反正来都来了。”

“陪什么陪，你比我还忙，昨晚是不是又熬通宵了？”

“前两天落了不少工作，要补上。今天你在这儿好好休息，晚上一起吃饭，明天再回栖宁也来得及。”舒听澜一边说着，一边已经飞快地换好衣服，准备去上班。

她不再穿中规中矩的职业套装，而是选了一条连衣裙，外面再搭一件米色风衣，一副标准的都市丽人的打扮。她长得好看，随便怎么穿都好看，一阵风似的关门走了。

程晨翻了个白眼，就舒听澜那点儿小心思，她会不知道？晚上约了陆阔见面嘛。让她无所事事地待一天也难受，所以她稍作打扮，便直接打车去卓远科技。

舒听澜这傻孩子，跑得太快，一溜烟就进了地铁，她喊都喊不住。

一路不堵车，程晨比舒听澜早几分钟到卓远科技，正在温简办公室和她相谈甚欢。

温简看着她："变化很大，差点儿没认出来。"

她们都是栖宁高中的，当年陆阔追程晨时很张扬，尽人皆知。陆阔是卓禹安的好友，温简自然也格外关注程晨，甚至有意接近她。

程晨哈哈笑："都长大了嘛。你的变化也很大，自信、知性、独立、事业有成的新时代女性，是我们学习的榜样。"这些违心的话，程晨说起来脸不红心不跳，十分得心应手。

温简也笑："怎么有空来森洲？上次跟陆阔聚餐时，他说你是大忙人，都没空理他。"

程晨道："这不是舒听澜和卓禹安闹别扭要分手嘛，我来看看他们。这两人，一个比一个不省心。你知道的啊，卓禹安从高中时期就暗恋舒听澜，啧啧，很沉得住气，喜欢得要死，就是不敢开口说。兜兜转转这么多年，终于在一起了，又开始作了。"

程晨说话不动声色，但稳、准、狠，直击要害，气死人不偿命。

果然，温简脸色微变："是吗？他们这么多年都没在一起，就说明没有缘分，就像你跟陆阔一样。"来啊，互相伤害啊。

"你说得没错，但至少被用心爱过吧，总比单恋得不到任何回应强，对不对？"程晨就是以叙旧的姿态，说话时态度无比诚恳。

温简心里冷笑，转移话题："听陆阔说，你现在在做地产策划相关的工作。"

"他可真是大嘴巴！你要是想买房，可以找我哦，给你内部的优惠价。"程晨顺便把要新开盘的楼盘宣传册递给温简。这是她的专业素养，不管去哪儿，包里都随时放着一本最新的宣传册。

"正巧，我打算在栖宁买一套房子。"温简翻着宣传册说。

"真要买？以后打算在国内定居了吗？"

"给我外婆和舅舅买的。"温简解释，她即便要在国内定居了，也只会在森洲置业，不会回栖宁。

"那巧了，我们这个楼盘最适合你们，针对的就是你们这样的高端群体，花园洋房，电梯入户，精装修，我让营销部给你留一套楼王位置的最佳户型。"

程晨说到工作可来劲了，不容温简回复，直接让营销部总监加了温简的微信："我先让他们把户型和相关资料给你发过来，等开盘后我通知你。"

你瞧瞧，这就是程晨，一大早来卓远科技，不仅把你恶心一顿，还要赚你的钱，温简跟吃了苍蝇一样难受。

程晨倒是一点儿都不难受，从温简办公室出来之后，又溜达去了卓禹安的办公室。卓禹安正在忙，若是别人来访，他便让助理直接打发了，但程晨是陆阔喜欢的人，是舒听澜亲如姐妹的朋友，他不得不招待。

“见到我，你好像很头疼啊，卓总。”程晨坐到他的办公桌对面，嘲讽道。

“确实。”卓禹安也不隐藏。

“为什么？因为心虚吗？”她咄咄逼人。

“找我什么事？”

“呵呵，卓总，你利用我也不是一次两次了吧？这就是你对恩人的态度？”

卓禹安挑眉：“此话怎讲？”

“高中的事，我就不提了。就说最近吧，第一次，你利用我来森洲出差的机会，让陆阔组织高中同学聚餐，然后顺势送听澜回家；第二次，也就是昨晚，你又利用我跟陆阔的关系，约舒听澜今晚聚餐。为了接近舒听澜，把我利用得明明白白的。”什么都瞒不过程晨的火眼金睛。

“所以呢？”

“利用我也没什么，只要是对听澜好，我心甘情愿配合。你若觉得我还有利用的价值，可以继续。”

卓禹安笑了，几乎已经猜到程晨想做什么，他正色道：“你说吧，要怎么合作？”

“卓总就是聪明，一点就通。是这样的，我们马上要新开盘一个高端楼盘，精装修的，我们打算引入一整套的智能家居设备，提高楼盘竞争力。我先后比较了几家公司的产品，只有卓远科技的产品性价比最高。所以呢，我就是想来跟你要一个合作，简单点儿说，就是给个内部价。”

程晨既然找卓禹安说了，当然就不只是要内部价，而是要成本价，远低于市场的价格。

在这点上，卓禹安是很坚持的：“卓远科技的产品都有定价系统，我不能为了你而打破这个价格系统，破坏市场规则。否则股东及各级代理商都不能答应。”

“卓总可真是公私分明。我们这个楼盘总共才一千户，没那么大的杀伤力，破坏不了你们的市场，又不是让你白送，只是要个内部价。”

卓禹安连给父母家安装设备都是自掏腰包，公是公，私是私，分得很清楚，程晨的要求显然违背他的工作原则，偏偏他又拒绝不了，最后以折中的方式特批了程晨的要求，主要产品给代理价，边缘产品以赠品的方式包含在整套系统设备里。

“在商言商，我必须考虑代理商的立场。”

“理解，但分期付款。”程晨也不手软，都知道卓远科技的产品一向是全款进货。

“你们楼盘就差这点儿钱？”卓禹安也是服气。

“不是差这些钱，而是我在这个职位上，需要向老板展现自己的能力——只有我能搞到卓远科技的内部价并且还是分期付款。”

卓禹安唰唰地在合同上签上他的大名，心想，他的好兄弟陆阔以后的日子不会好过。

程晨速战速决，一个上午，恶心了温简，找卓禹安谈成了合作，可真是神清气爽。

她并不打算见陆阔，他既然把她的微信删了，态度就已经很明确，不再追她，要开始新的生活，那她就大方地祝福。

只是，她有点儿生气，什么人，追了她这么多年，突然说不追就不追了，害她一时无法适应。

她没有告诉舒听澜自己不去赴约，下午直奔机场回栖宁。然而在候机厅，她竟然看到了陆阔。

“我知道你今晚不会赴约，会提前回栖宁。”陆阔坐在她对面的椅子上，他太了解程晨了。

“你是谁？”程晨看到他，好不容易压下去的怒气又冒出来了。

他既然在候机厅，那就说明也买了去栖宁的机票，他又想像以前那样，每次惹她生气了，就跑栖宁去胡搅蛮缠让她原谅？

这次她不会轻易原谅，他把她微信删了，太可恶了，她至少要晾他几天才行。

陆阔昨晚宿醉，头还有些疼，但思绪清楚：“程晨，这几年，没脸没皮地缠着你，让你很苦恼吧？

“其实，今天我本不该来，但想了想，觉得既然决定放弃了，不能那么粗暴地直接删除微信，断绝联系，毕竟打扰了你这么多年，还是当面说清楚比较好。”

放弃？断绝联系？所以，不是来找她道歉的？不是来找她加回微信的？程晨微愣。

“程晨，总之这么多年，我不曾后悔过。往后，也希望你能幸福。”

程晨回过神来，问道：“所以，你特意买了机票，进候机厅，就是为了跟我说这些废话？”

“嗯，我怕在外面说，你不肯听。”

“那你可真是煞费苦心。”程晨低头，冷静地从钱包里掏出两千块的现金，甩到陆阔的脸上，“机票钱，我出了。因为也是我想跟你说的话，谢谢你以后的不纠缠。”她被伤到了。

陆阔任那些钱砸在他的脸上，没有弯腰去捡。

正好要登机了，程晨头也不回地离开，她心里堵着一口气，很难受。她知道，错不在陆阔，这么多年，她一直没给过陆阔明确答复，他选择离开很正常。

第十一章

告白

陆阔和程晨对于晚上不能去赴约的事情很有默契，都选择不告诉卓禹安和舒听澜，所以当卓禹安、舒听澜到了约定的餐厅时，久等却不见人来。

舒听澜连着发了几条信息，程晨才回复：“听澜，我回栖宁了。下次去森洲再找你。”

这人……舒听澜无语，既然主角都没来，她也没有留下的必要，拎起包就往外走。

“听澜。”卓禹安拦住她。

“还有事？”

“吃完饭再走吧。”

“抱歉，我还有事，下次吧。”舒听澜很有礼貌地拒绝，与他保持着一米的距离，真当他是陌生人一般。

“我送你。”他不容拒绝。

“谢谢，不必了。”舒听澜头也不回地转身离开。

她不爱打车，偏爱乘地铁，方便快捷。卓禹安便一路陪着她去乘坐地铁。

“卓总，你这算跟踪吗？”

“太晚了，送你回家。”他也不多解释，周五晚上的地铁，人潮涌动，他高大的身影站在她旁边，替她抵挡着其他乘客的碰撞。

舒听澜心里嘲讽，何必呢，何必在她面前表现出如此谦卑以及讨好的样子？她又不是不知他真实的选择。

他抓着她手的那一刻，她心里轰然倒塌的东西再难修复。

地铁经过隧道时，车窗如明镜，把她的表情照得很清楚，她略一抬眸，在车窗里看到卓禹安也在看着她，她嘲讽的表情藏不住，也不想藏。

舒听澜家在近郊，但地铁很快，半个多小时便到了。卓禹安继续陪她走出地铁站，进入小区。

“你有事？”她想，他该不会还想去她家吧？

一路一直沉默不语的人忽然说："听澜，高中毕业时，我曾给你打过一个电话，在陆阔组织的毕业狂欢会后的第三天。"已是很遥远的事情，但他记得时间以及细节。

因为听到他忽然提起过往，舒听澜便停下脚步等他说。

毕业狂欢会后的第三天是她父亲舒明海的葬礼，所以她清晰地记得具体时间，她有些不明所以，他为什么会忽然莫名其妙冒出这些话。

"其实很多话本该在那晚的狂欢会上说，可你一直坐得离我很远，中间隔着很多同学。我就慢慢地跟他们换位置，终于换到你的身边，可你睡着了，睡得很沉，趴在我身上，我一动也不敢动，就那么看了你一夜。"

舒听澜愣住，她一直以为那晚熊抱了他一夜，他什么都不知道。

"只是一动不动地坐一夜很累，快天亮时我睡着了，醒来时，你已经离开那家KTV。我给你打了三天电话，一直没人接，最后一次倒是接了——"

舒听澜不知道为什么要在小区的路灯下听他讲这些莫名其妙的回忆，而且看他的表情，想必也不是什么好的回忆。

"第三天，你终于接电话了，你很大声地骂我，大约是觉得我是在纠缠你，让你烦透了吧——"他自嘲，他一直记得舒听澜那次在电话里的怒吼，把对他的厌恶都在声音里发泄出来。

今晚，他之所以会提起这段往事，是因为陆阔和程晨让他想起过往，想起那通电话。

舒听澜根本不记得这通电话，那些话更不是冲他说的，那三天是她人生中的至暗时刻，她满心只有悲伤、悲愤，不管是谁来电话，都是一样的结果，她说："抱歉，我不是针对你。那段时间，我家里发生了一些不好的事情。"

"没有关系，都过去了，只是有些遗憾。"很多话想说却没有机会说，他出国很多年后再回来，再次相见，却因为第一次见面就有了亲密关系，以致让她觉得他只是想睡她，把他的步伐全部打乱，那些话便一直没有说出口，即便说出口，也成了想睡她的借口。

舒听澜的记忆中，他们在高中时并没有什么交集，若不是因为程晨，不是因为陆阔，恐怕她早忘了有这么个人。

"我知道现在说这些话没有意义，但我还是想说，舒听澜，我对你从以前到现在一直不只是有好感，也不只是喜欢。我也知道，是我太傲慢、太自以为是，从未真正去了解过你，才让我们的关系变成这样。舒听澜，可以给我一次机会吗？"这是他真正意义上的第一次告白。无论如何，他还是想争取，不想为两人的关系画上句点，因为不舍得。

舒听澜瞪大了眼睛，觉得不可思议，他的意思是，从高一开始他就喜欢她了？

“从高一迎新会上，你弹那首《天空之城》开始。”或许说出来，连卓禹安自己都不相信，但他确实对她一见钟情了，在情窦初开的年纪，而后经年不忘。

其实出国之后很多年，他并没有刻意去记住她，他很忙，忙学业、事业，每天忙得昏天暗地，本该早把她忘记的，可偏偏加了她的微信，每晚睡前最后一件事便是看看她的朋友圈，这个举动并没有什么特殊的意义，就是一种习惯。

她的朋友圈乏善可陈，大学时期是学校食堂的饭菜，工作后是外卖套餐，他别的没看出来，倒是从中看出她饮食的偏好。

后来他回国开拓市场，事业稳定，卓远科技要收购胜普瑞时，他第一个就想到了舒听澜，因为从她的朋友圈得知她跳槽到了宏正律所。

本来是两条平行的线，他一眼就能望到头，却忽然间看到了交集。

在森洲的第一次见面是他请陆阔安排的，恰逢程晨也来森洲，便有了聚餐这个借口。那是他多年后第一次如此近距离地看她，少年时期的悸动竟没有丝毫减少，那是心头的一股热血在荡漾着，喜悦地跳动着，鲜明而熟悉。

后来的发展完全出乎他的意料。

他原本想循序渐进地追求她，但是她一上来就给他下了猛料，让他毫无招架之力。那时他想，也罢，这个人从小就没心没肺，他高中三年的守候，连大大咧咧的陆阔都看出他的心思了，而这个人竟连他的名字都记不住，索性就直接进入最后一步吧，至少先让她记住他。

这些话，如果早点儿说，哪怕早一个星期说，舒听澜都或许会感动。但，从他抓住她的手、从她挨了温简一巴掌之后，一切就毫无意义了。

“卓总，这些话听着挺让人反感的。我觉得吧，温简挺好的，你们特别搭。更重要的是，你们认识这么多年，知根知底，还是事业伙伴，是让人羡慕的神仙眷侣。”她不像自己想的那样豁达，抓住机会还是要讽刺一下。

他也不恼，好像早料到她要说难听的话：“没关系，来日方长。舒听澜，我们来日方长。

“还有，我和温简只是朋友。

“走吧，我看着你上楼。”

他骨子里还是带着傲慢的，他把自己想说的一股脑儿说了，然后也不管别人是什么态度。这种傲慢是他自己都无法察觉的。

舒听澜听着就不舒服了，心想：“你叫我上楼，我就要上楼？我偏不。”她拐个弯去旁边的便利店买东西了，也是又倔又拧巴。

卓禹安苦笑，透过便利店的玻璃窗看了她一眼，然后转身离开。

舒听澜也没什么需要买的，见卓禹安走了，她拿了两瓶矿泉水就结账回家。

第二天早上醒来后，舒听澜接到肖主任的电话，让她去参加一个知识产权的行业培训，这是她一直想学的专业知识，因为在尽职调查中涉及的产权相关内容，她处理起来还稍显吃力。她很想去，但又有些为难，她现在负责的尽职调查还差收尾的工作。

肖主任在那头没给她犹豫的机会：“你负责的卓远科技尽职调查部分，晚上加班做完，之后你的工作安排主要是协助知识产权的王律，需要很专业的知识，这个培训机会是我特别为你申请的，今天上午十点开始，我把邀请函和详细地址发到你邮箱了，赶紧去。”

“好的，我这就出发。”舒听澜瞬间跟打了鸡血一样，她很感谢肖主任在第一个项目就让她接触所有环节。去培训时，她才发现周铭也在。周铭在知识产权方面经验丰富，代理过不少案子，却还来参加培训，真是比你聪明的人还比你努力，她压力很大。

“听澜，这边。”周铭见到她来，站起来朝她招手。

这次的培训老师是某政法大学的博导教授，他在知识产权方面可谓是权威。舒听澜聚精会神地听着，认真地记笔记。

培训到一半，教授忽然点名让回答问题，也不看别的学员，一眼就看向舒听澜旁边的周铭：“周铭，这个法条，你上来给大家讲讲。”他指名道姓，明显是熟人。

周铭本想躲，但没躲过，听到叫自己名字后，他笑了笑，起身三两步走到培训台上，很自然地看着教授的PPT讲，显然不是第一次干这事了。

他讲课幽默风趣，不时逗得学员们哈哈大笑，课堂气氛十分活跃。等他讲完下来时，教授还不忘说一句：“我这爱徒至今还单身，大家需要联系方式可以来问我要。”

培训厅的气氛瞬间高涨，大家纷纷朝周铭看过来。周铭朝所有人都笑，很礼貌的样子，直到恢复正常，没人再看他时，他那张脸一下就垮了，对舒听澜道：“太可怕了，那是我舅，一定是我妈让他安排的。”

舒听澜问：“现在的家长催婚都这么可怕吗？”

“还有比这更可怕的。”

培训完，周铭带着舒听澜直接溜走。

开车回律所的路上，周铭忽然顿了一下，看了一眼舒听澜：“我怕我舅已经把你的信息发给我妈妈了。”大意了，刚才培训时，他不该和她坐一起。

舒听澜低头看了一眼自己的手机，微信有好友添加，备注是周铭妈妈，想必是培训时留下的联系方式。不过，这是什么操作？

“别通过，不理她就是了。”周铭倒是不介意爸妈认识舒听澜，只是怕他们一家人的热情把人家姑娘给吓坏了。

“加了两次，不通过不好吧？”舒听澜还是很礼貌的，毕竟是他妈妈，所以就点击通过了。

“不管她说什么，你别理会就是了。”

加上微信之后，周妈妈并没有说什么，只是礼貌地打了声招呼，然后就不说话了。倒是周铭的手机提示音一直叮咚叮咚在响。

因为他的手机就架在那儿，信息一条一条的，舒听澜都能看见。

“儿子啊，你舅舅说你有喜欢的女孩了。

“什么时候带回家给我看看呀？

“要不就这周末吧，我跟你爸去市场买些海鲜。对了，人家姑娘喜欢吃什么？

“儿子，我加上她微信了，不过，你放心，我不会乱说话。”

三个闭嘴的表情发了过来。

舒听澜有些赧然，对周铭说道：“你回头跟阿姨说清楚哈，被误会了不好。”毕竟只是同事。

“听澜！”

“嗯？”

“你真的喜欢卓总？你们女生都喜欢他那样的吗？”周铭开着车，扭头看了她一眼，大大方方地问。

“没有。”

周铭笑：“如果不喜欢，那我还有机会吗？”

他觉得舒听澜不是那种肤浅的女生，不会被卓禹安的钱权所吸引。

“周老师，对不起，我现阶段还不想谈恋爱。”她其实一直都是很明确地表达自己的立场，只是周铭并未当真。

“没关系。如果以后你有恋爱的想法，不妨考虑考虑我。至于卓总，我觉得你们不是一个世界的人，不合适。”卓禹安高高在上，是天上的日月星辰，确实很吸引女生，可人终究要现实一点儿，不是吗？卓禹安属于只可远观，但不宜靠近。在他看来，舒听澜不过是心智稍稚嫩，一时的迷失罢了，他有信心让她回头。

舒听澜转移话题：“肖主任说之后让我协助张律负责知识产权的部分工作，对于相关的专业知识，我只在大学学过，毕业后极少接触，不知能不能做好。”

“既然肖主任让你做，就是相信你的能力。知识产权方面，你有不懂的可以来问我，我还算了解。”

“好，谢谢周老师。”

这次卓远科技的收购项目，前期的尽职调查基本已经完成，就差知识产权相关的一部分没完成，舒听澜原本很忐忑，但经过培训，加上负责的律师非常细致地安排了她的工作，她做起来倒也得心应手。

她主要是负责胜普瑞智能企业相关产品外观设计的版权问题，胜普瑞智能旗下有上百款产品，每一款产品的外观设计的版权问题都需要理清楚，工作量巨大。

有些设计是胜普瑞智能内部的设计师完成的，有独立的所有权以及转让权；但有部分产品是外部的合作设计公司完成的，这一部分的版权问题需要她查看每一份合同，查看合同签署的细节，看得她头晕眼花。

好在她的工作习惯好，有一套很完整的流程体系，按部就班地跟着流程走就行。所以虽然工作很烦琐，但也有条不紊地进行着。

版权清晰没问题的，她直接存档；版权有疑问的，她写进报告罗列清楚存在的问题以及法律意见，一份一份编上号，做得非常细致。她埋头苦干了一周左右，她负责的部分终于全部完成。

这期间，她虽然在卓远科技办公，但是早出晚归，很少露面，中午也不去卓远科技的员工食堂，所以也没机会遇到卓禹安或者温简。

这个项目一结束，她就回宏正律所工作，以后和他们大概也不会再有交集，这让她长长地松了口气。

在他们要从卓远科技退场回律所前，卓远科技的张律师组织所有合作方开会，前期准备工作完成之后，就要进入后期与胜普瑞智能的谈判以及交割的工作，依然需要合作方的协助。但是这个环节一般都是主要负责人参与协助，不会再让底下的人来操作。

张律师组织的这个会议本是例行的感谢会议，却没想到卓禹安以及王岩、温简等高管也会来参加。

张律师很热情，感谢他们这些合作方尽心尽责地工作，场面话一套一套的，很是擅长。

会议上大家其乐融融，舒听澜安静地坐在那里听着，其实有点儿放空，这是她第一次真正意义上参与的项目，从前期的准备到竞标再到现在她顺利完成自己负责的部分，很辛苦，却也学到很多东西，加上这期间，她与卓禹安的种种纠缠，很多次，她都以为自己要退出这个项目了，是肖主任以及周老师一次次把她拽了回来，若要说感谢，她最想感谢的应该就是肖主任和周老师。

张律师慷慨陈词完，是各合作方的代表简单阐述一直以来的工作，先是会计事务所，然后是评估机构，最后才是律所。

舒听澜不经意间抬头看向卓禹安，发现他也正好看向她，他的双眸漆黑、沉静，即便只是短暂的对视，也会让人觉得他好像看了很久。

舒听澜转移视线看向别处，不想和他有什么交集，只是难免有些坐立难安。

好在张律师很快发表总结陈词："这次的合作很愉快，感谢大家一直以来的支持，后续谈判及最后交割有赖各位了。"

最后，要散会时，温简道："各位合作伙伴这段日子辛苦了，为了表示感谢，卓远科技免费送大家一套智能系统及设备，都是卓远科技最新的产品。”

王岩道：“你们把各自的信息汇总上来，我会派工人去给你们安装。”

他俩话音一落，全场兴奋，热烈鼓掌，他们没想到会有这样的福利。卓远科技这套新系统及设备，不论是在官网还是旗舰店，全部下来要十几万，说送就送，够大气。

这是温简与王岩的决定，卓禹安没意见。毕竟他们经常干这事，新研发的产品在上市之前会让自己的员工试用，就当测试或者体验，进而收集改进的意见。

* * *

舒听澜与周铭及几位律师终于完成这个项目前期的工作，回律所来上班。

肖主任安排助理来统计家庭住址以及户型、布局等信息，以便安装卓远科技赠送的整套设备。

几位律师纷纷报上地址，甚至更夸张的已经找了装修设计师重新设计房子的布局，把能改的线路都改一下，把这些产品的用途最大化。

“感谢卓远科技，感谢卓总，让我们提前过上闲人一般的生活，以后在家只需要动嘴命令就行，再也不用自己干了。”

助理来问舒听澜家的地址与具体需求时，舒听澜拒绝了，她家就她一个人住，也习惯了自己动手，例如拉窗帘，她随手就可以拉上，何必张口发出拉窗帘的指令呢？与其要开口喊指令，不如随手拉上。

“听澜，这就是你不懂了，高科技产品，就该体验体验，你不体验一下，怎么知道好坏呢？况且卓远科技的产品怎么可能只是拉个窗帘这么简单？你也太小瞧他们了吧。

“我这么跟你说吧，只要你能想到的服务，他们的系统以及设备都可以替你完成。它们不仅是做家务的保姆，还是你心灵的伙伴，能陪你度过漫漫长夜。”

舒听澜怀疑这位助理是从卓远科技的销售部跳槽过来的，太能说了。不过，她还是拒绝，她不想跟卓远科技再有任何瓜葛了。

周铭恰巧路过：“听澜，不要白不要，快报上你的地址。我正好给我妈妈家安一套，没事能陪她聊聊天。”

舒听澜忽然想到了自己的妈妈，如果以后妈妈好了出院，或许能用上呢。

她这才把自己的家庭地址填上去，并且详细记录了她需要的功能，以便工人过来安装。

卓远科技总共也就送了几套而已，舒听澜家排在最后一个安装，恰逢周末，她可以全天在家监工。

安这些设备并不容易，有些地方没有线路，需要临时增加，好在工人够专业，挖槽、布线，然后重新补墙、刷漆，一气呵成，只是不可避免地把家里弄得有点儿乱，要花时间清洁。安装到一半时，卓禹安出现了。

几位工人和一位工程师见到他，不禁有些奇怪，卓总怎么会出现在这里，纷纷停下手中的工作。

“卓总，您怎么来了？”

“你们继续，我来看看。”

有他在，那可不就是监工吗？谁也不敢糊弄了事，更加认真地安装起来。可这种小事还需要监工吗？

舒听澜则是当他不存在。

有卓禹安在，工程师和施工工人干活儿时自然是更细致的，加上卓禹安在一旁事无巨细地指导，把他们能想到的不能想到的都想到了，总结一下就是，安装完硬件、软件之后非常人性化，非常适合家居习惯，堪称完美。

安装了整整一天，到了傍晚时，工程师和工人才全部完工撤场，他们走时更疑惑了，卓总不走吗？但他们不敢说，也不敢问。

房子里就剩下舒听澜与卓禹安，他们都站着，四目相对。

卓禹安率先打破沉默：“我帮你打扫一下。”

房子里确实有点儿脏，卧室、浴室、厨房、阳台全都新埋了电路，哪儿哪儿都是灰尘。

“不用了，我明天找阿姨来清洁。”

“也好，那你今晚住哪儿？”

“去林之偶家。”舒听澜有她家钥匙，打声招呼就行。那家伙最近一直在华桉市出差，想说服傅慎逸到卓远科技入职，她说既然拿了佣金，就一定要把事情办成。

“我一会儿送你过去。先把手机给我，帮你下载一个软件。”

卓远科技的产品已经很完善，有自己的生态圈，下载软件之后，就相当于智能管家了，可以一键操作所有家居产品。

卓禹安帮舒听澜下载之后，道：“过来，我教你怎么用。”

舒听澜想，她又不傻，她自己会看着说明书用。

“我教你，只要十分钟就可以把所有功能了解全。你自己看说明书，要看一个小时还是两个小时？”

对于一直秉持着时间就是金钱的舒听澜，当然是选择接受他十分钟的讲解了。

卓禹安就像商场专卖店的员工，非常敬业地带她从门口的智能锁开始讲起：“软件上这个标志就是智能锁，五合一的，可以人脸识别，也可以指纹识别或者密码识别，在手机上可以直接操作关门或者开门，即使你不在家里，也可以与来访者视频。”

舒听澜一脸鄙夷，这很常见，又不是什么高科技。

卓禹安就笑，确实，每一样产品，市场上都有同类，但打造一个完整的生态循环圈才是核心竞争力。

接下来是浴室的设备，与传统的设备不同的是，它有各种模式，可以选择晨漱模式、沐浴模式、化妆模式，会自动记录用户的习惯，自动调节光线、水温等，并且对衣物自动进行消菌。

关于厨房的全自动化设备如何使用，舒听澜觉得可以不听，冰箱的显示屏会根据她身体的各项数据，自动搭配好一日三餐的菜谱。

“前提是，冰箱里要有食材。”她的冰箱空空如也，巧妇还难为无米之炊呢，剩下的自动洗碗机、垃圾粉碎机什么的，完全无用。

“也对。”卓禹安关了手机上厨房的标志。

客厅主要就是光线的调节、空调的开关、新风系统，还有智能语音设备等。

总之就是，她只需要用一个App就可以操作家里所有的家电，很方便，很省事。

“如果有不懂的，可以打电话给客服，也可以随时问我。”他很耐心地教完，也不知道她听进去多少。她就是你说什么，她都点头，一副迫不及待让他快讲完、要赶人的样子。

他无奈也无法：“先去吃饭吧，吃完，我送你去林之俜家。”

舒听澜拒绝，不想与他再有任何联系，项目已经完成了，从卓远科技撤场之后，她作为一个小律师，后期的谈判、交割都与她无关，她现在踌躇满志要去找新项目做。

但卓禹安这人并不好打发，坚持要带她出去吃饭，并且送她到林之俜家。

舒听澜故意选了小区门口一家很小的菜馆，里面只有六张小桌子，厨房正在炒菜，丁零当啷响，烟火气一直往外冒。

老板娘和老板一边点菜，一边吆喝着客人，手擦着围裙进出厨房端菜上桌。其实舒听澜平时很少来，偶尔早上路过时会买杯豆浆，买完就走，否则待几分钟，全身上下都是油烟味，让人受不了。

她故意带卓禹安来这儿，想让他好好感受一下“人间烟火气”，想不到他很淡定，没有丝毫嫌弃地找了个位置坐下，并且还用餐巾纸把桌面残余的污渍擦干净，气质形象与这空间完全不搭，但是他很坦然地坐着。

他们点了几个菜，味道倒是出乎意料地好吃，难怪在这样的环境下，周边的店面换了一拨又一拨，这家店却能屹立不倒。

菜的分量很大，两人的食量却不大，但为了不浪费，也都勉强吃完了。走出饭店时，舒听澜撑得不行。

“走走？”

“好。”

他们不再说话，沿着路灯漫无目的地走。绕过一个路口之后，恰好就到林之俜家的小区了。

“送你进去吧。”

舒听澜已经跟林之俜打过招呼，但是林之俜一直没回消息，她便直接拿钥匙开门进去，卓禹安站在门口，打算等她关门之后就离开。

舒听澜站在门口，脚步忽然顿住，随即脸红、尴尬，林之俜此时正在客厅与某位男士进行某项运动，那重叠的两人也正抬头震惊地看向她，完全失语……

真是见鬼了，为什么要让她看到这样的画面……

“怎么了？”偏偏身后的卓禹安不明所以地问。

“没事。”舒听澜急忙把门关上，拽着卓禹安就往电梯走。

“林之俜在家？”

“嗯。”

卓禹安见她一脸通红、惊魂未定的样子，大约也猜出她撞见了什么画面，伸手拨了拨她头发，安慰道：“没事。”

其实，确实也没什么，她刚才很自觉地没往下看，看到的也只是一个模糊的画面，况且她又不是没见过林之俜的样子，只不过难免有点儿尴尬。

这会儿，她站在大马路边上，就有点儿后悔了，不该带卓禹安去刚才那家小店，全身上下都是油烟味，想回自己家洗澡，但浴室还用不了，林之俜家又去不了，只能去住酒店了。

她的本意是随便找个快捷酒店，洗澡换衣服睡个觉，明天安排保洁阿姨做完卫生就可以回家住。

但卓禹安这个人有时候很霸道，他给他常住的酒店管家打电话，给舒听澜安排了一个套间。

“你在这儿等我，我去开车。”他的车停在路口。

舒听澜当然不会听他的，见他去开车，她转身走了。但是这一片的快捷酒店真的太“快捷”了，灯红酒绿的，看着也不像特别正经的地方，会不会连热水都没有？

她停下脚步查看地图，搜索到附近有一家连锁酒店，在三公里外，走路去有点儿远。

“上车。”卓禹安很快把车开到她身边，降下车窗喊她。

想到还有三公里，她还是选择坐他的车吧。“麻烦送我去这里，谢谢。”她把刚才找的那家连锁酒店的地址给他。

“去我住的酒店吧，明早上班方便。你放心，给你订的房间和我的不同层，不会打扰你。”

行吧，她放弃挣扎。

到了酒店，拿到房卡，她径直往前走。卓禹安道：“我过几天要回总部，这次时间会比较久。”

舒听澜默不作声地听着，心想，跟她似乎没有关系吧？

“舒听澜，你现在不考虑我也行，那能否公平一些，也不要考虑别人，先好好工作吗？”他想了想，怕舒听澜听不懂似的，强调了一下，“那个周铭未必适合你。”

“卓总，你管得真宽。”谈不谈恋爱、合不合适是她的事，她说完拿着房卡，头也不回地朝自己的房间走去。

那晚之后，舒听澜有很长一段时间没再见到卓禹安，尤其是随着收购项目的结束，两人再也没有交集了。

好像卓禹安、温简、王岩、张律师等人就是她生命中匆匆的过客，项目一结束，他们就凭空消失了。

她只偶尔会收到他的微信，无外乎就是一些问候的话语。在律所开会时，肖主任偶尔也会提一下这个项目的事情，但都不是重点，一笔带过。

而关于那一晚她在林之俤家撞见的男人，林之俤一改往日的风格，没有过多提起，只在那一晚的后半夜给她发了个名字：“傅慎逸。”算是正式介绍。一切不言而喻，都是成年人，没什么好问的。

林之俤也不在卓远科技的人力资源部坐班了，但是签订了长期人才猎聘的合同，至少在智能家居这个行业，林之俤傍着卓远科技这棵大树，很快就能崭露头角。

卓远科技收购胜普瑞智能之后，傅慎逸终于接受了卓远科技给出的offer，担任卓远科技智能教育、医疗事业部总经理。

这是卓远科技的新部署，从家居智能开拓到教育、医疗方向，而傅慎逸常年在这两个行业里打拼，经验丰富，卓禹安放手让他全权负责。

舒听澜与林之俤又回到以前没心没肺、上班下班、相约吃吃喝喝的日子，只不过彼此的工作都比之前忙了很多。

林之俤除了继续当情感博主，还要带团队帮卓远科技新成立的事业部，也就是傅慎逸负责的事业部招兵买马，不是在面试候选人的路上，就是在去找候选人的路上。

舒听澜则更忙，肖主任与周老师几乎同时给她分派了项目，她每天就是不停地查资料写报告，写法律意见。

她勤奋，做事又仔细负责，性格还好，从无怨言，肖主任很喜欢她，虽然面上冷冷的，但是不管去谈什么项目，都要带上她，让她跟在一旁学习，完全是手把手地教。

之前就在卓远科技的项目上历练过，现在又经过肖主任一对一的带教，舒听澜很快就赶上组里中级以上的律师，完全可以独立接项目了。

她接手的第一个独立项目是听鲸金融投资公司要进军娱乐行业，所以计划全资收购哔哔啦娱乐公司的项目。

这个项目是肖主任分配给她的资源。宏正律所在听鲸金融投资公司的律师库里收到了他们法务的竞标邀请。

肖主任的原话是："你放手去干，需要哪些支持，我一定全力配合。"

舒听澜很感动，抱着电脑就去埋头苦干。

在肖主任的办公室里，周铭开玩笑道："您这是培养她呢，还是故意为难她？我们从来没涉及这个行业，听鲸金融之前有不少收购项目，但从来没选过我们，邀请我们去竞标，纯粹是陪跑凑数。"

肖主任看他一眼，冷冷地回答："我们办不成的，舒听澜不一定也办不成。新的行业，让新人去，最合适。我们思维模式都固定了，有时候不如新人灵活。"

周铭不置可否，出了办公室就去约舒听澜吃饭了。

自从自家老妈加了人家微信之后，几乎就把她当成自家媳妇了，他只要周末回家，老妈就抓着他问："什么时候请小舒来家里吃饭啊？

"我看这姑娘不错，每次给她发信息，都会及时回，很礼貌。

"我看她朋友圈经常发的都是一些工作信息，是个踏实能干的孩子。

"长得还漂亮，跟你很配。"

老妈下了死命令，必须请人家吃饭。

舒听澜听到他的来意，有些为难："还是不去了，让阿姨误会了不好。"

"没事，就当是去朋友家，我妈做饭还行。"

舒听澜实在没辙，周妈妈也在微信里邀请过她很多次，再拒绝就有点儿不近人情了，所以下了班之后，她买了一个果篮，跟周铭去他家吃饭。

在周铭的车上时，不知为何，她忽然想到卓禹安的那句话："周铭未必适合你——"这人可真是自以为是。

"听澜，你最近很累吗？听鲸金融投资的项目，你尽力就好，不要太有压力。"周铭就是看她最近肉眼可见地变瘦了，而且脸色也不如之前，有些过于苍白。

舒听澜拍拍自己的脸，回道："最近没睡好。"

她也不知道怎么了，最近一直睡不好，每天都是半睡半醒，夜里几乎每隔两个小时就要醒一次，导致她白天特别困，精神疲乏。

"你压力太大了，要学会放松。"

"或许吧。"她知道不是压力导致的，而是忽然开始害怕黑暗，她不敢关灯睡，一关灯，黑暗涌来，她总感觉家里某个角落藏着人，正虎视眈眈地看着她。当然，她知道是幻觉。

坐了一会儿车，旁边有人让她觉得心安，她不知不觉就睡着了，睡得很沉，最后是到了周铭家被周铭叫醒的。

周妈妈到楼下来接舒听澜，很是热情，一见面就挽着她的胳膊回家，把周铭甩在身后。

“小舒，你比照片上漂亮多了。”周妈妈打心眼里喜欢舒听澜，觉得她长得是真漂亮，而且气质恬静，没有浮夸之色，见到人也是礼貌地打招呼，给自家儿子当老婆绰绰有余。

舒听澜从未被人如此热情地接待过，有点儿不适应，好在到他们家之后，周妈妈就去厨房忙了，留她与周铭在客厅。

“别介意，我妈就这样。”

“阿姨很好。”她真心觉得好。

过了一会儿，周妈妈和周爸爸从厨房出来了，摆了满满一桌子的菜，一眼看去，犹如满汉全席，把她当贵宾招待。

周爸爸人也很好，话不多，周妈妈说什么，他都笑着说“好，好”。

一家人给人的感觉热情而亲和，舒听澜渐渐放松下来，很享受这样的家庭氛围。

“小舒啊，周铭在工作上要是欺负你，你就跟阿姨说，阿姨替你教训他。”

“不会的，周老师一直很照顾我们这些新人。”

“别看他在工作上人模狗样的，很厉害，但是坏就坏在那张嘴上，在生活中不会好好说话，总是插科打诨地掩饰自己，小舒，你该骂他就骂，不要客气。”

舒听澜就笑，心想，亲妈吐槽自己儿子，很精准。

周铭也笑，给妈妈夹了一筷子菜，说道：“妈，给我留点儿面子。”

“你还要什么面子？”

聊了一会儿，话题自然就转到舒听澜身上来了，周妈妈旁敲侧击问起她的家庭情况。

舒听澜现在已经不再避讳自己的身世，尤其在周妈妈面前，最好能打消她的念头。

所以她实话实说：“我爸爸在我高中毕业时就去世了，我妈妈原来是我们当地一家公司的会计，因为我爸爸去世，她精神受了些刺激，现在常年住在医院。”

她想，她这样的家庭背景，没有几个正常的家庭能接受，在外人看来，妈妈一定是个负担，他们甚至会怀疑妈妈的精神疾病是否会遗传。

她说完，餐桌上很安静，她看了一眼周妈妈，顿时愣住。

只见周妈妈眼眶发红，过来坐到她的身边，握着她的手，说道：“好孩子，这几年你是怎么熬过来的，很辛苦吧？”

周妈妈的情真意切瞬间击中舒听澜内心最柔软的地方。她原以为周妈妈听到她的家世之后会对她避之不及，这么多年，好像从来没有人问过她辛苦不辛苦。

“以后你就把这儿当成自己家，想回来就随时回来。你妈妈那边，让周铭多走动走动，找个好点儿的护工照看。”

舒听澜鼻尖发酸，觉得自己好幸运啊，总是能遇到善良的人。本能地，她很喜欢周妈妈，原来过来吃饭，是有点儿迫于无奈的人情往来，现在忽然变成了真心真意，并且很愿意来。

饭后，她抢着帮忙洗碗，周妈妈把她推出厨房：“不用你做这些事，家里厨房现在全是卓远科技的智能产品，方便得很。你去跟周铭看会儿电视。”

舒听澜力气不敌她，被推出了厨房。

周铭早料到会如此：“没办法，我第一次带女孩子回家吃饭，她现在精神持续亢奋。”他话里有话，是另外一种方式的表白。

反正已经来家里吃饭了，舒听澜也就不再说话。

后来离开时，周妈妈一路送她到车上，再三邀请她再来吃饭。舒听澜被她的热情打动，不自觉就点了头。

自此，舒听澜与周铭的关系就变得不一样了，她冒出要不就交往试试看的想法，当然，也仅限于有想法。

坦诚说，周铭各方面都非常适合她，加上还有周妈妈的加持，她很愿意跟周妈妈亲近，但她也知道，感情的事情，不只要合适，还要有心动，她与周铭始终差了那么一点点。

周铭倒是很理解，并不逼迫她，就是以师长、朋友的身份对待她，工作上给予指导，生活上给予帮助，让人很放心、舒服。

连肖主任这样严肃的人也有意无意地撮合他们。大约是周铭现在态度明确，在追求舒听澜，而律所里，大家又觉得两人相配，甚至也默认了两人在一起是迟早的事情。

而好友林之偶更直接：“我早说过周老师对你有意思，你不试怎么知道是不是你的真命天子？宝贝，放开自己，大胆往前走，去谈一段甜甜的恋爱。”林之偶忙里偷闲苦口婆心地劝着，她的人生信条永远是大胆往前走，去尝试，去试错，才知道自己想要什么样的，否则凭空想都是徒劳。

“试错的成本会不会太高？”舒听澜很小心谨慎。

“让你去尝试谈恋爱，你却在这儿给我算成本。要算也是人家周老师算，人家不仅在事业上帮助你，还提供自己爸妈的温馨服务，他才吃亏，好吗？”

“……”舒听澜闭嘴不说话了。

半晌，林之傿忽然问：“你该不会还对卓禹安有非分之想吧？”

“没有。”她快速否认，她又不是自虐狂。

“没有最好，你清醒一点儿，卓禹安不是你的良人。”林之傿其实很少去否定一个人的感情，她一直觉得人生短暂，怎么活着开心就怎么活着，过好当下，不要去想未来。但是她就是觉得卓禹安对舒听澜来说是禁忌，只能远离，否则将来怎么死的都不知道。

“放心，我很清醒。”她说。

对于周铭的追求，她现在只能说不排斥，也愿意给彼此机会接触接触，万一呢，万一就心动了呢？

不过最近，她无暇顾及恋爱的事情，因为在着手做听鲸金融的并购项目。宏正律所虽然在听鲸金融的律师库里，但是从来没有合作过，邀请他们参与竞标，就是为了陪跑凑数。

但舒听澜没放弃，依然在积极争取，晚上回家加班查听鲸金融相关资料。

第十二章

催眠

舒听澜家自从安装了卓远科技的一整套设备之后，生活确实便捷了很多。就像一个无微不至的管家，替你记住了你生活上的各种习惯，当她看电视或者开电脑工作时，灯光会自动调节成让她觉得舒服的光线；当她想洗澡时，水温、光线都会自动调节好，浴巾杀完菌，蓬松干燥地挂在那里；当她晚上睡不着时，会给她放舒缓的催眠曲。

她电脑上登着微信，忙到晚上十二点时，微信上有个头像在跳动，是卓禹安发来的消息：“晚安。”

没有过多的话，对于卓远科技最近的动向，她从林之俜那儿得到只言片语，卓禹安应该是带着温简和王岩都在总部，具体做什么，林之俜不知道，林之俜只是负责猎聘而已。

聊天界面往上都是卓禹安发来的一些问候，她从未回复。正当她放下手机准备关电脑睡觉时，忽然听到门铃响了。

她全身紧绷，这个点儿谁会来呢？

她打开手机App上的门锁视频，视频里的走廊空荡荡的，但是她的门铃持续响着，好像有人按了一下又一下。

她感觉阴森森的，全身汗毛都竖了起来。

其实，这已经不是第一次了，是第三次，在深夜里门铃无缘无故地响，但外面没有人。

本来她从不回复卓禹安的信息，但是，此时心里慌乱又害怕，第一次，她直接发了一个视频请求过去。

只响了一声，他就接了，他好像在开会，低声对她说：“稍等。”

然后窸窸窣窣的声音传来，应该是他拿着手机离开了会议室。

“还没睡？”他问，镜头离得很近。

舒听澜看到他，刚才恐惧的感觉稍稍缓解了一点儿：“你们的智能锁出现故障会是什么情况？”她是唯物主义者，相信科学。

“锁坏了吗？”

"嗯，最近几天无缘无故响了几次。"

卓禹安皱眉，卓远科技的这款智能锁上市已有几年的时间，从未出现过这种情况，应该不是锁的问题，会不会是谁的恶作剧？他心里这样想着，但并未表现出来，不想让她害怕："可能是锁出现了问题，你稍等，我让技术部过去查看一下。"

"不用着急，国内现在是深夜，等明天再说吧。"确定是锁的问题，她就没什么好怕的了。

"没关系，我们技术部有二十四小时的服务，有人值班。"卓禹安坚持要派人去她家，知道她是真的害怕，否则以她的性格不可能深夜还给他打视频。

舒听澜就见他用另一部手机给卓远的技术部打电话，告知详细情况以及地址，让他们现在过来。他安排好这一切之后，才回到视频中。

大概是深夜，是舒听澜睡觉的时间，所以她整个人有点儿恍惚，抱着抱枕坐在沙发上发愣。

"视频先不要挂，等技术部的人来了，我跟他们说。"

"好。"

门铃再次响起时，舒听澜后脊背都有些发凉，下意识地站起来看向门口。

"去开门吧。"卓禹安温柔、镇定的声音传来，舒听澜悬着的心总算放下一点儿。

她开了门，把手机给技术部的人，只听卓禹安有条理地安排他们需要排查的部分。

其实他很笃定，卓远科技的产品不会出现这种低级错误，邻居恶作剧的可能性更大。但是为了避免舒听澜胡思乱想，至少今晚能睡个安稳觉，他让技术部把锁的智能功能给解除，换成普通模式的。

舒听澜听不懂这些技术问题，真以为是锁坏了，见他们修好了，便松了一口气，送走他们之后，才与卓禹安道晚安，想挂了视频。

"听澜，要不你去酒店住？我还需要半个月才能回国，你可以先住我那个套房，酒店方便一些。"卓禹安关切地说。

刚才技术人员私下发信息给他，说锁没有坏，看锁的监控视频，也没有人恶作剧。言外之意，就是门铃根本没响，是舒听澜自己产生的幻觉。

卓禹安虽然在国外，但是一直关注着她，知道她接了新的项目，想必她是工作压力太大导致的。

舒听澜拒绝他去住酒店的提议："不用了，今晚谢谢你。"说完便挂了视频。

她很累了，本以为倒头就能睡着，可是翻来覆去就是睡不着。她感觉脑子里有一根天线，在敏锐地扫射着周边的环境，接收各种各样的信息，然后信息把脑子塞满，快要爆炸。

这种状态持续了快半个月的时间，并且愈演愈烈，从原来还能睡两个小时醒一次的频率，到现在几乎整夜无法入睡。

白天在宏正律所上班，她强撑着精神，加上化了妆，别人看不出异常，但是到了晚上，回到家之后，那种疲惫、恐惧、焦虑的感觉会一股脑儿地压过来。

如此持续了半个月之后，她觉得自己的身体可能出问题了。她第一反应是想到妈妈的精神疾病会不会遗传，都说精神疾病遗传的概率很大。

她不敢讳疾忌医，有这个想法之后，立即去精神科挂号检查。这个科室，她很熟，以前常陪妈妈来，医生检查的所有流程，她都了然于心，所以很主动也很配合地把自己目前的症状以及妈妈的病史都如实告知。

医生特意看了她一眼，可能很少见她这样能逻辑清晰、冷静且理智地描述自己症状的患者:“有多长时间了？”

“两个月左右。”

“除了失眠，还有别的症状吗？”

“有，一个人独处时很害怕，总感觉周围有人在看着我。但是我确定周围没人，我一直一个人住。”

“那两个月前，生活有什么突然的变故吗？”

“没有，和平常一样。”两个月前，她跟卓禹安闹掰了，但她觉得这件事不足以影响她。两个月前，从卓远科技的项目退出来，工作清闲了一点儿。哦，对了，两个月前，家里换了部分电器，装了卓远科技的系统。

但这些都是很平常的事，她觉得不至于影响她的精神状况，她最大的担忧是会不会遗传了妈妈的精神疾病。如果她真的遗传了，以后无法照顾自己，妈妈怎么办？她们的未来又怎么办？这是她最焦虑的点。

“关于你母亲的病情，我看了，遗传的可能性不大。她是在你成年之后才得病的，而且你说是因为受了刺激，与基因无关。遗传的因素基本可以排除。”医生很好，很耐心、细致地听完她的话，最后建议她去找心理医生咨询。

有了医生的开导，她悬着的那颗心才落下一点儿，她想，只要不是遗传，她不会患精神病就好。至于心理问题，她想，现代人谁没有一点儿心理问题呢？不必太紧张。所以她没有积极地去找心理医生看，想着先观察观察，工作忙起来，或许就好了呢。

这些事，她没有跟任何人提起，包括林之俜。

周一上班时，舒听澜集中精力处理听鲸金融投资的项目，她能在网上查到的信息并不多，他们的负责人也不露面，一直是派助理应付她。

舒听澜又主动上门了几次，助理场面话来回说，并不透露任何消息，只说等竞标时间到了，会通知她来。

她算是真正体会到了什么叫阎王好见，小鬼难缠，之前是她忽略了助理，客情关系嘛，否则人家凭什么无缘无故地帮你呢？

想通这一点，她之后又来了几次听鲸金融，不急于见负责人，而是在助理这儿混个好感，又是请吃饭，又是投其所好送演唱会门票等。

一来二去，她倒是跟这位助理混熟了，助理跟她透露了不少消息："我们老总是宠女狂魔，他家小公主想进军娱乐行业。"

原来如此，听鲸金融想收购哗哗啦娱乐公司是为了小公主，了解到客户真正的需求，有利于之后的竞争。

"负责这次收购的领导出差了，等他回来，我帮你约一下见面时间。"助理跟她熟络之后，比之前热心了很多。

下班时，她和周铭同乘电梯下楼。

"去我家吃饭吧。"周铭邀请。

第一次去他家吃过饭之后，舒听澜又陆续去过几次。每次都是周妈妈热情地邀请，她去了几次之后，就有点儿习以为常了。

舒听澜不挑，不管是谁做的饭，她都吃得很认真，周妈妈越看越喜欢，偶尔她周末来，周妈妈还会领着她去附近菜市场买菜，遇到街坊邻居便会把她介绍给他们认识，俨然把她当成未来媳妇看。

舒听澜很怕会辜负老人家的一片心意，在周妈妈第二次邀请她来做客时，她很直白地表示："阿姨，我和周老师只是同事以及朋友的关系，您千万别误会。"

周妈妈毫不在意："感情可以慢慢培养，再说了，退一万步讲，你要是对我们家周铭真不动心，那也无所谓，我就喜欢你这个小姑娘，不当媳妇，当干女儿也一样。"

舒听澜很感动，恨不得当场就叫一声干妈。

周妈妈拦住了："先别叫干妈，周铭是想要老婆，我要是把你变成他妹妹了，他不得恨死我啊。等以后吧，你们要是真不成，咱们再认关系。"

周妈妈性格爽朗，说话也不拖泥带水，舒听澜很喜欢她，在心里就认定她当干妈了。

她一旦有了这个认定之后，好像就改不过来了。她之前还想着听大家的意见，去尝试喜欢周铭，但现在完全没有办法尝试了，对周妈妈、对周铭，就自然有了一份亲人间的亲近感。

周妈妈要是知道是自己一时嘴快导致的结果，恐怕要后悔死。

周铭则是觉得舒听澜现在对他的态度完全变了，态度倒是比之前好了，也坦然地接受他的帮助与照顾，但是怎么说呢，她的眼中再没有之前看他时那种忐忑与不安了。

当一个女生看你时眼神风平浪静，你就知道彻底没戏了。只是周铭不知道问题出在哪里。

直到舒听澜喊了他妈妈一声干妈之后，他才明白，好嘛，他多了一个妹妹。

“儿子，不是妈妈要跟你抢，可是小舒更喜欢我，不喜欢你能怎么办？”周妈妈说这话时难免有些得意。就是嘛，人家姑娘愿意来家里吃饭看的是我的面子，可不是你的面子。

这还是亲妈吗？周铭白眼都快翻上天了。

“行了行了，就你这德行，人家不喜欢你也正常。哪儿凉快哪儿待着去，还是女儿好，贴心。”周妈妈俨然把舒听澜当成自己家孩子看待了。

舒听澜在周妈妈面前乖巧、听话，知道周妈妈是心善，同情她和妈妈。

吃完饭，周铭送她回家，只送到小区门口。他很有原则：“既然是妹妹，妹妹的待遇是只能送到小区门口。只有女朋友的待遇才是送回家，那是女朋友的专利。”

舒听澜下车后没有马上离开，站在车旁，笑着对周铭说：“那祝哥哥早日找到愿意让你接送回家的嫂子。”

这声嫂子从舒听澜的嘴里说出来十分魔性，真是见鬼的嫂子。

“滚。”周铭怒骂一声，踩着油门轰隆隆地离开了。

舒听澜笑，觉得很开心，原来换一种思路解决问题，并不会让事情变糟糕，如此一来，既拒绝了周铭，也维持住了这份师徒关系，再好不过。

等周铭的车离开后，她不经意间看向马路对面，笑容顿住，渐渐收敛。马路对面站着许久不见的卓禹安。

他不知站了多久，夜幕下，他的车打着双闪，他就站在车旁一直看着她，应该是误会她和周铭的关系了，表情阴沉。

她的笑容僵在脸上，他们隔着一条马路，看着彼此。

她想起上回见面，也是晚上，他说：“你现在不考虑我也行，那能否公平一些，也不要考虑别人……那个周铭未必适合你。”

此时他脸色晦暗不明，路口的绿灯亮了，他大步朝她走来。她下意识往后退了几步，与他保持距离，戒备地看着他。

他们有一阵子不见了，她感觉他怎么这么高，压迫感十足，好像两根手指就能轻而易举把她掐死。她站在人来人往的小区门口，看到周围都是人，他们不时朝她看来，都是在看热闹吗？

没有等卓禹安开口说话，她便低头抱着包往小区里边跑。

“舒听澜。”卓禹安喊了她一声，至于这么怕他吗？一见他就跑。

舒听澜已跑进小区，被他叫了一声，忽然定在原地，她茫然四顾，不知该往哪儿走，刚才好像跑错路了。小区绿化很好，种满了各种树，现在是初夏，枝繁叶茂，被路灯折射出黑黢黢的影子，铺在地上，把她包围。

周围没有一个人，此情此景她觉得很熟悉，像她做的一个梦，她被无穷无尽的黑暗笼罩着，找不到出路。

背后有双手忽然抓住了她的手，她惊叫，大力甩开。

“听澜，是我。”

听到熟悉的声音，她才回神，像从刚才的梦境之中清醒过来一样。转身看到卓禹安担忧的神色，她勉强一笑：“抱歉。”她心里很抵触这样的自己，就像精神失常发病了一样。

“刚才怎么了？”卓禹安也觉得她刚才不正常，他刚从国外回来，是从机场直接赶过来的。虽然他们有一阵子没见，但她也不至于对他产生恐惧吧？对，她刚才看他的那一刹那，就是恐惧，像他会害她似的。

“没事，刚才想别的事情，走神了。”她说着，恢复了惯常的样子。其实她知道自己出问题了，她整夜整夜睡不着觉，一个人时会胡思乱想。她后来找心理医生看过，心理医生跟她详细地沟通之后，初步判断是被害妄想症。

她很震惊，心想，怎么可能？说她有抑郁症都好过被害妄想症，她不相信。

“你经常感觉有人在跟踪你吗？”医生问。

“偶尔有。”

“你感觉家里藏着人？”

她沉默了，她知道这些都是她的幻觉，不是真实的，但是恐惧还是会存在。后来工作太忙，她没有再去看心理医生，她相信自己能克服这种幻觉。

晚上她卸了妆，对着镜子里消瘦、苍白的脸，觉得很可怕。

家里的镜子犹如照妖镜一样，让她原形毕露，镜子里的她像一只女鬼，她自己看着都生厌。

当然，只要有外人在，她就不会表现出来。就像此刻，站在卓禹安面前，她还是她。

“找我有事？”她问。

卓禹安摇摇头：“来看看你，生病了吗？”

舒听澜也摇头：“没有。”

不知道为什么，她有点儿不想转身就走，不想回家面对空荡荡的房子，宁愿在路边这么站着。

卓禹安似乎猜出她的心思：“我陪你回家。”

他坚持，舒听澜也不拒绝。

到了舒听澜家，推门进去时，卓禹安愣住了，心想，怎么会这样？

他一眼望去，她家空空荡荡的，摆在客厅的沙发、茶几、电视柜、书柜等都搬走了，就连餐厅的餐桌餐椅也搬走了。更别说墙上挂着的画或者装饰品了，全没有，像刚装修完，还没搬进来的样子。

“你的家具呢？”他感到一阵寒意从脚底生出来，尤其看到舒听澜回家后第一件事就是光着脚把大大小小所有灯都打开之后，寒意更重。

刚才在外面，光线暗淡，他只觉得她瘦了不少，此时站在灯光下，才发现她脸色苍白，化妆品也隐藏不住。

“家具呢？”他又问了一遍。

“放着也没用，我当二手家具卖了。”她如实回答。其实她就是觉得家具碍事，有家具，就有她看不见的死角，没安全感，不如这样空旷，一眼就能看清一切。

两人站在空旷的客厅说话，很是怪异。

“我没事了，你走吧。”她赶客。

“什么时候卖的家具？”他很严肃地问她，想从她的行为轨迹中找出一些端倪。

“上个月。”

他再想问，却不知道该问什么，就是觉得不对劲，但见她除了消瘦一点儿，现在并没有任何异常，又问：“林之俜也知道？”

“她最近很忙，你们新成立的事业部在大批量招人，我们很久没见了。”

“刚才送你回来的是周铭？”

他的问题一个接着一个，舒听澜烦了：“你还不走？”

卓禹安觉得不能让她一个人这么待着：“跟我回酒店住。”

舒听澜想，这人是不是有病？这么久不见，一回来就想对她的生活指手画脚，她凭什么听他的啊？

卓禹安鲜少在她面前动怒，此时声音很严厉：“你看看你现在像什么样子！人不人，鬼不鬼的，你自己要真行，你就把自己照顾好。舒听澜，别在我面前装，也别在我面前强撑，我看得出来。”

他看得出来她出问题了？人不人，鬼不鬼？

这就戳到舒听澜的痛处了，她现在可不就是人不人鬼不鬼的？她白天在外面一切正常，一到晚上回家，就跟个精神病一样，在家里四处走，四处查看，甚至怀疑冰箱里或者柜子里藏着人。她睡不着，一闭眼就感觉周遭有人在笑，有人在哭，一直持续到天亮。

“用不着你管。”她倔强得很，在家再恐惧，她也不可能跟他去住酒店。

“行吧，我在这儿陪你。”他只好妥协。

舒听澜这回不拒绝了，觉得有他在身边陪着至少有点儿安全感。

她家现在连沙发都没有，势必要一起睡她的床。

她先约法三章：“不准碰我。”

卓禹安笑了，上下打量她一下，说：“放心，你瘦成这样，一折就断，不敢碰。”伤害性不大，侮辱性极强。

舒听澜不知该生气，还是该庆幸，气呼呼地躺在床的里侧。

床的摆放位置也调整过，一侧紧靠着墙壁，这样让舒听澜稍有安全感。这会儿躺着，卓禹安在外，她在里，她感觉宽心不少。

“你跟周铭在谈恋爱？”他忽然问，刚才在马路边上见她笑得很开心地跟人家说再见。

舒听澜没回答，想着，这是什么傻问题？她要是跟周铭谈恋爱了，现在能跟他这么躺着？算怎么回事？

“别人问你问题要回答。”他自己傻，但还霸道上了，他双手握着她的手把她固定住，目光灼灼地看着她。

“你觉得是就是。”舒听澜淡淡地回复，态度能气死人。

“你就是欺负我现在不敢碰你，是不是？”他收紧手臂，他的双掌刚劲有力，舒听澜的手柔若无骨，被他使劲握了一下，就感觉有点儿疼。她想伸手打他，又动不了，气愤道：“你有什么毛病，管得着我吗？”

卓禹安想管，此刻就想狠狠管管她，但是，看她现在这副鬼样子，一碰就像要碎了一样，于是就只剩下心疼了：“你就欺负我吧，闭眼睡觉。”

有卓禹安在身边，那种恐惧感倒是少了一些，但是她依旧睡不着。卓禹安刚从国外回来，正在倒时差，也睡不着。

两人都微不可察地叹了口气。

“这次去总部主要是安排Jane的工作，我尽量安排让她以后不再回国。”他忽然开口提到温简。

“哦。”

“听澜，抱歉！我还无法与Jane切断一切联系。她也是卓远科技的创始人，不论是作为合作伙伴还是朋友，她都很合格。我知道你们之间有不可调和的矛盾，我尊重你的选择，以后也会杜绝与她的任何私人来往。”

他这次回总部这么长时间，就是去重新部署温简的工作，让她以后不会再回国内的公司。这是他能想到的最折中的办法。

坦诚说，这么多年来，温简确实是他事业上最好的合作伙伴，他很难出于个人原因把她赶出公司，他的品行以及行事原则，也不容许他这么做。

“明白，你没必要跟我解释这些。”舒听澜现在已经释然很多，在温简的问题上，更加勇于面对，而不是躲避。

两人之后又断断续续聊了一些近况，舒听澜竟然睡着了，虽然时间不长，但这是最近她睡得最沉的一次。

卓禹安见舒听澜睡着了，便把房间的灯关了，自己躺了一会儿也睡着了。不知睡了多久，他忽然惊醒，一摸身旁的位置，空荡荡的。

客厅里似有微弱的声音传来，他急忙起身出去。

空荡荡的客厅里，舒听澜一个人站在窗户旁，面对窗外对面的楼房，即便只是背影，也能感受到她此时正处于惊恐的状态中，睡裙都在抖动。

卓禹安想出声叫她，但又深知，如果他现在突然出声会吓着她。他正想着如何过去时，舒听澜忽然回头看向他，表情紧张而惊恐，指着对面楼的楼顶，尖着嗓子喊:“他要跳楼，他要跳楼——”

卓禹安快步走过去，往她指的对面的楼顶看，那里空无一人。

但舒听澜的表情又不像在撒谎或者恶作剧，卓禹安只感觉后背发凉。

“你看对面的楼顶，他就站在那里，要跳下来。你看啊，很容易看见的，对面楼里一盏灯都没有，黑漆漆的一片，就他的身后有一盏小灯。你快去救他，快去啊。”舒听澜紧紧拽着卓禹安的手，惊慌、恐惧、着急。

对面楼里一盏灯都没有？虽然已经是深夜了，但是对面那栋楼里有不少房间还开着灯，很亮。

“听澜，听澜——”卓禹安想她是不是在梦游，所以轻轻拍了拍她的脸，叫她的名字，如果她再不醒，他只能强制带她回房睡觉了。

“你打我做什么？你快去救他啊……那是我爸爸，那是我爸爸，他要跳楼。”说着说着，舒听澜忽然停住，好像瞬间清醒了一样，定定地看着眼前的卓禹安。

爸爸？原来是爸爸。可爸爸早就死了，她忽然意识到刚才的一切都是她的幻觉，她再定睛看向对面的楼，楼顶哪里有人？很多房间也都开着灯，并不是黑压压的一片。

“对不起，我做梦了。”她镇定地看着卓禹安，然后去旁边找水喝。

卓禹安一直看着她，感觉她并不是做梦，她太镇定了。

重新回房间后，他不再握着她的双手，改为把她搂在怀里，一句话都不说，只是轻轻拍着她的后背，让她安神。

两人都不说话，沉浸在各自的情绪中。舒听澜想，原来是爸爸啊，那个最近常常在她梦境里出现的人是爸爸。

自从爸爸去世之后，她就从未梦到过爸爸。她以前听说，去世的人如果想你了，会来你的梦中见你。但是爸爸从来没来过，她那时候就想，或许爸爸只想温简，会去温简的梦里。

确切地说，爸爸不是出现在她的梦境里，而是出现在她的幻觉里，之前是一团模模糊糊的影子，直到今晚才有具体的影像。

后来，她自然是睡不着了，熬啊熬，终于熬到天亮，可以起床了。两人对昨晚发生的事情都缄口不提，卓禹安给她做了简单的早餐，吃完就出门去上班。

舒听澜朝地铁的方向走，卓禹安抓住她的手，指了指马路对面的车：“我送你。”

“你把车停那儿了？”

“嗯。”

如舒听澜所料，他的车被贴了条，旁边有一个地桩把车给拦住了，开不走。

“那里不让停车。”舒听澜只差没说他是不是傻了。

卓禹安昨天原本只是想看她一眼就走，所以随便停的，后来便忘了，只好把自己的联系方式留在车窗上，等人联系他。

之后他陪舒听澜去坐地铁。

早高峰，地铁上拥挤不堪，卓禹安有身高的优势，像以前那样，把舒听澜妥妥地护在胸前的方寸之地，自己站在背后替她挡去所有推挤。

舒听澜看着地铁窗外一掠而过的广告牌愣神，每次进入隧道时，她便会不自觉地闭眼，不敢往外看。

许是她整个人都是紧绷的，卓禹安一手揽着她的肩膀，把她转了个方向，让她面对自己。

“我带你去医院看看吧。”他不避讳，很自然地说。

“去看过了，只是轻微的抑郁症。”她很冷静地撒了一个谎。

卓禹安因为从来没有了解过相关的信息，见她如此平静，便相信了一半：“需要吃药吗？”

“暂时不需要，看后续发展吧。”她又撒了一个谎。实际是要吃药，也要接受心理干预才行，只是最近有点儿忙，而且她心里也有一种怪异的感受，总觉得自己不至于，她没有任何得病的病因，从前最难熬的日子都熬过来了，现在一切都在朝着好的方向发展，怎么可能得病呢？

卓禹安还是不放心：“找个时间，我们一起去医院看看。”

“好。”

“你最近在忙听鲸金融投资的收购案？”他忽然问。

“嗯。”

“自己能搞定吗？”

“可以。”

两人一问一答，她的话很少。听鲸金融投资的项目，她遇到的困难其实很多，至今只见过负责人一面，而且他的助理透露过，真正的决策人是听鲸金融的大老板，而她对这个大老板一无所知。

但她不愿意跟卓禹安说这些工作上的事，也是憋着一股劲，想证明自己。

“听鲸金融投资的项目，你若是遇到困难，不妨找陆阔打听打听。”他了解她，所以并不自己出面帮她，而是给她指了一条路。

“陆阔？”她讶异地问，陆阔跟听鲸金融有什么关系？

但见卓禹安肯定地点了点头，她脑子忽然闪过一道灵光，听鲸金融的大老板也姓陆，既然卓禹安特意指点，那陆阔和这陆老板肯定关系匪浅。

只是，她拉不下脸来求助陆阔，毕竟因为程晨的关系，她一直对他态度冷漠。如果她突然为了工作的事去找他，显得她多功利似的。

卓禹安看破她的心思，算是语重心长道："听澜，相互利用起来的人脉才是人脉。你有求于他，他有求于你，有来有往，很多事就成了。"

舒听澜警觉地问："陆阔有求于我？他能求我什么事？无外乎就是程晨的事情，但我任何时候都坚定地站在程晨一边，不会帮助陆阔的。"

卓禹安笑："陆阔不知道你在负责听鲸金融的事，若是让他知道了，以他的性格，会比你还主动地去促成这件事。你可以选择主动告诉他，也可以等他自己发现，只是他要是自己发现了，难免要来唠叨你看不起他。你自己选择，我站你这边。"

不用卓禹安提醒，舒听澜知道陆阔的性格确实如此。以前他就以班长的身份，总喜欢大包大揽他们的事。

"他和听鲸金融投资是什么关系？"

"那是他叔叔的公司。"卓禹安轻描淡写地说，没有透露更多，这家公司背后还有千丝万缕的关系。

"好，我知道了。"

卓禹安送她出了地铁口，目送她进了宏正律所的办公楼之后才转身离开。

舒听澜一到所里放下包后，第一件事就是给程晨打电话，她想如果找陆阔帮忙，她有必要经过程晨的同意。

结果，程晨在电话里听完她的意图，不由得笑道："听澜，你这是什么脑回路？我早跟你说过，要把在森洲的资源利用起来。陆阔这人虽然是个大浑蛋，但是在人脉上绝对不比卓禹安差，你用得上就尽力用，最好是能榨干他，不要手软。"

榨干他，这是什么虎狼之词。

"所以你不反对我找他吧？"

"我为什么要反对？要按照你这个思路，我现在就不该把房子卖给温简的妈妈。"

"温兰找你买房？"

"嗯，阔气得很，一下买了三套顶层带露台的，自己留了一套，两个哥哥一人一套。"

"温简也在栖宁？"她小心翼翼地求证，毕竟昨晚，卓禹安亲口告诉她，温简出国了，以后不会再回来。

"没有，温兰一个人来的，说是回栖宁探亲。"

"行，你多卖她几套，反正她最不缺的就是钱。"

"陆阔的资源，你能用就尽量用，我跟他已经没有任何关系了。"

“好。”

有了程晨的态度，她便毫无负担地跟陆阔联系了。

陆阔接到她约吃饭的电话，直呼太阳从西边出来了，有生之年竟能得到她的青睐：“姓卓的去不去？”

“不去。”

“哦？”陆阔这声哦很是意味深长，他平静了一会儿，问，“程晨有事？”这是他最自然的想法，毕竟这是能让舒听澜主动联系他的唯一原因。

“不是，是我工作上的事，见面再说。”

“好。”他有些失望，想来也是，程晨怎么可能会主动联系他？

见面后，陆阔知道她是为了听鲸金融的事，很爽快地道：“你早说啊，这还算事吗？走，我带你见老头子去。”

陆阔开了一辆非常拉风的牧马人带舒听澜直奔听鲸金融。怎么说呢？牧马人的价位配不上他的身价，但这桀骜不驯的气质倒是如出一辙。

“要不改天吧，我郑重一点儿，带上我们肖主任过来拜访？”她有点儿心虚，也怕自己搞砸了，给陆阔丢脸。

“没事，老头儿听我的，带你去混个脸熟，你什么都不用说。”他满不在乎地说。

舒听澜想，她对陆阔确实一无所知，当年在高中时，只知道他和卓禹安都是因为父亲的工作转学到栖宁高中的，他们都不怎么提自己父母的事。

后来大家都在森洲工作，舒听澜至今都不知道陆阔做什么工作，他好像就是一个无业游民，花天酒地地混日子。按程晨的话说就是：“他这种富二代，不败家就是最大的成就。”

陆阔不满了：“谁说我没正经工作，难道只有像你们这样朝九晚五才算正经工作吗？”那语气狂妄得就差没直接说，老子分分钟就签上千万的合同，用得着像你们这样坐班吗？

舒听澜这回相信他不是无业游民了。因为他一进入听鲸金融投资公司，前台小姑娘就热情地招呼道：“陆少来了。”

陆阔笑意盈盈，夸人家姑娘：“今天的眉毛画得不错，适合你。”

前台小姑娘笑得可开心了，打内线给陆老板的秘书董姐报告他来了。

秘书董姐三十多岁，踩着高跟鞋从秘书室出来接他。陆阔想跟人家热情地拥抱，被对方鄙视地避开了。

“怎么不提前打声招呼就来？”董姐语气熟稔，显然跟他是老熟人。

“想给你一个惊喜呀。”

“惊吓还差不多。”

“老头儿呢？”

“不巧，最近回京了，不在森洲。”

董姐看了看他，又看了看他身后穿着职业装站得笔挺的舒听澜，眉眼一挑，问他：“找陆总什么事？”

“跟你说也无妨。这是舒听澜，宏正律所的并购律师，也是负责这次收购哗哗啦项目的律师。”

秘书一挑眉：“据我所知，这个项目还没开始竞标。”

“小姐姐，你这么说就没意思了。反正人我已经带过来了，你跟老头儿说一声，这事就这么定了。”

舒听澜算是见识到陆阔简单粗暴的处理方式了。她的原意就是引荐一下，给个机会，成不成还是看最后的竞标，大家公平竞争，谁有能力谁上。

董姐无奈：“真是欠你的。”

这位爷，她得罪不起，他是陆家的独苗，虽然是老板的侄子，但地位不比老板的女儿陆垚垚低，老板在他面前都没辙。反正收购哗哗啦娱乐公司不过是一个小小的并购案，就是为了陆垚垚开心才做的事，所以合作的律所是哪家更无所谓了，别太离谱就行。

舒听澜完全目瞪口呆，一句话都没来得及说，心想，还可以这样谈生意？她以为至少要让她自我介绍一下，至少要谈一些业务内容，至少要正式点儿、专业点儿，哪怕假装走个过场呢。

她忽然就想起程晨之前总是跟她说，要把资源利用起来，你费半天劲，对别人来说不过是一句话的事。

她还是太按部就班了，总有点儿心虚，甚至是胜之不武的感觉。

等舒听澜回律所，把合作的合同往周铭办公桌上一放，周铭都震惊了：“你确定这听鲸金融的公章是真的？造假可是犯法的。”

自从她变成妹妹不能追之后，他的毒舌也针对她，他一点儿都没有之前的怜香惜玉，现实得不得了。

“如假包换。”舒听澜还是很高兴的，按照程晨的说法就是：“资源也是你能力的一部分，坦荡接受吧。”

周铭其实比她还高兴，敲了一下她的脑门道：“青出于蓝而胜于蓝啊，走，去肖主任面前炫耀一下。”他拿着合同，拽着她就去肖主任办公室了。

肖主任是多精明的人啊，直接就问：“有认识的人？”

“是。”

“既然是熟人介绍，那更要好好干，别丢我们宏正的脸。”她心里明明很高兴，但是一句表扬都没有，吝啬得很，就怕舒听澜骄傲。

“肖主任，您这就不对了哈，听鲸金融投资那么多并购以及注资的项目，我们一样都没拿下来过，现在听澜可是帮我们打破壁垒了，您就这态度啊？”

肖主任一笑，终是忍不住：“行，下班后都别加班，去庆祝一下，我请客。”

“好嘞，我这就去通知。”周铭高兴了。

“谢谢肖主任。”

他们其实很少聚餐，一是大家都很忙，鲜少能聚齐；二是肖主任向来不喜欢搞团建。所以大家都开玩笑，说是沾了舒听澜的光，才得此一聚。

舒听澜只是笑，尽量淡化自己的存在感，她不喜欢众星捧月的感觉。肖主任知道她这个“毛病”，所以为了训练她，特意开口说：“听澜，你跟大家分享分享你这次成功的经验。”

律师不同于别的行业，你必须面对众人的目光，必须拥有在任何场合都能完整表达的能力，这是最基础的。

可要说经验分享，舒听澜还真有点儿心虚，因为这份合同是陆阔一手促成的，她并没有出力。不过，她总不能就这么说吧？

所以，她便分享了一下前期如何攻破助理见到负责人等等，最后陆阔那边，一语带过。

她的语言表达能力其实很好，吐字清晰，条理清楚。她发言完毕，最后谦虚道：“班门弄斧了，谢谢大家。”

大家听后都鼓掌，难得聚餐，大家都很开心，快到晚上十一点才结束回家。

“妹妹，哥哥送你回家。”周铭现在不在工作的场合对舒听澜就故意妹妹长妹妹短地叫着，坦坦荡荡，让大家都知道，他失败了，没追上。

“快坐你哥哥的车回家。”大家起哄，也见怪不怪。

“不用了，你们先走吧。”刚才卓禹安已经给她发了好几条信息，说要来接她，他的车就停在隔壁街。

“别废话，快上车。”周铭不知道，以为她是客气，逼她上车。这点儿风度，他还是有的，不至于大半夜把她扔在街上。

“我有人接。”

“谁？”他不信，她的生活圈子，他很熟悉。

他正问着，就见卓禹安大步朝他们这儿走来。

“听澜，结束了吗？”

舒听澜无语，他是故意的吧？她明明让他在隔壁街等她。还好，此时律所的人都散了，就她与周铭在僵持着。

卓禹安过来后，只朝周铭简单地点点头，并未把他放在眼里，也或者放眼里了，所以才故意无视的。

“回家。”他低声对舒听澜说。

都是男人，只需一个眼神的较量，便知是何意。

周铭有些不可思议，看了看舒听澜，心想，她怎么又跟卓禹安扯一块儿了？他带着恶作剧一般的心态道：“听澜，妈让你周末回家吃饭。”你不是想当我妹妹吗？成全你便是了。

舒听澜不由得笑道：“你还能更幼稚一点儿吗？”

“哼！”周铭踩着油门就开车走了，反正卓远科技的项目已经结束，他心里又不舒服，所以连声招呼都不跟卓禹安打就走了。

只剩下舒听澜与卓禹安四目相对，都带着不满。

“妈？你不解释解释？”他语带威胁。

“你管不着。不是让你在隔壁街等我吗？”她气焰比他还高。

“等了，但你一直没过去，怕你找不到。”他说得冠冕堂皇，一脸无辜。

等舒听澜上了车，他幽幽地说道：“我真的那么差吗？见不得人？”他很自卑。

舒听澜默默翻了个白眼，不想理他：“为什么要带你见同事？我们没关系。”

卓禹安一笑：“也对。但不要随便叫别人妈，容易让人误会。”

“你管得真宽，我愿意叫谁就叫谁。”

回到家，舒听澜还是马上就把家里所有灯都打开，客厅空荡荡的，卓禹安是站没地方站，坐没地方坐。

“明天我帮你把家具买回来吧。”不然这哪像人住的地方？

舒听澜没回应，看了一眼卓禹安，心里觉得怪异，她怎么就允许他进来、允许他留宿了？虽然不再发生关系，但这种状态也是不对的。

她又开始别扭了：“你可以走了，谢谢你送我。”

卓禹安被她气笑了：“我是你招之即来挥之即去的人吗？你没听说过‘请神容易送神难’这句话吗？”

她不讲规则，他也不讲了，就赖着。实则是她昨晚的状态吓到他了，他并不想做什么，只知道不能放任让她一个人待着。

舒听澜觉得这人这次回来之后倒是越发没脸没皮了。以前他还有自尊，她说两句不好听的，他摔门就走，现在是说什么都伤不到他了。

她去洗了澡，顺便在卫生间吹头发，吹着吹着又感觉不对劲了，卫生间的灯越来越暗，镜子里的自己也越来越模糊，渐渐变成漆黑一片。很熟悉的那种被人掐着咽喉的窒息的感觉又涌了上来。

好像有一双无形的手紧紧扼住了她，使得她窒息，像离岸的鱼，只能本能地大口喘气。知道又是自己的幻觉，她张开嘴，大声喊卓禹安。她发誓，她真的是很大声地喊他，但是外边始终没有动静，卫生间的门久久都没开。

过了好一会儿，那双手才渐渐松开，她再看镜子，灯是亮的，自己的样子又清晰可见，刚才那一刹那的事仿佛从未发生过。

头发被吹干了，她走出卫生间时很平静。她看到卓禹安正在阳台帮她收拾挂着的衣服，应该是没有听到她刚才喊他的声音，也或者，她根本就没有发出声音。

卓禹安见她出来了，皱了皱眉："不舒服吗？"

她的表情很平静，但是脸色太苍白了，是瘆人的白。

"没见过女生素颜吗？"她抛下这句话，便钻进被子里，觉得有点儿累。

恰好林之伢发来视频，舒听澜便接了。

林之伢是来诉苦的，她最近为卓远科技招兵买马，全国各地飞，去见候选人，太累了："这单做完，我真的要'金盆洗手'，安心当我的情感博主。"

"你知道吗？傅慎逸简直是变态，即便是一个很小的技术岗位，也要亲自面试。所以好几个候选人，我和招聘经理、技术负责人面试了几轮，好不容易确定录用之后，他倒好，一句不行，我们就要重新找。他以为能满足条件的候选人满大街都是吗？真是站着说话不腰疼，不知道我们的苦，吹毛求疵。我就看他什么时候能把团队组建起来，到时候团队没有在卓禹安规定的时间内组建完，被质疑能力或者被辞退就是活该。"

舒听澜就静静听着，发觉林之伢虽然是在骂傅慎逸，但言语间更多的是关切，替他着急，所以她笑了，没有接话，等着林之伢继续说。

偏偏旁边的卓禹安听到自己的名字，也不避讳，淡淡地回应道："他做得没错，宁缺毋滥是我用人的准则。"

视频那边的林之伢一脸震惊地看着卓禹安，跟见了鬼一样："他怎么在你那儿？你们复合了？"

"舒听澜，你好了伤疤忘了疼，是不是？给我离他远一点儿。"林之伢恨不得从视频那头钻出来。

"没有，等你回来再说。"不是复合，而是卓禹安能让她定神，一个人在这个家里待着很可怕，有他在，好像恐惧能少一些。

两人还是像昨晚那样相拥而眠，卓禹安不敢睡，怕又发生昨晚那样的事，直等到舒听澜睡着了，他才迷迷糊糊地睡着。

好像定时开关一样，他又是在同样的时间惊醒的。为什么说是同样的时间呢？因为昨晚及今晚醒来时，他都看了一眼手机上的时间，都是两点十分。

果然，舒听澜不在身边。

客厅的灯依然是暗的，她黑色的影子在客厅里四处乱窜，好像在找什么东西，她明明很害怕，却还是不停地走着，找着。

可客厅里空荡荡的，什么也没有，她的行为看着就很怪异，最后许是没找到，她蜷缩在客厅的角落，睁着眼看着四周。

“听澜，怎么了？”卓禹安说话的同时，把客厅的灯打开，并且调到最低的亮度，这样就不会太刺激她。

灯光一亮，舒听澜便用手挡住眼睛，过了会儿才放下，看向面前的卓禹安。纵使内心惊恐不已，但看着他时，她还是强自镇定，看似很平静。

“怎么了？”他蹲在她面前，握着她的双手，她的手冰凉。

“没事，睡不着。”她又是轻描淡写地说。其实她刚才一直觉得她父亲在叫她，她知道是幻觉，所以闭着眼没理会。

但是过了一会儿，叫声越来越大，她父亲甚至带着一股怒意在喊她，要冲破她的耳膜。

“爸爸的话也不听了吗？

“你不要伤害小简，她是你最亲的人。

“是爸爸对不起她们。”

那个声音回荡在空空的客厅，她气极了，所以即便下了地狱，他心心念念的也是温简母女吗？她发疯一样爬起来去追赶父亲的影子。

然而当赤脚站在客厅时，她发现有无数的黑影子，一个个影子穿过她的身体，声音越来越杂乱，哭泣的、疯笑的……

有一瞬间，她仿佛站在了地狱之门，这个房子是通往地狱的门，所有鬼魂都从这里进进出出，她就一直赶，一直赶……

直到客厅的灯亮了，那些影子便瞬间消失了，一切恢复正常。

只是她筋疲力尽，在卓禹安面前，也有着隐藏不住的疲惫。

卓禹安终于不再相信她只是轻微的抑郁症，他白天查过轻微抑郁症的症状，绝不是如此。

“对不起啊。”舒听澜跟他道歉，这几天害得他一直没有睡好觉。

“嗯，你是该道歉。”他把她扶起来，态度不明地回了这句话，是怪她没有照顾好自己，也怪她逞强，不肯透露半点儿病情。

舒听澜也不是故意要逞强，就是她自己都觉得奇怪，感觉自己被分成了两半。白天上班的时候，她确定自己很正常，很少害怕，很少胡思乱想。但是一到晚上，那种恐惧的被害的意识就会强烈起来，她睡不着，偶尔浅眠也会被噩梦惊醒。

卓禹安已打定主意，要带她去医院看看：“早上起来请假，我帮你约医生。”这件事由不得她。

“再过几天吧，上午要去听鲸金融见肖总，谈并购的事。”

“推了，改天再约。”他很霸道，不给她推托的机会。

舒听澜才不会听他的，此时已是深夜，也懒得反驳他，她想着腿长在自己身上，想去哪儿还需要跟他汇报吗？她早点儿起来去上班就是了。

“舒听澜，偶尔要听听别人的话，别那么倔。”卓禹安早就看透她了。

舒听澜彻底沉默了。

* * *

舒听澜很能熬夜，卓禹安快天亮时熬不过她睡着了，她便悄悄起来，准备先去律所报到，然后再去听鲸金融开会。

她出门时，卓禹安还没有动静，但当她进地铁时，卓禹安不知何时赶上她了，他走在她的身侧，怒目看着她，很生气，又无可奈何。

这人就是倔死了。

舒听澜也不说话，随着人群往站台走着。还不到早高峰，站台上的人不是特别多，她排在第一位，卓禹安站在她的旁边排着队。

列车很快就要进站了，隧道的风呼呼刮来，轨道上方的广告牌亮得刺眼，舒听澜看着对面的广告牌，只觉得光线忽明忽暗。忽然，她神色剧变，广告牌里折射出她的旁边站着一个黑影子，它正面目狰狞地看着她，在她还没有反应过来之际，影子伸出手，狠狠地推了她一把。

站台上的人在惊叫，亲眼看见这个女孩跳下了铁轨；隧道的那头，列车马上就到了，有笛声传来，有车灯照来；而女孩跳下之后，仿佛也吓到了，愣愣地坐在那儿，不知所措。

站台上的人再次发出惊叫，只见一个男子不要命地冲下铁轨，把铁轨上坐着的惊魂未定的女孩托起，扔上站台。就差那么一点点，列车就要撞上他了，千钧一发之际，他双手一撑，稳稳地翻上站台，列车就从他的脚边呼啸而过。

所有人都目瞪口呆地看着这一切，惊叫之后，都心有余悸。这一切就发生在几秒之内，他但凡慢一秒，后果都不堪设想。

等冷静下来，乘务员也跑过来时，大家开始骂地上躺着的惊魂未定地蜷缩成一团的女孩——

“你想死就选个没人的地方。”

“这不是害人吗？”

“刚才万一没救上来，他就被你害死了。”

“作孽哦！”

大家七嘴八舌地骂着，也有安慰她的，让她想开点儿。

舒听澜坐在地上，全身都是僵硬的，她不是自杀，是有人推她下去的，她看到黑影子了。卓禹安紧紧地搂着她，一句话都说不出来。

他心里只有后怕，他若是没有跟她进地铁，他若是没有及时跳下去救她……后果无法想象。他此时的脸色恐怕比舒听澜的还难看，一片青灰。

站台的乘务员过来问他们需不需要帮忙，要不要叫救护车，见两人都是完全被吓傻的状态，只好劝他们先起来，去旁边的办公室休息。

“还好吗？”卓禹安眼里只有舒听澜，他低头轻声问道，不停地抚摸着她的脸，让她僵硬的脸部放松一些。

他的声音是抖的，手也是抖的，他紧紧地抱着舒听澜：“没事了，没事了。”他安慰她，也是安慰自己。

舒听澜只是摇头，终于说出一句完整的话：“我没有自杀，是有人推我——”

乘务员听完面色一沉，若是有人推，那事情就大了。

“嗯，我知道。”卓禹安点头，并不反驳她。

“我要查监控。”

“好。”

因为涉及人命的问题，乘务员不敢推辞，便带着他们去监控室调监控。监控画面非常清晰，两人从电梯下来，然后并排站在站台黄线内的位置等列车。

不知为何，女孩忽然惊恐地往后看了一眼，接着她便直接扑向了轨道，并没有人推她。

站台上一直有人维持秩序，刚才还不是早高峰，她后面排队的人离她足足有一米远。但女孩那惊恐的表情，以及扑向轨道的动作，确实像被人推下去的。

舒听澜脸色发白，知道又是自己出现幻觉了，而且严重了。

之前出现幻觉时，她并不会做出伤害自己的事，而今天竟然鬼使神差地跳下站台，要不是卓禹安在身边，她现在……不敢细想。

“没事，有我在。”卓禹安搂着她，轻轻拍她的后背安抚着，两人都浑身冰凉。

一旁的乘务员以及安保人员看完监控，不仅对舒听澜教育了一番，更是严厉批评了卓禹安的行为。

他不要命地往下跳，如果稍晚一秒，不，是零点一秒，两人现在都会被碾成烂泥。没见过这么不怕死的。

卓禹安真诚地道歉，说给工作人员添麻烦了。

“算了，下次小心。”工作人员又嘀咕了一句，“有问题早点儿去看医生。”

舒听澜也意识到问题的严重性，觉得不能再拖着了，所以便听从卓禹安的安排，再次去医院见精神科医生以及心理医生。

她很配合，医生问什么，她便答什么。还是像上回那样，她做了一系列的检查，回答了一堆问题。和上回的诊断差不多，检查结果显示她的身体其实很正常，没有病变的地方，言外之意就是她的所有行为都是由外界的因素造成的。

“舒小姐，你这几个月生活上有变化吗？”找不到病因，医生就反复问她这个问题。

她也是反复地回答，没有，生活跟以前没有区别，每天按部就班地上班，下班。若真要细说，那可能就是工作压力比以前大很多。她在工作上力求完美，有点儿吹毛求疵，给自己的压力太大了。

“工作方面，建议你劳逸结合，另外也建议你换个环境生活一段时间试试，看是否有改善。”

“好，我试试。”她答应下来。

之后医生替她安排了一周两次的心理咨询，两人这才离开，走出医院。

“今天在家休息，哪儿也不准去。”卓禹安道。

舒听澜没回答，手机上有两个未接来电，一个是肖主任打的，一个是周铭打的，她忘了请假，急忙打电话过去：“肖主任，不好意思，我在路上出了点儿事，今天可能无法上班了。”

“行。没事吧？”肖主任很爽快地答应了。

“没事，听鲸金融那边，我会跟肖总再约时间。”

“好。”

请完假，她松了一口气，坐在卓禹安的车内，愣怔地看着窗外掠过的风景。

“今天谢谢你。”她没有回头看他，这话是对着玻璃窗说的。他又救了她一命，这是第二次了。第一次是在栖宁的那家茶楼，她差点儿被徐涛侵犯，他从天而降。

今天更惊险，只差那么一点点，就差那么一点儿，她就要命丧铁轨底下。而他是冒着生命危险毫不犹豫地跳下去托她上来。

她在地铁的监控室里看得很清楚，他是没有任何犹豫就往下跳的。就像在他心里，她的生命远远重于他自己的。

她不是不感动，而是太感动，以至不知该如何面对，她额头抵在玻璃窗上，不说话，安安静静的。

卓禹安也一直没说话，开着车，心绪难平，早晨惊吓过度，现在心里还是虚的。只在等红绿灯时，他踩下刹车，伸手把她拽进自己的怀里，狠狠地抱了一下。

“以后好好的。”他说。

“好。”

绿灯后，车子继续前行。

舒听澜忽然说：“去看看我妈妈吧。”

妈妈的病情已经好转很多，上次是受了温兰的刺激，而后很快就好转了。医生跟她联系过几次，说可以继续像之前那样，周末接回家住两天。她一直没去，因为最近自己的状态太差，不想让妈妈担心。

今天从生死边缘挣扎回来，她忽然很想妈妈。

这是她第一次在卓禹安面前提妈妈的事，从他义无反顾地跳下铁轨救她开始，她心里那层壁垒就彻底破碎了，她愿意把自己打开给卓禹安看。

不管是否能成为恋人，但至少更坦诚一点儿吧，她如是想着。

卓禹安顺着舒听澜给的地址导航，一路开进市郊的一家私立精神病院时，有些震惊。她妈妈在这儿住院？

舒听澜轻车熟路地找到主治医生的办公室，在与医生认真交谈妈妈的病情时，他就倚在门外，心里有点儿疼。

他发觉自己对舒听澜其实一无所知，他的傲慢让他从未真正地放下身份去了解她。

高中毕业后，他便出了国。他对她的所有了解都是从她偶尔发的朋友圈里得到的，偶尔他也会问陆阔，但陆阔对她亦是一无所知，她这个人一直就像个无根的人。

后来两人再相遇，很顺利就有了最亲密的关系，省略了中间互相了解的过程，他想，他就是浑蛋，他对舒听澜的身体熟悉得不能再熟悉，对她的家庭情况却几乎一无所知，甚至还停留在高中时期。

所以，她之前才不会相信他的感情，因为他一直以来都太傲慢了。

她和医生沟通了好一会儿才走出办公室，联系了护工，去见妈妈。卓禹安也随她去往住院部。

张荷在护工的陪同下正在院子里晒太阳，见到她时，很不高兴："怎么这么久才来看我？"

"最近新接了一个项目，有点儿忙，对不起嘛。"她挽着妈妈的手臂，有点儿撒娇的样子。

张荷看了她一眼，目光落在她身旁的卓禹安身上，有些怯怯地问："他是谁？"这是女儿第一次带陌生人来见她，还是男的。

"阿姨，您好，我是听澜的朋友，卓禹安。"卓禹安急忙向前走了一步，态度谦卑、恭顺。

即便如此，张荷许久不跟陌生人接触，还是下意识地往后退了一步，有一点儿紧张。

舒听澜急忙说："没事，是他送我过来的。"

张荷这才放松了一点儿，打量一会儿卓禹安，又打量一会儿舒听澜。"我要出院，帮我办理出院手续。"她说话是缓慢的，但是态度坚决。

"好，我会和医生沟通一下。"她没有马上拒绝，其实心里清楚，医生不建议妈妈出院，能够周末回家，已是底线。

舒听澜跟妈妈聊了一会儿，承诺周末来接她回家，她才不吵着要马上出院。

回去的路上，舒听澜想起家里的家具已经被她搬空了，要接妈妈回来，势必要把家具摆好。

卓禹安早就猜透她的心思，说道："我帮你买家具。"

沉默了一会儿，舒听澜开口问：“你不想知道我妈妈为什么会住在这家医院里吗？”她其实是在试探他介不介意。

“等你想说的时候告诉我。”很聪明的回答。

舒听澜又故意问：“你说，我现在的情况是不是因为遗传我妈妈？”

卓禹安依然很冷静，不表露半分自己的情绪，看她一眼之后，轻飘飘地说：“不必跟我拐弯抹角，有话直说。”

这个人不按常理出牌，看到她和妈妈的状态，他不是应该好奇，或者同情吗？但他是什么表情？他就好像来看了一个普通的病人一样，情绪毫无波澜。

她不说话了，又靠在窗户边上，转头看外面的风景。

卓禹安这才继续回答她之前的问题：“我不介意，不管你是什么样，我都不介意。”

“还有阿姨的病，你有没有想过，医院的环境或许不适合她的疗养？不如出院回家，请个护工照顾。”他刚才在诊室的门外听了一个大概。

卓禹安的建议，舒听澜不是没考虑过，只是请个能照顾精神病患者的护工，费用不菲。还有就是，她怕母亲一个人在家会被护工虐待，这种社会新闻比比皆是。

“听澜，如果是经济问题，你不需要考虑。”

舒听澜安静地坐着，折腾了大半天，此时已经很疲惫，她心里对他的话有些嘲讽，不用考虑经济问题？真是何不食糜肉啊。

“这些费用，我来出，听澜，即便我们不是恋人，就当是朋友间的帮忙。你若是有心理负担，就当是借的也行，以后还我便是。”卓禹安知道她要强，不会轻易接受他的帮忙。

舒听澜没有回应这些话，在她心里，不管是要，还是借，她都不会找卓禹安。但他说得没错，也许把妈妈接出院，在家里能康复得更快，找个白天在家的护工即可，不住家，她晚上回来可以照顾。这样既可以省下一部分费用，她也放心，至于钱的问题，她可以向肖主任预支工资。

她在很积极地面对未来，盘算着怎么走好每一步，至于每一步里是否有卓禹安，她还不敢想太多。很多事，得慢慢来。

舒听澜听从心理医生的建议，决定暂时换个环境试试，所以卓禹安带她去了自己常住的酒店，没有回她家。

住在酒店的这一夜，许是换了一个环境，抑或是早上惊吓过度，她竟然断断续续地睡着了几次，并且完全没有在家时的心慌、恐惧之感。

好久没有这种感受了，以至第二天早晨，她有点儿舍不得起床。

“今天还请假吗？”卓禹安倒是乐见其成，昨晚他一夜没睡，就一直守着她，怕她出意外，一点儿也不敢掉以轻心。结果他见她中间虽然醒了好几次，但每次都能闭上眼继续睡，不像在她自己家时那样。

想起她家，卓禹安还是觉得有种说不出的怪异。

“不了，要去听鲸金融开会。”

“要我陪你去吗？”

“不用，陆阔已经帮我打通关系了。”所以她昨天临时爽约，那边也没说话。

“好，我送你。”

他送她到了听鲸金融公司，正巧看到陆阔正大摇大摆地朝大厦走去。卓禹安按了一下喇叭，陆阔回头看到是他们，一路小跑着过来，亲自给舒听澜开车门，做出门童状，请她下车。

“要是提前谈完事了，等我一会儿。”出了昨天的事，他现在不敢让她单独行动，更不允许她独自去乘坐地铁。

“好。”

“喂，你俩够了，至于这样难舍难分吗？”陆阔不满了，这两人还真把他当服务员了，完全不看他一眼。

他叫嚷了两句，卓禹安这才正眼看他，不过，神色很严肃，语气很认真：“帮我照顾她。”

什么情况？鲜少见卓禹安如此郑重，他不自觉地就点头答应。

“快走吧你。”舒听澜赶人。

她今天来，主要是详细沟通收购哔哔啦的一些细节问题，她好回去做工作计划，凡事一定要做到尽善尽美。

卓禹安则是直接去了商场的家具中心，目标明确，买款式差不多的就行，然后当即就找工人直接搬运过去。

她家空荡荡的客厅恢复了之前的模样。

坐在客厅中央，他拿着手机用App开始一个一个试之前给她安装的卓远科技系列产品。

他印象最深的便是，当时他在国外，忽然接到她打来的视频，她一脸慌张地问他智能锁出现故障会是什么情况，并说自己的门锁无缘无故地响了几次。

当时他没有特别留意这件事，只以为她是工作压力太大造成的幻听，此时再想起来，便觉得哪里不对，有一些东西一闪而过，却抓不住踪影。

他给陆阔打电话嘱咐：“帮我送她回律所，我下班后去接她。”

他驱车直接回卓远科技的研发室，调取了舒听澜家所有智能设备的数据。

王岩阻止他：“这是客户隐私，我们无权调取。”

这个数据库是受工信部监管的，任何人都不得访问、提取，哪怕是他或者王岩、温简，简而言之，这是违法的。

卓禹安这样有原则以及谨慎的人，放在以前，是绝对不可能做这样的事的，但此时，他顾不上这些，况且又是舒听澜家的数据。

王岩强势按住他敲键盘的手："你知道你一旦提取了这个数据，会对卓远科技造成多大的伤害吗？"

一旦让外界知道，卓远科技可以随便访问、提取客户的隐私数据，在行业内，他们辛苦建立的所有企业形象就会轰然倒塌。

卓远科技其中一项核心竞争力就是客户使用数据的安全性，在众多平台爆雷泄露客户数据的消息里，卓远科技一直稳稳的，经得起任何排查。

"你确定你要一手毁了上万用户对你的信任？"王岩难得严肃，并且态度无比坚决，不能让他走错这一步。

卓禹安敲着键盘的手被他抓着，慢慢地，便松懈下来，停止了刚才的动作。

"温简呢？"他突然问，眼神里是一闪而过的阴鸷。这是他第一次连名带姓地叫温简，以前不是叫Jane就是简。

"温简在总部，出什么事了吗？"王岩觉得他今天太不对劲了，不仅刚才试图进入客户数据库，现在提起温简时也是一脸寒意。

卓禹安看着电脑屏幕上一行行的代码，就有要毁掉它们的冲动，他没回答王岩的话，好半晌才冷静下来。

"没事，我跟她联系。"现在一切还是他的猜测，并未证实。

他又回了一趟舒听澜家，把她家所有智能设备以及电器都断了网，删除卓远科技的账号，恢复成单机的模式工作。做完这一切，他才开车去律所接舒听澜。

此时的舒听澜正被陆阔缠得要发疯。他坚持送她回律所，然后坚持要跟肖主任打声招呼再走。

肖主任原本并不认识他，只见他大大方方地走进她的办公室，自我介绍道："肖主任，您好，我是舒听澜的家属陆阔，特别感谢您这位伯乐在事业上帮助她，提携她。"

家属陆阔？舒听澜想，这家属从何而来？她怎么不知道？

肖主任则是一挑眉，礼貌地跟他握手，示意他坐。

周铭也听到了，他诧异地看了一眼舒听澜，很迷惑。

陆阔这人看着没个正形，但是言谈举止、穿着打扮，一看就是非富即贵，肖主任与周铭都在心里揣测他的来历。

"肖主任，你们别听他胡说，他是我高中时的班长，这次听鲸金融的老板也是他帮忙引荐的。"舒听澜急忙解释。

"听澜，你这么说就生分了，我们只是同学关系吗？"陆阔故意暧昧地说，心想："谁让你以前清高不理我，这回抓住机会要还回去。"况且他也没说错，他和卓禹安是兄弟，兄弟的老婆自然就是家属。

陆阔表现得如此暧昧不清，肖主任与周铭就一副了然的模样了。公子哥儿喜欢美人，正常，正常。

不过，周铭有点儿疑惑，舒听澜一会儿跟卓禹安牵扯不清，一会儿又跟这突然冒出来的陆阔暧昧不清，难道是他看走了眼？小看她了？

之后周铭带陆阔去参观律所，办公室里只剩下肖主任与舒听澜。

肖主任很严厉地看了一眼舒听澜，道：“我希望你得到的所有项目都是正正当当的，而不是靠美色，或者别的旁门左道。舒听澜，我们这个行业是靠时间去打磨的，口碑至关重要。一旦你接手的项目染上桃色新闻，以后将很难在行业里立足。”这番话既是真心话，也是警告。

舒听澜道：“我知道。肖主任，您放心，我和陆阔就是高中同学的关系，他这个人很爱开玩笑。您应该了解我，我不会为了任何利益出卖自己。”

“嗯，问心无愧自然是好，但也要防患于未然，毕竟谣言可畏，你自己要注意分寸。”

“好的，我会的。”

舒听澜从肖主任办公室出来之后，正巧接到卓禹安的电话，他到车库了。

“我上来接你？”

“千万别，我这就下去。还有，你赶紧把陆阔那个浑蛋也接走，我要被他害死了。”

卓禹安听她骂陆阔，不由得笑了：“你当真是过河拆桥，人家刚帮你拿到听鲸金融的项目。”

“那我宁愿不要。凭自己能力也不是不能争取到。”她这是典型的得了便宜还卖乖。

“你啊，还不明白陆阔的意思？他这几天围着你转，不过就是想听听程晨的近况，你是不是守口如瓶，一个字都不肯透露？”

舒听澜一愣，好像确实如此。

卓禹安叹了口气：“他过得并不好。”追了那么多年，不是说放下就能放下的，偏偏程晨比舒听澜还狠心，陆阔删了她微信，她就把他所有联系方式，甚至所有共同的朋友都拉黑，断得彻底。

“算了，不说他了，你们下来，我在车库等你们。”

陆阔在律所转了一圈，马上就与并购组的律师们建立了联系，临走时，还朝他们招呼道：“改天请你们吃饭哈，谢谢你们照顾我家属。”他一口一个“家属”，坐实了两人的关系。

舒听澜无语，跟拽傻子一样拽着他到地库坐车。没有外人在，陆阔刚才的笑容便消失了，他一脸颓然，看到卓禹安的车后，淡淡道：“人给你安全带到了，走了。”留给他们一个莫名其妙的背影。

他这是人格分裂吧?

“家具都买回来了，你看看还有没有需要再买的。”两人决定回舒听澜家。

家具的款式、颜色都差不多，但是一看就是品牌的，价格不菲。卓禹安下午还请了保洁阿姨打扫过，所以很干净，很温馨。

“等周末接你妈妈回来住，需要什么，我们再买。”

“好的，今晚就住这儿吧。”她还是不愿意离开自己的家去住酒店。

“好。”他答应着，也是想求证心里的疑惑。

躺在熟悉的环境里，她反而不太敢睡，宁愿清醒地熬着，也不愿意进入幻境承受那份恐惧。

卓禹安也没说话，搂着她，轻轻拍她的后背哄着。

跟在酒店一样，她睡睡醒醒好几次，但至少没有再出现幻觉。

“看来心理医生的治疗还是有效果的。我该早点儿去看医生。”她感慨道。

“心理医生？”卓禹安倒是没想到，才看了一次，能有多大的效果。

“对啊。我这两天好像没之前那么害怕了。”

卓禹安揉了揉她的头，有一点儿心疼，没有多说。

第十三章

结婚

到了周末，卓禹安早早开车带舒听澜去医院接她妈妈，顺便也和主治医生沟通看看能否直接出院回家疗养。但是主治医生并不建议办理出院，虽然她妈妈恢复得差不多了，但是还不能掉以轻心，容易复发。所以还是按照之前定的，只周末回家住两天。

卓禹安开车，舒听澜与她妈妈坐在后排。

她妈妈一会儿看一眼卓禹安，一会儿又看一眼她，好像明白了什么。

舒听澜不知道该怎么跟妈妈解释她与卓禹安此时的关系。原本两人已完全没有交集了，但因为她精神出了问题，对他过度依赖，以至变成现在这样的状况，既不是恋人的关系，但又超越了普通朋友。

她妈妈倒是比她想象中的平静很多，从头到尾都没问一句话。在车内坐了好一会儿，马上要到小区了，她才忽然开口问："温兰母女没再找你吧？"

"没有，温兰去栖宁探亲了，温简出国了。"她如实说。

妈妈就不再问了。

温简？卓禹安的脑海里忽然就闪过温简的样子。

他们认识很多年了，但现在他发现他完全不了解温简。

他印象中的温简，性格虽然很强势，但非常有爱心。在国外时，工作之余，她常年奔走在各种社会组织的活动中，什么保护妇女权益组织、反家暴组织、保护动物组织等，不是在工作，就是在参加活动的路上。

温简给他的印象就是很拼、很上进，并且很善良。所以在这之前，他一直觉得舒听澜与温简之间的矛盾或许只是误会，也或者如温简所说，是小女生之间的吵闹。

而现在，他好像要推翻之前的所有认知。

车开了一会儿，就到家了。

下车时，因为有妈妈在，舒听澜没让卓禹安上去："今天谢谢你了。"

"嗯。"

舒听澜说完便挽着她妈妈的手回家，而她妈妈一步三回头地看他，最后在单元门前朝他笑了笑，两人的背影就此消失。

“你们在谈恋爱？”到家后，她妈妈才开口问。

“没有，他是我的高中同学，去年在工作中遇到，现在是我的客户。”

“所以，他就是温简喜欢的人？之前她们母女来医院刺激我，就说你在替温简打工。温简喜欢他，而他喜欢你？”不知为何，她妈妈忽然就领悟到了这一点，简直观察力惊人，哪里有精神病患者的影子？

舒听澜颇有点儿惊讶，都忘了否认，反而问道：“你怎么知道？”

可能这就是精神病患者异于常人的敏锐度吧，她妈妈开口说：“你妈妈我又不傻。从上次陪你到医院看我，到今天的表现，很明显，他喜欢你啊。普通同学能陪你去精神病医院？刚才送我们回来时，他也是一副心甘情愿的模样。”妈妈说话的语速很慢，声音很低，嗓子还很哑，但是思路清晰。

“你怎么知道温简喜欢他？”舒听澜比较好奇这个。

“我之前一直在想，温兰母女为什么会突然来找我，这都多少年没见了？她们当年恶心完我们，便拿着钱远走高飞，按说是一辈子都不会再想回来，也一辈子都不想见到我们，但是连续一周，巴巴地跑到医院来看我，跟我说一些有的没的，我就搞不明白她们的真实目的。我越想越害怕，就怕你独自在外面，碰到她们怎么办，被她们欺负了怎么办，想得我啊，脑袋一直疼，睡不着，焦虑、心慌得不得了，我就想出院，我求医生让我出院，他们就是不答应，我说怎么办啊，你在外面被欺负怎么办啊，都怪舒明海那个王八蛋，一死了之，他要是死之前把话说清楚该多好，你也就没有这些心结，我也没心结——”张荷唠叨着，越扯越远。

“妈，妈，不想那么多了。”舒听澜急忙拦住了她。

“哦，对，对，说回温简的事。我之前不明白温兰来找我的目的，现在我知道了，因为她女儿喜欢的男人喜欢我女儿，所以她按捺不住了。”她以为自己洞悉了一切。

“其实，他和温简的感情是很深厚的。他们一起出国留学，一起创业，很有缘分。”舒听澜现在凡事都是客观描述，不偏不倚。

“那你呢？澜澜，你对那个男人有没有喜欢？”

喜欢？是喜欢的，以前就很喜欢，而且那天他毫不犹豫地跳下站台救她，她的心到现在都是热乎乎的。

“你也喜欢他，对不对？”张荷抓住了重点。

“嗯。”舒听澜不否认。

“澜澜，喜欢就去追，你记住，往后只要有妈妈在，你喜欢的，妈妈就全力支持，绝不让你再忍让。舒明海那个王八蛋从小就让你让着她，妈妈那时候傻，也让你让着她。咱凭什么让着温简啊？你也是妈妈的宝贝，只要你想要的，妈妈拼死也给你护住。”这些年，张荷在医院偶尔清醒的时候就心疼孩子，总是想起从前让她受委屈的事情，越想就越心疼。

“妈妈，我知道，以后不会再让着她了。”

“妈妈现在最大的心愿就是你能找到好归宿，妈妈就放心喽。”

母女两人就在客厅的沙发上聊着天，她撒娇一样躺在妈妈的腿上，任由妈妈给她轻轻按着太阳穴。许是因为是白天，妈妈又在身边，让她十分安心，她竟然不知不觉睡着了，破天荒地睡得很沉。

也不知睡了多久，舒听澜是被饿醒的，她闻到厨房传来一阵阵的菜香，还有妈妈的说话声，心想，谁来了？谁在跟她说话？

她一骨碌爬起来，冲进厨房，见到的竟然是卓禹安。

他依然是穿着一点儿褶皱都没有的白衬衫，浅浅地笑着，如和煦的阳光，低声和她妈妈交谈。

她妈妈见到她进来，说："禹安刚才来时，你没醒，就没叫你。"

禹安？都这么称呼了？她有点儿发蒙。

“我想着阿姨刚出院，你们中午来不及做饭，所以买了菜过来。”他解释道。

“哦。”她还有点儿没回神，傻傻地哦了一声。

“我做好饭就走。”像怕她不高兴，他又解释了一句。

他并非想在她妈妈面前表现什么，而是真心觉得她妈妈刚出院，以她做饭的水平，想必只能点外卖。但让一个刚出院的人吃外卖，他于心不忍。好吧，再多理由，也不过是关心她而已。

张荷倒是很开心，看着他小心翼翼地讨好女儿的样子，心里乐开了花。虽然男人都不可信，但既然都不可信，那找一个长得好的、养眼的，又愿意关心你的，总好过长得丑还爱作妖的吧。

“别走了，一起吃吧，做这么多，哪里吃得完？”张荷热情地招呼道。

卓禹安看了眼舒听澜，只见她一副冷冷淡淡的样子，但是拿碗筷时，倒是不情不愿地拿了三副出来，并没有要赶他走的意思，真是拧巴又别扭。

卓禹安笑了，心里暖暖的，从她手中接过碗筷，觉得这回自己可真是卑微到底了，跑来给人做了饭，还要看人脸色吃饭，简直是古时候受虐的小媳妇。但看她和她妈妈吃得很香，他又觉得值了。

舒听澜也不知自己在别扭什么，她知道卓禹安的好，只是有点儿自卑，这样的自己，这样的妈妈，配得上他的好吗？很现实的问题。

吃完饭，舒听澜主动要承担洗碗的任务，卓禹安一如既往地拒绝："你陪阿姨吧，我来。"

母女二人坐在客厅大眼瞪小眼，妈妈看她的眼神变了变。“还不说实话？”她指了指厨房里的卓禹安。

“他爱干家务就干呗。”

“他倒是比舒明海那个王八蛋强，知道疼人。”

“我跟他没关系。”她说这话时不免心虚。她还不敢承认，是怕万一无法在一起会让妈妈失望。

说没关系，谁能信？没关系的话，他能那么熟悉厨房的摆设？那些瓶瓶罐罐的调料，就是她也要找好一会儿才能找到。

可见，他绝不是来一次两次了。

“你们睡在一起了？”张荷再次语不惊人死不休，她怎么现在就能像福尔摩斯那样推理？当年被舒明海、温兰骗得团团转，却丝毫没有察觉。

她问完便忽然起身，到舒听澜卧室里翻箱倒柜地找蛛丝马迹，柜子里的衣服全被她翻出来，床头柜的抽屉也被她拉开，她把里边的物品一件一件往外扔。

她的情绪来得太快，像一阵龙卷风。

蓦然，一盒避孕用品从抽屉里掉了出来。

张荷瞪着地上那个盒子，心口起伏，脸色阴沉、吓人。舒听澜傻眼了，之前卓禹安是买过不少放着，但是她后来收拾他东西时全扔了，没想到竟然还有漏网之鱼。

张荷忽然失控，拾起地上的盒子便砸向舒听澜，一边砸一边喊：“叫你不自爱，叫你不自爱。”

她允许女儿谈恋爱，但坚决杜绝婚前性行为，还没结婚就跟别人睡一起的女孩能是什么好女孩？睡过了，男人还能重视你吗？

舒听澜虽不赞成妈妈的思想，但也不反驳，任她捶打。肩膀、后背被捶得很疼，她不还手，也不抗争，妈妈是病人，需要发泄的端口。

这边的动静太大，卓禹安跑了过来，就看到舒听澜妈妈拿着一盒避孕套，一直在捶打她，她像被打傻了一样，不知道反抗。

他疾步走过去，把舒听澜揽在身后，制止她母亲：“阿姨，阿姨……冷静一下……”

张荷见到他，更加愤怒，拿起桌边的一个笔筒就去砸他。他躲闪不及，额头被砸了一道口子，瞬间冒出血来。血虽然不多，但是张荷忽然被吓傻了，愣住，然后清醒过来：“没事吧，啊？没事吧？阿姨不是故意的啊，你别怪阿姨。”

卓禹安安抚她：“没事，阿姨，别紧张，来，跟我深呼吸，放松——”

他丝毫不顾及自己额头上的伤口，也完全不嫌弃张荷的疯癫，极有耐心，像对自己的母亲一样。

张荷跟着他做了好几个深呼吸，终于平静，彻底平静，愧疚感涌上来，她一直道歉，跟他道歉，也跟自己女儿道歉。

舒听澜心里觉得难受，既心疼妈妈，又觉得难堪，把生活最坏的一面在卓禹安面前展露无遗。她自己疯疯癫癫的，妈妈也疯疯癫癫的，再见到他额头上的伤口，忽然也控制不住情绪朝他吼：“所以谁让你来的，谁让你来的——”她推着他往外走，觉得一团糟，糟透了。

她就像被扔进一个巨轮里，被裹挟着往前走，生活也被搅得面目全非，不知何时能停止，她觉得很痛苦。

“澜澜，你别生气，是妈妈的错，是妈妈的错。”张荷哭着拽住了卓禹安的衣角，“我替你擦药、包扎一下。”

伤口不大，但是在毛细血管多的皮肤处，所以血一直流，有几滴滴到他胸前的白衬衫上，无比瘆人。

卓禹安被强拉着坐在沙发上，张荷拿了医药箱给他擦血、涂药，很正常的样子。卓禹安双眼透着猩红，一直看着对面坐着的舒听澜，舒听澜也看着他，两人对视，谁也不让着谁。

“也好，让你看到我生活的泥泞，赶紧走，赶紧逃，没人会愿意陪我深陷沼泽。”舒听澜如是想着。

“你这样，让我怎么放得下呢，舒听澜？”卓禹安完全是另外一种想法，她越深陷沼泽，他越要拉住她，直到把她拉上岸。

两人眼里风起云涌，旁边张荷却很认真地帮卓禹安包扎着伤口。

“好了。”她松了口气。

舒听澜往他额头上看，扑哧笑出声，不好意思，她没忍住。他的脑袋被妈妈毫无章法地包成了忍者神龟，惨不忍睹，一个俊朗帅气的人此时像个伤残人士。

她一笑，卓禹安便觉得心情舒展，即便被包扎得夸张且难看，也无妨！

张荷情绪稳定，坐到沙发的正中间，看了眼左右坐着的两人，开口道：“你们说说吧，今后怎么打算？”既然都睡一起了，总要有个交代吧。

“妈，我们会考虑的。”

“你闭嘴，别说话。禹安，你说吧，怎么负责？”她此时又像个精明的老太太，双目灼灼地看着他。

“妈，他很忙，改天再说。”她一边推托着，一边朝他使眼色，让他快走。

结果这人平时精明，这会儿竟然看不懂她的眼神，就坐在那儿，一副深思熟虑后的真诚样子，对她妈妈说道：“阿姨，我愿意对她负责。”

“你别胡说。”舒听澜无语，这人怎么这样？经过她同意了吗？

张荷很满意地点点头，与刚才的态度截然不同，温和地问道：“你打算怎么负责？”

“如果阿姨放心把听澜交给我，我愿意娶她，以后不管健康还是生病，不管贫穷还是富裕，都会对她好。”

“那好那好，有你这句话，阿姨就放心了。”

“妈，你们问过我的意见吗？”舒听澜极没有存在感地闷闷地喊了一声。

“你闭嘴，没你说话的份。”

卓禹安就是笑，看着她，虽然额头上缠着绷带，丑死了，但是因为心情过于好，整个人都熠熠生辉。

“禹安，等阿姨下次出院，你们就去把证领了。有你照顾澜澜，我死也瞑目了。”

舒听澜生气了，这都哪儿跟哪儿啊，结婚？她和卓禹安？

等到很晚，卓禹安走了，舒听澜让自己冷静下来，与妈妈交谈。

“妈，你这么做是什么意思？”

“我看禹安这孩子不错，能照顾好你，妈妈替你找个好归宿，不行吗？”妈妈振振有词。

“你对他了解吗？”

“重要吗？”

“所以妈妈，你不是为了我的感情，也不是为了我将来的幸福，你是为了报复温兰、温简，对吗？你就是想抢她们看上的东西，对吗？”她很多年没有这样咄咄逼人地跟妈妈说话了。

“澜澜，妈妈在你心里就是这样睚眦必报的人吗？为了报复她们，把自己女儿一辈子的幸福押进去？我虽然恨她们，但还没蠢到要利用你，你在妈妈心里是无价的。”

“那你为什么执意要撮合我们，你认识他才几天？”

“澜澜，妈妈一把年纪了，看问题很现实。第一，他有钱。这个世界，有钱就可以解决90%以上的问题，你跟他将来会少很多矛盾。第二，当然是看出他的人品行，你看，他对妈妈的态度有一丝嫌弃吗？没有，他不仅不嫌弃，还很尽心地照顾我，即便被我打伤了，也没有一点儿怪罪。如果换成别的男孩，早夺门而出了。有这样的品质，出不了大事。第三，他对你好，虽然妈妈也不能保证他能对你好多久，但有了第一与第二条，即使没感情了，他也不会亏待你。”张荷说话的语速依然很慢，但是思路清晰。过了大半生，她看问题很现实。这三点虽然排序不同，但缺一不可，这是她对未来女婿的要求。当然，顺便还能让那对母女恶心恶心，更是锦上添花。所以她认定了卓禹安。

舒听澜并未被她说动，淡然回应道：“妈妈，你说的第一、第二、第三，我都不否认，但你有没有想过第四种可能？我可以一辈子不嫁，我就靠我自己。我现在挺好的，工作进入正轨了，以后会越来越好。”

“你别跟妈妈来独立女性那一套，妈妈不是不相信你思想已经独立，但你是生活低能儿，根本独立不了。家里水管爆了、灯泡坏了、马桶堵了，你自己能行？你连一顿饭都做不好，还指望能独立生活？你只有思想独立，这就像空中楼阁，都是虚幻的，不切实际。”

来自亲妈的吐槽，她无言以对，弱弱道：“找工人来修很方便，现在的外卖也很健康。”

“你没看过那些社会新闻？你一个女孩独居，要有人心怀不轨，你怎么死的都不知道。澜澜，你就不能让妈妈安心一点儿吗？妈妈这病啊，也不知什么时候能康复，康复了说不定什么时候就复发了。”

就她现在的思路与表达能力，哪里像精神病患者？舒听澜都要甘拜下风，最好的办法就是不听，或者左耳进右耳出。

“你别不听妈妈的话，他承诺要娶你，所以就这么定了。明天约他来家里吃饭，吃完，送我回医院。”张荷一言堂，完全不给她反驳的机会。

事情怎么就朝着这个方向发展了？

虽然她与卓禹安的关系进了一步，她确实也愿意对他敞开心扉，但结婚，太匪夷所思了。妈妈精神有时不太好可以理解，可卓禹安也精神失常了吗？

晚上睡觉时，舒听澜实在忍不住，发了条信息问卓禹安：“你什么意思？”

消息很快就回了，只有简单的一个问号。

装傻是不是？舒听澜气死，直接一个电话打过去：“你是不是脑子有什么问题？我妈妈分不清楚，你也分不清楚吗？”

“舒听澜，为什么不？能让阿姨高兴，兴许她的病就好了。”

“你不觉得很荒谬吗？我承认，我最近对你是有一点儿依赖，但你不能乘人之危。”她振振有词。

“乘人之危？舒听澜，你把‘过河拆桥’这个成语演绎得淋漓尽致。”他不甘示弱地回了她一个过河拆桥。

“我们没有感情基础。”

“感情，我们可以婚后慢慢培养，我之前就跟你说过，我们来日方长。”不自觉地，他强势的一面就会表现出来，他对她一直势在必得，从未想过要放弃，只是在等更好的契机重新开始，之前以睡开始太糟糕。

婚后培养感情？舒听澜觉得不是自己幻听了，就是这个男人彻底疯了，跟一个疯子有什么可谈的，她直接挂了电话。

这一夜，她翻来覆去，完全睡不着，把与卓禹安相识的情景在脑海里过了一遍又一遍，她确实对他有喜欢，尤其这阵子，自己情绪出了问题，很依赖他，但是谈到结婚，她依旧是觉得匪夷所思。

她对婚姻完全没兴趣，也不相信婚姻能证明什么，父亲跟她们生活了一辈子，一直充当着好老公、好爸爸的角色，若不是温简母女出现，她一直觉得自己家庭幸福美满，可原来一切都建立在谎言之上。

就是很可怕啊，明明是最亲、最信赖的人，却满嘴谎言，一切都是假的。

晚上母女俩睡在一起，头挨着头。张荷幽幽地叹了口气，道："妈妈知道你有心结，也因为舒明海，让你对婚姻没有信心。但他只是特例，不是所有男人都这样。妈妈不是要逼你，只是妈妈这身体时好时坏，要是治不好怎么办？你一个人怎么办？

"妈妈也觉得自己自私，拉着卓禹安陪你负担我这个累赘，可哪个当妈的不自私呢？

"澜澜，那次我在医院的天台上，很清醒，我想跳下去，一了百了，我死了，你就没负担了。可我又想到，我要是也跳楼自杀了，你可怎么办啊？我不能就这么死了。"

舒听澜的眼泪一下就下来了，其实她知道妈妈活得很痛苦，是为了她才这么熬着，就盼着她能有一个好归宿，盼着她生活无忧。

"你不要因为温简或者舒明海而拒绝一个优秀的男孩，他们已毁了我们的前半生，你还想让他们再毁了后半生？妈妈知道，你是喜欢卓禹安的。既然喜欢，就不要怕，大胆往前走。"

"嗯。"她很轻地回应了一声，态度终于松缓了一点儿。

母女俩有一句没一句地聊了一会儿，不知不觉妈妈睡着了，她还是睡不着，熬到天亮时才稍有困意，睡了一会儿。

等醒来时，妈妈不在身边，她心一跳，急忙起来找人，结果，又看到了昨天那熟悉的场景。

一大早，卓禹安竟然又出现在她家，正与她妈妈在厨房里准备早餐，见她醒了，很自然地招呼道："去刷牙洗脸，马上就做好了。"

她妈妈说："别愣着，快去啊。"有点儿嫌弃她的意思。

这时，手机响了，是周铭打来的电话："我舅舅最后一场培训，给你留了位置，你一会儿过去听。"

他舅舅是知识产权方面的权威，上回听过一场培训，她受益良多。这次也是难得的机会，她相关的知识还是薄弱，所以很珍惜这次培训。

"澜澜，有工作要忙？那你送妈妈回医院就是了。"张荷听到她的电话，体贴地说。

"赶紧先吃饭，我送你过去，阿姨，我在家陪着。"卓禹安想也没想，直接就决定了。

“有禹安陪着我也好。”

“谢谢。”

也只能这么办了，所以她三两口吃完，回房间换了衣服，简单化了个淡妆，就拎着电脑包出来了。

卓禹安开车送她，但不放心把她妈妈一个人留在家里，所以索性让她妈妈一起上车。

到了目的地，正好九点，舒听澜急忙开车门下车。卓禹安也下车送她，往她手里递了一瓶水，她刚才出门匆忙，忘了带。

“培训完别走，我来接你。”

“好。”她拿着水一路小跑去培训中心。

卓禹安等她的身影消失了，才转身回车里。“阿姨，您需要陪我去一趟公司拿电脑回家办公。”他今天原计划是回公司加班，有几个视频会议要开，现在只能临时改变计划。

“好的。”张荷已经从后座回到副驾驶位上坐着，越看卓禹安越是满意，“你以后也不能只宠着澜澜，该批评还是要批评，不然，她脾气越来越臭，只会窝里横，一到外面就𡱁。”

卓禹安笑了：“我愿意宠着。她在外面也不是𡱁，而是不在意，不想跟别人争些没有意义的事情。她在意的事情，例如工作上的事，比谁都较真。”后面还有几句话，他没说出口，那就是她有时候很倔，倔死了。

“看来你比阿姨还了解她，有你在她身边，阿姨很放心。”

两人到了卓远科技，张荷没想到卓禹安的事业做得这么大，在这寸土寸金的市中心有这么一栋办公楼，可见其雄厚的实力，走进去，她都觉得眩晕，好在是周末，除了加班的人，并没有太多人。

她走路本来就慢，这会儿因为眩晕就走得更慢了，而卓禹安大长腿，此时特意放慢脚步，陪她走向电梯间，寸步不离地陪着她。

张荷见他一走进办公室，就有部门的负责人来找他解决问题。他特意来加班解决的不是小事。

“你忙吧，阿姨就在这儿，没事。”

“好。”他给她倒了水，又特意去茶水间拿了点儿零食放在她面前，这才安心地回去工作。

他的教养是真的没话说，他对她这个非亲非故的老太婆没有一点儿嫌弃，因为知道她有病，反而更细心。

张荷认定他当女婿了，心里甚至盘算着，要赶紧让他们去领证才行，免得夜长梦多，这么好的男人被别人抢走。

卓禹安处理了几件事情，便拎起电脑，带她离开。

回到家之后，他开着电脑开始工作，主要就是有个视频会议需要他参与，是国外的研究团队与国内团队的研讨会。

温简也在，她作为国外团队的主要负责人，主导这次会议，底下是负责各个产品线的研发人员，他们都全神贯注地听着，温简说话语速极快，也很强势，别人不太有参与进来说话的机会。

卓禹安一向是在关键时候才会开口，整场会议都是冷静地听着他们交流。不过，今天的会议，很快他就打断了："你的意思是，你要和王岩调换工作岗位？你回国，王岩出国？"

"是，经过我与王岩的沟通，我们一致认为可以以轮岗的方式全面掌握最新的技术。否则我们现在的思维都太固定了，需要调换一下环境。"温简说得冠冕堂皇。

卓禹安之前费尽心机把她弄回总部，是打算让她一辈子都不回国，可她不是坐以待毙的人。

王岩是很典型的技术男，想法没有他们多，但是也觉得卓禹安把温简禁在国外的行为有点儿过分，所以温简提出调换岗位，他就答应了，反正两边的科研部门他都有工作经历，都熟悉。

卓禹安怒了："这是你们讨论的结果？所以现在不是征求我的意见，而是直接告诉我结果？"他的声音很严厉，他一开口，视频那边的几个人都低头沉默了，不敢抬头看他。他在工作上一向很强势，温简与王岩这种先斩后奏的举动触及他底线了。

"温简？"他看着视频里的温简，毫不掩饰自己的不满。

温简也不知哪来的勇气，面对他的怒火，依然迎面而上："我个人认为，既然卓远科技将来的重心是在国内，那么研发团队就该以国内的研发团队为主。甚至可以把总部和森洲的团队整合在一起，发挥最大的作用，我想没人比我更胜任这份工作。"

温简想回国，虽有私心，但也是从卓远科技的角度来考虑，说得合情合理。

但她不该擅作主张，先斩后奏，即便她回国符合卓远科技的战略计划，也不行，方法用错了。卓禹安管理卓远科技这样一家公司，他的权威是必须要有的，温简与王岩先斩后奏的行为无疑是挑战他的权威。

他对权威本身并不在意，他从小长大的环境就是权威的代表。但权威是他作为管理者的一个重要手段，不容任何人挑战，否则他无法管理别人。

温简与王岩也是忽然意识到这个问题的。他们自认与卓禹安太熟了，又是卓远科技的重要股东，一时以为自己拥有足够的话语权。

卓禹安的话是不容置疑的，整个视频会议后期，温简不再说话，由王岩主导。会议开了将近三个小时才结束。

视频会议结束，温简很快发来信息，道：“抱歉，我今天有点儿激动。我可以答应你在总部带科研团队。但近期，我需要回国一趟，我妈妈回栖宁探亲，我回国陪她几天。”

卓禹安看着这条短信，原本并不想回复，但终是没忍住，回了一条信息：“简，有些红线不能碰。你知道自己做过什么，这是我以朋友的身份对你最后的警告。”

温简久久没有回复。

卓禹安后来又处理了几项工作，才真正空闲下来，给舒听澜发了条信息：“培训几点结束？我去接你。”

舒听澜一直没回，她已经在回家的路上了。周铭送她回来的，到了小区门口，问：“要不要去我家吃饭啊？你干妈等着你呢。”他故意把“干妈”两个字说得重重的，讽刺她。

“不了，替我跟干妈问好哈。”她下车，朝周铭挥挥手，而后快步朝小区里边走去。

“澜澜。”快到单元楼门口时，她听到妈妈在身后喊她，旁边还站着卓禹安。

“给你发信息怎么不回啊？”妈妈数落她，“害得禹安一直等你。”

“抱歉，没看到。”

“刚才那个是你同事？”妈妈探究地问，她在小区门口都看见了。

“嗯，律所的同事。”

“你现在不是单身，跟男同事要保持距离，让人误会了不好。”妈妈嘟囔着，一副护着卓禹安的态度。

舒听澜原本不想跟妈妈争论这个问题，但见卓禹安一脸笑意地看着她，一副有了妈妈维护很得意的模样，她就生气了：“妈，我现在还是单身。”

“什么还是单身？这么大个男朋友站在这儿，你看不见？”妈妈往旁边站了站，突显得卓禹安更加高大，他离舒听澜太近，仿佛身体把她笼罩住。

见她又要炸毛，他伸手揉了揉她的头，就像安抚要发怒的小狮子，笑着道：“别生气了，回家吃饭。”

“不吃。”她气冲冲地往前走。

妈妈跟卓禹安在身后跟着，唠叨着：“澜澜，脾气怎么变得这么大？”

舒听澜走了几步就消气了，到底是不忍心跟妈妈生气，回头，挽着妈妈的胳膊回家。饭早就做好了，就等她回家吃。

“一会儿送妈妈去医院，你们好好相处，别耍小孩子脾气。”妈妈叮嘱。

舒听澜不再争论了，反正妈妈说什么就是什么。

“希望妈妈下周回来，你们已经把证领了。”

“好。”卓禹安如是应着。

“……”舒听澜在桌子底下狠狠地踹了他一脚，心想，他心里没点儿数吗？他们是能结婚领证的关系？

卓禹安被踢痛，但面不改色，一本正经地跟她妈妈承诺。

舒听澜妈妈吃完饭，去小卧室的柜子里翻啊翻，翻出了她之前就锁在抽屉里的户口本：“禹安，放你那儿，别让她弄丢了。”

舒听澜一口血闷在胸口处，不吐不快：“妈，我就是答应你可以尝试跟他交往看看，但还不到结婚这一步。”

“什么叫尝试交往？你都跟人家睡一起了，不结婚还想怎样？你要对自己负责。”

“这都什么年代了，不是睡一次就要结婚。”舒听澜几乎是吼了，再好的脾气也忍不住。

卓禹安过来安抚：“阿姨，我跟您保证，不管遇到任何情况，都会对听澜好。但现在，我们要给她一点儿时间考虑，结婚这事呢，要自愿才行，我们不能逼她。”

“你看看禹安，凡事都是为你着想。你就作吧，反正你要是不结婚，以后就别去医院接妈妈了，免得看到你心烦。”

这都什么跟什么？

看妈妈这胡搅蛮缠的模样，舒听澜怀疑她的病早就好了，一时不知是该哭还是该笑。其实妈妈一直很强势，对她教育严格，不管是学习还是报兴趣班，都必须听妈妈的。她小时候学钢琴学到得了腱鞘炎，妈妈给她喷完药，让她继续练。她太痛了，手指无力，弹不出效果，妈妈就坐在一旁用衣架打她的手，毫不手软。

也正是因为她强势，才会在父亲的事情出来后，无法接受，精神彻底垮掉，一蹶不振。

但人骨子里的东西不会变，等缓过来后，她依然是强势的。若是在以前，舒听澜会强烈反对，强烈抗争，但现在，妈妈在慢慢恢复，能看到妈妈强势的一面，她心里反而是高兴的。

晚上回医院的路上，妈妈忽然开口道：“其实妈妈也不想逼你，你的生活终归是你自己的。妈妈也不知自己能活到哪一天，又或者哪天就忽然发病，连你都不认识了，也不知这辈子清醒的时候能不能看到你找到好归宿。”

妈妈说话的语气一直是慢吞吞的，但简直就是在剐舒听澜心上的肉。舒听澜忽然想起林之俤之前说的话，说她父母催婚的事情，舒听澜还以为自己这辈子都不用面对这个问题，先不说妈妈生病的事，就是妈妈对婚姻也是失望透顶的。她万万没有想到，妈妈清醒后，最记挂的竟然是她的婚姻大事。

妈妈下了车往医院走，又是一步三回头地看着舒听澜，满眼的不舍与不放心。看到妈妈缓慢行走的瘦弱身体，她鼻尖发酸。

她心里闪过一个荒谬的想法，想让妈妈开心，不就是结婚吗？她转身看了眼身后的男人，马上打住这个想法。

但卓禹安似乎捕捉到了她一闪而过的飘忽情绪，说道：“听澜，你仔细想想，如果我们领证，于你并无任何坏处。反正你也没有喜欢的人，将来也不想结婚，如果只是想拿个结婚证让你妈妈放心，与其找陌生人，不如找我，我人品还行。”

他怎么说着说着就夸起自己来了，自恋。

舒听澜的思想被他带跑偏了，她忘了她根本就没有想过要拿结婚证让妈妈放心，此时竟然觉得他说得颇有道理，认真考虑了一下这个可能性。

卓禹安继续说：“你想啊，我们领证，谁比较吃亏？如果将来分开了，你可以得到我一半的财产，老实说，我的财产还是比较可观的。”

“谁想要你的财产了？再说了，现在婚前财产与另一半无关。”舒听澜反驳。

“嗯，我知道你不是为了我的财产，但我可以把婚前财产公证，分你一半，婚后的，可以全给你。反正以后家里的经济大权都是你负责。”

舒听澜后知后觉自己被套路了，只是不免心动了一下，如他所说，他的财产很可观，她就是普通人，不能免俗。

“领证只是让你妈妈放心，我们的生活不会受任何影响，你不想住一起也行，不想对外公布也行，哪天你想离婚了也行，不过，离婚最好不要，我既然娶了你，这辈子就没想过要离婚。

“你好好想想，对你没有任何坏处。事业上，我也可以帮你，当然，只限于给你介绍客户，具体能不能拿下，要凭你自己的本事。”

舒听澜听完想骂人，因为诱惑太大了，只要领了证，她的人生就开了挂，走上巅峰。卓禹安这个人，除了温简这一茬，别的方面真的无可挑剔，最重要的是妈妈还喜欢他。

“那温简呢？如果我跟你领证，你怎么处理与温简的事情？你知道的，有我没她，有她没我。”

正好红灯，卓禹安踩下刹车，转身看她，严肃地说道：“一个是朋友，一个是老婆，你说我会怎么选？”言外之意就是她问的是一个蠢问题，他都懒得回答。

老婆？舒听澜咀嚼着这个词，不知为何，心里忽然就舒展了，偷偷扬着唇角笑，但怕被他看到，咬着唇，转头看向窗外。

到家后，舒听澜没让他再回自己家，这两天，她好像没有那种恐惧感了，想试试一个人是否可以。

“你确定？”卓禹安还是有些不放心。

“确定。”

“好，如果害怕，可以随时给我打电话。还有我刚才的建议，你如果觉得可行，明早我来接你去民政局，你家的户口本在我这儿。”

舒听澜心里麻乱得很，没有回应，朝前走着。

“舒听澜——”他在身后又喊了一声。

她停下脚步向他看去，很安静地站在那里等他说。

结果他只是说：“明早见。”很真挚，也很坚定地与她约定明天的时间。

舒听澜想，她这辈子做过的最大胆也是最冲动的事情就是和卓禹安领了结婚证。整个过程快得不可思议，卓禹安很早就来接她了，他们排在第一位，照个照片，签个字，红色的本本就到手了。

她昨晚失眠了一整夜，一直在权衡利弊，她睡不着，干脆爬起来打开电脑，用她自己设定的那套价值体系输入各项条件，最终得出的结论是领证。

直到现在，她还有点儿蒙。她相信她的那套价值体系的判断一定是最理性、最优的一个选择，但她想，她可能错了，毕竟婚姻除了理性的判断，还需要感性的部分。

她现在后悔还来得及吗？

此时的卓禹安低头看着结婚证上的照片，看了很久，久到舒听澜以为他也后悔了，心想，如果他也后悔正好，可以直接去办离婚。

他终于抬头看着她说：“昨晚我不该在车上熬通宵等着，照片上的样子有点儿疲倦，不够帅。”他觉得旁边的听澜太好看、太耀眼了，把他衬托得丑了。

舒听澜翻了个白眼，把结婚证塞进包里，她今早出门时化了一个裸妆，气色自然好得不得了。

“快开车，上班要迟到了。”她今天只请了两个小时的假。

“好。下班后一起去吃饭，庆祝一下？”

“好。”

直到到了公司，舒听澜忽然想起，昨晚考虑时，她忘了一个重大因素，那就是卓禹安的动机。领结婚证于她有百种好处，但对卓禹安呢？似乎没有任何好处！！

她给他发了条信息，很简单：“忙？”

“？？”他回复得更简单。

许是他真的在忙，她就想等晚点儿再说，于是放下手机投入工作。直到中午时，她才看到手机上他后面又回复的信息：“怎么了？刚分开就想我了？”

舒听澜：“……”

“你为什么要听我妈妈的话，跟我领证？”她还是觉得像在做梦，想再确定一下。

他很快就回复了：“嗯，扶危济困。”

舒听澜：“……好好说话。”她之前怎么没发现卓禹安这么贫呢？

“你要听真话吗？当然是因为喜欢你。”

舒听澜："好好说话。"她强调了一下语气。

卓禹安就没再回复了，很久都没动静。

"？"舒听澜又发了一个问号过去。

卓禹安回复："你很闲？"

这冷冰冰的态度，舒听澜一口气堵着，生气了，恨不得拉黑他。

然后又过了一会儿，卓禹安似乎很无奈，回复："一是喜欢；二是避免家里安排相亲，很麻烦。"

原来如此！舒听澜松了口气，很有义气地回复："那好，你让我妈妈宽心了，我也会配合你的。"

"嗯。"

随后，她想了想，又发了一句话过去："不是因为同情我吗？"她觉得这个可能性是最大的。

"舒听澜，我同情的人多了，都娶回家吗？"

她被掉得哑口无言，终于消停了，安心开始工作。

忙起来，一天的时间很快就过去，等舒听澜抬头时，办公室的人早已经下班，一看时间，竟然是晚上九点。手机里有一条卓禹安发来的信息："忙完给我打电话，我去接你。"

她下楼走到马路边，正准备给他发信息说自己打车回家时，他的车停在她面前，他开窗喊她："上车。

"安全带系好。"

他踩着油门娴熟地转动方向盘上路。

去的不是她家那条路，她冷静地说道："开错了。"

"嗯，新婚第一天，带你出去庆祝一下。"他说得坦坦荡荡，目不斜视。

新婚第一天？怎么听着这么别扭？

车子往前开着，然后转进了一个高档小区，舒听澜觉得熟悉，想了一会儿才想起，这是除夕夜那晚他带她来过的地方。

"房子我找人打扫过，也放了一些家具进去。"从地库上楼的电梯里，两人并肩站着，卓禹安自然地接过她手中的电脑拎着。

"不知道你喜欢什么风格的，所以家具暂时是按你家的风格买的，你如果不喜欢，可以全部换了。"他继续说着。

"卓禹安，我没说要住一起。"此时的环境下，她说这话时不免有点儿暧昧的气氛。

"哦。"卓禹安从电梯的镜子里看着她，"哦"字说得意味深长。

舒听澜转移视线，低头不看他。

"舒听澜，我昨天说过了，领了证，我的所有财产都是你的，包括这套房子，你有权使用，也有权处理。"反正你住或者不住，这套房子都是你的。

到了家，他拽过她的手，在指纹锁上按了一下，门应声而开。上回他特意给她设置过指纹，这是第一次用。

"卓太太，欢迎回家。"他目光真挚，嗓音又磁性、低沉得让人迷醉。

舒听澜的脚步就顿在那里，整张脸都红透了，这声卓太太的杀伤力太大了，好像与她领证的初衷并不一样。

她领证是为了让妈妈高兴与放心，反正她这辈子都对婚姻没有兴趣，不太可能与别人结婚，那既然妈妈想要，卓禹安又愿意，她不亏，领证就领证了，找卓禹安比随便找个男的要好吧？

她本来是很冷静的，结果这声卓太太让她破功了。

进门后，卓禹安忽地转身把她抱在怀里，低低说了声："卓太太，我是认真的。"

舒听澜埋头在他怀里，有些僵硬，其实内心已变得无比柔软。

卓禹安摸了摸她的头发，继而说道："放心，没有你的同意，我们就保持着纯洁的男女关系。"这是他的真心话。这些事，他打算重新来过。

两人最初相遇时就阴错阳差有了亲密关系，因为太过于美好，以至之后很长的一段时间，他确实沉迷于此，使得他对舒听澜的感情好像被蒙上了一层厚厚的纱，让她看不到他的真实，也让两人的关系，一阵风就吹得七零八碎。

所以这次，他想放慢脚步，一步一步来，至少要在舒听澜真正爱上他，真正是为了爱才放开的状态之下。

舒听澜通红的脸埋在他的胸膛，她听到他的话，心想这个男人是不是有病，之前名不正言不顺，他热衷于此，而现在两人是合法夫妻，名正言顺了，他反而要装正人君子了。

舒听澜在这方面并没有那么多包袱。

他抱了好一会儿，又捏了捏她的双颊，最后才松手："先去餐厅等着，马上就好。"

餐厅摆设简单、大方，整套房子的色调与舒听澜近郊那套房几乎一样，是她喜欢的风格。

卓禹安很快出来，推着小餐车，像个服务员，餐车上还有餐厅的logo，一看就不是他自己做的。

她撇嘴："还以为是你亲自下厨呢。"

"当然是。借用楼下会所的厨房做的，家里的厨房还没收拾好。"他可是一下班就去小区会所的餐厅里准备了。

他做的是法餐，虽然都是提前做好的，但他也讲究，从旁边的餐车里按顺序端上来，头盘、汤、副菜、主菜、美酒，很是尽心。

舒听澜安静地吃着，工作一天的疲惫渐渐消散了。

等她吃完，心情极好时，他说：“把手给我。”

她乖乖地伸手给他，她的手指修长而纤细，握起来柔若无骨。卓禹安握着她的手，很紧，另一只手很快地拿出一枚戒指，在她未反应过来时，套上她的无名指。

戒指触感微凉，上面的钻石很闪，好像能灼伤人的眼睛，舒听澜本能地想缩回手，但是他握得太紧了，她缩不回去。

他说：“舒听澜，我说过，我是认真的。”

他目光灼灼地看着她，继续道：“我知道你是怎么想的，但你不用着急，就按你的步伐走，慢慢来。”

他的声音很有魔力，舒听澜不自觉地点了点头，看着那枚钻戒一时走神了。

“喜欢吗？”他问。

“嗯。”她点头，沉默片刻之后说道，“卓禹安，我还不想公开我们的关系。”言外之意就是平时不想戴着这枚戒指。

她就是想，万一哪天，卓禹安有了更好的选择，要结束这段关系，两人现在不公开，到时候不至于太难看。

“好。”他答应，完全尊重她的想法。

“你告诉你爸妈了吗？什么时候需要我上场帮你？”舒听澜想起领结婚证的时候，他的户口本是单独的一本，没有别的家庭成员。

“还没有，等找机会吧。需要你时，我会跟你说。”很多事急不来，总要一步一步走。

“好——合作愉快呀。”她朝他端起酒杯，真诚地看着他。

他浅笑，也端起酒杯与她的酒杯轻轻碰了一下，说道：“多多关照。”他觉得很好，一切都是刚刚好。

深夜睡觉时，虽然两人躺在同一张床上，但卓禹安不像之前那样搂着她了，反而中规中矩地躺在另一侧，中间能隔出两个人的位置。

舒听澜旋转着手中的钻戒，心也随着手指的动作转啊转，知道卓禹安并未睡着，她往他那边挪了挪，用手指戳了戳他的肩膀，感觉他全身都紧绷着。

“别闹。”他呵斥她，连声音都是紧绷的。

她觉得好笑，又戳了戳，又戳了戳。

他忽地转身，拽住她的双手，不让她再动。这下两人的距离就很近了，他们面对面躺着。

舒听澜的双手被他的双手握着，动都动不了，黑暗里，她瞪大眼睛看他，能看到轮廓，她知道他在忍，就故意逗他，看他能忍到什么时候。

“好好睡觉。”他说。但是他握着她的双手手心一直冒着汗。

“你很热吗？”她问。

“舒听澜，你别怪我——”他咬牙切齿，忽地翻身上来。他何止是热？

第二天清晨，舒听澜一醒来，立即起床，一刻也不敢在床上耽搁，怕这人大早上发疯。卓禹安听到动静睁开眼，迷迷糊糊地看到舒听澜正抱着衣服轻手轻脚地往外走，不由得觉得好笑，也醒了大半。

“拿错衣服了。”他撑着脑袋笑着看她，大清早的，他头发有些蓬松，有些乱，却魅惑十足。

舒听澜本已走到门口，被后面的声音一惊，停下脚步，看向自己怀里抱着的衣服，果然……是他的。而她的衣服昨晚被他扔到他的那一侧了。

她的血液全往脑门上涌，脸红得快滴出血来了。

卓禹安却丝毫不在意，下床，拿起旁边她的衣服大步朝她走来，到了她面前，直接兜头给她套上，动作娴熟，一气呵成：“穿好再出去，别着凉了。这么怕我做什么？是我该怕你吧，昨晚可是你主动的。”

这人有时候说话很欠揍，舒听澜不理他，换好衣服，洗了脸，连早餐都不吃，拎着包就出门。

卓禹安早有防备，她出门进电梯，他就跟着进电梯，把她困在电梯的角落哄着：“陪我到楼下吃早餐。不吃早餐，容易得胆结石。”他说话还是很气人。

“你才得胆结石。”舒听澜骂他。

叮咚！电梯下了一层，门开了。

卓禹安与舒听澜也不在意，卓禹安是背对着电梯门的，把舒听澜围在电梯的角落逗着。而舒听澜正面向着电梯门，所以看清楚这一层进来的两人是温兰与温简。

温简不是在国外吗？她心里冷了一下，面上却丝毫没有表现出来，抬头看着卓禹安笑：“好像真有点儿饿了，去吃什么？”

“楼下会所的小笼包不错。”

“大早上吃这么油腻？你是想害我长胖吗？”

卓禹安捏了捏她的脸：“长胖点儿才好。”

他捏着捏着，就忍不住想亲一口，行动快过大脑，低头就轻轻啄了一下她的唇。

舒听澜：“……”他是真不知道电梯里还有他的红颜知己啊……

她推了他一把，往旁边挪了挪。

这时，温兰才开口喊了他一声：“禹安。”

旁边的温简面对着电梯，一言不发，站得笔直。但电梯门的反光镜能清清楚楚看到她努力克制的表情，她昨天看到卓禹安的短信，就订了机票回来，此时面容有点儿疲惫，还在倒时差。

“澜澜，你也在？”温兰到底年岁长一点儿，脸上藏着情绪，不会让人轻易看出。

舒听澜现在学聪明了。温兰叫她澜澜，她也乖乖地回应：“阿姨早上好。”她很勇敢地迈出这一步，去面对她们母女，不再逃避。

正视她们，直面她们，好像也并不难。她的思想这阵子才转过这个弯来，在她们之间，她和妈妈是最无辜的，要躲着藏着的是她们，不是她和妈妈。

想明白这点之后，她豁然开朗了许多。

温兰母女也是到一楼会所吃早餐，四人一路同行。舒听澜是第一次来，原以为只是一个小餐厅而已，果然是贫穷限制了想象。一进门，是装修得非常奢华的多功能厅，可以供业主接待客人或者举办晚宴。往右边走，是器材齐全带泳池的健身房，往左边走才是餐厅。

餐厅很大，分中餐区与西餐区，这会儿是早餐时间，是自助式的，免费给业主供应。

温兰："不介意坐一起吧？"

卓禹安没有直接回答，而是看了一眼舒听澜，询问她的意见。

"可以啊。"她爽快地回答。

温兰落座，舒听澜也落座。

"要吃什么？我去取。"卓禹安问。

"你不是说这儿的小笼包好吃吗？我吃小笼包。"

"不怕胖了？"

"不怕。"

卓禹安则转身朝取餐区走，温简也与他一同前去取餐。餐桌这边就剩下了温兰和舒听澜两人。

舒听澜没想到自己有朝一日竟能如此平静地面对温兰，甚至有一丝不屑一顾。对，就是不屑一顾。

"澜澜，其实你爸爸以前也总这么叫我兰兰，第一次知道你的名字时，我还问你爸爸，是不是取自我的名字。"

"阿姨想多了，同音字而已。我的澜是'观海听澜凭风起，扶摇直上九万里'的澜，是我妈妈起的。您是吊兰的兰吧？"她说话也够气人，偏偏不用兰花的兰，就是要用吊兰的兰。她知道，温兰一直自诩"人素如兰，心素如简"，所以她的名字是温兰，女儿的名字是温简。

呃……舒听澜觉得，她们的脸还真大。

温兰只是笑："澜澜，你比阿姨印象中的更聪明，也比你妈妈聪明。"

"我妈妈不是不聪明，是太善良。"

她们正说着，卓禹安与温简一前一后回来了，看样子，两人全程无交流。

温简吃素，所以早餐只有一杯橙汁以及一片全麦面包。她给温兰端来的稍微多一点儿，有一杯牛奶、一个鸡蛋，还有一小盘沙拉，外加一片面包。

反观舒听澜的早餐，就丰盛多了，以中式餐点为主，什么都有，人家细心地一小盘一小盘地给她摆上。

“你真当自己是喂猪？”她小声抱怨，这是自助，吃不完怎么办？

“没事，你都尝尝，吃不完的给我。”

“这还行。”不浪费就好。

早餐嘛，她又赶着上班，很快就吃完了，快要离开时，温兰忽然说道：“澜澜，上回小简先动手打了你，阿姨回家批评她了，你别跟她一般见识，看在阿姨的面上，你就原谅她吧。要是实在气不过，你打她一巴掌也行。”温兰说得真心实意。

舒听澜心里冷笑，温兰这话不一定是说给她听的，大概率是说给卓禹安听的，毕竟在男人面前塑造知书达理的大方形象，温兰最在行。

温简一脸冰冷，并不认同妈妈处理问题的方式，她还是有自己的傲气的，她承担自己行为的后果，但绝不会跟舒听澜说对不起。

她转身走了。

舒听澜朝温兰一笑，这种把戏，她小时候不懂分辨时会觉得阿姨真好，现在当然不为所动。卓禹安朝温兰点点头，然后揽着舒听澜的肩膀走向地下车库。

“今天表现不错。”到了车上，舒听澜夸他。

“……”卓禹安不明所以，毕竟能从她口中听到夸赞，那简直是破天荒。他猜：“是昨晚表现好，让你满意了？”

“……”还要不要脸？舒听澜白眼都要翻上天了。

他继续：“今晚可以表现得更好。”

“滚！”她系上安全带，转头看向车窗外，不理他了。

她指的是他刚才的表现，至少在温兰与温简面前，他立场很明确，是维护她的，亲疏远近，他拿捏得很好。

第十四章

催眠系统曝光

舒听澜现在不再钻牛角尖了，成人的世界不是非黑即白，卓禹安与温简有着多年交情，又有公司的利益牵扯，要他一刀两断，确实不现实。

卓禹安就是抿着嘴笑，也不再说话了，觉得这样真的很好，一切都有机会从头再来。

拐个弯就是宏正律所的办公大楼，舒听澜急忙叫停，要在路边下车，她与他分开，步行进去。

“没这个必要吧？”卓禹安虽然这样说着，但是知道她的倔脾气，慢慢把车停在路边，让她下来。

“小心点儿。”他摇下车窗，对已经开门下去的人嘱咐道。人家哪里还听得见，她踩着高跟鞋，拎着电脑包，头也不回地扎进人群里，走了，只留给他越来越小的背影。

他摇摇头，自嘲地笑了笑，觉得自己真是像个老父亲，提心吊胆的，怕她高跟鞋崴脚，怕她过马路不看红绿灯，总之有操不完的心。

也对，她毕竟是自己老婆，他不关心她关心谁呢？

他开车回到卓远科技，见到温简在研发室里与工程师们讨论问题，所有笑意便敛了回去。

“温简！”他面无表情地在科研室的门口喊她的名字，而后朝自己办公室走去。

温简对工程师们交代了几句，摘下眼镜，随他去了办公室。

气氛剑拔弩张，两人吃早餐时碍于温兰与舒听澜在，就全程没交流，想说的都憋着呢。

“我让崔姐给你买票，现在回总部去。”他言辞严厉，没有任何商量的余地。

“你无权干涉我的自由。”温简豁出去了，今早看他的态度，他是完全维护舒听澜的，她便觉得自己可笑可悲，这么多年，从高中到大学到出来创业，她默默地陪着他，把自己掏空了给他，换来的却是这样的结局，她便彻底死心了，觉得无所谓了。

卓禹安冷眼看着她，已全然没有从前对朋友的那份态度，从眼神到肢体动作都是冰冷的。

温简继续说道："我以为你跟别的男人不一样，在任何时候，你都是理性的，以事业为重，不会儿女情长，但你现在如此打压我，在公司内部边缘化我，想把我晾在美国总部，让我永不回来，你有念一点点旧情吗？卓禹安，我是人，不是工具。"

卓禹安一直看着她，等她把所有话都说完了，他才开口："如果我不够理性，不以事业为重，或者不念旧情，温简，你现在待的地方就是监狱。"

他语气很平静的一句话，却让温简整张脸瞬间苍白。

"什么意思？"她问。

"你心里清楚。温简，念在我们之间的交情上，你做的事，我替你藏着，连王岩都不曾透露。但你已不适合再管理技术部门。"

温简大脑一片空白，依然在垂死挣扎："我不明白你是什么意思。"

卓禹安勃然大怒："你还想明白什么？你在舒听澜家的智能系统里设置了什么？如果不是我发现得早，舒听澜但凡有一点儿差池，你死都不足以抵罪。"

温简颓然："我没有。"

"温简，你是我一手带出来的，你的技术、专业知识是我手把手教的，你以为能瞒过我吗？"

其实，卓禹安当时被王岩拦着，没有进入客户后台的数据库查看，原先还只是猜测，但后来，他把舒听澜家所有智能设备都断网、单机使用之后，舒听澜的状态便好了很多。之前有两天，他特意留她自己在家睡，她也没有任何异常。

她觉得是因为看心理医生产生了效果，但他确定是因为关了智能设备。

有这个能力在系统里动手脚的只有温简。

他说完这些，大脑嗡嗡作响，这件事情不仅关系到舒听澜的身心健康问题，也涉及卓远科技的用户安全，以及信任的问题。如果一旦让外界或者同行知道，卓远科技的技术总监可以随意在客户的系统里设置催眠工具，被爆出去，势必会造成无可挽回的局面。

温简做出这样的事完全出乎他的意料。

两人认识这么多年，他知道温简亦是一个有责任心、以事业为重的人，所以她做出这种自毁前程的事着实让他意外。

温简情绪调整得很快，刚才的惊慌只是一闪而过，此时知道自己的行为败露，竟变得很平静。

她忽然笑了，讽刺道："所以你自诩的深情也不过如此，为了卓远科技，你不会把这件事公之于众，即便明知此事伤害了舒听澜，你依然选择隐瞒着，不让她知道真相，更不敢因此惩罚我，在你心里，不管是舒听澜，还是我，都不及你的事业。说到底，你对她的感情也不过如此。”

温简是真正豁出去了，从前卓远科技对她很重要，是因为卓禹安对她很重要，而现在一切都无所谓了。她甚至可以与卓禹安鱼死网破。她是刚烈之人，如果有必要，宁为玉碎，不为瓦全！

话音一落，她便见卓禹安的脸色肉眼可见地阴沉下去，进而眼睛布满猩红的血丝，她的话戳中了他的痛点。

他确实无法为了舒听澜而亲手毁了卓远科技，甚至无法将温简的行为公之于众。卓远科技不只是他个人的，还关乎着整个行业，关乎着上万员工以及投资人。

所以他对舒听澜既愧疚又心疼，他从小在卓家这样的环境中长大，很早就知道，很多事情是身不由己、无能为力的。

舒听澜问他，为什么跟她领证。

他只说了一半原因，因为喜欢她。另一半原因是他更怕夜长梦多，所以只有先领证，之后再多的变数就都还有周旋的余地。

对舒听澜，他是步步为营、势在必得的。

温简并不知卓禹安与舒听澜已经领证了："你和舒听澜不会有结果的。卓禹安，你们卓家不会接受她。”

温简既是局中人，又是局外人。

舒听澜的身份、舒明海的死因、卓老爷子的身份、卓父的职责，这中间千丝万缕的联系，只有温简看得最清。

温简这些年，除了在事业上尽心尽力地帮助卓禹安，她与母亲亦是在洗清自己的身份，他们移民国外，母亲准备嫁给当地的商人，不需要几年，她们就是全新的身份，何况无人知道她们与舒明海的关系，一切都可以不留痕迹。但这一切，随着卓禹安回国，都不重要了。

卓禹安重新审视了温简这个人，随后便悟出一件事，他与听澜的恋情或者婚姻暂时还无法公布，必须隐瞒。否则一旦爷爷或者父母知道，定是轩然大波。

他还需要再等等，等他与听澜的感情无坚不摧时，他才能告诉父母。现在，他完全没有自信。

这次他与温简不欢而散，但达成共识，温简会出国，保证以后尽量不再回来，毕竟，不是逼不得已，她也不想身败名裂。

但出国之前，她要先陪温兰回一趟栖宁。

“我妈妈在栖宁给外婆、舅舅买了房，后续还有些手续需要办，办完我再走。”当然，这是借口，在栖宁，关于父亲舒明海，她还有些事情需要弄清楚。

这边，舒听澜到了宏正律所，她忙于工作，无暇顾及其他。听鲸金融与哗哗啦正式达成并购协议，明天听鲸金融要召开启动会，届时合作的各大机构负责人都会参加，舒听澜作为律所的代表参会，有很多准备工作要做。

晚上，卓禹安要来接她下班，她拒绝了，不想让同事发现他们的关系。

“也行，我让司机去接你。”

“不用了，我打车过去。”

其实律所离卓禹安买的那套房子不远，都在市中心，步行半个小时就能到，坐公交三站地，打车就十分钟，很方便。现在只要不是周末，妈妈没回来，她就回他的房子里。

这套房子里，很多东西都还没买齐全，可见卓禹安跟她领证，带她入住，也是很仓促的决定。

到了家，卓禹安带她到小区自营的商超买厨房用品与食材。这个商超不大，主要就是针对这个小区的业主开放。里面是清一色的进口食品，价格比外边翻了三倍不止。

舒听澜一边叹气，一边认真选了几样放进推车，心想有钱人的钱真好赚。买完东西回家，卓禹安去厨房做饭，她心安理得地瘫在沙发上刷手机，主要是在网上购物，把这个家填满。

不一会儿，购物车上就有一百多件物品了，价格惊人，她皱着眉，忍痛把刚才选好的商品又一件一件取消，大约是表情太过于“痛心疾首”了，卓禹安做好饭出来，见她如此，不免觉得有些好笑：“在看什么？”

他看了眼她的手机，发现她在网上购物，便顺手拿过她的手机，切换了自己的账号，很豪气地说：“随便买！”

舒听澜不是不愿意用他的钱，但想着，既然领了证，她就也想对这个家出点儿力，哪怕微不足道。

“你在这儿就足够了。”卓禹安说着，顺便替她清空了购物车。

“有生之年，竟然能体验一把被清空购物车的快乐，谢谢。”她这个人很容易满足。

“你还想体验什么？我帮你实现。”他很认真地问。

“暂时没有，等想好了告诉你。”

“好，你的要求可以多一点儿。”

“行，等这些快递到了，你负责拆。”上百个快递，工作量蛮大的。

“好。”卓禹安哪拆过什么快递呀，心想拆快递能有多难。结果，第二天，他们才刚起床，物业管家就推着车来敲门了，首批快递到了，才二十几个就摆满了电梯间。

卓禹安皱眉：“你都买的什么呀？”他昨天直接清空购物车时并没有细看，以为买的都是小女生的小东西或者化妆品。

结果……并不是。她买的除了小东西，还有一些家具，是需要组装的。

舒听澜这个罪魁祸首倒是坦坦荡荡，一点儿也不心虚，已打扮得光彩照人，踮着脚，嫌弃地从一堆货物里挤出去，要出门了：“抱歉哈，这些东西就麻烦你整理了。我今天要去听鲸金融开会。”

卓禹安：“……”

他一个日理万机的人就这样被困在了一堆快递中，太太下的命令，他不得置之不顾，只得翘班整理快递，据说，后面还有几十个在来的路上。

哼，女人，有时候也不能太惯着。

舒听澜一路打车到听鲸金融，没想到陆阔也在，这会儿他西装革履，戴着眼镜，一副斯文的模样，周旋在众人中。

他的身边站着一位长发女孩，她一脸高傲、娇气的模样，很是心不甘情不愿地陪在他旁边。

陆阔见到舒听澜，过来打招呼，顺便介绍：“这是陆垚垚，我妹。”

陆垚垚嘟着嘴，瞥了她一眼，就算是招呼了。

“哑巴了？不会叫姐姐？要么叫嫂子，反正迟早要叫嫂子。”陆阔说。

舒听澜：“……”

陆垚垚：“……”

陆阔就是嘴贱，非要说得暧昧不清。

陆垚垚也是卓禹安看着长大的邻家妹妹，真要论起来，叫舒听澜一声嫂子确实不为过。但大家哪里知道是因为卓禹安这层关系。

“嫂子？”陆垚垚才不信呢，全家人都知道她哥哥是个情种，这么多年只追着那个女人跑，把他妈妈，也就是她的伯母，气得不轻，她伯母临去世前让她哥哥去相亲、结婚，哥哥都没答应，现在怎么可能喜欢别的女人？

这次听鲸金融要收购哔哔啦，据说就是为了陆垚垚这位小公主进军娱乐行业做准备，舒听澜看了看陆垚垚，女孩长得很漂亮，但把所有喜怒都明晃晃地挂在脸上，这种性格真的适合娱乐圈吗？

她以前从不关注娱乐圈的事，但拜这个项目所赐，她在研究哔哔啦娱乐公司时，也对娱乐圈了解了一个大概。

不过，娱乐圈现在好像很喜欢白富美以及真性情的人设，或许哪天她真能大红大紫呢。

这么想着，她看陆垚垚时不免就很温柔、友好了。

陆垚垚鸡皮疙瘩掉了一地，心想，这个女人有毒吧，还当真想当她嫂子不成？

有陆阔在，听鲸金融的工作人员对舒听澜都颇为尊重，陆垚垚就不满了：“你就是趁老头儿不在森洲，把她安插进来的吧？要是让老头儿知道，你就完蛋了。”她跟陆阔一样叫老头儿，就是不叫爸爸。

“这种小事还需要惊动你家老头儿？别怪我没提醒你，你对你嫂子好一点儿，否则你嫂子要是不高兴了，后果很严重。”

陆垚垚嗤之以鼻。

这次筹备会很快结束，舒听澜回到律所又开了一个内部会议，把这个项目的重点罗列了一下。

中途，卓禹安发来微信消息，一连发了十几张图片，客厅、门厅，在堆积如山的快递堆中，他一脸生无可恋。

“加油！”舒听澜站着说话不腰疼，发了一个可爱的加油的表情过去。她一点儿都没有愧疚之心，更别说心疼了。

只有卓禹安心疼自己。

过了一会儿，舒听澜想起陆阔这个免费的劳动力，嗯，只有卓禹安能治他了，她立马发了条微信过去：“陆阔现在很闲，你不妨找他过去帮忙。”

卓禹安笑，这正合他意。

他给陆阔打电话：“来一趟我家。”

“干吗？”

“喝酒！”他撒起谎来脸不红心不跳。

难得卓禹安邀请他喝酒，他屁颠屁颠开着那辆牧马人就来了。等到了卓禹安家，看到垃圾场一样的房子，他瞬间知道被骗了，转身就准备走。

“回来。”卓禹安叫住他，顺手扔给他一个易拉罐。

“这就是你说的喝酒？”陆阔手里拿着易拉罐，不可思议地问。

“别废话，喝完赶紧干活儿。”他要争取在听澜回家之前打扫干净。

陆阔摊上这么一个兄弟，还能怎么办，干呗，于是当起了免费的劳动力。

只是……这是啥？这哥们儿平时哪里网购过？更别说拆快递了。

“你轻点儿，别弄坏了。”见陆阔摆弄手里一个小摆件，卓禹安提醒道。

“这是？”陆阔又拆开一个包裹，两手提溜出一条黑色裙子，“啧啧……”

是舒听澜买的睡裙。

卓禹安一把扯过来放好。她的很多衣物都在自己家，没带过来，所以临时买了不少。而且，受林之俩影响，她买的都是一些比较性感的。

“你去那边把酒柜组装上。”卓禹安命令，自己则是负责整理听澜的东西。

陆阔伸出自己的双手，在光线下打量，从心里发出悲鸣：“我的手是干苦力的手吗？”如果我有错，你可以用法律惩罚我，不能这样糟蹋我。

“别废话。”卓禹安可真不是人，毫不心慈手软。

陆阔没办法，一边拆箱子，一边鄙夷：“舒听澜的品位该改改了，买的这些破铜烂铁配得上这豪宅吗？”

“这些都是品牌的。”卓禹安解释道。他其实很感动，以她的经济水平，这些东西是尽她所能挑的最好的，虽然他最后是直接用他的卡支付的，但心意最珍贵，况且国产品牌的东西一样好用。总之，她挑的就是最好的。

过了一会儿，陆阔组装好一组酒柜，腰都直不起来了。

“你等着。”他起身去找物业管家。这些事根本不必亲历亲为，找人帮忙不好吗？

物业管家很快就带着两位物业经理以及两位保洁阿姨上来。保洁阿姨干活儿很麻利，转瞬间就把刚才跟战场一样的各种包装收拾走，管家与物业经理则是开始组装各种家具。这是他们的专长，他们很快就全部组装好，并且按照位置摆放好，大功告成后，自动撤退消失。

陆阔看了看摆设以及各种小物件，适应了国际大牌的他，倒也拍手夸赞：“摆放好之后，倒是也能看。看来是花了不少心思。”

“这是自然的，她办事一向认真、不含糊。”

等把家里收拾好，舒听澜也正好下班回来了，见到陆阔累得瘫在沙发上，她就觉得爽，不自觉就笑了。

卓禹安接过她的包，顺势抱了抱她，低声问：“累不累？”

“不累。”

卓禹安吻了吻她。

一旁的陆阔哀号：“你们倒是顾及一下我这个孤家寡人啊！别太过分。”

“去洗手，可以吃饭了。”

“好。”

三人坐到餐桌上吃饭，舒听澜发现，用的餐具都是她网购回来的，虽不是很贵，但都是她精挑细选的，不仅跟这个家很搭，并且真好看。

饭是卓禹安做的，很好吃。但是陆阔好像没什么兴趣，反常地有点儿沉默。

过了会儿，他幽幽地说：“上次我们一起吃饭时，程晨也在。”这语气，竟有一种物是人非的感觉。

舒听澜本不该说的，但见他这样，便忍不住脱口而出：“程晨对于你的追求并非无动于衷。你删了她的微信，她哭了很久。”

陆阔愣住，好半天才反应过来：“她哭了？”

在他印象中，那个女孩就像铜墙铁壁，刀枪不入，从来不哭。即便最后一次见面，在机场，他说他累了，不想继续追她了，她也是高傲地扔了两千块机票钱给他，然后扬长而去。

他想着想着，手也不知是组装家具累得发抖，还是因为知道她曾为他哭过而发抖，他拿出手机，想联系她。

等他抖着手，翻开微信页面，才发现是自己先把她微信删了。他再打她电话，被拉黑了。一切都错过了。

舒听澜见他如此，心里并非没有波澜，只是程晨是个很有主见的女孩，她不能为程晨做任何决定。

卓禹安则是拍拍他的肩膀：“放不下就去追。”

“算了，追了这么多年，我也累了，想必她也烦透了。现在这样挺好的，希望她幸福。”陆阔此时冷静下来，自嘲地喝了一杯酒。

舒听澜是第一次与陆阔有这样深入的接触与了解，她从前一直避着陆阔，避着栖宁高中的所有同学。

“其实程晨不是不喜欢你。大学毕业时，你母亲曾去找过她。”舒听澜一直没有忘记，大学毕业时，程晨其实心动了，想到森洲来找陆阔，答应他的追求。

但，陆阔的母亲找上门，具体说过什么，程晨没有告诉舒听澜，但想必话很难听。

程晨是心高气傲的女孩，从此便打消了念头。

“具体说了什么，你可以回去问你母亲。”

“问我母亲？”陆阔的脸变白了。

卓禹安揽住舒听澜的肩膀，不让她继续往下说。

陆阔声音苦涩：“去天上找我母亲问吗？”

“……”他母亲去世了？

舒听澜知道自己说错话了，恨不得咬断自己的舌头，急忙道歉：“对不起，对不起。”

“没事。人有生死，很正常。”陆阔的脸色随即恢复了。不必问，他也知道，他母亲会对程晨说多难听的话，那些话在他面前已说过无数次。无非是觉得程晨家庭普通，配不上他；无非是觉得，他应当找个门当户对的女孩结婚。

想到这儿，他不由得看了眼卓禹安，卓禹安也正好看他，彼此眼里闪过同病相怜的了然，卓禹安母亲比陆阔的母亲只会有过之而无不及。

陆阔想，一旦让卓母知道舒听澜的存在，卓家恐怕要大地震，到时不知舒听澜是否撑得住。

舒听澜这傻姑娘当然不会未卜先知了。两人虽然领了证，但在她看来，他们是相互合作的关系，并且彼此也保持着边界感，不越界。既然卓禹安都没提他家庭的事情，她自然也没必要问，相信有问题，他会解决。倒是此时，她看卓禹安和陆阔，看出了一点儿“奸情”的味道。

从高中时，她就觉得这两人有问题，他们感情太好了，陆阔去哪儿，卓禹安就跟着去哪儿，一个在文科班，一个在理科班，只要放学，两人就形影不离。

现在这么多年了，你看他俩坐一起，一个眼神交会，就能明白彼此的所思所想，他们心意相通，使得舒听澜觉得自己是多余的。

“你们聊！”她有自知之明地往旁边挪了挪，离他们远一点儿。

卓禹安一把把她拽回自己身边，敲了一下她的脑门：“胡思乱想什么！”

她就笑，也不说话，大约是眼神里透着一点儿暧昧，被对面的陆阔看了个正着。陆阔瞬间明白她这笑的含意。这一晚，他的情绪忽上忽下，指着卓禹安问舒听澜：“他的性向，难道你还不知道？你们不和谐吗？要真是这样，你可别把脏水泼我身上，与我无关。”

舒听澜恶心他，他也要恶心恶心她，故意双手抱怀，做出一副“不要迫害我”的模样。

太不要脸了，卓禹安想把一杯酒泼他脸上。

“吃饱了赶紧滚。”他开始赶客。

陆阔求之不得，谁愿意在这儿当大灯泡呢，他就麻溜滚了。

“他真是一点儿都没变。”舒听澜感慨。

“嗯。”

这一晚，两人一直保持着好心情，入睡时，舒听澜才想起周五晚上要去见心理医生。

“要不取消了吧，我现在好像没事了。”她觉得很神奇，自从与卓禹安重新在一起之后，那些困扰许久的心理问题竟然解决了。

“已经约好了，不能取消，就当是跟朋友谈心吧。”卓禹安虽知道真相，但怕会有后遗症，觉得去见一见心理医生总是没问题的。

“也行。”她答应着，毕竟有妈妈的前车之鉴，她不敢掉以轻心。

“真乖。”他亲吻她的额头，她只要不犯倔的时候，就真的好，当然倔的时候也好，总之就是好。

周五的时候，舒听澜去目标公司哔哔啦开会，讨论入场尽职调查的相关事宜，原以为要很久，所以计划开完会后，等卓禹安下班来接她一起去心理诊所。结果她没想到，上午就把会开完了。

哔哔啦的法务办事效率很高，经验也很丰富，与舒听澜的沟通保持在一个频道上，两人很快就把整个流程以及驻场尽调的时间拟定好了。

舒听澜出了哔哔啦公司，看时间还早，便自行先去心理诊所了。她提前预约好了，之前也来过两次，所以轻车熟路就见到了她的心理医生。

“听澜，气色不错。”心理医生是位温柔的女性，见到她第一句话就是夸赞，让人心情很放松。

“是，最近状态很好。”舒听澜也觉得神奇，不过是看过两次心理医生，就几乎痊愈了。

“最近有什么让你开心的事吗？”心理医生笑着问，她很清楚，舒听澜的好转并非她的功劳。

“嗯……有不少开心的事。”舒听澜说着，唇角不自觉地扬起。她工作很顺利，能自己独立接项目了；还有，和卓禹安的相处似乎也很不错，想到他，就会有一丝甜意在心里蔓延。

“最近有换个环境生活吗？”心理医生与她聊天时看似随意，实则一直在观察她，一边问她问题，一边转身去柜子里取她之前的心理检查报告。

她记得，她让舒听澜最好换个环境生活，这份检查报告出来之后，也证实了她之前的想法。

“嗯，有换个环境。”舒听澜如实回答。

“既然好了，以后就可以不用来了。”

“我已经好了？”

“这是你上次来时做的检查报告，实际上，你的心理很健康，之前的症状是因为在无意识的状态下被催眠了，具体是怎么催眠的，我没有二十四小时追踪你，还无法得知。”

“被催眠？怎么可能？”舒听澜觉得不可思议，谁要催眠她？有什么意义吗？在什么时候？她完全不知道。

“之前我也问过你，在你犯病之前，生活有哪些变化，你仔细想想，越详细越好。又或者你最开始好转，是因为哪些变化？”医生在引导她。

舒听澜想了想，她好转是因为离开家，住到卓禹安的酒店，再后来，彻底好转，是因为住到了卓禹安那套房子里。所以，她的家就是问题的根源？那么再追溯到最初她觉得恐惧时，家里唯一的变化便是安装了那套智能系统。

她很急，心跳不免加速，好像很多事便一一串联起来了。如果她的猜测没错，那太可怕了，她在不知情的状态下被人操控着所有情绪。

“想到什么了吗？”医生问。

舒听澜回神，看着医生，却只能摇头：“想不起来了，该说的，我之前都说过。”

她有自己的职业敏感性，知道涉及卓远科技的产品，她不能在没有证据时胡乱说。

“这件事可大可小，没有资质，并且在当事人毫不知情的情况下进行的催眠行为是违法的，你可以选择报警。”

“报警有用吗？”舒听澜反问，她只觉得茫然，一时还无法消化这个消息。

医生一愣，如实说：“你的情况比较特殊，与传统的催眠行为有很大的区别，传统的催眠是无法超越个人意志的，换言之，必须在当事人同意的情况下，才能催眠。而你的情况，更多的是，对方足够了解你，甚至了解你内心最深层的恐惧，通过长久的潜意识的影响，把你的恐惧无限地放大。即便报警，警方也很难找到证据。但如果你需要，我可以提供你的检查报告。”

“我明白。”听完医生的话，她更加确定自己的猜测，是卓远科技那套系统的问题。而足够了解她的是卓禹安？温简？

越是交错复杂，舒听澜越是冷静地分析这件事情的来龙去脉。和医生告别后，她打车回自己近郊的家，从那次在地铁里失足掉下轨道之后，她就再也不敢坐地铁了。

在车上时，她就想，当时安装这套系统是卓禹安亲自来监工的，后来把这套系统删除账号的也是卓禹安。

他有最大的机会做这件事，但她想，他没有动机。尤其那次在地铁里，他奋不顾身地跳下铁轨救她，可以说明一切。但，他至少是知道这件事的。

对，他知道，否则没有必要把她家的系统给注销断网并且带她离开她家。

他在维护温简。他在维护温简！这是她在回家的路上得出的唯一的结论。他知道温简对她做的所有事。他什么都知道。

舒听澜一动不动地坐在车内，直到司机连着叫了她好几遍，她才反应过来，到家了。

她也就一个星期没回来而已，家里显得很冷清，甚至因为没有开窗通风而有一丝异味。

此时还没有完全天黑，室内昏暗，若是在之前，她会害怕。但知道了前因后果，她便再也没有恐惧了。

她开了灯，开了窗通风，然后给林之俜打电话，林之俜正巧今天回森洲了。

“俜俜，你今晚能过来陪我吗？”她声音很平静。

“当然，马上过去。”

林之俜一直在外地出差，两人有一阵子没见了，舒听澜在这期间发生了很多事，例如她心理的问题，例如她与卓禹安领证的事。

她有很多话想跟林之俜说，可开门看到林之俜开开心心地带着礼物和酒过来，一脸灿烂的笑，她便什么也不想说了，不想破坏林之俜的心情。

其间，卓禹安下班后打来电话，要带她去心理诊所。

她回：“我提前开完会，自己去了。”声音很平静，并无任何波澜。

卓禹安：“怎么不等我陪你去？医生怎么说？”

“医生说我没事了，以后可以不去了。”

“好，你现在在哪儿，我去接你。”他已在车上。

“我回自己家了，林之俜出差回来，今晚在我家睡，明早她陪我去医院接妈妈。你不用过来了。”她始终是很平静的，说这话时，正在厨房把林之俜带过来的食物装盘，洒了些汤水出来。

卓禹安苦笑，状似抱怨：“别人是重色轻友，你倒是重友轻色。今晚我不过去打扰你们的闺密之夜，但明早，我跟你一起去接妈。”

“下次吧，林之偶不知道我们领证了，我暂时还不知道怎么跟她说，她一直很反对我们。”

“好。”卓禹安便答应了，没有强求。

舒听澜端了食物从厨房出来，林之偶那双精明的眼睛一直盯着她看：“在跟卓禹安打电话？”

“嗯。”

“你们和好了？”

舒听澜没有回答这个问题，好像不好回答，她与卓禹安要是算起来，都没有真正地好过，所以哪来的和好？

“你真的不听劝。”林之偶真是恨她不听话。

“别说我了，你和那个傅慎逸怎么样了？”

“还行。”林之偶这次有些反常，以前只要谈恋爱了，恨不得一天二十四小时挂在嘴边，会用对方的照片对舒听澜狂轰滥炸，逼她说人家很帅。这次她竟然没有任何动静。

林之偶解释道：“我们都太忙了，我第一次交了一个工作狂的男朋友，不仅自己忙工作，还要强迫我跟他一起工作。你知道……他有多变态吗？有一次我们刚上完床，我累得要死，他却把我拽起来……说继续工作……”

舒听澜忍不住笑，对在职场上毫无斗志、只想混日子的林之偶来说，确实是强人所难了，只好安慰她：“他刚到卓远科技，负责新成立的事业部，肯定想做出一番成绩。你理解理解。”

林之偶虽是抱怨，但眉眼里都是笑，笑完，话峰一变，开始骂卓禹安：“他真是我见过的最有心机的吸血的资本家，是披着羊皮的大野狼。表面上，放手让傅慎逸负责这个事业部，给足了百分百的信任，但他是要结果的，给这个事业部定的指标，要完成比登天还难。我早看透他的手段了，偏偏傅慎逸觉得和他是高山流水遇知音，甘愿为他卖命。这御人之术，谁也比不上。”

御人之术？舒听澜琢磨着这四个字，觉得确实如此。这是卓禹安很擅长的，如她，即便心里再坚定，却还是不知不觉地按照他的计划走。

林之偶继续道：“你就傻吧，还跟他牵扯不清，最后怎么死的都不知道。”

“温简呢？她真的回卓远科技总部，不再回来了吗？”舒听澜忽然问起温简。卓禹安想隐藏温简的行径，想维护温简，那是他的事，但她绝不能就此放过温简。很多账，她需要一笔一笔跟温简算。

“温简？据说是以后就驻守在总部，不回国了，但最近，好像在栖宁陪她妈妈探亲。要说，卓禹安这人也是狠，温简现在完全被他架空了。她名义上还是公司技术部负责人，但相关的开发，已不让她碰。”

“她还没回总部？”

“应该还没走，你可以问问程晨。”

“好。楞楞，有件事，我想请你帮忙。”她忽然正色道。

“什么事，这么严肃？”林之楞鲜少见她如此，预感不是好事。

“你一直在做猎头，认不认识数据库相关管理的专家？最好是能力能达到温简或者卓禹安那种水平的。”

“技术水平比他俩还高的？很少。你想做什么？”

“我想查查我家之前安装的智能系统是否能修复之前的数据。楞楞，这对我很重要。”她无法求助别人，只能求助林之楞，林之楞作为猎头顾问，认识不少技术大拿。

“我帮你问问。不过，你要告诉我发生什么事了。”

舒听澜不是不信任林之楞，而是以她的性格，如果她知道温简做的事，恐怕要大闹卓远科技。她不想把林之楞牵扯进来，这次，她想自己解决。

“我家之前的门铃总是在半夜无缘无故地响，我想看看是不是系统出现故障了。”她挑了一个简单的理由回答。

“是否有故障，让卓远科技的客服上门排查不就行了？”林之楞不好骗。

“嗯，他们客服来排查过，说没有问题。所以我想找专业人士再看看，这样好放心。”

林之楞将信将疑，但也答应下来帮她找人。

第二天，林之楞开车送舒听澜去医院接她妈妈。

“你要不要也买辆车？这样上下班、见客户、来医院都方便，差钱的话，我借你。”林之楞一边开车一边问，她记得她们的驾照是大学时一起考下来的。

舒听澜被林之楞说得有些心动，她的工资比之前稍高一点儿，从栖宁那个食品项目到卓远科技的项目，肖主任都有分她佣金，她不再是只拿基本工资。这次的听鲸金融项目如果顺利完成，收入也很可观。

“我买车的首付应该够，原本这些钱打算先还你的，那再继续欠着。”她对林之楞也不客气。

“就你那点儿钱，能有多少？舒舒，买车首要的条件就是安全性，要买就买好的。没事，姐姐有钱。一会儿接上你妈妈，我们就买去。”林之楞风风火火，说做就做。

等接上舒听澜妈妈，她便联系了4S店的销售员，直接去店里看车。

张荷这周在医院盼啊盼，终于盼到周末，原以为能见到卓禹安，结果见到林之俜，她大失所望，顿时不高兴都写在脸上。

“阿姨，我好伤心，你见到我好像很生气。”林之俜没脸没皮，挽着她的手撒娇。

张荷倒不是生林之俜的气，她是气舒听澜没有带卓禹安来，合着自己上周在家劝她赶紧领证的话，她全当耳边风了？

她跟她们去4S店买车，坐在招待间，一声不吭。

林之俜劝舒听澜买一辆50多万的，既不会张扬，又拿得出手，符合她的身份。但舒听澜执意要买20万左右的，这在她能接受的范围内，付个首付，后面再分期，对现阶段的她来说，压力不大。

有多大能力办多大事，她没必要跟别人比。

她付了定金，等销售员通知她来提车即可。

回家的路上，张荷还是一直绷着脸，几次看舒听澜时，迫于林之俜在场，都是一副欲言又止的样子。林之俜都不知道自己哪里得罪了这位阿姨，送她们到小区门口后，借口有事，赶紧跑了，她最怕跟父母辈的人相处。

等林之俜走了，张荷总算开口：“禹安呢？怎么没跟你一起来？”

舒听澜指了指不远处单元门外的车：“在那儿呢。”

她一进小区，就看到卓禹安了，他的车停在单元门外的停车位上，他站在后备厢旁边，从里边拿出大包小包的食物。

张荷的脸瞬间由阴转晴，她三步并作两步走过去。卓禹安恭恭敬敬地打了声招呼。

舒听澜也走过去，没说话，帮他拎起地上的食品袋，往家走。

卓禹安腾出一只手想牵牵她，没够上，只看到她的背影。

“阿姨，不好意思，早上有事，没有陪听澜去医院接您。”卓禹安很会说话，主动承担责任。

“没事没事，你能过来，阿姨很高兴。”

张荷看着在前边走着的舒听澜，就想这死丫头又在作什么妖，刚才还好好的，一见到卓禹安就鼻子不是鼻子，脸不是脸的。别以为她脑子转得慢，看不出舒听澜的死样子。

卓禹安放慢脚步，同她一起进电梯后，就站到舒听澜的旁边，微微低头看着舒听澜，这人不擅长隐藏情绪，都写在脸上了。

他反省，自己哪里做错，惹她不高兴了？

他伸手霸道地牵住她的手。

舒听澜抬头看他，瞪他，他就冲着她笑。两人的手在暗自较劲，她越想挣脱，他就握得越紧。

有妈妈在，舒听澜不敢发飙，就是瞪他，用手掐他，他纹丝不动。

直到到了家门口，他拉住她，对她妈妈说：“阿姨，您先进去，我跟听澜说两句。”

“好，好，你好好管管她，臭脾气。”

家门关上。

门外的两人一高一矮地对视着。

“说说，怎么回事。”他一改刚才的笑脸，故意严肃了一些，对她有时候就不能脾气太好。

舒听澜微微抬头看着他，脑海里闪过无数的画面，想到他对温简的保护，心里有点儿痛。

她开口时，却只说道：“我们都领证了，你刚刚怎么还叫我妈妈阿姨？”

“就因为这个？我刚才想叫妈妈的，但怕你不高兴。”听到她的话，他松了口气后，问，“结婚证，我带来了，现在进去告诉妈妈吗？”

“嗯。”她踌躇了一下，同意了，毕竟上周领证，就是为了让妈妈高兴。

张荷看到结婚证，又听到卓禹安恭恭敬敬地喊了她一声妈妈，眼里瞬间闪烁出泪花来。

她常年住院，反应比普通人慢了很多，就是抹眼泪的动作也是缓慢的，她摩挲着结婚证上舒听澜的照片，默默说了句：“我们澜澜长大了，妈妈替你高兴。”

“禹安，你过来，阿姨有话对你说。”

“妈，您说。”卓禹安坐到她的对面。

“阿姨没脸让你叫妈妈，阿姨是个很重的负担，你能不嫌弃娶听澜，照顾她一辈子，阿姨现在就是死了，也完全没有遗憾了。”

“妈！”舒听澜一听她说这话，便心情沉重，不是滋味。

张荷瞪她一眼，道：“你闭嘴。”她继续对卓禹安道：“阿姨没有资格让你叫妈妈，因为阿姨很自私，澜澜这样的家庭条件，你娶她一定承受了巨大的压力。不过，你放心啊，澜澜来森洲之后就换了身份证，换了户口本，只要不说，没人知道我们家的事，而且以后阿姨就住在医院，不出来了，你们就当我不存在。阿姨绝不会给你们造成负担。”

张荷是真心诚意的，决定以后不出院、不影响听澜的生活。

她的人生已经毁了，不能再把女儿的生活毁了。

“往后你父母若是问起来，你便回答澜澜是父母双亡。”

舒听澜在旁边听着，又伤心又生气：“妈，你把我当成什么人了？在这世上，你是我最亲的人，没人比你更重要。”

“澜澜，以后你最亲、最重要的人就是禹安了。你偶尔来医院看看妈妈，妈妈便十分知足。”

只有妈妈的爱才是全心全意、不求任何回报的。

舒听澜想，到底是自己太无用了，没有给妈妈足够的安全感，才会让她这样胡思乱想。

卓禹安在一旁总算听明白听澜妈妈的意思了，听澜妈妈与他母亲完全是两种类型的女性，他母亲强势、自信、操控欲强，在她的字典里不存在包容、和善、牺牲这样的词语。而听澜妈妈恰恰相反，她可以为了女儿毫无条件地牺牲自己。

不能说两种母亲谁好谁坏，因为所处的环境不同。但听澜妈妈让他很感动，甚至也很感激，至少听澜是在妈妈全心全意的爱中长大的。单凭这一点，听澜妈妈就值得他尊重。

他放轻了声音道："妈妈，您说的这些话不对。我既已娶了听澜，您便也是我妈妈，往后由我和听澜一起照顾您，有任何问题，我们一起面对。"

张荷看他如此真诚，更加放心地把女儿交给他，内心真的觉得死而无憾，她心里的想法不会变，但也不再继续这个沉重的话题。

"饿了吧，去吃饭。"

三人吃完饭，张荷去午休。

舒听澜在客厅拿着手机看车的资料，她买车没有研究太多，就是看中了品牌，然后价位在她接受的范围内，外观又是自己喜欢的即可，所以现在临时抱佛脚看车的各项功能。

卓禹安坐在她的旁边，看到了她手机刷的页面。

"想买车？"

"嗯。"她淡淡地回答，没告诉他已经买了，与他无关，她不想说。

"喜欢什么样的？我带你去看。"

"随便看看。"

"有驾照？"

"有。"

"还敢上路吗？我先带你去练练车。"

"再说吧，今天有点儿累了。"

"好。"

这对话，就是没话找话，尴尬得很，舒听澜看了一会儿手机也去午休了。

整个周末都在舒听澜家度过，周日晚上送妈妈回医院，然后一起回卓禹安的家，他家比她家大了好几倍，住在里边，舒听澜偶尔会有一种不真实的梦幻感，坦诚说，如果让她选，她更喜欢自己那个小小的房子。

晚上睡觉时，两人也还是很亲密的，不论在婚前还是婚后，卓禹安在这件事上一向是先顾她的感受，再顾自己的需求，两人契合度高，也乐此不疲。

舒听澜喜欢看他要失控却又努力克制着的表情，喜欢听他低沉、带着微喘的声音一遍一遍叫她的名字，喜欢他在事后温柔地亲吻她微微发汗的额头，喜欢他全心全意心里只有她的时候。

性，之于她不再是从前林之俜说的如吃饭一样正常的生理需求。现在对她来说是身体与灵魂的碰撞，是美妙的，因为爱着这个人，所以才想与他做这些亲密的事，不再只是如吃饭一样的需求。

“爱”这个字第一次在她脑海里闪过，她的眼泪瞬间流下来了，她爱这个男人？她爱这个男人！

她越是认清这个事实，眼泪流得越厉害，因为会绝望啊，一旦爱上，自己的所有喜怒哀乐便被他牵扯住了，而这个男人，她无能为力。

“怎么了？”卓禹安见她掉眼泪，吓到了，急忙开了房内的大灯。

舒听澜摇头，把大灯关了，只留刚才的床头灯，不想让他看太清楚自己的脆弱。

“弄疼你了吗？”卓禹安俯身看她，温柔地擦拭她的眼泪。

“没有，早点儿睡吧。”舒听澜拉住他的手躺下，他顺势把她抱进怀里。

“有什么事要跟我说。”

“好。”昏暗中，她如是回答。但她心里知道，很多事，说了也没用。

她刚才情绪上来，哭了一下，现在倒是平静了，在卓禹安轻轻拍着她后背的动作中沉沉睡去。

第二天一早，舒听澜还在洗漱，便接到4S店销售员的电话，让她上午去提车，她还不太敢单独开车，看了眼卓禹安，想让他帮忙，但是又怕他说买车不告诉他，正纠结着，卓禹安便在门外叫她：“听澜，好了吗？”

“好了。”

两人并肩从楼下坐电梯到地库，卓禹安牵着她的手到他的车旁，指了指旁边一辆宝马：“你以后开这辆。”

这款车型，市场上售价大约要100万，他们肖主任开的也是这个价位的车。

“不要。”

“你昨天不是想买车吗？而且这款车适合你开。”他知道她不爱张扬的性格，所以特意选了这款低调一些的。

“昨天林之俜陪我去买了，现在去店里提车。”反正她迟早要告诉他，便如实招了。

果然，卓禹安听到她的话，脸色就不好了，尤其当他跟着舒听澜去4S店看到她选的那款车时，就更不好了：“舒听澜，你存心气我，是不是？”

一旁的销售员以为他是不同意女客户买车，急忙解释：“先生，这款车的性能很好的，我跟您再介绍介绍。”

“不必了，我们不买这辆车。”他揽着舒听澜的肩膀就想走。

销售员见他如此霸道，心想，长得高高大大、帅帅气气，像个明星，没想到这么小气，真是什么男人都有。

销售员怕这单有变，急忙拦住他：“可是舒女士已经交了定金，不能退还。舒女士是律师，有个自己的交通工具还是很有必要的，您说是吧？而且她已够勤俭持家了，买的是我们店里最普通但性价比最高的一款车。以她的身份，您总不能要求她去买几万块钱的车吧。”

销售员越说越看不上眼前这样的男人，他穿得人模狗样的，气质也不像穷人，也太小气了。

舒听澜本来因为他霸道的行为很生气，但见销售员误解了卓禹安，便笑起来，故意与销售员同仇敌忾：“就是啊，我自己赚钱，自己想买什么就买什么，你管不着。”

卓禹安气炸了：“你今天打定主意要气我，是吧，啊？”他发怒的时候还是蛮可怕的。

“先生，我们这儿可是有摄像头的哦，劝你平静一点儿，不要动粗。”

卓禹安怒极反笑，看向舒听澜：“行，你买吧。”他突然变了态度，悠闲地坐到一旁，看着她。

他转变太大，舒听澜不知他要作什么妖，反而心虚，不敢动了。

“真想要这辆，卓太太？”他故意把卓太太叫得重重的，意思就是她没有一点儿身为卓太太的自觉，20万的车配得上她卓太太的身份吗？

“想要。”舒听澜点头。

“你呀，也就这点儿出息。”僵持了一会儿，卓禹安认命了，起身陪她去看车。

销售员见他开窍了，便热情地引导：“两位这边请，先去我们财务部办理一下贷款手续，总共分36期付完，对吧？”

“对。”舒听澜道。

“全款付。”卓禹安说着，直接将卡递给销售员。

销售员愣住了，刚才还小气、不给太太买车的男人忽然大方起来，叫她不适应。但身为销售员就应该有销售员的样子，她脑子转得快，马上改口道：“您对您太太真好，您太太嫁给您真幸福。”

舒听澜抢过卡塞给卓禹安：“我自己可以解决。”她就是这么倔。

本来因为她买这辆车，卓禹安就生气了，见她连这点儿钱都要跟他分这样清楚，便更生气了。

“是买这辆还是买那辆，你自己看着办。”他指了指展厅里另外一辆车，是这个品牌最贵的一款。

销售员眼前一亮：“先生眼光真好，那辆车是我们今年的最新款，并且店里刚到货一辆，现在交完款即可提走，不用等待。”

卓禹安看着舒听澜，寸步不让，直到舒听澜迫于无奈点头，答应用他的卡，他才收回眼神。

等两人提了车，销售员送他们出门时，才发现这个男人开的车是几百万的，刚才还夸他宠太太，结果，就这？自己开几百万的车，太太开20万的车？这种男人再有钱、再帅又有什么用？太小气了。

卓禹安就在销售员藏不住的鄙夷的目光中给司机打电话，让他来把自己的车开走，他要亲自指导某位新手上路。

舒听澜初生牛犊不怕虎，虽然拿了驾照之后一次车都没开过，但是她觉得没什么难的，就是踩油门、踩刹车、转方向盘的事，便信心满满地坐上驾驶座。

结果可想而知，她被副驾驶座上的“陪练”卓总骂到怀疑人生。

其实，也不能怪卓禹安骂她，因为她手脚协调能力与她的厨艺可以相提并论，一上路，她就险些撞上旁边的花圃。

“还没学会走路，就别想着飞，开慢一点儿，再慢一点儿。

“你是要上天——没见到前面的车打双闪了吗？你还踩油门往前冲？

“红灯，红灯——”

卓禹安简直是360度的立体环绕音，在折磨着舒听澜，舒听澜从来不知道他是这样啰唆的人。

她强忍住骂脏话的冲动，只喊了一声：“你给我闭嘴——”她快要气炸了，一直听他叨叨。

过了红灯，卓禹安忍了也就一百米，还是忍不住继续开口：“你刚才左转，没有开方向灯。你这样开车很危险，至少要先把交通规则学会了再上路。”

舒听澜狠狠地踩了一脚刹车，把车停在路边，熄了火，怒冲冲地下车朝卓禹安吼：“你行你上，我不开，行了吧。”没见过这么啰唆的男人。

卓禹安倒真不客气，在她怒目相向下，从副驾驶座换到了驾驶座，大言不惭道：“你本就该先练熟了再上路，这是对自己负责，也是对别人负责，我等会儿让陈哥陪你练。”陈哥是他的司机。

他也承认自己不是好的陪练，看到她开车毫无章法，他控制不住想骂人，涉及安全问题，什么绅士、什么怜香惜玉都不存在。

舒听澜其实心里也认同他的说法，但无法接受他的态度，所以在他面前就是不肯承认自己的错误，气呼呼地坐在副驾驶座上，一声不吭。

等他把她送到律所的办公楼下时，她招呼都不打一声，摔门就走，这脾气也够大的。

卓禹安看着不仅完全不在意，反而笑了。至少，她在他面前不再是戴着面具地应和，而是真实地做自己。

舒听澜进律所前已调整好心情，把卓禹安这个人抛诸脑后，全心地投入工作。

中午，舒听澜接到林之偶的电话："你要我找的人给你找到了，是傅慎逸原来公司的一位研发总监，绝对的技术大拿。"

林之偶说的是之前她让帮忙找的人，要调查她家智能系统的事。

"傅慎逸原来的公司是卓远科技的竞争对手吧？不太合适。"她拒绝。毕竟她只是想查自己家这套系统背后是否被温简动过手脚，并不想牵扯进商业纠纷中。她对卓禹安有怨，但从没想过要害他。

林之偶并不知她想查的是什么，只是按照她给的标准找了一位技术大拿："如果这个人不行的话，可以再给你推荐一位，只不过技术水平要差一点儿。"

"可以，除了专业水平，更重要的是人品要过关，嘴巴要严。"

"姐姐，你要求真高，下午我约他出来跟你见面。"

"人靠谱吗？"

"靠谱，他是在研究院搞学术的，对商场上尔虞我诈的事完全不感兴趣。真不知你想查什么，搞得神神秘秘的。"

她们作为闺密就这点好，只要对方不想说，绝不会多问，给足彼此空间。

对方如林之偶所说，是一位醉心于学术研究的学者，多年来一直致力于智能领域。舒听澜下午抽空与他见面，原本并未抱有太大的希望，但经过沟通之后，她便放下了防备。

"贺老师，我的情况刚才也大致跟你说了，我的心理医生说，对方是在我无意识的情况下，通过智能系统对我进行催眠，我想请您帮忙，看能否找到相关的数据。"

"网络世界与现实世界是一样的，只要存在过，就必然会留下蛛丝马迹，我们可以试试。"贺老师戴着一副黑框眼镜，人偏瘦，就是一副很标准的技术宅男的形象，但是开口说话时不疾不徐，话不多，但每一句都是重点，很让人信任。

"恢复你家的系统账号是个很简单的操作，但若是想通过客户端查到后台的数据运作，几乎没有可能。你想得到真实的信息，必须通过卓远科技的数据库，但侵入他们的数据库是违法的。"贺老师如实说。

这些舒听澜当然知道，所以才需要找技术能力强的人，否则就没必要找他了。

"贺老师，您还有别的办法吗？"她把问题又抛给他。

这位贺老师之所以答应舒听澜的要求，正是因为她遇到的问题与他目前研究的课题相关，便是智能系统是否可以随意操控用户。虽然市面上，所有的公司都承诺百分百保护隐私、保护安全，但真的毫无人为操控吗？

门铃可以随意响，窗帘可以随意投影画面，灯光能渲染恐怖气氛，音响能播放催眠曲。一切的一切都是可以人为操作的，用户便变成了任人随意操控的布偶。

你以为你在为生活提供便捷，实际上是掉入了陷阱。

贺老师的课题一直无法完成，便是缺乏真实案例的研究，所以不用舒听澜多说，他也会全力以赴。

舒听澜只有一个要求：“你可以拿案例做研究，但必须严格保密，所有的数据结果都不能公之于众。”她还是那个想法，她要对付的是温简，并非卓远科技或者卓禹安。

“这是一定的。”贺老师只是想做研究，对其他的毫无兴趣。

舒听澜每天忙得脚不沾地，一方面要瞒着所有人配合贺老师的调查，一方面要正式组建律师团队入驻哗哗啦娱乐公司做尽职调查工作，还有就是卓禹安的司机陈哥，随时跟在她的后头催促她去练车。

她只能在去哗哗啦娱乐公司的路上时，安排陈哥带她练车。

陈哥对她就是对待客户的态度，专业，且尽心尽力教她，不停鼓励她，不过一周的时间，她就完全可以自己娴熟地上路，没任何问题了。

哗哗啦娱乐公司的尽职调查，肖主任除了让周铭协助，还给她配了两名律师。

这两位律师比舒听澜早两年到律所，但是因为资质一般，至今还没有独立接手过项目，与舒听澜还是同一级别。

舒听澜原本担心她们会不会倚老卖老，不服从她的安排，但好在共事了几天，发现她们都十分配合，而且很踏实肯干，只是没有雄心壮志，安于现状，所以级别一直没往上升。

舒听澜自然是喜欢这样靠谱的同事了，周五下班后，便请她们吃饭以增进了解。

两位律师都是森洲本地人，家里衣食无忧，觉得能有份体面的工作就好，不曾想过要有什么大的发展，被肖主任调派到舒听澜手下来工作，也没什么怨言，甚至工作几天后，反而喜欢上舒听澜了，原因无他，她分派任务时划分明确，不会朝令夕改，不会临时加任务，每天需要完成多少工作都是提前安排好的，她们做完即可下班。还有一个原因，她很尊重她们，不像别的律师，每次都居高临下地与她们说话，对她们来说，工作开心最重要。

这会儿三人在餐厅聚餐，舒听澜话少，以倾听为主。

“舒律师，原来我们在别的项目组，和你接触得少，偶尔听到一些只言片语，都是不好的传闻，我现在真正体会到什么叫谣言了。”说这话的是张靖，比舒听澜大两岁，毕业后就一直在宏正律所。

“哦？”舒听澜倒是不知道律所有她的谣言，毕竟她还只是个新人。

“也没什么，就是之前卓远科技那个项目，传得比较难听，说你利用工作的便利，勾引卓远科技的卓总，所以才会被卓远的技术总监温简当众掌掴。”张靖因为现在熟知她的为人，知道是假的，便也敢说了。

舒听澜想，那一巴掌还真是声名远扬呢。

“我们当然知道，你跟那个卓总没有任何关系，所以说，谣言才最可怕。”另外一位律师赵妙歌说，她与舒听澜同龄。

正说着，她们便见到她们口中的那位卓总翩翩而来。

桌边的三人都愣住了，心想，这也能遇上？以后绝不能在背后议论他人。

“舒律师，这么巧？”卓禹安笑着过来打招呼。

是真巧，舒听澜说今晚要和同事聚餐，不回家吃饭，他一个人无聊，便约了陆阔，竟然就约在同一个餐厅。

他看到她，眼角的笑意藏都藏不住，尤其看到她一脸震惊地看着他的样子，更是心情大好。

陆阔比他稍晚了几步，此时走过来，看到舒听澜，直呼：“缘分，缘分，两位美女不介意拼桌吧？”

张靖和赵妙歌都还云里雾里呢，被两位帅哥闪得头晕，还没回答呢，他们已经坐下了，一左一右地坐在舒律师的旁边。

卓禹安，她们自然是知道的，这陆阔嘛，更熟悉，据说是听鲸金融真正的太子爷，这次的项目也是他介绍给舒律师的。

她们原本还觉得是谣言，但看这两人与舒律师熟稔的态度，好像并非空穴来风。

舒听澜保持着良好的涵养，才克制住把他们赶走的冲动，他们是存心来捣乱的吧？她请同事聚餐，他们来凑什么热闹？

“你们现在负责听鲸金融的收购项目，说起来就是自己人了，这顿饭我请，你们随意点儿。”陆阔自来熟。

“两位律师跟着我们舒律师工作，多担待哈，她脾气是不是很不好？要是欺负你们，你们告诉我，我帮你们教训她。”

“不会的，舒律师很专业，人也很好，我们相处得很愉快。”张靖和赵妙歌急忙回答，听陆阔的语气，这是一家人了？

而卓禹安一派悠闲，坐在那边纹丝不动，就只是淡淡笑着，桌子底下的手握着舒听澜的手，在掌心里把玩着。

舒听澜气极了，假装要给她们倒饮料，快速抽出手来，之后就一直将双手放在桌面上，再也不垂下。

“我们以前是高中同学，所以比较熟。”她主动解释，否则以眼下的情景，更要谣言满天飞了。

张靖与赵妙歌又不傻，看这情形，他们哪是同学那么简单？想起之前的谣言，她们觉得，舒律师还是有手段的，能搞定卓禹安和陆阔，将来的项目还不是一个接一个？当然，这也是她的能力，无可厚非。

这世界，大家各取所需，求仁得仁，舒律师要事业，她们要安逸。只不过不可避免，她们会在心里看轻她。

舒听澜自然知道，自己一番努力建立起来的形象又一瞬间崩塌了，看卓禹安时不免就带着点儿怨气。

聚完餐，出了餐厅，几人告别。

卓禹安则是叫来陈哥开他的车，他要坐舒听澜的车回家。

舒听澜拒绝："我的小车配不上你尊贵的身份，你还是坐自己的车吧。"

"生气了？今天真是巧合。"他说话的同时，往前走了一步，把她困在车门与他的臂弯之间。

刚才聚餐时，她一直与他保持距离，宁愿向陆阔那边挪位置，也要离他远一些，他忍了一晚上，此时就想抱抱她。

舒听澜背靠着驾驶座的车门，被迫仰着头看他，看到他眼中明晃晃的意图，急忙用双手捂住唇防备着。

"卓太太，这么怕我吗？"他低了低头，语气里都是笑意。他伸手把她的双手拿下来，用惯常的姿势，双手控制着她的双手，然后低头便吻了下来。

被按在车门上，双手又被控制着，舒听澜一动也动不了，只能任由他吻。

因为这是第一次在户外如此亲密，舒听澜的心快要跳出来了，幸好是夜晚，看不出她脸红的程度。

许久，卓禹安才放开她。她转身急忙开了车门坐进驾驶座，平息心跳。

卓禹安坐进副驾驶座，反常地有些沉默，因为是自找苦吃，心想，好端端的在车外吻她做什么，现在难受的还不是自己？

舒听澜本来开车已很熟练了，但是旁边坐着卓禹安，还一副苦大仇深的样子看着她，哦，不，是用想把她生吞活剥的眼神看着她，她就有些慌乱，路上差点儿闯了红灯，好在最后平安到家。

进电梯时，一路都没怎么说话的卓禹安忽然说："车小了点儿！"

舒听澜琢磨了一秒，顿时明白过来他这句话背后的意思："卓禹安，你现在是不是满脑子黄色废料啊？"

"是。"他坦坦荡荡地承认，以至舒听澜想损他的话被打了个凌乱，后面一句话都说不出口。

一出电梯，卓禹安就让舒听澜体会到了什么叫满脑子黄色废料。平时舒听澜还能以明天要上班为由拒绝他，但是今天不行。

"明天是周末。"他含糊地说，不给她拒绝的机会。

即使明天是周末，今晚也不必这样过分吧？其实她现在没有真正的周末，在项目上，恨不得把时间分为两半来用，哗哗啦娱乐公司旗下的艺人，每一份合约，她都要认真细看，就怕遗漏重要信息。

有些现在虽然是十八线小艺人，但你不知道他哪部剧可能就大爆成为流量，所以合约她都必须研究透了，一点儿都不能含糊。

“专心点儿！”卓禹安见她不知神游到哪儿去，不禁要怀疑自己的魅力。

偏偏她还一脸不耐烦：“你说这是第几次了？”她哪还有精力，只想倒头就睡。

他俯身亲吻她微湿的额头，而后是唇，柔情万种，动作也忽然加快了。

舒听澜的注意力被抓回来，最后那一刻，她感觉灵魂都散了，飘在半空中，久久下不来。

“我爱你，听澜！”他还不肯松开她，紧紧抱着，“从很久很久以前就开始了。”

这是他第一次如此直接地表白，舒听澜的眼潮湿了。

她相信他的爱是真的，只是她从不和他言爱，因为知道每份爱都有一个排序。例如，当年的爸爸对她、妈妈、温简、温兰的爱是怎样一个排序呢？

贺老师那边已查到很多数据，每一份都在她加密的网盘里存着，她不知道，如果所有数据摆出来后，卓禹安会如何选择。她、温简、卓远科技，他爱的排序又会是什么样的？

舒听澜在很久以前就知道，人性复杂，绝不是非善即恶。同一个人，面对同一件事，换个环境，选择会截然不同。

所以此时，她不去纠结卓禹安心中的排序，在感情问题上，能享乐一天是一天，得过且过吧。

周末两人都很忙。

卓禹安在和傅慎逸开会，讨论目前他们在研发的一款能够替代护工的机器人。

舒听澜抱着电脑在另外一间书房里办公，实际上是在与贺老师沟通。

贺老师无法进入卓远科技的数据库，只能通过分析她家那套智能系统运行的轨迹，顺藤摸瓜摸出催眠密码的开发者。

每个催眠者都有自己特有的属性，而舒听澜家的催眠密码被破解之后，贺老师很快就比对出来这套程序的开发者是谁。

“你确定是这位Brian？”舒听澜对他有印象，因为他是温简刚回国时带着林之伢去桦安市见的候选人，入职卓远科技之后，好像颇受重用。

“确定是他，他是催眠的狂热爱好者，我查到在国外很多网站都有他的论文以及发言。只要联系上他，你的问题便可以得到解决。”

“好，我知道了。这些证据麻烦您传给我。”

“没问题。”

舒听澜看着贺老师传过来的密密麻麻的数据与链接，整个人不由得发抖，想起那段时间的经历，她内心深处的恐惧被无限放大。爸爸站在楼顶上往下跳的瞬间，那声沉闷的落地声，还有脑部流出的脑浆以及血漫延至她的脚边，这些不断在脑海闪现。她与妈妈相依为命，所有亲戚在背后指指点点，对她们避如蛇蝎，妈妈来森洲被雇主虐待，而她无能为力，所有的负面情绪被不断地放大，她每晚犹如活在地狱之中，把自己折磨得人不人鬼不鬼的，甚至做出极端行为，跳轨自杀，而操控这一切的竟是温简。

只要她联系上Brian，一切便会真相大白。

“中午想吃什么？”卓禹安此时正巧过来，看到她脸色煞白地坐在电脑前，眼里聚集着让他陌生的恨意，他愣住，“怎么了？”他朝她走去。

舒听澜下意识快速地把电脑合上，默默深呼吸，把刚才的情绪一点儿一点儿收敛起来，不在他面前表露半分。在这件事上，她是防备着他的。

“没怎么，工作上的事，要保密。”她已平静。

卓禹安一直看着她，看到她刚才一瞬间的慌乱以及眼里的防备，并不拆穿她，只继续问刚才的问题：“中午想吃什么？我去做。”

“都可以。”她锁了电脑，跟着他走出书房。

她有些心不在焉，想着怎么联系Brian，怎么说服他帮忙举证温简，一时不察，迎头撞上卓禹安。

“走路小心。”他低头提醒，然后转身走向厨房。

“舒听澜，要不要来帮忙？”他第一次喊她进厨房。

“好。”

卓禹安递给她一个洋葱：“把它切碎了。”

舒听澜接过洋葱，按照他的指导认真切，她哪里知道洋葱是催泪神器啊？切了几下，她就被辣得直掉眼泪。

“卓禹安，你是故意的。”她控诉。

“想哭就哭。”他正在另一边煮意面，连头都没回。

舒听澜听见他语带双关的话，愣住，心想，她有哭吗？她不禁用手擦了擦眼角，顿时哀号，手上的洋葱汁更多地进入眼睛，这回是真的被辣哭了。眼泪一掉，她就用手擦，越擦越辣……

卓禹安没见过这么笨的人，急忙关了火，过来把她带到洗菜池旁边，给她清洗眼睛。

舒听澜脸上被水打湿了，眼睛上火辣辣的感觉才稍微好了一点儿。

卓禹安拿了抽纸给她擦干，她眼睛还有点儿红，气嘟嘟地瞪着他看，把他当仇人一样。

“好点儿了吗？”

“嗯。”这么一闹，她刚才痛快地流了一下眼泪，在书房里积压的负面情绪消散得差不多了，便觉得有点儿饿了，“好香，做的什么？”

另一只锅正在熬意面的酱。他道：“把洋葱倒进去就好了。”

“好。”

舒听澜想联系Brian并不容易，因为没有理由再去卓远科技。她想了想，只能请林之俣帮忙。

周一上班的时候，卓禹安在车库和舒听澜说再见。

“你先走！”舒听澜喊他。平时都是她在前边开车，他在后边小心跟着，出了地库再分道扬镳。

“好，你自己路上小心。”卓禹安听她的，启动车子开走了。

开了好一会儿，他发现舒听澜的车一直跟在他的车后面，没有往律所的方向开。他给她打电话，开玩笑道：“跟踪我吗？”

“没有，正好顺路。开车不要打电话，挂了。”

卓禹安放慢了速度，公司离得不远，他拐了个方向去往公司的地下车库，结果舒听澜的车也拐了方向，跟他一同进了地下车库。

他想，看她的样子，倒像来谈正事的，可她来卓远科技能有什么正事？

“找张律师？”

“对啊，项目结束了，肖主任让我来做个回访。”

“嗯？直接回访我不就好了？我才是你们的客户。”

“我们法律界的事，你懂吗？”她不屑地看了他一眼，眼神透着骄傲。

卓禹安笑了：“嗯，是不懂。那中午留下来一起吃饭？”

“不用了，跟林之俣约好了。”

“好。”他快要嫉妒林之俣了。

从地库出来后，舒听澜便与他保持距离，连电梯都不乘同一趟，等他上去之后，她再坐下一趟。

回访张律师当然是借口，舒听澜真正的目的是来见Brian。林之俣上午约了几位候选人面试，Brian是其中一位面试官，为了舒听澜，林之俣特意把面试地点约在了卓远科技外边的一家咖啡馆。

舒听澜在咖啡馆里忙自己的工作，等他们面试完之后再过去。

林之俣因为工作关系，与Brian很熟悉了，简单介绍了一下舒听澜，因为之前在卓远科技有过照面，所以Brian对舒听澜并不陌生，只是不明白她来找自己的原因。

舒听澜开门见山，把电脑里那份加密资料放到他面前，都是他自己写的代码，他当然第一眼就看出来了，只是震惊地看着舒听澜：“这是？”

“这是你替温简做的吧？”

林之偶一头雾水，并不知其中关联。

“是，她让我开发的，说是内部测试用。”Brian不知是真不懂，还是装傻。

“好，你不妨看看这套程序用在了什么地方。”贺老师认真细致，给她发的所有资料都是编号放好，她随时能够抽取。此时她打开的文件是Brian开发的催眠程序在她家的系统里出现的时间，每一天、每一个时间节点，贺老师都罗列得很详细。

Brian的神情肉眼可见地变得慌张。

舒听澜表情严肃，继续道：“我不知你是真的不知道温简拿这套程序做什么用，还是假的不知道。但如果你不肯说实话，它出现在我的家里便全部是你的责任。我有心理医生的报告证明，它对我造成的伤害可以走司法鉴定程序。”她顿了一下，加重了语气道，“甚至可以定为谋杀，有地铁视频做证。”她语气森冷，表情严肃。

Brian低头搓着手，一声不吭，两人相互较量着。

“什么谋杀？什么地铁视频？舒舒，怎么回事？”林之偶是第一次听说，她已把舒听澜电脑里的文件看了一遍，大概明白了是怎么回事，“温简指使他干的？让你在无意识状态下差点儿自杀？”

舒听澜能忍这么久，她一分钟也无法忍受，指着Brian道：“你还想包庇温简？她这是谋杀，如果你不为舒听澜做证，你难逃干系。”

Brian沉默良久，最终抬头问：“需要我做什么？”

“帮我做证。”舒听澜早有准备，见时机差不多了，说话的同时，拿出之前准备好的相关资料以及证词，“你签字即可。”她须趁热打铁，以免Brian反悔，现在所走的每一步都非常不易。

“你签了这份证明，就可以洗清自己的嫌疑，你不过是催眠程序开发的爱好者，并不知温简的用途。倘若你不签这份证明，你便是温简的同谋，我保证你以后难以在这个行业里混下去。”舒听澜说话不疾不徐，但咬字清楚，态度坚决，让人不得不信。

Brian低头看了看那份证词，咬牙签了字。

“没什么不敢签的，因为我确实不知道她的用途，我是她的员工，只负责执行她的命令，但她若是拿我开发的系统做违法之事，我绝不会姑息。”Brian是聪明人，当然要撇清自己。

“好，今天我们的谈话也请你保密。”舒听澜收回证据文件，心里松了口气，没想到进展会如此顺利。

等Brian走后，一直强压着怒火的林之偶发飙了：“舒舒，你还当我是你的朋友吗？发生了这么多事，你竟然只字不提。”

“对不起，不是有意要瞒着你，我也是最近才知道真相的。”舒听澜道。

林之偶看着她就觉得心疼，难以想象那段日子，她遭受了怎样的痛苦。

“好啦，没事，你看我现在不是好好的。”舒听澜看林之偶眼眶红红的，很感动，她知道只有林之偶是全心全意地对她，凡事都站在她的立场考虑问题。

“卓禹安知道温简做的事吗？”

“应该知道。”她黯然回答。

林之偶几乎是咬牙切齿地说道：“绝对不能放过他们。舒舒，你这次不能心软。”

“我知道。”她已不是从前那个任人欺负、只会躲避的舒听澜，也不是那个遇事就六神无主、只会求助的舒听澜了。她知道很多事无人会帮她，只能靠自己。

“你打算怎么做？需要我替你做什么？”林之偶问。

“还没想好，等她从栖宁回来再说。”

她这两天心情忽上忽下，像在火上煎烤着，手里有完整的证据链，只要把这些公之于众，便能让温简身败名裂。

只是让温简身败名裂，必然会波及卓远科技以及卓禹安，这让她有一丝迟疑，她本意并不想伤害他，她知道一旦走出那一步，便再也没有回头路了。

她要做的事，是完全站在卓禹安的对立面，不得不承认，她舍不得。

在她游移不定的时候，林之偶反常地没有骂她，只是很冷静地说：“在你舍不得时，可有人会心疼你、在意你？

“温简对你做过什么，你心里最清楚。如果不是你命大，我现在就不是在这里见你，而是清明节去墓地看你。

“你觉得以她恶毒的程度，她会放过你吗？

“舒舒，你不要太心软或者太天真了，你放过她，她不会放过你的。”

林之偶说着说着，刚才的冷静便荡然无存了。

“我没想放过她，我只是——”她小声地说。

“你只是舍不得卓禹安，是吗？可你有没有想过，你把他的利益放在第一位的时候，他是否也把你的利益放在第一位？如果把你放在第一位，又怎会如此纵容温简？舒舒，我以前一直劝你好好谈恋爱，好好享受生活，但不是让你拿命去谈，这个世界上，如果你都不心疼你自己，你都不为你自己考虑，那还有谁会真心爱你呢？

“你爱别人的同时，首先要爱自己，自己才是最珍贵的。”

这些道理，舒听澜当然懂，只是她也不会忘记，卓禹安曾拿命救过她，出于这方面的考虑，在做这件事时，她想她需要与卓禹安开诚布公地谈一次。

她问卓禹安：“你知道我和温简的关系吗？”这大约是她第一次主动和他提起温简。

“嗯，猜到一点儿。”卓禹安如实说。她和温简具体的关系，他无处查证，但是或多或少也猜出一点儿。

“她是我爸的私生女，你知道我爸有多大胆吗？他把她们母女安排在我们小区隔壁楼，对外宣称她爸爸在国外，确实，最危险的地方就是最安全的地方，我们从小一起长大，我和我妈妈从未怀疑过她们的身份，甚至因为她们家没有男主人，而格外照顾她们。

“或许环境使然，温简从小就很有心计，心里藏得住事。她多年之后再回国，其实我已经想明白了，只要她不犯我，我绝不会主动挑衅。”

她说完这句话时，便停顿下来，看着卓禹安，想从他的脸上找到蛛丝马迹，只是他是个藏得很深的人，眼里只有对她的心疼，无别的情绪。他摸摸她的头安抚道：“听澜，都过去了，以后有我守着你，不会再让任何人欺负你。”

舒听澜看向他，眼底渐渐变凉，她反问：“真的都过去了吗？过去了吗？”

她表情已变得冰冷，好像刚才的坦诚并未起到任何作用，她就那么看着卓禹安，眼底有咄咄逼人之态。

卓禹安似乎终于察觉到她的情绪，也忽然明白她什么都知道了，他表情僵硬：“听澜，我不是坐视不管，只是需要时间，也需要时机。”他做任何事都是谨慎的，要确保万无一失。

可他的谨慎在舒听澜看来就是包庇，她推开他站起来：“所以，你早就知道我之前的精神状况是温简所为？你什么都知道！”这次是百分百确认。

“我确实知道，但并没打算包庇，只是在等时机。”一家企业牵扯太广，他须步步为营。卓禹安，我无意伤你，但温简的行为，我必须揭穿。今天找你说这番话是出于对我们两人关系的尊重，我需要知会你一声，我之后要做的事不是征求你的意见，也不需要经过你的同意。

“卓禹安，对不起，我不想因为你而亏待我自己。如果你介意我要做的事，那我们可以解除婚姻关系。”舒听澜已把所有最坏的打算都想过了，甚至她的包里就放着离婚协议。她与卓禹安的婚姻本就如儿戏一般，但也好在是儿戏，没有双方家庭的纠纷，更没有财产的纠纷。

“解除婚姻？就为了这点儿事？舒听澜，到底是你傻，还是你觉得我傻？为了一个毫不相干的温简，我把自己得之不易的婚姻搭进去？”

她完全看不出卓禹安此时的心态，因为他说这话时表情以及语气都是很平静的，就像讨论今天的天气好不好一样平静无波。

舒听澜手里攥着的离婚协议又默默地放回包里，没拿出来。

“你想怎么处理都行，后续的一切问题都有我。”他依旧很平静。这件事本就是卓远科技的一颗定时炸弹，也是他亏欠她的，迟早需要解决。

舒听澜没想到卓禹安竟会这么快答应，不由得有些狐疑地看了他一眼，不知他在做什么盘算，毕竟卓远科技是他最重要的东西，她不相信他会放任不管。

卓禹安看见她这怀疑的表情，不禁有些生气了："看什么？以后我若是破产了，你养我！"

"好，我养你。"

舒听澜在他如此配合的态度下，有一瞬间差点儿就想放弃了，她想算了吧，她不忍心。

林之俜大骂："这就是他的恶毒之处，以退为进，你千万别上当。"

"知道。"舒听澜会对卓禹安心软，但对温简绝不会心软，要捶她，就必须往死了捶。

林之俜熟谙网络宣传的途径，给网络小白的舒听澜在各个平台都开了匿名号："你把事情的来龙去脉都说清楚，并且把证据以及视频放上去，之后的转播、造势由我来负责。"

舒听澜并不想走网络宣传的途径，她想通过法律手段状告温简，让她承担相应的责任即可。

林之俜道："走法律途径，你赢了又如何？到时候温简只需要做一点儿经济补偿，对她的名誉没有任何影响，她照样可以到处蹦跶，你这不痛不痒地挠痒痒不如不做。"

林之俜不打算放过温简，对付温简这种人，做事就要做绝，不给她任何翻身的机会："舒舒，对敌人手软就是对自己残忍，你想想她对你做的事，是要置你于死地，用狠毒形容她也不过分。你今天若是放她一马，她之后会更肆无忌惮。

"这事，你听我的，还有一点，为了你将来的职业生涯考虑，你不能暴露自己的身份，只能匿名发。"

林之俜考虑周全，什么都替她想好了。她只负责用最简练的语言把事情的来龙去脉整理成档案，附上心理医生、贺老师、Brian三人的报告，上传网络。

林之俜早已跟几位智能行业的大V打过招呼，这些大V正愁没有行业新闻来吸引流量呢，自然欣然答应。

林之俜在后面指导，舒听澜在前面执行。

舒听澜做这些事时是深夜，在卓禹安那套位于市中心的高级住宅的书房里。当她把最后的证据上传之后，整个后背直冒冷汗，坐在书房里久久没有出去。她不敢，也不愿意面对卓禹安。

书房外的客厅有细微的声音传来，是卓禹安在客厅走动，他的电话、微信已经被打爆了，公司的高层、公关、法务、技术人员及助理，还有合作商、代理商，全在找他。

舒听澜坐在黑暗的书房里，一动不动，她走出这一步，也无法预测之后的事情会如何发展。

书房传来敲门声，她整颗心都提了起来。

“听澜？”卓禹安在外边叫她的名字。

她沉默了一会儿才回答：“抱歉，我没什么可说的。”此时她有点儿怕见他，怕看到他的怒容。

书房外安静了好一会儿，他才开口道：“我去公司处理工作，你一个人在家行吗？”他的声音竟然毫无波澜，平静得仿佛什么也没发生。

“好。”

这一夜，卓禹安一直没有回来，舒听澜就一直坐在书房里看着网上的事情发酵。

温简的简历很快就被挖出来了，海外名校毕业，卓远科技的技术总监，也是创始人之一，只有她有这个能力以及权限去做这件事。她利用职务之便，已严重违反网络安全，并且涉嫌危害人身安全，不仅网上人人喊打，现实中也有相关部门会介入调查。

一夜之间，温简的形象已从神坛跌落。

卓远科技、温简，这两个名字一直在首页的新闻里飘着。成千上万的网友都在喊卓远科技出来回应此事。

卓远科技的用户基础庞大，也有规模非常庞大的死忠粉从头至尾都在维护卓远科技。

“现在造谣的成本已经这么低了吗？”

“随便一个研究就可以拿出来当证据吗？”

“主要是这个博主是不是精神本来就有问题？卓远科技一个那么大的公司，跟她无冤无仇，费尽心机、自毁长城只为了催眠她，不符合逻辑啊。”

“你们带脑子想想，卓远科技没有这个动机。”

“不要被网上的人带节奏，我们坐等卓远科技的官方回应。”

这些维护的声音夹杂在一片骂声的洪流之下，很快就被隐没。

舒听澜也在等卓远科技的声明，她很好奇，如今她与温简算是短兵相接了，卓禹安会怎么处理呢？

只是她等了一夜，卓远科技一直没有任何动静，既没有撤热搜，也没有发声明，现在是深夜，关注度还不够高，如果持续到天亮，上网的人多了，不知会翻几倍的数量。

卓远科技大厦此时灯火通明，卓禹安与几位高管以及技术部门、公关部门连夜开会，大家讨论激烈，各持一方意见。

技术部的人根本不相信温简会做出这样的事，不仅是信任温简，更是因为自己的工作能力不容置疑。

而运营部的人，包括代理商，不管是不是技术上的问题，他们需要解决的是此事造成的负面影响，觉得只要把负面影响消除，不影响公司形象与发展即可。

两方在会议室里吵得不可开交。

运营的人希望以最快的速度撤销热搜，发布声明，给造谣者发律师涵以证明卓远科技毫无问题，稳定用户的信心，保持股价。

技术部的人并不同意如此简单粗暴的方法，他们认为既然要发声明，必然是在事实证据的基础上澄清自己，否则这个声明不堪一击，不如不发。他们必须要找到问题的源头，要证明网上的证据都是假的，或者与卓远科技无关。

整个会议中，只有卓禹安是最沉默的。

而王岩最激动，他带着整个技术部多次表态："我不相信Jane会做这样的事，这么多年，她对卓远科技的付出有目共睹，她甚至可以为卓远科技牺牲自己。而且，她不可能做自毁前程的事情。一定是卓远科技妨碍了竞争对手的发展，所以对手故意污名化我们。我们必须调查清楚。"

公关部的负责人以及法务部的张律师已经写了好几份声明在等待着他们讨论的结果。此时是深夜，网上的关注还比较少，一旦天亮，上网刷新闻的人便会呈井喷式的数量发展，到时候再想控制，要花数倍的精力。

"卓总，您怎么看？"公关部负责人到最后不得不征询卓禹安的意见。

他一晚上几乎没有说话，直到现在被问话，他才开口："大家要做好准备，这次的事件并非谣言，确实为温简所为。"

他话音一落，整个会议室一片死寂，所有人都不可思议地看着他。

"事情已经发生，追责不是首要的事，当下最重要的是如何渡过这次危机。运营部门务必要安抚好各个代理商以及用户，给他们信心，卓远科技的产品一如既往是最安全的产品；张律师，你要做好应对，后续调查温简的工作，你要全力配合。公关这边，该撤热搜撤热搜，该发声明发声明。"

他三言两语分配好工作，只是，公关部门的人有点儿晕，心想，这个声明怎么发呢？总不能承认事实吧？

想了一会儿，他们拟了一份声明初稿发给张律师审核，声明如下："近日，有关网上的传言，本公司高度重视，秉持实事求是、为客户负责的态度，已成立专案组彻查此事，如果属实，本公司绝不姑息；在事实查明之前，也请勿以谣传谣。后续一切进展，我们会第一时间告知。"

张律师看了一遍道："可以，再润色一下，马上发布。"至少要表明立场。

王岩在听到卓禹安亲口承认这件事是温简做的之后，便直接摔门而出，去给温简打电话了。电话响了好几声，温简才接。

“在哪儿？”他问。

“刚从栖宁回来，在家。”温简语气很平静，似乎并不知网上的动静。

“这事真是你干的？”王岩也不藏着了，直接问道。

“你觉得呢？”温简不答反问。

王岩太了解她了，就这一句，已确认是她做的，因为以她的性格，如果不是她做的，她早就坚定地澄清了。

“为什么？Jane，为什么？”王岩怒吼，他无法理解，不可理解。

“没有原因。”温简并不想说，她没想到舒听澜会发现，也没有想到舒听澜会如此坚决，完全不顾卓禹安的利益。她从栖宁一路赶回森洲，原本想直接去卓远科技，但到了半路停下了，一切已无可挽回，但她并不后悔。

“Jane，到底发生了什么事？让你要毁了自己，毁了卓远科技。”王岩至今都不明白问题出在哪里。如果只是因为感情的问题，不至于此。

“你知道网上的爆料者是谁吗？”温简冷冷地问。

“还在查。”

“不必查，你可以问问卓禹安，他知道是谁。王岩，不是我毁了卓远科技，而是他毁了卓远科技。是他纵容对方这样做的，是他！”温简此时站在自家客厅的落地窗前，玻璃反光，照出她森冷的面容。她说完，便挂了王岩的电话。

王岩毕竟是做技术的，很快便查出网上那个叫“凭风起”的账号是那位舒律师，舒听澜。

他只觉得眼前是一团迷雾，令人看不透。每个人都让他觉得无比陌生。

一向爱惜自己羽毛的温简自毁前程；一向以事业、以卓远科技为重的卓禹安任对方胡闹；那个看着毫无杀伤力的舒律师却手握利刃，毫不留情地置他们于死地。

往日三人在国外辛苦打拼的日子仿佛还在眼前，他怎知竟是如此不堪一击，瞬间便分崩离析。

江山易打不易守，他颓然地想着，转身回办公室，继续战斗。

卓禹安在会议散了之后，独自回办公室，灯都没开，就一直坐在黑暗之中，窗外的天空渐渐露出鱼肚白，他知道，天亮之后，又有一场硬仗要打。

当太阳升起时，他的双目被刺得几乎睁不开，他拉上窗帘，拿出手机一看，是早晨六点半。

他给舒听澜发了一条微信：“抱歉，昨晚回不去。早晨你到楼下会所吃饭，上班路上小心。”

正常的嘱咐，可发出去之后，他便觉得这条微信充满了虚伪。他心里对她做的事也不是真的大度到毫不在意。

他知道她没有错，只是，他知道如果他不主动一些，两人的关系就会降至冰点。

“好。”一个小时后，舒听澜才回复了一个字。

她刚去警局以报案人的身份提交了所有的资料以及证据，在网上造势是为了让温简身败名裂，报案是为了让温简承担相应的法律责任，做完这些，之后所有的事便不在她的控制范围内了，她问心无愧。

此时，她正在去哗哗啦娱乐公司的路上，任何时候，工作都是不能耽误的。

网上经过一夜的发酵，即便卓远科技撤了热搜，即便发了声明，但已造成的负面影响全面爆发。

林之俱一早也给舒听澜打来电话嘱咐：“今天不要上网看任何消息，舒，无论发生什么事，你都没有错。”

“好，我知道了。”舒听澜回答，也确实没有时间去网上看新闻，在哗哗啦娱乐公司的尽职调查工作已全面展开，她本身就忙得脚不沾地。

然而她不主动关注，并不意味着能逃避开，因为不仅哗哗啦娱乐公司的员工在讨论这件事，连她的同事张靖以及赵妙歌在工作之余也在讨论。

“这次卓远科技遇到大麻烦了，应该是他们成立以来遇到的最大的危机吧？”

“树大招风，可能是得罪上头了，有人想整他。”

“应该不是这个原因，这次的事件主要是他们那位技术总监温简做的，温简是卓远科技的创始人之一，业内都在传，是因为利益分配不均，温简恼羞成怒进行的报复。”

“这个我也听说过，但卓远科技内部员工爆料，不是因为利益纠纷，而是因为感情纠纷，大意是那位卓总甩了温简，喜欢上了别人。”

“女人报复起来很可怕的，宁愿毁了自己，也不让对方好过。”

此时正是午休时间，张靖与赵妙歌拿着手机一边刷新闻一边低声交谈，末了，看了一眼午休时间也在埋头工作的舒听澜，问：“舒律师，你不是认识卓总吗？有没有什么内部消息呀？”

“没有。”舒听澜头也不抬地回答。

张靖与赵妙歌看她没兴趣参与，也不再说话，继续拿着手机刷新闻，反正不到上班的时间，坚决不碰工作。

张靖刷了一会儿新闻，忍不住轻声道：“卓禹安被相关部门约谈了，这事闹大了。”

“现在国家非常重视网络安全这块，卓远科技的事闹这么大，不请他‘喝茶’，请谁‘喝茶’？”

“就看他关系硬不硬，能否通过这关了。”

“之前网上有关于他家世背景的传言，不知真假，如果是真的，谁也动不了他。”

舒听澜在听到她们说卓禹安被约谈后，之后的话便什么也听不见了，急忙拿出手机看新闻。

新闻铺天盖地，是卓禹安大步走进某部的视频。视频里的他照旧风姿卓越、气宇轩昂，不见任何颓势，只是还穿着昨天的衣服，后背处有几个小小的褶皱。

有媒体跟在他身后拍照，面对镜头，他只是淡淡点头，一派从容。他身边陪同前往的是张律师，张律师修行没有他高，难掩倦容。

舒听澜反复看了这段视频，眼眶不觉发热，临下班时给他发了信息："还好吗？"

他一直没回，直到她到家很晚之后，才收到他的回复："还好。"

"今晚回来吗？"她又问。

"还有一些事没有处理完，可能回不去。你早点儿休息。"

"好。"

之后他们再无交流。

舒听澜猜不透卓禹安的真实想法，他依旧是那个城府极深的人，依旧是那个不与她谈公事的人，何况这件事还是因她而起，他心里有怨是正常的。

她那个"凭风起"的后台私信已经爆了，除了八卦、好奇的网友成千上万条询问信息，还有很多主流媒体想采访她，想了解事情的始末。

她斟酌了很久，最后决定再发一条说明信息。

"此事发生已有一个多月，对我的生活造成了很大的影响。在这一个多月时间里，我不停地在寻找真相，也请了相关专业人士参与调查，如我提供的证据所示，真正的始作俑者是温简，而卓远科技亦是受害者，它不过是温简实施报复手段的一个载体而已，如果没有卓远科技，也会有别的公司受害。希望大家在关心之余，切勿以谣传谣。我对卓远科技的产品一如既往保持信心，之后家里也会继续使用卓远科技的产品。"

她想她已尽力了，还是那句话，她问心无愧。

然而网友们并不买账，纷纷留言——

"姐姐，你如果被威胁了，就眨眨眼。"

"卓远科技给你多少钱收买你了？"

"不就是想要钱嘛，钱谈妥了？卓远科技可以告你讹诈。"

林之俜气急败坏地打来电话："你是不是傻？为什么发这个声明？你小心卓远科技反咬你一口，说你是讹诈不成，自导自演了这出戏。"

"不会的。"她相信卓禹安的人品，他不会做这样的事。

"你太天真了，商人的本性在任何时候都不会变。"

她想，会吗？卓禹安真会拿商人的那套对付她吗？

卓远科技的股票大跌，有小部分客户受了竞争对手的指使，以不安全为由要求退货，卓远科技不得不再次公示自己产品的安全检测及报告，但同时出于负责的态度，连夜召回相关批次的产品，请第三方权威机构再次进行检测。

卓远科技的官方一直没有再发声，不过，网上陆续有不少自媒体以及一些行业大V开始为卓远科技发声，如林之偶所言，往舒听澜的身上泼脏水，说是她自导自演的戏，目的是要封口费。

尤其王岩不知是手滑，还是有意，点赞了几个污名化她的文章。他平时露面的机会比卓禹安还多，很多行业会议或者一些机器人大赛，都是他参与，所以他几乎就是卓远科技或者卓禹安的代言人。

他一个点赞是手滑，两个点赞、三个点赞便是有意为之了，态度很明朗。所以舆论瞬间偏向卓远科技，站在了舒听澜的对立面。

看着浪潮一样涌来的辱骂，舒听澜坐在卓禹安家的书房里，只是冷冷笑了一声，心想，原来在利益面前，他也不过如此。

从他最早发现事情的真相，但并不告诉她、选择隐瞒时，其实他的立场已经很明朗，她确实还是太过于天真了。

舒听澜之后便退出“凭风起”这个账号，甚至删了微博以及别的软件App，不再去看网上的纷纷扰扰，恢复之前的生活习惯。

她告温简的案子已经立案，法院很快就受理了。

很多事，她渐渐习惯了独自面对，深知无人能依靠。

舒听澜穿着睡衣，在客厅里来来回回一边走，一边想问题。这套房子是卓禹安买的，很大，也很豪华，可她现在一个人住着，感觉空荡荡的，甚至能听到回音。想了想，她便收拾了几件衣服以及日用品，开车回自己郊外的家。那个家很小，却足够温馨。

很不巧，她下楼的时候，遇到了同样深夜外出的温简。温简见到电梯里的她，一愣，随即冷笑着走进来。

温简先开口问她：“这么晚，去卓远科技吗？”

舒听澜看了她一眼，面无表情地回答：“你哪只眼睛看见我要去卓远科技？”

温简看见她手里拎着的一个简便的小包，耸耸肩，不置可否。

舒听澜倒是很佩服她的淡定，从高高在上的神坛被拉下来，至少在业内的口碑已尽毁，但她现在毫不在意，跟没事人一样。

临出电梯时，她朝舒听澜看了一眼，道：“你以为这样就能把我毁了吗？舒听澜，谁毁谁还不一定，我们等着瞧。”

“拭目以待。”舒听澜回话。她想，她没什么可怕的，她的人生已无可以再失去的东西。

舒听澜第二天照常去哗哗啦娱乐公司上班，不过在半路上便接到了肖主任打来的电话，让她回律所一趟。

见到肖主任与周铭，她才明白，温简口中说的“谁毁谁还不一定”是什么意思，一夜的时间，“凭风起”这个账号的使用者所有信息都曝光了，也就是舒听澜所有信息都曝光了。

肖主任指着电脑屏幕上她的个人简介，冷冷道：“舒听澜，你可真能替我找事，你说，你这是第几次了？一次一次把我们宏正律所推上风口浪尖。”

舒听澜昨天还想，自己没有可以再失去的东西，可细想起来，她拥有的已很多，至少是拥有肖主任与周铭一次一次的信任、一次一次的维护，她不想辜负他们，可很多事，她无可奈何，甚至身不由己。

“我当初怎么就招了你进来呢，简直是我事业上的滑铁卢。我这一年闻名行业之内都与我专业无关，全是拜你所赐。”

舒听澜以为肖主任又要大发雷霆，结果她就是发发牢骚，象征性骂了几句，并未多说。

一旁的周铭也没有骂她，只是问：“你律师请好了？”

“还没有，昨天跟华科那边的律师谈过，是我大学时的同学介绍的——”说到这儿，她的声音变小了，因为肉眼可见肖主任与周铭的表情充满了不可思议并即将发飙地看着她。

周铭真是恨啊，怒骂道：“舒听澜——你宁愿找华科的律师都不愿意找我们？你忘了肖主任是做什么案子出身的？你脑子真是进水了啊你。”

“我只是不敢麻烦肖主任。”她要是知道她的身份会这么快曝光，她当然第一时间就会来找肖主任帮忙。

“你麻烦得还少吗？”肖主任骂了一句，然后继续道，“别废话了，把这件事的前因后果跟我说清楚，还有你的那些资料证据，全部发给我。”

肖主任不仅是要帮舒听澜，也是因为这个案件很有代表性以及挑战性，所以她必须接。

“肖主任，周老师，谢谢你们。”她何德何能，遇上这样的好领导，对她一次次纵容，一次次帮助她。她感动得快要哭了，一夜的焦虑与无眠就这样被肖主任与周铭如此轻易地化解了。

“别谢了，只求你以后少惹事。或者惹事之前，先知会我们一声。”肖主任都懒得看她一眼，也奇怪自己怎么会这样维护舒听澜，若是底下别的律师三番五次惹麻烦，她早就叫他们滚蛋了。眼缘这事没法说，她就是偏爱舒听澜一些。

舒听澜把事情的来龙去脉都说了一遍，说得足够详细，把那些资料证据的复印件也全都提交给了他们。

只是周铭还是很疑惑：“你还差一个关系没讲，你和温简到底是什么关系？她为何要置你于死地，她这么做的动机是什么？”

舒听澜对于这个问题之前一直是回避的，她不愿意把家里的私事讲给别人听。

“你如果不交代清楚，那我们无法帮你。”

肖主任与周铭猜测应当是一起情感纠纷导致的问题。

然而，舒听澜沉默许久之后开口道：“温简和我同父异母。”她很艰难地面对这个问题。

“你父亲另娶的妻子生的？”

“不是，她是我父亲婚外情的孩子，所以我们的关系一直很僵。”

肖主任与周铭都愣住了，从未想过她们还有这一层关系，在外人看来，温简是天之娇女，海外名校毕业，行业领先人物，而舒听澜只是一个无名小卒而已。

“所以上次，你在卓远科技想打她也是因为这个？而不是因为卓总？”

“对，与他无关。”

“听澜，你要做好准备，如果上了法庭，法官问起的话，你们的关系可能会被曝光。当然，我们会尽量替你保密。”

“好。”

“还有，你说温简有谋杀你的意图，因为控制了你的思想，导致你险些在地铁站出事，视频呢？”

舒听澜一直没有提供这段视频，好像有所隐瞒。

“听澜，如果想让我们帮你，你就必须坦诚相告。一个案件中，也许一个微不足道的细节就足够决定输赢。你要知道，温简背后是卓远科技，请的律师一定非常厉害。”

舒听澜只好打开那段视频，那段视频是她在地铁监控室里拍下来的，后期加工过，她给卓禹安的身影打码了，因为他身份特殊，又是事件的当事人，曝光他会使案件更复杂。

“这个人是谁？能替你做证吗？”周铭指着那团乱码问。

“可能不太方便。”她如实回答。

“好，有视频应当就可以。”

“你的诉求是什么？”肖主任问。

“一、公开道歉；二、承担相应的法律责任。”温简在业内的声誉已受到很大的影响，她不必再追着这个不放，后面就是走正常的法律程序。

“行，我知道了。你这个案件，我和周律会帮你处理，你自己收收心，把手上听鲸金融的项目做好，陆阔和卓总是好友，你最好能跟陆阔解释一下，避免影响合作。”

“好。”

下午她回到哗哗啦娱乐公司，张靖与赵妙歌看她的眼神就不一样了，对她充满了疑惑与不解。看她就是文文静静很内敛不张扬的性格，怎么能完全不动声色地闹出这么大的动静？

而且昨天，她们午休时间一直在讨论这个案子，她完全没有表露半分，不得不说这心机、这城府足够深，与她们就不是一类人。

舒听澜没有做任何解释，甚至态度上也没有任何变化，在给她们分配任务时，一如既往地细致、认真以及淡定。

布置完任务，她回到自己位子上，全神贯注地开始处理工作。

舒听澜一旦投入工作，也是极专注的，一下午的时间，几乎没有再想起自己的事情。直到下班，她在哗哗啦办公楼外见到陆阔，才想起肖主任的话。

陆阔是特意来找她的，远远看到她便抬手打招呼，一如既往地热情。

舒听澜朝他走过去，到他面前时，淡定地反问："来兴师问罪了？"她完全没有按照肖主任的意思好好沟通、解释。以她和陆阔的关系，没那个必要。她问这话，也是出于陆阔和卓禹安的关系。

陆阔听出她语气里讽刺的意思，不禁生气道："你真是狗咬吕洞宾不识好人心。我来看看你需不需要帮忙。"

"那谢谢了，不需要。"她现在巴不得跟陆阔撇清关系，他是卓禹安的好兄弟，能安什么好心，黄鼠狼给鸡拜年罢了。

"瞧瞧你这眼神，我都没怪你把卓禹安害得那么惨，你倒先给我摆脸色了。"

"那请问陆大少爷来找我到底什么事？"

"我刚才说了，看看你需不需要帮忙。这事真是温简干的？听澜，真要是她干的，我去灭了她。欺负谁也不能欺负我的人。"

"请注意措辞，什么叫你的人？"舒听澜发现跟这个人瞎扯还挺解压的。

"当然是我的人，别忘了，我是你的班长，我有义务保护你。"

"嗯，这点上，你比某人强一些。"她在他面前吐槽卓禹安毫无压力。

"这你也不能怪某人，某人现在被你整得正焦头烂额呢，不过，话说回来，这是他活该，高中时我就跟他说过，温简对他有意思，他非不相信，自己造成的烂摊子自己收拾喽。"他说得很诚恳，也很真心实意，就在舒听澜有一丝感动时，他话锋一转说道，"温简的事，你放心，卓禹安肯定会给你一个满意的答复。不过，现在卓远科技在网上的所有公关，你不要看，也不要放在心上，那是出于公司层面的公关工作，不是卓禹安个人的立场。"

她心里一冷，反问："你说的公关是指污名化我，说我是因为之前价格没谈拢，所以才曝光，是我自导自演的？"

"听澜，那都是出于公司的考量，你要知道，卓远科技现在牵扯的面太广，这也是不得已而为之。"

"不得已而为之，好，我知道了。也麻烦你替我谢谢他，特意找你来'安慰'我。"

“不是，他不知道我来找你。”陆阔发现自己好心办了坏事，他的本意确实是想来帮她、安慰她的。

“不重要。”

舒听澜拿着车钥匙上车，直接踩着油门回家了。一路上，她这心就像被掰成了两半。

为了一个卓远科技，卓禹安就能默许所有人来伤害她，默许温简的行为，纵容他们公关部的人往她身上泼脏水。

她一路开车回家，越想越气，这种男人留着有什么用？她还没找他，他倒是先打电话来了，语气不善：“舒听澜，去哪儿了？怎么不在家？”

“关你什么事？”她怒气冲冲地回答，心想，他还好意思给她打电话，还这态度？

她一发怒，卓禹安倒是不生气了，揶揄道：“离家出走了？”这几乎是肯定句了，他知道她应该是回自己家了。

舒听澜恨恨地挂了电话，不想跟他说话。

她的生活很单调，回家也就是换个地点继续工作而已。大约也就半个小时吧，门铃响了两声，门锁转动的声音传来。

卓禹安来了？她怒冲冲地放下电脑来到客厅，原本满肚子委屈与怨气，在见到他时，竟说不出半句话，因为眼前这个男人虽然看似刚回家洗了澡，换了套清爽的衣服过来，但一脸疲倦，眼睛里布满红血丝，像好几天没睡了，下巴也有刚冒出来的青青的胡楂，完全没有平日傲娇的模样。

见舒听澜在家，他紧绷着的那根弦放松了，他过来只捏了捏她的脸，道：“我先睡一觉。”

他是真累了，也不管她同意不同意，径直走到她的房间，躺下就睡。

舒听澜还能怎么办？所有委屈、怨言一句都说不出口，她认命地从旁边拿了个薄被盖到他身上。

许是在她家很放松，他几乎是一动不动，睡得十分沉稳。

舒听澜忙到半夜也困了，便回房睡觉。

她刚一上床，一直沉睡的人便条件反射一样伸出大长胳膊把她搂进怀里抱着。即使在睡梦中，他也很霸道，任她挣扎也不松手。

她挣扎了一会儿，拼不过他的力气，便不管了，也自顾睡着了。

等她再醒来时，卓禹安不知何时已经离开她家了。若不是餐桌上摆着他做的早餐，她都以为昨晚的他是她的幻觉。

微信里，有他的两条留言：“最近会比较忙，等忙完，我再来接你回家。”

“好好吃饭，你太瘦了，抱着不舒服。”

“……”现在是关注这个的时候吗？舒听澜直接删了信息，没回答。

之后两人各忙各的，鲜少联系。

舒听澜知道卓禹安虽然表面什么都没说，但对她是有意见的，毕竟是她把卓远科技推上了风口浪尖。

她一边忙着哗哗啦娱乐公司的尽调工作，一边要应付与温简的官司。官司由肖主任与周律师全权负责，她对他们百分百信任，完全不担心，即便温简请再好的律师又怎样?

肖主任与周铭唯一担心的一点是:“卓远科技即便知道温简的行为，但为了保全自己必然要保护温简，因为他们是同乘一条船。这样一来，卓远科技必然会请最强大的律师团队为温简辩护，而你的这些证据还是单薄了些。”

这就是所谓的鸡蛋碰石头，难怪温简上回见到她时，信誓旦旦地说最后谁毁谁还不一定。

网上现在分为两个派别，一派相信舒听澜所说的是事实，当然，也不排除有卓远科技的竞争对手在控制评论，他们好不容易抓住机会，就想趁机毁了卓远科技。

还有一派相信这是舒听澜自导自演的一出戏，否则卓远科技，包括温简，没有必要为了一个无名小卒自毁长城。

整个事件的发展中，有越来越多的声音出现，至少不像在刚爆出来时，一边倒地骂卓远科技。

而卓远科技的股票也渐渐有所回升。

就在这件事慢慢淡出公众视野时，卓远科技忽然发表了一则官方声明，这是他们第二次发表官方声明。

“在相关部门的协助之下，经过近一周的调查，证实了网上‘凭风起’网友所揭露的问题确实存在。在‘凭风起’家中的系统里插入催眠系统为我公司首席技术总监温简女士的个人行为，经调查，这是她因与‘凭风起’网友的个人恩怨实施的报复行为，并未牵涉其他产品以及用户。

“但公司对于公报私仇、借助公司产品伤害客户的行为坚决零容忍，我司目前已将温简女士移交司法机关，我们也会全力配合调查，一如既往提供最安全、最优质的服务。请用户一起监督。”

声明很简单，但是信息量非常大，也完全超出舒听澜，或者肖主任、周铭的认知范围。

“卓远科技竟然如此坦诚地承认错误？”

“卓远科技竟然没有保护温简？”

“卓总是疯了吗？卓远科技的事情好不容易淡出公众视野，其实完全可以不理会，之后再去做几场公益，一点儿事都没有。”

舒听澜反复看了几遍这则声明，声明几乎是给这件事定了性，后面她的官司会好打许多。

肖主任松了口气的同时，不由得夸道："卓总还是有大企业家的担当、有责任心，敢于承认错误。这个声明虽然表面上是承认错误，大义灭亲，但实际上带来的影响是非常正面的，让用户对他产生巨大的信任。重建客户的信心，他做得非常成功。"

如肖主任所说，在网上，卓远科技的形象再次高大起来。

外人拍手称绝时，卓远科技内部却不是如此。公关部以及张律师发布这则声明是被卓禹安强制命令发布的，发出去之前，谁也不知道会造成什么影响。如果万一是完全负面的影响，那卓远科技很有可能就无力回天了。

但卓禹安很坚持，张律师与公关部只好听从。

唯独王岩闹翻了，这是他第一次在卓禹安面前当众发飙："你到底为什么要这么做？就为了一个舒听澜吗？她是什么东西，能与Jane相提并论？你清醒一点儿，这么多年，陪你从无到有的是Jane，她没有功劳，也有苦劳，这么多年的付出，你就一点儿也不念旧情，就这么弃之如敝履吗？那以后谁还替你卖命？谁还敢相信你？"王岩既愤怒又伤心。

当年三个人一起创业时，王岩和Jane一心一意跟着卓禹安，既是折服于他的能力，也是相信他的为人，相信三个人一定可以携手打天下，做家居智能领域的领军人物。

他们三人并无任何经济纠纷，更没有任何矛盾，这么多年，卓禹安从不在经济上亏待他们，但是为什么，他为了一个女人可以做到这个分上？罔顾他们多年的战友情。

卓禹安等王岩发完飙才开口："这事与舒听澜无关，而是温简突破原则与底线，做出伤害自己、伤害公司的行为。如果今天不严惩她以正视听，那用户、公司同人怎么看卓远科技？王岩，我当初要调取数据库，是你拦着我，让我不能辜负上亿用户的信任，今天，我同样把这句话送给你，也送给温简。用户信任是我们一切发展的基石。"

王岩看着他冷笑道："你说得再冠冕堂皇又有何用？不过是为自己找借口而已。若真是为了公司好，你完全不必把Jane交出去。我们已经召回了所有同款产品进行检测，也请了科学院的贺老师进行调研，我们的产品完全没问题。网友都是很健忘的，过几天便有别的新鲜事转移注意力了。那个舒听澜就真的那么重要吗？"

"王岩，我想，等你冷静了，我们再谈。"

"没必要，Jane如果不在卓远了，我一个人在这儿也没意思。我辞职！"他甩掉了自己脖子上的工牌，以此威胁卓禹安。他就不信卓禹安真的会为了一个女人，连他这个兄弟都不要了。

两人谁也不让着谁，这是王岩最后的底牌。

“舒听澜是我太太。”卓禹安先松口了，看着王岩丢在桌子上的工牌说道。

王岩整个人愣住，震惊到张着嘴说不出一句话。

“她是我太太，我不允许她被任何人伤害。你刚才的话说对了一半，我确实存有私心，要给她一个交代。但还有一点，我做这些，除了要给她一个交代，也是给卓远科技一个交代。温简现在的心态已不适合带团队做研发。”

王岩最终还是攥着工牌摔门走出卓禹安的办公室，这个消息，他还无法消化。

卓远科技的危机算是暂时解除了。

舒听澜从那则声明中也悟出了卓禹安的心意，有了卓远科技的这则声明，不管官司输赢，温简都是真正地身败名裂了。

下班回家时，她接到卓禹安的电话。

“自己乖乖回家，还是我去逮你？”他声音还有些疲倦，但似乎很轻松。

“我先回自己家，过几天再说吧。”她还不是很想回去，也还不想面对他。这次两人的较量表面和谐，彼此尊重，但心里都有伤痕，只是不表露而已。所以她暂时不想去他家住。

“需要我提醒你的身份吗，卓太太？”

蓦然，真实的声音就在旁边，接着她便见到拿着手机的卓禹安朝她走来，他早就在她家的楼道里等她了。

舒听澜看着他，顿时语塞，一句话都说不出口。

他虽还有倦容，但比上次来时要好很多，看着她，眼角俱是笑意，他走近她时挂了电话，伸手揉了揉她的头，而后微微低头，捧着她的脸打量片刻：“傻了？”

舒听澜这才回神，她已习惯卓禹安不按常理出牌，也习惯了卓禹安的风格，他这人从来都是这样，无论在外发生多大的事，只要见到她，好像都是风平浪静，从不把在外的情绪带回来给她。即便这次的事情明明就是两人之间的较量与纷争，他也一样不动声色。

“怎么来了？”她问。

“来看看我离家出走的太太。”他很放松，说话间把她拽进自己怀里抱着，在她耳边低声说了句，“问题都解决了。”

“嗯。”她淡淡地回道，推开他，径自去换鞋、换衣服。

卓禹安也没有要走的意思，卷起袖子去厨房做晚餐，知道她的冰箱一定是空的，所以早有准备，他买了一些新鲜食材回来。

“你若不想回去，我们就住你家。”反正他是不可能跟她分开的。

舒听澜不置可否，深知拒绝也没用。

吃完饭她继续忙着写尽调报告，卓禹安躺在她的床上看书，看了一会儿，等她忙完回头一看，他已睡着了。他眉眼舒展，大约是很安心，所以睡得很沉。

舒听澜帮他把书拿开，关了床头灯，自己也困极了，便躺下睡觉。她一躺下，旁边的人照旧是条件反射一样，伸手抱着她睡。

舒听澜一觉睡到天亮，蒙眬中感觉有些窒息，有团黑影笼罩着她，她慌忙睁眼，便见到卓禹安早已醒了，正神清气爽地笑着看她，她的唇没有往日睡醒时干燥的感觉，再看他的唇，也颇有点儿可疑，所以刚才，她是被他吻窒息了？扰人清梦，他还是人吗？

她正想发火，对方先发制人，俯身看着她道："卓太太，今天回家吗？"

"不回，回去等着被你欺负吗？"她伸手想把他推开，心想，能不能好好坐起来讲话？

不能！卓禹安本来是撑着胳膊俯身跟她说话，现在伸手去抓她的双手，两人的身体便严丝合缝地贴在一起，只有脸还微微保持着距离。

当然，这微微的一点儿距离，不到两秒，卓禹安稍一低头就彻底破坏了，成了负距离。

好一会儿他才松开她，说道："这次的事情，是我做得不够好。

"关于温简，我从没想过包庇她，之前只是想等一切安排妥当再处理，只需要再等两个月，我便会让她离职，并且承担相应的法律责任。"

这是他的真心话，他之前的计划是化被动为主动，以严重渎职的名义开除温简以及让温简承担相应的法律责任。

只是他需要时间，因为温简在卓远科技的根基颇深，她负责好几条核心的产品线，须一步一步来。

"所以，你潜意识里就是觉得我的事不重要，可以再等等，无妨。"舒听澜一针见血地指出问题所在。

有的事可以等，有些事不能等，这是舒听澜的观点。

而卓禹安呢，从小是在卓老爷子与父母高压的培养下长大的，隐忍是他的必修课，很多事须慢慢谋略，步步为营。

其实两人都没错，只是成长的背景不同，处理问题的方式不一样，所以才有这样矛盾的碰撞。

卓禹安看她强忍着眼泪，眼眶微微泛红，有些心疼，伸手把她揽进怀里："对不起，我以后会注意处理问题的方式。"

就是需要磨合，两个完全不一样的人生活在一起，并不是真的就是公主与王子从此过着美满的生活了，而是需要磨合，找到最舒服的相处方式。

他态度软下来，舒听澜就有点儿欺软怕硬了，继续抱怨："除了温简的事，你还让你们公关部的人和王岩在网上抹黑我。"她继续控诉，想起来就懊恼、愤慨。

“我的错，是我没看住他们。”当时他被相关部门约谈，股东、投资方全都来找他，他无暇顾及其他，等他知道，网上已经是那样的舆论了，他只能让公关部花钱屏蔽关键字，也让王岩跟她道歉，之前与王岩发生激烈的争执，便是他要让王岩向她道歉而引发的。

“算了算了，那是他们的工作职责、他们的立场，我能理解。”她不是胡搅蛮缠的人，从头到尾，也不过是要他一个明确的态度而已。

至于温简的事，该打的官司要打，但她也深知她的案例很特殊，甚至很罕见，目前还没有明确的相关法律条文来界定犯罪事实，尤其她现在精神状况很好，也没有造成任何伤害的情况下，要将温简判定为杀人未遂几乎没有可能。

开庭的时候，舒听澜、肖主任、周老师一起出庭，温简那边的亲属团有温兰、王岩，还有他们请的强大的律师团。

诚如肖主任预判的一样，对方的律师团非常强大，即使他们这边有足够强有力的证据，对方律师团却完全无惧这些证据，而主打的一条就是，温简的行为只是失职，并不是加害原告。

他们抓住这点，并且强调温简是卓远科技的首席技术总监，多年来致力于研究产品的安全性，这次是在未经过公司同意的情况下植入催眠系统，目的是做试验，而非报复，更没有主观加害人的意识。

肖主任当然也想到对方会抓住这条进行辩护，早有准备，当庭公布了温简与舒听澜的关系以及过往的纠纷，这是经过舒听澜允许的。她如今已能坦然接受这份关系。

肖主任辩护完，温兰的脸色极其难看，旁边一直维护温简的王岩一脸震惊。上回卓禹安说舒听澜是他太太的消息，他还没有消化，这次又说舒听澜和温简是同父异母的姐妹，他整个世界观都坍塌了。所以他对卓禹安、温简掏心掏肺地好，结果他们并未把他放在眼里，什么事都瞒着他？

对方律师向法官申请肖主任提供的关系证明无效，与本案无关。法官讨论了一番，同意申请，因为她们的关系与本案并没有直接关联。对方律师这时拿出另一份资料报告，证明温简并无任何主观害人的意图。

那是一份数据，是温简在Brian开发的催眠系统里进行的改良，在Biran开发的催眠系统的基础上调整了最后几个数据，会使被催眠者出现幻觉，但绝不会自杀。

这份数据是经过鉴定的，是真实有效的，也足以证明温简并没有杀舒听澜的意图。

就这一份证据便给这个案子定了性，温简只是出于试验的目的进行的催眠，并不构成犯罪，所以最终只判她接受行政处罚以及公开向舒听澜道歉。

这个结局在她预计的范围内，她觉得足够了，温简在行业内已无立足之地、公开向她道歉，这两点，对一直高傲的温简来说，已是最大的惩罚了。

走出法庭时，她长舒了一口气，与温简的事总算告一段落，可以全心全意投入工作了。

温简与温兰紧随其后出来，温兰直接朝舒听澜走过来，抬起手就想给她一巴掌。但舒听澜早有防备，一只手便抓住了温兰的手，冷声道：“你确定要当众打我？”

她的气势竟比温兰强了许多。

温兰恨恨地抽回了手，脸上的表情不复往日的优雅，几乎是狰狞的：“舒听澜，你跟你妈一模一样，太自以为是，所以才会被你爸骗。我告诉你，你妈不能让你受委屈，我也一样，绝不允许任何人伤害小简，我们走着瞧。”

温兰绝不是外表表现的那么文雅大方、蕙质兰心，她的手段绝不亚于温简。

“你请便！”舒听澜已完全不怕她了。从前她会被她们骗，是因为她和妈妈对人性都抱以最善良的认知，而今，对人性，尤其是对温简母女的人性，她已知要用最大的恶意去想象才能避免被害。

从法院出来，肖主任特意放了她一天假：“好好回家休息一天，以后安心工作，不准再给我添乱。”

周铭也不客气，重重敲了一下她脑门，大言不惭道：“帮你去去晦气。”

舒听澜被敲得额头发痛，瞪他一眼，心里恨，说出口的话却也是真心实意：“谢谢肖主任，谢谢周老师，给你们添麻烦了。”

两位领导都懒得再看她一眼，开车走了。舒听澜也走向另一边的车库，开车回家。

第十五章 庆幸有被利用的价值

今天是卓禹安送舒听澜来法院的，但他身份特殊，不便出席旁听，所以一直在车内等她。

一上午的时间，他就在车里等着，耐心十足。见到她来，他也不问官司的结果，只是自己换到副驾驶座上，对她说：“你开车，我脚麻了。”

“……”舒听澜一脸问号，但也没拒绝，把包扔到后座，便去驾驶座上开车。

卓禹安不是因为脚麻，是因为很忙。卓远科技刚经历了大地震，后续还有很多收尾的工作要做，他一上午不见人影，助理和几位高管疯了，一刻不停地跟他汇报工作。

“送你去公司？”舒听澜想他既然这么忙，何必非要在法院门口等着她呢，难道有他等着，案子就能更顺利吗？

“不用，我们回家，马上就处理完了。”

“真把我当司机了。”她抱怨归抱怨，很自觉地回了市中心那套房子。

车刚一入地库，刚才一直很严肃在办公的人正好忙完，抬头一看是自己家的车库，便笑了，笑容里有释然、有放松，更有一份浓得化不开的宠溺，他解了安全带，探过身来抱了抱舒听澜，低声夸道：“真乖。”

大概是她大多时候总是跟他对着干，这回主动回市中心的家，他便觉得满足，觉得她好乖，怎么会有这么乖的女孩子，完全忘了她气他时的模样。

舒听澜也解了安全带，推开他，下车朝电梯间走去。他走在一旁，一手随意地拿着刚才办公用的平板，一手牵着舒听澜的手，十指相扣。

就是这么巧，他们遇到同样从法院回来的温简母女，她们早他们一步，正在电梯间里等电梯。

卓禹安脸上的柔情蜜意渐渐敛起，他只淡淡朝温兰点了点头，并不看温简一眼。舒听澜则是目不斜视地看着电梯上的数字不断跳动，手被卓禹安紧紧握着，内心很安定。

温兰已恢复平时的样子，等进了电梯，看着卓禹安温柔道：“禹安，阿姨想跟你单独谈谈，可以吗？”

她很笃定，以卓禹安的品行、修养，不会拒绝她这位长辈。她也是不把舒听澜放在眼里，要避开舒听澜单独谈。

但，要让她失望了，卓禹安很客气，但亦十分坚定地拒绝："有什么事吗？可以现在说。"他在她们面前很尊重舒听澜，有事就当着她的面说。

温兰看了看他们十指相扣的手，以及卓禹安明显护着舒听澜的姿态，眼神里有一闪而过的阴鸷，声音依然是温柔的："嗯，也可以。禹安，想必小简和听澜的关系你也听说了。阿姨只有一个疑惑，你们是怎么走到一起的？在小简回国之前，还是回国之后？她妈妈同意你们在一起吗？"

提到她妈妈，舒听澜不由得看了温兰一眼，什么意思？温兰还有脸提她妈妈？

卓禹安紧紧握了一下舒听澜的手，看着温兰，等她的下文。

温兰继续道："禹安，阿姨没有别的意思，就是怕你被骗了。我怕她们是因为小简的关系故意接近你、抢走你，利用你来报复小简，并不是真心对你。"

温兰对他的关切之情溢于言表，也是真心真意。

舒听澜气极了，当着她的面明目张胆地挑拨离间吗？也太不把她放眼里了吧。手还被卓禹安牵着，但她已经像只暴怒的小狮子，直言道："你也知道自己做了亏心事，所以怕我报复吗？我就是报复又怎样？充其量是以牙还牙。"

糟糕，一不小心说了真心话，她心虚地看了一眼旁边的卓禹安，见他也看着她，眼神里似乎有鼓励她继续往下说的意思，他没有生气？

温兰一笑："禹安，你看，她终于说出真心话了。"

卓禹安亦是一笑道："阿姨，你是在质疑我的智商，说我看不清真假吗？"

他一句话便堵得温兰哑口无言，脸上一阵青一阵白，在马上要出电梯时，温兰最后问了一句："你父母同意吗？"说完，她便与温简迤迤然出电梯回家了。

电梯里只剩下卓禹安与舒听澜。

舒听澜先发制人："你没跟你父母说过我们的事吗？什么时候约见面呢？"

卓禹安看她一眼，把她逼到电梯角落，声音凉凉地反问："跟我在一起是为了报复温简？嗯？"他表情、声音都带着威胁，咄咄逼人地看着她。

"没……没有，我……故意气她的。"她心虚地回答。因为她答应和卓禹安在一起，这确实是其中一个因素，只是并不能成为决定性的因素，她又不傻，当然不会为了报复而把自己的人生搭进去。

电梯门一开，她刺溜就从他身边穿过去，跑出电梯回家。

卓禹安也走出电梯，长胳膊一伸，就把她拽回来，她终究逃不出他的手掌心。他把她搂在怀里，真心实意道："很庆幸，我有被利用的价值。"能替她减轻或者缓解她父亲带给她们母女的伤害，他心甘情愿被利用。

舒听澜心里一暖，主动伸手钩住他的脖颈，踮着脚吻了他一下："谢谢你啊。"

他眸光炙热，一手揽着她的腰，一手托着她的后脑勺，低头吻下来。

“嗯……先回家。”这里可是电梯间。

但卓禹安并不在意，因为这是电梯入户，这一层只有他一家，隐蔽性很好，也是因为心里柔情万分，他一秒也不想和她分开。

她和他很久没有这样真正毫无隔阂、心意相通的时候，他怎么舍得松开她？直到最后再不开门回家就要在电梯间上演少儿不宜的环节了，她狠狠推开他，转身开门，这才停止。

他呢，倒是很安静，就站在一旁看着还有些发抖、一直按不上指纹的舒听澜笑，那笑从唇角扬到了眉眼，甚是魅惑。

“我来。”他声音低沉、喑哑，带着蛊惑，他从身后搂着她，抬起她的手，精准无误地按上指纹。门啪嗒一声开了，他搂着她旋身进门。

舒听澜之后便只觉得天旋地转，昏天暗地……

后来，整个下午，舒听澜的脚就没有沾过地，比长跑十公里还累，她蒙着被子一动也不想动，而男人连人带被子抱着她笑道：“体力太差，缺乏锻炼。”

“滚！”

“什么时候能把用完就扔的习惯改改？”卓禹安捏着她红扑扑的脸说道。

还要不要脸了？说得好像他没有占到便宜一样，刚才是谁没有节制啊？她怒瞪着他，眼眸水光潋滟，红唇似桃，微湿的发丝落在光洁的额间。卓禹安只觉得喉咙瞬间又紧又哑。

舒听澜察觉到他的变化，立即紧张道：“我饿了，快去做饭。”

再这么下去，她真的要下不了床了。她今天休假，是为了养精蓄锐明天好工作，不是为了陪他胡闹。

卓禹安倒也不是毫无节制的人，稍忍一忍便过去了。因好几天没回家，冰箱是空的，他打电话让楼下会所的总厨做好饭送上来。

“想吃什么？”他拿了菜单给她看。

“随便。”趁着他点菜的时候，她急忙找了家居服穿上，已经是盛夏了，还穿长袖长裤，防备得不得了。

卓禹安看她一眼，笑了：“多此一举。”他要真想做什么，这点儿衣服能拦住他吗？

“要你管。”

她穿好衣服才挨着他坐下，认真看菜谱，她对吃一向没什么要求，能填饱肚子即可，倒是卓禹安很讲究，点了两素两荤一汤。

用餐时，她接到林之俣的视频。

“怎么不在家？刚才打电话半天都不接。”她一副兴师问罪的模样。

“在忙，手机静音，没听到。”她心虚地回答，对面卓禹安则笑了。

“官司赢了？要不要出来庆祝一下呀？”林之倗想说很久没有好好聚聚了。

“不了，改天吧。”一是她没力气出去，二是她现在的样子一定会被火眼金睛的林之倗发现点儿什么，免不了要被骂一顿。

不过，根本不用见面，林之倗从视频里看见她心虚的样子就知道是怎么回事了：“姓卓的在你身边？你在卓禹安家？”

舒听澜还没回答，对面的卓禹安先回答了：“是的，林经理，听澜跟我在一起。还有，要纠正你一点，这不是我的家，而是她家。”

“卓总说话真好听，什么叫她家，难道房本上还写着她名字不成？”哼，林之倗讽刺，这些男人都是嘴上说得好听，只要牵扯到经济利益，分得比谁都清楚，她做了多年的情感博主，见得多了。

结果对面的卓禹安不紧不慢道：“是的，房本上是她的名字。”

“……”这下不仅林之倗震惊了，连舒听澜都觉得不可思议，她何时成了房主？买房不用经过她同意吗？

“倗倗，先不跟你说了。”

“等等……富婆，苟富贵勿相忘！”林之倗的尾音渐渐消失。

舒听澜关了视频，看着对面不动声色的男人问：“怎么回事？房本上怎么会是我的名字？”

“哦，之前领结婚证，妈把户口本和你的身份证放在我这儿时，我顺便过户了。”他托关系找人办理的，很顺利。

“你把名字改回去。”舒听澜放下筷子，很严肃。她不想与卓禹安有经济上的牵扯。

“没必要改，反正都是夫妻共同财产。”他本来就是为她买的，知道她没安全感，所以才过户到她名下。

“你不怕我只是贪你的财？”舒听澜问。

“你是吗？”他反问，没有正面回答她这个问题。

舒听澜便拒绝再交流，每次都是这样，他从不轻易表露自己的内心，更不喜欢正面回答她的问题，她便也拒绝再回答。

卓禹安见她不高兴了，这才正色道：“听澜，你若真是贪财，我该庆幸才是。因为我其实什么也没有，全身上下唯有这点儿钱还拿得出手，你若喜欢，全部拿去便是。”

这就很嘚瑟了，大意是全身上下穷得只剩钱了。若不是他此时眼神太真挚，舒听澜都要怀疑他是来炫耀的。

但卓禹安说的是真心话，在外人眼中，他是天之骄子，从出生到成长到后来创业发展，一路顺风顺水，甩了同龄人好几条街。然而细数起来，他什么都没有。

他小时候没有童年，老爷子每天把他带在身边亲自栽培，他没有玩伴，所见之人皆是与老爷子年龄相仿、职位相当的人。

那时候只有陆阔，他是被陆老爷子带在身边磨炼，大人谈事，两个小孩不敢乱动，就彼此坐着大眼瞪小眼，一来二去便熟悉了，即便一句话都没有交流过。

后来少年时期，他没有家，像个孤儿，父母常年出差，家里只有他一个人，连个说话的人都没有。等到青年时期，他出国留学、创业，生活中只有学习与工作。

再后来他赚了很多钱，也有了自己的地位，可钱、权他从来都不缺，更不是他所求。

他空空荡荡飘了很多年，再次见到她的那一刻，飘着的心就定下来了，觉得就是她了，这辈子就是她了。与她在一起的每一刻，他都觉得人生圆满，再没有更好的时候。

舒听澜哪里知道卓禹安的心路历程，因他的话感动了片刻，然后马上恢复冷静，坚决拒绝接受这套豪宅。

“为什么不要？给我一个理由，卓太太。”卓禹安知道这个人倔死了，所以之前才一直没有告诉她。

舒听澜很努力地在脑海里盘算了一下这个房子的面积与每平方米的物业费，最后咬牙道：“因为我交不起物业费。”就是最现实的原因啊，每个月的物业费比她的工资都多，典型的不良资产，她不要。

她角度清奇，为了拒绝他找出这个理由，卓禹安也是服气的。

“物业费，我来交，你不要就算了，留着给我们的孩子。”他想得深远。

“哪里来的孩子，谁要跟你生孩子？”他莫名提到孩子，舒听澜马上激烈地拒绝，把自己立场表明，短期内，她不想要孩子，毕竟事业才刚起步，疯了吗，要孩子？

“嗯，迟早会有，计划长远一点儿总没错。”他扯到要孩子的事情上，很成功地转移了舒听澜的注意力，她不再跟他纠结房子在谁的名下。

“听澜，以后如果有孩子，你喜欢男孩还是女孩呢？”他问。

“男孩。”她没有一点点的犹豫，脱口而出。

“重男轻女？”他又问。

“不是，因为女孩活在这世上太辛苦了。”

卓禹安一愣，没想到她会说出这个理由。女孩会很辛苦吗？女孩不都是娇滴滴被宠着长大的吗？所以她是受了多少苦才会如此不喜欢自己的性别？想到这儿，心就疼了，他抬手揉了揉她的头，低声道：“好，那我们以后就要男孩。”

“如果是女孩也行，我想，你会是个好爸爸。”她顺着他的话说，此时的她完全没意识到自己是非常排斥生孩子的。

卓禹安笑，心里对未来的孩子还没有想象过，不过很期待有一个他们的孩子，那会是他们最牢固的联结。

“听澜，明天请林之俜、程晨，还有陆阔来家里吃饭吧，我给程晨订票。”

“做什么？”

“我们领证的事正式告诉他们，算是一个小小的仪式。等以后时机成熟了，我们再举办婚礼，好吗？”

“等以后再说吧，最近听鲸金融的项目比较忙，我前阵子浪费太多时间，积压了不少工作。”舒听澜知道，他们之间还存在很多问题，他从未提过带她回家见父母，她大概也猜出原因，她想，等他解决父母的问题，等他们的关系被所有人接受以后，再昭告天下也不迟。

她也有她的傲气，她要的是坦坦荡荡的一个身份，如果只能得到小范围的祝福，并不是她要的，那就再等等呗，反正她也不急。

关于他父母的事，他不提，她就不问，也不着急解决，在她看来那是他需要解决的问题，与她无关。

关于这一点，卓禹安也不急，自己父母的行事作风，他最清楚不过，在他们眼中，这世上恐怕就无人能配上他，哪怕之前的相亲对象黎语，他们喜欢的也是黎家对卓家的利，总之家族荣光凌驾于个人喜好之上。

他有时候看着听澜就觉得好，她表面看着柔柔弱弱的，但骨子里的傲气比他还甚，例如，他不谈他父母，她便也不提半个字，反正是他该解决的问题，她才不管他父母是何方神圣，更不会想着要去讨好未来公婆。

就这样正好，他与父母实在情浅，她更加不必为了他去那儿受气。

有些偏见，不是表决心、发狠话或者干脆断了来往就能解决的，那是刻在他们骨子里的东西，也不是一时半刻就能解决的，所以短期内，不宜让他母亲程知敏女士知道听澜的存在，否则很多事都等不到他解决就要完蛋。

而此时，眼前这个眉目含笑的人要是见了程知敏女士，他敢保证，她是第一个跑远的人，连个影子都不给他留。

他微不可察地皱了皱眉头，伸手弄乱她的头发，说道：“快吃，吃完去楼下走走。”他心想的是，她若能多爱他一点儿就好了，他也不至于患得患失、担惊受怕。

舒听澜是多敏锐的一个人，卓禹安那点儿小心虚根本瞒不住她，手牵手在小区里散步消食时，她说：“你该不会在家里早就有明媒正娶的妻子了吧？”

卓禹安一愣，松手，重重在她脑门上弹了一下，生气道：“重婚违法。”

“你知道就好。”她揉着脑门说，也不生气。

夜色很好，这个小区虽在市中心，但闹中取静，围着小区种了一大片枝繁叶茂的树，隔绝了外边的嘈杂，小区中央有个很大的人工湖，舒听澜还是第一次走到这个湖边来，因为物业管理得好，在盛夏围着湖走了这么一圈，竟完全没有蚊虫叮咬。

“坐一会儿。”她就在湖边的草地上盘腿而坐，拍了拍身边的位置，让卓禹安也坐下。

卓禹安从不曾在外席地而坐过，但见她惬意，也不想扫兴，挨着她坐下。

“你那边好像有人遛狗，忘了把便便捡走。”舒听澜幸灾乐祸，她是故意的。

卓禹安一愣，脸色忽变，惊慌失措地站起来，舒听澜大笑。

他知道被她骗了，这里不仅物业管理得好，业主的素质也高，怎么可能允许这样的事情发生？

“胆子大了是吗？敢拿我开玩笑。”他气急败坏地覆身把笑得不可抑制的人压住，双手控制着她的双手。

被压着的人还在笑，眸光与湖光、星光相互辉映着。“想不到卓总这么好骗。”恶作剧的人丝毫没有悔意，还在取笑。

好骗的人眸光一沉，低头用吻堵住她的取笑。

“你走开……后背湿了。”一句话，她都是喘着气说的，湖边本来就湿气重，草坪又每日都浇水，被人这么压着，草底下的水汽就上来了。

两人回家，一路互不相让，年轻夫妻间的打趣连拌嘴都算不上，到了家，门一关，还不是难舍难分，不知今夕是何夕。

第二天一早，她在为穿什么衣服而苦恼，他很认真地帮忙，从衣帽间里找了一件短袖白色真丝衬衫，外加一条丝巾，递给她，搭配一下，倒也不错，干练又又不失温柔。

“再不走，要迟到了。”他催她。

舒听澜这才消气出门。她今天要去听鲸金融公司汇报项目进展。负责人见到她，客气道：“舒律师没必要亲自跑一趟，你工作细致认真，每份报告都很详尽，我们法务看过之后都赞不绝口。他们要有不懂的，给你打电话或者发邮件沟通即可。”

负责人对她很客气，原以为陆阔硬塞进来的律师和他一样也是不着调的，没想到这舒律师倒是真心办事的人。

两人谈了一会儿，就见听鲸金融的小公主陆垚垚迤迤然闯进来，对着舒听澜道：“喂，我说，你们律师办事效率也太低了，这都多久了？还没查完呢？你说，你们查什么呀，我们听鲸金融愿意买，他们哗哗啦愿意卖，一拍即合的事，你们走个过场、随便写份报告就成了，这事有那么难吗？”

舒听澜默念，不知者无罪，要只是写份报告那么简单，还需要他们并购律师做什么呢？报告上可是要签她名字的，要是很多风险不提前提示，到时候还不是她的责任？她要对自己的签名负责。

不过，她不愿意花精力同小公主解释，所以只道："陆小姐说得对，我们会加快进度的。"

她语气诚恳，但难免有敷衍的态度，陆垚垚岂会看不出来，不满道："你别以为认识我哥，就可以目中无人。我告诉你，我哥帮助的女人没有一千也有一百，你不过是那百分之一，他转头就会忘了你是谁。"

"哦，这样啊，那我回头要找他好好谈谈，余下的百分之九十九都是谁。"

"哼。"陆垚垚看她没脸没皮的，嫌跟她说话有失身份，转身走了。

等舒听澜汇报完工作离开时，在电梯巧遇小公主，小公主居高临下地问："你车在哪儿？送我去一趟卓远科技。"

舒听澜看顺路便答应送她一程。

只是看到舒听澜的车，小公主瞬间高兴了："我哥就给你送这种车？还不如他一顿饭钱。"

"你哥吃金子？"她语气不屑，一顿饭能吃20万？

"哼，没见识。"陆垚垚决定不跟舒听澜一般见识，她哥比吞金兽还厉害，别说一顿饭，就是一瓶酒都比这车的钱多。相比之下，卓禹安低调很多。

想到卓禹安，刚才懒得理舒听澜的小公主忽然来了兴致："不过，你呢，倒也有一点值得夸奖。"

"哦？愿闻其详。"

"不畏强权啊，上回把卓禹安的公司搅得鸡飞狗跳，害他被约谈。他爹妈可逮着训斥他的机会了。"

"他爸妈骂他了？"舒听澜好奇。

"他活该啊，整天一副高高在上、傲娇的鬼样子，平时对着父母也是那副嘴脸。上回被约谈，要不是他妈程老师找人，他能那么快解决问题？结果呢，父母替他解决了，他不感激就算了，反而还怨父母干涉他的事业，说他自己会解决。你说，这说的是人话吗？我哥那么浑不吝的人都比他知道感恩。"

舒听澜就想，这陆垚垚对卓禹安是有多大的意见？她描述的事情原委恐怕与事实相去甚远。以她对卓禹安的了解，高傲是高傲了点儿，但绝不是不知感恩的人。

"你知道我去卓远科技做什么吗？"

"做什么？"

"他妈，也就是程老师，让我去打探打探，看那个叫温简的还在不在卓远科技上班。程老师从春节时就知道这个温简，吓死了，就怕他把这种不三不四的女人带回家，但又不敢问卓禹安，春节时给他安排了相亲对象，母子二人关系就搞僵了。"

舒听澜心想，等等，所以春节时，他回京，不仅陪温简参加各种会议，还去相亲了？！

陆垚垚哪里知道眼前这个舒听澜的身份？继续幸灾乐祸道："这次，你虽是维护自己的利益，但间接帮卓家父母解决了温简的问题，可以记功一件，回头让我哥给你换辆好车吧，你开这个车，有辱我哥的身份。"

陆垚垚思维活跃，想到哪儿就说到哪儿。

临到卓远科技，舒听澜正要停车，陆垚垚忽然改变主意了："不去了，我才不帮程老师监视卓禹安呢，他那个人精，我一出现，他必然知道是程老师派来的，宁愿得罪程老师，我也不能得罪他。你是去哔哔啦吗？我也去吧，元秉奂回公司了。"

小公主想一出是一出，横竖跟舒听澜无关，她只是个司机而已。

车开了一会儿，舒听澜状似无意地问："那位程老师是卓总的母亲？她很不好相处吗？"

"岂止是她不好相处？他们卓家没有一个好相处的。一个个都是人精，我小时候不懂事，还迷过一阵子卓禹安，想着长大后要当他的新娘，还好我迷途知返。"说起来也是一把辛酸泪，谁叫卓禹安长得好看，小时候仗着家里长辈的关系，她三天两头往卓家跑，顺便蹭饭吃。

然而卓家的规矩实在多，连吃个饭都是这也不行，那也不可以，她去了几次便烦了，想说，卓禹安长得再帅也不能当饭吃，是不是？吃饭最要紧嘛，规矩那么多，不怕消化不良吗？

她对卓禹安的迷恋抵不过一顿饭，所以就放弃了。

只是她现在才明白，程老师那时是故意为难她，知道她惦记自己儿子，故意立那些规矩，连一个孩子程老师都不放过。

后来，她把卓禹安处成跟陆阔一样的哥哥了，程老师这才真心实意地欢迎她来家里玩，一口一个垚垚，叫得好不亲热。

"你信不信？卓禹安有他爷爷和爸妈在，以后注定一辈子打光棍。"陆垚垚又幸灾乐祸了。

舒听澜成功拐弯，进入车库，一气呵成倒车、停车，心想："你可能猜错了，某人已婚。"

陆垚垚下车时，再次鄙视了一下她的车："也就你能开这破车，坐着难受死了。"她真把舒听澜当司机了。

两人到哔哔啦娱乐公司，陆垚垚熟门熟路去找元秉奂了，舒听澜则是去法务那边专属的办公室工作。

绿 宝 石

Fall into your light

山谷君 著
今日宜偏爱 下
love
北京联合出版公司
Beijing United Publishing Co.,Ltd.

第十六章

林之偶

下了班，林之偶打来电话，说要去舒听澜的豪宅参观。舒听澜直接把地址发给她，说到小区门口会合，不是业主进不去。

所以当卓禹安下班回家，看到大咧咧坐在厨房的中岛台啃水果的林之偶，有些讶异，他看了眼舒听澜，后者也在啃水果，没理他。

林之偶见到他，道："卓总，快去做饭，饿死了。"她完全不把自己当外人。

卓禹安认命，去衣帽间换了一套休闲家居服出来，卷起袖子走过来，亲了亲舒听澜，问："想吃什么？"

林之偶觉得两人亲昵的样子真是没眼看："不问问客人想吃什么吗？你们很没有待客之道欸。"

"林经理，客随主便没听过？"卓禹安没有因为她是听澜的闺密就给好脸色，毕竟这个闺密一直想拆散他们。

林之偶见他站在冰箱上的显示屏前看菜谱，心想，小气死你算了。

舒听澜事不关己地继续啃水果，她对吃向来无所谓，心想："你做什么，我就吃什么喽。"反正不干活儿的人也没有权利多嘴，她很有自知之明。

偏偏林之偶是没有自知之明的，她站到冰箱旁边，指着屏幕里推荐的几样菜，悉数报上。她原以为卓禹安会生气，结果人家悠然自得地按她点的菜依次取出食材，摆到中岛台上。

"辛苦你啦。"舒听澜关键时候最会卖乖，他要做饭了，她自然要退出厨房重地。

卓禹安看她一眼，示意她走近一点儿。

"干吗？"

"帮我把袖子卷起来。"彼时他正在洗菜，不方便卷袖子。

"哦。"她乖巧地走过去帮他卷袖子，低着头很认真地一截一截往上卷，卷完，抬头问他，"可以了吗？"

她抬头，他便低头轻啄了一下她的唇，看她赧然，他很满意："嗯，可以了。"

舒听澜擦擦唇，转身正准备走，又被卓禹安叫住："等等。"

"又有什么事？"她有点儿生气了。

“今天见到陆垚垚了？”

“是啊，怎么了？”

“哦，没事。”

他不提陆垚垚，她都快忘了，他一提，她便想起来陆垚垚在她车上说的话，于是问道：“你过年回京去相亲了？”

卓禹安险些切到自己的手，心想，真是搬起石头砸自己的脚啊。偏偏那个唯恐天下不乱的林之侽也听到了：“哟，我们卓总真是吃着锅里的看着碗里的啊。对方是什么人啊？门当户对？”

卓禹安被两个刁蛮的女人目光灼灼地盯着，讽刺着，他镇定自若，坦诚地回答：“家里安排的，事先没有言明，去了才知道。我拒绝了。”

“嗯，是拒绝了，还是温简帮你拒绝的。”舒听澜语气揶揄。

卓禹安抬头看她，也不知她是生气，还是没生气。

旁边的林之侽又咋呼道：“舒舒，这你都能忍？走，跟我回家。”

林之侽就是故意的，怎么气卓禹安怎么来。舒听澜本来也没生气，被她这么一闹，更没气了，拽着她回客厅了。

“你啊，没出息，被他吃定了。”林之侽道。

“过去的事不想提了。对了，你要不要叫傅慎逸过来？”

“他今天回华桉市了，说那边有点儿事需要处理。”

舒听澜笑：“你好意思说我，要不是他回华桉了，你根本想不起我吧。”

林之侽最会说甜言蜜语：“我还用想你吗？你时时刻刻住在我心里，不需要刻意想。”

舒听澜鸡皮疙瘩掉一地，带她四处参观房子，房子是大平层，面积太大，有几处地方，舒听澜都没怎么进去过，这次带她来参观，自己也顺便仔细参观起来。

“卓总想得真远，连儿童房都准备好了。”林之侽指着保姆间另一边的两个房间说。

“哪个是儿童房？”那两间房空着，什么都没有，她很少进去。

“你们这套房全是性冷淡风，冰冰冷冷的，但是那两间房，一个刷粉红色的漆，一个刷淡蓝色的漆，看来是早有准备。”

舒听澜仔细看了一下，觉得好像很有道理。

“傻呵呵的，被人卖了还替人数钱呢你。”林之侽就是不看好他们，总免不了说些不好听的话。

“没有，我们说好过两年再要孩子。”

“最好是，否则未婚先孕，不好。”林之侽还不知道他们领证的事。

舒听澜想了想，觉得不该瞒着她，便如实说了：“侽侽，跟你说件事哈，我跟卓禹安领证了。”

就是因为两人太熟了，亲如姐妹，所以舒听澜完全没有多想。

“什么时候？”

“有阵子了。不是故意要瞒着你的，因为当时领证是出于我妈妈的考虑，我对他的感情也不够坚定，不知哪天就分了，所以一直没有告诉任何人。”

林之俜看她一眼：“所以现在是对他的感情很坚定了，可以告诉任何人了？”

舒听澜没有说话，后知后觉，知道自己伤了林之俜的心，这么大的事都没找她商量，连提都没提，因为什么？因为她知道林之俜肯定会强烈反对。

在她以为自己是因为妈妈才领证，在她以为自己对卓禹安的感情还不坚定时，其实已经是非他不可了，所以才怕林之俜反对。

“算了，不想说你了，中了卓禹安的毒，没人救得了你。”林之俜生气归生气，但事已至此，总归要往好的方向考虑，再不济，还有她做后盾，不是吗？

卓禹安已做好晚餐请她们过去吃饭。

林之俜吃着饭，比刚才沉默了很多，舒听澜在一旁小心翼翼地赔着不是，一副做错事的战战兢兢的样子。

“装吧你，胆子比谁都大。”林之俜吃完饭，把筷子一扔，骂了她一句，起身就要走。

“晚上在这儿睡嘛。”舒听澜留她，两人好久都没有好好说说话了。

“睡哪儿？这房子隔音好不好啊？我可不想半夜听一些奇奇怪怪的声音。”

怎么会有人明明长了一张明艳、漂亮的脸，说出来的话却一句比一句难听。但舒听澜理亏，只能忍着。

“走了，走了，谁愿意当你们电灯泡？”林之俜很识趣。

舒听澜赔着笑，和卓禹安一路送她到车库。她上车出发前，摇下车窗，对卓禹安难得正经地说道：“既然已结婚，她的所有喜怒哀乐便都牵连着你，你最好能好好护着她。”

卓禹安也难得对她和颜悦色地点头：“嗯。”虽是一个单字的回复，但能听出很郑重。

怎么办？舒听澜听着眼泪都快下来了，她很感动，觉得俜俜真好。

“出息！别恶心人。”林之俜踩着油门轰然离开。

有友如此，夫复何求！无论她在外修炼成什么样的铜墙铁壁，但在好友面前，依然是被宠着、惯着、爱护着的。

“你在公司对人家好点儿。”她吸着鼻子命令卓禹安。

“嗯。”

“等改天，你帮我安排正式见一下傅慎逸，我要把刚才俜俜对你说的话原封不动地还给傅慎逸。”她想，谁也不可以欺负她家偡偡。

“幼稚鬼！”卓禹安答应下来。

但舒听澜没有想到，不等卓禹安安排，事情就有了变化。

那是周一上午，她在律所向肖主任汇报工作，等散会时，周铭把她拉到一旁说：“你那个好朋友林之偡联系你了吗？”

“没有，我们上周刚见过面，怎么了？”

“你自己看。”

周铭递给她手机，热搜页面是“偡言偡语”，这是林之偡那个拥有百万粉丝的账号。

怎么上热搜了？出什么事了吗？彼时她没多想，网红偶尔上个热搜不是很正常吗？当点进去时，她整个人愣住了，手都在发抖。

“偡言偡语本名林之偡，目前就职于卓远科技，是个惯三。

“她利用职务之便，勾搭有妇之夫，拆散人家家庭。

“请卓远科技给我一个说法。”

一篇洋洋洒洒的文章非常详尽地讲了林之偡如何拆散别人家庭，有时间线，有具体事件，有她与有妇之夫的聊天截图。

而这个有妇之夫就是傅慎逸！这篇文章是他的妻子发的，以书信的形式。

文字简短，她把自己放在极低的位置上求林之偡放过傅慎逸，而文字底下附带的截图是林之偡的私人照片、单位地址，以及与傅慎逸的聊天记录。热恋中的男女，有些聊天难免暧昧了一些。

林之偡性格外放，喜欢逗傅慎逸，而傅慎逸每次都是简短的甚至单字的回复，从聊天记录来看，便是林之偡太过于主动。

舒听澜看完所有内容，只觉得眼前一片漆黑，头晕目眩好一会儿才清醒、冷静下来。

“林之偡不会做这样的事情，这其中一定有误会。”这是舒听澜笃定的，她太了解林之偡了。林之偡虽交往过不少男朋友，但一定不会去挑战任何道德底线，她的口头禅一直是不违背道德、不伤害他人的情况下，随心而过。这几乎是她的座右铭，她又怎会去破坏别人的家庭呢？

她把手机还给周铭，已恢复平静，她相信林之偡能处理好。

周铭见过林之偡几次，但并不十分了解她，做律师的讲究证据，看聊天截图或者看她过往大胆的“偡言偡语”，心里难免会有天平，觉得她即便做出破坏别人家庭的事，也不意外。

舒听澜汇报完工作，原本打算回哗哗啦娱乐继续工作，但路上给林之偡打了几次电话，一直无人接听，不由得有些担心。

她给卓禹安打电话，他正在开会，无法细说，她没法再淡定了，便掉转了方向盘去卓远科技。

只不过她在一楼大堂便被前台人员给拦下了，外人不知她和卓禹安的关系，只知她一战成名，把卓远科技推上风口浪尖，又把温简给拉下马，是卓远科技的仇人，哪能让她随便再进？况且，今天因为林之偶的事，好多做自媒体的来拍视频蹭热度。

她正想给卓禹安打电话，身后忽然传来陆垚垚的声音：“舒律师，来找你的好闺密吗？”陆垚垚消息很灵通，来卓远科技就是为了来看卓禹安热闹。

小公主常来，前台人员自然是认识她的，便让她进去了。

“舒律师，念在你上回开车带我的分上，我还你一个人情，跟我进来吧。”陆垚垚对她说，表情傲慢。

舒听澜便紧随着她准备从大厦安检闸进去，“姐姐，姐姐。”还没进去，她的衣角便被一双小小的手拽住，一个脆生生的声音在她旁边响起，她低头一看，是一个四五岁的小女孩，很眼熟。

再看，她才想起小女孩是上回在地铁里遇到的。当时她因为被温简打了一巴掌，一个人躲在地铁里哭，这个小女孩和小女孩妈妈一直陪着她，怕她出意外，后来她们还一起吃了一份蛋糕。她一直记着这份来自陌生人的善意与美好。

“你怎么在这儿？”舒听澜蹲下身问小女孩。

“跟我妈妈来找爸爸。”小女孩很可爱，眼睛亮晶晶、水汪汪的，天真无邪地指了指旁边站着的人。

舒听澜这才发现她妈妈也在。

此时，她大脑忽然嗡嗡的，陪妈妈来找爸爸？她就是网上发布林之偶是小三的人——傅慎逸的妻子乔臻？

此时的乔臻一脸憔悴、眼睛红肿，没有那日在地铁里遇到时的温婉、优雅，许是第一次见面给舒听澜留下了太好的印象，以至现在，她无法马上站在林之偶的立场对乔臻报以冷漠。

旁边的陆垚垚本就是幸灾乐祸来看卓远科技热闹的，自然不嫌事大，热情地邀请这对母女进去。

前台人员急忙拦住，心想，这小公主别害她啊，放一个舒听澜进去已是大忌了，她再把来闹事的母女俩放进去，就是严重失职，这工作还要不要了？

舒听澜还不知具体原委，当然也不敢贸然把乔臻母女往林之偶面前引，出于之前的好感，她也不急着进去了，低下身，牵着小女孩的手：“姐姐请你吃蛋糕，好吗？”她想让她们母女到外边去，顺便了解一下情况。

谁知乔臻拉着女儿的手，朝她摇摇头，固执地要在楼下等傅慎逸以及林之偶。

旁边的陆垚垚最会煽风点火："来都来了，事情总要解决嘛。与其在这公众场合闹丑，不如上去好好聊聊。"她才不管呢，推着乔臻和孩子过了安检闸，到电梯间上楼，根本不顾前台人员的阻拦。

舒听澜眼见拦不住，急忙给林之俜打电话通风报信，她不接，又给她发微信，她也没回。她就怕她们真撞到一起，以林之俜那脾气不知要闹出什么事，她只好给卓禹安打电话，让他快去跟林之俜说一声。

卓禹安一直在开会，听到她的话，才暂停了会议，从会议室出来："你也来公司了？"

"嗯，你现在能找到林之俜吗？跟她说一声，能回避就回避，先不要见面。"

"好。"卓禹安挂了电话，朝人力资源部走去。

他想着自己放着好好的会议不开，来帮她处理这些婆婆妈妈的事，也就她能让他心甘情愿地做这些事。

舒听澜随着陆垚垚、乔臻乘电梯上楼，一路担心得要命，结果人家林之俜跟没事人一样坐在自己的办公桌前，正在筛选简历呢，完全无惧网上的风评。

傅慎逸此时根本不在卓远科技，他负责的医疗事业部设在收购回来的胜普瑞智能那边，大多时候在那边办公。

林之俜抬头看到她们，一个是一脸担忧的舒听澜，一个是一脸憔悴、悲情的乔臻，一个是一脸看热闹的陆垚垚，哦，还有一个一脸好奇的小不点儿女孩。她皱了皱眉，对乔臻道："你确定要当着你女儿的面跟我聊？"气焰很是嚣张。

舒听澜松了口气，见林之俜底气十足的样子，更加确定她没有破坏别人的家庭。

一旁的陆垚垚惊呼："这世道，小三都这么嚣张吗？"

她代入感很强，因为她爸整天在外边胡来，她说话时，直接就认定林之俜是小三了，气氛瞬间紧张起来。

"你闭嘴。"闻信赶来的卓禹安见此，抓着她的衣领，跟拎垃圾一样把她拎出林之俜的办公室，一路拽着她走，丝毫没有怜香惜玉。

"姓卓的，你给我松手，我还没看够呢。"陆垚垚失去重心，大喊。

"关你屁事。"

"哥哥，哥哥，求你了，松手。"

他耳边只有陆垚垚鬼哭狼嚎的声音。

卓禹安真正想拽走的是舒听澜，不愿意让她参与这些乱七八糟的事，但对方是林之俜，他无法这么做。

"舒舒，你带小朋友出去玩，我跟这位女士沟通沟通。"林之俜虽大大咧咧，但也心细，不想让小朋友受伤害。

舒听澜明白，便牵着小朋友从她办公室里出来。

这边林之俤确实气焰嚣张，没有一点儿客气，三言两语就把话说完："第一，你来找我没用，要找就去找傅慎逸。

"第二，你在网上把我的所有个人信息都公布了，我会追究你的法律责任。

"第三，据我所知，你们早已离婚。你们离婚时，我还不认识傅慎逸，小三这个名，我担不起。

"我该说的都说完了，想哭想闹，请别来找我。这是第一次，也是最后一次。"

林之俤做事干脆利索，这个乔臻之前就不停发短信、打电话骚扰她，她烦不胜烦，索性把乔臻拉入黑名单，想不到乔臻便做出这样极端的行为。

她经营多年的公众号"俤言俤语"毁于一旦。刚才她不是在筛选简历，而是被各个合作商要求解约，正在处理解约事宜。

她大小也是一个网红，有几个长期签约的产品广告，现在因她的形象，全撤了。

她明明什么都没做，偏担上这个骂名，连反驳都无力，这时候她说什么都是错的。

"我们没有离婚，一直没有离婚——"乔臻两手紧握，努力控制自己的情绪。

林之俤大脑忽地一片空白，本能地问："什么意思？"

她不信，当初卓远科技聘请傅慎逸时，背景调查是她做的，傅慎逸是单身，后来两人交往之前，他很坦诚地说自己曾有过一段婚姻，但已在三年前离婚，因为他结过婚的事，林之俤闹过一阵子，后来抵不过彼此的吸引，她便接受了。她本就是一个放得开的人，心想，离过婚又怎样？享受当下是她的座右铭。

"林小姐，我只求你放过他，只要你离开他，他就会回到我和女儿的身边来。你这样漂亮，能力又强，没有他，你也可以过得很好，可我和女儿不能没有他。"乔臻完全没有正室的气势，更没有说林之俤一句不好听的，只是态度卑微地求林之俤放过他。

林之俤久经情场，小三与正室的戏码，她没吃过猪肉还能没见过猪跑吗？只能说眼前的乔臻段位极高，以退为进，耐得住性子。

她没什么可心虚的，冷冷一笑，很是冷血："我跟您没什么可说的，要说的话刚才已经说了。"

好烦！她怒气冲冲起身就要出门，她跟乔臻无话可说，但跟傅慎逸有一笔算一笔。

"林小姐，我求求你了，你要是不答应，我就死给你看。"乔臻原本就坐在靠窗的位置，一个起身，就站在了窗户边上，做出要往外跳的姿势，泪眼婆娑地看着林之俤。

乔臻其实长得很漂亮，皮肤很白，瓜子脸，一头黑色的秀发，是非常传统的东方女性的形象，许是当了妈妈的缘故，气质看着也很平和。然而此时，她披头散发，站在窗边摇摇欲坠，想往下跳，以死威胁。

林之俤只觉得太阳穴突突地跳，她经历再多，但没有经历过生死，正斟酌着如何开口说话，不想再刺激乔臻时，舒听澜推门而进。

她看到窗户边的乔臻，表情忽地变得冷淡："要跳就跳吧，我带你女儿去楼下给你收尸。"她说话很难听，连林之俤都觉得不妥，朝她使了个眼色。

舒听澜站在另外一个窗户旁，探出脑袋朝底下看了看，继续说道："26层的高度，跳下去必死无疑，脑部先着地，脑浆大概能崩出一米远，五脏六腑会在腹部震个粉碎。不过，你放心，只要避开锋利的切面，应该还能留个全尸，不至于吓坏你女儿。"

她说这话时，语气说不出地阴冷，看着乔臻完全不带任何感情，就是想起从前的事了，想起爸爸死在她面前的事。为人父母，只顾着自己好过，一死了之，留下至亲痛苦，要死就死吧。

那边窗户旁，乔臻想到女儿，瞬间崩溃、痛苦，瘫坐在地上号啕大哭。舒听澜没有过去安慰，依旧站在这边的窗户旁静静地看着，她能感同身受乔臻的痛苦。

林之俤一贯只会骂人，不会安慰人，站在门边有些无措，她一直强绷着内心的痛苦，不肯轻易示弱。

所以当傅慎逸从外边大步走来时，一向要强的她眼眶便止不住红了。她站在门口，低着头不看他。

傅慎逸走近，一把把她抱在怀里，低声问："还好吗？"他并不看那边泣不成声的乔臻一眼。

林之俤不想再刺激乔臻，推开了他，冷声道："你们好好谈谈吧。"

傅慎逸被她推开，这才看向那边坐在地上的乔臻，表情寡淡，似乎那个要为他去死的女人与他毫无关系一般。

舒听澜在心里叹了口气，也随林之俤出去了。

或许是从小的经历使然，她看到此时的傅慎逸就想到了自己的父亲，难免代入自己，所以脱口而出："这种男人不要也罢。"

林之俤回头看她，质问："哪种男人？你又知道多少？"言语里是对傅慎逸的维护，更是对舒听澜的不满，这是第一次，林之俤为了别人如此严厉地跟她说话，"难道你也觉得我是小三，破坏别人的家庭？我在你眼中就是这样的人？"

"我没有。"

"你有，从今天见到我第一眼，你就断定了我是小三，所以才对乔臻和颜悦色，才对她的女儿那么照顾。"

"我什么时候对她和颜悦色了？你今天不冷静，我们以后再说。"舒听澜冤死了。

她对乔臻是有好印象，因为当时在地铁里，来自一个陌生人的关爱让她那天好过了很多。若真有错，也是傅慎逸的错。

"舒听澜，傅慎逸不是你爸爸，不是所有男人都像你爸爸。"林之俤冲舒听澜喊，口不择言，因为舒听澜对傅慎逸那不屑的、厌恶的眼神刺激到她了，果然她们都不冷静。

舒听澜没想到林之侽会揭她伤疤，怎么伤她怎么说，她脸色惨白地站在那里。小姐妹间第一次动真格地吵架，实在伤人。

“舒舒，对不起，对不起，我不是故意的。”她道歉，该死的爱情让人发疯。

舒听澜摇头说没事，可终究是被她的话伤到了，靠在走道的一边，没再说话。

那边，傅慎逸的女儿在陆垚垚的带领下，兴高采烈地跑过来，一路喊着：“爸爸，爸爸。”

她过来就扑进傅慎逸的怀里，而傅慎逸明显不适，往旁边退了退，只用双手制止住了女儿欢天喜地的拥抱。

他很是冷漠，一个对女儿如此冷漠的男人能有多好呢？自此，在舒听澜心中，傅慎逸的形象已完全成负数。

不管林之侽如何生她的气，她仍然毫不避讳道：“侽侽，你值得更好的男人。”

林之侽是那样鲜活、充满蓬勃气息的一个人，因舒听澜的话，整个人如同被风雪打过，没有半点儿活力：“舒舒，我以为你跟别人不一样，我以为我们的关系是无坚不摧的，别说我没当小三，即便我就是小三，你也会站在我身后说，没事。”

她们亲如姐妹，林之侽不需要她理智，不需要她讲道理，唯独需要她无条件地偏爱与无条件地支持。

“舒舒，傅慎逸既不是你爸爸，我亦不是温简或者温兰。”林之侽伤透了心，舒听澜的态度比傅慎逸未离婚更伤她。

她说完便走了，留舒听澜一个人愣在原地自顾难受，反思自己的问题，正是因为关心她，不希望她受一点点委屈，所以才觉得傅慎逸配不上她。

她希望林之侽能一辈子过着肆意而洒脱的生活，不必戴任何精神枷锁。即便林之侽生她的气，她的立场也不会变。

两人自相识以来，第一次如此激烈地争吵，舒听澜的心情糟透了。晚上回到家时，她看卓禹安更是各种不顺眼。

“要不是你当初聘用傅慎逸那个渣男，根本就不会发生今天的事。”她这是典型的迁怒。

卓禹安倒也好脾气，知道她因林之侽心情不好：“傅慎逸的人品没问题，你不相信他也该相信林之侽的眼光。她眼光一向毒辣，只有她负别人的份儿。你太紧张了。”他旁观者清。

“我只是希望她不要被骗，希望她过得开心，这样也有错吗？”

“没有错，但你给的关心不是她想要的。她想要的是不管她犯了多大的错，你都坚定地站在她身边支持她。”卓禹安与林之侽平时虽互看不顺眼，但因她是舒听澜看重的人，他也会客观一些。

舒听澜沉默了，因他的话，心情更加坠入谷底，一边是自己最好的朋友，一边是她坚守的原则。

“如果她真的破坏别人的家庭，我更要拉她回来，有些事情，即便是她，我也无法坚定地支持。”她和妈妈深受其苦，无法过自己这一关，再者，她更希望林之俜的人生不走歧途，“不过，我相信她，她比谁都拎得清利害关系。”

彼时，她不知道越是游戏人间的人，一旦真正动心投入一段感情时，便会很固执，即便天崩地裂也拉不回来。

说林之俜是掩耳盗铃也好，自欺欺人也罢，她并未如舒听澜所劝离开傅慎逸，甚至大有一种要与乔臻鱼死网破的架势。

事情发生之后，她首次在“俜言俜语”的公众号上发声，也是唯一一次发声：“我确实在和傅慎逸交往，但我们是在彼此单身的前提下确定的关系，没伤害任何人。”

这就是她的风格，态度强硬，不屑多解释。

她发出去不过几分钟，评论底下一片辱骂声，她在网上已成过街老鼠，人人喊打。还有一些她以前交往过的男朋友的前女友、现女友等纷纷上来爆料，把她说得极其不堪。

林之俜是那么光明磊落的人，被骂成这样，舒听澜看着都觉得心疼，只是给她打电话不接，给她发微信也不回，只好去她家找她。

林之俜蓬头垢面地给她开门，然后走回沙发旁，穿着睡裙，吃着泡面，说话倒还是那个腔调，睨她一眼：“你要还是之前那套说辞，就免开尊口，免得彼此不开心。”

一句话就把舒听澜想说的话堵死了，她心想，算了，那就不提了。

她道：“给我也来一碗。”

“真是欠你的。”林之俜烦躁地起身，去厨房给她也泡了一碗泡面。

泡面热气腾腾，两人安静地吃着泡面，有一瞬间，像回到大学时的寝室里，舒听澜因为兼职打工，总是在临关灯的最后一刻赶回来，林之俜便在黑暗之中借着手机的光给她泡面，两人就像现在这样，面对面，很默契、很安静地吃着，吃完偷偷去洗漱，然后睡觉。

时过境迁，即便她们还是彼此关心，但那时毫无隔阂的日子已被现实磨得越来越远。之后，她们几乎一句话都不再说，因为都怕一出口就是彼此伤害的话。

舒听澜临走时说道：“俜俜，无论任何时候，我都希望你能幸福。”

“我也是。”

林之俣知道舒听澜是因为关心自己，所以很多事，更不想跟她说。她昨夜与傅慎逸吵到邻居来敲门说要报警。

对，她光明磊落、行事坦荡，何曾受过这样的欺骗？昨夜她才得知傅慎逸与乔臻之间只是三年前签了离婚协议，但并未办理正式的离婚手续。

林之俣瞬间气炸了，想起以前解答网友的投稿时，说得头头是道，敲着键盘挥斥方遒，可事到自己头上时，便完全无法冷静。只有自己经历了，才能感同身受。

傅慎逸看着就是极冷血的一个人，从最初交往开始，她好像就处于弱势，是她一直穷追猛打才追到手的。

他这个人由里到外都透着一股冷，极少能看到他动情的时候，可林之俣就是觉得他应该是外冷内热的人，一旦把他的内心点燃，一定非常迷人，所以她被他外表的冷给吸引了，那些整天夸夸其谈或者打嘴炮的男人，她反而不屑一顾。

她到现在才明白，傅慎逸是真冷，由内到外都透着冷以及不近人情。即便他说“俣俣，我很确定我对你的爱”时，也是冷的，你感受不到爱意。

看到林之俣不屑一顾的表情，他才继续：“我一直觉得做比说重要，我想你能感受到。”

林之俣在心里呸了一声：“我感受个屁啊，光想着融化你这座冰山了，结果没融化成，自己反倒被冻伤了。但这些不是重点，重点是你骗了我，让我处于这样人人唾弃的位置。”

“俣俣，我与她的事，三言两语很难说完。”

“那就挑重点说。”

傅慎逸再次沉默，在斟酌语言，这人是人精，说话只肯说五分，剩下的五分让别人猜。她又不是他下属，懒得猜，心想：“你愿意说就说，不愿意说，咱俩就完。”

“我们当年是和平分开，签了离婚协议，我净身出户，她答应了。这三年我们完全没有联系过，甚至我已忘了她的长相。”

“净身出户？那就是你做错事喽，才要净身出户。”

林之俣自认了解男人，无论自己是不是过错方，但凡离婚，都会因财产而争得你死我活，要让他们净身出户，比扒他们一层皮还痛。能做到净身出户，那是犯了多大的错？

傅慎逸很认真地看她一眼，才说道：“不是，那个孩子跟我没有血缘关系。”很简短的一句话，透出的信息量巨大。

“所以，是乔臻婚内出轨，还怀了别人的孩子？”林之俣爆炸了。

傅慎逸默认了她的猜测。这是他的品行修养，即便有那样不堪的往事，他亦不说前任一句不是。终究是毫无关系的人，他不愿说。

林之俣原本已心灰意冷，不想与他有任何瓜葛了，此时，却因为他这一句话而产生了难以言喻的心疼：“那你好傻，还净身出户。”她再多的怒火也平息了。

“她毕竟跟了我很多年，又带着孩子，我求自己心安。”

林之俤上下打量他，灵魂发问：“是求心安还是因余情未了？”这点很重要。

“你说呢？”傅慎逸没好气地反问一句，终于有别的情绪了。

“你不说，我哪里知道？”她才不替他回答问题。

傅慎逸把她拥进怀里，道：“俤俤，我最大的错是不该自以为是地默认我已离婚，在没有正式办理离婚手续时便与你在一起，让你承受了这些非议。我们可以先分开一阵，等我把那边的事全部处理完，等我真正恢复单身时，我再来找你。”

他与乔臻已整整三年没有见过面，甚至催她办理正式手续也是他的律师全权负责。于他而言，三年前签写那份离婚协议时他们就已是陌路人了。

林之俤此时就想，自己是被他下了蛊吗？这事若是放在别的女孩身上，她一定会把女孩痛骂清醒，让女孩一定要远离这样的男人。可轮到她自己，她没法说，也舍不得就此分开，跟疯了一样，没有理智可言。

“我因为你被炸号，失去了最重要的经济来源。

“还因为你，现在的猎头工作恐怕也要丢了。

“你却想甩手不管我。”

林之俤说教男人是一把好手，傅慎逸在职场再精明，可感情经历一片稀碎，在这点上，他根本不是她的对手。

她楚楚可怜地讲自己的处境，傅慎逸便自责，恨不得当即交上所有财产给她安全感。他确实是做得多说得少的人，也只有林之俤这样的人愿意相信他，或者能感受到他的诚意。

卓远科技并未因为外界的风评而终止跟林之俤的合作。人力资源部的总监来找卓禹安好几次，请示意见，毕竟外边闹得沸沸扬扬的，对卓远科技的影响不好。

“不必干涉员工的家事。”这是卓禹安的官方说辞。

实际上，他是要护着林之俤和傅慎逸。于私，林之俤是舒听澜的好友，于公，傅慎逸是不可多得的人才，卓远科技在医疗与教育上的战略部署，只有傅慎逸能胜任。

“好的，卓总。”人力资源总监如是回道，心里嘀咕林之俤跟卓总的关系，当初是他推荐林之俤来的，现在出了丑闻也要力保，令人猜不透。

而林之俤最大的优点就是内心强大，她根本不管外界对她有着怎样的评价，更不管旁边同事异样的目光，照常是我行我素，每天打扮得美美地上下班，无惧风雨。加上网友对这样的事件早已经见怪不怪了，没几天也就忘了。

舒听澜后来也不再劝她了，因为一提这个话题，两人便要吵架，太伤感情。

她在哗哗啦的尽调工作也近尾声，是最忙的时候，之后便无暇顾及林之俤的事了。

哗哗啦毕竟是娱乐公司，平时就有成千上万的人盯着公司，所以公司的各项资质、财务状况、经营情况等非常合规合法且全是透明的，写这部分的报告只占据了一小部分时间。而各种合约，如艺人合约、商务合约、项目合约等比较烦琐，好在经过一段时间的努力，她也都分门别类整理好了，一切进行得很顺利。

* * *

舒听澜去听鲸金融汇报完工作之后，又遇到了陆阔和陆垚垚。

陆阔自上次好心办坏事之后，有阵子没见到舒听澜了，更心虚地不敢去见卓禹安，今天难得遇上舒听澜，便想将功补过："听澜，我送你回家啊。"

"嗯。"她想给他一次机会。

"我也要去。"陆垚垚最爱凑热闹。

陆阔与舒听澜不想让她跟着，都知道她是卓禹安母亲程知敏女士的眼线，不能让她知道舒听澜和卓禹安的关系。

"哼，不去就不去。"陆垚垚生气，转身走了。

实际上她是鬼灵精怪的女孩，心想："你不让我跟着，我偏要跟着。"见陆阔和舒听澜开车走了，她急忙让司机紧随其后。

见他们的车开进那个高档小区，陆垚垚还在心里鄙夷舒听澜段位高，对外开如此低调的车，对内简直是狮子大开口，敢住这里的豪宅。

因为她在这里也有产业，所以司机很顺利便开进去了。她带着恶作剧的心态，打算到车库时吓他们一跳。

车库那边，卓禹安比他们早到一会儿，正在等他们，见到舒听澜下车，自然地接过她的包，牵住她的手，习惯性地吻了一下她的额头："累不累？"他知道她的项目已经到最后的谈判阶段。

"累。"她撒娇一样双手环住他的腰，点头。

陆阔白眼翻上天，不想看他们腻腻歪歪的样子，转身走到另外一边，给他们留足空间。

他一转身，就看到了刚从车上下来一脸震惊、三观碎裂的陆垚垚。她指着前边腻歪的两人："他们……她……"半天说不出一句完整的话。

卓禹安也看到了陆垚垚，这才放开舒听澜，也不解释，只威胁道："看到什么了？"

陆垚垚深知不能得罪这位大哥，至少眼下不能得罪这位大哥，手跟头摇得跟拨浪鼓一样道："我什么也没看到，什么也没看到。"她生怕被灭口。

"你别吓人家。"舒听澜算是看出来了，小公主天不怕地不怕，也不怕陆阔，唯独对卓禹安有几分敬畏。

几人回到家，陆垚垚第一次来，反常地沉默着，一直偷偷看卓禹安与舒听澜，抓心挠肝地想知道他们是什么时候在一起的，心想，难怪陆阔骂她是白痴……看卓禹安的样子，啧啧，至于吗？从到家开始，目光就没离开过舒听澜。

要是让程老师知道，卓禹安跟舒听澜在一起，会是什么反应？估计就是火星撞地球，惨烈。

这个画面，她想都不敢想，所以坚决要守口如瓶，不能蹚卓家的浑水。谁说她傻的，关键时刻，她算得很清楚。

会所的私厨、服务员送餐上来，卓禹安一向照顾舒听澜的饮食，因为她对吃饭太糊弄，只能他细心一些。

陆垚垚食之无味，跟陆阔一样，都觉得没眼看，心想，至于这样悉心照顾吗？

她忍不住讽刺："她又不是三岁小孩，更不是残疾，至于吗？你干脆直接喂她嘴里好了。"

舒听澜难得赞同陆垚垚的话，因为她真吃不了那么多，卓禹安完全是把她当猪喂。

而陆阔凉凉地道："某些人用心良苦啊。"说完，他踢了一脚陆垚垚："快吃，吃完麻溜滚蛋，别耽误人家正事。"

"下班回家还有什么正事？"陆垚垚天真无邪。

"白痴，笨死你算了。"

陆阔也不管，吃完饭，拉着陆垚垚就走。等上了各自的车，要离开车库时，陆阔摇下车窗对陆垚垚认真地嘱咐："程老师那边，不该说的别说。卓禹安有自己的计划。"

"知道。"陆垚垚又不傻，跟程老师通风报信不是自找麻烦嘛，她当作不知道就好了，她可不想管卓家的事。

结果，陆垚垚失算了，第二天清晨，她还在睡梦中呢，就被程知敏的电话吵醒了。

"垚垚，起来陪阿姨喝早茶。"

真是要命，饶是她的起床气能掀翻屋顶，但在程知敏面前她㞞得很，半句怨言都不敢有。她家老头儿就常说，这个世界上能治住她的除了卓禹安就是程老师。

"程老师，您回森洲了？"她的语气恭敬得不得了。

"嗯，昨晚回来的。垚垚，阿姨就在你家外边的餐厅，你过来吧。"

"好的，我马上过去。"

陆垚垚一刻都不敢耽误，起床、梳洗，然后找了一条中规中矩的裙子穿上，这才出门。她有一种被支配的恐惧，大约是从小到大留下的阴影太强烈了。

彼时陆垚垚并未多想，因为程知敏经常约她吃饭，把她当女儿对待。

但是到了茶餐厅，看到程知敏时，她就知道完了，程知敏的脸色比要下暴雨的阴沉天还可怕。

"垚垚，坐。"程知敏说道，那眼神跟态度像要吃人一样。

陆垚垚战战兢兢地坐下："程……程老师，什么事？"

程知敏没说话，慢悠悠地给她倒了一杯自制的奶茶："喝吧。"

"哦。"

在程知敏目光咄咄逼人的注视之下，她哪喝得下，先缴械投降："程老师，您有话直说嘛，别这么看着我，我害怕。"她小小年纪承受了不该承受的。

程知敏也不愿意跟陆垚垚绕圈子，从旁边的包里拿出手机，翻开信息页面，哐当一声，扔到陆垚垚面前："你自己看。"她的动作、声音、眼神聚拢成天边漆黑的乌云，是狂风暴雨的前奏。

陆垚垚天不怕地不怕，就怕程老师，抖着手接过程老师的手机，上面是一些照片和视频，她看清楚照片中的人是卓禹安和舒听澜之后，烫手山芋一样把手机扔向桌面，一紧张，此地无银三百两，她拨浪鼓一样摇手："程老师，我什么都不知道，不要问我。"

眼前的程老师是阎罗，照片里的卓禹安更是阎罗，她都得罪不起。她不知道是谁向程老师告密的。

"不知道？那你再好好看清楚。"程知敏没那么好糊弄，强势地把手机再次扔到她面前。

"人家还是个小公主呢，为什么要逼我？"陆垚垚心想，然后硬着头皮，假装完全不知情地去翻照片，一张又一张。

这些照片全是卓禹安和舒听澜在住宅区里被拍的，有在小区林荫道上牵手散步的，有在湖边并肩而坐的，更有在车库、电梯里让人看一眼就耳红心跳的接吻照。

陆垚垚一时被照片吸引，心想，她到底做错了什么，一边承受高压的逼问，一边被照片里的两人虐。

她不知是拍照者选的角度问题，还是卓禹安与舒听澜相处的日常就这样，每张照片，他看着都是又欲又撩，散发的荷尔蒙都要溢出手机屏幕了，比偶像剧里的男主角还会。

啧啧，他太会了，害得她更想谈恋爱了，也想拥有这样的男朋友。等她稍稍冷静之后，问："程老师，这些照片是谁发给您的？"显然是蓄谋已久的行为。

"垚垚，我对你很失望，你早就知道你卓哥哥跟这个女人在一起，对吧？"

程知敏昨晚收到这些照片后，一夜未眠，连夜飞回森洲。此时她除了面容因熬夜而疲倦，更多的是怒火。她想起春节时，安排他相亲，他说有喜欢的人了，她一直以为是那个温简，却原来是这个舒听澜。

程知敏今早下飞机时，就收到了与舒听澜相关的信息，但时间短，信息收集得还不详细，她只知舒听澜是位律师，是前阵子把卓远科技推上风口浪尖的人，也是把那个叫温简的踢出卓远科技的人。

“他们在一起多久了？”当初早有端倪，是她轻敌了。

“程老师，我真不知道，我是刚看到照片才知道的。”好奇害死猫，她昨晚不该跟着陆阔，不跟着，就撞不见那该死的恋情，她今天能更有底气一些。

“这个舒律师不是在你们听鲸金融负责收购案吗？”彼时，程知敏还不知舒听澜的来历，她此时最生气的是他们的隐瞒。

“哦，那是我哥陆阔硬塞进来的，跟我无关。据说她是我哥哥的高中同班同学。”甩锅，她最拿手，她把战火转移到了陆阔那边。

果然，程老师转移了注意力：“栖宁人？”

“应该是。”

“今天我找你的事，尤其是照片的事，你不要往外声张，就当不知道。”程知敏有自己的盘算。昨夜她看到这些照片时的怒火已逐渐平息，尤其卓闵严厉叮嘱过，此事不宜操之过急，否则只会适得其反，知己知彼才能百战不殆。她这个年纪，要压下怒火实属不易。

陆垚垚闻言，急忙答应：“嗯，我今天一直在睡觉，谁也没见过。”

她说到做到，绝不向卓禹安或者陆阔多言半句。

舒听澜因为听鲸金融与哗哗啦娱乐在谈判阶段，双方正在拉锯，她得以回律所上班，认真研究听鲸金融的谈判项目，想找一个双方都能接受的条件把谈判推进下去。

她中途去茶水间接水时，顺手刷了一下朋友圈，第一行是陆垚垚的朋友圈，照片中陆垚垚捧着剧本装模作样在看，配文：新剧本，新开始。

她随手点了个赞，忘了小公主的本职工作是个演员，虽然现在还是十八线。

再往下是林之俜的朋友圈，是一张摆盘精致的双人份早餐照片，没有配文，但意思不言而喻，是她与傅慎逸的早餐。

她想点赞，想了想觉得还是算了，心里叹了口气。她正要离开茶水间时，程晨发来微信语音通话：“林之俜是怎么回事？”

前几天网上闹得沸沸扬扬时，程晨就打电话问过，舒听澜简单讲了一下事情原委，略去她和林之俜的争吵，对此不提半个字。程晨和她意见一致，觉得这样的男人应当远离，当时程晨的原话是：“林之俜一向精明，没事，过几天她自己悟出来了，比谁都跑得快。”

是啊，撒腿就跑才是她们认识的林之俜。

但眼下，看这张照片，她是不撞南墙不回头。程晨恨得牙痒：“她自己要犯贱，别人拦不住，你别管她死活。”

程晨和林之俜的感情比不上舒听澜和林之俜的，她骂起林之俜来也狠一些。

“别这么说她，她也不容易。”舒听澜并不想说林之俣半点儿不好。

“哪来的不容易，那个原配妻子就容易了？原配妻子的女儿就容易了？听澜，她但凡把你当朋友，就应该知道你心里的避讳，不会做出这种事，这样跟温兰、温简有何区别？”

“她是被骗了。”舒听澜听程晨这样说林之俣，忽然就觉得难受、心疼。

林之俣最近一直避着她，甚至是冷落她，她知道，那是因为林之俣在意她，越是在意她，越是觉得无法面对她。

而她呢，她算什么真正的朋友？在林之俣最难的时候，她和外人一样，充当了一个严格的道德卫士角色，要求林之俣这个不行，那个不可以。

可她内心最真实的想法，不过就是希望林之俣能开心快乐而已，管林之俣跟谁在一起呢。

她发了一条微信过去：“俣俣，对不起。”想给她一个拥抱，想跟她说：“只要你快乐，我就是你坚强的后盾。”

但林之俣没有回复，直到她下班，都没回复。

临近下班时，下了一场暴雨，对晚高峰本就拥堵的道路无异于雪上加霜，舒听澜便选择晚点儿回家，等高峰过去。

卓禹安给她打来电话：“在律所等我，我去接你。”他想着她开车还只能算菜鸟，担心这样刚下过暴雨的天气，她不敢开。

“不用，等你过来的时间，我都到家了。”

“好，那你小心。”实际上，他没说的是，他已经在去她律所的路上了，看了眼导航的提示，前方的道路红了一大片，他被堵在路中心纹丝不动已半个小时。

舒听澜是最后一个出律所的，现在已不像刚才那般堵车，暴雨后的傍晚天空竟然又豁亮起来，远处天边挂着两条彩虹，她开车等红绿灯时，许多车主掏出手机拍彩虹。

舒听澜也拍了一张发给卓禹安：“好漂亮。”

“嗯。”卓禹安同样也能看到彩虹，但他所在的位置前边出了三起小车祸，把整条路堵得水泄不通，他原本还有点儿烦躁，看到她发来的彩虹，心便平静下来，“我今天可能晚点儿到家。”

“好。”

绿灯了，舒听澜打了方向灯往左拐，再过两个路口，就到家了。

刚转了弯驶进前边车少的马路，她的车忽然被重重地撞了一下，她急踩刹车，整个人因惯性险些撞向方向盘，正惊魂未定时，有人来敲窗了。

她回神之后，气急了，心想，会不会开车啊，这么宽的路，也能追尾？她解开安全带，怒冲冲地下车，去查看车尾被撞的情况。

刚才敲她车窗的人西装革履，人高马大，站在两辆车的追尾处看自己的车。

舒听澜穿着连衣裙，因开车，换了平底鞋，被衬得格外娇小，一副弱不禁风的样子，特别没有气势。

对方开的是一辆奔驰S级的车，车牌是森A888××，一看这车就是非富即贵的，那这个西装革履的人应该是司机，因为，她看到他车子的后座上坐着一位女士，那位女士并未下车，等着他解决。

舒听澜彼时并未多想，只看到自己的后车灯被撞碎了，而对方的车竟然毫发无伤，她还未指责对方，对方司机倒是嚣张地先开口了："有你这么开车的吗？好好的笔直大路忽然减速，今天算你命大，我车开得慢，要是平时的速度，早把你的车蹶碎了。"

舒听澜还是第一次见到这么蛮横不讲理的，她也无所惧怕，这个场合下气势是很重要的，她一边拍照存证据，一边骂："我开车怎么了？这条路的限速是40迈，你看不见？还有，你搞清楚，是你追我的尾。"

大约是见她不是软柿子、不好欺负，司机走回自己的车，对后车座的女士说了句什么，那位女士好像点了点头，司机又走向舒听澜道："这样吧，我们有急事，等不及保险公司来处理，私了吧，你要多少钱？开个价。"

他一副暴发户有钱人的嘴脸，看不起她的车，也看不起她的人。很多人是愿意私了的，既拿了赔款，后面再随便找个理由，找保险公司报销修车费，等于获得双份赔款。

舒听澜不屑于钻保险的空子，更烦这样的态度："抱歉，无法私了。另外，不管是走保险还是私了，你们追尾我的车，是否差我一个真诚的道歉？"她说着，又指了指他车后座的那位女士，"是你的车，还是她的车？急着私了走人，你是酒驾，还是车里有走私物品怕被查？"

她说话得理不饶人，更佩服车里人的沉着、冷静，遇到这种情况，就是不下车。

"我的车，也是我开的。还有，你说话给我客气点儿。"司机态度更横了，见她不同意赔钱私了，一副油盐不进的样子，便说道，"既然你不同意私了，那就只好走保险了。我们有事要先离开，我会报出险，你稍等，我把照片、视频先发给保险公司，我们全责。"

"什么意思？你们要走？我自己等保险公司？"还有比他们更傲慢的人吗？舒听澜更加笃定对方是有见不得人的勾当了，作为一个有良知的好市民，她更不能就这么放他们走。

对方司机都懒得再看她一眼，准备回自己的车要走。

"等等。"舒听澜拦着不让走。

她不无愤青地想，开好车就了不起吗？撞了别人车连声道歉都没有就想走？还有他车里的车主，连个面都不露，未免太傲慢了一些。何况现在他们还有干见不得人勾当的嫌疑。

司机被她拦着，一脸不耐烦，但是依旧不理她，反而拿起手机，不知打给谁，道："你派人过来处理一下，在云台路和辰广路交叉口。"

一个司机，口气倒是真不小，以势压人，舒听澜才不怕，况且理在她这边。

正巧，此时卓禹安给舒听澜打电话："到家了吗？"

"还没有，被追尾了，正在处理。"她轻描淡写地说。

卓禹安很紧张："人没事吧？在哪里？给我发定位。"他前边的路开始通了。

"人没事，你不用紧张。"

"把定位发给我。"卓禹安语气严肃地命令。舒听澜能听到他掉转车头的声音。

"好，你开慢点儿，我这边没事。"

"嗯。"

舒听澜接完电话，便看到交警已经到了，应该就是那个司机叫来处理的人。

保险公司与卓禹安几乎是同时到达现场的，卓禹安一下车就大步朝她走来，像生怕她被撞伤一样，一脸焦虑，上下仔细打量半天，看她确实毫发无损才开口："确定人没事？"

"我没事，你很失望啊？"她开玩笑。

卓禹安没好气地抬手重重弹了一下她的额头："胡说八道！"

这边保险公司也认定了责任事故，对方全责，走对方的保险。舒听澜的车便被保险公司拉走。

等车被拉走了，舒听澜在卓禹安面前秒怂："还好是对方撞的我，如果是我撞的对方，我这辆车只够赔对方一个车灯。"

"人没事最重要。"说着，他便开了自己的车门，让她上了副驾驶，然后飞驰而去。

刚才那辆奔驰车并未走远，实际是停在不远处的拐角观察，司机一直不敢开口说话，后座的女士气场太强，她正透过车窗看着那辆事故车以及车主，眉头紧锁。

司机并不是真的司机，是被临时叫来执行任务的，他心思活络地看着不远处那对相拥的年轻男女，他立即明白这位程老师特意主导这场小车祸所为何事。

前边那个是她儿子卓禹安，青年才俊，森洲市的知名人物。而他怀里那个女孩恐怕不是圈内人，所以才有今天的这出戏。

"走吧。"等了许久，年轻男女驾车离开之后，程老师才开口命令他开车，语气自带威严。

车一开，她的电话就进来了，只听她语气冷漠，几乎是用鼻孔出气儿："见着了，是个不知天高地厚的没教养的丫头。"

“行，我有分寸。”对方说话亦是简单明了，沟通时没有一个多余的字，说完就挂。

司机猜测他应当就是那位大人物卓宏，据内部消息，卓宏在森洲今年任期一满，会被马上调回京担大任，以后卓家的权势恐怕会不可同日而语。如今正是关键时刻，容不得半分差错。

挂了电话，后座的程老师终于露出一丝疲惫，用手轻轻按着太阳穴缓解。她今天特意安排这场别开生面的第一次见面，就是想出其不意考验一下对方，也好摸个底，看看对方到底是什么脾性的人，好不好对付。儿子卓禹安的另一半容不得马虎，加上现在正在卓宏要被调回京的节骨眼上，他们更不能犯一丝错误。

程知敏心想，叫舒听澜是吗？自己倒是要好好会一会这个丫头，看看她有何能耐，勾得卓禹安为她五迷三道的，想起春节，自己为他安排与黎家姑娘相亲，他冲自己发火的样子，原来就是为了这个舒听澜。

舒听澜的车被保险公司拖走修理，大概要半个月的时间，她只得接受卓禹安每天接送她的提议。以前她不开车，每天坐地铁上下班觉得很好，现在开习惯了，便不想忍受地铁的拥挤了，并且上回跳轨事件之后，她和卓禹安都对地铁产生了恐惧的阴影。

第二天在去上班的路上时，她不由得感慨：“真是由俭入奢易、由奢入俭难啊，这半个月要麻烦你了。”

卓禹安笑：“我巴不得你天天麻烦我，老公送老婆上下班，本就是天经地义的事。”

“老公。”舒听澜一本正经地叫他，两人好像很少老公老婆地称呼，每次都是连名带姓地叫彼此。

卓禹安很受用，微微转头看着副驾驶座上的她笑，伸手想牵她的手，她近来好得不像话，乖顺、温柔、体贴，开始把他当最亲密的人看待，大事小事都会跟他说，遇到工作上的烦恼也会找他分析、让他给意见，简而言之，就是学会了依赖他、信任他。

他能想到的最好的婚姻生活不过如此，彼此相爱，彼此依赖，岁月静好。

快到律所的办公大楼时，她也没有让他提前放她下去，而是让他直接送到律所的楼下。

“下班后早点儿回来，给你看样东西。”

“什么东西？”

“晚上回家再说。”

“好啊。”她心想，搞得神神秘秘，大概是要给她惊喜吧。不过，她好奇，他还能给她什么惊喜呢？她要的不多，而他给的已足够多。

"走吧，我看着你进去。"

"好。"舒听澜就一步三回头地走向办公楼门口，有些恋恋不舍，刚分开就想他了。

等见不到人了，她才调整心情踏入工作场所。

肖主任出差回来了，周铭也赶完项目回到所里，舒听澜去肖主任办公室打招呼，两人见她进来，上下左右地打量她。

"卓总送你来的？"肖主任道。

"你们同居了？"周铭。

舒听澜点头默认。

周铭一听，脸上不快道："行吧，我输得心服口服，下回见到，卓总是不是该叫我一声哥哥啊？"

这人还是很现实的，喜欢归喜欢，但如果是无望的感情，他也绝不浪费时间坚持。

"好。"舒听澜笑，不敢想象那个画面。

肖主任看着眼前的舒听澜，心想，当初来律所应聘时那个怯生生的女孩犹如脱胎换骨了，不仅工作上有很大的进步，整个人也由内而外散发出了自信。她本就长得很漂亮，如今再自信一点儿，爱笑一点儿，就像一朵绽放得娇艳欲滴的红玫瑰。

肖主任不由得也笑："挺好的，你们很相配。"

年轻时，肖主任也曾恨嫁，可惜工作太忙，自己前进的步伐又大，同龄男性很难追赶上她，久而久之，身边的异性全都结婚的结婚，生子的生子，她便耗到了现在，对婚姻也就不指望了。

她心态平和，部门的女性不管是结婚还是生子，她都高高兴兴地祝福，然后包个大红包。所以她对舒听澜自然也是真心祝福的，哪怕心里并不看好这一对，觉得他们身份、地位悬殊。

舒听澜从肖主任的办公室出来，就接到听鲸金融负责人的电话，让她过去一趟，说是与哗哗啦那边的谈判有了新的进展。她急忙拿上资料准备打车过去，周铭见到，说："我送你吧。"

这个项目，周铭一直在背后给指导意见，也很熟悉，今天难得有空，便开车送她过去。

她毕竟是自己喜欢过的女孩，现在当妹妹一样看待，即使忠言逆耳，但该提醒的他总要提醒。在车上时，他说："听澜，哥哥给你打个预防针，卓总的家世，你应该是知道的。不是哥哥泼冷水，我们普通百姓家庭出来的孩子恐怕难以适应，哪个年代都讲究门当户对。你跟他谈谈就算了，不要太认真，再把自己搭进去，回头你要哭，我是不会借你肩膀的，你懂吗？”

“我懂。”她轻快地回答。

“你啊，太倔，就是懂也会假装不懂，典型的不见棺材不落泪。”

舒听澜沉默良久之后才说：“我只是相信他。”

“天真！”他不置可否。

两人说话间便到了听鲸金融，这次要舒听澜来，主要是把收购价格这个烫手山芋丢给她，让她和哗哗啦娱乐公司的人谈。

“好的，我这边会和财务以及评估机构沟通。”具体的收购价，她说了不算，必然是要听从评估机构以及财务人员给出的结果才能给出建议价。

“好的，那舒律师尽快。”

周铭陪她来这一趟，发现舒听澜已完全能独当一面，没有他发挥的余地，他很是欣慰，在这点上，他没看错人。

开完会，两人正要离开听鲸金融，迎面走来小公主陆垚垚。陆垚垚见到舒听澜，脸色变了变，然后使劲朝她摆手，做口型让她快走。

舒听澜不明所以，心想，这小公主又闹哪一出呢？

陆垚垚见舒听澜不走，她自己急忙转身就想跑，做出跟舒听澜完全不认识的姿态。

这时，从旁边的待客厅里出来一位女士，她穿着裁剪合宜的及膝套裙、半高的高跟鞋，盘着头发，只是一个背影便十分有气质。

“垚垚，你去哪儿？”她的声音自带威严。

陆垚垚听到身后的声音，就像提线木偶，僵硬地回头看向那位女士：“程老师，我上洗手间。”

舒听澜与周铭站在那位女士的后面，也能看到陆垚垚一脸惊慌失措的表情。

舒听澜是第一次在陆垚垚脸上看到这样惊慌的表情，她白皙的脸肉眼可见地变得通红。

只见她快步跑回来，挽着前边那位女士的手：“程老师，这边这边。”

她说话的同时，朝舒听澜偷偷摆手，让舒听澜快走，神色是真着急了，就像见到洪水猛兽一样。

舒听澜只觉得她莫名其妙，并不在意，与周铭也转身离开了。

这边陆垚垚着实松了口气，竟有一种“劫后余生”的感觉，她虽唯恐天下不乱，但这个乱万万不可由她而起，她招架不住。

“程老师，真对不起，我爸最近回京了，不在公司，让您白来一趟。”

“嗯。”程知敏当然知道陆绍行回京了，她此次来只是找个借口而已，真实目的是来见舒听澜的，“那位舒小姐谈完公事了吗？”她说起舒听澜来，口气倒是冷静了。

“我去看看。”陆垚垚提着一口气，明知舒听澜走了，还是假模假样地给并购负责人打电话问他开完会了吗？

“哦？舒律师开完会离开了？”

她挂了电话，朝程知敏无奈地摇摇头。

程知敏什么也没说，只点点头表示知道了。

两人从专属电梯下来，就是听鲸金融的地下车库。陆垚垚刚放下的那颗心瞬间又提了起来。

比她们早一步下来的舒听澜和那位周律师还没走，好像是车胎爆了，两人正蹲在车胎旁，合力用千斤顶，想自己卸车胎把它换掉。

陆垚垚觉得自己死期将近，不想看到这一幕。

程知敏的脚步也停顿了一下，而后，在陆垚垚震惊、不可思议的目光下，她优雅地走向那边。

陆垚垚脑补，程老师过去，大概会毫不犹豫地给舒听澜一巴掌。

而此时的舒听澜并未在意旁边有人走近，正蹲在周铭的身边递工具，心情似乎不错，没有因为忽然爆胎而焦虑、着急：“你确定你自己能换，要不要叫人来拖去修理？

“你能修好吗？不会一会儿又爆了吧？

“你这车也有点儿年头了，该换了。”

周铭忍无可忍，怒喝一声：“你给我闭嘴，老子当年开着它在荒郊野外自驾游，哪次不是自己修理的。”

他话音一落，忽觉旁边有人走来，两人齐齐抬头看向来人，只见一位气质雍容、优雅的女士礼貌地问道：“需要帮忙吗？”

她一出声，不远处的陆垚垚只能用震惊来形容了，心想，这还是她认识的程老师吗？程老师竟然没有打骂舒听澜？

地上的两人一愣，周铭先回神，满手都是黑，他随意地摆手，礼貌地回复：“不用，谢谢。”

舒听澜只当是陌生人，周铭回复了，她便没开口说话，继续低头给周铭递工具。

她今天穿的是衬衫、半身裙，因为蹲下不方便，所以一直是极没有形象地双膝跪在地上，坐在自己的脚上给周铭递工具，车库地面有橡胶，倒是不疼。

重点是，她今天是披着头发，没扎起来，因为一直低着头，浓密的头发凌乱地散在脸上，刚才那一抬头，也没看清来者。

程知敏多年以来都极低调，外界能看到的只有她一张工作的证件照，以至无人知晓她真实容貌。

周铭与舒听澜都以为是路过的热心漂亮阿姨，便不再理会，一边换车轮一边闲聊。

“你那破车昨天被追尾了？报废算了，让你家卓禹安给你换一辆豪车吧，我也沾沾光。”

“行，我让他直接送你一辆，好吗？反正他最不缺的就是钱。”舒听澜讽刺。

“他孝敬我不是应该的吗？我是你师父，还是你哥。”他脸皮厚度堪比城墙，舒听澜双腿都跪酸疼了，周铭也正好卸下原来的轮胎，要换新的。

看舒听澜的脸实在太白，他忍不住，用自己漆黑的手摸了一下她的脸。他发誓，这个动作绝无暧昧，就是真把她当妹妹了，忍不住欺负一下，就跟生日会上抹别人一脸奶油一个道理。

舒听澜怒了，急忙也用手摸了摸脸上的脏东西，殊不知自己的手也是黑的，这么一摸，半边脸都黑了。

“两位，能否快点儿呢？”刚才那个优雅的声音又在旁边响起了。

两人齐齐看过去，心想，还没走？

程知敏指了指自己的车：“挡住了。”

她的车确实被周铭的车挡住了一半，开不出去。周铭这才注意到，急忙道：“抱歉抱歉，我马上。”

“没关系，不着急。”程知敏回答时一直看着舒听澜。

舒听澜朝她歉意地一笑，只觉得她有点儿眼熟，但又说不上来哪里熟。她拿出湿纸巾擦脸。

她皮肤白，平时化妆也只是涂一层薄薄的隔离霜，所以用湿纸巾擦完之后，皮肤完全没变化，反而透着一点儿红，更好看了。

等她擦完，才看到不远处一直想躲又躲不开的陆垚垚。

“垚垚，你过来看看他们要不要帮忙。”程知敏把陆垚垚喊过来。

陆垚垚一脸视死如归的表情。

听到她亲切地喊陆垚垚的名字，舒听澜不由得又多看了她一眼，心中在揣测她们的关系。

她们是母女？舒听澜只知小公主的妈妈早些年跟她爸爸离婚之后，就移民海外了。

陆垚垚一步一挪地走过去，心想，今天横竖是逃不了了。在程知敏咄咄逼人的目光下，陆垚垚秒懂她的意思。不就是想认识舒听澜吗？

她只好帮程知敏介绍：“这位是舒律师，这位是周律师，他们是负责收购哗哗啦娱乐公司的律师。”

“幸会！”程知敏伸手要与他们握手。

“抱歉。”舒听澜的手实在太脏了，她只能双手摊开给程知敏看，真诚地道歉。

程知敏挑了挑眉，收回手，然后就安静地站在一旁等他们换轮胎，有人等着，周铭加快了速度。

其间，舒听澜接到卓禹安的电话，他问她在哪儿，要接她回家。

她回："在听鲸金融，周老师的车爆胎了，要晚点儿。"

"在那儿等着，我现在过去。"卓远科技离听鲸金融不远。

"好，我给你发具体的定位。"舒听澜也不拒绝，极没有义气地打算抛弃周铭自己先走，只因早上上班时，卓禹安说有惊喜等着她回家。她很期待，也很好奇。

陆垚垚内心暗促促地想，有好戏看了，看程老师此情此景下如何再演下去。不过，姜还是老的辣，只见她不动声色地对舒听澜道："舒律师，我公司近期也有一个案子，正在找律师，方便加一下微信联络吗？"她说完，并不给舒听澜拒绝的机会，直接出示自己微信的二维码，示意舒听澜扫码。

舒听澜欣然答应，心想，有陆垚垚这层关系，自然是靠谱的客户。她扫完二维码申请通过，只见对方的微信图像是一幅字：家国情怀。微信名就更简单了，就一个字母C，朋友圈没开通。

两人加完微信，周铭正好也换完轮胎了，赶紧上车把车挪到一边让路。

程知敏道："舒律师，改天联系。"

"好。"

"垚垚，开车。"程知敏今天没带司机，由陆垚垚充当司机的角色。

陆垚垚心不甘情不愿地开车。

她们与卓禹安错过了，就差那么一点儿时间。

她们的车开出地库之后，便看到对面车道上，卓禹安的车驶过来，只不过他没看到她们。

陆垚垚残存的一点儿良心让她鼓足勇气说道："程老师，我卓哥哥平时最恨别人骗他，要是让他知道您见过舒律师，还加了舒律师微信，恐怕会不高兴。"

"由不得他不高兴。他要是清醒就不会找这么一个人。你刚没看见？她跟那个姓周的律师不清不楚的，不正经。"

陆垚垚只好闭嘴，她对舒听澜虽没有什么好感，但不得不承认，人家女孩挺好的，刚才与周律师的互动也完全在正常的同事之间的来往范畴。

"当真把禹安当成冤大头了。"程知敏此时还没太把舒听澜放在眼里，舒听澜确实长得漂亮，儿子卓禹安毕竟是成年男人，血气方刚，被漂亮女孩吸引，她倒能理解，谁没有年轻过呢？只要不领进卓家大门，只要知轻重、知事情缓急，她也不愿去充当这个坏人的角色。

此事，到目前为止，她更在意的是，到底是谁给她发来这些照片及视频的？仅是针对儿子卓禹安，还是针对卓家？

她这两次有意接触，并且试探舒听澜，更多的猜测是，这些照片及视频是不是由舒听澜本人发的？因为太多亲密的照片，只有亲近的人才能拍到。

不能怨她多疑，卓宏调任回京还未正式下发文件，这中间但凡有点儿差池，结果都不是卓家能接受的，老爷子马上要退了，羽翼已不如从前。

如果是舒听澜为了进卓家而故意发的这些照片，她倒能放心一些，一个女孩子不足为惧。但两次接触下来，她发现舒听澜是完全不认识她的，她的心便悬起来了。

敌人在暗，她在明。

那些照片是用虚拟账号发来的，对方很狡猾，技术也高超，她派人查了几天，都未果。越是这样，她心里越是惶惶，所以一时半会儿还顾不上舒听澜的事。

陆垚垚哪里知道程知敏心里的思量，只以为她是要棒打鸳鸯，要打压舒听澜，她们那个圈子的太太没有一个是好对付的。她妈妈之所以跟她爸离婚，一方面是受不了她爸在外的游离，另一方面是她妈妈的性格与这个太太圈子不相融，当年因奶奶和大伯母的关系，一向想要自由的她受不了这份束缚，便选择了离婚。

陆垚垚性格随妈妈，虽生在豪门世家，但骨子里追求的是自由洒脱。也或者说，她与陆阔、卓禹安这一代对人生的追求与父辈已完全不同。

"程老师，我卓哥哥对舒听澜是很认真的。"陆垚垚发自内心地说。她与卓禹安从小一起长大，这么多年，还是第一次看到卓禹安对一个女生如此认真，甚至不应该用认真形容，而是虔诚。

她想程老师应该也知道，即便只是几张照片，卓禹安满心满眼的爱却是藏不住的。

程知敏闻言，只淡淡道："一时迷恋而已。"对于来历不明的女孩，她是绝不会接受的。

"万一我哥要与她结婚呢？"陆垚垚斗胆追问探程知敏的底。

"垚垚，你今天话太多。"

这边，卓禹安开车进入地库，周铭在做最后收尾的工作，舒听澜帮他把工具收拾好之后便跟卓禹安一起走了。

她一上车，卓禹安就笑，鲜少见她工作日时这样狼狈的样子，手上、衣服上都沾了黑，脸上也没擦干净，额头上因太热出了一点儿汗，头发不如平时的清爽。

她抱怨："周老师非要自己换车胎，车库没空调，很热。"

"嗯，你辛苦了。"卓禹安掏出纸巾，示意她把脸凑过去，帮她擦了擦脸上的脏东西以及额头上的湿汗，左右看了看，这才满意地松开她，踩油门开车。

他车内空气清新，又开着空调，舒听澜的心便静了下来。她一心记挂着早上他说的惊喜，便忘了刚才在车库遇到陆垚垚的事。

在路上时，她的手机新闻App上弹出一则关于卓远科技的新闻。因为之前做项目，她把卓远科技设为了关键词，有相关新闻就会自动弹跳出来。

“日前，卓远科技斥资千万免费为××医院升级更新监控系统……这是卓远慈善基金会首次为医疗行业提供赞助，据行业内部人士分析，这次赞助是为卓远科技进军医疗智能行业做铺垫。卓远科技医疗事业部正紧锣密鼓……”

××医院就是舒听澜母亲住的那家医院，她粗略地看了一下新闻，并未细想，知道这只是卓远科技战略中的一步。

回到家时，舒听澜第一件事就是跑去洗澡，等她穿上干净清爽的家居服出来时，卓禹安也正好做好了晚餐。

席间，舒听澜见卓禹安一脸平静，并未要给她惊喜的意思，忍不住问：“你说下班要给我的惊喜呢？”

“嗯。”他给她盛了一碗汤，还是什么都没说。

“嗯是什么意思？”她环顾了一下四周，没发现任何异常，所以到底是什么惊喜？

“哪有人像你这样讨要惊喜的？”他笑她沉不住气。

“不给就算了，谁稀罕！”她气死了。

卓禹安伸手揉了揉她的头，安抚：“好了，好了，吃饱了，跟我来。”

舒听澜跟在他身后，心里嘀咕，这人有时候真的很烦，明明是好事，非要把人惹得不高兴了，然后再来安抚，早拿出来不就好了。

卓禹安带她到客厅，在电视机旁拿手机摆弄了一会儿，电视开了，电视屏幕里出现一个画面。

舒听澜只觉得屏幕里的画面眼熟，忽然想起来这是哪里，她蓦然看向卓禹安，确认自己的想法。

他只点点头，什么也没说。

只是舒听澜的心怦怦跳得厉害，果然，如她所料，过了一小会儿，她妈妈出现在屏幕里，那是她妈妈的病房。

卓禹安拿她的手机下载了App，连接病房的监控，让她能够二十四小时随时查看妈妈的情况。

听澜妈妈很倔，从他们领证之后，她便坚决要和舒听澜断绝关系，当舒听澜不存在，卓禹安和舒听澜去医院好几次，想接她出院，但她连他们面都不见，更别提回家了。为此，舒听澜又气又着急，却毫无办法。

“你不仅可以从App上看妈的生活状况，也随时能看到医生、护士上传的相关治疗数据，底下这个头像是直接连接医生手机的，你可以随时与医生、护士沟通。”卓禹安很耐心地教她怎么用。

“好。”对她来说确实是很大的惊喜。

两人并肩坐在沙发上看监控，见妈妈吃完饭躺下准备睡觉了，她便把视频关了，真是个倔老太太，让人又爱又恨。

舒听澜忽然想起回家路上看到的新闻，转身问卓禹安：“你斥千万巨资给医院升级监控系统，就是为了方便给妈妈单独安一个？”

卓禹安看她一眼就笑了，很实在地回答：“这是卓远科技进军医疗智能的一步，是本就有的计划。只是因为妈妈，所以选择了这家医院，顺便谋个福利。”他一点儿好听的话都不肯说。

但是舒听澜就是很感动，因为妈妈所在的这家医院的影响力远远不如别的综合性的医院。她知道在他轻描淡写的描述里，一定是经过卓远科技内部激烈的反对，最后舍弃了很多利益才有的结果。

他一向是公私分明的人，把卓远科技的发展看得最重，但这几次，不管是处理温简的问题，还是妈妈的问题，他都是优先考虑她，为她放弃了很多行事原则。

她不由得动情，双手环住他的腰，抬头糯糯地说：“老公，谢谢你。”

卓禹安很受用，微微低头，鼻尖几乎要贴着她的鼻尖，眸光微沉，嗓音很低，让人迷醉：“可以把‘谢谢你’换成另外三个字。”

他们距离太近了，他的声音、表情让人要溺死。她目光柔和，环着他腰的双手往上，环上他的脖颈，人也坐在他的腿上。她在他耳边说：“老公，我爱你。”

他一僵，往后一仰，靠在沙发上，看着她，眼神似有鼓励她继续的意思。

舒听澜低头吻了他一下，并不再继续，彼此磨着彼此。

他双手一直撑在沙发上等她继续。

舒听澜不是矫情的人，又低头快速吻了他一下就离开，跟小鸡啄米一样。

他仰着头看她，眼里似笑非笑，也有深藏着的压抑。

他的下颌线很好看，整个线条很流畅，他微微仰着头，使得脖子显得修长，稍稍凸起的喉结性感得要命。

谁还不是个视觉动物呢？舒听澜的心充满了欢喜，她再次低头使坏一样吻他的喉结，当然，也是故意地蜻蜓点水，一闪而过，最是挠人。

卓禹安瞬间坐直了，双手一把扣住她纤细的腰，两人严丝合缝地贴在一起，再没有任何空隙，舒听澜也再无可逃的余地。

老公，老公，求放过。她每次都这样，故意撩人的是她，最后受不住求饶的也是她。她精疲力竭后，被他拥在怀里，简直跟没了骨头一样。

舒听澜觉得真好啊，这样平静而充满爱意的生活是她梦寐以求的，也是以前可望而不可即的，这个男人全都带给她了。因为有他在，她便无惧风雨，任何时候都能自信地往前冲。她以前觉得爱是彼此消耗，如她父母那般；而今才知，爱是彼此成长。她的内心没有比现在更安宁的时候。

第二天，卓禹安送她去上班，途中，卓禹安提议给她换一辆好点儿的车。以前的她会想也不想就拒绝，不想占卓禹安任何便宜，但现在，她欣然答应。这是全然相信他，全然地爱他，更是对这段婚姻关系的接受，她若是再坚持便显得矫情了。

“真乖！你这两天先在网上看看喜欢哪一款，看好了，我带你去试车。”

“好。”

“不要替我省钱。”

“好。”

都送到律所了，他还舍不得走，非要看着她进去才行。

第十七章

介绍客户

律所来了一位不速之客，周铭正在接待，见到舒听澜来，急忙道：“找你的，快去。”

是昨天在车库遇到的那位中年女士，舒听澜敲门进去，并不知怎么称呼她，心想，既然加了微信，怎么不提前告知要来拜访呢？

“您好。”她坐到对面礼貌地打招呼问好。昨天在车库光线暗，她看不真切，今天在会议室耀白的灯光下，才看清对方，心里感慨对方保养得真好。

她皮肤饱满，除了眼角有浅浅的鱼尾纹，其他地方没有一丝岁月的痕迹。她坐在会议桌对面，持重而端庄，这种气质并不能简单地用优雅或者贵气来形容，是一种寻常百姓身上绝没有的那种持重、端庄，没来由地让舒听澜产生了一丝畏惧感。

“舒律师，你好。”她点点头，反客为主，示意舒听澜坐下。

“您找我是有事吗？”舒听澜问。

“抱歉，昨晚回去才听司机说，那天不小心追尾的车是你的。”

舒听澜想大概是因为保险公司出险时，告知了对方她的名字，所以不疑有他：“哦，没关系的，保险公司已拖去修理，应该很快就能修理好。”难怪看她眼熟，那天那辆奔驰车后座上坐的女士应该就是她。

“那这几天你的出行方便吗？我的司机最近比较清闲，让他负责接送你上下班吧。就当是道歉，也让他长长记性，往后开车小心点儿。”

舒听澜急忙摆手：“不用，我和我先生上下班顺路，坐他的车就好，不耽误。”

“你先生？”

舒听澜不知是不是她的错觉，当她说她先生时，对面的人眉心一皱，眼神锐利得如刀一般穿透而来。

“舒律师结婚了？”她几乎是逼视着舒听澜问的，给人一种无法躲藏的胁迫感。

舒听澜心里非常不舒服，自己是否结婚跟她有关系吗？她刚才是一时不察，才脱口而出“我先生”。与此同时，舒听澜想起她和陆垚垚的关系，恐怕她和卓家也关系匪浅。舒听澜当然不会自己没事找事，也不想回答她这个问题，故而转移话题："您是有案子需要了解吗？"

程知敏沉默地盯着舒听澜看了好一会儿，心想，他们应该不至于结婚，儿子卓禹安是稳重、顾全大局的人，绝不至于做出隐婚这样肆意妄为的事情。

要说卓家人的傲慢与自信真是从上到下一脉相承。结没结婚这事，只要有心查便可知。

"我朋友公司是做地产开发的，近期计划与御众地产公司合作开发康养城项目，需要找律师了解，我向朋友推荐了你，垚垚说你办事靠谱。"程知敏已恢复如常，"我稍后会让朋友联系你，你们具体详谈。"

舒听澜留了一个心眼，不相信天下掉馅饼的事，康养城项目绝不会是一个小标。她说道："多谢您的信任，只是我从未接触过地产行业，我们主任在地产行业有丰富的经验，我可以请她一起参与详谈吗？"

不论真假，她请肖主任参与帮忙评估，总是没错的。

"嗯。"程知敏无所谓，说完便起身告辞了，当真就是来给她介绍业务的。这之后，她就跟消失了一样，很长一段时间不再露脸。

不过，程知敏介绍的那个项目，对方倒是很快就约舒听澜过去沟通。那是森洲本地的一家地产公司，叫利森实创地产开发公司，专门开发高端楼盘，有几个代表性的项目，口碑极好。

肖主任、周铭都知道利森实创有意开发康养城的项目，但具体是自己开发还是同别的地产公司合作开发，还没有内部消息。现在听舒听澜说起，他们想，不管什么情况，先去利森实创开会，以探虚实。

接待他们的是利森实创的二把手高总，高总为人热情，亲自带他们到会议室，又吩咐助理泡茶。

"陆总那边跟我打过招呼，特意推荐了舒律师，说这次由你负责的收购项目非常圆满地完成了。"高总说话时是看着肖主任的，大约以为她才是陆邵行口中赞不绝口的舒律师。

舒听澜不由得尴尬地介绍道："高总，您好，这位是我们主任肖君华律师，这位是周铭周律师，我是舒听澜。"

"你好，你好。"高总认错人也不尴尬，很快反应过来，重新跟三人打了招呼。

"你好。"

几人握手，客套完之后才正式讨论工作。

不过，在这之前，舒听澜想再确定一件事，便开口问："您说的陆总是陆阔吗？"或者是陆垚垚？如果是他们介绍的，为何不直说？

"是听鲸金融的陆绍行陆总，我们是多年好友了。"

舒听澜心想，如此便解释得通了，那位女士与陆垚垚关系亲密，那自然与她父亲也是关系匪浅，甚至是一家人。

接下来，高总开始介绍约他们过来沟通的目的。

利森实创近几年一直在筹备开发高端康养城，综合考虑评估之后，拟与森洲周边城市的御众房地产公司合作开发。御众地产有一块地，依山傍水，环境优美，而且这块地的旁边是政府规划的，要建一家三甲医院，价值巨大。

因御众地产这两年步伐太大，开发的项目过多，导致资金严重短缺，所以想转让这个项目，才有了他们今天这个会。利森实创已与御众达成初步合作意向了，现在需要聘请律师对御众地产各方面的资质进行调查。

高总介绍项目的同时一直是看着舒听澜的，意思很明确："不管你带来的是主任还是什么高级合伙人，都没用，我只认陆总介绍的舒律师。"

四人沟通完，高总跟舒听澜约了再次开会的时间，然后亲自送他们进电梯离开。

他们原本是抱着来了解一下的心态，并未真的当回事，但是亲自到利森实创的总部，听完高总的仔细介绍，便都觉得这是一次难得的机会。而且这个项目做下来，一定能让舒听澜在行业内真正打响名号，成为她里程碑式的一个代表作。

"好好干，我和周律做你的后盾。"肖主任不太爱唱高调，这样说已经代表她支持舒听澜接这个项目了。

工作上的事，舒听澜一向不怎么跟卓禹安提，连这次机缘巧合下接的这个项目，她也轻描淡写说是陆垚垚的一位长辈介绍的。

卓禹安没细问，毕竟陆垚垚作为陆家小公主，认识的多是上流阶层的富太，介绍个项目再正常不过。

出于谨慎，这个项目从开始的接触到签订正式的合作合同，全程都由肖主任和周铭陪同参与。

舒听澜因为哗哗啦娱乐的项目还有一些收尾的工作需要做，一边忙于新项目的准备，一边要跑哗哗啦和听鲸金融，忙到飞起。好在一周之后，听鲸金融与哗哗啦娱乐正式交接，项目才真正结束。

利森实创的项目确定下来之后，肖主任在并购组开了一个内部会议，主要是针对舒听澜带队需要的成员进行安排，今非昔比，她不再是初入律所的菜鸟，不仅有了几个项目的经验，现在还有这么一个大标在手，并且以她的关系，之后的项目只多不少，连律所的大老板都听闻她这匹黑马，让肖主任重点培养。

舒听澜还是有些心虚，在肖主任、周铭以及其他高级别律师面前，她还是新得不能再新的新人，这几次的项目全是靠运气或者机遇，与她本身的工作能力无关。

只是，她硬着头皮也要上，按周铭的话说这就是成长，大家都是这么成长起来的。

所以内部动员会时，她言辞恳切，把这个项目的具体情况介绍了一下，希望能组建一个默契的团队，把这个项目做好。

肖主任和周铭先表态，这个项目，他们俩会一如既往地做好后面的协调、支持，以及最后把关审核的工作。

舒听澜看了看之前合作过的张靖以及赵妙歌，眼神里有求助之意。之前合作时，她们虽爱八卦无聊的新闻，但对自己分内的工作还是很认真负责的。两人接收到她的眼神，都笑了笑，举手表示愿意加入，毕竟她比别的高级律师好相处，而且这个项目佣金不菲。

最后，肖主任又特意指派了在地产行业有丰富经验的史律师及他的助理参与、协助舒听澜的工作。

整个团队很快建立起来。

舒听澜迅速建了一个微信群，把大家都拉进去，方便以后沟通。

她虽然说话声还是轻轻柔柔的，但是每句话都是重点，分配工作时也不拖泥带水，很是雷厉风行，真有几分肖主任的模样了。

总之，她在工作上进步神速，与以往完全不可同日而语。

肖主任和周铭看着她，觉得很好，她完全可以出师了。

御众地产的总部并不在森洲市，在森洲隔壁市，大约六十公里的距离，那块康养城的地在两市交界处，既然要进场做尽调，舒听澜免不了要出差到御众地产的总部。

听到她要出差，卓禹安顿时如遭“晴天霹雳”，早已习惯每天晚上回家有人陪伴的日子，无法想象她不在家自己要怎么度过，要知道，最近他自己的工作如果需要出差，他都尽量安排下属去，或者能线上解决就线上解决，绝不出家门半步。

舒听澜一边收拾行李一边笑他：“总共才六十公里的距离，可以随时回来。”其实也不是必须要出差，六十公里确实不远，只是工作忙，她不想把时间花在路上。

卓禹安抱怨归抱怨，自然是舍不得她每天在路上来回奔波的：“酒店安排好了吗？”

“安排好了。”

“自己住还是和同事住？”

“和同事住，能省点儿是点儿。”她如实回答，心想，他未免管得太宽了。

“自己订一间，别和同事住，我出钱。”

“你没事吧？我是去工作，不是去度假。”舒听澜就差给他一个白眼了。

卓禹安就不再说话了，开始帮她收拾行李，特别细心地反复检查她带的物品，见该带的都带上了，才放心，对她有操不完的心。

等到第二天，舒听澜和史律师一行到御众地产开完会，晚上回入住酒店时，才知道卓禹安为什么要她单独订一间房了。

此时酒店大堂正在办入住的人不是他又是谁?

几位同事也都看到他了，低声说:“那是卓远科技的卓总吗?”

“这么低调，住这种连锁酒店?”

他们说话的同时偷偷看向舒听澜。

律所里，除了肖主任与周铭知道他们在交往，别的同事并不知情，只知两人有说不清道不明的关系，具体是什么关系，谁也说不清。

此时的卓禹安正在跟前台人员交谈说要换大床房，前台人员大概是在帮他调，所以他站在那儿等着。

人的气质不管在什么样的环境下都改不了，整个酒店大堂，就数他最瞩目，他穿着简单的衬衫、西裤，但因为宽肩窄腰、双腿修长、身体笔挺，举手投足都带着与生俱来的傲气。

他听到身后的动静，转身看过来，正巧看到舒听澜的嘴张了又合、合了又张、半天说不出话来的小表情，心中觉得好笑，微微朝他们一行人点点头，并未打招呼。

“卓总刚才是笑了?”赵妙歌问旁边的张婧。

“好像是，就不知是对你笑，还是对舒律师笑。”

“要死，虽然我有男朋友，但不是不可以为他做个负心女。”

两人开着玩笑，实则都在探究卓总住这家酒店的目的，她们不是小孩，当然不会以为是纯粹的巧合。

恰好，前台人员调出了大床房，给他办完入住，他便拿着房卡朝舒听澜走过来。舒听澜拽着行李箱，本能地往后退了一步，生怕他在她同事面前说出什么惊天地泣鬼神的话。

“舒律师，好巧。”他就是故意的，似笑非笑地看着她打招呼。

“好巧。”舒听澜戒备地回应道。

在场的同事，一看两人的互动，只要不是眼瞎，都能看出两人不寻常的关系。史律师毕竟年长一点儿，热情地问好:“卓总也出差吗?”

“是。”

“那确实够巧。您住哪一层?我带您过去。”

卓禹安低头看了一眼房号:“1102。”

1102?

“卓总，太巧了，我们也住在11层。”

岂止是住在11层，舒听澜与史律师的助理米姗住同一个标间，就在隔壁1103。

一行人说笑着上了电梯，舒听澜和卓禹安并肩站在最后一排，他从背后来牵她的手。

幼稚!她躲开了。然后出电梯时，她故意“不小心”踩了他一脚，也是警告他不要胡来。

因为开了一天的会，他们都挺累的，便各自回了自己的房间。

史律的助理米姗工作很认真负责，回到房间简单洗漱之后，便贴着面膜在电脑前整理今天的会议纪要。

舒听澜因为卓禹安的突然到访，心情被打乱了，看了眼微信，是他发来的一张酒店房间的照片。

“你确定今晚不过来吗？忍心让我独守空房？”附带一个委屈巴巴的表情。

“活该，谁让你来的！”舒听澜躺在床上有一搭没一搭地和卓禹安微信聊天，打定主意不去他那边。

米姗忙完工作，颇为不好意思地道歉：“舒律师，要关灯吗？不好意思，吵到你了。”

“没关系，我来关灯。”舒听澜对米姗印象很好，她想起上回与不相熟的同事住酒店，还是在栖宁时与嘉佳同住。不过，米姗与嘉佳完全是两种性格，米姗工作很认真负责，人也文静，并不把精力放在工作以外的八卦上。

她忙完，不一会儿就传来她规律的呼吸声，她已睡着。反而舒听澜颇有点儿辗转反侧睡不着，只因旁边房间有个男人一直发微信跟她装可怜：“一个人睡不着。”

舒听澜无语，她怎么不知道卓禹安这样黏人？她没再回信息。

过了好一会儿，大概知道她不会过去了，他又发了一条：“晚安！”

“晚安！”

她打定主意不过去，第一是觉得影响不好，毕竟是来工作，不是度假；第二，也是重点，不想让他每天来回奔波一百多公里来陪她。第一晚她不过去陪他，他自然不会再来。

等第二天早上起来，他们一行人去餐厅吃早餐时，史律师道：“卓总是还没起来吗？”

“要不要给他留点儿早餐？酒店早餐供应还有十五分钟结束。”米姗问。

舒听澜奇怪，他一向起得早，饮食规律，没道理这个点儿还不起来，难道是昨晚换了个环境睡不着，失眠了？

等吃完早餐，她便给他打电话，只响了一声，他就接了。

“还没起？”她问。

“起来了，在高速上，早上有个早会。”他戴着耳机，声音沉稳。

舒听澜不由得有些生气：“你有早会要开，昨晚过来做什么？”

“陪你啊。”他平静的声音传来，一副理所当然的样子。

“隔着一面墙陪？”她被气笑了。

“嗯！”隔着一面墙也是陪，反正就是不能离远了，其实是她陪他。

“开车小心，别打电话了，挂了。”她是又心疼又生气。

那边史律师他们已经在车上等舒听澜，他们要前往御众地产公司，今天要开启收购启动仪式，利森实创的高总会过来，肖主任以及别的合作机构也会来。

御众地产很重视这个启动仪式，会场早早布置好，每个位子也贴上了相应的名字，他们直接入座即可。

启动仪式，就是客户公司和目标公司相互介绍一下情况，然后各大合作机构，像律所、审计、评估等机构也自我介绍一番，明确自己的职责，适时地喊几句口号表决心。

以前这种上台宣讲的事情都是肖主任做，这次肖主任鼓励舒听澜上去。她便鼓足勇气上台，先自我介绍，再一一介绍组员、阐述工作职责，最后表决心，很顺利，一点儿都没磕巴，她进步飞快，大家有目共睹。

启动仪式完毕，肖主任回森洲，舒听澜和史律师进入紧锣密鼓的工作中。

这次的项目工作量大，压力更大，但对舒听澜来说是一个全新的挑战。

她一忙起来就忘我，忙完工作回到酒店已是晚上十一点多，米姗比她早回来，已快入睡了，给她留了一盏走廊的灯。

她洗完澡，才有空看一眼手机，上面有十几条卓禹安发来的信息，从晚上七点多，他每隔半个小时发一条，最后一条是：“回来了？过来吃饭。”附带了一张晚餐照。照片背景就是隔壁的1102房间。

他又开车过来了？她真的好饿，便穿着酒店里的拖鞋去隔壁找他。

他很快开门，房内的灯全开着，他也是工作狂，这么晚还在工作。见到她来，他伸手抱了抱她，彼此的工作都很忙，所以无须多言，就是抱一抱，安静地待在一起，就能获得能量。

晚餐刚加热好，他端上桌子摆放好，递给她筷子与汤勺。清淡的小粥与小菜，最适合深夜。他对吃一直很讲究，无论在什么环境下，都绝不糊弄了事。

“你累不累？”舒听澜问。他为了来这家酒店陪她，每天早出晚归，开一百多公里的车。

卓禹安揉了揉她的头，回答：“不累。”

他怎么会累？能每天就这么见她一面，已很好。

“其实你没必要来陪我，我在这儿挺好的，而且周末可以找时间回去。”她是心疼他。

“嗯。”他安静地看着她吃，并不多话。

凌晨的酒店很安静，只有走廊外偶尔有新入住的客人拉着的行李箱轻微滑动的声音。

卓禹安的这间是大床房，很宽敞，里边的设施比标间好很多，拉开窗帘有个八平方米左右的大阳台。她喝完粥，关了灯，便把窗户打开，夏季的夜风徐徐吹来，吹自然风比空调的凉风舒服很多。

舒听澜满足地躺着，很放松，思绪涣散，卓禹安给她轻轻捏着肩膀，缓解她的疲劳，只是这人原本很认真地帮她按摩肩膀，然后按着按着手就不老实了。

她痒，笑着打开他的手，他又来挠她，她笑作一团。

她的唇就被他封住了，半晌，他才松开："嘘，小声点儿，酒店隔音不好。"

她好气，心想："隔音不好，你还故意？"

好在他还算克制，只折腾了一次，然后他们相拥而眠。

第二天清晨，舒听澜便悄悄回自己的房间了，还是不愿意让同事知道她和卓禹安的关系，回到房间又睡了一个回笼觉，快八点时才醒来。

米姗不知何时已经起来了，看到她，很奇怪地问："舒律师，你昨晚几点回来的？"她记得凌晨起夜时，旁边的床还是空的。

"挺晚了，我没看时间，不知道具体是几点。"她有些心虚地拉了拉自己的睡衣。

米姗狐疑地看了她一眼，催促道："楼下早餐快结束了，舒律师，我们快点儿下去吧。"

"好。"

餐厅里，史律师与张靖、赵妙歌三人已经在吃早餐了，同一桌上，卓禹安竟然也在，正慢条斯理地用餐。

"米姗，舒律师，这边。"史律师招呼，圆桌旁留了两个位置给她们，而且不知是谁已经给她们放好了早餐。

"谢谢史律。"米姗道谢。

"要谢就谢卓总，他给你们留的。"

"谢谢卓总。"米姗偷偷吐舌头，不敢多说话，有些怕卓禹安。

舒听澜的位置是紧挨着卓禹安的，他抬头看她，等着她说谢谢，结果人家压根儿不看他一眼，自顾吃了起来，很是没良心。

在座的同事都对他们的关系好奇死了，他们像在一起又不像在一起，说卓总追舒听澜，又没有表现出追她的样子，但是同事们不敢问，更不敢说。

等吃完，卓禹安便又要开车回森洲了，临走前还问："你们去哪儿？送你们一程。"

"不用了，我们走路过去很快的，谢谢卓总啊。"史律师替大家回答了。

"好，再见。"他说再见时，眼神从舒听澜身上瞟过，后者在低头摆弄手机，并不看他一眼。

一行人在去御众地产的路上，赵妙歌感慨："卓总真是蛮低调的，来这边出差，不带助理，也不带司机。"

"能住这家连锁酒店就看出他低调来了。"张靖说。

“昨晚我回来得早，看到他借用酒店的厨房在熬粥，很认真的样子，与以前在新闻上看到的人完全不一样，蛮有生活气息的。”

原来昨晚的粥是他亲自做的啊，难怪合她胃口。舒听澜听着她们聊他，一副事不关己的模样，实际上，内心早就感动得一塌糊涂了。

他默默替她做的事，她都记在心里。

等到了御众地产，周围没人之后，她给他发了一条微信语音：“老公，爱你。”

他很快回复，嗓音低沉而冷漠：“在开车。”

哼，真是不解风情，舒听澜难得煽情一回，被他生硬的三个字撑回来了。

过了不到两秒，他又发过来一条语音：“在开车，别让我分心，高速上没法掉头回去。”

这都什么跟什么？不过，舒听澜的心瞬间阴转晴，若不是念在他在开车，她还要再发十条二十条。

“舒律师，看什么这么开心？”史律师过来给她资料，见她唇角正上扬，看着手机傻笑。

“没什么，看到一个冷笑话。”她锁了手机屏幕，接过资料开始进入工作状态。

这边卓禹安一路开车回到森洲，下了车后，第一件事便是又听了一遍微信里她难得温柔的声音，也就反复听了十几遍吧，想着每天开一百多公里的车算什么，为了这句话，他可以开一千公里。

他最近确实也很忙。王岩因为温简的事，请了长假休息回来后，主动申请要去美国总部带团队，不愿在国内与他共事。

王岩是性情中人，临去总部前对他说：“温简走到这一步，你并非全无责任。

“你当真从不知她对你的感情吗？你一直都是知道的，你只是太过于高傲，也习惯了别人的仰望，让一切变成了理所当然。”

卓禹安没否认，温简走到今天这一步，他也有责任。

王岩继续说道：“Jane是成年人，做错事就是做错事，该为自己的行为负责，只是希望你看在我的面子上或者念在我们过往的交情上，不要对她赶尽杀绝。即便我们三人走到今天这一步，我依然相信，我们之间的友谊不会彻底消失。”

这是王岩去总部前两人的对话，卓禹安并非不念旧情的人，只要温简不再打扰舒听澜，他就不会找她麻烦。

王岩去了总部，国内的科研团队一时没找到合适的人员负责，只得由他暂时管理，好在傅慎逸在运营管理方面能独当一面，帮他解了燃眉之急。

他今天主要是和傅慎逸以及人资部开会，科研团队急需一位负责人。

人资部总监的意思是从内部几条产品线的负责人里提拔一位，但综合评估了一下，这几位产品线的负责人只对自己的产品线精通，在整体管理上都各有各的缺点，难当大任。

而傅慎逸的建议是，让猎头公司继续推荐。

人资部总监面露难色，有些话当着傅慎逸的面不好直说，他是想让林之偶继续找人，但林之偶的力量毕竟有限，况且林之偶如今的职业形象几乎已毁，候选人对她已毫无信任可言，不愿意把自己的职业生涯交由她管理。人资部总监看在卓禹安的分上，对林之偶照旧客客气气的，但已许久不给她职位做，就那么干晾着她。

傅慎逸这个提议很明显是要为林之偶争取利益。男人啊，怎么一个个都过不了美人关？人资部总监不无鄙夷地想。

而实际上，卓禹安知道傅慎逸并无任何私心，因为昨晚，林之偶已正式跟他提出要结束与卓远科技的合作关系。

当时卓禹安正在酒店的厨房熬粥，看到林之偶的信息时，只回了两个字："理由？"

林之偶很简短地回复："不想影响卓远科技的形象，也不想影响傅慎逸的职业生涯，我退出对大家都好。"她一向洒脱，做出选择就不后悔。

"好。"卓禹安并未做任何挽留，他尊重她的选择。其实抛开她和听澜的关系，她只是一个合作的猎头顾问而已，去留对卓远科技并没有任何影响。

过了好一会儿，那边又发来了信息："卓总，以后对舒舒好点儿。"

卓禹安最后回答的是："我会！但你是她最重视的朋友，无人可替代。"

他知道听澜因之前没有坚定地站在她这边，一直对她心存愧疚，加上她从不回信息，让听澜的内疚无处可放。他深知她们感情之深，不愿意听澜因此受任何伤害。

但林之偶很久没回复，直到刚才，他才看到她的信息："等我散心回来再说。"

正是因为她们感情好，也正是因为她知道舒听澜在意的是什么，傅慎逸在法律上毕竟还是有妇之夫，所以她和傅慎逸一天没有分手，她便愧对舒听澜一天。她并不是生舒听澜的气，而是愧对舒听澜。

此时，傅慎逸并不在意人资部总监的目光，只阐明自己的观点："我之前有几家合作得不错的猎头管理咨询公司，我会委托他们帮忙猎聘。"

毕竟是至关重要的岗位，寻找一年半载都是有可能的，所以也不急于一时，加上卓禹安本身也是技术出身，科研团队的运营也很成熟，他暂时代理这个职位没问题，只是非常忙，忙得分身乏术。但他依然坚持每天来回开车一百多公里去陪舒听澜。

舒听澜也很忙，经常是加班到半夜才回酒店，甚至有时候因为米姗很晚才睡，她也不方便去他房间，所以两人真正见面的时间并不多，经常就是吃早餐时打个照面，他便回森洲，连句话都说不上。

如此奔波，他却甘之如饴，但舒听澜心疼、舍不得，等周末休息回森洲时，便与他约法三章，每周只允许周三去陪她，其余四天不准去，去了，她也不见。她态度坚决，卓禹安便只好答应。

周末结束，周日下午卓禹安送舒听澜回酒店后，便被她打发回森洲了，他一时无聊，约陆阔出来喝酒。

陆阔大喜：“好的好的，马上到！不过，不会又让我去做苦力吧？”他想起上回去他家组装家具，这辈子都不想再有第二次。

“别废话，快来。”

卓禹安把地址发给他，是一家私房菜馆，不是陆阔以为的酒吧，陆阔不由得大骂：“有没有搞错？这也太素了！城南那边新开了一家酒吧，里边有几位小姐姐特别正，去那儿。”

“等听澜回来一起去。”他很自觉，去声色场所，必须经过老婆同意。

“你有没有一点儿骨气？”陆阔骂，语气却是酸不溜秋，心想，有人管，了不起啊？

卓禹安笑：“对了，把陆垚垚那丫头也叫来，这家私房菜的姜汁撞奶不错，她应该会喜欢。”

“叫那丫头做什么？”

“感谢她，听澜这次的项目是她帮忙牵线搭桥的。”

“就她？她能有什么资源？”陆阔最熟悉那丫头，她最怕烦，就是有资源也绝不会给舒听澜介绍。

“听澜说是陆垚垚认识的一位阿姨。”

陆阔好烦：“能不能不要张口闭口都是舒听澜？老子听得耳朵都长茧了，你要这么想她，就去陪她啊，找我这个孤家寡人做什么？”

他骂的同时，人也到了私房菜馆。

“她不让陪。”卓总说这话时不免有点儿委屈。

陆阔已经到了，就坐在他面前，毫不留情地嘲笑：“你是不是不行啊？从高中起就被听澜拿捏得死死的，现在还没有征服？”

“嗯，不想征服。”他不仅不想征服她，反而心甘情愿被她征服。

陆阔看他这样就更烦了，他就是来炫耀、来秀恩爱、来欺负自己这个没人要的，这种兄弟留着做什么？不要也罢。

“陆垚垚呢？”卓禹安无视他一副苦大仇深的样子，问起了陆垚垚。

“不在，去剧组了。”说到她，陆阔更气了，连陆垚垚那个死丫头都利用拍戏之便勾搭元秉奂成功，每天在朋友圈暗促促秀恩爱，而他还是孤家寡人。

菜已经上齐了，两人一边吃饭，一边闲聊。念在菜品确实不错的分上，陆阔不与他计较了，开了一瓶他藏在这儿的酒，打算给他喝光。

末了，卓禹安才想起来问："利森实创地产跟你们是什么关系？他们是听澜的客户，说是陆垚垚的一位女性长辈介绍的。"

卓禹安之前没空琢磨这件事，这两天想起来，发现以他对陆家的了解，他们与这个利森实创并无任何关系。而陆垚垚一向只爱吃喝玩乐，绝不会给别人介绍生意。最重要的是，这个女性长辈到底是谁？

"我问问她，这丫头越来越野了，得管管。"陆阔一个视频请求就发过去了。

那边陆垚垚正准备要拍夜戏，在化妆间化妆呢，随意支着手机跟他视频。

陆阔开门见山："你给听澜介绍生意了？"

"没有啊，我凭啥给她介绍生意？"她语气不屑。

"她说的女性长辈是谁？"不知为何，卓禹安忽然有一种不祥的预感，所以声音严厉地问。

果然见陆垚垚眼神闪过一丝心虚："就是认识的一位长辈，跟你们无关。"

"陆垚垚，两个小时内回来把话说清楚。"陆阔好像也忽然意识到问题不简单。

"没空，拍戏呢。"陆垚垚二话不说就把视频挂了，再打，就一直不接了。

卓禹安的脸色已极其不好，他什么也没说，拿起车钥匙就走。

"喂，去哪儿？"

"剧组。"

陆垚垚拍摄的是一部古装剧，在郊外一个深山的小村子里，路不好走，陆阔担心他出事，急忙跟上去，抢过车钥匙，庆幸刚才没来得及喝口酒。

在车上时，他安慰卓禹安："不用这么紧张，可能是你想多了。"

卓禹安不知在想什么，一直没说话，只是沉着脸、面容严峻，直到快到剧组时，他才低沉地说了一句："我承受不起任何风险。"他是说给陆阔听，也是说给自己听。

剧组正在拍夜戏，整个小村子此时还灯火通明，除了几位主演，还有群众演员，甚至这么晚了，还有村民在围观。

忽听外边传来一个男声："陆垚垚，你给我滚出来。"

穿着古装的陆垚垚一听，这不是他的浑蛋哥哥吗？一想到晚上卓禹安的电话，她立即明白是怎么回事，拎着裙摆就想逃离这个是非之地。

她还没跑两步呢，衣领便被人抓住。

"跑什么呢？没听到叫你？"陆阔不知何时过来的，"跟我走。"

陆垚垚摇头："我在拍戏。"

"你最好趁卓禹安发火之前，把事情原委讲清楚，否则他生气很可怕，你领教过。”陆阔劝道。

陆垚垚低垂着脑袋，不做挣扎了，认命地跟着陆阔去见卓禹安。

卓禹安此时站在车外，见到陆垚垚过来，他开门见山就问：“是你带我妈去见舒听澜的？”

这声音比这郊外的夜晚还清冷，让陆垚垚瑟缩了一下，直往陆阔身后躲。

“别吓她。”陆阔毕竟是哥哥，不忍心看陆垚垚这样。

“我没有，是程老师来公司，正好遇到了舒律师。”

“她去听鲸金融？她长年深居简出，很少露面，为什么去听鲸金融？去做什么？”

“她说去拜访我爸爸。”陆垚垚回答得滴水不漏，要把自己择干净，不参与他们的事，谁说她傻？人家聪明着呢。

卓禹安不再说话了，但是一直看着她，眼里迸发着怒火以及危险。

陆垚垚又往陆阔身后躲了躲，探出头来如实说道：“我真的没把程老师往舒律师面前领，我又不是活得不耐烦了，是程老师自己来找舒律师的，不过，你放心啊，程老师没有为难她，不仅没为难，还非常客气。”

“利森实创地产的收购项目，是她给听澜介绍的？”卓禹安一时搞不懂他母亲到底想做什么。

“这个我真不知道，但应该是。”

“她怎么知道听澜的？”这是卓禹安关注的问题。他和听澜在外边很低调，即便在有心人面前，充其量也不过是会觉得他们关系暧昧。

陆垚垚不知该不该说那些照片以及视频的事。她斟酌了一下，觉得如果隐瞒这件事，后果更严重，所以就直接说了：“不知是谁给程老师寄过你和舒律师的照片。”

“照片？”卓禹安不明所以。

“嗯，很多亲密的照片以及视频，可能是听澜的情敌，也可能是你的情敌，甚至可能是你们卓家的对手，总之，目的不纯。”陆垚垚想起在程老师手机中看到的那些照片以及视频，里边的卓禹安真是又温柔又撩人心弦，再看眼前他“凶神恶煞”的样子，真是判若两人。

陆垚垚这么一说，卓禹安与陆阔对视一眼，不约而同想到了同一个人——温简。只有她有这个动机以及时机能拍到那些照片。

“真不关我的事，你们了解程老师，她不让我说，我不敢说。”陆垚垚说着，见卓禹安并没有怪罪她的意思，松了口气，悄悄往后退，“剧组还等我拍戏呢，我回去了。”说完一溜烟就跑了。

卓禹安与陆阔开车回城，心情比来时更沉重些。他来时还心存侥幸是陆垚垚认识的别的女性长辈，而现在，几乎是判了死刑。

他母亲他最了解，绝不是温柔、宽容之人，这也是他一直没有带听澜回家的原因，不想听澜受父母的气，如果可以，婆媳一辈子不来往亦不是不可。

再者，他知道他父亲再过半年就要调任回京，他原计划是等父亲职位稳定下来，再与他们慢慢谈听澜的事，能接受最好，不能亦无所谓。主要是在这当口，他作为卓家唯一的孩子，既然不能在父亲调任之事上给予任何帮助，那至少不添乱。

“你回去跟程老师好好谈，千万别着急。”陆阔把他送到卓家门口时，不忘嘱咐一句，然后极没有义气地踩着油门就跑了。陆家兄妹都怕程老师，不，应该说当年家属大院里的孩子全都怕程老师，见着她都跟老鼠见了猫一样，那是童年阴影。

卓家在森洲的房子是分配的家属院，独门独院的一小栋，大院门口有人站岗，戒备森严。一走进来，就有一种庄严肃穆感，这也是卓禹安在森洲宁愿住酒店，也不愿意回来的缘故。

此时，已是深夜，他满心焦虑地回家，要与母亲好好谈谈，但深夜不宜谈话，他与父母打了声招呼，就回自己那间久无人居住的房间睡觉。

程知敏来敲门：“阿姨炖了甜品，来一碗吗？”她关切地问，隐约猜到他突然回家的目的，但既然他不提，她更不会主动提。

“不了，明早再说。”

“那好。”

他们彼此心知肚明，也都彼此较量，玩心理战。越大的事，越要压着火，心平气和，所以一个比一个藏得住事。

卓禹安很少在这个家睡，加上心里有事，当然睡不着，他一边揣测他母亲的心态，一边想着舒听澜。

凌晨时，他迷糊睡了一会儿，就被他母亲叫起来吃早餐了：“你难得回来，阿姨大清早起来给你做的，趁热吃。”

卓禹安沉默地吃完了早餐，这期间，他母亲很沉得住气，就当他是单纯回家住一夜而已，完全不提别的事。

“妈，我们去书房谈谈。”

他父亲一早已出门办公了，家里只有他与母亲。

“好。”程知敏对自己这个儿子是有些怕的，尤其当儿子一言不发时，那气势比卓宏都吓人，他毕竟是老爷子一手带大的，有老爷子的精气神。

书房整整两面墙的书柜，清晨的阳光透过窗户洒进来，光影之下，一室的寂静。两人实在不像母子，更像同僚。

卓禹安先开口，声音说不出地冰寒：“妈，如果我没记错，春节回家时，我同你说过，我的事，你不要插手。”

“发生什么事了吗？”程知敏依旧沉得住气，他不明说，她便假装不知。

“春节时，你派人查过温简，查过林之偶，在我不知情的情况下安排我和黎家女儿相亲，当时我同你说过，这是我的红线，你以后不能碰。感情的事，我有自己的打算与计划。”

“我并未干涉你啊，这么多年，你在外自由自在，我何曾管过你？”程知敏继续装傻。

“妈，你去找听澜了。”他不再兜圈子。

“哦，舒律师啊。我不是特意去找她，就是去听鲸金融时正巧遇到了，聊了几句。”程知敏依然不承认，说话滴水不漏。

他换了个思路聊：“那些照片是怎么回事？”

“你也知道照片的事了？”这些照片是程知敏心里最大的担忧，所以她也不隐瞒。

“把照片拿给我看看。”事情先一样一样解决。

这点上程知敏很配合，她打开书房的电脑后再打开最早收到照片的邮箱给卓禹安看：“找人查过了，但是对方很狡猾，查不出是谁发来的照片。”

“我看看。”

程知敏急忙让开位置给他。

卓禹安坐在电脑前，手指在键盘上快速地敲打着，表情严肃。

“禹安，你能查出来吗？”程知敏小心翼翼地问。

“嗯。”他简单地回答，自己毕竟是做这一行的，查个IP地址易如反掌。过了也就不到十分钟，他查出来了，如他所料，虽不是温简亲自发的，但与她脱不了干系。

“到底是谁发的？是要对付我们卓家吗？”程知敏担忧地问。

“嗯。”卓禹安依旧是简短地回复，注意力却被这些照片吸引，全是他与听澜在一起的照片，电梯里、地库里、小区湖边、马路边等等。

原谅他此时思绪有些跑偏，主要是这些照片拍得不错，他从不知自己看她时是这样的表情，更不知原来她每次与他亲近时会是这样温柔的模样。

他以第三视角看两人的相处，感受完全不同。他随手把这些照片发到了自己的邮箱里。

“怎么样？”程知敏问。

“是我认识的人，与卓家无关，我会处理。”卓禹安简短地回答。

“那为什么要给我发？目的何在？”

“妈，因为对方抓住了你的软肋，知道你收到这组照片一定会去找听澜，一定会跑来找我闹，对方想分裂我们的家庭关系。所以你如果真来闹，那便是中了对方的计。”

所以有时候谈话是有技巧的，一句“分裂我们的家庭关系”就能够让程知敏谨慎，不敢乱来。

程知敏果然被唬了一下："禹安，妈妈并非不开明，你与那个舒听澜玩一玩，妈妈是不会反对的。你是年轻人，要真不恋爱，那倒是不正常了。只是玩归玩，你当知道，最后进我们卓家大门的必然是门当户对的，你懂吗？前边孙家就是教训。"

"妈，我与听澜不是玩玩，我们是认真的，她是我这辈子唯一想娶的人，任何时候都不会变。"他态度强硬地表达观点，暂时还没把他们已婚的事告诉她，毕竟她需要一个接受的过程。

"那妈妈也要告诉你，不管她是什么身份，都绝不允许进卓家的门。"程知敏觉得这是原则问题，绝不能含糊。

两人谈话的这个结果在卓禹安的预料之中，父母的门第之见以及固执是深入骨髓的，他早就知道，所以来的本意并非让他们接受听澜，他只是来讲明立场、底线，以及把边界感建立起来："妈，既然如此，我们没有讨论的必要。但只有一点，你以后不要再去找听澜，还有，你这次给她介绍的项目，不管是什么目的，请及时收手。"

"你这是什么话？我好心给她介绍生意，她不仅不领情，还怀疑我动机不纯？真是不知好歹。"程知敏以为是舒听澜告状了，一脸怒容以及不屑。

她火气一上来，理性就丢了，继续说道："所以我说外边的女孩一个比一个小家子气，上不了台面。我给她介绍项目还介绍错了吗？"

一听她用如此鄙夷的语气说听澜，卓禹安的脸色顿时变了，他都舍不得说她半个字，他捧在手心里的女孩，怎容许别人这样说她？即便是自己的父母也不行。

"她并不知你是谁，也不会管你是谁。我最后说一次，如果你再去找她，我们连母子都没的做。"他说话也狠，对父母的感情本就淡薄，而且如果不严厉地表明立场，只怕母亲会变本加厉。

"你……你什么意思？为了一个女人，要跟父母断绝关系？她是给你吃了迷魂药吗？"

卓禹安觉得没有再沟通的必要，不是他消极，而是父母，尤其是母亲的固执无法改变。

从卓家出来之后，他不仅没有舒口气，反而心里压着一片黑压压的乌云，父母的门第之见、温简的行事，都是他与听澜感情的定时炸弹。

唯一让他可以稍稍松口气的是，半年后，父亲要调任，所以这半年，母亲至少要求稳，不敢随便闹事。

从卓家出来，卓禹安满心担忧地从森洲开了两个小时的车过去找听澜。

"今天不是周三，没空见你。"舒听澜很守原则，说好周三见，早一天都不行。

她是真的忙，她在御众地产主要负责的是康养城项目的所有相关文件，各种合同、各种许可证以及各种官方批复，每一项都要认真对待，马虎不得。

这个康养城开发项目的总负责人是御众地产的股东之一马总，他每次见到舒听澜都说：“我与利森实创的高总对转让这个项目已经达成共识，请你们律师做尽职调查就是走个流程，走个过场。舒律师，放松一点儿，别那么紧张，看你们天天熬到后半夜才回酒店，怪辛苦的，那么多文件，哪看得完？”

舒听澜只是笑着礼貌地回应：“谢谢马总关心，这是我们的工作职责，不辛苦。”

还是那句话，不管目标公司如何想让她糊弄了事，甚至是收购方的客户明确告诉她只是走个过场，她都会坚持自己的工作原则，因为她要对她的签名负责。

她不仅是每一份合同、每一个批复文件都认真看，还一定会跑去相关的政府机构，例如土地管理局、规划局、市计委等逐项查看项目的真实性。这些机构当然不会随便帮你查看，即使她带着御众地产的委托证明，人家工作人员态度稍好的，勉为其难帮忙查，态度不好的，总要找些理由搪塞，白跑几趟都是正常的。

她被工作人员三言两语打发走时，便会有深深的挫败感。

她看到卓禹安发来的微信时，正好是她去土地管理局查证土地所有权被拒绝后回来的路上。这次被拒绝是因为管理中心正在装修，只有一个窗口对外办公，一看她是来查康养城项目的，便让她下次再来，说是今天太忙，没空查。

工作进展不顺利，她心情不好，所以口气生硬地说，不到周三，没空见他。

“好。”收到消息后，他马上就回复了，态度出奇地配合。

他一安静，舒听澜便有些不适应了，又回了一条：“今天周二，怎么提前来了？”

“想你了。”他很直接地毫不掩饰地回复。

越是简单的话，越是重重地敲在舒听澜的心上，她恨不得马上回酒店见他，可想想不过才两天没见而已。

“你安心工作，我在酒店等你。”他又加了一句。

“好。”

她从土地管理局回到御众地产，今天难得大家的进度都不错，能准时下班，一行人高高兴兴地步行回酒店。

“舒律师，今天怎么走那么快？”史律师在背后喊她。她平时都是最后一个走的人，也是最耐得住性子的人，今天却脚底生风，一副迫不及待的样子。

“舒律师，我们去酒店旁边的小吃街吃烧烤，一起去啊。”张靖也喊她。

舒听澜这才放慢脚步回头看他们：“不了，你们去吧，我有点儿不舒服，先回酒店。”

“要不要我陪你回去？”米姗关心地问。

“不用，你们玩得开心。”

“好吧，那我给你打包好吃的回来。”

见她急着回酒店，大家也不坚持，一路笑笑闹闹着去吃烧烤了。

舒听澜回到酒店，她没有敲门，直接刷卡进入卓禹安的房间，房内的灯是亮的，阳台也是打开的，落地的窗纱被微风吹得轻轻拂动着，卓禹安站在阳台边上看着远方，不知在想什么，很入神的样子，竟然没有察觉到她的到来。

她蹑手蹑脚地走到他的身后，想吓他一跳。

就在她马上要靠近他时，他蓦然回头，偷鸡不成蚀把米就是说她，她不仅没吓到他，反而把自己吓了一跳，整个人往后仰，险些被阳台玻璃门下的轨道门框给绊倒。

好在卓禹安眼明手快伸手捞住了她的腰，把她安安稳稳地圈在自己的怀里。

她有些尴尬，仰头看着他笑："谢谢啊。"她穿着高跟鞋、及膝的半身裙，刚才要是摔个四脚朝天，即便在卓禹安面前，也尴尬。

卓禹安没有说话，眸光沉沉的，低头就吻住了她的唇。

她尴尬的笑都还没来得及收回去，就被吻窒息了，腰又被他的双手紧紧扶着，她越往后仰，他就越往前够，不得已只能双手挂在他的脖子上，两人亲密无间。

她后知后觉才发现这是阳台，不知酒店有多少窗户里的人能看见这一幕，所以伸手推开了他。

他微微喘着气，离开了她，改为双手握着她的双手，两人十指相扣，他看着她不说话。

不对劲！舒听澜看他很不对劲的样子，好像心情不好，眸光都是暗沉的。

"怎么了？"她关心地问。

他摇头不肯说，却很认真地看着她，眸光里藏着爱，也藏着愧疚。

舒听澜是多敏感的人啊，四目相对，她一眼就看到他眼里藏着的愧疚，她的心凉了一下，问："做对不起我的事了？"

他还是摇头，闷葫芦的男人不肯轻易开口说话。

"那你心虚什么？"她一针见血，不给他任何回避的机会。

卓禹安没想到她这样敏锐，心里咯噔一下，他不是不想说，是想着怎么开口说那个给她介绍项目的人是他的母亲，而他的母亲不是什么好相处的人，不会好心到给她介绍资源。

来这儿看她之前，他把利森实创以及御众地产都调查了一遍，确实查不出任何问题，如他母亲所说，只是单纯介绍一点儿资源，不带任何目的。但以他对他母亲的了解，绝无可能目的单纯。

"听澜，要不你退出这个项目？我给你介绍其他项目。"他明知听澜不可能接受他这个无缘无故的建议，还是忍不住抱着希望，只希望她远离他的母亲，两人之间不要有任何瓜葛才好。

"出什么事了吗？这个项目有问题？"牵扯到工作上的事，舒听澜无比谨慎，从他怀里站直了，正色看着他问。

“不是。听澜，有件事，我需要跟你坦白。”

见他这样，舒听澜的心更凉了，难道他真做对不起她的事了？男人啊，哼！

“想什么呢？不是你想的那样。”卓禹安见她一脸愤慨及悲情，又好气又好笑地敲了一下她光洁的额头。

舒听澜捂着额头看他，嗯，看他怎么编。

“陆垚垚带你见的那位是我母亲。”他直说了。

舒听澜呆住，还捂着额头，一双漂亮的眼眸震惊地看着卓禹安：“什么意思？那是你母亲？”

她忽地有点儿紧张起来，她知道他的家世背景很复杂，这也是他们一直刻意回避不谈的问题，现在就这样猝不及防地摆在眼前，她紧张，也有些思绪混乱。

“她为什么要隐瞒身份来找我？”她紧张、混乱之余，还有些生气，因为不被尊重，把她当傻子，先是故意追尾，然后安排在听鲸金融的偶遇，再到律所拜访要介绍项目给她做，可谓步步为营、用心良苦。

“听澜，无论如何，我都不会让我母亲伤害你，我也禁止她以后再来找你。”他态度很诚恳，绝不偏袒自己的母亲。

这是两人第一次真正意义上谈到卓禹安的家庭及父母。之前两人都有所避讳，知道是不能触碰的问题，所以都不曾提起。

舒听澜当然是理解他的立场的，知道他夹在中间不好做，而且听到他对自己的偏袒，她便好受一点儿了：“她怎么知道我的？”

“嗯，可能是陆垚垚说的。”他不想让她再为温简的事难过，所以避重就轻地让陆垚垚背锅。

“哦，那你打算怎么处理我呢？”她脱口而出的一句问话，不自觉用了“处理”这两个字，把自己放在尘埃里，放在这段感情的卑微、被动之处，她知道迟早会有这样一天，之前的幸福快乐都是短暂的、偷来的。

甚至，她猜测，卓禹安必然会选择父母、选择家族的荣光，于这一点上，她从来都没有信心。

卓禹安听到她用这样的字眼形容两人的关系，心像被针扎了一下似的隐隐作痛，原来在这段关系里，她从未有过安全感。

他每天跟她汇报行踪，凡事把她放在第一位，早晚跟她说他爱她，把房子过户到她名下，他以为给够她安全感了，但实际上并没有。

他伸手把她揽进怀里，叹了口气：“傻瓜，我早就说过，我是我，卓家是卓家，我们在一起才是最重要的，余下的都不必理会。”

舒听澜似懂非懂地在他的怀里点点头，并没有他的乐观，他是卓家人，怎么可能他是他，卓家是卓家？

“舒听澜，你必须对我有信心，对我们的关系有信心。你是我的妻子，是要陪我走一辈子的人。”

“我们的关系超越所有，哪怕是父母，哪怕是将来的子女都无法取代，你能明白吗？”卓禹安扳着她的双肩，前所未有地认真地说着，比他当初求婚时还认真、还恳切。

“哦！”舒听澜只有简短的一个“哦”字，相比之下就显得有点儿漫不经心的感觉。但实际上，她心里已经感动得一塌糊涂了，他们在一起才是最重要的、是超越所有关系的。

第一次被人如此肯定地爱着，她不由得有些鼻酸，把头埋进他怀里，闷着嗓子说：“谢谢！”她也是第一次如此肯定这段关系，肯定他的爱。

“乖！”他抱着她，轻轻抚着她的后背。

许久，她情绪已完全平复，抬头问他：“为什么要退出这个项目？是有问题吗？”她平静下来，还是觉得工作最重要。

“目前还没发现问题。”他如实说。

“那就没必要退出，总之兵来将挡水来土掩，没道理战争还没开始就自己先退缩，对不对？”对工作，她满腔热情，殊不知这份热情将来会把她推向万劫不复的深渊。

“嗯。”卓禹安点头，只要她愿意，他就会无条件支持。

“卓禹安。”她的脸在他怀里蹭了蹭，她低声叫他的名字。

“嗯？”

“有你爱我就够了！”她想，有爱便可无惧狂风暴雨。

卓禹安紧紧抱着她，脸贴着她的秀发，很动容。他和她是一样的想法，觉得只要彼此有爱，就可抵御任何风雨。

从阳台能看到远处连绵的山脉，落日正缓缓而下，不知相拥了多久，直到太阳完全落下，光线渐渐昏暗，两人才分开。

“去吃饭？”

“好。”

两人就这么十指相扣从酒店房间走到酒店餐厅，他们已没有隐瞒的必要。

“你同事们呢？”他问。

“在隔壁小吃街吃烧烤。”

“过去找他们。”卓禹安又牵着她的手去隔壁小吃街。

舒听澜一扫刚才的阴霾，被他牵着手，光明正大地走在街上，心情很好，她一边走，一边笑。

等两人走到小吃街的烧烤店，史律师他们已经吃得差不多了，见到他们手牵手走过来，都惊讶得合不拢嘴。

“你……你们……”

“舒律师，你藏得好深。”

“卓总来出差，难怪住这种酒店，醉翁之意不在酒啊。”

只有米姗最淡定，因为早就知道，舒律师之前每晚都偷偷去隔壁1102房间，她只是看破不说破装傻而已。

舒听澜尴尬地朝他们笑，跟卓禹安入座。

“舒律师，你们瞒了我们这么久，该罚酒三杯。”史律师说。他喝了一点儿酒，此时微醺，人也放开了，不如在工作场合时稳重。

他说着，就在舒听澜面前摆开三个杯子，给她倒满了。即使微醺，他也只敢捏软柿子，不敢罚卓禹安酒。

倒是卓禹安先开口了：“她不会喝酒，我替她喝。”他并不给别人机会，直接端起酒杯喝了下去。

他们在这个露天的烧烤店吃东西，就是图个热闹、放松，对菜品什么的没有要求，酒更是普通的啤酒。卓禹安从来没喝过这么难喝的啤酒，忍着恶心喝了下去。

舒听澜心安理得地让他挡酒，自顾坐在米姗的旁边吃烤串。她对这类食物一向敬而远之，卓禹安更是，何曾吃过这种食品，他勉为其难吃了两串，竟然意外地好吃，连带着觉得刚才的酒也不那么难喝了。

“舒律师，你们是谁追的谁呀？”米姗很好奇，问的时候，双眼里闪着少女心。

她的问题，大家也都很感兴趣，在他们眼中，两人就是灰姑娘与王子的现实版，他们想，应该是舒律师主动的吧？别看舒律师平时很内敛的样子，但很有主意，总是出其不意做些让大家惊讶的事情，而且有手段，来律所短短的时间，就把最难搞的肖主任与周律都搞定了。

舒听澜故意沉默不语，不回答这个问题，吊足了大家的胃口。

卓禹安倒是不避讳：“我追的你们舒律师！”

张靖与赵妙歌知道他们是高中同学，所以追问了一句：“是舒律师在卓远科技做项目时吗？”

“不，更早，从高中时，只是她不知道。”他语气倒是淡淡的，就是看舒律师的眼神甜得能滴出蜜来。

众人：好的，被狠狠虐到了。

一行人说说笑笑间回了酒店，舒听澜还是在意自己职业形象的，并不打算在众目睽睽之下跟卓禹安回1102房间，而是挽着米姗的手回她们自己的房间。

史律师打趣：“舒律师，别让我们米姗为难了。”

她尴尬，卓禹安这个浑蛋可不尴尬，就站在1102的房间门口看着舒听澜，就看她要装到什么时候。

米姗对卓禹安有点儿怵，悄悄撇开舒听澜的手，把舒听澜推给卓禹安后，一溜烟跑回自己的房间了，她可不想做这个大电灯泡。

一时间，整个走廊就剩舒听澜与卓禹安了，两人大眼瞪小眼。

“过来！”他伸手。

舒听澜站着不动。

“还装？”他挑眉，讽刺她。

舒听澜就破功笑了，轻快地跑过去，跟八爪鱼一样挂在人家身上，黏腻得要命，而人家双手稳稳地接住她，用脚一钩，将门关上，杜绝外泄房内的一片旖旎。

两人如今已心意相通，觉得只要彼此相爱就有足够的力量往前走，总之都是抱着兵来将挡水来土掩的心态，并不再把他母亲或者卓家的事放在眼里。

两人工作都很忙，卓禹安一早起来又赶回卓远科技上班了。而舒听澜则是去土地管理局查康养城项目的使用权及所有人情况。

土地管理局在装修，还是跟昨天一样，只有一个窗口对外办公，她进去之后，旁边一位保安模样的人给她指路：“二楼走道里边也有办公的，你去那儿问问，那儿人少。”

大概是装修的缘故，二楼的办公人员只有一张简易的办公桌以及一台电脑。

舒听澜出示了御众地产的相关证明后，对方面无表情地在电脑里帮她查，确定康养城项目的那片地在御众地产名下，查完她才放心。

史律师见到她回来说：“这种事情，你让米姗去就好，不必自己跑一趟。”

“正好我有空。”这个项目，她格外谨慎，任何事都要亲力亲为才放心。

“这边的工作预计本周可以完成回森洲，卓总也就不用辛苦地两头跑了。”史律师有意认识卓禹安，他们最擅长积累各种各样的人脉资源。

舒听澜点头，不置可否。

因为是尽调的收尾工作，她更忙了，忙着写最后的报告以及法律意见书，写完自己检查了一遍又一遍，然后再发给肖主任和周铭，让他们帮忙过一遍才安心。

周铭每次看完都是回复：“你已经很棒了，对自己有信心一点儿。报告很好，不用改。”

肖主任与周铭观点一致，只偶尔会在法律意见那儿添几笔，让它更详尽一些。

如此，这个项目的前期工作基本就完成了，回森洲后，等双方进行谈判和最后交割就好了。

第十八章

圈套

最后一天，卓禹安特意抽空来接舒听澜回家，在一楼入户大堂，忽然看见陆垚垚以及程知敏也在。

舒听澜一僵，站在原地，一时不知该怎么打招呼。

卓禹安牵着她的手紧了紧，并不松开，然后他皱眉看向她们：“怎么来了？”他语气森冷，有点儿怪她们不打招呼就来。

“垚垚的戏杀青了，正好有空。我陪她来看看她那套房子。”程知敏淡定地解释，双目一直看着他们十指相扣的手，表情淡淡的，看不出喜怒。

陆垚垚这个倒霉的人，又背黑锅了，明明是程老师特意从剧组把她抓回来的。

“不邀请妈妈上去参观一下吗？”

这个要求合情合理，卓禹安拒绝不了，只得带她们上楼。

进电梯时，程知敏主动跟舒听澜打招呼：“舒律师，利森实创的项目还顺利吗？”

“谢谢您，很顺利。”舒听澜暗骂自己没出息，毕竟是自己婆婆，她其实很紧张，心一直扑腾扑腾跳。

程知敏点点头表示认可。

等进了他们家时，还在玄关，程知敏就皱眉了：“这些家具从哪儿买的，怎么这么摆设？也太小家子气了，跟你家的环境格格不入。”

开始了，她开始了，陆垚垚吐舌，默默扮了个鬼脸，程老师向来杀人于无形。

“我喜欢。”卓禹安回了一句，就揽着舒听澜的肩膀往里走，并吩咐陆垚垚，“带你程老师参观完就回去。”他克制着没发火。

他说完便揽着舒听澜准备回卧室，没有让她在这儿受气的道理，在自己母亲面前，他也是护着她的。

舒听澜刚才听着程知敏话里的挑剔，当然知道是说给她听的，人家哪里是嫌弃家具小家子气，是嫌弃她小家子气上不了台面，只是拿家具说事罢了。

她被卓禹安牵着的手在盛夏里也是冰凉的，她默默挣脱开他的保护，站到程知敏面前：“阿姨，我带您参观吧。”她拿出女主人的心态来应付，至少这栋房子在她名下，不是吗？她是这栋房子名正言顺的主人。

卓禹安见此，刚才还阴霾的心情瞬间明朗，看她的眼神是鼓励的。

程知敏岂会不知舒听澜的用意，只是看到儿子卓禹安那明显袒护的样子，心里有点儿冷。她慢悠悠地参观起了这套房子。

房子很大，平时有会所的保洁阿姨固定时间上来打扫，很干净整洁。程知敏表情控制不住地嫌弃，发自内心看不上那些廉价的家具："禹安，这些家具都扔了吧，妈妈给你换一套。

"还有，这些墙上是什么乱七八糟的画，家里有几幅你爷爷的收藏，我让人送过来。"

她跟儿子感情再淡，那也是儿子，就有权管理儿子的家，她说这些并不觉得不妥。

一旁的陆垚垚装死一样，躲在一旁，恨不得自己是透明的。

卓禹安道："妈，这些东西，我很喜欢，你别乱动。"

舒听澜一脸真诚，对程知敏道："阿姨，您也觉得这些家具、这些画很难看、不搭调，对不对？当时买得匆忙，我还想再挑选挑选，可禹安觉得好看，趁我不注意时就付款了。"她真诚得让卓禹安都不知她说的是真话还是假话。

程知敏没料到舒听澜会是这个态度，一点儿都没有因为她的挑剔而生气，以致她的挑剔就像打在棉花上，一点儿反响都没有。不仅没有反响，人还轻轻弹了回来。

"阿姨，您要是想换好点儿的家具，我举双手双脚赞成，相信您的品位，禹安一定会非常喜欢。"

舒听澜并不是故意要气人，这是真心话，她说的时候很真诚。这个房子的布局以及基础装修设计都是出自名家之手，她当初买的那些家具，虽然挺好看的，但谈不上什么品位与质量，只要稍懂的人，都能看出不协调。从陆阔每次来家里看到家具时那一脸鄙夷的表情就能看出来。

她原想攒点儿钱，以后再慢慢布置慢慢换，既然他母亲想换那就换吧，毕竟当母亲的想为儿子的家尽点儿力，她总是要满足的。

舒听澜的真诚看在程知敏眼里就是无知无畏的挑衅。连陆垚垚都在心里赞叹："果然我卓哥哥找的女友就是不一般，对付程老师这种人，就是要这样绵里藏针最管用。"

程知敏冷哼一声，就当舒听澜是空气，不理她。

陆垚垚想走，这种环境让她感到窒息，但是程知敏不让她走，非要留她吃饭。参观到厨房时，她打开冰箱，像煞有介事地看了起来："舒律师，你的拿手菜是什么？"

程知敏从小就是养尊处优的大小姐，后来嫁入卓家，都有保姆做，她更是十指不沾阳春水，自己不会做，并不影响她挑剔别人。

这个问题就有点儿为难舒听澜了，她也是完全不会做饭的人。

“去外边吃吧。”卓禹安的厨艺只在舒听澜面前展现，他在母亲或者朋友面前都不肯露一手。

“舒律师不会做饭？”程知敏问。

舒听澜惭愧地低下了头。这个要是她认真学，应该也会吧？

“舒律师父母是做什么工作的？连平时的基本生活能力都不教吗？这样娇惯孩子可不行。”

她已派人去深入地打探舒听澜的家世背景，只是对方还没有给她详细的资料。

舒听澜听出她言外之意是说自己没教养，心里极不舒服，觉得自己的父母轮不到外人来说。

“妈，今天我们都挺累了，改天再请你吃饭，我送你回去。”卓禹安阴沉着脸赶客，没有一点儿商量的余地，自己率先走到门边等他母亲与陆垚垚。

程知敏见此，脸色变得更加阴沉，一脸怒容，二话没说，拽着陆垚垚摔门而出。

陆垚垚夹在中间，左右两边两座大山，都是不好相处的人，让她快要窒息。小可怜什么也不敢说，什么也不敢做，只想回剧组拍戏。

卓禹安知道他母亲今天的态度已经算是克制了，如果让她知道听澜的家世背景，恐怕要掀翻天。为什么他母亲派去调查的人迟迟没有给她详细的资料？因为被他先一步拦截了。

他知道，这样做是掩耳盗铃，但能瞒一天是一天，他不想让听澜受一点点伤害。

在车里时，卓禹安尽量压着自己的脾气，与母亲沟通。

与父母情浅非一日之寒，这么多年，他独自一人在外，除了一个卓姓，他已像是无根的人，家庭观念亦是淡薄的，唯一的牵连便是老爷子。

他承认自己以前是一个极度自我的人，是因为舒听澜，他才把自己打碎了重新塑造，慢慢学会放开自己，学会如何爱别人、如何与人相处。在这之前，他对待父母更多的是敷衍，并不走心，亦不诚恳，只是因为姓卓，而去参加姓卓的人需要的应酬。

此时，为了听澜，他愿意对父母诚恳一些：“妈，听澜是一个非常单纯、非常善良的人，我不求你喜欢她，但求你不要伤害她，好吗？”

“我没有伤害她啊，是你们先把我想成了假想敌，不管我做什么，你们都觉得我是抱着目的的。”程知敏想，她到目前为止，并没有做任何伤害舒听澜的事。

“好，妈，那我跟你说一声对不起。”

程知敏冷哼一声，不再说话。

“妈，你想听听我的真心话吗？”

“你说。”

“小时候，你和爸都在外省，我独自陪爷爷在京，但那时候是爷爷公务最忙的时候，我很少能见到他，即便晚上回来，也是一堆人跟着前呼后拥的，我们很难有相处的时间，我大部分时间都是跟着保姆生活，但好在那时候身边有朋友，还不算孤单。后来，你们把我带到栖宁，我很不适应，我听不懂栖宁话，也吃不惯栖宁的食物，从小一起长大的朋友以及同学都不在身边，你和爸也很少在家，我就像忽然被扔进了一个完全陌生的世界，孤独也无助。我就是在那时候认识听澜的，她是我在栖宁时唯一的光，只有每天偷偷追随着她，我才能支撑下去。”他语调很稳，就是平淡地叙述一段往事，但个中滋味，他相信他母亲能听出来，“妈，跟你说这些并不是让你接受听澜，只是想告诉你，她对我有多重要。她是我的药，疗愈我所有的不开心与所有的遗憾，只有跟她在一起，我才觉得人生圆满。”

程知敏从来没有听卓禹安说过自己的心事，他如此诚恳，她亦是感动的：“禹安，妈妈不是老古董，也不是真的那么固执。我跟你爷爷的想法是一样的，知道拦不住你，所以并不要求门当户对，当然，如果能门当户对最好不过。爸妈和爷爷只求对方家境不要太复杂，不要拖累我们卓家，仅此一个要求而已。”

卓禹安坦诚，她亦是坦诚的，把自己的底线亮给他看。

卓禹安便沉默了，他知道卓家的底线，也知道并不是外人以为的门当户对的问题，而是听澜的家世背景，她父亲的死才是真正迈不过去的深渊。

这次他母亲派人去栖宁查的所有的细节都被他拦截，此时安静地存在他的邮箱里，如果可以，他会守着一辈子不公之于众。也是这时，他才明白他们领了结婚证之后，听澜的母亲为何执意想让听澜断绝与原生家庭的关系，为何冷漠又固执地住在精神病医院不与他们来往，她母亲是想保护她。

“禹安，你是成年男子了，也有正常需求，想谈恋爱，妈妈当然不会反对。你要是真对女孩不感兴趣，妈妈反而要担心了。”程知敏再次强调，如果只是谈恋爱，她允许，但如果到了结婚这一步，是必须要经过她或者卓家同意的，这是不可变的原则。

“妈，无论遇到任何情况，都可以来找我解决，但不能去找听澜，不能伤害她，能答应我吗？”

“禹安，没有哪个妈妈不希望子女好。不管妈妈做了什么，初心都是为了你。”

母子间从来没有推心置腹地聊过这样的问题，此时说的话都是真心的。只是卓禹安在送母亲回家之后，心情更加沉重了。

卓禹安一路风驰电掣地开车回家，只想快点儿把舒听澜拥在怀里，那样才有真实感。他到了家，转了一圈，才发现人家正抱着电脑在书房工作呢，一点儿也没有因他母亲的突然出现而影响心情。

舒听澜见到他回来，朝他比了一个嘘的手势，示意他不要出声，她正在视频。他就安静地坐在办公桌这一侧认真地看着她。

她长得很漂亮，皮肤在台灯下看不到一点儿瑕疵。原来她不是在开会，是在跟她的好友程晨视频聊天。

程晨有意要来森洲创业，知道她在负责利森实创的康养城收购项目，如果收购成功，想让她帮忙牵线搭桥承包这个项目的宣传。

对于好友的雄心壮志，她当然是举双手双脚赞成了，而且程晨愿意来森洲发展，她也十分开心。

卓禹安伸手握住她的一只手，把玩着她的手指。她一边躲，一边与程晨商定细节："康养城这个收购项目目前正要进入谈判阶段，还没有对外正式公布，所以暂时还不能给你介绍相关负责人，等相关事情确定下来，我就帮你引荐。"

"好，正好栖宁这边的工作，我还需要时间交接。交接完，我就带着全部身家闯森洲。"

"好，欢迎。"

程晨来森洲创立地产宣传公司，如果能拿下康养城的宣传，无疑会是程晨最好、最稳固的跳板。

视频终于挂了，她才有空关照卓禹安，见他情绪好像很低落的样子，她站起来，隔着办公桌，俯身摸了摸他的脸，柔声问："怎么了？因为我，被你妈妈骂了？"

"没有。"他摇摇头，双手握着她的双手，稍稍用力，把她拉低一些，抬头吻了她一下，然后他松开了她，只是双手依然握着她的双手，"我妈妈的话有没有伤到你？"

舒听澜是站着的，所以一直低头看着他，而他微微仰着头回望她，眼里含着浓烈的关心与爱。

舒听澜稍稍弯下腰，主动吻他，吻了许久："老公，有你爱我就足够。"有他的爱，她便可以抵御所有风雨，谁也伤害不了她。

卓禹安此时眼眶发热也发酸，他从不知原来爱一个人会爱进骨髓，爱至心痛难当，如此浓烈的爱只是因为对方是她。

舒听澜知道他的情绪一直很低落，所以后来转移了话题："刚才程晨说，打算放弃栖宁的一切，到森洲来创业，你觉得她是为什么？"

"为什么？"

"她有什么心事只会自己扛着，我猜是因为放不下陆阔。"这很符合程晨的性格，她不会承认是为了陆阔，嘴硬，但是一旦确定目标就会义无反顾。

卓禹安成功被她转移了注意力，想着陆阔与程晨在一起的可能性："不过，陆阔这家伙，他如果放弃了就是真的放弃了，你看他这么久去找过程晨吗？"

"这倒是。这都是我的猜测，你不要跟陆阔说。"

“好。”

程晨在栖宁的工作很快就交接完了，她休息了一个星期，便来森洲了。

舒听澜去机场接她。

程晨有些感慨：“绕了一大圈，最后还是到森洲来发展。要是大学毕业就来森洲，现在也不至于从头开始。”

“不走弯路，哪知哪条路适合你呢？”舒听澜回答。

程晨听完她的话，忽然笑了：“听澜，你变化很大，会反过来安慰我了。”

程晨就是觉得她、林之俤、听澜三个人，在事业上，听澜是最慢热、最不温不火的人，没想到，听澜发展得最好。因为她目标坚定，不疾不徐慢慢往前走。

舒听澜浅笑：“哪里，我只是比你们都笨，所以不敢想太多。”

“这个时代，专一才是最缺乏的品质。听澜，你很棒。我和林之俤都要向你学习。”

程晨还是那个程晨，只要和她在一起，就是谈工作，好像生活中除了工作就没有别的。舒听澜知道她这是后遗症，大学毕业时被陆阔妈妈鄙视家境贫困之后的后遗症，她默默咬牙想在事业上有一番作为，不敢松懈。

“听澜，我辞职来森洲创业，你没有告诉别人吧？”这个“别人”当然是特指陆阔。

“没有，只跟卓禹安提过，他不会乱说。”舒听澜知道她来森洲是为了陆阔。但是以她的性格，如果在事业上没有一番作为，是绝对不会主动找陆阔的。

“那就好，我订好了酒店，你送我过去。等新公司安顿下来，我再租房。”

“住什么酒店？就住我家里吧。”

“谢谢，我不当电灯泡。”

“那住我自己的房子，反正也一直空着。”舒听澜说着，便转了方向盘带程晨去往她近郊的房子。

程晨便没有再拒绝了，刚来森洲，要注册新公司、找办公地点、招兵买马、维系老客户，每一样都要亲力亲为，能不花精力找房子最好。

“康养城的收购项目很快就要完成最后的谈判工作进行交割，到时候我再帮你推荐一下。负责这个项目的高总也有意向找公司做广告宣传策划。”舒听澜临出门之前跟她说了一声，反正她负责推荐，最后能不能成还是看程晨的能力。

利森实创与御众地产的谈判非常顺利，前期律所、审计和评估机构的工作都做得非常到位，几乎没有太多商讨，双方就达成了合作转让的决定，最终御众地产以9.8亿的价格把康养城项目转让给利森实创。

自此，舒听澜有惊无险圆满地完成了这个项目，心里着实松了口气。当时因为是卓禹安母亲介绍的项目，她心里是没底的，就怕出问题，所以每一步都是小心翼翼的。

两家公司正式交割完毕，程知敏给她打电话，约她吃饭，她欣然前往，主要也是想感谢程知敏，不管怎样，这个项目是程知敏介绍的。

两人就约在市中心的茶餐厅，她到的时候，程知敏已点好餐等她来。程知敏始终是淡淡的、高高在上的样子，见到舒听澜，也只是眼神示意她入座。

她毕竟是卓禹安的母亲，所以舒听澜见她还是有点儿紧张的，不知她约自己出来的目的。

“上回不是说禹安家的家具不合适？我找了设计师，为那套房子量身设计一套家具，你看看，喜欢哪个方案？看完，我让设计师去买。”

原来是为这事。

“阿姨，要不我发给禹安看看吧，他品位比较好。”

“发给他看？是要跟他告状我私下找你了，还是你真对自己的品位没信心？”

“没有。”她没想那么多，出自真心想让卓禹安拿主意，这两种设计都很好。

“舒律师，我也是从你这个年龄过来的，一眼就能看穿你的那些伎俩，所以别在我面前装，因为越是伪装，越是像跳梁小丑，很可笑。”程知敏不无鄙夷地说，看舒听澜的眼神充满了不屑以及轻视。若不是那晚儿子卓禹安推心置腹地跟她沟通，她才懒得理舒听澜。

舒听澜最是吃软不吃硬，浅笑道：“哦，好。”那就不伪装了，不伪装的真实情绪就是她并不想应酬她，“阿姨，我今天来就是为了感谢你给我介绍的利森实创的项目，项目顺利完成。如果没别的事，我就先告辞了。还有就是你请的设计师设计的方案华而不实，像展览馆，不适合居住。”她说完就准备起身走。

“坐下。”程知敏命令，声音严厉得让人不自觉腿软。

舒听澜被镇住了，没有走，等她把话说完。

“今天约你出来，不是来跟你吵架的。”程知敏语气稍稍放缓了一点儿，继续说道，“我知道你和禹安的感情好，我说过，我不是棒打鸳鸯的人。但你也知道我们家的情况，春节时，给他介绍过黎家的姑娘，他们是青梅竹马，从小在一个大院长大的，你可以问问陆阔或者垚垚黎语的情况。”

“阿姨，你有话就直说吧。”

“你以后还是安安心心跟禹安在一起，只要你本分一些，我们卓家不会亏待你。但是他将来结婚的对象只能是黎家这样家境的，希望你能明白。”

“所以就是让我当个安分守己的情妇？阿姨，你的想法很特别呢。”舒听澜都要被气笑了。她想，豪门贵族也不过如此，想的都是一些龌龊的事，是她高看他们了。

“你别觉得委屈，如此已是我们最大的让步，我们各取所需罢了，你可以长期攀着禹安这棵大树，以后的资源只会越来越好，而我们卓家娶了想娶的媳妇，都不耽误。”这是程知敏想了几天后确定的可行的方案。

并非幼稚或者龌龊，她活到一把年纪了，对男情女爱的事早就看淡了。年轻时，才会要求爱情忠贞，到了中年、老年，就是左手牵右手，什么爱情不爱情，都不如名利地位来得重要。

她跟舒听澜讲这番话，也是让舒听澜尽早接受这个事实，与其闹到不堪，不如听她的安排，安安分分做个卓禹安藏在金屋里的娇。

“阿姨，或许你可以先问问卓禹安的意见。”舒听澜说这话时，不免有些同情卓禹安，不仅是因为他的父母如此不了解他，还因为他从小生长在这样的环境下，能三观正常地成长，没长歪，实属不易。

说完，她便起身走了，不想再听他母亲讲的任何话，有辱她的耳朵。晚上回家见到卓禹安时，她并未提起见过他母亲的事，因为毫无意义，也不想增添他的烦恼。

不过，到了晚上睡觉前，她忍不住问：“那个黎语长得很漂亮吗？”

“谁？”已经快要入睡的卓禹安被她戳醒，迷迷糊糊地问，根本没想起黎语是哪位。

“你的青梅竹马，从小在一个大院长大的。”

“不记得了，快睡觉。”卓禹安把她拽进怀里搂着，继续睡。

“你还装？春节时你还跟人家女孩相过亲呢。”

“我是被骗去的，不过始终没想起小时候跟她有过交集。还有，卓太太，你这是在秋后算账吗？睡不着？刚才的运动还不够，是吗？”他有点儿清醒了，开始蠢蠢欲动不老实了。

“睡得着，当然睡得着。”她怕了，赶紧闭嘴睡觉，刚才是纯属没事找事。

舒听澜最近工作不忙，利森实创与御众地产已完成正式的交割，她的这个项目圆满落幕。后来又跟利森实创的高总推荐了程晨，高总对程晨的工作能力很满意，答应前期的宣传策划交由程晨来做，可以说，事业顺利得不得了。

因为闲下来后，舒听澜暂时还没有新的项目可以做，所以给周铭打下手。

周铭不仅故意把各种琐事分给她做，还说风凉话：“以后想见舒律师恐怕要提前预约了，欺负一天少一天，要抓紧了。”

舒听澜翻了翻周铭给的让她整理的文件，这哪里是琐事，真正的用心都藏在里面，这些文件都是历年的案例分析，让她整理一遍，相当于给她培训了一遍，能涨经验的。若是外人，周铭不一定肯给。

肖主任最近忙别的项目，全国各处飞，鲜少能看到她。

“老虎不在家，猴子称霸王，你就是那个霸王。”

“翅膀长硬了啊你，敢拿我寻开心。”周铭毫不客气地敲了一下她的脑门，然后回自己的办公室忙了。

舒听澜专心整理文件。

大约快到下班的时候，办公桌前忽然安静下来，安静得很诡异，等舒听澜后知后觉感觉到时，只见一个阴影覆上她的办公桌，然后好像是一堆文件从天而降，噼里啪啦砸向她的脑袋，伴随着一个女声厉声地质问：“舒听澜，你就是这么骗我的？”

她被那些文件砸得晕头转向，等她抬头，便看到了程知敏那张震怒的，甚至歇斯底里的脸，完全不复往日的冷漠与高傲。

她一抬头，程知敏便抬起手，狠狠的一巴掌打在她的脸上，她几乎是被打得摔下办公椅倒在地上，可见对方用力之大。

一切毫无征兆，一切发生得太快，快得让她没有任何还手或者躲避的余地。

只见周铭从办公室冲了出来，扶起地上的她，冲着程知敏发火：“你怎么打人呢？”

舒听澜这才反应且清醒过来，她看到地上刚才程知敏砸向她的文件，是她和卓禹安结婚证的复印件。

原来程知敏知道他们结婚了，所以如此震怒。

她借着周铭扶她的力量站了起来，很冷静地说：“去会议室。”她的家事不想让同事围观。

周铭心疼地看着她，顺便把那些文件都替她收起来交到她手中，也顺便看到了结婚证复印件，不是不震惊，也不是没有一点儿波澜，但毕竟与他无关，他收起自己的心思问：“需要我陪吗？”他看着她脸上明显的手掌印，想着明天大概要肿起来了。这个人还真是不让人省心。

“不用，谢谢周老师。”

程知敏也不想当众把事情闹大，便跟她一同前往会议室。

剩下律所的同事聚在一起围观，周铭看着那一双双探究的眼神，气不打一处来，吼了一声：“看什么看，工作！”

他吼完看着舒听澜与程知敏去会议室的背影，终究是不放心，也跟着进去了。

“你们谈，我不打扰。”他很尽责地坐在舒听澜的旁边，不再说话。他就是以她哥哥的身份护着她，有他在，对方至少会收敛一点儿。

程知敏余怒未消，下午在家收到这份快递文件，看到结婚证的刹那，犹如天旋地转，又让人查证，是真的结婚证。

一路来到宏正律所，之前一直克制的怒火便到达了顶点，尤其在见到舒听澜端坐在那儿办公的模样，顿时怒火冲天，刚才打一巴掌算轻的，她恨不得把舒听澜大卸八块。这样一个上不了台面的人怎么能嫁进卓家？她是给卓禹安灌了迷魂汤吗？

她当初就不该听卓禹安的，给他单独立了一个户口，才让他如此为所欲为。

“不管你是用什么手段骗他跟你领证的，你现在马上立刻去把这个婚离了。舒听澜，你但凡还有点儿脸皮，就不该缠着他不放。”程知敏此时脑子一直是嗡嗡嗡的，完全无法正常思考，彻底失去了理智。

她觉得卓禹安若是真娶了这样的女人，那绝对是他、是她，也是卓家一辈子的污点。

舒听澜的脸火辣辣地疼，她冷声道：“离婚，我一个人也离不了，你先找你儿子说这事，只要他同意，我全力配合。”她不想参与他们卓家的事，他母亲的事，让他自己去解决。

“威胁我是吗？”程知敏此时已稍稍平静一点儿。残存的理智告诉她不能去找儿子，甚至今天打了舒听澜的事都不宜让儿子知道。自己在儿子心里几斤几两重自己最清楚。所以这事，只能从舒听澜这儿解决。

“没有威胁，我知道你看不上我，更不想让任何人知道我和卓禹安领证了，所以阿姨，你最好低调一点儿，我什么都没有，我不怕失去任何东西。如果真要闹得那样不堪，不好看的是你，不是我。”她说没有威胁，实际上话里是有威胁的，相比之下，她不怕闹大，因为对她并无太大的影响，她相信程知敏能听懂。

程知敏的脸一阵青一阵白，她一直看着舒听澜，要把舒听澜看出一个洞来一样：“舒听澜，今天这一耳光只是给你一个小小的警告。摆在你面前的只有一条路，办离婚，然后离开我儿子，否则，我不会放过你，我折磨你的办法有千万种，今天我就把话放在这里。”

程知敏说完便大步离开了。

她的脑子从看到他们结婚证开始就一直嗡嗡嗡的，来这儿之前，家里的保姆给她吃了一颗降压药，现在头疼又吃止痛药。再怎么保养得宜，年龄到了，身体各项机能都是下降的，保健品一把一把地吃，有什么用呢？今天这一生气，头发都要白几根。

等她回到卓家宅子，还没进门，就听到卓闳在大发雷霆。保姆看到她回家，救命一样将电话塞她手里：“老爷子打来的，刚才父子俩吵过一次了。”

她接过电话，按着还突突跳的脑袋，感觉里边的血管就要爆了。

“爸，您请说。”她在老爷子面前还是端庄有礼又克制。

“怎么回事？你们怎么当父母的？他什么时候结婚你们都不知道吗？这事必须低调解决。”老爷子声如洪钟，命令完，啪嗒一声就把电话挂了，连让她辩解的机会都不给。

刚挂完电话，眼前的卓闳跟看仇人一样看着她：“成天不知道在瞎忙什么，这么大的事，你就一点儿都不知道？”

她忍了忍，想发火，想朝他吼，凭什么什么事都是她的责任，儿子是她一个人的吗？造成今天这个局面是她一个人的原因吗？但看到卓闳那双严厉的眼以及严肃的表情，她终究是忍住了，只开口道："我知道怎么做。"

"在我调任之前必须解决，不要弄出任何动静来。"

"知道了。"

她很累，在保姆小心翼翼的搀扶下，回到卧室躺着。天黑了，保姆来请她吃饭，她拒绝了，哪还吃得下？

这边舒听澜平白无故挨了一个耳光，除了脸疼，还有一点儿头晕目眩。她刚才的坚强都是装给程知敏看的，实际上，对这段婚姻开始不笃定了。

"周老师，谢谢你，我想一个人安静一下。"

"好。"周铭很识趣，默默替她关了会议室的门，门合上前看到里边的女孩脸上渐渐塌方的表情。

她在会议室里没有开灯，手机上是卓禹安发来的信息："下班了吗？我来接你。"

她默默地回了一句："今晚我去陪程晨，她刚来森洲，还不太适应。"

她撒了一个谎，不想让他看到她现在的样子。但这时候，她其实并不想一个人待着，特别想要好友陪在身边，她想林之俜了，便给林之俜发了信息："俜俜，你在哪里？"

林之俜很快回复："在可可西里散心。"

她没有多余的话，两人因为傅慎逸的事情心里存了芥蒂，始终无法再像从前那样。不是因为不在意，而是因为她们太在意彼此了，所以林之俜觉得愧对她，而她亦觉得愧对林之俜。这个世界要是没有男人，烦恼该会少很多。

过了一会儿，林之俜又发来几个字："怎么了？"

"没事了，只是有点儿想你，你在那边注意安全。"

"舒舒，对不起。我大概要两个月后才回去。"林之俜把工作辞了，网上情感咨询的工作也无法继续，与傅慎逸还不清不楚，等他与他前妻的事解决完，她再回来。她一向洒脱，这次栽了一个大跟头，需要时间好好修复。

"好。"舒听澜回复完，想了想，又在手机银行上给林之俜转了一笔账，把之前欠林之俜的钱一次性全给她了。此时她没有想太多，两人亲如姐妹，一直是互相帮忙，林之俜以前资助她的时候，也是没有二话。她此时只是想林之俜在外旅游需要钱。

然而林之俜收到短信提醒之后便误会了她的意思："是要跟我撇清关系吗？舒舒，我没做任何对不起别人的事。"她看着远处天空中的云卷云舒心情才好转。她原以为自己是爱热闹的人，无法过离群索居的生活，然而第一次远离尘世，心竟然很平静，敲完这句话，便关机了，不再等舒听澜的回复。

舒听澜没有再回复，她今天心好累，没有多余的精力再去为自己解释半句。

等律所的人都走了，她才从昏暗的会议室里出来准备去酒店躲两天，这脸是没法见人了。谁料周铭竟然没走，坐在办公桌前正在忙碌着，看到她出来，这才关了电脑起身，没有多余的话，就简单说了一句：“去哪里，我送你。”很体面，也很体贴。

舒听澜没有拒绝，知道他是特意留下来等她的，便说了酒店的名字。两人一起去车库，一起上车离开。

“要不去我家吧，让我妈给你做点儿好吃的，你好久没去了，她总念叨。”

“等改天吧，这个样子让干妈看见不合适。”她已恢复平静，专注地看着前方的车水马龙，实际上脑子一直在放空。

“也行，你这个鬼样子别吓着我妈。老人家心脏不好，不经吓。”他该护着时护着，该损时还要损。他一边开车，一边无意识地看后视镜、倒车镜，早就发现卓禹安的车在后边跟着了。实际上，卓禹安早就来等她了，大约还不知道发生了什么事。

“你手机响了。”他好心提醒舒听澜。

舒听澜这才回神，看了眼手机接了。

对方轻快的声音传来：“再给你一次机会，几点回家？”他就差没拆穿她了，跟在周铭的车后面，并没有避讳，只当她也早就发现他了，是想恶作剧。

听到他的声音，舒听澜的坚强就崩了，她忽然就觉得委屈了，鼻尖发酸，嗓子发硬，她发誓，她真不是矫情的人，可听到他的声音就绷不住了。“今晚不回家。”她哽咽。

周铭无语地看了她一眼，心想，别让卓禹安误会他拐卖她啊，他现在跟她就是很纯洁的兄妹情。

恰好卓禹安加速开到他们的车前，生生拦住了他的车，两辆车都靠边停下。

卓禹安打开车门下车，大步朝他们的车走过来。

舒听澜还泪眼汪汪地握着手机呢，呆呆地看着车窗外小跑过来的卓禹安，此时正是华灯初上，他的身后仿佛带着一片星光，一路走，一路洒满星火。

他半弯着腰，敲了敲她的车窗，示意她下车。

舒听澜就乖乖照做了，丢了魂一样，此时就想扑进他怀里，顿时觉得在外受的那点儿委屈没什么可怕的。

她一下车，卓禹安见到她的刹那，心里顿时倒吸了口气，脸色瞬间变得铁青，眼里又透着无法隐藏的戾气。

舒听澜这才想起自己脸上被打了一耳光，红肿了，她双手拉着他的手，摇了摇头：“没事了，不疼了。”她皮肤很白，这又青又红肿就显得格外凄惨。

“她打的？”

她不知道，她脸上这伤是卓禹安一直藏在心底的隐痛。那次在卓远科技的食堂，他不明所以拦着她，导致她被温简扇那一耳光的事，是他一直不敢去碰触的点，一碰就心疼、内疚。而现在，她的脸又这样了，并且还是因为他，让他怎么办？

“她打的？”他用一个简单的“她”字来替代母亲，多少是凉薄的，也是无情的。

“她知道我们领结婚证的事了，所以有些难以接受。”她说明事由。

卓禹安的脸色奇差：“疼不疼？”他心疼得没边，连碰都不敢碰，只想给她轻轻地吹一吹。

“有一点点。”她也不是疼得无法忍受，就是心里难过罢了，没想到他母亲会如此坚决地排斥她。

卓禹安没有再说什么，甚至没有想着要带舒听澜回家，而是低头对驾驶座上一直没下车的周铭道：“麻烦你帮我送听澜回家。”

“你要干吗去？”舒听澜问。

“我有事要处理。乖，你先跟周律师回去，在家等我。”他不容分说就把舒听澜再次塞进周铭的车里，然后关了车门，示意周铭开车。

“你不回家吗？”舒听澜摇下车窗问。

“晚点儿回。”

“有话好好说，别冲动。”

“不冲动。”他承诺。

没什么可冲动的，他与父母的沟通正式失效，之前也威胁过，也推心置腹谈过，也把自己的底线亮出来过，但父母依然我行我素，那就不能怪他不义了。

他一路握着方向盘的手都是抖的，他的底线是舒听澜，他跟母亲说过很多次。

等卓禹安到了卓家，保姆急忙迎了出来：“你来了可真好，快去劝劝程老师吧，她今天气得不轻，回家待在房间到现在连口饭都没吃。别气出问题来了。”保姆是程知敏从京中家里带过来的，不管去哪个省工作，都带在身边，她在卓家干了二十多年，也算是看着卓禹安长大的，所以也是真心关心他们这家人。

“去把她叫下来，把我爸也叫来。”卓禹安很平静很稳当地吩咐着。他的情绪不管是喜还是怒只给在意的人，不在意的人，他连一点儿多余的情绪都不肯表露。

别看他沉沉稳稳地站在那里，面上没有什么表情，实际上是心冷了，不把这个家当家了，所以只有理性，没有丝毫感性。

程知敏一听到他回来了，以为是来认错的，一骨碌从床上爬起来，一边下楼一边开始骂：“你还知道回来，你做的好事，你马上去跟你爷爷说清楚。

“还有，马上把离婚手续办了，我们可以当作这事没发生过。”

卓宏也到了会客厅，怒喝了一声：“行了，你少说两句。”真是一点儿眼力见儿都没有，没看到卓禹安那姿态吗？他哪里是来认错的，分明是来兴师问罪的。

卓宏依旧威严，坐到沙发的正中央，死死地看着卓禹安，眼神凌厉。

程知敏一愣，随即坐在沙发的另一边看着他。

“坐吧！”卓宏示意他坐下。

卓禹安没有坐，而是拿出手机拨通卓老爷子的视频对话。

“你找你爷爷做什么？”卓宏问。

卓老爷子是卓家的定海神针，家庭的小矛盾，不会轻易请他出来。

卓禹安依旧没理会他，等老爷子的秘书帮他们接通之后，卓禹安才开口道：“你们都在，我有事宣布。”

他始终是沉稳而平静的，就站在那里，连坐都不肯坐，像个外人一样，表情也是很冷漠的，说道：“相信你们也都知道了，我和听澜结婚了，没有提前告诉你们，是什么原因，想必你们比我更清楚。既然结婚了，我这辈子就不可能离婚，你们别再费心思了。”

卓家的三位长辈都皱眉看着他，等他的下文。

他又看向程知敏，语气稍稍加重了一点儿，但还是冷漠的：“妈，我之前求过你，无论遇到任何事情，你可以随时来找我，但不能去找听澜，更不能为难她。你答应过我的，你说可以。但今天，你做了什么？”说到这儿时，他的情绪终于有起伏了，眼里不仅有怒火，也有悲情，走到这一步，非他所愿。

“我跟你说过听澜对我有多重要，但想必你们不知道我可以为她做到什么程度！”他说着，从手里扔出去厚厚一沓文件，随着他的动作，那沓文件滑出来，悄无声息地落在会客厅厚厚的地毯上。

视频那边的卓老爷子坐在书房里，一言不发地看着这边的闹剧。

程知敏低头看那些文件，整个人脸色瞬间青白，手不停在抖，半天说不出一个字。

不远处的保姆看到，急忙拿了各种药过来，降压药、速效救心丸等等。

“程老师，别着急，别气坏了身体。”保姆一边说着，一边喂她吃下药。

程知敏瘫在沙发上，脸色还是青白，说不出话。

卓闳也看到了地上散落的文件，太阳穴突突地跳，眉心紧皱，怒喝一声：“你这个孽障，你想做什么？”

卓闳这辈子做梦都没有想到，自己有朝一日会栽在自己亲生儿子身上，除了震怒还是震怒。那些文件是他一生的污点，有他年轻时和别的女人那些不可外扬的风流史，有他执政生涯中被动的、主动的一些不可言说的违规操作。

“怎么会，你怎么会有这些？”程知敏脸色依旧是青白的，但终于有力气说话了，不可思议颤抖着问。当年卓闳在外的风流韵事，老爷子很快就处理了，并且处理得很干净，即便连身边的亲信都不了解的事，儿子卓禹安怎么会有这么详细的资料？问这话时，她甚至是有些恐惧的，没有想到儿子的心机、城府竟如此之深。

还有卓闵那些公务上的事，他到底是怎么查到的？

整个会客厅此时如死一般沉寂，视频那边的卓老爷子目光如炬地看着镜头这边的闹剧。他看得最明白，这个孙子是他一手带大的，要说聪明，要说手段、城府，还有狠劲，都绝不亚于卓闵。

卓禹安依旧是冷冷的，不是不念亲情，而是触及他底线了，他绝不退让："爷爷、爸、妈，我最后说一次，不求你们喜欢她，但绝不能为难她。还有，我的婚姻我自己做主。"他顿了顿，继续道，"如果你们还是要一意孤行，那么这些文件便不是出现在这个家里，而是会出现在公众视野中。"

这话足够狠，他言外之意便是可以为了舒听澜大义灭亲，不惜以毁灭整个卓家为代价。他说完便不再说任何一句话，言尽于此。

他父亲卓闵正是调任前期最关键的时刻，卓家从老爷子时代打下的基石，就是以清廉、公正不阿而闻名，如果一旦让外界知道卓闵从前的风流韵事，让外界知道卓闵曾违规批的那些项目或者收受的钱款，不仅对卓家是毁灭性的，甚至能牵连出一系列的人物，届时整个朝野都要震上几分。

若不是触及他的底线，他并不愿意以此威胁自己的父母与爷爷。

卓老爷子在视频那头也是怒不可遏，骂卓闵："不成器的东西，被自己的儿子扼住命运的咽喉，你是第一人。"说完便直接挂了视频。

卓禹安也转身离开卓家，不愿多逗留。

卓闵确实像被人掐住了咽喉，脸上一阵红一阵白，震怒不已。但眼下解决问题才是关键。

"那个舒听澜是什么来历背景，派人去查过了吗？"他开口时已恢复惯有的威严。

程知敏吃完药，又喝了保姆端来的温茶，憋在心口的那口气总算顺了，听了卓闵的问话之后，冷静地回答："查过了，普通家庭，父亲早年间去世，母亲退休后随她在森洲生活。"这是她派人去栖宁查过之后得到的信息，家庭普普通通。

"既然事已至此，先别妄动，等调任回京之后再从长计议，他已婚之事也必须保密。"卓闵确实受了卓禹安的威胁，在调任的关键时期，多一事不如少一事。

程知敏对舒听澜即使有一千个一万个不满意，但此时也无可奈何，看卓禹安的态度，是说到做到，根本不会在乎卓家的利益，在这个关口，她不敢再轻举妄动，一切等卓闵回京就职之后再说。

卓禹安从卓家出来之后，已是深夜，漫天繁星与万家灯火相辉映，他的车随着车流往前开着，心里也并不顺畅，与父母再情浅也是父母，不是逼不得已，他绝不想走这一步。

还有听澜的家世背景，他虽打发了他母亲派到栖宁调查的人，做了一份假的调查报告，但这只是权宜之计，迟早会被查到，还有她母亲住院的事，都是一个雷，都是触及卓家底线的事。可他能怎么办？他能做的不过是尽量保护听澜不受伤害而已。

他回到家的时候，周铭已经走了，她一个人在沙发上正在看法制节目，看得昏昏欲睡，听到开门声，循声看过来。她眼里含着水雾一般湿漉漉的，左脸还有些肿，她的皮肤太白太细，平时稍稍用力一点儿都能红一片，何况还是被大力气打了一耳光。

他过去，蹲在沙发边："怎么不去房间睡？"

"等你回来。"舒听澜看着他，想找一些蛛丝马迹，好知道他跟他父母谈得怎么样。

"傻！"他说着起身，从冰箱里拿了冰袋给她敷，也不问疼不疼了，肯定疼，都肿起来了。

舒听澜敷着冰袋，像个小尾巴一样跟在他身后，他去卫生间刷牙洗脸，她就站在旁边看着，样子很乖，看不够一样。

直到他刷完牙洗完脸，要进浴室洗澡了，她还靠在卫生间的门框上看着他。

"要一起洗？"他已脱了衬衫，露出他结实、肌肉纹理清晰的上半身，故意使坏地问，眼里已完全没有之前的阴霾了。

舒听澜翻了一个白眼，拿着冰袋走了，看来他没事了，能犯浑了。她径自回房先躺好了等他，也不知他洗了多久，迷迷糊糊快睡着时，被他从身后抱住，整个人都蜷缩进他的怀里，很有安全感。

他的头轻轻抵在她的颈窝处，双手从身后穿过来，握着她的双手，温温的气息拂在她的脸颊，是温馨的，不带任何情欲。

他很喜欢这种姿势，尤其是双手握着她的双手，很多次亲密时，他都是如此。

舒听澜一直没问过他为什么这么喜欢双手握着她的双手，今晚便问了。

"因为十指连心。"他低沉而温柔的嗓音传来。

"……"舒听澜没太明白这个逻辑。

"十指连心，握着彼此的手，等于握着彼此的心。"他解释道，这只是其中的原因之一，没有说的原因是，他喜欢她的手，纤细而柔软，当年在栖宁高中时，他第一次见她，对她一见钟情便是因为她在台上弹钢琴，手指在琴键上飞舞着，他是先注意到她的手，然后再注意到她的。他每次与她十指相扣时，便觉得两人的心格外地贴近。

这一晚到后来，他们并没有维持着盖被子纯聊天的纯洁关系，聊着聊着，不免又动了情，只不过卓禹安前所未有地温柔，使得舒听澜感觉全身都像酥碎了一般，脸上那点儿疼早已抛到九霄云外了。

最后快入睡时，她昏昏沉沉间听他说：“听澜，我们去度蜜月吧。”

“再说吧。”她回复，对蜜月没有什么特别的期待，在她看来，现在每天都是蜜月，而且地产项目虽然完成了，但是下一个项目还不知在哪儿，她要开发客户。像肖主任或者周铭，都是手里同时有几个项目在运转，这样才安心，闲下来很焦虑。

等她睡着了，卓禹安拿着手机研究度蜜月的地方。国外肯定不行，因为她母亲在医院，她不可能去远处，只能找国内的景点，他看了很多攻略，最后决定去海岛城市，顺便把婚纱照拍了。

他低头看着怀里睡得安稳的人，她完全不受白日的影响。他看着她，心里缠绕着密密麻麻的爱和心疼。

这世间怎么会有人完全长在他的审美上，五官、身材、气质，连性格都是他喜欢的，她内敛不张扬、做事有分寸、温柔善良，却又很有自己的脾气与主见，并不完全依附任何人，总之就是完美，完完全全满足他对另一半的想象。

舒听澜这一夜睡得十分香甜，等天亮时醒来是因为感觉被人用灼灼的目光盯着。果然，一睁眼，她就看到卓禹安正看着她。

“你该不会一夜没睡吧？”她记得她入睡时，他就是以这个姿势看着她。

卓禹安很酷地直接把昨晚找到的蜜月城市发给她看，甚至行程都有了，半个月十五天，每天的安排都很详尽。

“你该不会熬夜不睡就为做这个吧？”舒听澜原本完全不想度什么蜜月的，但是看到这么诚心的安排，她不免有些心动。

“你除了跟律所请假，别的任何事都不需要做，我全程安排。”卓禹安很诚恳。

“说得我好像会做一样。”有他在，她安安心心当个废物就好了。

卓禹安就笑，清晨时的笑总是带着一点儿温柔与慵懒。

见他心情不错，舒听澜才把昨晚想问却一直没敢问的话问出口了：“昨天跟你爸妈谈得怎么样？他们有没有为难你啊？”他昨晚回来后情绪就不太对，不用想也知道，必然是他爸妈逼他离开她了。昨天下午程知敏的怒火真让人心有余悸，若不是看在卓禹安的分上，这种婆家，她早就跑远了，绝不受这个惊吓，再来两回，她的心脏就要受不了了。

“没有为难我，而且他们保证以后绝不会再来找你麻烦。”卓禹安安慰她。对付父母那样性格的人，说感性的话是没用的，必须拿点儿手段出来，至少目前他手中的那些资料对父母有足够的震慑作用，他们不敢轻举妄动。

“他们如果真的动怒了，会跟你断绝关系吗？电视上好像都是这么演的。”她天真地问。

“嗯，有可能。”他状似开玩笑地回答，实际上，目前的关系也差不多了。

“可怜，那以后我就是你唯一的家人了！”她也开玩笑，很讲义气。

“好。今天别去上班了，打电话请假，顺便把蜜月的假也请了，我们明天出发。”

“这么急吗？肖主任非杀了我不可。”她一边说着，一边很配合地去请假。除了周末，加上年假，她真正只需要请五天假就够了。

肖主任昨天已从周铭那儿知道她已婚的事实，听她打电话说要请假，也没说什么，很爽快地答应了，末了还送上一句祝福：“听澜，祝你幸福。”

肖主任没有多余的话，看她一路跌跌撞撞地走过来，幸福最重要。

“谢谢肖主任。”

“回来请客。”

“好。”

舒听澜挂了电话，一时有些感动。肖主任对她一直很严厉，平日交流也是冷冷冰冰的，但是每一次她闯祸，肖主任从没放弃过她，不仅帮她解决问题，还继续提携她。在职场上，遇到肖主任、周铭是她的幸运。

卓禹安没有闲着，因为明天要去度蜜月，所以今天得去公司把相关工作都安排好，留舒听澜一个人在家里。

舒听澜一个人在家很无聊，便打开手机软件看妈妈住院的监控视频。今天她看见妈妈竟然在织衣服，戴着老花镜，坐在床边的沙发上，很认真，一针一线地织着，就是动作有些慢，偶尔走错线了，在那儿琢磨半天。

舒听澜细看了一眼，晕了，妈妈在织婴儿服，浅蓝色的小小的衣服，正中间还织了一个爱心，大概是想织来送给她未来孩子的。她笑，妈妈比她想得还远呢。

这边程知敏一夜失眠到天亮，为了卓闵的调任，为了卓家，她只能暂时忍着，不能再去找舒听澜。忍是极难的一件事，她怄得心口憋着一股血，怎样都觉得难受、压抑。

保姆让她吃完那堆保健品以及降压药后，在旁边劝她：“程老师，您就放宽心吧，儿孙自有儿孙福，禹安这孩子错不了，从小就没让人操心过。再说了，他现在结婚了，等过一年，给您抱个大孙子回来，您还不乐啊？”

程知敏本就心焦得不行，偏偏保姆还要带上将来的孙子，她压着的火就爆了，却只能对保姆发作，厉声道：“什么孙子？卓家是什么基因？她家是什么基因？你知道为什么很多人富不过三代吗？就是因为那些男人一旦有点儿钱了，就贪图女人美貌，娶个漂亮的花瓶回家，不讲究基因了，生的孩子一代不如一代。这种普通家庭的能出什么好基因。”程知敏搞了一辈子教育，认定基因的重要性。她认为情商可以培养，智商绝对是天生的。

保姆被她这么劈头盖脸骂了一顿，心里也不好受，程老师就是看不起他们这些普通百姓，一辈子享受特权惯了，觉得自己基因好，基因好也管不住老公，管不住儿子，有啥用？

保姆看得通透，再有权有势，家里还不是一地鸡毛，还不如普通家庭和和美美一辈子，她心里有时候是有些看不惯程知敏的。

程知敏现在除了头疼，还胸闷气短，躺了一上午，手机邮箱的提示音响起，她打开查看邮件，邮件内容没有多余的话，就是一个地址，还有一个时间，约她见面。

发件人正是之前给她发卓禹安结婚证的人。

她心一惊，对这个躲在暗处一直不停把卓禹安的信息带到她面前的人很好奇。上回发照片的虽是另外一个邮箱，被卓禹安查到了，但是她坚信这是同一个人。

她没有回复去还是不去，打算暗中赴约，先观察观察对方是什么人再说。这次出行，她连司机都没叫，特意打了一辆网约车，打算在远处偷偷会一下发邮件的人，看看他到底是谁，为什么对卓禹安的事情如此了解？为什么要把那些东西发给她？到底有什么目的？

当她按照约定的地点到了那家咖啡厅的附近时，就坐在车内看着咖啡厅的里面。正是下午茶的时间，咖啡厅里坐了不少人，她一时也看不出到底是谁。

这时，她的手机提示音响了，不是邮件，而是短信。

"阿姨，我看到你了，进来吧。"

短短一句话让程知敏从头到脚都冰凉彻骨，对方显然对她十分了解，甚至早就在观察她了。她抬头再次往咖啡厅看，这次看得清楚了，橱窗边上，一个女孩在朝她微笑着挥手，她觉得眼熟，一刹那间想起了对方是谁。

是温简。

她的短信再次发来："你派去栖宁查舒听澜的人给你的结果是她家世清白？"

这条短信后，紧跟着的一张图片，是一个中年妇女穿着病号服坐在医院的广场椅上晒太阳，她身后的住院部顶层上方竖着"精神科"几个大字。

程知敏的心陡然变凉，瞬间像被人扔进冰窖一般。

温简很淡定地坐在那里看着程知敏朝自己走来，眼里含着浅浅的笑意，料定她会来。她的笑落在程知敏的眼中就是一种胜利者的猖狂。

程知敏按压着内心的愤怒，坐在温简的旁边，倒是想看看她到底想做什么。

温简不与她兜圈子，直截了当道："那是舒听澜的母亲，我可以安排你们见面，在精神病医院。"最后"医院"两个字，她咬字格外重地强调。

"说说你的目的。"程知敏内心已如火烤，但依然强压着不表现出来。她就是想看看温简的目的，从当初发那些照片到后来发结婚证，再到现在曝光舒听澜母亲的事。

温简只是继续笑："你派去栖宁查的人，想必给你的资料都是完美的吧？嗯，这符合卓禹安的作风。"她一副比程知敏还了解卓禹安的口吻。

程知敏这时才知道自己从头到尾拿到的舒听澜的资料都是假的，太阳穴控制不住突突地跳，也不说话了，就看着温简。

“阿姨，这个世界上最不希望卓禹安和舒听澜在一起的，除了你，还有我。”

程知敏这时嘲讽地冷哼：“难道你天真地以为，我会和你联手对付自己的亲儿子？幼稚！”

“不，我的目标从来不是卓禹安，即便他对我再无情，但我对他这么多年的感情不会轻易改变。我们的目标一致，都是舒听澜。”可以说是非常诚恳地表态了。

但程知敏显然不吃这一套，不屑与温简为伍，加上卓禹安之前的态度，她确实不敢轻举妄动。

“她妈妈住院很多年了，我查过，精神疾病遗传的概率很大。之前，舒听澜精神也出过问题，她对外说是我的催眠导致，其实并非如此，我的催眠不过是把她内在的问题表面化了，如果本身是健康无疾病的人，催眠无法达到那个效果。并非我危言耸听，他们将来的孩子但凡遗传了她50%的基因，后果你比我清楚。”

温简的话简直是往程知敏的心口上捅刀子，刀刀致命那种。她再也维持不了理性，也压不住内心的焦虑与恨意了。

“她母亲住在哪个医院？”

温简便把地址以及名字发给了她。其实，温简知道，这是打开了潘多拉的盒子，以后会有无穷无尽的麻烦随之而来。

这怪她吗？怪不了她吧。这个盒子本身就存在，她只是好心替他们打开了而已。卓禹安与舒听澜本就是一段孽缘，卓禹安心里比谁都清楚，他所做的一切都是掩耳盗铃、自欺欺人。

第十九章

蜜月

卓闳调任在即，程知敏怕节外生枝，不得不暂时沉住气，没去精神病医院找张荷。所以卓禹安和舒听澜并不知她知道了张荷的存在，能够如期去度蜜月。

既来之则安之，舒听澜现在对这个蜜月很期待，上飞机后难免有点儿小激动，卓禹安全程牵着她的手，两人挨在一起看电影，两个多小时后飞机降落在海岛城市。

卓禹安还是一如既往地低调，没有找任何人，而是自己租了车，直接开回酒店。酒店坐落在旅游景区，面朝大海，背靠森林，非常惬意舒适。

他们订的是酒店最奢华的顶层，主卧270度的视角可观海，客厅阳台上有一个长长的无边泳池，此时正午的阳光把无边泳池照得波光粼粼，是舒听澜梦想中的酒店。

大约知道他们是度蜜月，所以不管是浴室还是卧室，酒店人员通过花瓣、烛光、装饰等营造出浪漫与暧昧的新婚气氛，让人哭笑不得。

卓禹安把带来的衣物以及日用品按部就班地摆放好，舒听澜则坐在泳池旁边看这几天的行程安排，卓禹安基本是按照玩一天休息一天的节奏来安排，最后两天才拍婚纱照，这个安排深得她意，果然老公是最了解她的人。

“你会游泳吗？”卓禹安收拾完后坐到她的旁边来，他确实不知道她会不会游泳，他们没有讨论过这个话题。

“当然会。”她脸不红心不跳地撒了个谎，不然行李箱里那几套偷偷买的性感的泳衣怎么解释？

卓禹安笑，心血来潮，甚至是很幼稚地从背后轻轻把她推入水中。

舒听澜不备，一下落入水中，整个人瞬间窒息，喘不过气，一边扑腾，一边惊叫。她是典型的旱鸭子啊。

卓禹安急忙跳下去从水中把她捞起来，原来她不会游泳啊。

舒听澜气死了，一边惊魂未定紧紧攀着他，一边狠狠在他肩膀上咬了一口：“浑蛋！”

“好了好了，对不起。”他忍不住笑，一手搂着她的腰，一手轻轻拍她的背，“有没有呛到水？”

他刚才是轻轻推她下去的，因为她不会游泳，呛了一小口水，不过还好。她瞪他一眼，不说话。

“去换泳衣，我教你游泳。”

“不学。”她本来想学的，现在被气得不想学了。

“我错了，以后再也不敢了。”他哄着道歉着，态度太诚恳了，舒听澜便信了他，去换了泳衣来。

结果卓禹安看到她换的泳衣，摇了摇头：“别穿这套，去换一套。”

“不好看吗？”她上下打量了一下自己，她很满意。

“因为太好看了，我没法专心教你，乖，去换一套。”卓禹安趴在泳池边缘看着她一本正经地解释，眼底冒着让人脸红心跳的光。

舒听澜觉得她此时即使换一套再保守的出来，也“难逃一劫”，但还是乖乖地去换了一套运动连体的，很保守了，哪儿哪儿都包得严严实实的。

卓禹安当教练很严格，有了之前学开车的经验，这回他不骂她了，动作要求严格，但语气很温柔，都是鼓励的。

教完基本动作之后，他双手拉着她的双手，带着她在泳池里来回游了几圈之后，她彻底放松，慢慢感觉自己身体在水里浮起来了，但是依然紧紧牵着卓禹安的手，不敢松开。

两人一直是面对面的，卓禹安慢慢往后退，她慢慢往前游着。

这个顶层的无边泳池大约长有三十米，不宽，但是足够了。就这样慢慢游了几圈，舒听澜找到一点儿感觉了。

“我放手试试？”卓禹安问。

“好。”她鼓足了勇气。

结果，他一放手，她立马失重，惊叫着扎入水里，手脚并用胡乱地扑腾。她觉得太难了。

卓禹安又急忙把她从水里捞出来。

“我是不是好笨？”她沮丧得不得了。

“不笨，慢慢来，今天先到这儿。”卓禹安扶着她腰的双手一用力，把她稳稳地托到泳池边坐好。

今天刚来，没有安排出门，就是在酒店休息。这个酒店足够大，又有独自的私人海滩，即使足不出户也能享受假日的时光。

夏末的海岛，傍晚已很凉爽，两人披了一件薄外套去海边看夕阳，沿着海岸线慢悠悠走着，生活节奏慢下来，很是惬意。直到天真正黑下来，他们才回酒店餐厅。

他们回到餐厅，竟然看到了温简。

卓禹安揽着舒听澜的肩转身离开餐厅，叫了客房服务回房就餐，倒不是怕温简，而是不想给自己添堵。

“我换一家酒店。”他说，好不容易得来的蜜月旅行不想被任何事打扰。

“没必要，她若是有意，我们就是换酒店，她也能跟来。况且没必要躲她。”舒听澜心态很平和。

客房送来了西餐，两人就在阳台无边泳池旁边搭起简易餐桌，点上蜡烛，倒也浪漫。近处是被灯光照得波光粼粼的无边泳池，远处有大海拍着浅礁的阵阵海浪声，酒店的不远处有客人在办party，不时传来低低的音乐声以及笑声。

只有这一隅很安静，整个世界只有她和他，她的眼里只有他，他的眼里也只有她，原来幸福是能碰触到的，很清晰！一夜的缠绵旖旎。

第二天日上三竿他们才醒来。

第二天的行程是去酒店后面不远处的森林爬山，连绵不绝的山脉郁郁葱葱，长满了各种稀有名贵的树，但大部分都是未开发的原始森林，只有一座山是供游客游览的。

可以选择坐缆车直达山顶再慢慢爬下来，也可以选择爬上去，坐缆车下来。舒听澜想偷懒，不想爬山，她对运动没有丝毫兴趣。

到了入口处时，他拉着卓禹安的衣服：“老公，我想坐缆车上去。”

“不行，必须爬上去，难得出来锻炼身体。”卓禹安看都不看一眼缆车的售票点。

“累！”她撒娇，抬头看见那条上山的路，还没走，她就腿软了，一点儿也不想爬。

“等累了，我背你上去。”他哄着，坚决不坐缆车。

“你该不会是恐高，不敢坐缆车吧？”她嘟囔着，但认命地被卓禹安牵着手往山上爬。

因为有绿荫有溪流，空气很好也凉快，比她想象中轻松一点儿，何况卓禹安不时会停下来陪她休息会儿。

他们爬了三个多小时，才到山顶。

山顶有个景点是玻璃栈道，很长，从这座山脉延伸到对面的山脉，至少有300米长，悬在半空中，大概有1000米高。

舒听澜在网上看到过，很多人在这个玻璃栈道取景拍婚纱照，像悬浮在半空中，特别唯美浪漫。

两人心有灵犀，卓禹安先开口道：“摄影师给我看过几个样片，有几张是在这儿取景。过几天，我们再上来拍。”

“好。”

两人下山回到酒店已经天黑，这一天足够累，她洗完澡就瘫在床上动不了了。

而卓禹安竟然还有精力去书房处理公务，这人真够自律，出来蜜月旅行，白天尽兴地陪她，到了晚上，必定会抽出两个小时在书房里工作。

舒听澜昏昏沉沉睡了一个小时，精力恢复了，看到书房里，他正在跟人开视频会议，可能怕吵到她，声音放得很低。

舒听澜也不想弄出动静打扰卓禹安，就轻轻关上房门下楼了。酒店私人沙滩上又有派对，有乐队在演唱，客人端着酒杯或随音乐舞动或者低声交流，气氛极佳。舒听澜在不远处的一处露天的饮品店点了一杯果汁，安静地坐在那里看着。其实度假度的就是一份心情，只要和自己爱的人在一起，不管身在何处，都会感觉很幸福。

温简坐到她旁边的位置时，她只用余光看了温简一眼："喝什么？"

舒听澜丝毫不意外于温简出现。她知道温简入住这家酒店是冲她来的，索性给温简一个机会，看温简到底想做什么。

温简点了一杯与她一样的饮料，与她并排坐着，看着远处的热闹，听着夹杂着海浪声的音乐："听澜，我有时候很羡慕你，真的。

"小时候爸爸不管在我家玩得多开心，一到点儿了就必须要回家陪你。他从不在我和妈妈面前避讳提你们，其实他的意思很明白，按古代的说法就是，你是嫡女，我是庶出，他心里分得很清楚。"

温简的语气很淡，她说起往事，像在说与她毫无关系的陌生人。这是她第一次如此心平气和地跟舒听澜提起她们的父亲。

听她自然地称呼爸爸，舒听澜有一种荒谬感与陌生感。事到如今，她忽然提起父亲，还有什么意义呢？

"小时候我好羡慕你啊，爸爸每天接送你上下学，接送你上培训班。而我只能像陌生人那样，叫他叔叔。你知道我为什么不上钢琴课吗？因为每回去上钢琴课，都能见到爸爸在外边等你下课。老师夸你有天赋，爸爸站在一旁很自豪地笑，也跟着老师夸你在家很用心练。

"我后来很努力学习，我唯一能超过你的就是在学习成绩上，每次爸爸到我家来，我就迫不及待把成绩单给他看，他每次也夸我，但我能看出，就是敷衍地夸一句，因为我成绩好与坏，他并不在意，他总说我们温简不用那么辛苦学习，将来爸爸养你和你妈妈一辈子。"

舒听澜被温简的话带回往事之中，爸爸对她要求很严格，学业上更是，她当年报了文科班，为此爸爸还跟她生气很久，觉得文科生将来可选的专业很少，就业安排也受限。

"你是不是觉得爸爸说这些话很有爱、很温馨？其实，就是没把我和妈妈当成独立的人看，就像他圈养的金丝雀，他可以一辈子养着，也可以宠着，不需要什么人格。即便我只接受九年制义务教育，他也会觉得没关系。”

温简说的都是真心话。以前她也觉得爸爸这样是宠爱她和妈妈，等后来长大了，尤其是出国留学之后，才知道这是爸爸从未把她们当成人来看。

“温简，你想说什么不妨直说。”舒听澜打断温简的话，过去的事，每个人看问题的角度不一样，当事人又去世了，没什么可再说的。

温简觉得爸爸对她们母女的宠爱与富养是不把她们当人看，可舒听澜与妈妈在穷困潦倒为生计而奔波时，也同样觉得爸爸太可恨。

温简顿了顿，这才开口道：“只是想告诉你，我很羡慕你，也很嫉妒你，因为爸爸从头到尾最爱的都是你与你母亲。他为什么贪了那么多钱，但拿回你们家的只有他的基本工资？因为要保护你们，不想让你们受牵连，他的基本工资是他最干净的钱，那些钱只要正常过日子，也足够你们母女衣食无忧。”

舒听澜震住，真的是这样吗？爸爸是为了保护她与妈妈？

“当然，他也想在你们面前保持最正直的形象。”温简说完这句话，整个人便放空了，看着远处的大海，表情茫然。

舒听澜想起小时候父亲还在世时，一直给她灌输的观念就是做个正直善良的人，他也是一直保持着这个形象，所以她和妈妈才会如此信任他，丝毫不曾怀疑过他。

“你为什么告诉我这些？”她不信温简千里迢迢跑到海岛来只是要与她谈心。

“当然是因为不想让你好过啊，你知道卓禹安的父亲是谁吗？当年他为什么去栖宁就职？又为什么他去栖宁短短三年，爸爸就自杀了？舒听澜，你是跟你杀父仇人的儿子生活在一起。你说命运是不是特别可笑？”

“什么意思？”舒听澜听完她的话脸色苍白。

“就是字面的意思，爸爸对你们的爱，还有爸爸为什么自杀，他留了遗书，那份遗书一直放在我妈妈那里。”

“什么遗书？爸爸留了遗书？”

“当然，他怎么可能舍得不跟你们交代清楚就去死呢？他一直很负责的啊。他最后留下的东西，我已经全部打包寄给你母亲了，她此时应该已经收到了。”温简的话森冷，表情也渐渐失控了一般透着狰狞，她看着舒听澜笑，笑得惨淡，“别怪我，若不是因为你抢走了卓禹安，我们这辈子都不可能再有交集。哦，还有，这些事，卓禹安全都知道。他瞒着你到底是因为想保护你，还是别有目的，你们可以探讨一下。”

温简留下这个大炸弹之后，便迤迤然走了。海边的沙滩很柔软，她干脆脱了鞋，光脚走向那边热闹的派对中。

舒听澜整个人都是木的，听到温简把父亲的遗书全寄给了妈妈，急忙拿出手机看监控视频。妈妈的病情已控制好，但不能受刺激，不管遗书上写了什么，只怕要出事。

一切已经来不及了，监控视频里，妈妈抱着一堆纸，哭得蜷缩成一团。一见妈妈哭，她也哭，无奈在视频的这一端，她什么事也做不了，急忙给护工打电话，给医生打电话，让他们去阻止妈妈看那些东西，一切等她回去再说。

值班的医生接到她电话，解释道："那个包裹我们是放在护士站的，要先给您过目之后才能确定是否给您母亲。但是您母亲趁我们不注意时，自己偷偷拿走了。"医生很无奈，她母亲现在是正常人，医院不可能像对别的精神病患者那样看守着，"给您母亲打了镇静剂，她现在平静下来了，你们尽快来一趟医院吧。"医生也忍不住要嫌弃了，觉得这家人事太多。

舒听澜一路小跑回酒店房间，卓禹安刚与傅慎逸开完简短的会，准备去找她，结果就见她光着脚，一脸仓皇地跑回来。

"怎么了？"他急忙问。

"订票回森洲。"她没有解释，一边说，一边慌乱地收拾行李。

"发生什么事了？"卓禹安没有迟疑，问的同时已经订好最快的航班回森洲。

"我妈妈精神不太好。"她找了一个理由。关于温简说的爸爸的事，她不确定时不想多说。

如果她父亲与他父亲真有这样的渊源，他应该早就查到了，不仅瞒着她，还瞒着他自己的父母。对于这一点，她不怀疑，这符合他的作风，一切不好的消息，他都会自动帮她屏蔽掉，让她一直活在真空一样的单纯环境里。

大概是凌晨三点才到森洲，他们直接驱车去医院，值班的医生说她母亲现在一直在昏睡，要等醒来之后才能做个全面的检查，看是否会因受刺激而复发："如果没有复发，建议办理出院，医院的环境并不利于她的休养。"院方不想再承担这个责任了，"还有包裹，我已经要回来了，给你。"

就是一个简单的文件袋，舒听澜颤抖着手接过来。

父亲去世之后，他所有的东西都被妈妈烧了，连骨灰都没留下，更没有建墓碑。然后她们又迅速离开栖宁的家，长住森洲。这世间再没有一样属于父亲的东西。舒听澜虽恨他，但偶尔也会想他，无处寄托她的想念。

卓禹安并不知这个包裹的存在，想接过来替她拿着，但是她紧紧地抱在怀里，拒绝了。所以他并不知那是她父亲的遗物。

"谁寄的包裹？"他冷声问医生，心里以为是卓家人寄来的。

"不清楚，没有发件人。"医生说。

"是我妈妈的旧友寄来的。"舒听澜解释，不知遗书的内容，她不想多说。

两人并排坐在病房外的长凳上等天亮。

“对不起啊。”舒听澜此时终于平静下来，千头万绪的思绪也渐渐平复。她觉得对不起卓禹安，他好不容易安排的蜜月，安排的拍婚纱照，都没有完成，就匆匆陪她回了森洲。

“没关系，以后有的是机会。妈妈健康才最重要。”卓禹安把她拥在怀里安慰。

两人都有一点儿累了，本来就爬了一天的山，加上深夜赶飞机，精神紧绷，一夜没睡，此时靠在病房外，就有些疲劳，紧挨着睡了一小会儿。

天亮后，主治医生来上班，给她妈妈做了全面的检查。

她妈妈醒来后，情绪不算激动，但是又变得木讷了，眼里没有任何光芒，像个木偶，医生让她做什么她便照着做，一副万念俱灰的样子。

舒听澜靠在门外默默看着，那袋文件紧紧抱在怀里，她知道妈妈是看到爸爸的遗物或者是遗书勾起了伤心的往事。而她没有勇气打开看，面对爸爸突然的离世，她们都只能靠恨他去缓解心中的伤痛。仿佛抱着恨意，面对他的死就能坦荡接受了，因为他死有余辜。

这么多年来，她从不去想爸爸的好，只是一根筋地恨他，才会不在意失去他。

可在海岛上，温简就那么把另一面的爸爸送到她面前，小时候一桩一桩的往事，爸爸对她的爱，便全部涌上了心头。

此时她靠在卓禹安的怀里，自己怀里抱着爸爸的遗物、遗书，她的眼泪就不成器地一直往下掉。

她默默流泪，把卓禹安的衣服都弄湿了，他也不在意，轻轻拍着她的后背安慰着。

主治医生道：“目前的检查结果是没有复发，但情绪不稳定，建议继续住院观察，何时恢复到之前的状态何时再出院。”

听完医生的话，舒听澜稍稍松了口气，想留下来陪妈妈，但是被医生拒绝，说有亲属在身边不利于病情控制。

舒听澜离开前蹲在妈妈身边，说道：“你乖乖听医生的话，等你好了，我来接你回家。”

舒妈点点头，眼泪瞬间又涌出来，母女俩抱着哭，心里疼得厉害。

回家的路上，舒听澜依然紧紧抱着那个文件袋，其实她心里知道，妈妈的病从来没有彻底好过，一个微小的刺激都会使她的情绪被无限放大，这是妈妈自己也控制不住的。

回到家之后，她便把自己锁在了书房内，她嫌光线太亮，把窗帘拉上，只开了书桌上的一盏灯。

文件袋的外皮上写着：转张荷、听澜。张荷是她妈妈的名字。这个文件袋大概是爸爸自杀之前，让温兰转给她妈妈的，只是温兰一直收着，不曾拿出来。

里面是一本爸爸的日记本，还有两封信，一封写给她妈妈，一封写给她。

信里，他说："澜澜，请原谅爸爸的不告而别，爸爸做了错事，没脸面对你们。"

他说："澜澜，你是爸爸最疼最爱的女儿，你优秀、正直、善良，是爸爸一生的骄傲。"

他说："澜澜，是爸爸对不起你和妈妈，如果有来生，一定要让我们再成为一家人，爸爸会用一生去弥补你们。"

看到这里，舒听澜的眼已被泪水模糊了一大片，她鼻塞、心堵，仿佛要窒息，喘不过气。多年前，爸爸突然离世，没有留下一句话，只留下一个烂摊子给她和妈妈，是她一直无法释怀的事情。这么多年来，她总是想，爸爸到底是爱温简还是更爱她？到底有没有一点儿负疚感？这些盘旋在心里的问题，现在忽然就得到了答案。

这一句迟来的忏悔与道歉是她与妈妈的救赎。

而那本泛黄的日记本几乎记载了爸爸那十几年的心路历程，有感情上的，也有事业上的。她一页一页翻看着，等看完了才明白，在海岛时，温简为何会说出那番话，为何会说出她们是嫡出、庶出的区别，为何会说羡慕也嫉妒她。

这是舒听澜第一次真正走进爸爸的内心，她印象中，爸爸和妈妈对她都非常严厉，在他们家没有红脸、白脸之分，错了就要受惩罚，但是做好了也得不到夸奖。

然而现在她才知道，爸爸对她的爱、对妈妈的爱都写在了日记本里。

然而她内心又有一丝疑惑，这样的爸爸到底算不算好爸爸？为什么心里明明爱着她和妈妈，却又有温兰与温简的存在？那么他的爱算爱吗？或许这就是林之偶常常告诉她的，成人的世界不是非黑即白，不是非善即恶，大多是处在灰色的地带自洽。

此时，书房外响起了敲门声。

"听澜，还好吗？"卓禹安温柔而关切的声音传来。

舒听澜起身去开门，在昏暗之中投入卓禹安的怀抱。

"怎么不拉开窗帘？还好吗？"

"没事了，是爸爸写给我和妈妈的信。"她在他怀里闷闷地说着，然后便感受到卓禹安听到她提"爸爸"两个字时明显地抽搐了一下。

日记本里，她爸爸提到他父亲卓闵来栖宁了，她爸爸也预感到，自己的好运即将结束。原以为是毫无交集的两个家庭，原来早在很多年前就已经牵连上了。而她和卓禹安的缘分似乎也在多年前就注定了是一场孽缘。

"我爸爸的事，你知道多少？"她平静地问。

"知道一些。"他是因为拦截了他母亲派去栖宁调查的人，从中获得了信息。她父亲舒明海当年的案子，因为他的自杀离世，至今都没有定论。舒明海自杀是为了保护同党，以至他父亲卓闳当年被调派去栖宁，并没有查出所以然，这是卓闳事业上的滑铁卢，也是迟迟无法调任回京的原因。

两家的关系早在多年前就埋下了恶果，这是他始料未及的，如今事已至此，他能做的不过就是保护好她而已。

“我爸爸真是因为你爸而死的？”如果真是如此，那真是命运跟她开了一个大玩笑。如果妈妈也知道这个事实，不知会如何自处。她与妈妈说好听点儿是单纯，说不好听点儿便是愚蠢，当年因为温简母女的事，她们太想与过去分割、了断，所以匆忙离开了栖宁，很多事便没有去了解透彻。

“听澜，这是一个比较复杂的问题，无法说谁因谁而死，只能说这是他们的工作，职责所在。”

“是，我知道他死有余辜，我也知道你父亲是职责所在，无法埋怨。”道理她都明白，可终究是有些难以接受，需要给她时间慢慢消化。

“听澜，你还记得我之前跟你说过的话吗？只要我们俩在一起，旁的事都无关紧要。已发生的事，我们无法改变，那就向前看好吗？”

舒听澜沉默不语。

现在的事情发展已不是他们向前看就可以了，她都不敢想象，如果让程知敏知道她是舒明海的女儿会引起什么样的海啸、地震。

舒听澜提前结束蜜月去律所上班，肖主任与周铭看到她很是讶异，再加上她一脸的疲倦与低气压，哪里像是去蜜月旅行回来的？

周铭嘴贱：“离婚了？”

他只是开玩笑，原以为舒听澜会大怒、反驳，却见她只是脸色一暗，然后沉默地打开电脑办公。

这……就很不寻常了，看来是吵架了，能去度蜜月吵架吵到提前结束假期，应该不是小事。周铭不敢再多说，只约了她中午一起吃饭，想开导开导她。

肖主任难得在律所，中午自然一起去，她与周铭都不擅长安慰人。

“还是小孩？难得有假期，白白浪费了。”

“夫妻没有不吵架的，别太放在心上，自己开心最重要。”

舒听澜解释：“没有吵架，是因为家里有点儿事，所以提前回来了。”

“需要帮忙吗？”肖主任问。

“暂时还不用。”她的事，恐怕别人帮不上忙。

“有事别客气，我和肖主任任何时候都在你身边哈。”周铭发自内心地说。

“嗯，谢谢你们，我真的没事。”

三人吃完饭，回律所的路上，舒听澜忽然收到程知敏的短信：“舒明海是你什么人？”

她整个人愣住，顿下脚步，一直看着这几个字，慢慢回复：“是我父亲。”该来的总会来。

“听澜，快点儿。”前边肖主任与周铭看她没跟上来，回头叫她，却见她脸色苍白地在回信息，看似弱不禁风，有些发抖。

周铭急忙跑过去：“发生什么事了？”

舒听澜置若罔闻，因为程知敏的信息又发过来了：“舒听澜，不管你人现在在哪儿，马上给我过来，如果不过来，我就跟你妈同归于尽。”

一听程知敏提到她妈妈，她便慌了，对着手机语音吼道：“你别去找我妈妈，我现在马上就过去。”

舒听澜想，妈妈不能再受刺激，昨天看了爸爸的遗书与日记已喘不过气，如果再让她知道爸爸与卓家的渊源，她可能会活不了。

她马上就往车库跑，被人一把拽住：“听澜，去哪里？我送你。”周铭看她这样根本无法开车，强行把她拉到自己的车上，送她去医院。

舒听澜一路上不停地给程知敏发语音请求、视频请求，都被她给挂断了，她就是不接。她急哭了，声音颤抖地发语音：“阿姨，我妈妈什么都不知道，等我过去再说，求你不要伤害她。”

她知道以程知敏的身份地位以及脾气，医院的医生、护士、护工根本拦不住程知敏。

不仅舒听澜此时不好过，程知敏亦是，她觉得舒听澜在一次一次地挑战她的底线。

她原以为他们只是谈谈恋爱，她睁只眼闭只眼就算了，结果事实是他们已婚。

她原本想既然他们已婚，只要舒听澜家境尚可，她便暂时不管，再观察观察，结果得知舒听澜母亲患有精神疾病。

直系亲属患有精神疾病已超出她忍受的范围，结果她刚刚收到温简发来的信息，舒听澜父亲竟然是舒明海？

舒明海——听到这个名字，程知敏整个人就崩溃了。

当年卓闳为什么被调派去栖宁三年？他是去查舒明海了，当时舒明海是栖宁一家国有企业的老总，被举报贪污受贿。

后来卓闳为什么迟迟回不了京而驻守在森洲多年？因为舒明海的事，刚开始查，还没查出个结果，当事人舒明海就跳楼自杀了。

当时这件事情在圈子里引起了极大的轰动，是老爷子派人压下来才没被外界报道。但也因此，整个案子成了悬案。舒明海不过是其中一个棋子，相互牵连的人因他的死，一个也查不出来，死无对证。这是卓闳事业上的滑铁卢、污点，最上边的人不满意，卓老爷子也大怒，为了堵住悠悠众口，只得让卓闳在森洲历练。

表面是历练，实际就是发配到森洲，卓老爷子就是希望卓闳在森洲做出点儿成绩，然后找时机再调回去。

他辛苦多年，终于可以调回京了，结果出了舒听澜这么个事。

程知敏不得不相信，这就是命。

一切都太巧了，儿子卓禹安怎么就偏偏爱上了舒明海的女儿？爱谁不好，偏偏爱舒明海的女儿。

这舒家一家子都是他们卓家的克星。

卓老爷子与卓闳也万万没有想到，舒听澜与舒明海竟然是父女关系，舒明海是卓闳事业上的滑铁卢，卓闳至今都被抓着办事不力的话柄阻碍前程，所以，卓家任何一个人都不可能接受舒听澜。

“这事必须好好解决，我只有一个要求，那人不能进卓家。”卓老爷子下了命令。

“别再搞砸了。”卓闳命令。这种事情，男人不宜出面。

“我心里有数，放心。”程知敏是有手段的，最初接触舒听澜时便已经布了一个局，给自己留了一手，何况现在还有她母亲在手。

舒听澜在周铭的护送下一路赶到了医院，与程知敏几乎是同一时间到达，她松了口气。

相较舒听澜的惊慌失措，程知敏依然是光鲜而持重，不屑地看了一眼她身边的周铭，冷声问舒听澜：“你确定要他陪着？”

她们之间的恩怨越少人知道越好。

“周老师，谢谢你，我这边没事了。”

“好。我去外边等你，处理完事情就回去上班。”周铭没有立场站在这儿陪她，如此说完，就掉转车头出了医院，却并未走远，就在医院外等着她，以防万一。

等周铭走远了，程知敏才开口，没有任何回旋或者周旋的余地，直接说：“给你最后一次机会，离开卓禹安，把离婚手续办了，从此不再往来，我们就当什么事都没发生过。”

舒听澜站在她面前，情绪起伏，眼底泛着薄薄的迷雾，反问：“如果我不呢？”

“舒听澜，认清事实并不难。即便没有卓禹安，你也有大好的前程，凭你的能力，养活你自己和你母亲没有任何问题，况且，以你的姿色，再嫁也可以嫁得很好。坦白说，我对你这个人从头到尾并没有坏印象，我儿子的眼光，我是相信的。错就错在你的身份上，你母亲是精神疾病患者，会遗传的，卓家绝不可能冒这个风险，还有你父亲舒明海，舒明海对于我们卓家是一个什么样的存在，你应当清楚，如果让外界知道，禹安娶的是舒明海的女儿，卓家便彻底毁了。”

这是事实，绝不是危言耸听。当年卓闳调查舒明海的事就没调查清楚，转眼他儿子就娶了舒明海的女儿，不得不让人怀疑他们有利益关系，甚至当年的案件都是卓闳收了好处而故意不作为。

这其中的利害关系，舒听澜不可能不懂。

此时程知敏顾忌卓禹安，并不想真正撕破脸，还是想晓之以理动之以情地说服舒听澜："请你理解一位妈妈的心，但凡你不是舒明海的女儿，我都可以睁只眼闭只眼。

"舒听澜，你当我是求你也好，当我是警告你也好，明早给我答复。否则，绝不只是你母亲受牵连而已。记住，明天早上是最后的期限，我要得到明确的答复。不管你用什么理由，总之说服卓禹安跟你办离婚。"

说完程知敏便走了，不给舒听澜任何发言的机会。

舒听澜浑身冰凉彻骨，她对卓禹安的感情是从最初的犹疑不定到现在的笃定，可此时，她觉得累了，一段感情让你觉得累时，必然就不是好的感情。

可要让她就此放弃与卓禹安的幸福生活她亦是不舍得的。她没有做错任何事，为什么要替别人承担这份后果呢？

周铭见程知敏的车开走了，他才开车回来让舒听澜上车："别垂头丧气了，回去上班。"

在周铭看来，这就是嫁入豪门难免要遇到的问题，别管对方怎么看，自己按自己的节奏来生活就好。他哪里知道他们之间这些复杂的关系呢？

舒听澜上车，系上安全带，什么也没说，有种筋疲力尽的感觉。她心里明白，即便她和卓禹安再坚定地想在一起，即便卓禹安能为了她与卓家断绝关系，但是，他们之间已没有可能再过平静的生活，此时的她是心灰意冷的。

周铭带她回了律所，看她无精打采的样子，便给她介绍了一个项目，转移她的注意力，是一个地产公司的融资项目。

他说："你上回做的利森实创的地产项目很成功，以后可以做专而精，专攻地产行业的项目。这个融资项目，前期我已经谈好，你负责具体执行即可。"

"好，谢谢周老师。"忙起来是好的，她就没有时间胡思乱想了。

但不知为何，在周老师提到利森实创的项目时，她脑子里有根弦忽然绷紧，她问："周老师，利森实创收购御众地产的项目不会出问题吧？"因为是程知敏介绍的项目，她忽然心慌起来。

周铭一愣，随即回答："没问题，已经交割完成，利森上个月已把全部的转让款打给御众地产。"

舒听澜认真地回顾了一下整个合作的流程，确定无纰漏，她才稍稍松口气，心里祈祷千万别出事。

晚上舒听澜回家时，卓禹安已提前到家，在准备晚餐，他身材挺括，穿着家居服在厨房认真料理的背影让她眼眶发热。

她换了拖鞋走进厨房，从背后搂住他的腰，整个人紧紧靠在他的背上，很贪恋他的温暖。原本下班回家的路上，她考虑要不要跟卓禹安提程知敏逼她离婚的事，考虑要不要离婚，可是此时靠在他的后背上，那些犹豫与考虑全都烟消云散。他的背是这样牢靠与安全，他可以带她经历任何风雨，她才不要离婚。

所以她提都没跟卓禹安提，像个树袋熊一样挂在卓禹安的身上。卓禹安想转身抱她，被她阻止："你快做饭，我好饿。"

"好。"卓禹安失笑，背着"树袋熊"，加快了手中的动作。

饭后两人牵着手在小区的湖边散步，已进初秋，夜晚凉气逼人，卓禹安原本是牵着她的手，但她手指异常冰凉，他转而敞开自己的外套，把她整个人揽进他的怀里，听到她轻吸鼻子的声音："感冒了？"

"嗯，有一点儿。"她连声音都是哑哑的。

"回家吧。"

"好。"

回到家他便急忙给她披了一件薄毯子，然后端了热水给她，让她一边喝一边焐手，他很无奈地说道："刚才让你多披一件外套下楼还不肯，以后不能再臭美。"他有时候很不懂她们女生，明明就是晚上在小区里面散步，也要坚持穿得漂亮，到底是穿给谁看？冻感冒了，还不是自己难受？

"好，以后不臭美了。"她很乖地应着，小口小口喝着热水，全身总算暖和一点儿了。

俩人窝在沙发上选了一部电影看，看完便回房睡觉了，因她身体不适，卓禹安倒是一夜都很老实，只是抱着她睡，再无其他动作。

舒听澜第二天早早到了律所上班，昨晚在家表现出来的正常在和卓禹安分开之后便分崩离析了。她刚到律所的车库，程知敏的语音通话便如约而至，程知敏的声音严肃而冷漠，只有很简单的几个字："什么时候离婚？"

舒听澜亦是冷漠地回复："我不打算离婚。"

电话里死一般的寂静，静到舒听澜以为她挂了语音通话。但很快，手机里便传来程知敏尖锐刺耳、甚至是恐吓的声音："舒听澜，我给过你机会了，别怪我绝情。"

"请便。"她不想再逃避，她会正面迎战。这个世间，除了妈妈，除了卓禹安，她没有可再失去的东西。

实际上，昨天下班回家之前，她又去了一趟医院，与妈妈有过一次长谈。那是在父亲去世之后，她们第一次如此心平气和地讨论父亲的过往。

妈妈问："你爸的信，你看了？"

她说："看过了。"

“你爸虽是一个彻头彻尾的浑蛋，但还算有一点儿残留的良心，没把我们母女牵扯进他的破事里，让我们能够堂堂正正地生活。”

“嗯，爸爸在信里还说，他对你的感情从头至尾都没有变过。”舒听澜强调了这一句，希望妈妈能够释怀一些。

张荷听到这句话，面部似一震，随即摇头苦笑：“不重要了，澜澜，你别看妈妈这几年好像疯疯癫癫的，但是我比你想得开，我跟你爸过去的情分随着他的死而埋葬了，毫无意义。我那天看到他的信情绪激动、失控，是因为他对你有交代了，他不是一位好老公，但至少是一个好爸爸。”

“好爸爸？也许是吧！”舒听澜想。

“妈，爸爸与卓家过去的恩怨，你知道吗？”这也是她此次来医院的目的，想征询妈妈的意见。

“知道又怎么样？跟你毫无关系。澜澜，你爸已经害了你这么多年，往后的日子你想怎么过就怎么过，绝不能再被你爸爸影响。他死了还敢影响你未来的幸福，我就是死也要下去找他理论理论。”

“呸呸呸，什么死不死的，妈妈，你要长命百岁。”舒听澜听不得这种不吉利的话。

“行了，是不是你婆婆用我威胁你了？这样吧，澜澜，你帮我办出院，我回家住，不给她威胁你的机会。”

“你的身体——”

“妈妈早就好了，之前只是不想出院才故意装病的。我现在不想住院了，受不了你婆婆三天两头来医院找我，这里的医生、护士根本拦不住她。我回家躲清静。”

“谢谢妈。”舒听澜便替妈妈办了出院，回了近郊的房子。正好近郊的房子有程晨在，她们可以相互照应。

“这些事，你就别跟禹安提了，那是他妈妈，别让他为难。反正你们两人过得幸福才是最重要的。”

舒听澜安排好妈妈的事，对程知敏的威胁便无后顾之忧了。

她挂了程知敏的语音通话，拒绝了离婚的要求，也把妈妈安顿好了，但她心里依然是空空的，很不安。她对程知敏并不了解，从第一次见面到现在，程知敏除了那次扇了她一耳光，并未再做太出格的事，所以以她的经历，想不出程知敏还能做什么。

舒听澜在忐忑中工作了一天，临近下班时，忽然见宏正律所的大老板汪总面色凝重地来找肖主任。这位大老板平日很少出现在律所，舒听澜只在年会上见过他两次。

旁边的张靖与赵妙歌低头窃窃私语。

“汪总怎么来了？”

“汪总一到，必有大事发生。”

“看他刚才进来时的脸色，不是什么好事。”

不知为何，舒听澜更忐忑了，隐隐约约听到肖主任办公室里传出她的名字，不知是不是她的幻听。

这时肖主任办公室的门开了，只见肖主任脸色铁青地叫周铭：“来我办公室。”

周铭应声，一路小跑过去。

在肖主任关门的刹那，她快速看了一眼舒听澜，眼神如刀如剑，剐得舒听澜整颗心都快要停止跳动。

肖主任的眼神太过于明显，连张靖和赵妙歌都发现了，她们将办公椅转到舒听澜的旁边问：“舒律师，发生什么事了吗？大老板轻易不来律所的。”

舒听澜摇头表示她不知道。

两人觉得她无趣，又转着椅子回到自己的办公位。

此时的每一分每一秒都是难熬的，她几乎确定是程知敏闹的事，但她不确定是什么事。

肖主任办公室的门再次打开，周铭探出半个身体叫她：“听澜，进来。”

她唰地站起来，急忙走过去，一路做了好几次深呼吸，迫使自己冷静下来。她想，还能是什么事？无非就是程知敏给大老板汪总施压，要辞退她而已，甚至会动用关系，让她以后无法在这个行业立足。

彼时，她以最大的恶意猜测程知敏会做的事应当也就是如此了。

然而她到底还是太善良了，或者是太天真了。

当她进了肖主任的办公室，看到办公桌上摆着厚厚一沓利森实创与御众地产的项目资料时，她的脸唰的一下变白了。

“她就是舒听澜？”大老板一脸冰寒地看着她，眼里有藏不住的愤怒。大老板一直是个涵养很好的人，能把他逼到这个份上，绝非小事。

“汪总好，我是舒听澜。”她急忙问好。

“汪总，这件事，我会马上调查，然后给您一个答复。”肖主任的语气前所未有地严肃与认真。

“你尽快，利森实创已经把我们宏正律所告到法庭上了，要求赔偿五千万。赔偿是其一，如果让外界知道我们宏正律所严重失职，导致客户惨失几个亿，那么宏正律所离关门大吉也不远了。”

汪总说完，看了一眼舒听澜，然后摔门而出，办公室里的人被那摔门的声音震得皆是面色苍白。

肖主任一句话也没说，直接坐在自己的办公椅上，快速地翻动着办公桌上的那沓文件，整个办公室里只有翻动纸张的沙沙声。

舒听澜一颗心已提到嗓子眼了，可是此时的氛围，她一句话都不敢问出口，只偷偷看了一眼旁边的周铭。

周铭亦是脸色不好，但还是安慰般地看了她一眼，让她别着急，等肖主任开口说。

肖主任快速翻资料的手在其中一个文件夹上停下，然后抽出来，扔到舒听澜面前，她厉声问:“这份报告是怎么回事？”

舒听澜低头一看，这是关于御众地产康养城项目那块土地归属权的报告，报告显示很清楚，康养城的那块地属于御众地产，有土地使用权，有市计委立项批复，有其他的相关规划文件，证件齐全，报告的落款是她的签名，“舒听澜”三个大字格外醒目。

“是这个项目出问题了？”舒听澜的声音不由得发抖。

“利森实创已给御众地产付完转让款，但是上周才发现，康养城项目根本不在御众地产的名下，早在年初就已转让给其他地产公司。而你在尽职调查报告上写着，确定康养城项目归属于御众地产，导致利森实创损失几个亿的转让资金。今天，利森实创把我们宏正律所告上法庭，要求退还律师服务费，以及支付五千万的赔偿金。”肖主任用简单的语言把整个事件的来龙去脉说给舒听澜听。

舒听澜脸色更加惨白了，她急忙接过文件，仔细看了一遍，没错，都是她写的调查结果，一个字都没错:“我确定这些文件都是真实的，我跑土地管理局等机构现场确认过，该项目千真万确就在御众地产的名下，绝无可能出错。”

这一点儿职业操守，她还是有的，每一份报告，她都去相关部门核实过才会写上。

周铭在一旁帮她说话:“是啊，肖主任，你应该了解听澜，她不是敷衍了事的人，不可能犯这么低级的错误。”

肖主任脸色依然很难看，她看了一眼舒听澜道:“不管你的尽职调查如何规范，但是事实就是你严重失误，这是利森实创提供的土地证明，这块地在土地管理局的系统里显示并不在御众地产的名下。你确定你当时真的去土地管理局核对过信息了？”

不是肖主任不信任舒听澜，而是白纸黑字以及红章更有说服力。

“是，我确定去过当地的土地管理局，去过两次。当时他们在装修，只有一个窗口对外办公，我第一次去的时候没查到，第二次去是他们的保安告诉我二楼有个临时窗口可以办理业务，这份证明就是在二楼的临时窗口查的，然后打印出来的。”她很确定这份报告的真实性。

“装修？二楼的临时窗口？”肖主任一下抓住了关键词。

“是的。”舒听澜对二楼那个简陋的办公桌印象深刻，当时那人很爽快地给她查了康养城的土地归属。

被肖主任这么忽然问起，她心里慌了一下，难道那个保安、那个二楼的工作人员都是假的？

都是假的？不可能，谁敢在政府部门弄虚作假？特意安排一个保安在一楼办公大厅引导她上二楼？二楼特意辟了一个办公地点，就等着她上钩，给她一份假的证明？

她的脸色很难看，既觉得不可思议，又觉得是程知敏能干出来的事，她愣怔地看着肖主任与周铭，大脑一片混乱。

“想到什么了？”周铭见她脸色不对，心也如从高空中瞬间坠落。如果这个项目真的出问题，不仅是舒听澜职业尽毁，就是肖主任的并购组以及整个宏正律所都会遭遇灭顶之灾。

“我去一趟御众地产。”舒听澜还抱着残存的希望，她想再跑一趟御众地产，跑一趟当地的土地管理局再核实一遍。

说话的同时，她已拿着车钥匙疾步往外走。

“回来，现在是下班时间，等你到了也是晚上了，能查到什么？”肖主任脸色铁青，厉声叫住她，心中已有定论。

“肖主任，我会对此事负责。”

舒听澜的双眼都是红的，不管几点，她必须再去一趟，是对自己负责，也是对客户负责，更是对宏正律所、对肖主任和周铭负责。

她说完便疾步走向车库，开车上路了。市区正是下班晚高峰，她在路上堵了一个多小时才出城，思绪已从开始的混乱到现在的平静，她在心里复盘了一遍这个项目，从立项到进场到各项资料的审核，每一个细节都是严格按照规范来的，不可能犯如此低级的错误。

在路上时，她接到卓禹安的电话，他问她：“今晚想吃什么？我在超市。”

听到他温柔的声音，她的鼻尖瞬间发酸，她努力平复了一下心绪才回答：“今晚可能回不去了，肖主任临时安排的出差，现在在高速上。”

“嗯？去哪里出差？”

“就在隔壁市，明天就回去了。”

“那你注意安全，到了给我打视频电话。”

“好。”

她挂了电话，心里揪成一团，像被人抛向高空，身体一直往下坠，但是深不见底，无法着陆。

她原以为这是最遭的状况了，结果在她还未到达目的地时，忽然接到程晨的电话：“听澜，你在哪里？”

“在外面出差。”

“我今天听说利森实创收购的康养城项目暂停了，高总也通知我暂停广告投放与宣传，你知道是什么原因吗？”

舒听澜大脑再次嗡嗡作响，这个项目是程晨来森洲创业做的第一个项目，并且为此投入了自己所有的资金，如果项目停止，程晨将会赔得倾家荡产。

她急转方向盘，把车停在应急车道上，眼前一片模糊，像被一块巨石压着，窒息，喘不了气。

“听澜，你怎么了？”程晨听到她急踩刹车的声音，担心地问。

“没事，这个项目，我们正在查原因，应该没事。”她只能如此安慰程晨，暂时还无法透露相关细节。

“好。对了，我最近大部分时间都住在公司，阿姨这边，我请个护工来照顾可以吗？”程晨虽然之前暂住在她郊区的家，但找到办公地点之后，加上创业初期太忙，便很少回去住了，不放心她妈妈一个人在家。

“暂时不用，她不会随便出门，我手机上有家里的监控，很安全。”那次坦诚布公谈完之后，妈妈便主动要求回家，情绪已很稳定。

此时的天已完全黑了，她开到目的地，在上回那家酒店办了入住之后，给卓禹安打了一个电话，借口晚上要开会便匆忙挂了电话，一夜无眠熬到了天亮。

御众地产的人一上班，舒听澜便直奔前台找康养城项目总负责人马总。因为她之前在这儿办过公，前台女孩认得她，听她说要找马总，很是讶异，但随即恢复如常说道：“舒律师，马总离职了。”

“离职？他不是御众地产的第二股东吗？怎么会离职？”此时舒听澜已有强烈的不好的预感，但还是想从前台处得到别的答案。

此时，陆续有员工打卡上班，人来人往，前台女孩只顾着收拾桌面，并不再回答她的问题。

但舒听澜不是那么好打发的，她就坐在一旁的会客椅上，等上班打卡的高峰点过去，空无一人时，才再次走向前台问那个女孩：“马总是什么时候离职的？为什么要离职？”

前台女孩大约见她态度坚决，一副不告诉她实情就不走的架势，打量了一下四周，见无人之后，才如实回答：“马总是卷款潜逃。”反正在公司这已是尽人皆知的事了。

“康养城的收购款？”舒听澜问。

“是。他是这个项目的总负责人，利用职务之便，把这个项目同时转让给了不同的收购方，现在事情败露，就卷款跑了。”前台女孩不知具体细节，只是听同事的只言片语觉得大概就是这么一个事。

然而这个消息已足够让舒听澜心颤腿软。

她从御众地产出来之后，全身都是冰凉的，开车到土地管理局再次核实康养城的项目在谁的名下。

土地管理局已装修好，一层办公大厅宽阔明亮，她环视了一下四周，没有看到之前为她指路的保安，只有一位年龄五十多岁的保安，在门口站得笔直。她走过去问：“你好，你们之前装修时，在这儿看守的同事今天来了吗？”

“什么同事？这里一直是我一个人。”

“长得很高，还有一点儿胖，耳边有一颗痣。”她记得那人的外貌。

保安想了好一会儿，还是没想起有这一号人，回答道：“你是不是记错了？我们保安队里没有这样的人。当时在装修，可能是装修公司的人。”

“那你们二楼有设置临时窗口吗？”

“没有，一直就一层有对外的窗口。二层都是领导的办公室，哪能让人随便上去？”保安一口咬定不可能存在她说的情况。

舒听澜听完保安的话，大脑一片空白。所以，从最开始，程知敏就设了这个局，在这个管理局安排了假的保安、假的工作人员、假的资料，像是瓮中捉鳖，等着她一脚踩进去，然后万劫不复。

她面色惨白，自己“何德何能”让程知敏如此处心积虑地要置她于死地？只是因为跟她儿子谈了一场恋爱，就要让自己拖着所有亲友一同坠入地狱？

肖主任被大老板叫去一遍遍地谈话。大老板不会管这个项目具体执行的律师是谁，他只会认定这是肖君华失职，是她没有能力带好底下的律师。同样，如果事情曝光，外界以及客户、同行也只会说是宏正律所的失职，是宏正律所并购组的无能导致了如此重大的失误，害客户损失了几个亿。肖主任一旦背上这个名声，丧失了外界以及客户的信任，以前辛苦建立的事业基石就毁了，以后将很难在行业内立足。

舒听澜此时坐在肖主任的办公室里，只听肖主任的电话一刻都没有停止过，不时有电话进来。

关系好的同行打来询问消息。肖主任在业内的口碑有目共睹，现如今有这样的传闻，很多同行不免幸灾乐祸，甚至巴不得这事是真的，让肖主任、让宏正律所从此一蹶不振。

几位老客户打电话过来质问：“这事到底是不是真的，你怎么能犯如此低级的错误呢？这让我们以后很难相信你啊。”

肖主任解释，这件事还在调查中，她对自己的专业能力有信心，更对自己的团队成员有信心。

即便在这样焦头烂额的时候，肖主任依然是维护舒听澜的，甚至从头至尾，她都没有骂过舒听澜一句。

后来她干脆不接电话了，而周铭的手机也不停地响着，与肖主任的情况一模一样。

舒听澜就那么安静地听着，所有情绪交织在一起，自责、愧疚、痛苦。

她拿着手机往外走，拨通程知敏的电话，响了一声就被挂了。她继续拨打了五六次之后，程知敏冷漠的声音传来："什么事？"

"你到底想做什么？"

相比她的愤怒与激动，那头的程知敏依然冷漠："我想做什么？你知道的。舒听澜，我给过你机会，这是你为自己的无知付出的代价。哦，对了，别去找禹安诉苦，没有用。我既然选择走这一步，就做好了与他断绝母子关系的准备。你这样的家庭出身，是无法理解家族荣光对我们的重要性的，为此，我们可以舍弃所有。"

她说完，吧嗒一声，毫不留情地挂了电话。

家族荣光？真的那么重要吗？可以高于亲情？可以随意毁了别人的人生？是的，舒听澜无法理解，只是心中那块巨石越压越重。

她重新回到肖主任的办公室，承诺道："我会负责。"这是她唯一能做的事，勇敢站出来，承担责任。

肖主任抬头冷冷地看了她一眼："你负责？你是赔得起五千万还是赔得起我的名誉损失？"

"肖主任，相信我，我会解决。"

许是她的语气太坚定，肖主任正色问她："你想怎么解决？你能怎么解决？"

已走到这一步，她没有任何隐瞒道："这件事从始至终都是针对我，是卓禹安的母亲早在介绍这个项目之初便设计好的圈套，等着我往里钻。"

"她设计好的？"

"是的，御众地产那边的土地管理局，她通过关系安排了假保安、假的工作人员给我假的信息。"

"等等，如果你说的是实情，那么于公，我们不能让她如此陷害，可以找证据证明是她指使别人干的；于私，既然是卓总的母亲，那么应当由卓总出面解决。"肖主任是单身，没有与婆家相处的经验，当然是从理想化的角度去考虑这个问题。

舒听澜轻轻地摇头："以她的权势以及手段，不可能给我们留证据。利森实创的高总是她给我介绍的，如果这个项目真的黄了，那么利森实创要损失几个亿。既然高总肯拿出几个亿陪她玩，只有两种可能，一种可能是高总有把柄在她手中，花钱买平安；第二种可能，这件事从头到尾都是阴谋，是她与利森实创的高总以及御众地产的马总自导自演的一出戏，目的就是逼我就范。"她很冷静地分析这个问题，身上已完全没有从前的那份单纯。

她继续道："我更倾向于后者，是他们自导自演的一出戏。对外界而言，利森实创因我们的尽职调查失职损失了几个亿，实际上，这几个亿不过是从左口袋进右口袋而已。他们实际上并不会有任何损失，但是对我们律所的打击却是毁灭性的。"

不得不说，程知敏太了解她了，以事业、以同事、以朋友的前程来逼她，让她无路可走。

“那卓总呢？你跟他说过此事吗？”

舒听澜摇头：“他母亲既然走出这一步，势必也是有着与他断绝关系的心理准备。”

她想起刚才那通电话里程知敏说的话，觉得没有任何回旋的余地，她相信，程知敏绝对能做到这一步，为了所谓的家族荣光，不惜牺牲所有人。

临近下班，卓禹安来接舒听澜，应该是听说了这件事，见到她时，脸色不快：“你昨晚所谓的出差就是为了这件事？你打算瞒我到什么时候？”他平日忙，并不会关注这些事情，若不是今天集团的张律师告诉他，他还被蒙在鼓里。

“只是不想让你担心。”她看着窗外幽幽地说着，内心彷徨而疼痛，在程知敏挂了她电话时，其实她心里已经有答案了。

程知敏太聪明，也太了解她，抓住她的要害一刀毙命。她自己怎么被伤害都无所谓，但是她不能眼睁睁地看着肖主任、看着周铭、看着程晨、看着宏正律所因她而毁灭。

卓禹安铁青着脸，一句话都不再说，掉转了方向盘往卓家的方向而去。因克制着愤怒，他整个脸部线条都是紧绷的，看着前方的眼神阴鸷。

舒听澜从未见他如此过，即便在栖宁对付徐涛那一次，他也未曾如此过。她伸手轻轻地抚摸他僵硬的脸颊：“我没事，放松点儿。”

他一路风驰电掣到了卓家，尖锐的刹车声后，车稳稳地停在卓家院子里，车上开着远光灯，强烈的光束使得来开门的阿姨拿手挡着眼睛好半天才看清来人。

“是禹安来了。”她急忙迎了过来。

卓禹安下车绕到副驾驶座开门，请舒听澜下车。

“来这儿做什么？”

“下来。”

她只好把手交给他，下车，任由他牵着往房子里边走，他的手冰凉彻骨，没有一丝温度。

这边的动静引来了程知敏、卓闳两人一同下楼，看到卓禹安与舒听澜牵着手站在客厅中央，只是挑了挑眉，不置一词。

在程知敏看来，这是她的一次胜利，她高傲地坐到椅子上，冷眼看着他们，等着他们来求饶。

卓闳亦是坐在那里稳如泰山。

舒听澜不知卓禹安想做什么，只是陪在他的身边。

他一言不发地打开客厅里那个超大尺寸的电视，然后拿出手机将一段视频直接投屏到电视上。

那是他的一段自拍视频，他站在灰色的背景墙前面看着镜头，一字一字，无比清晰道：“我是卓禹安，实名举报我的父亲卓闳在××××年涉及——”

“孽子！你想做什么？”

后面的视频还没播放出来，卓闳便怒不可遏地操起旁边的一个花瓶砸向了卓禹安，不偏不倚，砸在卓禹安的脸上，他的唇角顿时流出血来。

舒听澜惊得赶紧拿纸要给他擦，他轻轻摇头，把她拽到自己的身后护着，无所谓地用拇指擦了擦嘴角的血，他的双目嗜血般猩红地看着卓闳、程知敏道：“这个视频是我早就录好的，只要点击发送，不出十分钟，全国的人都能看到。所以你们是要撤回对舒听澜的诉讼还是要在网上看到这段视频？”他的话、他的语气表情都足够冷血，足够阴狠，他绝不是说说而已。

“你敢！毁了卓家、毁了我和你爷爷对你有什么好处？”卓闳怒喝。他已经年近半百，在外向来严肃、喜怒不形于色，但此时被自己的亲儿子气得满脸通红，浑身颤抖。

旁边的程知敏嗷一嗓子，只觉得气血往上涌，没想到自己亲生的儿子会为了一个女人，把利刃直接捅进她的心脏里，她活不了了。她瘫在沙发上，头疼剧烈，而后呕吐，直至不省人事。

“程老师，程老师——”旁边的保姆尖声叫她，却见她完全没有意识，整张脸都是青白色，唇色也渐渐发黑。

“程老师……昏过去了……没有呼吸了……”保姆看着对面还在对峙的父子俩大喊。

卓闳原以为程知敏是装的，听到保姆的喊声才冲过来。

卓禹安一看不对劲，也急忙大步跑过去。

舒听澜呆滞而惊恐地站在一旁，看着无比混乱的场面。

保姆马上打电话叫救护车，然后又拨打家庭医生的电话。

卓禹安半跪在地上给他母亲做心肺复苏，握着拳头在拼命按压。卓闳则是配合他的按压在给程知敏做人工呼吸。

家庭医生两分钟内就快速跑了过来，拎着AED（自动除颤仪），有条不紊地进行急救。

卓闳喘着气站在旁边看着，脸色苍白。

卓禹安额头冒着汗，手因为刚才太过用力而一直颤抖着，他退至一旁一眼不眨地看着地上的人。

舒听澜睁眼看着，大脑一片空白，此时觉得自己连呼吸都是错的，只在心里祈祷千万别出事，千万别出事。

客厅里除了AED运行的声音，只有保姆默默啜泣的声音。

前后几分钟的时间，犹如过了漫长的一个世纪。

程知敏的心跳终于恢复，脸色从青白转白，唇色也从乌青转白，她呼出了第一口气。

保姆终于控制不住，大哭出声。

救护车此时也到了，几人小心翼翼地把她抬上救护车，卓闳、保姆立即跟了上去。

卓禹安站在舒听澜的旁边，没有动。

“你快去吧，我没事。”舒听澜推他，知道此时他心里一定是最难受的。他与母亲感情再淡，但母亲被自己气到心脏骤停，任何人都接受不了。

“禹安，快上车。”保姆朝他招手。

他点点头，看了一眼舒听澜，疾步跑上了救护车。

偌大的房子里只剩下舒听澜一个人站在那里，她感觉四面透着冷风，呼呼朝她吹来，她冷得发抖，抱紧胳膊想回到车里。

结果，车钥匙在卓禹安身上，她开不了车门，而她的包啊手机啊都在车里，她身无分文，也无法联系任何人，只得步行回家。

华灯初上，路上的车川流不息，她孤独地沿着马路边走。从卓家到他们市中心的那套房子大约不到二十公里，快步走，大约要走四个小时，也还好，在十二点前能走回家。

这条路是她人生中走的最长也最孤独的一条路。起初还好，但是走了半个小时，她穿的高跟鞋磨得脚太疼，她索性拎着高跟鞋光脚走。

四个小时，足够她想清楚很多事了。脑子里各种画面交错复杂地冒出来，有她与卓禹安从相识到相恋的点点滴滴；也有工作上肖主任、周老师的支持与帮助；有卓禹安的举报视频；最后定格在躺在地上没有心跳的程知敏身上。

诚然，她与卓禹安真心相爱，但这份爱情带给他们的只剩下痛苦与无尽的灾难，那还值得坚持走下去吗？

四个小时的夜路，她咬咬牙可以走完，但人生漫长的道路，她背负着这些，一步也走不下去。

她走不下去了，她不想看到卓禹安为了她与家人闹得这样不堪，不想让他背负骂名；她也不想因为自己而毁了肖主任、周老师、程晨的人生。

其实这一切，最好的也是唯一的解决办法就是她退出。她退出，世界便会安静，恢复如初。她心中已有主意，便加快步伐朝家里走。

凌晨时，舒听澜终于到家。她还未按门锁，门锁上忽然传来卓禹安的声音，接着门锁液晶显示屏里出现他疲倦的脸，他问：“怎么现在才回家，手机呢？”

“先让我进门再说。”她的脚痛死了，脚底有好几个泡，生疼生疼。她踩到家里柔软的地毯之后，脚痛才稍稍减轻了一点儿。她关了门锁上的视频，找出平板与卓禹安继续视频。

“你妈妈怎么样了？”

“脱离危险了，现在在病房。”

舒听澜听后松了口气。

“手机怎么一直没人接？”他此时站在病房外的走廊尽头，一夜的奔波已是疲惫不堪，但只想看她一眼。

“手机和包在车里，你把车钥匙带走了。”

“抱歉，那你走回家的？”他觉得不可思议。

“嗯。”

“你……不会让门口的保安给你叫辆车？”他无奈又心疼。

“没事，也不远，正好可以想一些事情。”

她的话成功让气氛凝滞，卓禹安看着镜头里的人，察觉出一丝不安，急忙开口道：“听澜，不要胡思乱想，我们好好的。”

“好，我要去洗澡了，你好好照顾你妈妈，等回来再说。”她就此挂了视频。

她是真的累极了，这几天如同坐着过山车，忽上忽下、悬空、倒置，她被束缚在那里颠得五脏六腑都要碎了，不在原来的位置上。此时终于安静下来，她躺在床上迷迷糊糊地睡着，也不知睡了几个小时，忽然惊醒，发现自己被一个熟悉的怀抱搂着。

她惊讶：“你怎么回来了？”

“给你送手机和包。”实际上昨晚他挂了视频，安顿好医院的事便回卓家开车过来了。见她睡得熟，他就没有打扰她。

两人此时都很平静，四目相对看着彼此，卓禹安伸手把她脸颊上的头发别到耳后，柔声问：“昨天吓坏了吧？”

她摇头，她昨天的恐慌哪及他的十分之一？

“她没事了，昨天救治及时。”他安慰她。

“嗯。卓禹安，你没有必要为我做到这个份上。毁了你父亲、毁了卓家，你也不可能独善其身。我不需要你为我对抗整个世界。”

卓禹安就此沉默，双眸深沉地看着她，探过身来轻轻地吻她，两人相拥，深深地吻在一起。

良久，舒听澜把脸埋在他的怀里，闷声说道：“卓禹安，我们离婚吧。”她语气是那么地平静，平静得像在说，我们去旅行吧。

她的头依然埋在他的怀里，她听到他忽然如擂鼓一样的心跳声，感受到他骤然而起的凉意与僵硬。

“这种话，任何时候都不能随便说。”他搂紧了她，加重了手中的动作，却没有勇气低头看她，怕在她眼中看到认真、看到决绝。

“不是随便说的，是我想了很久之后的决定，是深思熟虑过的。”她的声音很低，但很坚决。

卓禹安轻轻把她从怀里推开，再次与她面对面看着，映入他眼底的是舒听澜通红的双目以及无比坚定的眼神。他的心瞬间刺痛，痛得他一句话也说不出来。

反而是舒听澜继续说：“在这段关系里，我已经感受不到幸福了，每天都觉得自己站在悬崖边上，一脚悬空飘荡着，一个不慎便会坠入山涯底下。真的，一点儿幸福的感觉也没有了。”

她太冷静，也太坦诚，不是冲动说的，也不是闹脾气说的，而是深思熟虑之后的结果，且态度坚决，把卓禹安所有想挽留的话都堵得严严实实。

“听澜，项目上的事，我会帮你解决，绝不会殃及无辜。”

“这次能解决，那下次呢？还是你真的要实名举报你的父亲，让你母亲再死一次？”

他被她堵得无话可说。

她这样温柔的人，说出的话，却是句句剐心，她的温柔刀最知怎么伤他。

这时卓禹安的手机响了，是保姆从医院打来的，说他母亲醒了，在找他。

“嗯。”他单字回复完就挂了电话，人却未动，只是看着舒听澜：“无论如何，我都不同意离婚。”只要还在一起，总有解决的办法，只要还在一起……他就能正常呼吸。

舒听澜不想在这个问题上一直纠缠，该表达的已经表达完，开始赶他：“你先去看你妈妈，这些事等之后再说。”

他再不走，她就快要绷不住了。

“好。”正好他完全不想与她讨论这样“无意义”的话题。

之后的一周，程知敏渐渐恢复了，卓禹安不用再守在医院照看了，除了早晚去看一次，白天便在公司办公，晚上回家陪舒听澜。

当然，他也在积极寻找御众地产那位“卷款潜逃”的马总，但人家有意躲藏，并且有他母亲的安排，要找到马总并非易事。

舒听澜第一次去医院看程知敏，被保姆拦在门外，保姆示意她别进去，别让程老师再受刺激。

“让她进来吧。”病房里边的程知敏知道她来了，叫她进去。

“好的。”保姆应着，又低声嘱咐舒听澜，千万别说刺激程老师的话。

“好。”她答应着推门而进。

程知敏穿着病号服倚在床头，依然是笔直地坐着，气色也不错，已完全看不出是在鬼门关闯了一回的人。

“我没死，让你失望了吧。”她一开口就是冷嘲热讽。

舒听澜也不生气，但也没有任何寒暄与礼貌、客套，拉了一把椅子坐在病床前，从随身的包里掏出一份文件放到程知敏的手边，淡淡地开口道：“我答应你离婚，这是我草拟的离婚协议，你看是否有需要修改的。”她向程知敏妥协了，从容不迫地把协议放在程知敏面前。

这是程知敏始料未及的，挑眉看了她一眼，不屑地用手指挑着那些薄薄的纸张逐条逐字认真看起来。

“你净身出户？”她指了指财产分配一栏，确实有些意外，既然她已经肯退步离婚了，那么他们卓家也绝不是吝啬之人，“净身出户大可不必，我想禹安也不是小气之人，毕竟跟他好过一场，该分配给你的财产，一分都不会少给你。”程知敏也不想让自己的儿子因此对她再存有什么愧疚之心，给点儿钱买个安心。

“不必了，只求你让利森实创的康养城项目正常运行即可，这是我离婚唯一的要求。”

程知敏答应：“舒律师，我敬佩你的担当。既然你爽快地答应离婚，我也绝不食言。但我也有一个要求，离婚之后，离开森洲，永不在禹安面前出现。”

“好。”舒听澜点头答应时，只觉得五脏六腑都被拉扯得疼痛。

这时，病房的门被人从外面推开，一位身材高挑的女孩走进来。舒听澜认得她，是卓禹安以前的相亲对象黎语。

病床上的程知敏急忙把离婚协议塞进文件夹里。

舒听澜了然，卓家对外宣称卓禹安还是未婚，当然不能让未来媳妇知道他结过婚的事。

黎语看到舒听澜有些诧异，但直接无视了，连招呼都不打，径直坐到程知敏的病床前，握着她的手嘘寒问暖：“阿姨，今天有没有好一点儿？”

“好很多了，有你介绍的刘院长亲自关照我，哪能不好？禹安知道你要来，他说中午过来请你吃饭，感谢你这几天这么照顾我们。”

程知敏这话是故意说给舒听澜听的，让她知道卓禹安与黎语的关系，让她知道这才是卓家儿媳该有的样子，有才貌、有资源。

黎语道：“他刚才给我打电话说了。”

两人就在那儿旁若无人地聊着关于卓禹安的事，舒听澜沉默地退出病房，给她们留足了空间。卓禹安未来的另一半理应是黎语这样背景的，这才是他该有的婚姻，她输得一点儿也不亏。

门外的保姆见她出来，叹了口气，刚才她在里面说同意离婚的话，保姆全都听见了，既欣慰又觉得惋惜，多好的姑娘啊。

“我送送你吧。”保姆主动要送她出医院，很坚持。

“好。”舒听澜便随她了。

保姆本是心善，想安慰安慰她，但走了这一路，直到医院大门口，一句话都说不出来，因为此时说什么都是多余的。

分开时，她只说了句："舒律师，我替卓家谢谢你。"

舒听澜微微点头，然后大步回到自己的车上。

谢谢她？谢谢她的委曲求全还是谢谢她的无能为力？多讽刺的谢意啊！

舒听澜开着车没有回市区的那套豪宅，也没有回律所上班，而是回了自己近郊那套房子，最近心力交瘁，接妈妈出院回家之后，她很少过来看妈妈。临到家门口，她却没有勇气上楼，无法面对妈妈，也怕妈妈看到她现在的鬼样子。

她坐了很久，直到天黑，卓禹安的电话打来问她在哪里。

她说："在我家这边。"

"我现在过去接你。"卓禹安快速说道。他知道她只有心情不好时才会回自己那套房子。

"好，开车慢点儿，注意安全。"

"嗯。"

过了大概半个小时，卓禹安的车便稳稳地停在单元门前的停车场，他下了车朝她走来。

已是秋天，她还穿着很薄的衬衫以及裙子，坐在昏暗中似摇摇欲坠，见他来了，示意他坐她旁边。

他们坐的位置正对着她家的单元门，不时有人进出，单元门上的感应灯亮了暗，暗了亮，闪烁不停。

她说："如果那次的高中聚会，你没送我回家，又或者，我没有满脑子乱七八糟的想法邀请你上楼，你说，我们还有后面的故事吗？"

"不管有没有聚会，不管你是否邀请我上楼，我们都会像现在这样在一起，只是时间的问题。"那次聚会是他为了见她预谋已久的，并非偶然。

但舒听澜并不这么认为，她始终认为，如果那一次，她没有主动邀请他去她家，就不会有之后的故事。

所以她说："我有时候挺后悔的，如果没有那一次，那我现在应该过着普通而平静的生活，也许将来会遇到一位旗鼓相当、背景相似的男人，不必有轰轰烈烈的爱情，就细水长流，彼此扶持走完余生。"

因她的话，卓禹安猝然转头看她。

"别这么看我，我说的都是真心话。卓禹安，当初是由我在这里说开始的，现在也由我在这里说结束。对不起，我们分开吧。"她说话的同时，把那份离婚协议拿出来放到他面前。

看到"离婚协议"那几个字时，卓禹安脸色惨白。"什么意思？"他艰难地问出口，无法相信她怎么能这么坚决，连离婚协议都拟好了。

“这份协议是肖主任帮我拟好的，完全符合法律规定，你放心。”

卓禹安压着嗓子，忽地怒吼：“我问的是这个吗？我对你来说到底算什么？你想开始就开始，你想结束就结束？”他不想朝她发脾气，但看到那份协议时慌了，知道她打定了主意，不可能回头了。

舒听澜看着他，眼底渐渐聚满了水雾，强忍着没有让眼泪滴落，手里紧紧攥着那份协议说道：“我今天去医院看过你妈妈了，也看到了黎语，知道你们中午一起吃过饭。”

卓禹安如同抓住浮木，解释道：“是因为我请黎语吃饭吗？我只是出于感谢，医院的刘院长是她舅舅——”

“不用跟我解释，我明白，也觉得特别好，真的，今天在病房看到黎语，我就觉得她跟你特别配，我不是气你才这么说，就是觉得你们很相配。你看，以前温简也喜欢你，温简也很优秀很漂亮，但是我觉得她跟你一点儿都不合适。黎语不一样，你们有相同的成长背景、相同的家庭背景，甚至你可能自己都没发现，你们的气质也接近，就是同一类型的人，她能成为你坚强的后盾，让你一生都无后顾之忧。”

她絮絮叨叨说了这么多，有点儿前言不搭后语，但是卓禹安抓住了重点，脸色冰寒地问：“所以你现在在鼓励我去追别的女人？鼓励我跟别的女人在一起？舒听澜，你可真够大方的，大方得让人……反感。”

说完，他起身，头也不回地扎进一片黑暗中，离开了她。

看着卓禹安离开的背影，舒听澜眼底的水雾终于控制不住掉了下来。

程知敏怕她反悔，给了她最后的期限，三天时间，如果三天后没有把离婚证办了，她便让利森实创对宏正律所的起诉开始走流程，她没有时间了。

不知坐了多久，从窗户上看到自己家的灯关了，她才起身走出小区。走到小区门口，她赫然发现刚才怒气冲冲离开的卓禹安就站在门口的景观池边看着她。

他穿着风衣，身材挺括有型，气质疏离地站在那里一直看着她，引得路人频频看向他，以为是什么明星在这儿拍戏。

舒听澜好不容易止住的心酸又冒出来了，他总是这样，即便再生气时，都绝不会抛开她独自走远。以前没有在一起时，她赶过他很多次，每次他都会像现在这样默默地回来。

她低头的工夫，一团黑影笼罩过来，接着她被拥入熟悉的怀抱中，他沙哑的声音在她耳边响起，很固执：“我不同意离婚。”

舒听澜使劲推开他，怒吼：“不离婚，你要害我到什么时候？求你放了我吧。”

她的声音也是嘶哑的，表情更是狰狞，她尽量让自己面目可憎。两个人这样纠缠下去彼此损耗，不如让她当这个坏人，彻底了断。

她的话让卓禹安如遭雷击，一时僵硬地站在那里，还是看着她，但是眼里渐渐透出绝望:“真的那么想离婚?那么想离开我?”

“是。”她点头。

“真的舍得?”问这话时,他的声音似哽咽,眼里瞬间布满红血丝。

舒听澜不敢看他,低着头回答:“舍得。”

“看着我说!”他双手握着她的双肩,逼她抬头看向他。

她整个人跌进他的眼中,如狂风暴雨般被他的双眼吸住,那一刹那,她差点儿摇头说舍不得。那一刹那她想抛开所有,不管不顾地跟着他走,被万人指责也好,去浪迹天涯也好,就是要跟他在一起,永不分开。

但是那只是一刹那的想法而已,现实冷冰冰地提醒着她,不管不顾一晌贪欢,随之而来的会是无尽的痛苦。

她抬头望着他眼眸里小小的自己,很坚定地再次点头:“舍得。明早,我在民政局门口等你。结婚时是你等我,离婚时换我等你,很公平。”

卓禹安松开了她的肩膀,颓然地点头:“很公平。”

狗屁的公平!结婚时他等她,决定权在她手里;离婚时她等他,决定权一样是在她手里。结婚、离婚,他都是被选择的那一方而已。

他能怨谁呢?只怨自己生在这样的家庭,连唯一想守住的东西也守不住。

离婚比舒听澜想的简单得多,许是因为有程知敏提前安排,工作人员连最基本的问题都没问,给了他们文件,让他们签字,然后离婚证盖章,一气呵成,前后都不到五分钟,比领结婚证还快很多。

想来他们的婚姻就像儿戏,当初领结婚证就不是深思熟虑的结果,三言两语就决定结婚。而现在领离婚证也是三两下解决,两人没有孩子,不用考虑抚养权的问题,也没有纠纷,不用考虑财产分割的问题,分得干干净净。

他们一前一后走出民政大厅,舒听澜忽然回头看了一眼卓禹安,他站在光影中也抬头看她。

她说:“中午一起吃个饭吧。”算是散伙饭吧,好聚好散。

卓禹安很冷漠地看着她,完全是看陌生人的眼神,他冷声道:“不必了。”说完侧身从她身边大步离开,很坚决,也很冷漠。

舒听澜只看见他挺括的背影,看见他上车踩着油门轰然离去。

就这样走了?连声再见都不肯说了?她以为他们是和平分手,至少会有一个离别的拥抱,至少会有一顿散伙饭。她还有一些话想留到散伙饭时说。

她想说从未后悔跟他走过这一程,她还想祝福他以后平安、健康,余生一定要过得幸福。

他连一分钟都没有留给她。

也对,以他的性格,离婚后就是陌路人了,没必要浪费时间再听她说这些废话。

第二十章

那个寒冷的冬天

舒听澜坐回自己的车里，看了好半天离婚证，最近这段日子一直强忍着的情绪忽然决堤了一般，她在车内哭得不能自已，险些窒息。最后全身上下只剩一个知觉，就是痛，全身都痛，离个婚犹如被抽筋扒皮，被人剔了骨头。

程知敏的电话救了她，让她从这份痛苦中快速抽离出来。

她说："舒律师，我真心谢谢你。你说到做到，我也决不食言。我会让利森立即撤销对宏正律所的诉讼，这个康养城的项目会如常进行。"

舒听澜全身毫无力气，刚才哭得太厉害了，现在眼前还是一片模糊，脑袋里也嗡嗡作响，但好歹能听清楚程知敏的话，她回："好。"

接着肖主任的电话、周铭的电话纷纷打了过来，都问她是怎么回事，利森实创忽然撤销了诉讼，并且跟他们道歉说是一场误会，事情已经解决，康养城的项目会如常进行。

"我现在回律所。"她隐藏了所有的情绪，开车去律所。

隐藏得再好，她的状态也瞒不过任何人，她眼睛红肿、鼻塞耳鸣。

肖主任与周铭见到她都是一愣："出什么事了？"

她倒是很淡定："离婚了，所以事情也解决了。"

办公室里一片死寂。

"为了项目的事，所以离婚？"周铭不可思议地问。

"这次利森实创的事只是一根导火线而已，就像你之前说的，我们不合适，离婚是迟早的事。"她与卓禹安之间有太多的不合适，她爸爸、她妈妈都精准地踩在了卓家的痛点上，还有不停搞事情的温简母女。

两位领导看她的眼神都不禁带着一点儿心疼，尤其是周铭，毕竟是自己曾喜欢过的女孩，现在又当妹妹看，见她这样，心里很不好受。

结果舒听澜还在继续补刀："肖主任，周老师，谢谢你们这两年来的照顾，不管我犯了多大的错，你们都默默地帮我。可是好对不起你们，这两年给你们添了太多麻烦，一次一次把你们推上风口浪尖——"

"打住，你想说什么？"周铭知道她又要犯浑了，不让她往下说。

肖主任倒是安静地看着她，一言不发。

“这是我的辞职信。”她不能再拖累他们，也无法继续在森洲生活了。

肖主任冷眼看着她的辞职信，冷眼看着她不堪一击的模样，没有说话。

周铭被那封辞职信气晕了，冷声道：“你还是只会逃避，辞职有用吗？辞职了，以你现在在业内的名声，你以为还能找到工作？你什么时候能学会面对现实？”他字字狠毒，却也最现实。

但舒听澜去意已决，她不想再拖累他们了，这两年拖累得够多了。况且她答应了程知敏要离开森洲，永不在卓禹安面前出现，她得说到做到。

一直一言不发的肖主任似乎默认了她的离职，淡淡地问：“今后有什么打算？”

“先休息一阵子，之后再说。”她不至于找不到工作，只是好坏的区别而已。

“也好，我这儿随时欢迎你回来，今后有任何需要帮助的地方，随时找我。”肖主任表态，算是一锤定音，同意了她的离职申请。

“谢谢肖主任，谢谢周老师。”她朝他们深深地鞠躬，深深地感谢这段日子以来对她的爱护，她知道，再也碰不到比他们更好的领导了。

周铭已无能为力，不想再看她一眼，觉得很烦躁，摔门走了。

一夜之间，舒听澜失婚、失业，人生回到起点。

蓦然回首，她好像在不知不觉之中把友情也丢了，此刻的伤痛竟无人可以诉说。她没有再回市中心那套房子，她之于那套房子来说，只是一个匆匆的过客，里面只有她的几件衣服以及一些化妆品，早晨出来去民政局时，她已全部塞进后备厢。

她暂时也不能回自己近郊的那套房子，不知该如何跟妈妈解释她离婚的事情，所以找了一家酒店住了两天，平复了心情之后再回家。

该面对的总要面对，在自己家的客厅里，她与妈妈面对面坐着，大眼瞪小眼，比想象中要好很多。

妈妈只是幽幽地叹了口气，并未骂她，甚至还跟她道歉：“是妈妈对不起你，硬是把你塞给卓禹安，想让你过上衣食无忧的生活。是妈妈错了，让你受了这些伤害。”

妈妈过来搂着她，默默地流泪：“离了也好，我辛辛苦苦爱着、宠着养大的孩子不是为了让别人嫌弃的，澜澜，你也有妈妈，你也是妈妈的心肝宝贝，离了好，我们不去受那气。”

本来早就心情平复、一点儿也不想哭的舒听澜，被妈妈三言两语说得大哭，还好，还好有妈妈在，妈妈永远是她最坚强的后盾。

“就哭这一次，以后不准再哭了，乖女儿。”

“嗯嗯。”

妈妈替她擦了眼泪，然后提议："你带妈妈去旅行吧。"她想借此带女儿出去散散心，转移注意力，这些年，女儿过得太辛苦，眼见着好日子刚开始，又变成这样，她这个当妈妈的太无能了，一直拖女儿后腿，什么也做不了。

"好啊，妈妈想去哪里？"舒听澜也正好有这个想法。

"我们就自驾吧，由南往北，走到哪儿算哪儿。"只要母女在一起彼此陪伴，去哪里都一样。

"好。"舒听澜爽快地答应，然后马上打开电脑开始做攻略，计划自驾的路线。虽然是自驾，但因为带着妈妈，她不想太辛苦地赶路，所以沿途有风景好的城市，就计划逗留几天，真要游遍中国的大江南北，恐怕要用半年的时间，好在她最近略有积蓄，够这半年的开销。

自驾游说起来轻松，但要保证安全又不累，那就必须在出发前做好详细的攻略以及各种物资准备，非常耗精力，如此一来，确实很好地转移了舒听澜的注意力，只要不是夜深人静躺在床上时，她几乎不会想起卓禹安，不会想起离婚的事。

短短几天，她与卓禹安走过的那一段路好像已经是很遥远的事情了。尤其在带着妈妈正式上路之后，世界仿佛安静下来，只有她与妈妈，其他一切皆为匆匆过客。

她们一路走走停停，大部分都是按照计划的路线走，偶尔看到喜欢的地方便多停留几天，累并快乐着。

已经是初冬了，天气变化明显。

舒妈感慨："我们走反了，当初应该从北往南走，正好到南方过冬。"

"没有关系，等天气冷了，我们乘飞机到南方过完冬再回来继续。"

"其实过冬的话，栖宁四季如春，是最舒服的地方。澜澜，等这趟旅行结束，我们就回栖宁吧。"

"好。"对爸爸的事情释然了之后，母女二人对栖宁都不再排斥。

"好多年没回去了。"张荷从九年前离开栖宁到森洲之后，就再也没回去过，那是她的故乡，生活了大半辈子的地方，说不想念是假的。

她们开车出来已有半个月，到了华桉市，许是因为路上颠簸劳累，张荷感冒了，一直咳嗽不停。所以舒听澜把车停在华桉市市立医院旁边的酒店办理入住，打算在这儿养几天，等妈妈感冒好了再继续前行。

人的潜能真的很大，在这之前，哪怕是一个月之前，她都不敢相信自己能带着妈妈自驾出游，不敢相信她能独自把旅程安排得井井有条。

从前出游，她都是当甩手掌柜，最早有林之侽安排所有事情，她跟着就是；后来与卓禹安在一起后，换成他来打理一切，她亦是甩手掌柜，心安理得地当被照顾的那一位。

现在没人帮她打理这些了，原来她也可以。

她安顿好妈妈之后，从旅行药箱里取了感冒药、止咳药让妈妈吃下，关灯休息。

只是没想到这些药没用，妈妈半夜发起了高烧，吃了退烧药烧也退不下去，妈妈整个人时冷时热，烧得昏昏沉沉的。

好在离医院近，她马上扶起妈妈去医院挂急诊。

张荷一边咳嗽一边制止她："没事的……睡一觉明天应该就好了。"她的身体怎么这么不争气呢，这才出来几天就病倒了。

"医院就在对面，我们去看看好放心。"舒听澜坚持。

张荷全身都疲乏且无力，走一步就咳，走两步就喘得厉害。

"妈妈，你等一下，我去前台要个轮椅。"

这个酒店离医院近，有很多外地来看病的人住，所以酒店备有轮椅。客房服务员帮她推着轮椅过来，看到张荷的状态，不由得担心道："最近流感盛行，你们快去医院吧，别耽误了。"

已经是深夜了，她推着妈妈到医院挂急诊，没想到这个点儿，医院的急诊还人满为患，有脑梗急救的，有肚子疼得在地上打滚的，还有小孩因高烧而惊厥抽搐、家长在呼天抢地喊救命的，每个病患看着都比妈妈的症状严重。

妈妈一直咳啊咳，高烧也一直没退下去，偶尔还喘得厉害。舒听澜脸皮薄，尤其在这个环境之下，每个病患都是焦虑不安的，她无法插队，只能在旁边干着急地等着，不时去看何时轮到她们。

大约等了一个小时，张荷的咳嗽更严重了，几乎没有停下来过，好像气管痉挛了一般，接着脸变得通红，她咳嗽的间隙，张着嘴大口地吸气。

舒听澜大惊，顾不得脸面，也顾不上别的病患的焦虑、愤怒，直接冲进了医生办公室："医生，我妈喘不上气了，麻烦您帮她看一下吧。"

她表情与声音都是惊慌的，顾不得别的患者的怒视，把妈妈的轮椅推到医生面前。

舒妈还在大口喘气，脸比刚才更红了，像要窒息了一般。

医生看到后，急忙站了起来，朝张荷走来，一边走一边询问症状："多久了？"

"昨天开始咳嗽的，今晚发高烧一直不退。"舒听澜急忙回答。

医生拿着听诊器听了不到几秒，脸色突变："送急救室，快。"

然后两位护士呼啦啦上来从舒听澜手中推过轮椅，医生扔下听诊器一路小跑着朝急救室去。

舒听澜大脑哐当一声，似有巨石砸落，把她砸得大脑一片空白，腿软，走不动路。

护士过来拿了两张纸让她签字。一张是切开气管、输氧气的手术单子；一张是病危通知。

病危通知？怎么会这样？

“你快签字，病人要马上手术，否则随时会有生命危险。”护士催促着。

舒听澜大脑嗡嗡嗡地响着，“病危通知”四个大字如魔咒般，让她手抖得不行，她勉强签上自己的名字，跟着护士一路跑去手术室。

“家属不能进。”护士冷声阻止，把门关上。

她靠在手术室外的门上，全身像被抽空了力气，她用力扇了自己一巴掌，很痛，不是做梦，不是做梦，妈妈怎么会忽然要抢救？昨天还跟她在车上有说有笑呢。

刚才签字的单子里，她只模糊记得有几个字眼，流感、肺炎、并发急性会厌炎。

流感、肺炎，她知道是什么情况，但急性会厌炎是什么？

她上网查了一下，是咽喉的一种急性病，发病突然，病情发展迅速，会在短时间内造成呼吸道阻塞，使得患者像溺水的人，憋气，最后窒息，如果处理不及时，会随时窒息而亡。

怎么会这样？妈妈之前完全没有任何症状。

也不知等了多久，抢救室的灯终于灭了，舒听澜急忙迎了过去，医生脸色不太好：“暂时脱离生命危险，但她的肺炎很严重，建议你们转院，我们医院的呼吸科不是强项，你尽快联系医院。”

又是当头一棒，在华桉市，她人生地不熟，去哪里办理转院呢？况且现在入冬，正是呼吸道疾病的高发期，不管哪个医院都是人满为患。

她第一时间想要求助的就是卓禹安，不管两人的关系是怎样的收场，也不管她是否答应过程知敏不再联系卓禹安，此时关系到妈妈的生命，她只能放下所有自尊去求他。

毕竟曾经相爱过一场，她相信卓禹安不会见死不救。

“在吗？”她在微信上发了条信息过去，结果，这两个字前面显示了一个红圈的感叹号，下边跟着一行简短的字：消息已发出，但被对方拒收了。

他竟然把她拉黑了？

她的心忽地剧烈地疼痛着，他太狠了，直接拉黑她，连再次发送好友请求的机会都不给她，也对，他确实没有再留着她联系方式的必要。他这样的人，对毫无关系的人最无情。

她不能任由这样的情绪影响自己，急忙又给林之偶打电话，毕竟傅慎逸是华桉人，可能能帮她联系医院，就像抓住一根救命的稻草，只要能帮妈妈办理住院，做什么都行。

然而，林之偶的手机一直关机，发视频请求也一直没有接通，她又没有傅慎逸的电话，心就在这些冰冷的语音提示之中，一点儿一点儿冷下去。

她第一次如此无助，第一次如此深刻地感受到没有钱、没有权，人的生命如同蝼蚁般微不足道，随便一件事就能把你彻底压垮。

急诊大厅不时有救护车进进出出，不时有病人家属呼天抢地的哭声，也有病患痛苦的呻吟声，每一声都打在她的耳膜上。

妈妈的单人病床被安排到一个角落，身上插满了管子，嘴上插着氧气机。

医生再次来催促她："要尽快转院，你母亲是流感引发的肺炎，传染性极强，我们急诊无法收留。"

舒听澜看着妈妈奄奄一息地躺在那里，心如刀割，但她此时反而冷静下来，在这人生地不熟的华桉市，如果轻易出院转院，无异于把妈妈置于更加危险的境地，所以她马上做了决定，不转院，求医生帮她在这家医院办理入院。

人在生命面前，什么素养、什么面子和自尊全都不重要，如果不帮她办理住院，她就赖在急诊大厅不走，在她看来，至少在急诊大厅，遇到突发情况，会有医生及时处理。

很狼狈，也很为人所不齿，她从没有这样厚脸皮过，不顾别的患者的怒火，苦苦哀求医生帮她妈妈办住院。

"我说过，我们医院呼吸科不是强项，你妈妈住我们医院，无法保证治疗效果。"医生再次强调。不是他见死不救，而是她母亲是流感，医院相关的ICU病房很少，而且她母亲病情严重……

舒听澜不是听不进去，可是她没办法啊。即使呼吸科不是强项，但毕竟是三甲医院，能差到哪儿去？

医生被她求得没办法，加上她母亲的病情确实不宜再拖下去了，便利用自己的关系，帮她办了入院。

安排好妈妈住院，舒听澜筋疲力尽，浑身都冒着虚汗，像在水中泡过一样。

张荷住的是ICU，加上是流感，不允许探望，只能通过主治医生了解她的情况。她原以为住进医院的ICU就好了，只是一个流感引起的肺炎，很快就会康复。

然而医生的话，很快就让她再次坠入深不见底的恐慌中。

"您母亲的身体抵抗力非常差，又经过了切气管的手术，病情发展太迅速，整颗肺已经变白了，现在完全无法自主呼吸，只能靠输入氧气维持。能不能好转，要看她个人的抵抗力。"

这些话，每个字，她都听得懂，但是连在一起，她怎么也不明白是什么意思。她妈妈不是好好的吗？感冒好了、伤口痊愈了就可以回家了啊，一个感冒，还能要了妈妈的命吗？她不懂，听不懂。

然而医生并不会管她听不听得懂，继续道："还有就是费用的问题，ICU的病房一天将近两万，按照您母亲的情况，即便好转，也要住二十多天，你们家属至少要准备50万。”

医生看她呆滞的模样，有点儿不忍心：“你们家属最好能商量一下，看是否要继续住在ICU。”

“什么意思？”舒听澜更加不懂了。

“住ICU的费用很高。”医生后面更残酷的话没有说，以她母亲目前的状况，极有可能就是人财两空，但是医生不能直说，只能让家属自己意会。

“不用商量，当然要住，求你一定要救救我妈妈——”说到这儿，她声音哽咽，双目红透了。妈妈这一生太苦太苦了。

从父亲去世之后，她再也没过上一天的好日子，这么多年，住在医院，早已把身体拖垮了，所以抵抗力才会那么差，加上自己这个不孝顺的女儿，只会让她操心，让她坐着车天南地北陪自己走。

如果没有陪她出来自驾游，如果就让她一直住在精神病医院，是不是就不会发生这样的事了？

这一层病房特殊，除了每天与医生交流的时间，不允许舒听澜在这一层逗留，走廊厚厚的大铁门把他们这些家属隔绝在外。

舒听澜不想回酒店，哪儿也不想去，就守在铁门外的走廊里，这样至少离妈妈近一些。

这个走廊就是人生百态，很多外地来看病的患者家属，舍不得住旅馆的钱，都是在这个走廊里坐着，甚至有的直接席地而眠。

护士来赶过几次，赶不走，最后也就随他们了。

舒听澜席地而坐，靠在走廊的墙壁上，神思恍惚。

“姑娘，吃吗？”旁边一位大妈忽然递给她一根黄瓜，问她吃不吃。

“谢谢。”她摇头说不吃。她已经一天一夜滴水未进。

“吃吧，别嫌脏，润润嗓子。”大妈坚持塞给她一根。

舒听澜只好接过来，一小口一小口地咬着，黄瓜有一点儿苦，但是让她干涸的嘴巴有了一点点水分，黄瓜的清香味也让她精神稍好了一点点。

“姑娘，我跟你说，住在这里的都是打持久战，咱们家属更要把身体养好了，才能做他们坚强的后盾，陪他们打赢这场仗。”

“嗯。”她点点头。

“你知道我家老头第几次进去了吗？”大妈很健谈，虽然人看着粗糙，眼底因为长期睡眠不足黑眼圈严重，但是很有精气神，大口大口啃着黄瓜。

她朝舒听澜竖起三根手指：“这是第三次了。前两次我家儿子还出钱出力来帮忙，但是他有工作，也有老婆孩子要养，总不能把他给拖累了。所以这次，我偷偷把家里的房子卖了，带着老头来。我都想好了，就这一次，好了以后我们回乡下住，过田园生活。要是还不好……把他埋葬了，我就去找他。这辈子，我也活够了。”

“你们……感情真好。”舒听澜被这位大妈的话感染了，人放松了一些。

“唉，年轻时也吵架，但是越吵感情越好，谁也离不开谁了。姑娘，你还没结婚吧？等你结婚了，有了爱你、疼你的人，就知道什么是夫妻了，吵不散的。”

舒听澜默默点头，不再说话了。

结婚？疼你、爱你的男人？明明不到一个月，却已经像是上辈子的事情了。

男人远比你想的要绝情得多，抽离得快，反而是女人，总还抱着一些不切实际的幻想，总在遇到困难时想要去依靠，当然，在看到微信上那个红色的感叹号时，她的幻想就彻底灰飞烟灭了。

“里面的是你的谁？”大妈好奇地问。

“我妈妈。”

“什么病？”

“流感、肺炎。”

大妈脸色一变，嘴巴比大脑反应快，脱口而出：“上周一个老头就是因为这个走的，前后一个星期不到。”

“我妈不会有事的。”舒听澜脸色奇差，刚好转一点儿的心情又毁了。

“对不起啊，瞧我这臭嘴——”大妈打了一下自己的嘴，在医院把人待傻了，嘴巴简直有毒。

舒听澜不想再理她了，换了个位置，继续靠墙坐着。

很晚的时候，她收到程晨的微信：“舒舒，在哪里？很抱歉，最近太忙，今天才知道你和卓禹安的事情。你现在在哪里？”

舒听澜的眼睛蒙上一层水雾，她原本有千言万语想说，却一个字也说不出口，只淡淡地回复道：“陪我妈妈在外边散心。”

“在哪里？我去找你们。”

舒听澜知道她忙，在森洲的事业刚起步，不想耽误她的时间。而且她忽然对过往的人与事都有些意兴阑珊了，所以拒绝了程晨的要求。

“我们在外边旅游，很好，勿念。”她没有必要把别人拉进她泥泞的生活。即使程晨来了，又能改变什么呢？

“你们玩得开心，有事随时找我。”

“好。”

旁边的大妈许是因为自己说错话了，有些自责，去楼下打水处给她倒了一杯温水递给她：“喝点儿吧，我刚打的。”

“谢谢，不用了。”她站起身，准备去楼下的便利店买杯热饮，大妈说得对，把自己身体保护好了，才有能力保护妈妈。

许是太久没吃东西，她突然这么站起来，顿时眼前一片漆黑，头晕目眩得厉害，只能双手撑着墙，等眩晕感消失了，才慢慢挪步往外走。

舒听澜在住院部楼下的便利店买了热饮，喝完以后，总算好了一点儿，再回楼上的走廊时，大家坐的坐，躺的躺，都睡着了。安全通道里，有一对年轻夫妇卷着铺盖睡在楼梯旁，舒听澜对这对夫妇隐约有点儿印象，孩子得了血液病，血小板只剩几个，急需输血，可是医院血库告急，那位妈妈伸着自己的胳膊在医生后面苦苦哀求，把她的血输给孩子，她的胳膊苍白，细得能看到乌青的血管。医生反复强调她不适合再抽血，医院血库正在积极调血来，年轻的妈妈哭得瘫在地上，年轻的爸爸则是双手抱着脑袋蜷缩在走廊的角落，一声不吭。

人间炼狱不过如此。

她多买了几瓶热饮，走到楼梯旁，递给那位年轻的妈妈。

年轻的妈妈看到热饮，双目终于有了聚焦，从她手中接过热饮，紧紧地焐在胸口，喃喃自语道："谢谢，谢谢。

"我家宝宝最喜欢喝这款饮料了，奶味很足。

"不知道她以后还有没有机会喝到。"

舒听澜心里酸涩得厉害，理解年轻夫妇的痛苦与绝望，因为此时的她也在经历着这些。妈妈躺在ICU里，每天只能靠输氧维持生命，血氧饱和度一降再降，无论她如何祈祷，如何求老天爷放过妈妈一次，亦是没用。

妈妈没有一点儿好转的迹象，医生已经连着三天给她下病危通知。她无数次地问自己，为什么会变成这样？为什么会变成这样？妈妈的人生、她的人生，为什么会变成这样？她们从来没有做过坏事啊，为什么要遭遇这样的劫难？

没有答案。

妈妈最后一次抢救时，她就趴在手术室外的门上，安静地祈祷着，只要妈妈能活过来，她愿意用自己二十年，甚至三十年的寿命来换妈妈的生命。如果妈妈去世了，她就没有活着的意义了。

祈祷是没有用的，全身穿着防护服的医生对她摆了摆手，朝她深深地鞠躬，表示抱歉。那一刻，天地间颜色尽失。

她不顾医生的反对，冲进手术室，抱着妈妈冰凉的身体，心如刀割，却一滴眼泪也流不出来。

妈妈的身体冰凉，本来就瘦弱的身体，在ICU躺了一个星期，更是瘦成了皮包骨。

她轻轻搂着妈妈："你醒醒，看我一眼吧。

"再跟我说一句话，求你了，妈妈。"

那一夜她推着轮椅送妈妈来医院，一句话都来不及说，心里剧痛难忍，像硬生生被人劈成了两半，那么地痛，那么地猝不及防。

医院太平间的人来了，要把她妈妈推到太平间，舒听澜不让他们碰。

“我知道你的悲伤，节哀顺变，也请理解一下我们的工作。

“你母亲是流感导致的肺炎而去世，传染性很强，这间手术室也要彻底消毒。”

她被一个人拉开，另外的人快速往她妈妈周边洒消毒药水，然后推往太平间。

看着呼啦啦往前快速离去的病床，舒听澜感觉天旋地转，而后昏倒，不省人事了。

舒听澜想，她可能也被传染上了流感，全身酸疼，像被火烤一般。

她脑袋清醒，却醒不过来，睁不开眼睛，满脑子都是妈妈最后离开时的样子。

“妈——”她大喊一声，惊醒了，人也从躺着忽然坐起来，坐得笔直。手上插着输液管，旁边的护士在登记着什么。

“36度5，退烧了。”护士看了一眼体温计说。

舒听澜只觉得自己全身都是湿透的，许是刚才退烧的过程中出的汗。

“我妈妈怎么样了？”她问护士。

“那边等你签字呢，我陪你过去。”护士看她一直是一个人，有些同情她。

舒听澜沉默不语，想躲起来，不想去面对这个残酷的现实，护士倒也没有强求她，依然在旁边记录着什么，不时抬头问她问题：“你末次月经是什么时候？”

舒听澜抬头看她，不明所以。

“你怀孕了，末次月经是几月几号，给你做登记。”

护士看她一脸煞白以及震惊到失语的状态，心想，又是一个有故事的女人。

末次月经？这两个月，生活、工作都发生太多波折，太多变故，以至她根本没有在意这件事。

“有两个月了——”她回答护士的问题。

只是怎么会？她与卓禹安一直很小心地避孕，她事业刚起步，并且也没有做好当妈妈的准备，于这点上，卓禹安很尊重她，再情动时，也会小心翼翼坚持戴上。只是有几次，因他们太投入，等结束时，才发现避孕套不知何时滑落了……

“胎儿大概三个月了，你可以去妇产科建档。”护士算完告诉她答案。

舒听澜不自觉地抚摸着肚子，一时不知是悲是喜。悲的是这个孩子来得太不是时候，一出生就注定没有爸爸；喜的是，好像一切都是冥冥之中的注定。妈妈刚离开，她就得知怀孕了。这或许是妈妈的意思？找个人来陪她。

如果真是如此，那妈妈，你到我肚子里来吧，你来当我的女儿，让我好好照顾你。

一定是这样的，是妈妈怕她孤单，以另外一种方式来陪她了。

她又哭又笑，似疯魔，护士看她这样，也不知怎么安慰。

“能帮我买一杯牛奶吗？”她开口求护士，总要把自己的身体养好了，才能等妈妈来当她的女儿。

护士没想到她的状态会有180度的大转弯，病人有求生欲，她自然是高兴的。

“好的，我马上给你买回来。”这本不在护士的职责范围内，但同为女性，同为女儿、妈妈，护士能理解她，不仅给她买了牛奶，还买了鸡蛋、蛋糕，还有一小袋水果。

“谢谢。”舒听澜感动不已，就靠在床头一点儿一点儿逼自己吃下去，逼自己坚强起来。

“这样就对了，把自己身体养好，才是给家人最大的安慰。”护士去处理完别的患者，又过来看她时鼓励着。

护士很暖心，看着跟她差不多大，一直陪在她身边等她处理妈妈的身后事。

舒听澜后来才知道，护士本已下班，是牺牲自己的休息时间特意留下来陪她的。

来自陌生人的善意最让人动容。

舒听澜抱着妈妈的遗体哭时，护士也在旁边默默掉眼泪。

“妈妈，你先休息几个月，然后乖乖到我肚子里来，我们说话算数哦。

“这辈子你辛苦了，下辈子换我照顾你，你一定要找到我啊，不要走丢了。”

她絮絮叨叨很久，直到护士轻轻拍了拍她的肩膀，示意时间到了，她才松手让工作人员推妈妈进去。

从今往后，她就是没有妈妈的孩子了，以后的路，好也罢，坏也罢，都是她一个人走。

妈妈最后的心愿是回栖宁，所以她打算带着妈妈的骨灰去栖宁安葬。

从森洲出来时，是两个人，如今再上路，却变成了她一个人。她把妈妈的骨灰固定在副驾驶座上，用胶带缠好，再系上安全带，就当妈妈还在。

从华桉市到栖宁市一千多公里，如果一路不停的话，一天一夜也就到了，但是她计划慢慢走，当作继续带妈妈出来旅游，所以每遇到一个风景好的地方，她便停下车，打开窗户，仿佛妈妈就坐在副驾驶座上，让妈妈呼吸清新的空气，让妈妈看美丽的风景。

遇到好吃的小吃，她买两份，一份自己吃，一份给妈妈吃，当然，给妈妈吃的那一份也是进了她的肚子。

她一路走走停停，大约半个月后，才到栖宁。

她再次回到栖宁，心境已完全不一样，“物是人非”这四个字完全无法形容她此刻的心情，如果硬要说，那更像是重生。她找了一个山清水秀的地方把妈妈安葬好，同时也换了手机号，注销了从前的微信等一切联系方式。

她倒不是刻意要避开谁，只是想开始全新的一种生活方式，与过去彻底割裂。

“舒听澜，加油啊。”她在心里给自己打气。

入冬之后，转眼就是春节了。

京城这边，卓闳顺利调任回京，这是他在外就职多年，调任回京的第一个春节，卓老爷子的部下以及卓闳的同僚纷纷上门祝贺。

卓家一到春节，必是最热闹的，今年更甚。卓家这四合院的门口都快被踏烂了，如今提倡清廉节俭的作风，上门拜访的风气也变了，不会送不合时宜的礼物，几位与程知敏来往颇多的太太自告奋勇给大家做宴席，有的带自家厨子过来做饭，有的带老家的特产来，还有一位老家是新疆的，直接带了一只羊来，说是老家乡亲自家精养的，刚杀完空运到京，所以特意带来孝敬卓老爷子。

程知敏表面笑着，内心就是看不惯这些人的作风。太假，一个个本是娇生惯养的太太，现在纷纷响应清廉节俭的作风，更是为了自家丈夫的形象，把自己打扮得跟个农妇一样，连包都开始买几百块钱的，太虚伪，太没意思了。

“程老师，最近瘦了不少。”其中一个官太太说。

“工作忙。”她简单地回复，自己曾经历经生死的事，一字不提。

“这次怎么没见禹安呢？他们公司新开发的产品真好用，就是我笨，有些功能还不会，还想着今天见到他，好好请教请教呢。”

提到卓禹安，程知敏的脸色不可避免微微起了变化，以他对卓家现如今的冷漠，这辈子大约都不会再出现在这个地方。

身边的保姆见几位没有眼力见儿的官太太还想问，急忙打岔道：“你们几位都打算做什么菜？我去准备。”她成功转移了她们的注意力。

程知敏沉默地坐在一旁喝着茶，想起最后一次见儿子，是他离婚后的第二天，在机场，卓禹安在候机，因为戴着墨镜，看不出任何表情。

她小心翼翼地问：“出国？”

他跟没听见一样，自顾起身去办理登机，全身上下只有疏离、冷漠，把她当成空气，之后，他们再也没见过。

此时，陆垚垚也在这群官太太中间坐着，但是她向来无所顾忌，一直低着头打游戏，听到她们提到卓禹安时，她才抬头看了一眼程老师，而后低头继续打游戏，表情里带着一抹嘲讽。自己儿子因为离婚，痛苦到吐血，她可知道半分？她只知道自己的目的达到了。

同样充满嘲讽与不屑的还有主会客厅里的陆阔，他听着会客厅里几位长辈的高谈阔论，有些烦躁，索性戴上耳机低头打游戏，连往年的表面功夫都不肯做了。

到了晚上，卓老爷子单独留下他问话：“禹安跟你联系过吗？”

“没有。”他回答，说的也是实话，卓禹安出国后，没再跟任何人联系，电话永远打不通，微信永远不回话，他只能通过卓禹安在国外的秘书崔姐得知，卓禹安还活着。

老爷子现在精力不如从前了，渐渐显出老态来，以前说话就慢条斯理，现在更加慢，他坐在那里看着陆阔：“你帮帮他。”

“爷爷，我帮不了他。你们不知道这段婚姻对他的意义，是你们亲手把他毁了。”陆阔说完便告辞起身走了。

那一年的冬天格外冷，连栖宁这座四季如春的城市也遭遇了前所未有的冷空气侵袭。舒听澜安葬完妈妈之后，有很长一段时间缓不过来，脑子一直处于浑浑噩噩的状态。

有时候她很想卓禹安，一想就是一整天。

有时候她又很想妈妈，想到妈妈猝然离世，这辈子再也见不到了，她便哭得喘不过气。她不明白，她与人为善，刻苦努力地活着，为什么会是这样的下场？

她回到栖宁也是无处可去，以前的老房子无法再住，所以那段时间，她一直住在栖宁的一家酒店里，消沉了很长一段时间，过着暗无天日的日子。

直到那天清晨，她忽然吐得昏天暗地，才真切地意识到自己怀孕了，在妈妈去世的那天，得知小生命悄然而至。

这是她暗无天日的生活里唯一一道光，给她的生命慢慢注入一点儿力量。

那个冬天不仅冷，还格外漫长。她孕反特别严重，每天不是头晕就是呕吐，以至负责打扫她房间的保洁阿姨都心疼：“要不要送您去医院或者帮您联系家人？”大约以为她是跟家人闹别扭离家出走的孕妇。

舒听澜摇头：“我没有家人了。”也不对，她的肚子里正孕育着一个新的家人。所以她一直逼自己吃东西，吃了吐，吐了继续吃，生怕这个家人的营养不够。

生命很奇特，她想，肚子里的宝宝一定是个生命力特别旺盛的小家伙，如此折磨她，却不知不觉把她从消沉、低迷的状态里带出来。

在栖宁过完那个春节，孕反减轻后，舒听澜便离开栖宁，前往H市开始新的生活。

但在人生地不熟的H市，开启新的生活并不容易。

她连着面试了好几家律所，对方一听她是孕妇，便都婉言拒绝了，直到遇到孙律师，他听她说自己是一位孕妇时，不仅没有任何歧视，反而和眉善目地与她聊了许多。

经过几次面试，舒听澜明白以自己的情况很难找到工作，所以请求孙律师让她在律所挂职，她不要底薪，这才得以有一份工作。

万事开头难，在H市，她单打独斗，很难接到并购单子。为了生存，她只能从诉讼案件开始，但她没有诉讼相关的经验，只能去法律援助中心接一些免费的案子积攒经验。

她每天接各种鸡飞狗跳的小案子历练，慢慢地，便积攒出经验了，甚至积攒了一小部分人脉，等生完孩子后，之前积攒的经验与人脉渐渐帮她走上了正轨，她只用了短短两年时间，已经成为这家小律所的合伙人。

那一年，苦是真苦，她还记得，临近预产期，还挺着大肚子出庭，因为怀的是双胞胎，肚子比别的孕妇大很多。当时在庭上辩护时，羊水忽然破了，把法官和对方律师吓得一句话都说不出来了，她淡定地自己叫了救护车，并且在等救护车的间隙坚持把自己的陈词说完，并把相关证据资料递给法官，这才安心地去医院生产。

也因为此事，她一战成名，本地的法官都认识她，在每次庭审时，对她总比对别的律师要和颜悦色一些，她的工作发展也越来越顺利。

这两年，她忙工作，忙着照顾两位小朋友，大大小小的琐事挤压了她所有的精力，所以她很少再想起卓禹安这个人，也很少会去想妈妈。

就像生命重塑过一样，眼前的生活是崭新的，只有自己和两位小朋友。

偶尔在街上、网上看到卓远科技的产品或者广告，她都有一种恍如隔世的感觉。

此时，舒听澜刚处理完一个子女拒绝赡养老人的法律援助案，正开车赶往幼儿园接两位小朋友。她已经晚了将近一个小时，她家的两位小朋友被老师牵着手，正在幼儿园的门口等她。

虽然她晚了，但是也有不少小朋友走得晚，他们的父母见两位小朋友长得可爱，不由得问："你们真的是龙凤胎呀？"

"对啊，我们是龙凤胎。"两位小朋友齐声说，表情骄傲得不得了。

两位小朋友都戴着黄色的帽子，背着小书包，胸前还挂着可爱的水壶，粉雕玉琢、奶声奶气的，让人忍不住想亲一口。

别的家长还在问："那怎么长得一点儿都不像呢？"

"因为我们一个长得像爸爸，一个长得像妈妈。"

"那你们爸爸妈妈一定是很漂亮的人。"

"是的，我妈妈是全天下最漂亮的人，只是有点儿凶。"

小朋友很健谈，一点儿也不怕生，旁边的老师一直笑个不停。

"那你们的爸爸呢？"

"我妈妈说，我们的爸爸去天堂了。"

原本还轻松的氛围，因为这句话，顿时安静下来，牵着他们的老师手一僵，改由一手搂着一个。别的父母也用心疼、同情的眼光看着他们。

可惜了，这么可爱的孩子，从小就没有父爱。

等舒听澜从车上下来接他们时，幼儿园门口就是这样悲伤的氛围，甚至他们看到她时还带着一点儿同情，也不知哪位妈妈先开口的：“舒妈妈，加油！”

“加油！”

她一脸莫名其妙地跟老师道谢，带小朋友们回车里，安排他们坐在后排的安全座椅上，系好安全带后，再绕到驾驶座开车。

两个小朋友实际上还不满三岁，不到入园的年龄。但是他们不管是身高还是语言发育都比同龄人快，加上家里的阿姨辞职了，她又没时间带，索性就把他们扔到幼儿园来了。这才一周，他们适应良好，据老师说，全班同学都很喜欢他们。

接上他们后，听澜想起律所还有一个客户的咨询没处理完，等红灯的工夫，便从手机中找出对方的联系方式，准备拨打过去沟通。

这时后座忽然传来男孩奶声奶气却很稳的声音：“妈妈，开车不要打电话，不安全。”

她手一顿，被小朋友教训后，悻悻然收回手机，微微转身看了眼他们问：“晚饭想吃什么？”

“我们在幼儿园吃饭了。”两位小朋友异口同声大声回答，生怕妈妈说要做饭给他们吃。

舒听澜早就看透他们，所以状似惋惜地说：“那好吧，妈妈只能一个人吃汉堡了，好可怜。”

哥哥名字叫舒小念，他扑闪着亮晶晶的眼睛，很无辜，很后悔，但只能默默承担撒谎的后果。

妹妹舒小荷开口，声音清脆：“妈妈，哥哥撒谎了，他在幼儿园没有吃晚饭。”

舒小念脸微红：“妹妹也说谎了，她也没吃。”

“是你先撒谎的。”

“我没有。”

“撒谎精……撒谎精……”

后座的两位小朋友莫名吵起来！

“安静，回家吃蛋炒饭。”舒听澜头疼不已，喊了一声，成功让车里安静下来。

安静不过一秒，舒小荷大哭：“妈妈骗人，妈妈才是大骗子，我要吃汉堡。”

舒听澜面不改色继续开车，任由车后的两个小鬼哭哭啼啼。

一个小时后，舒家餐桌上，两位小朋友面前各自放着一个儿童餐盘，盘子里是一坨说不清道不明的东西，俗称妈妈牌蛋炒饭。

舒听澜慢条斯理地吃着，心想：“卖相是差了点儿，但是熟了，咸淡适宜，你们还想怎样？”

“七点之前吃完，不吃的话也可以，但你们晚上可能要饿着肚子了。”她对孩子很严格，家里除了奶和水果，没有任何零食，兄妹两人都知道这一点，如果不吃，晚上就只能挨饿了。

哥哥舒小念微微皱了一下眉头，然后学着舒听澜慢条斯理地吃着，这么小的孩子，吃饭时，勺子拿得很稳，一粒米饭都没往外掉。

舒听澜从未教过他，但人家自成一派。舒听澜在心里不得不偷偷感慨，基因真强大，长得像那个男人就算了，连仪态都一样。

反观妹妹舒小荷，嘴巴嘟得老高，一脸视死如归地吃着饭，勺子碰得餐盘哐当响，以示抗议。

舒听澜摇头，妹妹长得像她，但是这性格就不知道像谁了。

等吃完饭，她又带兄妹俩去小区花园玩了一会儿，然后回家给他们洗澡，再哄睡后，她已经累得筋疲力尽。

她一个人又要上班，又要带两个孩子，每天都跟打仗一样心力交瘁，联系了好几家家政公司，也面试了几位阿姨，但是她能看上的阿姨，一听她家有不到三岁的双胞胎兄妹要照顾，工资即使比别人家高，也连连摆手说干不了，干不了。

之前的阿姨是她怀孕期间负责的一个离婚援助案子的当事人，家境一般，离婚之后一时没有去处，见她马上要生产了，身边又没有一个照顾的人，便自告奋勇留下来照顾她。

阿姨当是报恩，尽心尽力地照顾她。她亦是知恩图报的人，每个月定时给阿姨打工资，只是那时候她很穷，一分钱恨不得掰成两半用，能给阿姨的很少。后来自己条件好了，渐渐地，给阿姨的工资也多了，只是阿姨见两个孩子都长大了，加上她家儿媳妇怀孕，她便辞职回去照顾儿媳妇了。

现在她很难找到比那位阿姨更尽心尽力的阿姨了。

照顾小朋友远比工作累很多，她一大早起来给他们穿衣梳洗，即便只是简单穿个衣服，也能引发世界大战。

舒小荷嫌弃裙子的颜色不好看，自己又不知要穿什么颜色，站在柜子前哇哇大哭。舒听澜再好的耐心也耗尽，从柜子里呼啦啦拽出五六条裙子放在她面前，供她慢慢选。

然后她要忙着去照顾另外一位小朋友，舒小念倒是穿着很单一，白色上衣、牛仔裤、白球鞋，但是他对文具很严格，书包里边的东西必须整整齐齐的，画笔必须颜色齐全，并且要按照他的顺序按颜色依次放好。

舒听澜每次为他整理这些画笔简直要抓狂，她哪里记得这些颜色排序啊？心想："你不能这么考验你的妈妈啊！"

好在舒小念自己记得，她干脆不管了。

带了几天，摸索出经验了，她现在只负责发号施令，明确规定早上七点半准时在家门口集合出发，中间兵荒马乱的过程，她睁只眼闭只眼，不管了。几天工夫，倒是把小朋友们锻炼出来了，自己的事情能自己做，虽然经常鞋子穿反了，裤子也穿反了，还哭得一把鼻涕一把眼泪的，但是总得有这个过程，她心疼归心疼，该坚持还是要坚持。

每晚哄他们睡着之后，她强撑着爬起来去客厅继续处理工作。

她现在做诉讼这一块，不像以前做并购，一个项目就能顶大半年的业绩，诉讼业务只能一个案子接着一个案子，或者同时几个案子并行，才能支撑业绩。

她的客户分几个来源，一个是靠口碑，老客户介绍来的，还有一个是她在律师网开通了免费咨询的窗口，能从免费咨询中筛选出一些有价值的客户慢慢建立信任、接业务。靠着兢兢业业努力工作，她的业绩在律所一直名列前茅。

老板孙律师四十来岁，专业能力很强，但是没什么事业心，小富即安，早早过上了退休一般的生活。他平日的工作就是拉拉业务，分给底下的律师做，只有碰到大案，他才出手。

舒听澜正巧相反，家里有两个嗷嗷待哺的小祖宗，她不得不拼命接业务，大案、小案，只要有钱，她就接。

孙律师对她很好，一直尽心提携，私下说过很多次，只要她能撑起来，这家律所就让她全面管理，他乐得轻松。

此时孙律师端着热气腾腾的茶过来串门，坐在舒听澜的办公桌前闲聊。

他看她那么忙，难得有当老板的自觉，劝道："听澜，案子是做不完的，你现在有人脉，也有经验了，是时候好好规划一下自己未来的方向，专注在某一领域深耕。现在什么小案子都接，对你未来的发展没有好处。"

"嗯，我知道。"她已重点在做商业纠纷的案子，但是这些民事的小案子她也接，只要能赚钱，她都不放过，钱对她来说，就是安全感。

"小朋友们去幼儿园还适应吗？"

"很适应，去了才一周，老师、同学很喜欢他们。"听澜回答。

"中午一起吃饭，你师母这两天罢工，不给我带工作餐。外面的餐馆，难吃又不干净，她现在是一点儿都不心疼我了，唉！"孙律师一边感慨，一边端着茶杯出去了。

众所周知，孙律师爱好养生，偶尔吃一次外卖或者去外边的餐馆吃，如吃毒药。但不吃，饿着肚子，对胃不好，所以每次师母罢工不给他带饭时，他就会在点评网站上找那种评分最高、看着最干净的餐馆吃，听澜和她的助理小新也常常能沾点儿光。

中午，孙律师不嫌麻烦，开车带她们到十几公里外的一家餐厅吃饭，民以食为天，吃好最重要。

快到餐厅的时候，他打了一个电话："老婆，我在你们学校旁边发现了一家特别好吃的餐厅，我把地址发给你，你过来，听澜也在。"

舒听澜默默在心里笑，原来是夫妻俩吵架了，他想哄师母开心，又不好开口，就拿她当幌子。

师母是旁边中学的一名语文老师，也姓孙，平时有空会来帮忙收拾一下律所，所以跟她很熟悉，当初生孩子的医院，也是师母帮忙找的，后来又跟阿姨一起，忙前忙后照顾她到出院，所以她对孙律师一家很是感激。

等他们到了餐厅，师母已经到了，她拎着包笑意盈盈地看着听澜下车，很自然地过来挽着她的手，看都不看孙律师。

孙律师也不在意，赔着笑脸推开门请她们先进。

等落座之后，师母依然不看孙律师，自顾拿着菜单，亲切地问小新："你想吃什么？"

"我都可以。"小新脸皮薄，受宠若惊，老老实实地回答。

"听澜呢？"

"我也都可以。"她不是客气，而是对吃确实没什么特别的喜好，能填饱肚子就行。

"你啊，太瘦了，就是因为吃得少。"

师母喜欢照顾人，点了一桌子菜，招呼听澜与小新多吃。

孙律师不时默默夹一筷子菜放到师母的碗里，师母瞪他一眼，他就笑一下，一来一去，他们早上的架白吵了，甚至都忘了早上为什么吵架，总之都是一些鸡毛蒜皮的事，老夫老妻这么多年，没有隔夜的仇。

等吃完饭，师母从随身的包里拿出一个包装盒递给听澜："送给小朋友们的。"

小新看到包装盒，惊呼："哇，卓远科技最新上市的小音箱。"

"小新识货。我们学校新进了一批音箱，给学生练英语听力的，我看着挺好用，就给小朋友们也买了一个。"

"谢谢师母，您留着给阅阅用吧，我家小朋友还太小，给他们浪费了。"听澜想也没想就拒绝。

这么久以来，"卓远科技"这四个字对她来说已遥远得如同上辈子的事了。

"听澜，你太不了解现在的小朋友了，幼儿园的小朋友们早就接触这些电子产品了。卓远科技这款产品很好的，可以从幼儿园一直用到高中毕业，里边包含了所有的课程。现在可以给小念、小荷做早教开发。孩子的教育不能忽视，不能让他们输在起跑线上。"师母是语文老师，比谁都重视孩子的教育。

盒子上卓远科技的标志让她看得心慌、难受，偏偏旁边的小新并不知情，打开了某个网站的视频："舒律师，这个使用起来很方便的，这是他们当初发布会的视频，有详细的使用说明。"

小新把手机递到她面前，视频一开，她急忙抢过手机反扣在桌面上，生怕看到一些不想看到的画面。

她的行为太反常了，以至孙律师夫妇都探究地看着她。小新更是一脸局促，觉得自己好像做错事了。

反扣在桌面上的手机传来了发布会的声音，声音熟悉，但并不是那个人，像王岩的声音，所以她的心底稍稍松了口气。

她有些无奈，这几年她已完全屏蔽了他们的消息，甚至家里没有任何智能家电，但卓远科技的智能家居产品市场占有率太高了，不管是逛商场还是网购，都会不时跳出他们的产品，甚至办公室里还有小新这个狂热的智能产品爱好者，她不可避免会陆续听到一些消息。

她知道，是她的问题，是她不敢去碰旧伤疤，怕痛。

在座的人都因她的举动而关注着她，她平时太冷静，鲜少有刚才那样的时候。

“对不起，师母，最近小朋友们天天吵着要买平板电脑玩游戏，我看到电子产品有些反应过激了。这个产品，他们一定很喜欢，我替他们谢谢你。”

“卓远科技的这款产品不伤眼睛的，你放心给他们用吧，益智的。”

“好，谢谢师母。”

孙律师请她们吃饭就是为了哄老婆，一顿饭下来，老婆不生气了，他自然要当二十四孝老公，亲自送老婆回学校，极没有“风度”地让听澜带着小新打车回律所。

在车上时，小新这个没有眼力见儿更没心眼的倒霉孩子为了拉近与舒律师的距离，自顾说道：“其实我毕业的时候，还特意飞到森洲面试了他们的法务部门，只不过因为我们学校只是普通二本，第一轮就被刷下来了。加上我妈不同意我去那么远的地方工作，最后就不了了之了。

“不过，卓远科技真的很牛，虽然这几年，他们的大老板卓禹安没有在公众场合露过脸，但是他们这几年所有厉害的新品据说都是他个人研发出来的。”

小新还想滔滔不绝地跟舒律师介绍卓远科技的产品，她不允许身边还有没用过卓远科技产品的老古董，正当她想继续开口说卓远科技的八卦时，舒听澜眼神冷冷地看向她：“交给你的案子都处理完了？从今天开始，把新颁布的《民法典》抄一遍，并且一字不落地背下来。”

“不……舒律师……我……”小新不知为何突然祸从天降，语无伦次想拒绝，又碍于舒律师的立场，不敢拒绝。

“法考都一次过的人，背个《民法典》没问题吧？从现在开始背，什么时候背完什么时候下班。”

小新偷偷在心里吐槽，只能乖乖回律所背书。

舒听澜回律所忙完工作之后，就去幼儿园接小朋友，今天稍稍早了一点儿，等了十几分钟，她家的两个小朋友很快就被老师一手牵着一个带出来，在一堆小不点儿里，他们长相格外出众，当然，也有可能是她有当妈妈的滤镜，就是觉得自己家孩子是全园最可爱的，长得白白净净，很有精气神。

小朋友们看到她，眼睛都亮了，朝她甜甜一笑，然后松开老师的手飞奔到她怀里，她一手牵一个，跟老师说再见。

上了车，两个小朋友争先恐后地跟她讲在幼儿园的所见所闻，吵得不得了。

舒小荷语出惊人："妈妈，什么叫离婚呀？"

她握着方向盘的手一紧，皱眉道："为什么这么问？"

舒小荷："因为我的好朋友花花说，她妈妈要跟她爸爸离婚了，她妈妈问她是跟爸爸还是跟妈妈。"

舒听澜眉皱得更紧了，幼儿园小朋友就开始接触这种问题了吗？

"妈妈，你说，什么是离婚？"舒小荷继续问。

舒听澜想了想，如实回答："就是爸爸妈妈不再相爱，不想生活在一起了，所以签一份合同，以后可以分开住，各自寻找更好的生活。"

孩子们经常问她一些大人的问题，她鲜少像别的妈妈那样，用童话故事的方式回答问题，一向都是以大人的口吻来跟两位小朋友交流。这或许也是两位小朋友在语言表达上比同龄孩子更加成熟的原因。

舒小荷似懂非懂，用小手拍着自己的胸脯说："还好我们的爸爸去天堂了，我和舒小念不用选择是跟爸爸还是跟妈妈。"她很为自己的好朋友花花烦恼这个问题。

哥哥舒小念看了一眼妈妈说："我要永远跟妈妈在一起。"对他来说，这根本不是问题，当然要永远跟妈妈在一起呀。

舒小荷最讨厌舒小念每次都说这些讨妈妈欢心的话，她在幼儿园新学了一个词："马屁精。"说完还朝舒小念扮了个鬼脸，吐了个舌头。

舒小念正襟危坐着，并没有因为妹妹的话而生气。

"舒小荷，不要说脏话，妈妈不喜欢。"舒听澜语气稍稍严厉地提醒。

"哦。"舒小荷委屈地低着头。

舒小荷脾气来得快，去得也快，快到家时，她马上恢复生龙活虎的样子，先报备道："妈妈，我和哥哥今天在幼儿园都吃饱了。"言外之意就是，妈妈，你回家之后千万别再给我们做饭了。

"哥哥呢，哥哥吃饱了吗？"

舒小念点点头："吃饱了，妈妈在家也要好好吃饭。"不仅很认真地回答妈妈的问题，还不忘嘱咐妈妈。

舒听澜心里暖暖的，她的小暖男啊，真是每时每刻都在想着妈妈。

既然两位小朋友都吃饭了，她回家也不想做饭，从冰箱拿出一盒牛奶、一片面包就当晚餐。

等吃完，舒听澜才从包里把师母孙老师送的那个小音箱放到他们面前。由于她自己的原因，家里几乎没有任何智能产品，连电视和平板电脑都没有，小朋友回家，就是玩玩具或者看书。所以当舒听澜把小音箱放到他们面前时，两个小朋友新奇得不得了。

舒小念先发现了小音箱的功能，可以对话聊天，可以拍照，可以视频，并且还通过人脸识别、语音识别，自动分析了他们的年龄以及性别。

他从未碰过智能产品，但竟然无师自通地快速掌握了产品的所有功能，比舒听澜看说明书还快，简直可以用天才来形容。

而舒小荷则沉迷在拍照以及让音箱播放音乐的快乐之中，同样也是很快掌握了如何操控这个小音箱。

舒听澜说明书还没有看全，两个小朋友已经跟小音箱玩得不亦乐乎了。她默默退到一边开始打扫卫生，心想，基因真可怕。

她打扫完卫生，给两个小朋友洗澡，再哄睡之后，已是晚上十点，又累又困。这几年好像已经习惯了这个节奏，晚上孩子们睡了，她自己稍稍睡一小会儿，然后爬起来处理工作，每天几乎都是后半夜才睡。

等她再爬起来准备工作时，手机铃声响了，是助理小新打来的。“舒律师，《民法典》我背下来了，我现在背给你听？”小新在电脑那头兴奋地说。

舒听澜这才想起中午把小新赶回律所背《民法典》的事，她忘了这事了，想不到这个丫头一根筋，竟然真的一直在律所背。

但既然对方那么认真，她也不好意思说自己忘了，便随便抽了几个问题：“第一百七十四条的内容？”

“是关于委托代理终止的例外——”

“第一百九十九条的内容？”

“是关于除斥期间——”

她随意抽查的问题，没想到小新竟然能够对答如流，记忆力惊人：“好了，可以了，早点儿回家。”

“舒律师，你不多问几个问题吗？”小新是典型的不知道见好就收，很是扬扬得意。实际上，不是她记忆力惊人，而是她之前加入了一个律界萌新群，群里每天都在打卡背《民法典》，所以在今天之前，她已经背得差不多了，现在忍不住想在舒律师面前炫技。

结果，她很深刻地体会到什么叫“祸从口出”。

只听电话那边舒律师清冷的声音说道：“明早提前一个小时来律所。”

小新在心里哀号不已，打算发个朋友圈抱怨一下舒律师，她太苛刻了，太一本正经了，太不懂开玩笑了，年纪轻轻怎么活得那么老气横秋呢？

结果她一打开微信页面，就见舒律师给她发了一个100元的红包，红包封面是

“打车费”。她刚才全部的怨言立即化成感动。她亲爱的舒律师虽然表面冷冷的，但内心很暖，知道她在律所里背《民法典》到这么晚，怕她不舍得打车回家，特意发了打车费。

她在朋友圈里马上发了这个红包的截图，配文感慨：我好爱我老板啊！

评论区瞬间收到同学们羡慕的点赞以及夸奖！

舒听澜无意中也看到这条朋友圈，看到了小新的全部回复：是的，我宣布，我老板是全世界最好的老板。

她随手把微信页面关了，心想，她算好领导好老板吗？她心中的好领导大约是肖主任那样的，对下属严厉却又足够包容；也或者是像孙律师这样的，放手让你自己做。

而她呢？好像只顾着自己往前冲，要求下属绝对配合她的节奏，在小新之前，她已换了好几个助理，都是接受不了她高压的工作节奏而离职，唯独小新坚持下来了。

“舒律师，我已经安全到家。对了，明天有两位育儿阿姨面试，您别忘了哈。”小新到家之后，又给她发了一条信息。

“好的。”她回道。

舒听澜又开始找阿姨带孩子了，她的工作太忙，有时候庭审没结束，她只能晚点儿去接孩子，连着晚了好几次，老师也不免有了情绪。

所以这次，她对阿姨的要求放宽了很多，不用住家，只要周一到周五，白天帮忙打扫家里的卫生，下午帮忙接两位小朋友，顺便做个晚餐即可。周末可以双休，当然，如果她出差了，也需要帮忙带孩子，但是可以给加班工资。

她想，这个条件已经很放宽了，也相对轻松一些，唯一的要求就是干净卫生、有耐心。

连着面试了几位阿姨，她都不满意。今天是家政公司最后推荐的两位阿姨，如果再不满意，就暂时没有可推荐的了，她大概要被家政公司拉到黑名单了。

来律所的路上，她想，这次推荐的阿姨，差不多的话，就先用着吧，否则她每天两头跑，既耽误工作，又没把孩子们照顾好，心中充满了愧疚感。

结果到了律所，小新对她努努嘴，低声说：“这个家政公司太不靠谱了，就是为了凑数量，随便给你找的阿姨吧。”

“怎么了？”她问。

“我刚给她们倒水喝，其中一位阿姨指甲很脏。还有一位，以为我没看见，偷偷朝垃圾桶里吐了口痰。”

小新最懂舒律师对阿姨的要求，也陪着舒律师见了不少阿姨，这两位别说舒律师，她都不能接受。

舒听澜无语，本来想着差不多的话，她就先用着。但是面试的阿姨一位不如一位，她很是挫败，怎么好的阿姨就这么难找呢？

她懒得再见了，直接让小新替她去面试，把人打发走。

小新回来看到她，自告奋勇：“舒律师，要不我兼职帮你带宝宝们吧？我好喜欢他们，反正我工作也没有你这么忙。”

小新成天把不婚不育保平安挂在嘴边，但是，如果是生个像舒律师家两个宝贝那么可爱的，她也不是不可以。

舒听澜看她一眼：“你自己还是个孩子。”

“舒律师，其实你也没比我大多少吧？”小新看过她身份证，她只比自己大六岁而已。

舒听澜一愣，小新看着天真烂漫，她自认是小新的长辈，她们完全是两个年代的人，原来只大了几岁吗？

她自嘲地笑笑，不经世事，便可以像小新那样保持至真至纯。而她早已是满目疮痍，内心透着腐朽味。

“舒律师，下午那个体验馆的装修案开庭是吗？几点结束？”小新问。

“不确定。”她头疼地回答，今天小朋友们大概率又要滞留幼儿园了。

“如果晚了，我去接小朋友们。”小新想也没想便揽下责任。

“谢谢。”她只能如此。如果再找不到合适的阿姨，她只能给小朋友们办晚托班了。

第二十一章

重遇故人

下午的开庭还算顺利。

结束时，正好到了幼儿园放学的时间，舒听澜整理完资料匆忙出门，身后忽然传来叫她的声音：“舒听澜！”

听澜回头看，是刚才对方的律师，她一直觉得眼熟，以为是之前打过交道。

“舒听澜，我是唐惟钧，不记得我了？”

听澜想了一会儿，恍然大悟，他是她的大学同学。

她当年上大学，跟同学来往不多，每天上完课就直接去打工了，大学四年，很多同学只是打个照面，并不相熟。工作之后，同学间更是几乎无来往，所以只有一个模糊的印象。

唐惟钧比较善谈：“听澜，我记得你之前是做非讼的。”

虽然毕业后并无交集，但他们都是业内人士，或多或少会听到一些彼此的消息。他知道她从企业转到了宏正律所，宏正律所是有名的红圈所，他多少知道一些她的消息。

“嗯，现在转到诉讼业务了。”舒听澜淡淡地回答。

大学毕业这么多年，大家早就各奔东西，各自在自己的人生轨迹上行走着，有人行差踏错，有人平步青云，物是人非。

唐惟钧素来善谈，当年还是校辩论队的主要成员，毕业后一头扎进商业诉讼领域，混得风生水起，人也难免意气风发，当即就热聊起来了。

舒听澜不像前几年，喜欢把自己缩起来。现在她即使内心不喜欢交际，但工作需要，表面功夫还是做得很到位，她与他一边聊着，一边走出法院。

老同学见面，最能拉近彼此距离、消除陌生的话题便是聊以前的同学。唐惟钧与大部分同学都保持着联系，所以讲了不少同学的近况，

舒听澜不时点头附和着，直到唐惟钧提到了林之偶的名字。

“我记得你以前在大学最好的朋友就是林之偶吧？你们形影不离，像姐妹。”唐惟钧对她们印象深刻，是因为她和林之偶都长得漂亮，两人每次走在一起，就是校园一道亮丽的风景线，“她下个月就要结婚了。”

舒听澜原以为自己早练成了铜墙铁壁、无坚不摧，但是猝不及防听到林之偶的名字，她的心还是狠狠地一颤。

她们最后一次联系是林之偶在可可西里散心，她给林之偶打钱，结果林之偶生气地质问："是要跟我撇清关系吗？"

再后来联系，是妈妈出事，她想通过林之偶联系傅慎逸帮忙找医院，但是林之偶的手机一直关机。

然后妈妈去世，她怀孕生子，人生发生剧变，每日为了生计奔波，便再也没有与过往的人联系。把妈妈的骨灰带回栖宁安葬之后，她便独自来到这个陌生的中部城市生活，远离故土，远离故人。

她原以为都忘了，却在唐惟钧提到林之偶时，内心揪痛，她最好的朋友曾是她最大的避风港。

"她还好吗？"舒听澜问。她要结婚了，是和傅慎逸吗？

"好像蛮好的，嫁的是卓远科技那位CEO傅慎逸。"唐惟钧感慨地说完这一句便不再说话了。

舒听澜点头附和着。

在这个资讯如此发达的社会，她不可能活在真空里，不可能真的屏蔽掉所有的信息而独立活着，尤其是她做律师，要接收各方面的新闻，虽然她尽量避免，但偶尔也会刷到傅慎逸的新闻。

因为卓远科技一切对外的活动都由他代表出席，反而常年不见卓禹安的踪影。

公司年年稳步赢利，股东、投资方的人赚得盆满钵满，也不会去深究大老板究竟去哪儿了。

当然，卓禹安并非真的人间蒸发，卓远科技的几位高管，尤其是傅慎逸以及王岩，都是需要定时跟他汇报工作的。

他人在卓远科技总部的科研基地，科研基地是总部办公楼旁边的一栋独栋的建筑，总共只有三层，第一层是卓远科技的产品展厅，第二层是卓远科技的产品研发室，所有的科研人员都在这一层办公，而第三层是卓禹安的独立研发室。这三年，他像个科学怪人一般，沉默、孤僻、不言不语，一头扎进研发室里，没日没夜地搞研发，与外界几乎断了联系，若非逼不得已，绝不露面。

他与外界唯一的连接便是他在总部的秘书崔姐，崔姐是他创业之初就一直跟在他身边的秘书，为人低调，办事稳妥，性格极温和。

这几年，不论是傅慎逸还是王岩找他汇报工作，实际上并不是直接对接他，而是转告给崔姐，由崔姐负责双方的转达。

崔姐不知卓禹安为何会变成这样，当年回国时，他是意气风发、神采奕奕的，而再回总部时，便已经是这样了，自闭、寡言，宁愿每天与冰冷的代码打交道，也不愿多说一句话。

这几年，因他加入研发团队，卓远科技的产品更新换代得特别快，几乎每半年就会出一款新品，并且卖到火爆，竞争对手对卓远科技只能说是望尘莫及。

可惜，无论卓远科技发展得多好，卓禹安似乎完全不在意，他只是个没有感情的科研机器而已。

这几天，卓家父母给崔姐连着打了好几个电话，让她务必帮忙转告卓禹安：爷爷病重，速速回国。

崔姐曾试图让卓禹安接电话，亲自与父母沟通，但每回他拿过手机，听也不听，便把电话挂断，然后继续在研发室里工作。

崔姐其实也是中国人，只是婚后随丈夫移民美国，她最清楚中国人血浓于水的感情，打断腿还连着筋呢，也最清楚卓禹安从小与爷爷的关系最好。

若是在平常，任何人的电话打进来，她都会直接帮他挡了，不愿让他烦心。她知道他是心里有伤，需要慢慢养。很多个深夜，她看他一个人在三楼的阳台上静静坐着，一坐就是一整夜，原来挺括的身材现在只剩下消瘦了。

所以崔姐不愿意让外界的事情烦他，能替他处理的基本都替他处理了，可卓老爷子病重，她不敢替他做主。

见他又挂了电话，她不由得劝道："你出国好几年了，也该回去看看了。

"我听你母亲的意思，老爷子可能挨不过今年。"

老爷子是癌症，一查出来就是晚期了，把卓家上下震得七零八碎。大家想不通怎么会这样，老爷子才七十多岁，还不算太老，每年也有固定的身体检查，平日看着很硬朗，就是前段时间说腰疼，一查，是胰腺癌晚期。

老爷子是卓家的定海神针，即便卓闳这几年在京中发展顺利，但他深知，那是老爷子替他铺好了路，今后，如果老爷子不在了，人走茶凉，不知是否还有人继续支持他。

卓母在电话里还是说轻了，老爷子现在就吊着一口气等卓禹安回国，想见卓禹安最后一面。爷孙这几年别说见面，就是连一个电话都没有，查出自己生病后，在养病的这段时间，他想得最多的就是卓禹安小时候，像个跟屁虫一样跟在他的身边陪他办公。有时候自己忙，就让警卫员带着他出去玩，但他鬼精鬼精的，把警卫员骗得团团转，拿他没辙，他就在旁边得意地笑。

他小时候是多活泼的孩子啊，病床上的卓老爷子如是想着。即将离去时，人的愿望就变得特别淳朴，他就想见最疼爱的孙子一面，不枉他来人世走一遭。

卓母打了几次电话，皆无果，儿子自从离婚后，与卓家便彻底断了往来，说是仇人都不为过。

崔姐也无法，卓禹安日复一日地在研发室里工作，别说是卓母的电话了，别人的电话，只要不是公事，他一律不接。你把电话放到他的办公桌上让他接，他也不生气，但每回都是一句话不说便直接挂断，然后继续埋首工作。

崔姐觉得他现在就像一台工作机器，没有灵魂，说不好听点儿就是行尸走肉，即便在得知卓老爷子病重时，他也连一个多余的表情都没有。

卓母打来电话求过她几次，让她务必劝他回国一趟，见老爷子最后一面。但崔姐劝不动，对一个没有灵魂的人，谁劝得动？

崔姐从王岩那儿或多或少听到一些只言片语，知道他回国的那几年结婚了又离婚了，但王岩不愿意多提，中间还夹着一个温简，崔姐也不好打听太多。

“最近工作不是很忙，要不你回国一趟？”她只能小心翼翼地劝着。

他当没听见，根本不理会她。

“好像是说老爷子快不行了，就盼着见你最后一面。”崔姐继续小心翼翼地说着。

说到这儿，卓禹安终于抬头看她一眼，眼神幽冷，语气更冷：“你替我回去一趟？”

这叫什么话，她替他回去，不是更伤家人的心吗？自此，她不敢再多说话了。

事情就这么僵持着，卓家一天一个电话来催，直到科研基地来了一位不速之客——陆阔。

崔姐认得他，他是卓禹安的发小，之前也打过几次电话，也是唯一一个敢在电话里对卓禹安破口大骂的人。

见到陆阔，崔姐着实松了一口气，亲自把他带到三层卓禹安的办公室外。

陆阔此时风尘仆仆，坐了十几个小时的飞机，不仅疲惫，还很烦躁，但是当见到卓禹安时，所有脾气都默默收敛起来，他不敢惹这位大爷。

算起来，两人也有三年没见了，陆阔倒是没有什么变化，依然俊朗，行事随心所欲。卓禹安呢，除了瘦了一些，初看倒也没有太大的变化，但细看就知其中端倪，他没心。

卓禹安在自己几乎封闭的工作室里见到陆阔，表情没什么变化，只吩咐道：“电脑在测试运行，别乱动。”口气平静得就像两人昨天刚见过一样。

陆阔原本准备拉把椅子坐在他的旁边，被他这么一说，拉椅子的手硬生生停下。

“什么时候完？”陆阔问。他万里迢迢赶过来，可不是为了看这些破电脑的。

卓禹安沉默着没回答，在另外一台电脑上噼里啪啦地敲代码。

陆阔随意看了眼他的这间工作室，难怪感觉怪异，窗帘没拉开，灯也没开，只有几台电脑屏幕的光照着，借着这昏暗的光，能看到工作室里密密麻麻摆着各种智能产品，还有各种电路、线路、集成器缠绕着。天天跟这些冰冷的东西打交道，人能正常才怪。

“什么时候完？”他又加强语气问。

“有事？”卓禹安终于敲完最后一行代码，抬头问他。

“跟我回国。”陆阔说话很直接，时间紧迫，他订的是三个小时后的航班赶回国。老爷子快不行了，他特意跑来，必须把卓禹安带回国。

陆阔不是因为受卓家所托，也不是为了满足老爷子最后的心愿，这些人横竖都与他没有什么关系，他跑这一趟纯粹是为了卓禹安，为了不让卓禹安再留有遗憾。

相较父母，卓禹安跟老爷子关系更好，离婚已是他人生中最大的痛苦了，如果再没有见老爷子最后一面，等以后缓过神来，人生又多了一个难以弥补的遗憾，陆阔不忍心眼睁睁看着他如此。

不管卓禹安愿不愿意，今天就是把他打晕、捆绑，也要把他带上飞机，弄回国内。别说，他把安眠药都准备好了，势在必得。

卓禹安一直看着陆阔，看了许久，然后继续同时处理那几台电脑，当他不存在一样。

陆阔要活活被气死：“你够了啊，都过去三年多了，你要当活死人到什么时候？”研发再多产品又如何？在他眼中就是一堆破铜烂铁而已。

飞机还有两个小时就要起飞，他想着要用一些非正常手段把卓禹安弄回国内，所以摔门而出，去找崔姐帮忙。没人帮忙，他还真弄不动这个家伙。

崔姐听到他的计划后，震惊于他的脑洞大开，连连摆手拒绝：“你这是违法的，而且也上不了飞机。”

“没点儿特殊手段治不了他。崔姐，你要真心为他好，就必须配合我。他躲在这儿算怎么回事？心病还得心药医。”

崔姐心疼他：“他在这儿工作，又没有伤害任何人。每个人都有选择自己生活方式的自由，你不能把自己的意志强加给他。”她坚决维护每个人的权利。

“他是不伤害别人，但他伤害了他自己！”陆阔这一趟来势在必得。

两人还在激烈地争执，却见卓禹安从工作室出来了，因为常年不怎么见阳光，皮肤有些苍白，加上瘦了一些，整张脸的轮廓更立体了。

他什么都没带，也没有多余的话，就是朝陆阔淡淡地说道：“走吧。”然后在陆阔愣怔之中，自顾往前边走了。

陆阔回过神来，急忙跟了过去，两人一路到机场，正好登机回国。

陆阔连轴转了一天一夜，这会儿完成任务，一上飞机就放松地呼呼大睡，完全不管旁边的卓禹安。

卓禹安除了随身证件和手机，什么都没带，十几个小时的飞行时间，没有喝过一口水，没有闭过一次眼睛。

陆阔睡着时他是什么姿势坐着，醒来时，他还是一样的姿势。

陆阔睡眼惺忪地到了机场，卓家安排的车辆早已等候在机场外面，接上他们便直奔医院。

一路上，程知敏打了几个电话来催促，语气已是十分焦急，原因无他，老爷子吊着最后一口气等着卓禹安，昨晚听说他回来了，今天会到，老爷子许是有些激动，反而在最后关头撑不住了。

到底是错过了，等卓禹安来到医院时，人刚走。

卓禹安连最后一眼也没有见着，他的脚步就顿在特需病房的走廊尽头。整层楼很安静，甚至是肃静，卓闳与程知敏在病房内没有声音，来探望的亲属安静地站在门外，低着头致哀，默默向老爷子道别。

卓禹安没有再往前走一步，甚至还往后退了一步。

陆阔后悔了，如果知道会晚一步，他就不该劝卓禹安回来，让卓禹安面对现在这样的场景。

程知敏从病房里出来看到走廊尽头的他，踉跄着走过来，声音哽咽："禹安，进来见你爷爷最后一面。"

卓禹安恍若未闻……

旁边几位女亲属原本一直肃穆着，未哭，听到程知敏这句话，忍不住瞬间哭出声，但都还算克制，没有号啕大哭。

安静的走廊里，断断续续传来她们的啜泣声。

卓禹安这才大步朝病房走去。

老爷子最后走得很安详，身上的各种仪器已经撤了，像睡着了一样安静地躺在那里。他朝老爷子深深鞠了一躬，不发一言，也未掉一滴泪，真正的无话可说。

程知敏本来想跟他聊聊老爷子临走前的事，但见他面容冷峻且疏离，从头至尾没看她一眼，她便把所有想说的话吞回了肚子里。

接下来几天，卓闳与程知敏也顾不上他，要开始安排老爷子的葬礼。

老爷子生前其实很低调，但是到了卓闳与程知敏这里，葬礼就要大操大办，必须风风光光送老爷子最后一程。

老爷子本来就位居高位，加上风光的葬礼，他去世的消息早已传遍全国各地。各大媒体虽然碍于某些原因，不敢大肆报道现场视频与照片，但是有两家媒体是卓闳的秘书经过严格筛选后，允许他们适当报道的。

舒听澜就是通过这两家媒体得知消息的。

彼时，她跟孙律师及小新在外吃饭，孙律师正在一边挑剔餐馆的种种不卫生，一边翻着菜谱点菜。

随后小新指着餐馆的电视轻轻地惊呼一声。

舒听澜与孙律师循着她的目光同时看向了电视。上面是一段新闻播报，很简短，但视频定格的那一分钟里，画面里有卓闳、程知敏、陆阔以及陆垚垚，都是舒听澜熟悉的面孔，他们全都一身黑，胸前别着一朵小白花。程知敏似乎伤心过度，一副摇摇欲坠的样子，由保姆和陆垚垚各扶着一边才能勉强站着。

舒听澜猝不及防看到这个消息，看到这些熟悉的面孔，许久不曾想起的往事忽然涌了上来，心里密密织织地隐隐作痛。

她知道，他是他爷爷带大的，他们感情深厚。爷爷去世，他该会很伤心吧？

而孙律师与小新看得津津有味，一边看一边感慨："英雄落幕，生命对每个人来说最公平了，连卓老爷子也扛不住这一关。"

"不过，他一生应当也圆满了，临走前，已为儿子铺好康庄大道，他的位置极有可能由卓闳替上。"孙律师平时除了爱养生，还特别爱看这些新闻，有事没事就琢磨下一任会是谁。

小新单纯地问："现在还搞世袭制吗？"

孙律师看年轻人一眼，懒懒地回复："你们年轻人不懂这其中的事。"

小新不服："那舒律师懂吗？"

舒听澜忽然被问，想了想，摇头："不懂！"

讲政治，小新不懂。但是讲八卦，她最擅长了："我听说卓远科技的卓禹安是卓老爷子唯一的孙子。所以都传言，卓远科技能发展得这么好，是因为背景强大，无人敢动它。"

小新和很多同学都热爱各种电子产品，尤其小新，还去卓远科技面试过，所以对卓远科技格外关注。只是可惜了，这几年，这位大老板都没有露过脸，网上的视频，也是早几年前的一次产品发布会的视频。

那次发布会可以说是卓远科技历年的发布会最精彩的一次。

好吧，她承认，她迷恋帅哥，就是因为卓总长得太帅了，她有滤镜，所以觉得后来的发布会都无法超越那一次。

"刚才的新闻里，好像没看到卓总的影子，所以传闻都是假的吧？"她有点儿惋惜。

孙律师不想跟年轻孩子说太多，一脸"你太年轻，什么都不懂"的高深莫测的表情。

等上菜的间隙，孙律师道："说到森洲，我忽然想起一个案子，听澜，你有时间就看看。"

"什么案子？"

舒听澜一般不会拒绝孙律师的请求。孙律师虽然嘴上说要养生，要佛系，但实际上，一直手把手地带她。这几年，他更是把好的案子都给她做。

"一桩十几年前的凶杀案。"

"刑事案件？"舒听澜对涉及命案的刑事案件是很排斥的，一般不接手。

"这个案子已经转了好几个律师，一直停滞不前，这次不是让我们接手，而是律协开了一个针对本案的研讨会，邀请了我们几位律师去参加讨论，到时候谁想接就接。听澜，这次恐怕要你代表我们律所去参加了，你也是时候去跟圈内的律师们接触接触了。”孙律师是把舒听澜当接班人培养，这些资源都愿意给她。

舒听澜一听是律协针对案件的研讨会，很感兴趣，因为不仅能认识这些行业大拿，还能听到他们对案件各角度的分析，一定会受益匪浅。

只是，研讨会在森洲，是她的伤心地，加上家里还有两位小朋友，所以她心里有点儿犹豫。

“我跟律协的韩主任说了，派你去。

“你可以带着小新和孩子们去，开会时间大概两个小时，其余时间你们自行安排，就当带孩子们去旅游，你这几年太紧绷了。”孙律师不给她犹豫的机会，直接拍板决定，安排得明明白白的。

“哇，孙律师英明。”小新一听可以带上她，顿时举手欢呼。

这个案子，听澜有所耳闻，很有代表性，律协的研讨会又机会难得，加上可以带着孩子们一同出差，听澜便决定去一趟。

三人吃完饭回律所，孙律师的车载广播常年都在新闻频道上，今天的新闻频道一直在播放卓老爷子去世的消息，广播主持人在与评论嘉宾互动，大致是讲卓老爷子辉煌一生的种种事迹，从早年如何一步一步走到今天的位置。

车内空间逼仄，广播的背景音乐又是极悲伤的曲子，孙律师与小新都很安静地听着。

舒听澜脑子里闪过“人生无常”这几个字。

她到了律所，准备了一下去森洲参加研讨会所需要的资料，然后下班接小朋友们回家，顺便和幼儿园老师请了两天假。

晚上睡觉时，她想起白天的新闻，往事浮上心头。大约因为自己经历过生离死别，所以她想，卓禹安此刻一定很难过吧?

其实，她想给他发一条信息，哪怕只是简单的“节哀”两个字，但信息已无处可发了，她便只好作罢。

她准备入睡时，手机铃声响起，是那位大学同学唐惟钧发来的一个链接，他从朋友圈里保存下来转发给她的，是林之侽婚礼的邀请函，婚礼就在明天。

这个世界，有人悲，有人喜。

她一天之内感受了这两种情绪，心情跌宕起伏。

她在书房昏暗的光线里一页一页翻着看。林之侽比以前更漂亮了，长长的大波浪头发把她的脸衬得极小，有几张是婚纱照，身材曼妙，凹凸有致。每一张都是与傅慎逸或亲吻或拥抱的照片。恋人之间自然散发的爱意加上摄影师拍摄的技巧，让人悸动的荷尔蒙都要溢出屏幕了。

真好，听澜虽不再与林之偶联系，但是看到她幸福，发自内心为她感到高兴。她能够在阳光之下，大方地向全世界昭告自己的幸福，真的很好。

“也许很好吧。”远在森洲的林之偶如是想着。

此刻她趴在床上看自己婚礼的邀请函，里边的照片都是她精心挑选的，拍得唯美浪漫，一发出去，便收到无数的赞美声，可她的心里始终缺了一大块，这个邀请函，最想发给的人，却发不出去了。

微信是空的，手机号是空的，隔壁小区的房子也是空的。她想，舒舒一定很恨自己吧，在她离婚最需要自己的时候，自己却不在她的身边，甚至朝她发脾气。两人的微信最后一条聊天记录是她恶言相向：“是要跟我撇清关系吗？”

傅慎逸洗完澡出来，看她趴在床上看着手机发呆，就把她的手机抢过来，直接关机：“好好休息，不准看手机。”

他上床从后面搂着林之偶睡，把脸埋在她的秀发之中。他很喜欢她的秀发，永远是清爽中带着淡淡的香味。

林之偶有心事睡不着，他也有心事睡不着。

因为卓禹安回来了，他一时不知该如何跟卓禹安相处，毕竟这几年，卓远科技大小所有运作都是他一个人说了算，而现在真正的大老板回来了，以后该怎么工作，他心里没底。

傅慎逸想起临下班时，阔别三年多的卓禹安一走进卓远科技带来的轰动，几位高管激动得语无伦次。

卓禹安的总裁办公室一直给他留着，里边的所有摆设都是他走时的样子。他回来后，径直去了自己的办公室，没有见任何人。往日那些关系不错的高管，甚至是法务部的张律师，跟助理通报了几次，想见见卓总，都被打发了。

助理战战兢兢，根本不敢去敲卓总的门，只悄声对几位高管说：“卓总办公室的灯都没开，要不改天再见吧。”

“也行吧，只要人回来就好。”

当年他走得急，就是莫名地一下消失，虽然傅总以及王总反复强调过几次，卓总只是回美国总部接管科研部了，但是他们都人心惶惶，都在揣测，卓总是得了重病，出国治疗了，否则讲不通，怎么会无缘无故不露面。

然后是刚才，阔别三年多，他忽然出现在公司，几位高管只匆匆和他打了个照面，更加确定心里的想法了。

卓总比以前瘦了一圈，肤色也是不健康的苍白色，眼神完全没有任何情绪。

而办公室里的卓禹安坐在办公椅上，没有开灯。他飞了十几个小时，又去医院见了老爷子，然后马不停蹄回到森洲，铁打的身体也支撑不住，所以在办公椅上坐着有些昏昏沉沉，睡了一小会儿，做了一个浅浅的梦，许是因为在熟悉的环境里，梦中纷至沓来的也是曾经熟悉的人。

她的手摩挲着他的脸，她娇笑着说："老公，老公，我好爱你啊。"

他也笑着，伸手想把她揽进怀里，却抱了一个空，身体失重下坠，猛然惊醒过来，像溺水的人被捞出水面，一时窒息，不知该怎么继续呼吸。

他急忙打开办公桌前的灯，室内光线亮了一些，他才慢慢回神，慢慢恢复正常的呼吸节奏。然而那颗心被扯得生疼，停不下来的疼。

他起身，打开所有灯，拉开窗帘，这才稍稍好了一点儿。

此时的窗外已是万家灯火，他想，回到熟悉的环境也好，至少这座城市、这些灯火中，有一盏是她的，不联系，不打扰，是他唯一能为她做的。

见卓禹安办公室的灯亮了，里边又有动静，当时一起等在外边的高管便让傅慎逸敲门进去。

卓禹安坐在办公桌后，淡淡地看着傅慎逸，倒是跟几年前无异。

一时间，傅慎逸不知该说什么，两人之间除了工作并无私交，尤其这几年，卓禹安在国外研发室，如非重大事件，大部分工作都由崔姐在中间传达。

傅慎逸想问他，是回来参加完老爷子的葬礼就走，还是决定以后就坐镇国内了，可这个问题，由他这位CEO来问，是很敏感的。

想了想，傅慎逸忽然说道："卓总，明天我和林之偶的婚礼，欢迎您来。"

反正他在森洲没有什么亲人与朋友，明天参加婚礼的除了林之偶的亲友，大部分都是卓远科技的员工。

"你和林之偶的婚礼？"卓禹安似乎想了好一会儿，才想起林之偶是谁。

傅慎逸其实就是出于礼貌地邀请，以他对卓禹安的了解，卓禹安不可能会参加。

然而出乎他的意料，卓禹安想了想，竟然回答："好。"

很巧的是，老爷子在京中出殡的日子正好也是明天。

陆阔得知他要在森洲参加婚礼而不回京，有些气急败坏："你真不来送老爷子最后一程？"

"在医院时已跟他好好告别了。"他那深深的鞠躬便是告别。

"唉！"陆阔叹了口气，继续说道，"随你吧，你爷爷临去世前，知道你答应回国，就知你是原谅他了。或许他并不是想见你最后一面，只是一直等着你的原谅，知道你肯回来，他走得很安详。"

"嗯。"爷孙两人虽然没有交流过一句，但是应该能懂彼此的心情。老爷子应该能理解他不想出现在葬礼上的心情，至于卓家其他人，完全不在他考虑的范围内。

结束与陆阔的通话，办公室内又陷入一片沉寂，此时已经是深夜，他起身去以前常住的那家酒店。他洗了澡，换了一套稍稍隆重的衣服，静静地等待天明，等待傅慎逸的婚礼。

傅慎逸与林之偶的婚礼现场是以冰雪奇缘为主题，以冰雪作为主要的背景，两边铺满了雪花、灌木，柔软的白云飘浮在舞台上，如梦似幻。观众席在舞台的两侧，井然有序。

卓禹安不想引起任何人的注意，所以他是最后一个到的，选择了最角落的位置坐着。

他来时，新郎傅慎逸正在台上捧着鲜花等待林之偶入场。

全场的人都噤声，伴着耳边《婚礼进行曲》的悠扬声音，屏息等着新娘入场。整个舞台如梦似幻，很不真实。

卓禹安目不转睛地盯着舞台出口处，目不转睛地看着穿着婚纱的林之偶款款走来，她的身后是六位捧着花、穿着白色礼服的伴娘。

卓禹安只觉得自己的手心都在冒汗，连呼吸都不敢太用力，生怕错过……他目不转睛地看向林之偶身后的伴娘。

一位、两位、三位、四位……六位，没有她！她不在伴娘的行列。他那颗提起的疯狂跳动着的心又沉沉地落回了原处，如同一摊死水。

台上，婚礼主持人煽情地念着台词。

傅慎逸低头拥吻了林之偶，然后给她戴上戒指，两人四目相对看着彼此，眼里都闪着泪光。他们能坚持走到今天是很不容易的，抵制了所有的流言蜚语，扛住了林之偶父母的反对，才有了今天。

林之偶以前参加别人婚礼都会哭成泪人，更何况今天还是自己的婚礼，她在台上哭得妆都快花了，大家都以为她是因为幸福才哭成这样，只有她知道，幸福里还带着遗憾，很遗憾啊，她的伴娘不是听澜。

两人曾经说好要当彼此的伴娘，可这才几年，她们就把彼此丢了。甚至连程晨也不来参加她的婚礼，程晨是觉得听澜都不在，她们还有什么友情可谈呢？

傅慎逸了解她的心结，伸手替她把眼泪擦了，而后坚定地牵着她的手给她力量，等主持人开始下一个环节。

婚礼进行到最后一个环节，要抛手捧花时，林之偶无意中朝观众席上看了一眼，然后这一眼，她便看到正要起身离开的卓禹安。

她瞬间愣住，心底忽然翻涌起无法抑制的愤怒、冲动，在众目睽睽之下，她双手拎起婚纱的裙摆、踩着高跟鞋从台上一路跑下来，跑向卓禹安的身边。

所有人都愣住了，全都定定地看着她，连婚礼主持人都忘了说话，拿着话筒呆若木鸡地看着一路跑着的林之偶。

底下有亲友在窃窃私语。

“这是要逃婚？”

“好像电视剧的情节啊！”

“是要跟那位先生私奔吗？”

别说这些亲友了，连卓禹安本人都有些诧异，因为林之俤的眼睛一眨不眨地看着他，她目标明确，奔着他跑来。

后面的傅慎逸心想，坏了，忘了林之俤有多恨卓禹安了，在这之前，只要提起卓禹安，她势必要把对方的祖宗十八代都骂进去。

林之俤穿着婚纱终于跑到卓禹安面前，漂亮的双眼再次泛起了红色，她拿起桌上的一杯红酒，毫不犹豫就朝卓禹安的脸泼了过去，然后厉声质问：“谁让你来的？”

全场的人都倒抽了一口冷气，这里大部分人都是卓远科技的员工，这才看清被泼酒的竟然是他们久未露面的卓总。

林之俤在自己的婚礼上当众泼卓总一杯酒，这是情仇？

只见暗红色的液体顺着卓总的下颌线一滴一滴落向他的白衬衫，白衬衫上也是星星点点的红色。

但是，卓总并未生气，甚至是面无表情地看着林之俤，眼眸低沉。

傅慎逸已经赶过来了，急忙抱住还想上前打卓禹安的林之俤：“俤俤，冷静点儿。”

“我冷静不了，他来我的婚礼做什么，他害得听澜还不够吗？”

“俤俤！别说了。”傅慎逸不想在自己的婚礼上闹成这样，都是他的错，他不该邀请卓禹安来的。但此时，他只能制止林之俤再闹。

林之俤好不容易收回去的眼泪又飙了出来，她甩开了傅慎逸的怀抱：“你知道今天这场婚礼我有多遗憾吗？我最好的朋友没来参加，她走了，再也不要我了。可我不敢去找她，因为在她最需要我的时候，我没理她。我都不敢想，她当初是带着多大的绝望离开森洲的。”

她压抑了好几年的情绪，在见到卓禹安的这一刻，忽然爆发出来。她才不管会不会搞砸自己的婚礼，她只知道心痛、愤怒以及无法言说的愧疚，并且还有想念，她很想念曾经形影不离的日子。

“她离开森洲了？”卓禹安终于有了反应，他这几年因为很少见阳光，脸上的皮肤一直是不健康的偏白色，而此时更是没有一点儿血色。

“她不离开森洲还能怎么办，等着被你们欺负吗？”林之俤吼。

卓禹安脸上血色尽失。

在另一边的几位高管也绕过来了，张律师看见他衬衫上的酒渍，急忙抽了几张纸要给他擦，卓禹安抬手拒绝了，然后起身独自往外走。

卓禹安开着车，一路飙到市中心那套两人曾经的房子。他从地库乘电梯上楼，直到家门口，竟然有些近乡情怯，全身微微发抖。

这套房子本来就在她的名下，离婚时，他并没有要回来，甚至也做到了当时的承诺，会承担这套房子的物业费，他的银行卡到现在还绑定着物业的收费系统，每年，都能如期收到扣除物业费的短信通知。他一直以为她还住在这里，每年替她缴物业费是他与她之间唯一的联结了。

他试着用指纹按了一下门锁，啪嗒一声，门应声而开。

这套房是顶层，采光很好，门一开，满屋子的阳光迎面扑来。他定了定神，仔细打量了一下这套房子，发现里面所有的东西都还保持着三年前的样子。

甚至门口，他与舒听澜的拖鞋还并排摆放着，沙发上，她喜欢用来披在身上的薄毯折叠好放着。

厨房冰箱门上有几个贴条，是物业来打扫卫生时留下的，大意是帮忙把冰箱里过期的食品清理了。

衣帽间、卧室里，他给她买的所有衣服、包、鞋子、首饰全都原样摆放着。

这个家，一切都还是原来的样子，但是他知道，一切都不一样了，这里没有她的气息，她没有回来过。

当初离婚离得仓促，他满心伤痛，离婚后第二天就远赴国外，断了与国内的一切联系。为什么要那么坚决地断了联系呢？他怕自己会舍不得，怕自己又回头。他的存在对她就是一种伤害，所以他想，不联系，不打扰，这是他能为她做的最后一件事了。

可他忘了，舒听澜是自尊心多强的一个人，离婚了，又怎么肯要他送的房子呢？她连那些衣服跟包都不要。

想到这儿，他忽然想起什么似的，冲进卧室拉开床头柜的抽屉。红色丝绒盒里放着他送的结婚戒指，就安静地躺在抽屉里，她当真是与他断得干干净净，连一丝一毫的念想都不留。

他们甚至都没有什么正经的合影，去度蜜月时，如果在海岛那儿拍了婚纱照该多好，至少还留有一点儿东西，证明曾经那么相爱过。

心痛在所难免，这几年他每次想起她来，都觉得无法喘息，但也习惯了，只是今天，在曾经共同的家里，痛感格外地强烈一些而已，他近乎贪婪地嗅着空气中的味道，他太想她了。

可他不会去找她，也不能去找她，只希望她大步向前走，大步朝着幸福的方向走。

第二十二章

她回来过

森洲律协的研讨会是在一周之后，这不仅是舒听澜离婚后第一次回森洲，也是有了小朋友们后第一次出差，好在可以把他们带在身边，不用分开。

小朋友们第一次出远门，从上飞机开始就特别兴奋，但很乖，听澜说不能吵到别的乘客，他们全程都乖乖地闭嘴或者小声说话。

在飞机上时，小新忍不住问："舒律师，你以前在森洲生活了多少年？"

"有将近十年吧，我在那儿上的大学。"她没有避讳谈以前的事。

"那你对森洲一定很熟吧？"

"不是很熟悉。"虽然她生活了十年，但是她的生活一直很单调，每天都是两点一线，从家到工作地点，因为房子在郊区，所以市区很多地方她都没有去过。后来还是因为跟卓禹安在一起，他带她去了不少地方。

她再次回来，说毫无感觉那是骗人的，这座城市承载了她那么多的记忆，她怎么可能真的忘记呢？

一行人乘坐出租车去往酒店，这一路，掠过无数熟悉的街道与建筑，她的心不由得酸酸涩涩的。

尤其在经过市中心那栋地标性建筑时，她的心沉了一下，然后她马上收回了目光。

偏偏坐在前边的小新很兴奋，指着建筑道："舒律师，你看，那是卓远科技的办公大楼，我那时候就是去那儿面试的。"

"是吗？"舒听澜淡淡地回复。

小新完全沉浸在自己的兴奋之中："当时收到他们的面试通知，我高兴疯了，想也没想就订票来面试了。不过，他们法务部的张律师太严格了，都是问一些刁钻的问题，别说我没回答出来，当时好多硕士生都回答不上来，当场被否掉了。"

"张律师啊？他是挺严格的。"舒听澜如是想着。

车送他们到了酒店，两位小朋友已经困得睡着了，她和小新各抱着一个去办理入住，到了房间，把小朋友们安顿好之后，小新累得躺在床上不想动弹了。

"这两天要辛苦你了。"明天她去开会，还要麻烦小新在酒店帮忙照看孩子。

“不辛苦，舒律师，你答应我了，明天开完会，要带我好好逛逛森洲。”

“好。”

孩子们睡熟了，舒听澜睡不着，在这座熟悉的城市，心里空空荡荡、没着没落的，索性开门出去走走。结果她不知不觉竟然走到自己家的小区。

这套房子，她一直闲置着，没有处理，一是多年没回来，二是也舍不得，这是妈妈当年倾其所有为她置办的，也是她们母女最后在一起的时光记忆。

她如此想着，便上楼了。她小心翼翼地在门锁上输入密码，有忐忑，也有近乡情怯的胆小。门锁应声而开，感应灯第一时间就亮了。

三年多没人住的房子，竟没有她想象中的霉潮味，甚至没有一点儿灰尘，地板、桌面都锃亮得如同有人经常来打扫一样。

当年她带妈妈去自驾游，原以为很快就会回来，所以只是带着一些行李就离开了，房子里很多东西都没有收拾。

一切都还是原来的样子，她有一瞬间的恍惚，恍惚觉得还是从前，一切都没有变。

直到她在小卧室里看到妈妈的衣柜里摆放着两件妈妈亲手织的毛衣，一件粉色，一件蓝色，是当时在医院织的。

一切似乎都在冥冥之中就注定了。她把两件衣服折叠好带回酒店，一路上紧紧搂在怀里，就像搂着妈妈，也像搂着两位小朋友，让她很安心。

她简单洗漱完也躺上床，只是依然紧紧抱着两件衣服。

小新是在半夜忽然醒来的，隐约感觉隔壁床传来很低的压抑的哭声，她吓出一身冷汗，只以为是酒店有不干净的东西，所以瞬间按亮了床头灯，并且叫了一声：“舒律师，醒醒。”

她叫的同时也看向隔壁床的舒律师，猝不及防，看到了满脸泪痕来不及隐藏的舒律师。

舒听澜穿着睡衣，手里攥着一团毛线衣服，被床头灯一照，她只抬眼看了小新一眼，道：“抱歉，吵到你了！”

她眼睛还是通红的，声音也是沙哑的，小新想：“原来刚才是舒律师在哭？”

在小新心中，舒律师就是无坚不摧代表坚强的存在，怎么会哭？

“舒律师，你还好吗？”小新隐约觉得舒律师是想家了。

“没事，睡吧。”舒听澜什么都没解释。其实刚才她已经快睡着了，只是半睡半醒中梦到了妈妈。

妈妈很开心地问她：“澜澜，这两件毛衣好看吗？小朋友们一定会喜欢吧？”

妈妈比画着毛衣，又有点儿忧伤地说：“不知道小朋友们长多大了，毛衣是大了还是小了。”

舒听澜在梦中回答："正好，这两件毛衣正合适。"

"那就好，那就好。"妈妈的影子越来越模糊，直到消失不见。

她猛然惊醒，手中还攥着那两件毛衣，心里忽然就涌起了一阵难以名状的疼痛，小朋友们再可爱，妈妈也没机会看到了。在深夜里，她眼泪控制不住地往下掉，却不想惊扰了小新。

"舒律师，你如果有难过的事，可以随时跟我说，我会替你保密的。"小新临睡前很真诚地说。

舒听澜没有再回应，她难过的事太多了，却没有一样能与外人说。就像傍晚回到熟悉的小区，回到熟悉的家，她有一刹那的恍惚，恍惚觉得卓禹安会忽然从厨房或者卧室里走出来问她："听澜，晚上想吃什么？"

她根本就不敢在那个家多逗留，抱着妈妈织的毛衣，几乎是落荒而逃。

舒听澜不知道，她前脚刚逃开，卓禹安后脚就来了，两人堪堪错过。

他就是安静地坐在客厅的沙发上，看着房子的角角落落回忆着过去。他们的故事是在这里开始的，有过太多的甜蜜；也是在这里结束，很痛苦。如今他像病入膏肓的人，不敢去找她，唯有这些残留的记忆陪伴着他。

他坐了好一会儿，微信里传来陆阔的一条消息："温简今晚约了恒盛投资的谭董，鱼已上钩。"

他看完没有回复，这在他的预料之中。

温简被卓远科技开除之后，这几年一直在他们的竞争对手视新锐觉公司。

她野心不小，不仅是技术入股，还自带资金，成为这家公司最大的股东。

她本来在技术方面就是业内翘楚，本身能力出众，又很拼，视新锐觉在她的带领下，确实有了很大的起色。

只不过，这只是表面现象，卓远科技一直在背后狙击她。

不管视新锐觉研发出什么新品，卓远科技一定会在一个月内上市一款更新换代过功能更强大的；不管视新锐觉在争取什么客户，卓远科技一定会紧随其后，甚至是不计成本地抢她的客户。

视新锐觉这几年被卓远科技挤得几乎快要退出市场，濒临倒闭。

温简自己的钱应该也砸得差不多了，在卓远科技的狙击下，如今就是一个无底洞，再多的钱往里扔，就跟扔进大海一样，连个声响都没有，她走投无路，必然会去寻找资本的帮助。

温简一向自负，她一直觉得没有自己做不了的事。

在事业上，当年她陪着卓禹安创业，能一路把卓远科技带上市；在生活上，她想让卓禹安离婚，他就得离婚。

可她不知道，卓远科技能上市，跟她并无关系。她的技术是卓禹安一手培养出来的，她的经营思路也是他手把手教的，离开他这个平台，她什么都不是。

至于离婚，她确实起到了导火线的作用，才让卓禹安与舒听澜如此惨烈地收场。所以如今，卓禹安对她所有的报复，她就必须受着。

卓禹安拿着手机，无意识地在手里转啊转，就是觉得今晚坐在这个客厅里有些不对劲，心一直是飘浮着的，沉不下来。

他敏感地感觉到空气有些不一样，好像有人来过。

他忽地看向玄关处的鞋柜底下，目光瞬间被那双拖鞋吸引，心几乎要跳出来了，他疾步走到鞋柜底下看了一会儿。

对，没错，不对劲就是从进门看到这双拖鞋时开始的。

那是听澜的拖鞋，她有个很奇怪的习惯，别人脱鞋时，都是正面对着鞋柜，所以鞋尖朝里，鞋跟朝外，而她喜欢背靠着鞋柜脱鞋，鞋子摆放的方向跟别人是反着的。

卓禹安有一点儿强迫症，所以每回出门时，总要用手把她的拖鞋摆得跟他的一个方向才会舒服。

而现在，那双拖鞋又是反方向摆着。

心就这么被提起来了，如擂鼓一般跳动着，他大步朝主卧和小卧走，把所有灯都打开，每一个角落都不放过，他确定她回来过。

这颗心此时跳得生疼，他想也未想，就起身朝外追出去，一路从单元门跑到小区门口、小区外的马路，车辆川流不息，哪里还有她的影子？

甚至，他都不知该往哪个方向走才能追上她。追上了又能怎样呢？

他颓然地想着，刚才疯狂跳动的心又落回了原地，很痛，却不再鲜活地跳动了，如同一摊死水。

森洲律协这次的研讨会，主要是几位行业里知名的律师对十八年前的那起刑事案件各抒己见。舒听澜作为新人，只需要在旁边认真听着记着，没人问她意见或者看法，虽然整个研讨会她几乎没有说上话，但是各位律师思想的碰撞让她受益匪浅。

会议开了两个小时，上午十点多就结束了，听澜赶回酒店，带小新和小朋友们出去玩。其实森洲的旅游景点并不多，而且今天又下着小雨，不宜出行，听澜便决定带他们去附近商场的游乐场玩，之前在H市，她忙于工作，很少带他们去游乐场。

小朋友们非常开心，牵着她和小新的手蹦蹦跳跳的。

中午的商场，人很多，游乐场所在的这一层，一半是各种餐饮店，一半是儿童游乐园。

在游乐园玩到中途时，舒小念想去卫生间，小新便自告奋勇：“舒律师，你在这儿陪小荷吧，我带小念过去。”

卫生间就在游乐场与那些餐饮店的中间。

舒小念虽然才三岁，但是已经很有性别意识了，要自己去男卫生间，所以小新只好在男卫生间门口守着，让他自己进去。

就是这样巧，卓禹安上午去机场接崔姐回国，经过这家商场时，正好是午餐时间，这里有一家川味馆味道很正宗，崔姐祖籍是川渝一带，喜欢川味，卓禹安便带她过来用餐。

此时他在卫生间洗手，看到进来一个小孩，小孩在旁边的便池边努力跟自己的背带裤纽扣斗争。

小孩穿着白色T恤，配着一条浅蓝色背带裤，怎么都解不开纽扣，小脸涨得通红。

“要我帮你吗？”卓禹安问。

他其实不是热心肠的人，只是看这小孩太小了，不知哪家父母这样心大，放小孩一个人进来。而且父母也太不细心了，给小孩穿这种背带裤，除了好看，并不舒服，而且纽扣太小也太紧，不好解开。

“谢谢叔叔。”舒小念抬头看着这个陌生的叔叔，清脆地说了声谢谢，再不解开扣子，他就要尿裤子了。

卓禹安看到孩子的五官，愣了一下，竟然有一些熟悉的感觉，却又说不上来哪儿熟悉。他蹲下，帮孩子解开了纽扣，然后在洗手池旁边耐心地等着，等着这孩子穿上裤子，再帮孩子系上纽扣。

他对这个孩子出奇地有耐心，若是平时，他绝不是爱管闲事的人，甚至会当作没看见，直接转身就走。

大概是他的目光一直盯在小孩的身上，小孩忽然抬头说：“谢谢叔叔，我妈妈在外面等我。”

舒小念从小就被妈妈教育不要跟陌生人说话，对外人要心存戒备，刚才是太急了，才让这位陌生叔叔帮忙，现在他觉得要保护一下自己，急忙说自己妈妈就在外面，意思是“警告”这位陌生叔叔不能做坏事抢小孩。

看小孩一本正经“警告”他的样子，他觉得有些好笑，也觉得这孩子很可爱，或者说家长教育得很好。

商场里人来人往，本着好事做到底的原则，他准备陪这孩子一起走出卫生间，想着若是家长不在外面等着，他可以帮忙看护一下，今天的善心已是这几年来之最了。

他们还未走出去，门口便传来一个女声：“小念，小念，你好了吗？”是小新，她在男卫生间外等了一会儿，还不见他出来，怕他在里边遇到坏人，所以站在门口喊了几声。

“小新姐姐，我马上出去。”

舒小念的背带裤脱下之后，又穿不上了。

卓禹安温和地蹲下来，又替他扣上背带裤的扣子。“你如果自己不会解这种纽扣，下次可以跟妈妈建议不要穿这种裤子。”卓禹安说完这句话，被自己的耐心和温柔惊到了。

“谢谢叔叔。”舒小念急忙跑出来牵住小新的手。

卓禹安见他找到家长安心了一点儿，径直从他们身边经过回餐厅，无意与陌生人交流。

崔姐早年间就全家移民了，与国内的亲戚联系得少，这次回国，主要是放心不下卓禹安，所以特意让他来接机。

两人虽是主雇关系，但如姐弟一般，当年卓禹安出国留学，租住的就是崔姐家，崔姐对他颇多照顾，后来他出来创业，很穷，请不起助理，崔姐便担下了这份责任。可以说，崔姐是看着他和卓远科技一路走来的。

其实这次回来，崔姐还有一件事要了解，那便是温简的事。

餐馆里，菜都上来之后，崔姐开门见山道：“Jane给我打电话了。”

“她找你？”

“她说对当年所做的事很后悔，想跟你好好聊聊，但是你拒绝了她，所以她才找到我。”崔姐对温简、对王岩也都是有感情的，毕竟当年是看着他们三人一路走来，并且她一直以为卓禹安与温简最后会在一起。

“崔姐，你如果是为了她来求情，那我们便没有讨论的必要。”

崔姐其实很有分寸，卓禹安与温简闹成这样，她只知道一些皮毛，具体的原因没有人告诉她，她不会胡乱来求情。只是温简给崔姐打电话时哭得很惨，说自己破产了，而卓禹安还在穷追猛打，她只是想道个歉，念在过往的情分上，可否放她一马。

崔姐到底是有些于心不忍，加上也担心卓禹安的状态，所以才决定回来。

卓禹安不愿意跟崔姐多谈温简的事。温简怎么可能会认错道歉？她不过是想利用崔姐来拖住他，好让她寻找资本而已。

崔姐看着他，在心里叹了口气，转移话题：“这次回来，见到那位舒小姐了吗？”

听到“舒小姐”这三个字，卓禹安的心便是酸疼的，他摇了摇头，说：“没见着。”

想念一个人时，犹如万只蚂蚁在啃噬着你，其实不去碰触也还好，但如果被碰了一下，疼痛就无止境了。就像昨天从她近郊的房子出来，他一夜未眠；就像此刻，忽然听到“舒小姐”三个字，心就像在刀尖上划过一样疼。

隔着十几米远的游乐场，舒听澜任孩子们疯玩，直到很晚的时候才叫他们回酒店。

他们是第二天下午的航班回H市，所以上午就在商业区那边坐了一趟旅游观光车，她也算带孩子们来游玩过了。

中午吃完饭，他们正准备赶往机场时，孙律师的电话打来了。

“听澜，你还没回来吧？”孙律师一向从容、淡定，这会儿语气有一点儿紧张。

舒听澜急忙问：“孙律师，怎么了？”

“孙阅阅瞒着我和你师母自己跑到森洲去了，说去参加什么机器人大赛。他刚借用别人手机给我打电话，说他的手机被偷了，身上又没带一分钱，寸步难行。你说这孩子，出门都不知道带现金。”孙律师很少生孙阅阅的气，这会儿是又担心又生气。他还不能让老婆知道，要是老婆知道了，就捅破天花板了。

“他在哪里参加比赛？我过去找他。”

“好，麻烦你了，听澜，我把地址给你发过去。到了那儿，给他回家的路费就行，千万别多给他，更别给他买手机，让他受点儿教训也好。”

“好，我会看着办。”

这几年，孙律师一家对她很好，她也把孙阅阅当自己弟弟看，是真心关心他，所以让小新带着孩子们在酒店等，她去找他一趟，时间应该还来得及。

过了一会儿，孙律师发地址的短信就进来了，舒听澜一看，心一跳，这么巧？是卓远科技举办的一年一次的青少年机器人大赛，好在地点不是在卓远科技本部，而是在附近的一个会场。

孙律师亲自打电话来交代的事，她自然不敢假以他手，只能亲自去处理。

她去机器人大赛现场找孙阅阅，其实内心很焦虑，既担心找不到孙阅阅，又担心碰到熟人。

卓远科技往年的机器人大赛都是王岩主持的，但这两年他国内国外两头跑，便没有时间再管大赛的事，研发部门随便找个技术经理就能负责。

这次青少年机器人大赛，崔姐自告奋勇要陪技术经理来主持，她多年不回国，现在热切地想融入这个环境，况且她也有主办的经验，技术经理求之不得。

所以舒听澜到了比赛地点时，并未遇到熟悉的面孔。

这让她松了口气，开始找孙阅阅，比赛的场地很大，又有不少来观看的观众，她找了一圈，都没看到孙阅阅的身影。

直到比赛结束，她都没找到人，只能去主办方的咨询台询问。恰好，崔姐此时也在咨询台找东西，舒听澜问：“今天有位参赛的选手叫孙阅阅，能麻烦帮我查一下他在几号台吗？”

崔姐抬头看她一眼，问：“你跟他是什么关系？”

“我是他姐姐。”

“比赛已经结束了，马上就要出结果，我帮你广播喊一下吧。”崔姐见她很焦虑的样子，热心地帮忙。

舒听澜都来不及阻止，崔姐已经对着话筒喊：“孙阅阅，请到咨询台来，你姐姐找你。

“孙阅阅，请到咨询台来，你姐姐找你……”

崔姐气势如虹，还一口气连着喊了三次，赛场虽有些嘈杂，但是这个声音太突兀了，纷纷有人朝咨询台看过来。

成为别人的焦点，舒听澜有些不自在，低着头，不敢看向外边。

崔姐很忙，替她广播完就去忙别的事了。

好在孙阅阅听到广播很快就跑过来，见到舒听澜，很开心地喊她：“舒姐姐，你来了，谢天谢地，我以为要流落街头了。”他满心见到亲人的喜悦，一脸的朝气。

舒听澜想她是白担心了，这个孩子适应能力强得很，丢了手机，身无分文，一点儿都没挫败的感觉。

她便从包里拿了三千元的现金给他：“比赛完赶紧回家。”

孙阅阅只拿了一千，把剩下的给她：“主办方会替我们买机票，一千留着这两天花就够了。”

“这两天？不是已经比赛完了吗？”

“舒姐姐，偷偷告诉你，我不是冠军就是亚军，卓远科技会邀请我们去他们公司参观，所以要过两天才走。”

舒听澜又把剩下的两千塞他手里，出门在外，手里富裕一点儿总是好的：“你注意安全，参观完，马上就回家，知道吗？”

她嘱咐完准备离开，孙阅阅拽住她：“舒姐姐，等颁完奖再走，让你看看我的高光时刻。”高兴的事，他就想跟人分享。

高中生高高瘦瘦的，但是力气不小，拽着舒听澜的胳膊就往领奖台旁边走。

舒听澜看整个赛场都没有熟悉的面孔，便放下心来。

卓远科技每年都举办机器人大赛，冠军获得者会得到卓远科技的奖学金支持，或者是成为种子选手定向培养，不过，无论是接受奖学金还是当作种子选手定向培养，等毕业后都是要为卓远科技效力的。

孙阅阅为了此次的比赛已经准备了很久，所以成绩也如他所愿，得了此次青少年机器人大赛的冠军。

他捧着奖杯站在台上，少年气十足，兴奋之情无处分享，只得不时举着奖杯朝下边的舒听澜笑。

舒听澜也为他骄傲，卓远科技的比赛很严格，技术含量也极高，能获得冠军必然是有真材实料的。

等领完奖，少年一步冲下台，把奖杯往她手上一塞："帮我带回去给我老爸，谢谢舒姐姐。"

舒听澜接过奖杯，玻璃制品的奖杯很沉，抱在怀里时，她低头看了一眼奖杯的底座，上面有个签名：卓禹安。刚劲有力的三个字被打印在右下角。

这三个字简直要灼伤她的眼，她把奖杯推回给孙阅阅："你自己给孙律师和师母吧，这样更有意义。"

"好吧。"孙阅阅本想让奖杯先被带回去，宽老爸老妈的心，可舒姐姐不愿意带，那就算了。

时间也差不多了，她便急忙离开，赶往酒店，和小新及孩子们会合。

这个周末，卓禹安不知为何心总是浮着的，其实他后来又回他们小区了，想调小区监控看看舒听澜，他很确定，她回来过。就像有心灵感应一样，他总觉得她就在他的身边。

只是他们小区的监控那天正好坏了，什么也看不见。

他打电话问林之俤："听澜回森洲了，找你了吗？"他就是想知道她过得好不好。

他在国外那几年，一直以为她在森洲，每天过着按部就班的生活，有用心栽培她的领导肖主任、有对她好的闺密林之俤。没有他，没有卓家的打扰，她可以过得很好。她的家在森洲啊，他从来没想过她会离开森洲。

林之俤："她回森洲了？"

"嗯！"听她的语气，听澜并未去找过她，他不由得有些失望。

林之俤当即换好衣服，出门去找舒听澜，可森洲那么大，她能去哪里找呢？

她与卓禹安一样，站在街头，茫然四顾，心就像缺了一块。她给程晨打电话，问程晨："听澜找过你吗？"

程晨此时在栖宁，她回来扫墓，栖宁的风俗是中元节给去世的亲人扫墓。今年是她外婆去世的第十年，所以她妈妈让她必须回来。

她本来心情就极低落，与林之俤又很久没联系，忽然听到林之俤的问话，不由得有些生气："问我做什么，她怎么会联系我！"她这几年在森洲创业并不如意，辛苦支撑着公司不倒闭，脾气有些大。

她挂了林之俤的电话，心情更加低落。她知道林之俤一直怨她没有照顾好听澜，把听澜弄丢了。这几年，她总是回想起最后一次见听澜，是听澜接妈妈出院回家，还有最后一次通话，听澜离婚后说要带着妈妈外出散心，让她不用担心，她就真的没联系听澜，等再联系时已经联系不上了。

她和林之俤都觉得愧对听澜，没脸找听澜，更没脸说自己是听澜最好的朋友，这份愧疚久而久之便成了胆怯、没勇气。所以每次，她与林之俤提起听澜，都是对彼此的抱怨，而后不欢而散，便再也不联系了。

第二天，她在妈妈的催促之下买了鲜花，买了外婆喜欢吃的甜食，上山去扫墓，这片墓园是栖宁最好的，依山傍水，风景优美，而且管理得很好。

她以前每年中元节都会陪妈妈来，但是这几年，因为在森洲创业，没时间来。今年是外婆去世十周年，妈妈让她必须回来。

她听妈妈的吩咐，按部就班地献上鲜花，摆放好零食，再跟外婆聊了几句近况，便坐到一旁等妈妈。

在外婆墓地的另一面，新增了一块墓地，因为造型很独特，是个荷花一样的造型，她不由得多看了一眼。

就是这多看的一眼，她浑身便起了鸡皮疙瘩，而后发冷。

那个荷花造型的墓地，正中央的照片上不是听澜的妈妈还能是谁？她疾步跑过去，近距离反复确认，就是听澜的妈妈。照片和名字都能对上。

“你干吗去啊？”她妈妈在旁边喊她。

她什么也听不见了，只看到墓碑上面写着张荷之墓，还有去世的日期。是三年多前，她打的最后一通电话之后。

程晨很少哭，即便在去森洲创业的这三年失败了，她找原因咬牙坚持；即便后来她跟陆阔表白，被陆阔拒绝了，她也没有掉一滴眼泪，可此时，她哭得不能自已，觉得太对不起听澜了。

程晨好几天都是恍惚的，从栖宁回到森洲之后，有很长一段时间都没缓过来。森洲是个弱肉强食的世界，尤其现在多元化的广告行业，拼的是资源，拼的是财力，她凭着一股冲劲单打独斗，并无任何优势，一不留神，便跌得爬不起来。而当初选择来森洲，一是想闯一闯，不闯一番不甘心；二是想在感情上能有所收获，她放不下陆阔。然而她鼓足勇气对陆阔表白时，被陆阔拒绝了。

她一向要强，也一直在拼搏事业，但在森洲的这三年，身上所有的锐气与傲气都被磨平了。这次回栖宁，她妈妈也一直劝她回家考个公务员，在栖宁找个人嫁了。

她从前还会不甘心，但现在被磨平了棱角，尤其是看到听澜妈妈的墓地，对她一直以来的价值观都是一个颠覆，她想回栖宁过安逸的生活也很好，所以打算把森洲的广告公司清算清算，关门大吉。

她要离开之际，才约林之偈出来见面。没有听澜在中间调和，两人都有些看不上彼此，尤其是这几年，不仅看不上，更有一些怨恨。

林之偈怨恨程晨一心扑在事业上，在舒听澜最难时没有帮上忙；程晨怨恨林之偈一心只想着谈恋爱，甚至因为谈恋爱而跟听澜生气，闹别扭，对她不闻不问。如果她稍稍关心一下听澜，又怎会不知听澜妈妈去世？

程晨自从在墓地看到那个墓碑之后，一直都是恍惚的，她不敢想象，以前柔柔弱弱的听澜是怎么独自一人带着妈妈的骨灰回栖宁，又是抱着怎样的心情埋葬妈妈的。她每次想起来就心疼。

“找我什么事？”林之偞问。

“我要回栖宁了。”程晨说，大概率这辈子都不会再来森洲了。

林之偞心一酸，有一种说不上来的感觉，嘴巴却很毒：“我早说过，你这样子回来倒追陆阔，是追不上的，他这样的男人……算了，不说了。”她想了想，觉得陆阔与程晨或许并不合适，两人一直就不在一条线上，终归是无缘。

“跟他无关。”在陆阔拒绝她时，她便已经彻底死心，后来想了想，陆阔拒绝她是对的，他们不是爱不爱的问题，而是确实不合适，不管是人生观还是价值观，都不在一条线上。经历过卓禹安与舒听澜的事情之后，陆阔便彻底放下了程晨，不愿意将来两人也落得这样的下场，他觉得在一起单有爱是不行的，虽然有遗憾，但绝无不舍。

林之偞便没有再说话了，静心等待程晨，看她想说什么。

程晨思前想后很久之后，才决定如实告知：“中元节时，我回了一趟栖宁，给我外婆扫墓，看到了听澜的妈妈。”

林之偞心一跳：“听澜跟她妈妈回栖宁了？”不应该啊，她曾去栖宁找过听澜。

程晨摇头：“在墓地，她妈妈的墓地。”

她说到这儿，眼眶就红了，始终无法忘记看到墓碑时的心痛的感觉。

林之偞木木地问：“什么意思？”

“她妈妈在三年前12月20号去世了，在她离婚不到一个月的时间。

“我回栖宁了，如果你能找到听澜，或者听澜来找你，一定要告诉我。”

林之偞都不知道自己是怎么走回家的，回到家就一直哭，停不下来，吓得傅慎逸慌了，紧紧搂着她，问她出什么事了。

林之偞不想说话，甚至看到傅慎逸也觉得烦，当初要不是因为跟他谈恋爱，她也不至于跟听澜生气、产生误会，也不会变成现在这样无能为力。

晚上睡觉时，傅慎逸想抱林之偞，被林之偞一脚踹下床了，可怜高高大大、在外面威风凛凛的男人，不知自家老婆的怒气来自哪儿，站在床下不知所措。

“你还是人吗？看我伤心成这样，你却只想睡我。”

傅慎逸冤枉，他只是看她伤心，想抱抱她给她安慰而已。

“滚，去睡书房吧你。”在舒听澜回来之前，她决定跟傅慎逸分居。

“去睡书房可以，但你要告诉我，你为什么伤心。”

“不关你的事。”她咬牙切齿地说，冤有头债有主，明早，她要去卓远科技找卓禹安算账。

卓禹安每天很早就会到卓远科技，崔姐一般会跟他同时到达，帮他安排早餐，再泡一杯咖啡，开始一天的工作。

崔姐把这次青少年机器人大赛获奖的名单给他："这个孙阅阅不错，是个可塑之才。前几天他来公司参观过了，说不要奖学金，希望我能安排他寒暑假到卓远科技来实习，是很有主见的一个孩子。我稍后把他比赛时的作品和视频发给你一份。"

"你看着办就行。"卓禹安对崔姐看人的眼光还是很信任的，只是崔姐或者王岩每次在大赛之后选拔的人，都坚持给他看一眼，毕竟他是管研发的。

两人正说着，办公室门忽然被人从外面推开。崔姐看了一眼来人，她有印象，是CEO傅慎逸的太太，偶尔会来公司等傅慎逸下班。

不过，这样没礼貌地闯进卓禹安的办公室，让崔姐有些生气，觉得她太不知分寸了。崔姐冷声问："有事吗？"

林之偶没理会她，就是怒瞪着办公桌后面的卓禹安，那眼神就跟要把卓禹安给吃了一样。

卓禹安朝崔姐摆了摆手，示意没关系，让她先出去。

崔姐看了眼林之偶，无奈地只能走出卓禹安的办公室。

待她走了，整个办公室都安静下来，卓禹安看着林之偶通红的双目，不明所以。

"有事？"他问。

林之偶怒视他许久，最后才说："听澜最后一次跟你联系是什么时候？"她就是觉得，以听澜对卓禹安的依赖，如果听澜妈妈出事了，不管是否离婚，都会第一时间联系他，她很了解听澜。

卓禹安眼眸一沉，没想到林之偶会忽然问这个问题，可他不想回答，那一段记忆他不想再回想起。

见他这时候竟然沉默不语，林之偶好不容易压下去的怒火又噌噌往上冒："问你话呢，你哑巴了。"她又想骂他祖宗十八代了。

"离婚后，我删了她的联系方式，再也没有联系过。"卓禹安如实回答。

林之偶一下就炸了，看到他桌面上的文件，拎起来就想朝他砸过去，可终究是忍住了，声音一下就哽咽了："所以在她最需要你的时候，也联系不上你？你怎么好意思装深情，你算个狗屁的深情。"

卓禹安只抓住了重点，声音终于重起来了："什么意思？说清楚！"

"她妈妈去世了，在你们离婚后的一个月，在你把她联系方式删了的时候，怎么样，心疼吗？愧疚吗？"

林之偶说到这儿，控制不住了，她难过、愧疚，说话的同时疯了一样，把他桌面上的文件纷纷砸向他。

他就跟木头人一样，脸色煞白地站在那里，任她打，任她骂。

这里的动静太大了，外边的崔姐急忙推门进来，就看到办公桌前一片狼藉，一个在哭、在骂，一个面无血色。

崔姐给傅慎逸打电话，让他快点儿来把发疯的林之倗带走。

傅慎逸正在跟代理商开会，急忙推迟了会议，连哄带抱地把林之倗带走了，好在是在卓禹安办公室，没闹到外面，让人看笑话。

崔姐不解两人是什么关系，卓禹安怎么能允许她又打又骂？

林之倗被傅慎逸带走之后，卓禹安一直都是恍惚的，也不说话，就是掏出手机连上电脑，然后噼里啪啦敲打键盘，他要翻出微信的聊天记录。

他所有的注意力都集中在电脑屏幕与翻飞的手指上，脑子里什么都不敢想，一想就跟炸了一样疼。

终于，他翻出了两人所有的聊天记录。

最后一次聊天定格在离婚后的一个月，她问了一句："在吗？"

而他拒接了她的消息。

那是12月15号凌晨两点，而林之倗说，她妈妈是12月20号去世的。

从离婚后就一直冷静、沉默的卓禹安此时冷峻的表情终于有了裂痕，离婚时，心已经够痛了，他以为不会更痛了，此时却是百倍千倍地还了回来。心痛牵扯得胃部也疼，他全身都开始冒虚汗。

崔姐吓坏了，问他："怎么了，要不要上医院？"

他摇头，站起来后脚步都是虚浮的，他去傅慎逸办公室找林之倗："她在哪里？"

"你问我，我问谁？"林之倗被傅慎逸安抚下去的情绪又升上来了。

"你是怎么知道她妈妈去世的？因为什么去世的？"

"我不知道，什么都不知道，你不要问我，你要真心想知道就去找她，这个世界，还有你找不到的人吗？"

林之倗烦透了，她觉得不该再躲起来，她要去找她最好的朋友，过去的误会或者愧疚，难道躲起来就会自动消失吗？不会！找到她，加倍对她好，才是弥补。

卓禹安不是找不到，而是不敢找。之前不找是因为不想打扰她，而现在他是害怕面对她了，单是想到她给他发信息被拒收时她的样子，就叫他的心跟裂开了一样，已不是心疼与愧疚可以形容出来的。

林之倗讽刺他："也对，你还找她做什么？都三年过去了，她那么坚强，一次都没再来找过我们，一定是自己扛过来了，不需要我们了。"她讽刺他，也讽刺自己。

卓禹安也不知是胃疼牵扯得心疼，还是心疼牵扯得胃疼，他的脸色一直是惨白的。

崔姐回国就是因为担心他的身体，现在见他这样，就更担心了，让他去医院又不肯去，把自己关在办公室里一整天都没出来。

他直到第二天才出来，说要去一趟栖宁。

见他的样子，崔姐不放心让他一个人去，便通知陆阔一起陪他去。

三人在机场会合，陆阔与崔姐都是一头雾水，但隐约知道是跟舒听澜有关。只要他肯动起来，陆阔就觉得是好事，就愿意奉陪到底。

到了栖宁，卓禹安从机场直奔墓地，来之前已经跟程晨联系过了，知道墓地的具体地址。路上他特意停车买了鲜花与水果。

一进墓园，他就有些恍惚，想象着当年听澜是怎么一步一步走进去，亲手埋葬自己的妈妈的。他甚至知道，她一定没有哭，更不会表现出难过。在妈妈面前，她总是表现出最好的状态。

所以，他在见到听澜妈妈的墓碑时也没有掉一滴泪，摆好鲜花与水果，跪在墓碑前，许久没说话，等所有心绪都平复之后，才开口："妈，对不起，我来晚了。"很多事就是阴错阳差错过了，再多忏悔也无济于事。

旁边的陆阔示意崔姐一起离开，到外边去等他，给他单独说话的机会。

"这是那位舒小姐的妈妈？"崔姐问。

"嗯。"

两人已经走到墓园外了，见到匆忙赶过来的程晨，陆阔看了她一眼说："等他出来。"

"好。"程晨对卓禹安也有怨，但不如林之偶来得深刻，她们谁也没有资格怨谁。

陆阔以前每次见程晨，都觉得她过于浮躁，一心想在事业上有作为，人的目的性就特别强，这也是他觉得两人不合适的真正原因。

这会儿在栖宁见到她，他觉得她好像有些脱胎换骨了，人很沉静，不再像之前那样咄咄逼人，他不由得脱口而出道："最近在忙什么？"

程晨如实回答："忙着准备公务员考试。"还有忙着相亲。只是后面这句话，没必要说给他听。

"需要帮忙吗？"陆阔有些意外，她回栖宁竟然会选择走这条路。

"暂时还不用，谢谢你。"程晨说完就站在一边的路口不再说话。

崔姐一颗心全扑在卓禹安身上："不会出什么事吧？这么半天还没出来。"

"没事，让他多待一会儿吧。"在陆阔看来，他肯走出这一步就已经很好了。

墓碑前，卓禹安静静地陪了听澜妈妈好一会儿，之后才继续说道："我会找到听澜，好好照顾她，您放心。"即便不再是夫妻，不再是恋人，就当是朋友相处，当是朋友一样照顾也好。

当年他只顾着自己痛苦，只顾着自己远走高飞去疗伤，却忘了听澜也是受害者，也痛苦。他怎能那么坚决地离开呢？

他唯一想守住的人，却什么都来不及为她做。

等他走出墓地时，陆阔他们看他已无任何异样，人很平静。

“走吧。”他率先在前面走着。

他和陆阔对栖宁都算很熟悉，毕竟在这儿生活过几年，以前骑着单车把栖宁的大街小巷都逛了一遍，只是再回来时，物是人非。

程晨先告辞：“我还有事，先走了，如果听澜有消息，麻烦跟我说一声。”

她是真变了，务实很多，也或许是认命，知道阶层无法跨越，知道资源是对彼此都有价值的才能互换，而今，卓禹安或者陆阔，这两人所谓的资源都与她无关。

陆阔看着她离开的背影有些不是滋味，毕竟是自己曾用心对待、追过很多年的人，可要把她叫住吗？叫住又能改变什么？算了，他摇了摇头。

第二十三章
见到她

三人又马不停蹄地回森洲。

在飞机上时，陆阔问卓禹安："接下来有什么打算？"

"先找到她。"

"找到以后继续互相伤害？"陆阔一针见血。卓家虽然老爷子去世了，程老师今年也退休了，但是卓闵如今的根基已很稳，卓家的地位依然在那儿摆着，他们不见得就会改变观念。

"只是想看她过得好不好，如果过得好，我不会打扰她。"

卓禹安嘴上信誓旦旦，但内心并不十分肯定真会不打扰，因为他深知，爱一个人是无法做到旁观的，是无法控制地想要靠近她，或者抱她、吻她。这些都是他想了千千万万遍的事情。他当初坚决断了联系，也是因为知道自己会控制不住想要打扰她。

"有消息了吗？"陆阔问。

"没有，她之前的手机定位我查过，最后一次是在华桉市出现，她妈妈……在华桉去世。之后她就换了所有联系方式。"

"回森洲后我找人帮你查。"陆阔觉得现在的社会，只要他想找，是轻而易举的事情。

两人不再说话，崔姐在一旁一直在看公司的资料，是登机之前，科研部把上回大赛的视频剪辑完发给她的，她原计划要给卓禹安看这次的冠军选手孙阅阅。

旁边的卓禹安并未管她，忽然问了陆阔一句："她会恨我吗？"

他问这句话时，心里已有答案，当然是恨的，她如果不恨又怎么会不跟所有朋友联系呢？

陆阔没理卓禹安，他正无聊地看着崔姐平板上的视频，心里感慨，现在的小孩子真是了不得，他根本看不懂那些程序是怎么设置出来的。

他看到一半，忽然叫了一声："暂停，暂停。"语气紧张、激动得像发现了外星人。

崔姐莫名其妙地看他一眼，听他的按了暂停，画面定格在孙阅阅颁奖仪式上，很普通的画面，不知道他在激动什么。

“卓禹安，你快过来看，快看。”陆阔都有些语无伦次了，一把从崔姐手中把平板抢过来，放在卓禹安面前。

卓禹安看了一眼，也是很正常的颁奖画面。

“你倒回去两秒，快，倒回去两秒。”

见卓禹安没动，陆阔按捺不住，自己替他倒回去了两秒。

视频中孙阅阅抱着奖杯，一直朝底下的观众笑，观众群里有个身影一闪而过。卓禹安顿住，他不可思议地看着屏幕，全身的血液都直冲大脑，让他无法思考。

是她，她站在人群中，浅浅地笑着，望着台上。外表其实没有很大的变化，她穿得很朴素，是一套黑色的工作服、黑色的皮鞋，及肩长的头发也是黑色的，戴着一副黑框的眼镜，脸依然很小，皮肤很白，但与以前又不一样。若不是因为他们太熟了，他这一眼大概是认不出她来的。

她以前虽然性格安静，但外表很吸睛，即便穿工作服，也要选择修身的、能勾勒出身材的，然后再搭配一双高跟鞋，每天都神采奕奕的。

卓禹安盯着屏幕近乎贪婪地看着她，把屏幕放大又缩小，不放过每个细节。

崔姐探过头来，看了眼屏幕，她对这个女生有印象，当时她在咨询台找便笺纸，女生过来问她有没有一位叫孙阅阅的选手，她还帮女生广播叫孙阅阅来咨询台。

崔姐道：“她就是这次比赛冠军得主孙阅阅的姐姐，来看他比赛的。”解释完这个，她忽然意识道，“她就是舒小姐？”

这不能怪崔姐不认识她。卓禹安以前跟舒听澜在一起时，卓远科技就没几个人知道，崔姐后来知道有这个人的存在，倒也看过照片，是非常时尚、漂亮的女孩。所以那天在比赛会场，她确实没认出舒听澜来。

“还有别的视频吗？”卓禹安问。

“有没剪辑过的。”崔姐从平板里翻出那天比赛的完整视频。

卓禹安一帧一帧翻着看，其实她出现在镜头前的视频并不多，但是偶尔闪过几秒，卓禹安就要盯着看好一会儿，几年来空空落落飘浮着的心就随着这几个偶尔闪过的影子而踏实落地了。

视频最长的一段是她在咨询台跟叫孙阅阅的男孩聊天，虽然表情有些清冷，但眼神里的关心溢于言表。

等下了飞机回到森洲后，卓禹安做的第一件事就是让崔姐把孙阅阅的资料给他。青少年机器人大赛参赛的选手都会填写一份详细的个人简介。

孙阅阅的父母一栏里填写的是父亲是一家律所的负责人，卓禹安瞬间便明白他们之间的关系，也几乎是瞬间就确定了舒听澜这几年在哪里。

他的心很多年都没有这样鲜活地跳过了。

陆阔和崔姐都以为他会直接转机去舒听澜所在的城市，因为他们是肉眼可见他整个人鲜活起来了。

让他们意想不到的是，他很沉得住气，这会儿不紧不慢地跟崔姐交代，让她约孙阅阅来森洲详谈寒暑假在卓远科技实习的事情。

“卓总，孙阅阅还是未成年人，如果要实习，是否要经过他父母的同意？让他父母也来森洲一趟？”

“我来联系吧，你不用管了。”卓禹安还是决定自己亲力亲为。

他通过孙阅阅父亲的律所，顺藤摸瓜，几乎不费任何力气就在网上看到了舒听澜的网络咨询账号。

网络账号上是她一张很小的工作照，虽然戴着黑框眼镜，气质也不同，但是五官并无任何明显的变化，他怎么看怎么好，她还是他的听澜。

他在这个律师资询网上注册了一个账号，小心翼翼地发了一句：“你好！”

他发过去后心跳加快，手心都要冒汗了。

“对不起，我现在不在线，有需要咨询的问题请留言，上线后会第一时间回复。如有紧急事情，可拨打我的电话137××××××××。”

卓禹安觉得，过去几年所有的运气都集中在这一天爆发了，他不仅见到了她，还有了她的联系方式。他小心翼翼地记下电话，然后用微信搜索她的号，竟然能看到她的朋友圈，她允许陌生人查看十条朋友圈。

他是抱着虔诚的心一条一条翻看的，即便都是一些法律案例的分享，他也看得无比认真，他们不在同一个时空，但曾看过同一段文字。

他也通过这些案例分享以及她在咨询网上的自我简介，大概知道她现在都在处理哪一类的案子，心中已有计划。

舒听澜洗完澡给小朋友们讲完故事，再习惯性地开电脑看网上咨询时，已经是晚上十一点多了。

她一打开咨询页面，就看到一个新注册的号发来一个简单的“你好”，是在晚上八点左右的时候。

她也回了一句“你好”，并不抱希望对方会回复，因为是网络咨询，几乎每天都会收到这种信息，然后就没有下文了。

结果今天她回了“你好”两个字，对方几乎是秒回，但依然是“你好”两个字。然后她就看到窗口上“对方正在输入”几个字，一直在闪动，信息却迟迟没有再发过来。

正当她准备关了页面时，对方的消息终于发过来了：“舒律师，你好。明天再跟你咨询，今天太晚了，早点儿休息。”卓禹安词穷，只能拙劣地约定明天再咨询。

“好的，有任何问题都可留言，我会及时回复。”想必不是什么紧要的事情，所以她说完便下线了。

第二天舒听澜送完小朋友后去律所上班，孙律师今天也难得准时到，正对着电脑有些愁眉苦脸，手里的保温杯一直是空的，连水都没倒。

“孙律师，我帮你倒水吧。”舒听澜拿过他的保温杯，往里边加了红枣、枸杞和桂圆干之后去接水，放到他的办公桌前，这才开口问，“又遇到难解的案子了？”

孙律师一般不接案子了，但是如果接了，不是还人情债推辞不了的，就是一些疑难杂症、有难度的，或者他感兴趣的。

他点了点头：“森洲律协的韩主任又邀请我们去参加研讨会，还是上回那个十八年前的冤假错案，特意指名要你去。”

“我去倒是没问题，只是，家里的两位小朋友不方便再带着。”上次他们大概是水土不服，回来就感冒了两天。

“这个好解决，现在是暑假，你师母放假在家，让她帮忙接送，咱们小念、小荷那么乖，没事。”

舒听澜开始有些心动。

她是妈妈，也是她自己。这几年作为两个孩子的单亲妈妈，在事业上局限性很大，即便她已经很努力地往前跑了，但是当别的律师跟客户应酬时，她只能回家陪孩子；当别的律师能接一些跨市跨省的大案子时，她只能接本市的案子。她会焦虑，也想抓住一切机会。

所以这次，虽然万分不舍，但她还是决定带着小新一起去森洲参加研讨会。

登机后，她才发现，孙阅阅竟然跟她是同一个航班。

“你又偷偷跑去森洲？”舒听澜问。

“舒姐姐，这次我真不是逃，我爸妈都支持我去。”

“你去做什么？”

“保密，等尘埃落定了，我再跟你说。”小屁孩不仅智商高，情商也高。

孙阅阅是第二次来卓远科技，对他来说，卓远科技就是殿堂级别的，进卓远科技工作是他奋斗的目标。上回比赛完，他们科研部的人要按规定给他奖学金，但是他拒绝了，只提了一个要求，想寒暑假来实习，当时科研部的人以他未成年为由拒绝了。

想不到竟然峰回路转，他这次来是由崔秘书亲自接待。崔秘书他认识，举办大赛时，她是总负责人，此时他有点儿忐忑，这崔秘书一脸温柔地要带他去见谁？

直到敲了总裁办公室的门，直到看到里面坐着的他偶像卓禹安，他毕竟还是高中生，脸瞬间涨得通红。

没错，从小学开始，他的偶像就是卓远科技的卓禹安。他初中时就已经很专注地在研究卓远科技的各种产品了，然后还买了各种IT专业杂志来看，可以说对卓禹安的技术崇拜得五体投地，毫不夸张地说，是他的指路明灯。

别的高中生奋斗目标是各种双一流大学，可大学对他而言只是一个过程，他的目标一直是进卓远科技。

卓禹安抬头看了他一眼，他倒是比视频里看着更高更瘦一些。

“坐吧。”他放柔了面部表情，朝明显紧张过头的少年说道。

孙阅阅那个战战兢兢啊，坐到他的办公桌对面，不自觉坐得笔直、板正，像等着被审讯一样。

卓禹安看出他的紧张，也没说什么，指了指视频里他比赛时的作品问：“这是你自己想出来的？”

“是的。”

“创意很棒，很有想法。后期可以跟科研部沟通，怎么把这款机器人设计出来，投入生产。”卓禹安本来就惜才，孙阅阅这款机器人确实很有创意，是孩子才能有的奇思妙想，只要科研部的人根据创意完善各项参数，不是不可能设计出来。另外，再加上他与舒听澜的关系，卓禹安对他说话自然就温和很多。

被偶像这么直白地夸，孙阅阅腼腆地笑，挠了挠头，却不知该说什么，整个人情绪都是饱涨的、亢奋的，感觉像在做梦。

“你现在还是未成年人，卓远不收未成年的实习生。不过，你寒暑假可以来卓远学习，当社会实践活动，我亲自带你。”

孙阅阅愣住：“您亲自带我？不是……我……”他想问：“我有资格吗？”卓禹安是人工智能这块的大神，大神啊，多少研究生、博士想进卓远科技科研部都进不来啊，他还只是一个高中生而已。

“是的，我亲自带，有问题吗？”

“没有，没有！”孙阅阅一连摆手。

他从卓远科技的大厦一出来，就撒欢在广场上蹦跳起来，恨不得告诉全天下人他的激动。

一直在卓远科技外面等他的小新见他蹦跳着跑出来，心想：“哼，还是小孩，有什么值得高兴的？姐也是来卓远科技面试过的人，姐说什么了吗？”

孙阅阅显摆一样，把进出卓远科技的门禁卡在小新面前晃啊晃，嘚瑟地说：“卓总亲自给我的门禁卡。”

“你就吹牛吧你。”

“真的，我还加了卓总的微信，不信，你看。”高中生经不起嘲讽，拿出手机给她看，证明自己没撒谎。

小新虽然没有见过卓总的微信，但觉得孙阅阅没有撒谎的必要，遂羡慕地问：“卓总为什么要加你微信？”

“可能是被我的才华折服了吧。”孙阅阅自信地说，这是他能想到的唯一的原因。刚才卓总对他的大赛作品确实很感兴趣的样子。

“哼，事出反常必有妖。”小新嫉妒地想。

“你怎么不用去给我舒姐姐当小跟班？”

“她去参加研讨会了，这次会议名额有限，我混不进去。”舒律师原本是要带着她一起去旁听，但是一看，几位资深律师都没带助理，舒律师也就不好意思带她了，所以安排她来陪孙阅阅，重点是看孙阅阅到底在做什么。

舒听澜是第二次参加这个研讨会，跟上回不一样，这次除了韩主任和那几位知名律师，还有一家媒体的负责人以及当事人年过七旬的母亲。

会议刚开始，当事人的母亲徐母便扑通一声跪在地上，朝他们磕头，哭诉道：“求求你们一定要帮帮我，帮帮我可怜的孩子，他绝对不会杀人，平白无故被关了十八年，整整十八年啊——”

徐母七十岁，头发已全白，脸上的皱纹如沟壑般一道一道的，手上的皮肤也是干裂的。自从十八年前，儿子徐巍被抓入狱之后，整整十八年，她一直在上诉申冤，平时就靠捡垃圾过活，存够进京的钱便带着所有资料进京上访，被遣返之后，等风波平了，又继续上访，如此反复坚持了十几年，没有任何进展。

一个老太太，想重启当年的案子，谈何容易？

当年，徐巍入室抢劫杀人案是人证、物证齐全，也有徐巍亲口的供述与签字，承认自己杀人，当年被判死刑缓期两年执行。

事情的转机是在去年，公安机关抓到一名强奸犯王某，王某为了立功从轻发落，主动供出十八年前，徐巍的这起入室抢劫杀人案是他伙同他的朋友张某一起做的，王某负责看门，张某进入室内作案，人是张某杀的，他亲眼所见。

徐母得知这个消息，又燃起了希望，开始请律师为徐巍申冤。

但十八年前已审判的案子，哪能仅凭王某的一张嘴就推翻重审？这些律师都是徐母一家一家去求的，谁也不想接，这种十几年前的案子，要推进法院重审这一关就十分艰难，再加上搜集证据难上加难，时间线很长，基本忙乎半天，都是不了了之。

不知谁给徐母出了主意，把这事曝光到了媒体上，几位律师被逼无奈只能假模假样地开个研讨会，到时候谁感兴趣谁做，算是仁至义尽了。

舒听澜来之前把这个案子了解了一个大概，今天就是抱着学习的心态来参加研讨会的，这会儿只见徐母跪在地上朝他们磕头，求他们一定要救救她儿子。

大家都有些动容，舒听澜离她最近，便起身弯腰把她扶起来，又给她倒了水，让她平复一下情绪。

看到徐母，她就想到了自己的妈妈，可怜天下父母心。

几位律师清了清嗓子，这才开始进入讨论。首先是想法给法院施压，重新开启徐巍抢劫杀人案的审判；其次是如何取证，以证明徐巍的清白。

各个律师讨论得很激烈，每个人都有各自的观点。舒听澜的思路被打开了，受益匪浅，拿着笔一直唰唰地记录着。

直到各位前辈讨论完，突然坐在最前面，也是此次研讨会的牵头人韩主任忽然向她提问："小舒，你有什么想法呢？"

大家都看着她，连徐母也眼巴巴地看着她。

她大脑迅速理了一下信息，开口道："这个案子，虽然王某一口咬定当初的入室抢劫案是他和朋友张某所为，并且也能讲出其中的很多细节，但并无实质有效的证据证明他和张某的罪行。

"另外，关于徐巍，以我们现有的资料，只能证明当时检察机关提供的相关证据是有瑕疵的、无效的，这些证据并不能判定徐巍就是杀人犯；但同时，也不能证明徐巍无罪。

"所以，这个案子，如果我们找不到有力的证据证明徐巍无罪，那么我们只能以疑罪从无的原则请求法院审判。"

疑罪从无简单地说就是对犯罪嫌疑人的犯罪事实不清、证据不确实充分的情况下，不应当追究刑事责任，避免冤假错案的发生。

舒听澜有点儿"初生牛犊不怕虎"的勇气，一口气表达了自己的观点，反正在前辈们面前，说错了也没有关系。

几位律师都看着她满意地点了点头。

为首的韩主任则说道："小舒，不错，后生可畏啊，你们孙律师太谦虚了。那就这样，小舒对这个案子理解透彻，就交由你来负责吧，我们在后方给你提供支持。"

这个韩主任真是老江湖，三言两语，都不给别人拒绝的机会，直接哐当一声，把这个责任放在她的身上。

"我看行，孙律师虎将无弱兵，他手里有小舒这样的大将，难怪这几年嚷嚷着要退休呢。"众人又是一顿夸她。

徐母眼含热泪看着舒听澜，把毕生的希望都压在舒听澜的身上了，看着她绝望中透着的希望之光，舒听澜狠不下心来拒绝。

晚上回酒店给孙律师打电话汇报今天研讨会的进展，她有些无奈地说："这些老狐狸，趁着我毫无防备之心，就把这个烫手山芋丢给我了。"她就是抱着学习的目的参与这个研讨会，当时还想，在座的都是前辈，都是高手，再怎么轮也轮不上她，所以没有任何防备，就被赶鸭子上架了。

孙律师显然是过来人："听澜，这是个好机会，而且背后有韩主任坐镇，错不了。"

舒听澜："孙律师，您是早就想让我接这个案子了吧？"难怪呢。

孙律师：“你需要一个机会打响自己的名声，这是个好机会。”

卓禹安这边也收到韩主任的消息：“研讨会很成功，小舒也决定接这个案子了，应该会经常来森洲。”

是的，这次研讨会是卓禹安促成的，但是具体讨论的案子，他没有过问，这会儿才听韩主任说是这样一桩命案：“难度大吗？”

“年轻人嘛，你要让她多去挑战有难度的案子才能进步不是？”韩主任哈哈笑着挂了电话。

舒听澜睡前看了会儿案子的资料，准备要睡时，手机提示音响起，是律师网上的一个咨询提醒。

她打开看了一眼，正是之前新注册的、跟她打了声招呼就没下文的账号。

现在这个账号又发了一个“你好”，然后又没下文了。

舒听澜很烦这种咨询，有事说事不行吗？发一个“你好”，很浪费时间。

电脑这边的卓禹安绞尽脑汁也不知该咨询什么问题合适，不想胡编乱造一个案子来骗她，但又很珍惜这个与她唯一的联系方式，所以每次特别招人烦地发一个“你好”，就没有下文了。

就在舒听澜准备下线睡觉时，对方又发来两个字：“那个……”

又没了？能不能一口气说完？舒听澜直接发了一个自动回复过去：“我现在不在线，有事请留言，我上线后会第一时间回复。”然后她就下线睡觉了。

卓禹安看到这行自动回复，失笑出声，能想象到她是多厌烦才发了一个自动回复的话术，然后下线的。

有这样很简短的一次交流，他也觉得满足，能够看到如此鲜活的她，他一直悬着的心总算放下一点儿了。

白天见孙阅阅时，他其实旁敲侧击地打听了她的近况。他问：“那次比赛，你的手机丢了？后来找到了吗？”

“找不到了。”

“怎么回家的？”

“我姐姐正好来森洲出差，她给我送的钱。”

“你姐姐？你的简历上写着你是独生子。”其实他心里有数，只是在一步步引导孙阅阅而已。

“不是亲姐姐，是我爸爸律所的一位律师，跟我家关系很好。”

孙阅阅很怕卓禹安，卓禹安问一句，他便回一句，不敢多说，但卓禹安也了解了一个大致情况，她妈妈去世之后，她便独自去了那座中部城市，一直在孙律师的律所工作。

为此，他总算心安了一些。

他在律师网上翻看她之前回复别人咨询的问题，一页页看，发现她大部分时候都是很有耐心的，但偶尔遇到几位一个问题反反复复问的咨询者，她就会直接甩出刚才那个不在线的回复模板，然后不管咨询者再怎么问，她都是模板自动回复，不再答话了。

她还挺有脾气的，不肯盲目浪费自己的时间。

他想了想，又发了一个："你好。"

不过，这次，他紧跟着问了一个问题："雇用未成年人来公司实习算违法吗？"

他问完，想到这个点儿，她应该已经睡了，他想撤回，网站却没有这个功能。

结果，他就见到对话框上"对方正在输入中"几个字。

舒听澜有些生气，这都是什么人，半夜不睡觉吗？她睡觉浅，手机放在旁边，嘀一声，就把她吵醒了，她打算回答完这个咨询，要去网站后台设置一下，晚上十一点到第二天早上七点不接收任何消息。

舒听澜一看，这是什么弱智问题？她道："您指的未成年人满十六周岁了吗？满十六周岁不违法。"

"好的，谢谢舒律师，你早点儿睡觉，打扰了。"

孙阅阅还差一个月就满十六周岁了，当然，不管满不满十六周岁，他是以参加社会实践活动的名义来学习的，他们并不是雇用关系。

"律师的资源是有限的，有些简单的问题，请学会利用网络搜索功能哦。"

对话框忽然又弹出这条信息，卓禹安定睛一看，是她发来"教育"他的，他想他大约有点儿受虐体质，竟然觉得好，真的好，她都学会绵里藏刀地拒绝人了。

他就没有再回复了。

舒听澜马上在网站后台设置了晚上十一点到第二天早上七点不接收任何消息。

然后，连着两天，对方都在晚上八点左右给她发来咨询信息。

第一次，他发来咨询："舒律师，有个问题想咨询一下，比如喝酒了，但并没有开车，只是在车库挪了一下车，算酒驾吗？"

舒听澜冰冷冷地截了一个图给他：驾驶行为概括为三步，即"上车""打火""轮子动"，只要机动车在道路上发生移动，即可认定为完成了驾驶行为，因此，在小区、停车场挪车的行为认定为驾驶行为，喝酒了就算酒驾。

"好，谢谢舒律师。"

第二次，他又来咨询了："舒律师，我有个关于替人担保的问题。"

就在他要讲述具体的事情时，舒听澜直接回复："抱歉，我的免费咨询只限两次，如果需要继续咨询，需要收费。"

她觉得对方太懒了，很多简单的问题，百度就可以查出来，或者自己翻一下相关的法律规定也行，但有些人就是习惯做伸手党，她不惯着。

“好，请问舒律师怎么收费？”

“两千/小时。”她的报价相比同行算合理的。

卓禹安便找了助理的银行卡号给她打了两千元：“这是之前咨询的费用，后面再按时间算。”两千元能与她聊一个小时，怎么算都很划算。

舒听澜坦然接受，这是她的劳动所得，虽然是有些过于好赚了。

收了钱之后，她一直等着对方再来咨询，结果对方大概一周都没再出现。

卓禹安没出现的原因是忽然意识到自己有些幼稚，这种接近她的方法过于拙劣，没有意义。加上他能不时从孙阅阅或者韩主任那儿得知她的消息，知道她正全心全意扑在徐巍的重审案上，便不想再打扰她，浪费她的时间。

舒听澜因为徐巍的案子比较复杂，所以最近频繁往返于森洲和H市，只是有些奇怪，孙阅阅经常与她一同前往森洲。

同一个航班上，她问：“你不上学了？”

“现在是暑假。”

“你去森洲做什么？孙律师、师母知道吗？”

“舒姐姐，小新没跟你说吗？我在卓远科技实习啊，卓总亲自带我。”孙阅阅说话的同时，还特意把自己的工牌拿出来给舒听澜看，一脸骄傲。

舒听澜却在听到卓远科技和卓总这两个名字时，心里咯噔一下，跳得失速。

“卓……禹安亲自带你？”舒听澜又问了一遍，心里生出一种怪异的感受，她知道孙阅阅从小就爱跟这些机器打交道，去参加机器人大赛是很正常的。

但是卓远科技破天荒地给一个高中生实习机会，而且卓禹安亲自带，应该是破例了。

但为什么破例？单纯是看重孙阅阅的能力？不可能，因为每年大赛都不乏一些智商超群的天才。

那是另有原因？什么原因？好像有答案要冲出来，但一闪而过，她没有抓住。

毕竟这几年，他从她的生活中消失得很彻底。在这个世界上，如果他有意找她，不可能找不到。但，他一次也没有找过。所以他亲自带孙阅阅只是巧合吧？

航班颠簸，舒听澜看了一会儿资料，觉得有点儿头疼，便闭目养神，不知不觉就睡着了，她做了一些梦，梦里是卓禹安和孩子们在一起玩的样子。

在梦里，她听到孩子们叫他爸爸，爸爸，与他亲昵地玩作一团。

她笑着笑着，忽然惊醒过来，心隐隐作痛。

下了飞机后，孙阅阅道：“舒姐姐，你跟我一起走吧。公司的车正好在机场接客户，坐公司的车回去。”

“不用了，我叫了网约车，已经到了。”舒听澜并不想见卓远科技的人，正准备离开时，一辆车忽然停在他们面前。

孙阅阅开心地喊道："崔姐。"

舒听澜已经推着行李箱疾步离开了。偏偏孙阅阅朝她的背影喊："舒姐姐，行李箱拿错了。"

副驾的崔姐随着他的目光看过去，便看到前边一个消瘦的推着行李箱的身影。

而后排的车门忽地打开，是卓禹安，他听到孙阅阅的喊声，心脏猛地一震，随着孙阅阅的目光看过去，便看到了前边停下脚步往回看的听澜。他从车上下来时，整个人几乎都是麻木的，是听澜，是她。

世界仿佛静止了一样，身边来来往往的人都成了一道背景，连孙阅阅在说什么、比画着什么，他都听不见了，只有眼前的舒听澜。

这几年，他连幻想都不敢幻想两人见面的场面，连幻想都觉得是奢侈，而现在她就这么猝不及防地出现在他面前，他心跳几乎要停止了。

舒听澜是在回头的刹那，看到下车的卓禹安。她也从未想过会在这样的场景下见到卓禹安，这个男人除了瘦了一点儿，竟然没有丝毫的变化，依然穿着裁剪合宜的白衬衫、西装裤，成熟、稳重、身材挺括，很有精英范儿。

从离婚之后，她就不曾再见过他了。

她强自让自己镇定下来，推着行李箱过来和孙阅阅换。她表面还算镇定，但实际上，她在用行李箱支撑着自己所有的力气。

卓禹安先开口打招呼："听澜，好久不见。"他的声音紧绷而沙哑，真的好久了，仿佛隔了一世。

"好久不见。"她回，声音里有疏远有陌生。

卓禹安很想抱抱她，很想跟她说，这几年，他很想她，很想。但两人都太陌生了，陌生到多说一句话都不合适。

舒听澜紧紧握着行李箱的拉杆支撑着自己，内心乱成一团，表面却无比镇定，这是这些年来她练就的功力。

两人上回如此近距离地面对面，还是离婚那一天。

她说："中午一起吃个饭吧。"

他说："不必了。"然后扬长而去。

她一个人坐在车内，趴在方向盘上哭到窒息。

后来呢，后来发生太多事了，妈妈去世，孩子们出生，原以为一辈子都不会忘记的人、不会忘记的爱已经渐渐变得模糊。

卓禹安问："听澜，你去哪里？我送你。"

舒听澜指了指前边的车："我叫的网约车已经到了，再联系。"

她很镇定地打完招呼，很镇定地走向自己的车。

身后的卓禹安疾步跟了过去，靠近她的刹那，舒听澜正好回头："有事？"

他摇了摇头："保持联系。"说着帮她打开了网约车的车门，让她进去。

“谢谢。”舒听澜弯腰进到车里。

坐上车的那一刻，她刚才挺直的腰背忽然垮了。

这几年，说一点儿也不想他是假的，偶尔在午夜梦回时，她也会想起曾经相爱的他们。有时候一个人带孩子太累时，她也会想，他如果在身边就好了，他一定不舍得她和孩子们那么累。

但是离婚之后，他删了她的联系方式，然后这三年来不闻不问，这种想念慢慢就化成了一点点的怨。

还有孩子们，她私自生下的两个孩子，如果被他的父母知道，会怎么想她？怎么对待他们？

这些她刻意回避的问题，此刻因为见到他，又忽然涌上来。

不过，舒听澜没有太多时间沉迷在过去里，到了森洲，徐母已经在酒店等她了。舒听澜把行李放好之后，来不及喝一口水，马上下楼与徐母赶往监狱见徐巍。

纵使去之前，舒听澜就一直强调见到人后不要再哭，她要跟徐巍好好聊聊当年的事情，但是徐母一见到徐巍就哭得不能自已，徐母一哭，里面的徐巍也哭。

徐巍说：“舒律师，我真的没有杀人，当年我只是恰好从王家经过而已。”

舒听澜：“当年法院审判时，你为什么认罪、签字承认人是你杀的？”

徐巍一听，情绪便稍稍激动一些：“我没有办法啊，当时审了我六天六夜，不让睡觉，不让吃饭、喝水，没日没夜地审，我不认罪，还打我——”

说着，他就撩开自己的袖子和上衣：“这些都是看守所的人打的，伤疤现在还留着，我如果不认罪，就要被打死了。”

一说到这儿，旁边的徐母又哇一声哭了起来，其实已经流不出眼泪了，就是干号。

舒听澜已把自己当成没有感情的机器人，徐巍母子俩在哭，她很冷静地把他疤痕的位置、形状都认真记录下来，然后继续问当时的一些细节问题。

徐母在一旁一直哭，一直安慰：“儿啊，妈一定会救你出去……舒律师会帮我们的。”

从监狱出来，徐母的情绪一直很激动，这几年，她上访，请律师、找媒体报道关注，最后都是不了了之，现在真正的杀人凶手出现了，可是她儿子依然被关在监狱里，无处申冤，舒律师就是她和儿子的救命稻草。

案子需要一步一步来，想让法院重新审理并不是容易的事情，如果重新审理了，那就等于间接承认十八年前存在刑讯逼供的行为，也间接承认了法院判的是冤假错案，对他们的公信力是个极大的挑战，法院那边没人肯牵头来重审这个案子，一直是踢皮球的态度来应付徐母，中间的律师换了一个又一个。

徐母从监狱出来后就直奔法院，直挺挺地躺在法院外的台阶上，开始还哭号几声，后来号不出来了，就躺着。

徐母打定主意要绝食抗议，以求法院重新审理她儿子徐巍的案子，在法院门口已经躺了一个多小时。

舒听澜拉不动她，也劝不动她，又怕她这么躺着会中暑。她在烈日底下站了许久，而且她穿的是黑色的衣服，很吸热，全身都冒着汗，头发也汗湿了。

她正一筹莫展之际，头上有一片阴影笼罩过来，替她挡住了炽热的阳光，一瓶带着凉气的冰矿泉水递到了她面前。

她稍稍一抬头便看到了不知何时站在她身边的卓禹安，他撑着一把太阳伞，手里拿着矿泉水，表情平静："喝点儿水，别中暑了。"他说话的语气寻常得仿佛这几年两人从来没有分开过。

卓禹安从在机场遇见舒听澜时就推掉了今天所有的工作，让司机陈哥一直跟着舒听澜，从机场跟到酒店，从酒店跟到监狱，再到法院门口。

他在车上已经看了她好一阵子了。

她变化真的很大，眼神已没有以前的轻柔、温顺，而是带着一股锋利的、甚至是故意外放出来的凌厉之色，都说眼神是心灵的窗户，卓禹安想到此，心里很难过。

他不敢想，这几年她是怎么走过来的？她妈妈去世之后，她跑到一个陌生的城市从头开始有多辛苦？如果不辛苦，她又何须把自己武装成这样强大的样子呢？

他从前唯一的愿望便是她能随心所欲地过着幸福的生活，所以这几年忍着没有来找她，他以为他的不联系、不打扰是对她好，可真的好吗？他第一次怀疑这几年自己到底做错了多少。

舒听澜本就燥热无比，又忽然在一天之内两次见到他，耳朵都嗡嗡作响，她下意识就往旁边躲，躲开他的伞，宁愿站在烈日底下。

卓禹安现在一见到她就觉得心疼，也不想强迫她，继续把水递给她。

"谢谢。"她生疏地接过他递来的水，抓在手里，并不打算喝。眼下她只想让徐母赶紧起来离开这里，无暇顾及其他。

这时地上的徐母似乎真的中暑了，脸色发白，额头上冒着大颗大颗的汗，还不时恶心想吐，但就是固执地躺着，不起来。

卓禹安见到，比舒听澜早了一步过来，很自然地把太阳伞递给舒听澜，让她给徐母挡着，然后扶起徐母让徐母喝他手中的水。

他力气大，徐母又昏沉沉的，想绝食也没用啊，卓禹安直接扶她起来，给她灌了一口凉水。

卓禹安此时的思路很简单，既然听澜是因为这老太太要在法院门口绝食而不得不陪着在烈日底下曝晒，听澜又不肯接受他的好意，那么他只能把老太太带到阴凉地方了。

结果人家徐母是中暑了，头晕、恶心，躺了这么半天已经快要虚脱，被他忽然这么灌了一口水，凉水进到肚子里，就更恶心了。

她呕的一声，吐了……并且，很不巧，不偏不倚吐在了卓禹安的裤腿上……

而卓禹安本来就因为扶徐母起来，徐母身上的灰全蹭在他的白衬衫上，白衬衫有几处脏特别明显，而现在的裤腿上……惨不忍睹！

舒听澜也因为这个突变，一时站在那里……

卓禹安那么矜贵的一个人，现在从上身到下身都叫人不忍直视，而且隐隐约约有点儿酸臭味。

不知为何，舒听澜就想起以前，她丢了文件，卓禹安帮她翻垃圾桶找文件的场景，当时他也是穿着白衬衫，衬衫上都是污渍，他以此为借口去她家洗澡，然后顺理成章就住在了她家。

此时，他的狼狈有过之而无不及！

徐母似乎吓坏了，她既有市井泼妇的一面，亦有长期生活在底层的怯懦，这会儿见自己吐了这个男人一身，而男人看着很高贵，不是普通人，她心里就咯噔一下，扑腾扑腾跳得飞快，怕对方要她赔偿，她现在一穷二白，赔不起。

想到这儿，她头就更晕了。

卓禹安倒是神色自若，看不出生气或者嫌弃的表情，只不过他保持着姿势微微回头："听澜，有纸吗？"

舒听澜这才正眼看他，见他眼里闪过一丝不适，只是隐藏了，没表现出来而已。谁被陌生人吐了一裤子，也不可能好。

看他狼狈，舒听澜有一丝心疼。

"没有纸。"她不是故意的，而是包里真没有纸。

卓禹安还是保持着半蹲的姿势，不可能站起来，因为站起来，会更惨烈。

"听澜，去我车里拿纸，陈哥在车上，顺便拿两瓶水过来。"他冷静地吩咐。

舒听澜就朝他的车走过去拿纸，走到车旁时才想起，自己怎么就这么听他的话？让她干吗就干吗？她管他脏不脏做什么？

她正想着，车内的司机陈哥忽地从驾驶座上下来，很兴奋地叫她："舒小姐，好久不见啊。"

陈哥算是她学车的教练，她的车技是陈哥手把手教出来的，他们是很久不见了，她点点头算是打招呼。

都已经到这儿了，她便弯腰从他的车里拿了一包抽纸、一包湿纸巾和两瓶水，抬头时，竟见到他的车前还挂着她以前送的那块和田玉。

这辆车已经不是以前他开的那辆，但是和田玉还在，与这辆车冷硬的气质很不搭。她送他这块和田玉时的场景还历历在目，此时看着就觉得有些讽刺。

她拿纸与水的时候，顺手就把这块玉拿了下来，打算等会儿扔了。

卓禹安还是比较有风度的，即便自己狼狈不堪，但是在舒听澜去拿纸与水的期间，他还在给徐母慢慢地喂水。

他明明摆着一张冷漠、疏离的脸，但是做的事情有礼且周到。

舒听澜把纸、湿纸巾、水都递给卓禹安。

“谢谢。”卓禹安接过纸开始清理裤腿上的残渍，清理完，又用矿泉水仔细洗了手才感觉舒服一点儿。

这时陈哥赶过来了，示意车里有备用服装，可以去换一套。

卓禹安把徐母扶到阴凉处之后，才回自己的车里换衣服。

舒听澜看着他一系列的动作，他依然是她印象中那个教养极好的男人。

卓禹安很快就换了一套干净清爽的衣服出来，不过下车时看了一眼车前窗，就看出问题来了，他的那块和田玉不见了，他不由得笑了，除了听澜，没人会拿。

这边舒听澜照顾着徐母，徐母经过刚才的中暑，还难受着，不敢再去那儿躺着了。况且法院门口隔三岔五就有人以这种方式来抗议，根本没人理她。舒听澜再三保证已经提交资料，会尽全力去促进法院重审本案，她才平静下来。

见到换好衣服迎面走来的卓禹安，舒听澜道：“刚才谢谢你。”没想到第二次见面会是如此狼狈的样子。

卓禹安点了点头，说道：“我送你们回去吧。”

舒听澜急忙拒绝：“不用了，我们还有事。”

两人已经离婚了，她不想和他再有任何瓜葛。况且她确实很忙，这个案子，前期该走访的、该调查的调查完了，接下来还要集中精力写申诉书以及补足材料，提交检察院等结果。

为了检察院能受理这个案子，申诉书如何写、材料准备是否充足就至关重要了。所以她还需要去找当年的受害者家属沟通重启案件的事，需要受害者家属手中的原生效判决书等，确实很忙，无暇顾及其他。

但是卓禹安还是如从前那样，他很坚持要送她。

旁边的徐母看着卓禹安和他的司机，有点儿害怕，说道：“舒律师，今天你累一天了，早点儿回去休息吧，我们明天见。”

徐母现在情绪平静下来，对舒律师是百分百的信任，再三感谢之后，便转身离开了。

第二十四章 风霜雨露

舒听澜此时确实有些筋疲力尽，一早从H市飞过来，又马不停蹄地带着徐母去监狱看徐巍，又来法院闹了这么一场，这些本来还好，但是忽然见到许久不见的卓禹安，让她心情很混乱。

他们离婚三年多了，他本来在她心里已经是陌路人。

但他还是如从前那样，上午第一次见面，他只说了一句好久不见，现在第二次见面，他看她，跟她说话的语气寻常、平静得就像说今天的天气真好一样。仿佛他们之间没有分开，没有这三年的空白，一切都如最初一样。

可是这三年多，她经历了太多的痛苦和绝望，于她而言，已恍如隔世，又怎么会和从前一样呢？

她看了他一眼，眼里似有了风霜雨露。

这一眼，让卓禹安的心忽然翻涌起了疼痛，当初他不该离开得那么坚决，不该只顾着自己伤心难过，那时的听澜，痛不会比他少一分。

“听澜，对不起。”他忽地把她扯进自己的怀里，不顾她挣扎，紧紧地抱着，“对不起，我当年不该走。对不起，妈妈离开时，我不在你身边。”这三年，他不该对她不闻不问，他有很多很多的对不起。

他的话就像匕首，精准无误地刺中舒听澜心中的软肋，她的鼻尖发酸，她强忍着眼泪没让它们掉下来。

她摇了摇头，推开他：“都过去了，我们现在都挺好的。”

“我送你回去。”卓禹安依然坚持，轻轻握着她细瘦的胳膊。

舒听澜无法，只得坐进他的车里。

上车后，看到前面后视镜下空荡荡的，她有点儿心虚，觉得刚才真是脑子坏了，才把那个和田玉给拿走。

卓禹安似乎也注意到了这个，唇角扬起一点儿笑，稍稍低头在她耳边说：“听澜，送我的东西就是我的。”

他熟悉的气息撩过她耳边，舒听澜瞬间僵硬，装傻道：“我不知道你在说什么。”

“不知道吗？”他忽地抓过她紧握着的左手，把她的手指一个一个地掰开，手心里躺着那块和田玉。

舒听澜面红耳赤，她竟然不知不觉一直攥在手心里。

“听澜，这块玉陪了我很多年，对我很重要。”

舒听澜被现场抓包，很尴尬，转过头看向窗外，不理他。

很快，她住的酒店就到了，卓禹安送她下车后说：“听澜，妈妈还有些东西放在家里，你什么时候有空，就回去拿。”

“我妈妈的东西？”

“嗯，你当时没带走。”他的语气又恢复了惯常的平静和礼貌。

“等有时间吧。”因为是妈妈的东西，她舍不得不要。

“好，来之前联系我。”

舒听澜很忙，第二天和徐母找到了受害人家属。

受害人家属早就在新闻上看到了相关的报道，真正的凶手可能还逍遥法外，见到她们来，情绪很激动，和徐母一样，希望能将真正的凶手绳之以法。

所以他们很配合律师，回屋子里取了一个铁盒，铁盒子里面有当年的判决书以及从法院取回来的遗物：“舒律师，这些能用上你就拿去吧，希望尽快水落石出，将真正的坏人绳之以法。”

舒听澜之前做过很多法律援助的案子，说实话，很多都是鸡零狗碎的事情，她确实无法从中找到自己的价值所在。

但是这个案子，徐巍、徐母、受害者，两个家庭的悲惨遭遇对她有很大的触动，除了维护法律的正义，她似乎也被这些同情等外在的因素裹挟着往前走。

下午回到酒店，她把收集的相关信息整理好，正工作着，有个没存在通讯录上的号码打过来，是很熟悉的一组电话号码，她知道是谁。

“喂？”

“听澜，今天过来拿东西吗？”卓禹安的声音传来。

“等一下过去。”因为明天就要离开森洲，又是妈妈的东西，她打算整理完手中的资料就过去。

“好。”

等舒听澜忙完手中的事，一抬头，天色已经暗了。

她从酒店出来，就见卓禹安的车稳稳地停在门口，不知等了多久，见到她出来，他朝她挥手，满脸的笑意。

舒听澜也没客气，拉开车后座的门上车，不坐副驾驶，存心与他保持着距离。

卓禹安笑笑，也没在意，一路把车开回了市中心的房子。

迎面扑来熟悉的景物，舒听澜的心还是有些波动的，她很难做到完全无动于衷。

下了车，她乘电梯上顶层，电梯的轿厢就那么大，她靠近角落站着，无法忽视卓禹安的存在。里面很安静，只有电梯运行的沉闷的声响。

她不经意看向卓禹安的方向，像是感应到她的目光，他站在一步远的距离，也抬眸看了她一眼，什么都没说，一如既往地平静。

这套房子承载了他们太多美好的回忆，这是她不得不承认的，所以触景伤情，心里总有稍稍柔软的一块被碰触到。

出了电梯，卓禹安在前面走着，她在后面跟着，渐渐有一种物是人非的感慨。

到了门口，她踌躇着是否要进去，卓禹安回头朝她淡淡道："进来吧。"然后只给她留下一个背影。

他太平静，也太坦荡，以至让舒听澜觉得是自己太矫情，想太多了。人家就是很守本分的前夫而已。她便也换了拖鞋进去。

这个家哪里都没有变，她买的那些廉价的家具还摆放在原处。

卓禹安解释："听澜，这套房子还是你的。"言外之意就是她可以随时回来，想怎么处置就怎么处置。

舒听澜想起来了，当初离婚时，他还算大方，这套价值上亿的豪宅，说送她就送她。

"这套房子本就是你的，跟我没什么关系。"她说。

"在你名下呢。"卓禹安这回很认真地说。

他反复强调房子在她名下，是想收回去，需要她配合签字？舒听澜瞬间明白他的意思，回道："你什么时候有空？我随时配合你去房管局过户。"不是她的，她本就没想要。

卓禹安笑了："听澜，我这个前夫在你心里就是这样的形象吗？送出去的东西还有要回来的道理？"

他自认了前夫的称呼，舒听澜倒有些不适应了，一时无话可说。

卓禹安见此，调侃道："我可不像有些人，几百块钱的东西，还想着要回去。"他指的是他车里的那块和田玉挂件。

这不是说她还能是说谁？她心里的气噌噌往上冒，却又无法反驳，她只好转移话题："我妈妈的东西呢？"

卓禹安不敢再揶揄她，打开手中的盒子，里面是一块表："这是我们结婚时，妈妈送给我的礼物，我一直没舍得戴，现在给你。"

因为她妈妈去世了，所以他才把表拿出来给她，算是给她留个念想。

舒听澜一看到那块表便泪眼模糊，她有印象，妈妈很早以前就买了，说要送给未来的女婿，不知妈妈是何时送给卓禹安的。

"谢谢。"舒听澜接过表，这次是真心实意地感谢他，妈妈留下的东西很少，这块表就显得弥足珍贵。

卓禹安点点头："吃了饭再走吧。"

舒听澜抬头看他，见他神色寡淡，但邀请态度真诚，看在这块表的分上，她便答应了。

卓禹安没再招呼她，转身去厨房把冷掉的饭菜加热，这些菜，在去酒店接她前便已经做好了。

厨房是开放式的，舒听澜一眼就能见到中岛台前忙碌的他，亦如多年前。她别过了脸，觉得今晚自己的行为有些莫名其妙，本是该避开的人，怎么就坐到这儿了呢？

大概是因为卓禹安看她时眼神太过于平静，就真的是把她当成朋友，这让她放松了警惕。

卓禹安已端了三菜一汤过来，一边给她盛汤，一边说："好多年不做饭了，你看口味还一样吗？"很自然的话与动作。

舒听澜却有些食之无味，觉得两人不该再有任何交集，她随便吃了两口便起身准备走："谢谢你把我妈妈的表给我。"

卓禹安幽幽地说道："听澜，即使我们已经离婚了，但我们还是朋友。"

他尽量克制自己所有的情绪，以一种阐述事实的冷静态度说这句话，并不想在情感上给她任何压迫感，他已错过三年，不在乎再等三年。

"嗯。"舒听澜如是回答。她心想，朋友？曾经相爱过的人，分手后是很难成为朋友的。

卓禹安送她回酒店，她没有拒绝。

"什么时候回去？"卓禹安问。

"明天。"

"好，一路顺风。"

卓禹安第二天上班比平时晚了一点儿，到办公室时，遇到来送傅慎逸上班的林之俜，他朝她点头算是打招呼。

而林之俜一以贯之，根本不屑理他，朝他翻了一个白眼，然后继续跟秘书室的崔姐闲聊。

她性格活泼，经常来送傅慎逸上下班，与崔姐一来二去，就成了朋友。崔姐忘记她之前闯卓总办公室的无礼了，现在很喜欢她。

崔姐透露："我们卓总找到那位舒小姐了，现在可算有点儿人气儿了。"

崔姐知道林之俜是认识那位舒小姐的，但并不知她们的关系有多好。

她话音一落，就见林之俜脸色忽变，看着她："卓禹安找到听澜了？"

没等崔姐回答，林之俜已经一阵风一样跑向卓禹安的办公室了，空气中只留下她淡淡的香水味。

她对卓禹安一向不客气，气喘吁吁地冲进办公室，直接就道：“你找到听澜了？把联系方式给我！”蛮横也霸道！

卓禹安没说话，低头操作手机，叮咚一声，林之偊的手机就收到了他发的信息。是舒听澜现在用的手机号以及工作的地点！

“她这几年都在H市？”

“嗯！”他回答。等时机到了，他会亲自去一趟H市！

林之偊看着手机上的信息又看了眼卓禹安，忽然明白了：“你这只老狐狸是故意让崔姐告诉我听澜的消息吧？”

卓禹安不置可否，想追回听澜，就要恢复以前的状态。

“听澜不理你？”她幸灾乐祸地猜测！

“想让我助你一臂之力？”她又问！

呵呵！

“卓禹安，你如意算盘打错了，找到听澜，我第一个反对你们在一起！”

卓禹安脸色顿时阴沉。

林之偊迤迤然走了。

林之偊订了最近的一趟航班赶往H市，想见听澜。

她此时的心情简直就像去见初恋情人一般激动，她好久没有这样雀跃过，即便跟傅慎逸结婚时，都没有这样开心。

她订的是最快的航班，大约也就比听澜的航班晚了两个小时，到H市时，正是下午三点多。

此时律所里，只有孙律师和小新在。孙律师很悠闲地在办公室里喝着养生茶，翻着法律杂志。小新在忙着整理舒律师出差带回来的各种文件，舒律师回来后就直接去见客户，然后再去幼儿园接小朋友们。

小新正忙得焦头烂额时就见一位穿着打扮非常时尚、与律所气质格格不入的美艳美女在门外反复确认地址。

“您找谁？”律所别的律师都不在，小新只好出来招待。

“这是孙律师的律所吗？”林之偊不太敢确定，因为以她家舒舒的条件，必然是在知名、大气的律所，怎么可能在这种小门面的律所里呢？这不是屈才吗？

结果里边出来的小女孩很热心地回答：“是的，您找我们孙律师吗？”

小新看清来人，心里感慨，哇，好漂亮，眼睛能勾魂一样明艳，她一走进律所，律所顿时就显得暗淡无光了。

“孙律师，有人找。”小新急忙去敲孙律师的门。

孙律师出来了，也被林之偊的外貌闪了一下眼，对长得太漂亮的女生，他一向敬而远之，因为不利于养生。他问：“您是？”

“孙律师，您好，我找舒听澜舒律师。”林之俜很礼貌地开口，毕竟对方是她家舒舒的老板，她不能拉后腿。

“舒律师去见客户了，今天不回律所了。您找她有事吗？我帮您转达或者明天再来也行。”

“这样啊，我是她朋友，方便把她家地址给我吗？”

“不方便哦，你是她朋友可以给她打电话嘛。”小新又不傻，哪能随便把舒律师家的地址给别人？舒律师因为是单亲妈妈，带着两位小朋友，所以很谨慎，从来没跟别人说过自己家的地址，平时如果在网上买东西，也都是寄到律所来。

林之俜终归要为自己的冲动行为买单，她什么也没带，空着手就跑到H市来了，既没有带换洗的衣服，也没带钱，就一部手机，这会儿手机还快没电了。

她道：“借用一下你们的充电器充个电，不介意吧？”

“不介意，用吧。”孙律师佛系得很，反正律所经常有客户来，多一个陌生人在这儿充电无所谓的。

小新回自己办公桌忙起来了，但是对来找舒律师的人还是充满了好奇，因为怎么看，眼前这位明艳的美女跟舒律师都不像是朋友的样子，她家舒律师多朴素啊。

她正想着，律所的大门被打开了，进来两个瓷娃娃一样的小朋友，蹦跳着扑到她身边来：“小新姐姐，我们好想你啊。”

小新急忙放下手中的工作，张开双手迎接他们：“你们怎么来了？”

“妈妈说有好几个快递没取，所以过来取快递。”

孙律师闻言，也从办公室里出来了，有阵子没见两个小家伙，他们好像又长高了一点儿。

“孙爷爷好。”两位小朋友很有礼貌地跟孙律师打招呼。

孙爷爷？！他还是中年，好吗？他正生气呢，舒听澜紧随其后，手里拎着大包小包进了律所。

一旁的林之俜愣住了，不可思议地看着舒听澜，眼泪一下就冒出来了，心想，这还是她的舒舒吗？留的是什么见鬼的发型？还有，穿的那是什么？一身黑衣黑裤，看着黑沉沉的。手上还抱着好几个快递包裹。

她就站在那里，盯着舒听澜看，心里翻涌的除了激动，还有心酸以及愧疚。

舒听澜一进来只顾着看两位小朋友，并没有看林之俜，以为是客户，这会儿觉得对方在看自己，她才抬眼望过去。

然后她就愣住了，觉得不可思议，以为自己在做梦：“俜俜？”

她一叫林之俜名字，林之俜就忍不住哭出声了：“舒舒！”

她一边哭，一边伸手与舒听澜拥抱，像个小孩一样。

反而舒听澜比她平静一点儿，轻轻拍着她的后背道：“别哭了，妆都哭花了。”

舒听澜知道她爱美如命，这么一说，她立马止住了哭声。她与舒听澜面对面站着，看舒听澜这样，满腔的愧疚又变成了生气：“我不在你身边，你真的很能糟蹋自己。”她嫌弃舒听澜穿成老气横秋的样子。

舒听澜会心一笑，还是她的偈偈，一点儿也没变，真好啊。

“妈妈，妈妈！”两位小朋友见妈妈跟一位陌生阿姨相拥、说话，把他们给忘了，不甘示弱地扯了扯她的衣服。

舒听澜瞬间回神，禁不住全身僵硬了一下，一时不知该怎么面对此时的状况。

林之偈愣了一下，看到两个小不点儿昂着头好奇地打量她，她则蹲下与他们平视，然后反复打量着他们。

两个孩子也认真地看着眼前这个漂亮的阿姨，很好奇。

这哪里还需要舒听澜说一句话？她看一眼就知道是谁的孩子：“舒听澜，你真行，你真行！”她又生气又心疼，生气舒听澜这么大的事都不跟她说，又心疼舒听澜这几年是怎么过来的。

“先回家再说吧。”她有很多话不便在律所说。

林之偈率先走出律所，在门外等着她，看她拎着大包小包还要照顾两位小朋友，林之偈又折回来，一手牵着一个孩子往外走。

对孩子们来说，她是个陌生人，所以很抗拒被她牵着手走，但迫于她的危险气场，只能心不甘情不愿地跟着。

等上了车，孩子们坐在后面的安全座椅上，舒听澜开车，她坐在副驾驶座上，还不时朝后面扮个鬼脸吓唬孩子们。

舒听澜：“你还能更幼稚一点儿吗？”看她这样，都不如舒小念来的成熟。

“我看到他们我就生气。”林之偈不是生孩子的气，而是舒听澜躲起来怀孕生子的事情让她生气。

舒听澜没有再说话，径直开车回了家。

下车的时候，林之偈抢着把各种快递包裹和舒听澜的电脑包都抱上楼，舒听澜只须管两位小朋友就行。

林之偈反常地有些沉默，她坐在客厅的沙发上，目不转睛地看着舒听澜忙进忙出，从进门到现在就没停下来过，太能干了，能干得让她心疼。

舒听澜一时不知该跟林之偈说什么，等晚上陪两位小朋友睡着之后，她才有时间到客房陪林之偈。

两人像以前那样并排躺在床上，以前总有说不完的话，现在却无从说起。

“偈偈，恭喜你啊。”舒听澜指的是她与傅慎逸结婚。

林之偈沉默了一会儿问道：“是卓禹安给我的联系方式，他知道孩子们吗？”

舒听澜摇头：“不知道，也不打算让他知道。”

“舒听澜，你出息了。”林之偈举双手双脚赞成不让卓禹安知道，“凭什么你辛苦养大的孩子要叫他爸爸？他付出过什么？”

舒听澜一时沉默。

两人东拉西扯地说了很多近况，舒听澜已很久很久没有这样的倾诉欲了，但是跟林之㑊在一起，就可以毫无压力地谈心事。等到林之㑊睡着之后，她才回自己的房间陪小朋友们睡。

林之㑊在H市陪了舒听澜三天，架不住傅慎逸一天十个电话地催，只能打道回府。

舒听澜想去送她，被她制止：“安心工作吧，我过两天再来看你。舒舒，放心，我会替你保密的。”她指的是两位小朋友的事。

“嗯，我过几天还要去森洲出差，徐巍那个案子有进展了。去了，我跟你联系。”

“好，到时候住我家。”林之㑊抱了抱她，然后赶往机场。

高级法院那边很快就来了通知，徐巍的案子可以正式重审。

案子终于有了实质性的进展，徐母通知舒听澜时，声音激动得发抖，按孙律师的话来说，这个案子能有实质性的进展是几方努力的结果。有媒体的报道宣传，有律协的韩律师在奔走疏通各方关系，有法院的刘法官拍板承担责任，才促成了重启这个案子。

外界关注得多了，负责这个案子的舒听澜也在业内受到了不小的关注。

周一她去机场时，两位小朋友嘟着嘴不愿意让她走，她最近出差太频繁了。

在师母的帮忙下，舒听澜终于找到一位合适的阿姨负责接送孩子，让她放心不少。

她对他们既不舍也充满愧疚，可是她的事业不温不火了几年，现在来了机会，她不想再错过，也想全力以赴一次。

徐巍案正式开庭那天，除了当事人与辩护律师，旁听席来了不少人，有律师、媒体，还有受害者的家属以及几位关心这个案子的普通民众。

卓禹安也在其中，他很早就到了，选了旁听席后面的位置坐着，看着听澜一身正装站在辩护席上，庄严肃穆，他心里对她既充满了爱，也充满了敬佩。

在辩护时，她眼神凌厉，声音有力，就像一位女战士，分毫不让，寸土必争。

这三年，她已长出铠甲，走得很远了，只有他还停留在原地。

舒听澜辩护的间隙看到旁听席的卓禹安，表情微愣了一下，心跳了一下，然后急忙收敛情绪。

因为之前在提交申诉书时已经包含了所有的辩护材料以及证词，相关的庭审人员都已看过，此时她是再阐述一遍相关证据与辩护词，要求法院判徐巍无罪。

正如当时开研讨会时她的发言一样，她提出疑罪从无的观点。

首先，十八年前的审判存在严重的疏忽，既没有在犯罪现场找到徐巍的指纹以及任何能直接证明是他的有力证据，也没有现场的目击证人。仅凭那双码数一样的解放牌布鞋、家家户户都有的麻绳就断定他是杀人犯，是对法律的亵渎。

其次，徐巍身上的伤可以证明当初他的那份认罪供词是在严刑拷打及威逼利诱之下签的。在她查阅卷宗时，发现当年审讯徐巍的办案人员劣迹斑斑，已在五年前因为刑讯逼供被停了职。这些都足以证明徐巍当年认罪并非他本意。

最后也是最重要的，新的犯罪嫌疑人王某的供词，对当年与朋友伙同作案的细节的陈述与卷宗记录的当年的案发现场完全贴合。

事实真相已浮出水面，徐巍就是冤假错案的受害者。

舒听澜几乎没有任何停顿，逻辑严密，抽丝剥茧一般，把案件的真相一一还原，每一个观点都有完整的证据链来支撑。

这可以说是一场完美的辩护。

旁听席最后一排的卓禹安看着在上面光芒四射的她，心里除了涌起更深一层的情感，还有一种难以名状的失落，他的女孩已经成长得像个战士，能披荆斩棘、乘风破浪了。

几乎没有疑问，刘法官当庭宣布徐巍无罪。

旁观席的听众一阵欢呼，坐在最前边的徐母踉跄着走向前边与徐巍抱头痛哭，整整十八年的等待，从黑发熬到白发，从青年熬到中年，个中痛苦，只有母子二人能懂。

他们的恸哭引得旁人皆动容，舒听澜低头默默地整理桌面上的材料，不愿外泄自己此时心中的激动与感动，唯有那双微微发抖的手透露出她内心的波澜。

第一次，她如此真切地感受到这份工作带来的价值。

徐母牵着徐巍的手走到她面前，母子二人扑通一声跪在她面前，没有任何话，就是朝她磕了三个响头。

舒听澜哪受得了这个，手忙脚乱弯腰扶起他们。

徐母不起来，紧紧抓着她的手，眼里全是泪："舒律师，你是我们徐家的大恩人，是我们的再生父母。"什么言语也无法表达徐母此时的感激之情。这一路，是舒律师不离不弃，陪她走访各方关系，找证据、找人，熬夜看案卷，不放过任何细节，才有了今天的胜利。

舒听澜既感动，也有些无所适从，被人当众如此情真意切地感激，她受之有愧。这个案子，她只是其中一个螺丝钉而已，是各方走动关系，是韩主任、刘法官这样的正义之士，及外界的呼声促成的结果，也是现在法治社会的担当，能够直面过去的错误。

旁听席上的卓禹安笑着，朝她竖起一个大拇指，用口型夸她："真棒！"

她一直是一个工作认真的女孩，从前就是，现在更是锋芒毕露。她的能力，他从不怀疑，只是没想到她会成长得这么快。

舒听澜看到他的鼓励，默默转过了头。

打完官司，舒听澜原本想直接回H市，放心不下孩子们，但是晚上，律协的韩主任特意为她办了一场庆功宴，请了业内几位知名的律师，还有法院的刘法官，她推托不了，只得参加。

让她意外的是，在庆功宴上，她竟然又看到了卓禹安。

卓禹安与在场的律界人士完全是两个次元的人。他就是一位商界精英，而律协的这些律师都有些老气横秋或者老干部形象。

他神情淡定地坐在那儿，一左一右分别是韩主任与刘法官，简直神奇。

舒听澜还算淡定，以她对卓禹安的了解，他出席任何场合都不足为奇。

韩主任见到她来，招呼道："小舒，来了。"

她是本次庆功宴的主角，所以备受关注。在场的律师都朝她看过来，有很大一部分律师对她是只闻其名不见其人，这会儿见到她，都忍不住道："没想到舒律师这么年轻。"

她不仅年轻，还漂亮得很，要不是有徐巍案的优秀表现，单从外表上看，他们觉得她就是花瓶而已。这大概是对漂亮女孩的一种刻板印象吧。

她虽是庆功宴的主角，但论资排辈，桌旁的全是她的前辈，所以座位还是很有讲究的，她主动选择坐在韩主任与刘法官的对面，也是卓禹安的正对面。

她有能力又低调谦虚，还长得那么漂亮，大家对她的印象自然就好。

"真是江山代有才人出，我们可以放心地把这份责任传给他们这一代的律师了。"

"是啊，后生可畏。"

舒听澜急忙谦虚道："这个案子能够推进下去，是各位前辈努力的结果，我只是踩在前辈们铺好的路上往前走而已，实在算不得什么。"

"小舒律师太谦虚了。"他们对她真是越看越觉得不错。

在座的律师都是人精，夸完她，自然要开始夸韩主任与刘法官了。

"是韩主任慧眼识珠推荐了小舒这样的有志青年来负责这个案子，也是刘法官作为法律人的担当，扛住压力重启此案，中间缺了哪个环节都不行，我替所有人谢谢你们。"他们说着举杯敬酒，自己一干而尽，但很有素养，并不劝酒，大家自愿。

接着就是夸在场唯一的外行人士卓禹安了，虽然除了韩主任与刘法官，谁也不知他为什么会出现在这里，但看他坐的位置在德高望重的韩主任与刘法官中间，地位不言而喻。

这些人精，想夸一个人，就能变着花样夸："我敬卓总一杯，是卓总这样充满正义的社会爱心人士的关注，才让案子有这样的影响力。这份影响力才是薪火相传，能对全社会，也对公检法起到震慑作用，功德无量，功德无量。"

不知为何，坐在卓禹安对面的舒听澜在听到别人用"功德无量"来形容卓禹安时，不由得觉得好笑，这四个字与他太违和了。

她很收敛，即使觉得好笑，也只是唇角动了动，眉梢往上扬了扬，却不料这个表情正好落入对面卓禹安的眼里。

她藏着笑意不经意看他时，他狠狠瞪了她一眼，大约是很不爽，平白被人用这个词来夸，瞬间把他夸得像七老八十的老头。

这一波夸奖完之后，也算完成本次庆功宴的主题了，所以气氛开始轻松起来。

韩主任问舒听澜："小舒律师有没有考虑留在森洲发展？在H市屈才了。"H市毕竟不是一线城市。

卓禹安听到韩主任的问话，看向她，像是在等她回答。

舒听澜道："谢谢韩主任，暂时还没有考虑。"

"是怕你们孙律师吗？我可以帮你跟他说。年轻人嘛，要多为未来考虑，在森洲机会多。"

"好，我考虑考虑。"她如此应着，却完全没想过，毕竟小朋友们都在H市。

应酬结束后，舒听澜主动送各位律师到门口，和他们一一道别，在人情世故上很周到。

最后要离开的是韩主任与刘法官，他们站在门口跟卓禹安说着什么，卓禹安点头。等他们经过舒听澜时，驻足，韩主任道："小舒，如果想来森洲发展，随时找我。"韩主任惜才，不忘继续挖她。

"好的，以后一定还有很多合作机会。"她恭敬地回答。

刘法官则是朝她点点头，说了句再见，然后就走了，一整晚都没怎么说话，毕竟在他的位置上，其实不太愿意跟律师们打交道，今晚纯粹是为了卓禹安来的。

他们全都走了，只剩卓禹安，他说："我送你。"他指了指自己的车，目光很坚定。

"谢谢，不用了，我自己可以回家。"最近因为频繁往返森洲，所以她没再住酒店，而是住自己近郊的房子。

"走吧。"他开门让她上车，态度诚恳地看着她。

舒听澜想了想，便上了他的车。

一路上，两人都没开口说话，气氛一度尴尬。

"韩主任、刘法官都是你提前打过招呼的？"舒听澜问。

这次徐巍的案子能够重审，她觉得太顺利了，直到今晚庆功宴，看到他们对卓禹安的态度，她又不傻，瞬间就明白过来了。

卓禹安怕她觉得自己多管闲事，便解释道："我没有恶意。"语气里带着一点儿卑微。

舒听澜在心里嘀咕："我有那么爱生气吗？"她又不是真不知好歹，分不清善意与恶意。至少有他的帮助，这个案子能够顺利重启，拯救了徐巍母子，结果很好，不是吗？

见她一直没说话，卓禹安真以为她生气了，他开着车，稍稍转头看了她一眼，见她神色平静，他才松口气。

他就是怕她啊，怕她生气，怕她觉得他多管闲事，怕她不理他。

“专心开车！”她说。

快到小区门口时，她又幽幽地说了一句：“谢谢你，我替徐巍母子谢谢你。”

卓禹安的心便豁然明亮，他坚持把她送到单元门口。舒听澜下车，他也下车：“我送你上去。”

听澜：“……”好熟悉的台词，多少年了？

所以她马上拒绝：“不用了。”

他指了指单元门口上方的监控：“监控坏了，我送你上楼。”

这也算理由？监控坏了，又不是电梯坏了，有什么可送的？但他已经自顾走进了电梯，舒听澜无语，也只能走进去。

就在电梯门即将关上时，他们忽然听见外面有人喊了一声：“等等。”

舒听澜急忙按开门键，让外边的人进来，结果，门一开，只见两个穿着搬家公司服装的工人扛着沙发，从电梯门外挤进来。

他们一边搬沙发，一边道歉：“对不起，劳驾！”沙发太大，直接把卓禹安与舒听澜堵在了里边的三角区域里。

搬家公司的工人使劲把沙发挤进电梯之后，又挤进来沙发的主人。

舒听澜与卓禹安被挤进电梯的角落，牢牢贴着电梯壁。沙发成功把他们与外边的工人隔开，里边竟形成了一个隐蔽的空间。

太挤了，舒听澜身子往后贴着电梯壁，试图与卓禹安分开一定的距离，但是没用，空间太小，两人面对面紧紧地靠在一起，能闻到彼此身上的味道，甚至能听到彼此越来越快的如擂鼓的心跳声。

舒听澜今天穿的是一双高跟鞋，所以此时她的脸正好对着卓禹安的肩膀，呃，也就是，她的呼吸全喷在他的脖颈处，她只好把头扭到一边，但扭到一边的结果就是视线正好对着他的下颌线以及喉结处。

舒听澜其实很紧张，身体贴得太紧，随便一个小动作都格外敏感，短短十几秒仿佛好几个小时。

听到叮的一声，她家楼层到了，她如释重负。

然而，他们两人被阻拦在沙发里边，沙发外的搬家工人朝他们喊：“对不起啊，劳驾你们先跟我们继续上楼，一会儿电梯下来再出去。”

因为如果现在要出去，势必要工人把沙发先搬出去给他们让完道再搬进来，舒听澜不是为难人的性格，只好继续被困在里面，随着电梯继续往上。

两人几乎是严丝合缝地贴在一起，卓禹安的后背就是沙发，他确实无法往后退一步。两人对彼此都太熟悉了，即便几年不见，然而身体的所有记忆都还在，这样的环境下，过去的亲密忽然都跃入大脑中。

舒听澜只觉得自己的脸烧得厉害，尤其目光所及，看到他的喉结微不可察地上下滚动了一下。

“对不起，再忍忍！”卓禹安沙哑的声音传来。

他尽量转移注意力，她身上有他太熟悉的味道，并且还隐隐有一些以前没有的奶香味，他的大脑此时乱作一团，若不是靠意志支撑着，他恐怕无法绅士。他只想低头狠狠地亲她，这么近的距离，一低头就能亲到。

“嗯。”她回应时，竟发现声音都不像自己的了。她很尴尬，不仅脸红，连耳朵都红了。

电梯终于到了，搬家公司的人一阵风一样，把沙发往外搬，顺便又跟他们说了一声对不起。

空间一宽阔，卓禹安先舒听澜一步往旁边挪开，比她还急着要隔开两人的距离，彼此很尴尬地并排站在电梯里边，都假装看着电梯楼层跳动的数字。终于到她家楼层时，电梯门一开，她便逃一般跑向自己的家，她的这套房子，卓禹安来过无数次，他与她一同走出电梯，过道里昏黄的灯光照过来，他恍惚了一下，好像一切都未变，还是从前的样子。那时两人相爱时，每次回来，总是在门口便控制不住缠绵起来。

舒听澜没有他想的那么多，但是也有几个画面从她脑海里闪过，那时他总是不请自来，每次就倚在她家门口的过道处等她，忽明忽暗的光线里，他浑身笼着夺目的光芒，让人忽略不了。

终究是过去的事了，她把这些画面抛到脑后：“今天谢谢你。”她说完就打算关门，结果门外的卓禹安长手一伸，就把她拽了出去，他的力气太大，她根本抵不过。

慌乱之中，她已经被他困在门外的墙边，他一手揽着她的腰，一手扶着她的头，几乎没有任何犹豫，像以前无数次发生过的那样，低头便想吻她。

铺天盖地熟悉的气息传来，舒听澜挣扎着，使劲想推开他，而他却换了一个姿势，改为像以前那样，双手紧扣着她的双手，贴在墙上，让她整个人都动不了。

熟悉的记忆与动作让她恍神的工夫，他的唇便落下了，她扭过了头，不让他碰。

卓禹安的唇落在她的下巴处，但他并未放弃，径直往上含住她的双唇，强势、霸道，直接撬开她的牙关。他曾做过无数次的动作，熟悉得不能再熟悉。

舒听澜忽觉心痛难当，眼泪瞬间就下来了。

这么多年，她经历了生离死别，经历了大起大落，他怎么能像没事人一样，以为还能回到从前?

她狠狠咬他的舌头，血腥味在口腔中蔓延，卓禹安这才放开她，他的双眼是通红的。

“对不起!

“对不起！”卓禹安低喃。

他刚才不是冲动，这是他日思夜想的事情，这几年没有见到她，他的身体也随着他的心变得平静、毫无波澜，可是看到她，尤其是在熟悉的场景，不仅他的心复活了，连身体也鲜活起来，渴望着她。性本就不是难以启齿的事情，爱与性一直就是并存的。

“听澜，我知道你对我还有感觉，我们重新开始，好不好？”此时此刻，他很后悔当初离婚，见到她，就控制不住想再次拥有她。

重新开始？舒听澜觉得仿佛是天方夜谭：“我们经历了这么多，你以为还能重新开始？”

以前离婚存在的因素没解决，现在依然没解决，怎么重新开始？而且她早就不是几年前的舒听澜了。

“对不起。”她进门，把他狠狠地推出门外。

她承认，她对他还有感觉，刚才铺天盖地熟悉的气息与动作侵袭下来时，她几乎是下意识地想攀住他，像从前无数次那样。但他们回不去了。

很晚的时候，卓禹安给舒听澜发了一条消息：“听澜，最近这段时间我不会打扰你，给你足够的时间好好考虑。你担忧的问题，我会解决。”

给她考虑时间的同时，他打算回京城一趟，见一见父母。

听澜说得对，以前离婚时的很多问题现在依然存在，如果没有解决，他们在一起依然是互相伤害而已。

从前是他太骄傲或者太天真，以为结婚了，生米煮成熟饭，父母便无可奈何，只能接受，但他忘了他的父母不是普通人，他们有比普通人更加强烈的意志与执念，他与他们硬碰硬必然会两败俱伤。

如果放任父母的问题不管，他与听澜即便再在一起，也是矛盾重重，把过往的伤痛再重复一遍而已。

第二十五章

追回她

卓禹安第二天便坐上了飞往京城的航班。

他几年不回来，车子停在四合院门口时，是保姆先看见的，保姆不可思议地看着他，然后惊叫道："禹安回来了。"

她惊喜之余又意识到自己失态了，连忙捂着嘴大步往回走，去叫程老师。

程知敏近来神经有些衰弱，本来正准备午睡，却见平日稳重的保姆有些激动地过来叫她。她皱眉看着保姆，头隐隐作痛，并不觉得有什么事情值得激动，这几年，家里真没有一件值得高兴的事。

儿子卓禹安多年不回家，老爷子又去世，卓闳工作更忙，除了需要夫妇参与的必要活动，两人几乎形同陌路，而官太太圈子里的人明里暗里对她亦是颇为看不上，她也懒得和她们来往。就这，有什么值得保姆激动的事情？

"程老师，是禹安回来了。"

"谁？"程知敏胸中一热，不敢相信，却从床上一下爬起来，即便闹了再大的矛盾，却终究是自己儿子、最亲的人，她能不激动吗？

"是禹安。"保姆又说了一遍，然后陪着她出去。

明明内心激动万分，但是走出门口时，她又恢复了一贯的骄傲，放慢了脚步，渐渐收起所有心情，面无表情地随保姆往外走。

自己的儿子自己最清楚，无事不登三宝殿，以两人的关系，她不知他忽然回家又要闹哪一出。

"他有说回来做什么吗？"她问保姆。

"没说，但是看着旁边还带着秘书，应该是出差顺便过来看看。"

"那可真是太阳从西边出来了。"程知敏嘲讽。

到了院子，她远远就看到一个高大的身影正往里走，上回见他还是老爷子去世时，在医院里匆匆一见，那会儿事太多，她没仔细看他，就记得他瘦了很多。这次再见，他倒是比上回精神了。

她端着身份不说话。

卓禹安先开口："来出差。"很简单的一句话。

程知敏点头，吩咐保姆：“去把禹安的房间收拾出来。”

保姆高兴得都快要哭了，急忙说：“咱们禹安的房间每天都会打扫，随时能住。”她一边说，一边就去提卓禹安的行李箱。

他说是来出差，其实也没错，卓远科技跟京城几所高校有合作，来了正好跟高校领导走动走动关系。

卓禹安一直没说话，跟着保姆回了自己的房间。他的房间就在老爷子的睡房隔壁，他经过老爷子睡房时，脚步一顿，看了一眼。

“进去看看吧，你爷爷的东西都没动。”程知敏终于找到话题跟他说话。

“嗯。”卓禹安推门进去。

老爷子的睡房外其实是一个会客厅，平日有亲近的下属来谈事，就在这个会客厅。会客厅两面的墙上还挂着他最喜欢的几幅字画，都是一些名家送的，价值不菲。中央的桌子上摆着他的遗照，遗照前摆放着新鲜的水果，看来是每天都有人进来换。

“程老师很用心，老爷子去世后，找人专职打扫这间房，每天按时上香上供。”保姆在旁边解释。

“你爷爷不管在不在世，他的精神都不会散，只要有他在这儿，我们这个家就散不了。”程知敏说着递给他一支香。

卓禹安接过香，看了一眼程知敏与保姆，没说话，但眼神是示意她们出去，他想独自跟老爷子待一会儿。

“禹安，你还没吃饭吧，我去给你做饭。”保姆说。

“在飞机上吃过了。”

程知敏和保姆便抬脚往外走。到了门外时，她稍稍松了口气。即便是自己亲生儿子，但她面对他时，竟有些紧张，一是捉摸不透他忽然回来的目的，二是他气场确实强大，不说话的样子比老爷子还让人生畏。

知道他在飞机上吃了，但是程知敏还是让保姆去厨房给他做点儿点心，自己也去帮忙打下手。

保姆还是很高兴：“我看禹安这次主动回来，应该是真放下过去的事了。”

程知敏没有保姆的乐观，她跟人打了一辈子的交道，唯独摸不准自家孩子的脾气。

不过半个小时，卓禹安回来的消息，卓闳也知道了，他公务缠身，没法马上回家，只打来电话吩咐程知敏：“你别跟他说些有用没用的，让他清净几天。”

他劈头盖脸就是指责的话，程知敏的气一瞬间就提到嗓子眼，但是又按下去了，她退休前，卓闳对她就不尊重，现在退休了，他更加不把她放在眼里，只要开口说话，就是训斥的话，跟训下属似的。

她道：“你也一样，别一回家就摆张臭脸。”

卓闳皱着眉挂了电话，在这之前，森洲那边的刘法官跟卓闳提过，卓禹安为了一位女律师来找他的事。卓闳不用想也知道这位女律师是谁，除了舒听澜，不会有第二个人，现在他突然回家，必然也是为了那个女人。

卓闳沉得住气，自始至终都没把这件事告诉程知敏。他想看看卓禹安到底想做什么，于是静观其变。

吃晚餐时，卓闳才回家，他看了一眼卓禹安，父子二人太陌生，以至无话可说，只是彼此点头就算是打过招呼了。

席间，程知敏主动开口："你们在高校的业务，需要我帮忙吗？"她即使退下来了，但是一辈子都在教育系统，人脉还是有的。

她原以为卓禹安会一口拒绝，却听他开口淡淡地说："明天我们去华大，您若有时间，可否陪我们去一趟？"

程知敏有些震惊，她刚才就是随口一说，不指望卓禹安会有用到她的时候，此时，她急忙答应："可以，我安排时间。华大的薛校长是我的老同学，你小时候见过。"

"嗯。"

程知敏表面还是镇定的，内心却已有些沸腾，她这个当妈妈的，在儿子的学业、事业上从来没有出过一分力，有力也使不上，儿子太强大，根本不需要她。而这次是儿子第一次主动请她帮忙，她自会竭尽全力。

等吃完饭后，程知敏到自己的书房开始认真做明天的行程安排，既然卓禹安开口了，她就必然要交上一份满分的答卷。

她不仅给华大的薛校长打电话约明天的时间，还给另外几位高校的朋友、同事都打了声招呼，如果卓禹安要开拓他们学校的业务，务必给他开绿灯。

程知敏退休前从来没求别人办过事，以前亲戚家孩子想进好高中，或者在高校任教的亲戚想在评职称中有优势，求到她这儿来，她铁面无私一律拒绝，拒绝别人的话也很无情："让你家孩子好好参加中考，凭自己本事进华大附中，如果没那资质就进去了，拖后腿不说，孩子压力也大。"

她说得娘家亲戚当场就想跟她断绝关系，心想："不求你行了吧，多的是别的关系进去。"

高校评职称的就更不用说了，她道："我给你找关系评上了教授，名额就那么几个，你被评上了，那些科研成果比你多的老师怎么办？有这心思不如好好教学、好好做科研，迟早都会评上。"

她把自己娘家的亲戚得罪了一个遍。在工作上，她确实不喜欢那些整天琢磨旁门左道的人。

就是这样的她，此时挨个儿给老同学、老同事打电话，吓得对方连连问："是卓远科技出什么事了吗？”

程知敏只好说：“没有。禹安的公司有部署，要开拓高校业务，我想着能帮他一点儿是一点儿。”

对方哈哈大笑：“程老师，那是您多虑了，我们这些高校都抢着想跟卓远科技合作。”

这话也不假，除了学校的智能设备在用卓远科技的产品，更重要的是他们都想跟卓远科技进行校企合作，以及获得卓远的研发基金。

但卓远科技在这几个方面筛选条件苛刻，不是所有高校都能通过审核。

程知敏挂了电话一时有些惆怅，自己辛苦大半辈子攒下的人脉，儿子一个都用不上。不，应该是说，她积攒的大半辈子的人脉，对儿子来说一文不值。

她受了一点儿打击，她大半辈子拼事业、维护家庭形象，这些价值好像都被否定了。

第二天，程知敏一早起来，特意打扮了一下，选了一套平时只有陪卓闳参加活动时才会穿的服装，隆重又不失优雅。这套衣服是纯手工制作的，一针一线都很有讲究，穿在身上，整个人的气质立马就凸显出来了。

保姆看着直赞叹，夸程知敏精气神好，人精神一好，穿什么都好看。

司机一路开车带他们进了华大的校园，薛校长早就在外等候了。

程知敏在外气场依然很强，像领导来视察工作。薛校长把他们带到会议室，落座之后，校长助理给他们都斟了茶，然后退至一边坐着，拿着小本子做会议记录。

薛校长看了一眼卓禹安，感慨道：“程老师有福气。”

程知敏不明所以，看了眼卓禹安，又看了眼薛校长，笑道：“你有话就直说。”

薛校长也笑：“程老师还不知道吧？卓总在我们华大以你的名义捐建了一座全数字智能化图书馆，图书馆就以你的名字命名，叫知敏图书馆。”

程知敏一愣，心跳不由得加快，她太意外，甚至觉得太不可思议，卓禹安会为她做这事？完全不是他的风格。

“我当时一听到消息就想告诉你，但卓总说这是给你准备的礼物，要给你留着当惊喜，他说程老师不容易，这辈子都奉献给教育事业了，这座图书馆落成之后就是你一生事业的见证。”薛校长说。当然，这段话不是卓禹安本人说的，是他的秘书代为转告的。

程知敏强硬惯了，忽然听到这样的话，顿时忍不住热泪盈眶。她这一辈子努力工作，所有时间都献给了教育事业，献给了卓家。可卓家，尤其是卓闳，从未肯定过她的工作，只觉得她的所有工作成果都是乘着卓家的东风，就连周围的官太太都是如此觉得，久而久之，连她自己都觉得能做到这个职位全是卓家的功劳。

这是第一次有人如此肯定她这一辈子的工作，并且还是跟她有仇的儿子，她怎能不激动？

“程老师别太激动了，这都是你应得的，能教育出如此优秀的孩子就证明你的能力，这后头还有好多工作需要你指导，图书馆的设计图出来了，有三个版本，卓总说让你来选。还有后期的建设，都少不了你的指导。”

薛校长说完，校长助理便起身打开投屏上的设计图给她看，当看到每个设计图顶端都写着“知敏图书馆”时，她的眼睛又红了。

她真真是没想到，这辈子还能有这样的荣耀，并且还是儿子给的，过往的所有怨恨、不满都在这一刻烟消云散了。

卓禹安始终都是表情疏离、淡漠，没怎么开口说话，但是他母亲程知敏激动的反应还是让他心里产生不少感触，他知道再强悍的人，内心也总有柔软的一面。

回家时，程知敏的情绪还没有控制住，在车上时，她很认真地说：“禹安，妈妈谢谢你。”她这一辈子都是为卓家而活，自己的价值第一次被认可，一时半会儿平静不下来。

卓禹安道：“还有另外五所大学的图书馆，也都是以你的名义捐建的，回头那些学校的负责人会联系你。

“还有贫困山区，以你的名义捐建了三十所希望小学。”

捐建希望小学的事，卓远科技年年都在做，只不过今年是以程知敏个人的名义捐建的。

程知敏的心瞬间就软了，个人价值得到认可的同时，虚荣心也前所未有得到了满足，尤其是回家经过别人家的四合院时，她就想：“你们看看吧，到底是我家儿子最有出息，你们谁家孩子能为你们做到这一点？”

她这人好面子，这两年被别的官太太暗中挤对，加上卓禹安的婚事，让她自觉脸上无光，便不跟她们来往了，如今算是彻底扳回一局。如果不出意外，以她名义捐建图书馆以及希望小学的事，不用她主动宣传，明天圈内的官太太们都会知道。

回到家，保姆一听说今天程老师出去是有这么一个大惊喜等着她，很替她高兴，连连说：“我就说禹安好，心里有您。

“您看看，别家孩子哪个有禹安这本事？这回看她们闭不闭嘴。”

“行了，别说这些没用的。”

程知敏回到家，激动的心情渐渐平复了，然后开始琢磨儿子卓禹安忽然回来做这些事的目的是什么。

“还能为什么，就是想讨您欢心，这也是他当儿子的一份孝心。他这次回来，我觉得他变了很多，比以前更稳重了。”

程知敏渐渐冷静下来：“是比以前更沉得住气了。花几个亿讨我欢心？这事，我得好好琢磨琢磨。”

“程老师，您就别想那么多了，那些图书馆、希望小学都是实打实以您的名义捐建的，这可假不了。”

程知敏不愿意往那儿想而已，但是不得不提：“你说，是不是那个舒听澜回来了？”

保姆一愣，随即马上说道：“即便是那个舒小姐回来了，那禹安要是像以前那样不理您，您能怎么办？他肯大费周章地来讨好您，就是把您放在心上了，您说，对吧？”

程知敏一想，确实如此，儿子要是不把她放在心里，永远不跟她来往，她也只能受着。现在儿子做了这么多事，给她台阶下，她哪还有不满？

只是他要是又跟那个舒听澜在一起，她还是不接受，不是舒听澜不好，而是她的身世对卓家的影响始终不好。她父亲是个贪污犯，这个身世真是个硬伤，其他方面，她倒是可以忍。

保姆最了解她了，心想：“您不忍还能怎么样？再去拆散他们不成？您现在估计也折腾不起了。”

她心里这么想，嘴上却宽慰道：“程老师，我觉得儿孙自有儿孙福，您就好好享受禹安的孝敬吧，您看吧，附近那些官太太不知道多羡慕呢。”

程知敏没再说什么，母子二人，卓禹安现在显然是主导地位。

卓禹安在家中住了三天，除了第一天去高校，余下的两天就在家里待着，表面虽然什么都没做，但彼此心知肚明，他是留下来陪他们。

程知敏的心情自然格外好，连卓闵这三天都破天荒地忙完公务就早早回家。一家三口难得有这样平和的时候，过去的恩怨，谁也不再提了。

老爷子去世之前，也明确禁止他们以后再为难卓禹安，只要他开心就好。

其实老爷子就是到了生命的尽头，忽然幡然醒悟，人生短暂，再高的权位，最后都不过是一把土，还是卓禹安看得比他们这些长辈通透，早早跳出这个圈子，去追求自己的海阔天空。

然而卓闵与程知敏虽明白这个道理，但是让他们跳出原有的思维模式，接受舒听澜，还是有些困难，他们不是马上就能改变的。

卓禹安自然也懂，所以这次回京中家里，只字不提过去的事，反正来日方长。

他原计划是回京一周左右，但回来三天，事情办完后便待不住了，空出来四天时间，临时决定改去H市，彼时并不想去打扰她，说给她时间考虑就会说到做到，只是想去看看她这几年生活的城市。

他到H市已有三天了，这三天，他确实遵守自己的承诺，没去打扰她，更没有现身，只是每天把车停在她律所的附近，看她进进出出、忙忙碌碌的身影。

其实这是一种很新奇的感受，她在他完全陌生的城市，过着另外一种人生，好像没有他，她也可以过得很好。

她很忙，每天早晨总是匆忙地从对面马路小跑进律所的办公楼，经常到律所不出半个小时，就会带着她的助理小新出来，大约是去见客户，不是拎着笔记本，就是抱着一堆文件。

律所的办公楼是座老旧的楼，没有足够的停车位，所以她的车总是停在马路对面。根据他的观察，马路对面其实不是正经的停车位，就是大家都停在马路边上，久而久之，就成了停车场。

而且她车技大有进展，那么小的停车位，她基本一下就能停进去。有次偏了一点儿，她就倒车往外，打算挪一下位置，结果她刚倒出来，旁边一辆小车不知从哪里钻出来的，一下就占了她的位置。

她似乎有些气急败坏，从车上下来，敲了敲那辆小车的驾驶座的窗户，指了指自己的车，示意这是她的位置。

许是她的表情太吓人，又或者是她拿出的律师证唬到对方，对方又灰溜溜地把车位让给了她。

他看着不由得觉得好笑，这跟他印象中的听澜差了很多，这个听澜带着一点点的市井之气，但也更鲜活一些。

鬼使神差，那天她下班后，他的车就跟上了她的车，见了她这几年工作的地方，他就不由自主想看看她生活的地方。

然后他不远不近地跟着她的车走过了几个路口，最后见她的车停在了一个幼儿园的附近。

她下了车，走到幼儿园门口，过了一会儿，一手牵着一个小朋友出来，笑着往车上走。

其中那个小男孩，他似乎有点儿印象，好像曾在商场见过。

此时，他见她一手牵着一个孩子，再细看孩子们的五官，脑子里飞快闪过一些念头，单是这几个念头，就让他心跳加快，几乎忘了呼吸。

是吗？会吗？他从来没有这样奢望过，连幻想都不曾有过。

等他恢复呼吸、反应过来时，舒听澜的车早已开得无影无踪。他一向是个沉得住气的人，可此刻怎么也无法平静下来，他开着车，在H市的大街小巷穿梭着，还是无法消除心中那不断膨胀的、汹涌着叫嚣着跑出来的激动之情。

他给陆阔打电话。

陆阔正在一个饭局上觥筹交错，看到卓禹安的电话急忙接了："什么事啊？"

在好友面前，卓禹安却忽然一句话也说不出来，那些汹涌澎湃的情绪让他喉咙发紧："回头再说。"他仓皇地挂了电话。

"……"陆阔臭骂了他一句，然后回到饭局上。

这边卓禹安的心情依然难以平静，他花了极大的力气才克制住自己，没去找听澜，也没让那些澎湃的情绪把他淹没，回酒店后，用电脑入侵了那家幼儿园的监控系统。

这点儿事情对他来说不费吹灰之力。

他很快在监控视频里看到那两位小朋友，顺便查出了他们所在的班级。

舒小念？舒小荷？念荷？他一眼便看出这两个名字所蕴含的意义，是她在纪念她的母亲。

他再一看出生年月日，往回推算，大概离婚之前两个月她就已怀孕了。他放在键盘上的手一僵，全身的血液都往脑部冲去，呼啸着、奔腾着，让他头痛欲裂。

很多事，他就这样错过了。

在得知离婚一个月后她妈妈就去世时，他已心痛难当，如今再想到当时的她独自面对丧母之痛，独自承担怀孕、抚养双胞胎的辛苦，在一个陌生的城市艰难地度日，他的心就像在油锅上煎了一轮又一轮。

那时的他在哪里？他在国外自怨自艾地消沉着、自我折磨着，可他的痛苦跟她比起来算什么？

这一刻，他忽然就明白听澜为何说回不去了。这几年，但凡他肯回头看她一次，哪怕一次，即便是以朋友的身份对她的生活帮上一点儿忙，她都不必如此辛苦。

从见到孩子们那一刻的欣喜、激动到现在的懊悔及心疼，各种情绪交错复杂地夹杂在一起，让他有些喘不过气。

孩子的信息表，他忍不住截图，然后发给陆阔看，心中那份情绪总要找一个人宣泄一下。

陆阔深更半夜收到这张莫名其妙的信息表，再认真看一眼信息表上两个孩子的头像，精明如他，顿时从床上蹦起来，一迭声地喊："天啊，天啊——"他想骂脏话，却只本能地喊这两个字，什么都无法形容他此刻炸裂的心情。

他尚且如此，那卓禹安呢？他不过是善于克制自己而已，再汹涌的情绪也被藏得很深，外表让人觉得一贯冷静。但他能深更半夜给陆阔发孩子们信息的截图，就证明是克制不住了。

"你现在在哪里？"陆阔似乎比他还激动。

"在H市。"

"我现在过去。听澜真牛，她怎么就这么牛？"陆阔也是替卓禹安又痛又高兴，还有一点儿无力，这么大的事，她怎么就瞒得滴水不漏，这几年，她到底是怎么过的啊？又让人觉得心疼，又让人觉得生气。

陆阔跟卓禹安从小一起长大，只有他对卓禹安的心情能够感同身受，他订了最近的航班赶往H市，其实去了也不知道能做什么，或许是想陪卓禹安，也或许是想看看卓禹安的孩子。

去往机场的路上，他脑子里还是只有“天啊”这两个字来形容他的震惊程度。

然后卓禹安这个家伙一路上不停地给他发孩子们的视频，就是从幼儿园监控系统截下来的视频，那么多孩子，又穿着一样的校服，对于素未谋面的孩子，他完全认不出来，但是卓禹安竟然用红色的圈圈画给他看。

陆阔激动完，就有些无语了，这跟那些天天刷屏晒孩子的爸爸有什么区别？他生平最烦这种行为，见一次，拉黑一次。

“你入侵人家监控系统的行为是违法的，知道吗？”

“我看自己的孩子，怎么会违法？”卓禹安振振有词，该当法盲时就当法盲，不过，这个系统确实不安全，而且视频质量太差了，改天给他们免费赠送一套卓远科技的监控。

“呵！”陆阔发了一个冷笑的表情，然后紧跟着也发了一个截图给他，是刚才收到的孩子的信息表，并且也用红色的圈圈圈出重点信息。

父亲一栏：无。

卓禹安看到之后，直接关了聊天界面。

陆阔清晨到达H市，卓禹安还算有点儿良知，到机场来接他。两个大帅哥一早出现在机场，还是很惹人遐想的，尤其两人还是一副昨夜都没睡好的样子。不时有清晨赶飞机的年轻女孩朝他们看来，就是觉得很养眼。

卓禹安大部分时候都是穿着高定衬衫，商务精英范儿十足，而陆阔呢，常年是休闲装，昨晚出门急，穿着某大牌的大短裤、球鞋，身上披着休闲外套，两人是截然相反的气质，却又莫名地和谐。

两人并排前行，进了卓禹安的车。

这辆车是卓远科技在H市的总经销商给他提供的，他来H市，总经销商原想安排他的所有衣食住行，他拒绝后只借了一辆车，方便出行。

陆阔就是一冲动就来了，等真到了这里，也没有主意，他们能做什么？好像什么也做不了。

“先去幼儿园看看他们。”陆阔提议。

“嗯。”

离幼儿园上学还有两个小时，两人把车停在不远处安静地等着。

“你接下来有什么计划？”陆阔问。

“还没想过。”卓禹安如实回答。对听澜，他一直是势在必得，也在努力扫清他们之间的障碍，昨晚，他母亲程知敏还兴高采烈地给他看另外几所高校的图书馆设计图，让他帮忙拿主意，母子关系正慢慢缓和。

陆阔昨晚没怎么睡，此时坐在车里等待时有点儿昏昏欲睡，为了打起精神开始给卓禹安出馊主意：“我觉得你想追回听澜并不容易，她那倔脾气要肯回头早就回头了。”他戳中卓禹安的痛点了。

“所以呢？”

“所以现在突然出现的两个孩子是你最好的机会，只要争得两个孩子的抚养权，听澜肯定会乖乖回到你身边，到时候你们一家四口团团圆圆，皆大欢喜。”

一家四口团团圆圆？卓禹安单是听到这句话就生出无限的向往。但是他道：“我舍不得伤她。”

他知道她这几年是怎么熬过来的，知道孩子们对她的重要性，他怎么忍心跟她抢抚养权，怎么舍得让她伤心？

“你对听澜有时候就是太舍不得，才一次次错过。当初如果不是舍不得她为难而答应离婚，现在你们会成这样吗？你对她但凡拿出在商场时万分之一的狠心，也不至于此。”

这就跟养孩子是一样的道理，太纵容、太溺爱了，这也舍不得，那也舍不得，天天含在嘴里怕化了，捧在手里怕碎了，就这样能养出好孩子吗？感情也是如此！

陆阔是站着说话不腰疼，两个成年人之间，跟养孩子怎么能一样呢？

“总之，你就是太宠着她、太小心翼翼，有时候强硬一点儿，反而没那么复杂。”陆阔总结。

他们正说着，就见舒听澜的车在不远处停下，然后看到她下车，从后座上挨个儿抱下两位小朋友。两位小朋友穿着校服，背着双肩包和水壶，戴着帽子，安安静静地站在一旁等妈妈牵他们的手过马路，走向幼儿园。

一高两矮三个身影从前边走过。

卓禹安握着方向盘的手心都是汗，他想冲下去抱抱他们。

陆阔眼都直了。讲真的，他一向不是很喜欢小孩子，觉得太闹腾，但许是因为这两个孩子是卓禹安跟舒听澜的，也或者是两位小朋友长得太漂亮、太可爱了，他就觉得生命真是神奇，不由得比此时的卓禹安还激动，要不是卓禹安拦着，他恨不得冲下车去捏捏他们的脸。

两个大男人坐在车上，眼睁睁地看着舒听澜牵着小朋友们的手走向幼儿园，到幼儿园门口时，她蹲下来跟两位小朋友说再见，两位小朋友亲昵地搂着她的脖子，一边一个比赛一样胡乱地亲她的脸颊，她满脸笑意地抱了抱他们，然后目送他们跟老师离开的身影消失后，她才转身走向自己的车，一脸的温柔。

看到这里，卓禹安既心酸又充满柔情，前边的三个人是他生命中最亲也最珍贵的人，却也是离他最远的人。

偏偏陆阔还要在旁边说风凉话：“啧啧，听澜也太幸福了，有两个宝贝孩子，谁还要你？”

卓禹安懒得理他，直接给总经销商打电话，让他们给这家幼儿园换一套校园监控系统。

H市不少学校用的都是卓远科技的产品，所以技术人员来这家幼儿园推广时，园长并未起疑心，只是拒绝了，说现在用的系统就挺好了，没必要换。

技术人员说是免费赠送的，园长一听是免费的，就更不要了，天下没有免费的午餐，这关系到孩子们的安全问题，绝不能掉以轻心。

此时，卓禹安与陆阔都在总经销商的公司里，听到这个消息，陆阔哈哈大笑，是他们想得简单了，现在的幼儿园园长可都是相当谨慎的。

“没关系，我来联系，这家幼儿园在H市是连锁的，他们总部正在跟我们谈合作呢，由他们总部牵头来换系统会比较容易一些。”总经销商虽不知卓总这是想的哪一出，但是很积极地想办法解决问题。

卓禹安也没有多想，就是昨晚一激动侵入幼儿园的监控系统，当作补偿，给他们免费换一套最新的，另外也是想随时能够看到两位小朋友的动态。

由幼儿园总部来牵头换系统，这家幼儿园的园长当然欣然接受了。只用了一天的工夫，幼儿园的所有监控系统就替换安装成功。

画面瞬间无比清晰，卓禹安表示很满意，直接把视频连接到酒店房间的电视屏幕上，保证一抬头就能看到舒小念他们班级的视频，当然，他是以父亲的身份只看这个班级的视频。

等到舒小念他们快放学的时间，卓禹安和陆阔又去幼儿园门口等着了。这次陆阔手里拎着一个神秘的大箱子，放在了后座上。

“想不想近距离看看他们？”陆阔说。

卓禹安斜睨他一眼，这不是废话吗？

陆阔指了指后面的箱子，然后翻身挪到后座，从箱子里拿出两套卡通人偶服装，一套是小猪佩奇，一套是奥特曼：“我从前边玩具店高价买的，你穿哪一套？”

亏他想得出来，卓禹安这辈子做梦也没想到，自己有一天要穿这种服装，假装发传单的人员吸引小朋友们的注意。

他堂堂知名上市公司的总裁是有尊严的，绝不可能穿。

“你还想不想近距离看看他们了？还想不想抱抱他们了？”

卓禹安犹豫了。

“再说，我都舍命陪君子陪你穿了，你还有什么放不下的？”陆阔道，他心想：“老子也是堂堂官二代，都放下身份陪你了，你还想怎么样？”

“你穿小猪佩奇的还是穿奥特曼的？前边玩具店的老板说，女孩喜欢小猪佩奇，男孩喜欢奥特曼。”

“都行。”他终于答应了。

“行吧，那我勉为其难穿小猪佩奇的，你穿奥特曼的。”陆阔替他决定了。

然后两人就换了衣服，抬上后面的大箱子到幼儿园外边去免费送玩具。因为正是放学的时间，幼儿园外边有不少培训机构来发传单或者扫码免费送玩具，但是他们俩实在是太突兀了，本来就长得很高大，再加上玩偶服装夸张的造型，在小朋友们看来，就跟巨人一样。

正因如此，反而更吸引小朋友们的注意，加上他们送礼物，不用扫码，不用添加微信，更不推销任何产品，就是免费送，所以不少小朋友在家长的带领下过来领礼物。

卓禹安有些心不在焉，怕一会儿听澜来接孩子认出他，那太尴尬了。

“放心吧，就是你亲妈来了也认不出你是谁。”

他们等了一会儿，就见两位小朋友出来了，但是今天不是听澜来接孩子，应该是她家的阿姨来接的。

两位小朋友一出门也看到了他们，小朋友被阿姨牵着手，好奇地站在那里看着他们，但是并没有走过来，因为家里玩具足够多，玩具对他们没有吸引力。

已经是很近的距离了，卓禹安在人偶服的里面有些贪婪地看着他们。两个小朋友都长得很漂亮，尤其舒小荷，就是迷你版的舒听澜，与他从前想象中的孩子几乎一模一样，他的眼眶发热，不由自主地蹲下来与他们平视。

他很早以前在商场看到过舒小念，当时只以为是陌生孩子，并未仔细看，此时蹲下来，只想伸手抱抱他们。

陆阔见此，怕卓禹安失态，吓到孩子们，而且旁边的阿姨下意识地把两个孩子往身后拉，防备着，他急忙拿了两个玩具递给小朋友们，问：“你们喜欢哪个？”

他的造型是小猪佩奇，但声音是粗犷的男声，有些违和。舒小荷忍不住笑起来，伸手接过他手中的一个芭比娃娃的玩具，甜甜地说：“谢谢叔叔。”

别说卓禹安了，连陆阔的心都要融化了。

舒小念对这个奥特曼造型更好奇，怯生生地伸手要跟奥特曼握手。旁边也围着不少小朋友，都想跟他握手，甚至见他蹲着，有胆子大的小男孩还趁机趴到他的后背上要家长拍照合影，因为这个奥特曼太帅了。

卓禹安眼里哪有别的小朋友？他伸手轻轻握住了舒小念的小手，在商场的卫生间时，其实还帮舒小念扣过扣子，但完全是不同的感受。

这是他的孩子啊，他握着就舍不得松手。

原本阿姨是很戒备的，但见不少孩子以及家长都围着他们玩，她便稍稍放了心，见时间差不多了，便一手牵着一个孩子离开了。

卓禹安起身，恋恋不舍地目送他们离开。

回到车上时，陆阔说：“你下回再来，麻烦收起你那泛滥的父爱，你没看到刚才听澜家的阿姨对你很防备吗？”

“好！”他自知刚才失态了。

“再接再厉吧，你不舍得为难听澜，那就只能为难自己，慢慢熬吧。”反正他们眼下想接近小朋友们，只能用扮小丑的方式。

别说跟听澜争孩子的抚养权了，单是他知道孩子们的存在，估计就会把她吓得魂飞魄散。他现在才想明白，之前有意把她引到森洲去处理案子，甚至试图说动她回森洲发展，她的拒绝与防备是因为孩子们。

第二天，舒听澜下班早，便也去幼儿园接孩子，阿姨比她早一步接到，正在幼儿园门口的广场上等她。熙熙攘攘的孩子与家长群里，有两个卡通人物格外显眼。

舒听澜没太在意，现在的培训机构总是用层出不穷的方式吸引小朋友们的注意。但显然，这两个卡通人物格外让家长和小朋友们喜欢。

因为人家不发传单，也不用家长扫码，就是单纯地送礼物，且礼物的质量还好得不得了。

阿姨在旁边说："也不知是哪家店的员工，来了两天了，不做任何宣传，就是送礼物，老板要是知道了，肯定要被气死。"

舒听澜又看了眼那两个玩偶，很大的两只，一只是巨型恐龙的造型，一只是大白的造型。大白造型的玩偶有点儿偷懒，就站着没怎么动；巨型恐龙的玩偶就活泼很多，不停地热情地给小朋友们送礼物。她想，许是哪家培训机构新招的员工，忘了宣传吧。

舒小念指了指大白造型的玩偶说："妈妈，我想要那个玩具。"

大白的手上拿着的是一组乐高机械拼装的儿童跑车，非常炫酷。

舒听澜不是随便拿人礼物的性格，尤其是宣传机构免费派发的礼物，她从来不要，所以对舒小念说："你喜欢的话，等回家妈妈给你买。"

"好。"舒小念一向很乖，牵着妈妈的手就准备离开。

这时，只见刚才一直站着不动的大白，手里拿着乐高机械拼装的儿童跑车慢慢朝他们这边挪过来。

舒小念到底是小孩，看到喜欢的卡通人物拿着他喜欢的玩具，有一种梦幻感，瞪着大眼睛看着慢慢靠近的大白，眼里充满了期待。

大白里面是卓禹安，他穿着巨型的、密不透风的道具服并不舒服，但为了能像此刻这样光明正大地近距离地见她和孩子们，他心甘情愿。每朝着他们走近一步，他心里就像有个齿轮，走一步，咔嚓一声，齿轮合上一点儿，他的齿轮与他们一点儿一点儿合上，直到站在他们面前，他把那组乐高机械拼装的跑车递给舒小念，这是昨天陆阔打探出来的舒小念喜欢的玩具。

舒小念怯生生地接过乐高，说："谢谢大白叔叔。"

卓禹安伸出手摸了摸他的脑袋。

在舒听澜另一边站着的舒小荷也很喜欢大白，她甜甜地笑着问："大白叔叔，我可以抱抱你吗？"

她在电视上看的，抱着大白很舒服。

卓禹安几乎眼眶发热，稍稍弯腰，一只手就抱起了舒小荷，看到一旁舒小念羡慕的眼神，他另一只手把舒小念也抱了起来。

他的脚底下围着一群欢呼的小孩子，都想要他抱抱。

舒小念被腾空抱这么高，很内敛地朝妈妈笑了笑。舒小荷则兴奋地叫起来，大白太柔软了，像被云朵包围着。

道具服里的卓禹安做梦也未曾想过会有这样的时刻，只恨服装太宽松，无法把他们小小的身体紧紧搂在怀里，也恨腾不出手来把听澜也搂在怀里。孩子们高兴，他在服装里感动得一塌糊涂，舍不得放下他们。

“好了，我们该走了。”舒听澜有一种怪异的感受，虽然看不见玩偶里边的人，但是总感觉有一双炙热的眼睛在看着她，让她心慌。

小朋友听到妈妈的喊声，虽然不情愿，但还是从大白的身上滑下来，牵着妈妈的手离开，只给大白留下一个“残忍”的背影。

他的脚边是一群争相往他身上爬的求拥抱的孩子，而他站在那里一动不动，满心不舍。

大概是律师职业的敏感性，舒听澜从在幼儿园里见到那两个怪异的玩偶之后，心就一直悬着，她仔细在脑海里回忆了一下，他们是光送礼物，并没有发任何传单：“刘姨，明天去幼儿园接孩子们，如果再有奇怪的玩偶，千万别让孩子们再靠近。”

“好的，我知道了。”阿姨说完，忽然想起什么似的给了她一张幼儿园的通知单，说，“瞧我这脑子，把这事给忘了。幼儿园前几天监控系统更新升级了，老师说，家长需要按照这个地址重新下载一个App，再登录一下，才能看到实时的监控。”

“好的，谢谢刘姨。”舒听澜此时没多想，把幼儿园那张通知单随手塞进包里，晚上睡觉前处理了一家顾问公司的劳动纠纷之后，才想起阿姨说的，要重新登录一下幼儿园的监控账号。

她从包里拿出那张通知单，在说明上找到系统的地址，按照地址的提示，下载了一个新的监控App，一下载完，映入眼帘的是一个熟悉的标志，卓远科技？幼儿园竟然换了卓远科技的监控系统？

她心一紧，脑子里莫名其妙冒出在幼儿园门口的那两个巨型玩偶，又闪过卓禹安发给她的信息：“我会努力追回你。”这是巧合，还是有人有意为之？

她便给幼儿园老师打电话，借口说自己的账号密码登录不上了，顺便打听消息。

幼儿园老师则把她的电话转给了技术人员，让他们帮她找回密码。

“之前的系统用得挺好的，怎么忽然换成了卓远科技的产品？”她状似无意地问。

“之前的系统比较老了，画面不清楚。这次据说是卓远科技免费给我们总部换，我们就跟着换了。”

免费？舒听澜的心倏然收紧，她有点儿慌张。

卓禹安知道孩子们了？他想做什么？想到这个，她整个人都慌了，大脑一片空白。孩子们是她的命，是她这几年能够坚强活着的唯一动力。

一整夜，她接连做了几个梦，一会儿梦到卓禹安抱着孩子们，一会儿梦到程知敏抢走孩子，她在后面一边追一边哭，看着程知敏的车绝尘而去。

她猛地惊醒，再也睡不着。

第二天一早，舒听澜送孩子们去幼儿园时，特意找了个借口跟着孩子们进了教室。

“小念妈妈，您有什么事吗？”老师问。

舒听澜站在摄像头底下，与摄像头足足对视了一分钟，一动不动。她不敢直接去问卓禹安是否知道孩子们，怕是自己多想。

所以此刻，她一直看着摄像头，她在试探，如果真是卓禹安授意安装的，他一定能够看到她。

果然，等她从幼儿园出来上车之后，卓禹安的微信如期而至。她全身都在颤抖，一个电话拨打过去，怒吼道：“卓禹安，你到底想干什么，我们早就离婚了……放过彼此不好吗？”涉及孩子，她无法平静，有些歇斯底里。

然而电话那边的卓禹安很平静：“听澜，你在哪里？我们好好聊聊。”

舒听澜趴在方向盘上，大脑如糨糊，只有轰鸣的响声，没有任何思绪。

直到驾驶座的车窗上传来一阵阵的敲击声，她脸色苍白地往外看，就看到卓禹安那张依然矜贵与冷静的脸。

她的车门没锁，他直接绕到另外一边上车。

她呆滞地看着他。

卓禹安千头万绪，一时不知从何讲起。

人生多戏剧化？他连说一声对不起都觉得虚伪至极，因为这三个字，对听澜来说，是那么轻飘飘，没有任何分量。

他只是忽然伸手把听澜紧紧抱在怀里，任她挣扎，任她捶打。所有的事都错过了，所有的错都无法再弥补，再也没有任何机会。

“听澜，这几年，你到底是怎么过的？”他每次想到这个问题，那份愧疚和心疼就像匕首，深深扎进他心的正中间。

舒听澜因为他这个问题全身僵了一下，怎么过的？“咬着牙熬着过。”所以熬过去了，就不再需要他了。

她的情绪终于平静了：“你下车吧。”

卓禹安看着她摇头，他哪儿也不想去，只想二十四小时守在她的身边，就这么看着她，一直看着。

舒听澜深吸了口气，尽量让自己保持平静：“你是孩子们的爸爸，我不会阻挡你们见面。但你要给我时间，我要和孩子们说说，爸爸是怎么从天堂回来的。”

“天堂回来？”卓禹安觉得不可思议。

“抱歉，不是为了诅咒你，而是当时不知道怎么跟他们解释没有爸爸这回事。”

卓禹安心头一滞：“听澜，过分了。”他稍稍松了口气，听澜比他想象中的要平静很多。

她不平静能怎么办呢？三年多的自我成长，她现在更愿意用理性的思维去看待这种关系。

孩子虽然是她自己选择生的，但卓禹安毕竟是他们的亲生父亲，她无权剥夺他当父亲的权利，更无权剥夺孩子们拥有父爱的权利。

无论她和卓禹安是什么样的结果，她从不怀疑，卓禹安会是一个好父亲。

两人在车里沉默良久，卓禹安没有下车，舒听澜抬头看他：“我要去上班。”她示意他下车。

卓禹安不仅不下车，还伸出双手，强硬地把她又揽进自己的怀里紧紧抱着：“听澜，我们是一家四口，你们不能不要我。”他的语气带着一丝祈求，很卑微。

一家四口？听澜的鼻尖蓦然发酸。这句话让她悸动，让她心跳，可他们之间隔着那么多的人和事，这个一家四口怕是永远无法画成一个圆。

卓禹安扶着她的肩膀，强迫她和他对视：“听澜，相信我，我会解决所有问题，让我们的家团圆。”这是相遇以来，他反复跟她说的话，反复给的承诺。

为了这个承诺，即便再不舍，他还是很快就回森洲，处理该处理的事情。

这让舒听澜心里松了口气，这几年，她已经习惯一个人带孩子了，忽然要加进一个爸爸的角色，她着实无所适从。

卓禹安紧锣密鼓地回森洲，为了能追回听澜，加快了之前的步伐，一是处理温简的事，二是处理他母亲程知敏的事。

他到森洲刚落地，微信里便传来陆阔的一条消息：“温简和恒盛资本谈成合作了。”

他看完没有回复，这在他的预料之中。

温简不仅成功拉到恒盛资本的投资，还成功与顺鑫科技谈成并购合作，这在业内掀起了轩然大波。

因为业内都默认卓远科技会收购顺鑫科技，这几年，只要卓远科技出手，就没有失败过。这次却反转了，卓远科技被视新锐觉打脸打得啪啪的。

卓远的高层都不知卓禹安葫芦里卖的什么药，据说当初顺鑫科技的老板是更有意向和卓远科技合作的，结果卓禹安跟人家谈时，故意给了一个远低于市场的收购价，把顺鑫的老总气得险些把他赶出门，故而才退而求其次，选择了温简所在的视新锐觉合作。

此时，陆阔坐在他的办公室，有些幸灾乐祸："没想到，你真输给了温简。"

卓禹安看他一眼，没说话，只是扔给了他一份文件。

"什么？"陆阔不明所以，打开文件，看到是一份财务报表，温简公司的。

"温简做假账骗取恒盛资本的投资？"陆阔翻了翻就领悟到这份报表的含意。

"嗯。"卓禹安点头。

陆阔看着他，渐渐琢磨出了这位老奸巨猾的卓总在打什么主意。

当初，卓禹安让他暗里帮温简与恒盛资本牵线搭桥，以卓禹安对温简的了解，温简走投无路下，为了取得恒盛资本的投资，必然会铤而走险做假账。

等她和顺鑫科技谈得差不多了，他再适时地抛出温简公司做假账的消息，恒盛资本必然会撤销此次投资。届时，顺鑫科技只能回头求卓远科技收购，并且全盘接受卓远科技提供的苛刻条件。

这叫一箭双雕，既揭露了温简的违法行为，又低价收购了顺鑫。

他就是表面云淡风轻，但能很轻易地把人性与资本运作结合，玩弄于股掌之中。

陆阔自认没有他这份心机，讽刺他："你对温简这叫钓鱼执法吗？给她诱饵，逼她犯罪。"

温简有的受了，她早就破产，个人财产这两年也全投进了视新锐觉公司，如今做假账骗取巨额资金必然会背上官司。

想到这儿，陆阔一惊，问道："你这阴谋一环扣着一环，最终目的就是给听澜报仇？"

恒盛资本因温简做假账失去了进军智能行业的机会，必然会起诉温简。到时候，这只老狐狸只要推荐舒听澜作为律师顾问，便可以亲手把温简送进监狱。可以说，为了追老婆，他无所不用其极。

舒听澜与温简的恩恩怨怨从未正式了结过，在两人的较量中，舒听澜一直处于弱势，所以这次卓禹安想以此作为礼物送给舒听澜。

陆阔感慨："还好我是你的朋友，不是你的敌人，否则怎么死的都不知道。"

原本就是一个简简单单的收购顺鑫科技的案子，但是卓禹安偏偏能在里面牵扯出千丝万缕的关系，把每个人都扯进来，而他当然是最大的受益者。

舒听澜在上班时，收到卓禹安发来的一份关于视新锐觉的财务报表，有些不明所以。

"什么东西？"她发微信问。

"送你的礼物。"卓禹安回。

"……"舒听澜更加莫名其妙，直到在律所看到了温简。

她是小新带进来的，小新道："舒律师，这位客户指名要找你。"

舒听澜再次见到温简，真有一种恍如隔世的感觉，妈妈去世后，她对温简、温兰的所有恨也都随之而去，上一代的恩怨在她这儿已经结束。

温简还是老样子，知性、优雅，只是眼中似乎少了平日的傲气。

舒听澜已完全把温简当成陌生人，只简单地打了声招呼，以她对温简的了解，温简是无事不登三宝殿，又或者说，温简来找她准没有好事。

温简沉默片刻，开口道："听澜，好久不见。"

"嗯。"她简单地回应，恩怨虽没了，但她们之间不是能寒暄的关系，有事就说事吧。

温简难得苦笑了一下，继而说道："想必我的近况，你应当都了解了。"

她的近况？

对不起，她真不是很了解，大致只知道温简这几年事业没有以前顺利，但人生嘛，起起伏伏很正常，她没精力关注无关紧要的人。

"听澜，我需要你的帮助。"温简道。

听澜一愣，不明所以，要让骄傲的温简低头求她，真是破天荒的事。

温简继续说道："你应当已经知道了，我这几年投资失败，这次恒盛资本的投资是我唯一翻身的机会，所以我不想错过，动了一些歪心思。

"听澜，我想请你当我的辩护律师，我能找的只有你。"

舒听澜有些震惊，想说："温简，你的智商去哪里了？找我做辩护律师？我们是什么关系，你心里没数？"

温简这几年被现实打磨得接地气很多，外表还是高傲的，但内心已一片泥泞。她苦笑："是啊，我是自作自受。卓禹安和你离婚之后，这几年，他除了不停研发新品把卓远科技又带上一个高度，就是集合所有资源对我的公司进行狙击，让我无路可走。"

她突然提到卓禹安、提到离婚，舒听澜心一提，不想讲话了。

好在温简很快转移了话题："听澜，我知道以我们的关系，你不可能帮我。可我现在已经走投无路，放下所有尊严也要来求你，因为只有你能帮我。听澜，这是卓禹安给我设的圈套，从头到尾他就设计好了这一切，等着我往里跳，这次恒盛资本的融资，我有错，但错不至死，真正的罪魁祸首是他。"

温简很聪明，之所以来找舒听澜，并非看中她的能力，而是看中她的身份。若舒听澜当她的辩护律师，卓禹安至少能网开一面，不会把她往死里整。

然而，她不知道，舒听澜已经不再是从前那个任人摆布的舒听澜了。

她听了前因后果忽然就明白，卓禹安给她寄那份资料，便是亲手把匕首递给她，由她选择温简的下场。这是他精心为她布的局，她又怎会因为温简而破坏他的心意？

只是她和温简的恩怨随着妈妈的去世而烟消云散，所以她说："温简，每个人都需要为自己的行为负责，你在做假账的那一天就应该知道结局。抱歉，我不会帮你。

“人无法选择自己的出身，但可以选择自己走的路。这是你自己选择的路，我帮不了你。”

舒听澜不愿意让自己再陷入到过往的恩怨中去，她在积极地往前走，真正地放下。不管温简的结局如何，都不在她关心的范围内。她说完这几句话，留下温简，头也不回地离开了会议室。

不过，她还是给卓禹安发了一条信息：“谢谢你的礼物，但我可能不需要。”

“谢谢！”她又强调了一下，他的用心，她都收到了。

卓禹安收到她的信息，就明白了她的选择，他给了她匕首，只是想告诉她，主动权在她手里，她可以选择。

既然她选择放下，他当然全力支持。而且温简也会得到她应有的惩罚，按她涉案的金额，至少会判五到十年。

这事就翻篇了，他和听澜都不再提。

最近卓禹安一直在森洲忙，没去H市，所以舒听澜便一天拖一天，一直没有和孩子们聊过爸爸的话题，不知该如何开口。

晚上睡觉时，舒小荷搂着她说道：“妈妈，这周五是‘六一’儿童节，你一定要来参加哦。”

“好。”

“我和哥哥会表演节目。”

舒听澜早就收到老师的通知了，活动当天，上午是各个班级的小朋友表演节目，下午是亲子运动会。这是孩子们的第一个“六一”儿童节，她当然会参加。

小朋友们在台上表演节目，舒小荷、舒小念长得太漂亮了，即便所有小朋友穿的衣服是一模一样的，发型也是一模一样的，但是他们就是特别显眼，特别吸引人目光，旁边好几位家长都在低声夸赞，舒听澜听着，心里默默地开心着、骄傲着。

孩子们在台上表演得很认真，她拿着手机全程在录像，录着录着，竟然鼻尖发酸，眼底蒙上一层水雾，是开心，是感恩，也有遗憾，不知该如何形容此时复杂的心情。

她就是遗憾啊，如果妈妈还在世，看到他们该多开心？

如果她和卓禹安没有离婚，他们在健全的家庭中长大该多好？可惜没有如果。她默默把眼泪逼了回去，继续录像，一个画面都不舍得错过。

上午的表演结束，下午是亲子运动会，有各种比赛项目。

她一人带两个孩子参加比赛，有些力不从心，尤其在以家庭为单位的比赛环节，别的孩子都是爸爸妈妈陪同，就他们家是一个大人，而且是一拖二。

有几个需要力量、爸爸更容易完成的比赛，两个小朋友在旁边一直喊妈妈加油，妈妈加油，可她拼尽全力还是落败了。小朋友看到同学得奖，一家人站在领奖台领奖时，他们露出的失落与羡慕的表情刺痛了舒听澜的心，她觉得好对不起他们。

从他们出生后，她很少让自己沉浸在这样负面的情绪中，她一直在努力往前跑，努力把家中没有爸爸的影响降至最低，她一直觉得自己做得很好。可今天，在这样的环境下，在别的家庭爸爸妈妈整整齐齐完成比赛的环境下，她的孩子们就显得有些形单影只了。

接下来的一个比赛是家长扶着孩子踩在自己的脚背上，相互配合着往前走，看谁先走到终点。

刚开始走，踩着她的舒小荷就开始喊："妈妈，你快点儿，你快点儿，我不想输。"

舒听澜很累，所有亲子比赛项目，她都需要参加两轮，因为她是两个孩子。到这个比赛时，她筋疲力尽，不想着赢了，只想快点儿结束。

前边的舒小荷快急哭了，一直喊："妈妈，你快点儿啊。"

舒听澜想快却快不起来，很是挫败，这时，她忽然被人扶着腰腾空了，她啊了一声，紧紧抱着前面的舒小荷。身后的人把她和舒小荷的脚稳稳地放在他的脚面上，往前走着。

熟悉的怀抱把她和舒小荷紧紧搂在里面，她大脑顿时一片空白，只能本能地抱紧怀里的舒小荷以及配合着卓禹安的步伐："你怎么来了？"

"集中注意力，别掉下地面。"卓禹安提醒着，没有回答她的问题。

脚如果落地，就算输了。

场上，别的家长都纷纷看过来，说他们犯规吧，他们又没有犯规，说没犯规吧，他们又做得不对。

这位爸爸双腿修长，而且很认真、很专注地往前走，本来因为舒听澜前面落后了，没有赢的希望，但是快到终点时，卓禹安竟然反超了所有人，抱着她们母女走在最前面。

舒小荷欢呼着从舒听澜的脚上跑下去，而舒听澜也从卓禹安的脚面踩到地面上，但是她的腰还被他用双手环着，也就是依然被他抱着。

他很自然："不是还有一个要比赛吗？"他指的是舒小念。

舒听澜挣扎了一下，从他怀里出来，其实前后不过两秒，但她度秒如年。

舒小念正一脸戒备地看着卓禹安，他记忆力惊人，他扯着妈妈的衣服道："这个叔叔之前帮我扣过扣子。"

"你们见过？"舒听澜微怒，以为卓禹安偷偷来见过孩子。

卓禹安冤枉："之前在森洲一个商场的卫生间见过他，当时不知道……"他没往下说，觉得很遗憾，当时没认出来。

舒听澜很震惊，冥冥之中，竟然有这样的缘分！也许一切都是天注定。

接下来的比赛，因为有卓禹安参与，每一个比赛都得了第一名，两个孩子一扫刚才的阴霾，开心地笑着喊着。

活动结束出来之后，孩子们充满好奇地上下打量着卓禹安。卓禹安就蹲在他们面前，笑着，任他们看。

看他们的眼神，他就猜到舒听澜最近几天压根儿就没有提过他。

“听澜，不介绍一下？”他故意看了舒听澜一眼。

舒听澜默不作声，把孩子们放入后座，自己上了驾驶座。卓禹安毫不犹豫地拉开副驾驶的门上车。

她真是多少年都没有变，他还是要像以前那样主动黏着她，不然什么机会都没有。

舒听澜看到后座上抱着奖品的孩子们，不想在车上跟他起争执，打破今天的美好，所以忍着没说话，一路把车开回家。

孩子们玩一天累了，一上车就睡着了，并且一路睡到家都没醒，舒听澜只好和卓禹安一人抱一个回家。这对舒听澜来说是再正常不过的一个行为，然而卓禹安是第一次这样没有任何阻碍地抱着孩子，第一次进她这几年生活的房子，心里五味杂陈，有激动，有心疼。

把孩子们放到床上，小心翼翼地关门出来之后，卓禹安再次从身后抱住了她，她越挣扎，他就抱得越紧。

“跟我回森洲吧。”他想重新开始，想把全世界最好的东西给他们，想弥补这几年所有的遗憾。

舒听澜很平静，慢慢掰开他扣在她腰间的手，让他坐到沙发上。

她从手机里调出相册：“给你看看他们刚出生时的样子，好丑的。当时看到他们第一眼，我就想，我跟你都不算丑，为什么孩子长得这么丑？”

卓禹安接过手机一看，只见两个皱巴巴的小婴儿头对着头睡得很香，但一点儿都不丑。

舒听澜滑到下一张照片：“这是百天照，不过当时太累了，所以没有带他们出去拍，是家里的阿姨给拍的。

“这是周岁抓阄视频。你猜舒小念当时抓的是什么？”

他正看得入神，被她一提问，瞎猜道：“抓的钱？”

“不是，抓的是键盘，那么小就知道用十指在键盘上很有节奏地敲，可能是遗传了你，他很多方面都像你，很神奇的基因。”舒听澜没有想过自己有一天会如此心平气和地跟卓禹安分享孩子们过去的点点滴滴。

卓禹安一张一张照片看着，爱不释手，眼眶很热，想抱抱他们，也想抱抱舒听澜，他是这么想的，也是这么做的，他把她紧紧抱在怀里，亲了亲她的头发："辛苦了。"

舒听澜继续翻相册，找到一张舒小荷的照片："她跟我长得一模一样，但是性格一点儿都不随我，也不随你，她活泼，嘴巴也甜，可以说是人见人爱。"

舒听澜突然叫他："卓禹安！"

"嗯？"

"你知道吗？妈妈去世的时候，我以为自己也活不了了，真的万念俱灰。但是很神奇，他们就是那个时候来到我身边的，给了我活下去的力量。

"他们是比我的生命更重要的人，我不允许任何人伤害他们。

"你有没有想过，你妈妈对我的厌恶会不会转嫁到孩子们的身上？在她看来，我的基因是低劣的，根本配不上你们卓家。你忍心让他们也遭受你妈妈的厌恶吗？"光是想到这个画面，想到程知敏那挑剔、鄙夷的目光落在孩子们的身上，她就受不了。

以前是妈妈陪着她受程知敏的气，现在她绝不会让孩子们再陪着她受程知敏的气。

卓禹安正色看着她，郑重地承诺："听澜，这个问题，我会解决，她不会，也不敢。"

"你会解决？如果你有这个能力解决，我们当初又怎么会离婚？"她说到这儿，不免心痛难过。

这戳到了卓禹安的痛处，他一生踌躇满志，奉行自己的双手可以解决一切的原则，唯独在父母的事上失手，失去一生最珍贵的东西，这次当然不会重蹈覆辙："听澜，相信我一次，我会解决。"

这次听澜很理智："那就解决好了再来找我们，好吗？"

卓禹安愣住，随即却笑了，他喜欢她现在的理性："好，听澜，我会尽快解决。"

从他决定要与她重新在一起时，就在部署这一切，就在着手解决这件事。

卓禹安以及身边的人都知道这两个孩子，程知敏很快也知道了，听到这个消息时，犹如当头一棒，第一反应就是这个舒听澜还真是阴魂不散，而且手段了得，为了绑住卓禹安竟然偷偷生了孩子。难怪当年她肯轻易同意离婚，原来留了这一手。

这种事情，她在圈子里见得多了，很多小三拿了补偿费却不去堕胎，反而躲起来生孩子，等孩子大了，就上门来分家产。现在想走这些歪门邪道的女孩子可真是太多了，要说《婚烟法》公平，也有不公平，小三的孩子凭什么来抢正室孩子的财产？

你看，圈子里的这些龌龊事，最后都是正室太太咬碎牙和着血吞下去，真苦。

旁边的保姆倒是不同意，小心翼翼地反驳：“我看，那个舒小姐应该不是这样的人。”她一看就很正派，不是贪财的。

“不是这样的人？那当初怀孕了怎么不说呢？自己偷偷生下来，这下好了，缠定我们卓家了。”

保姆叹了口气：“程老师，在禹安面前，您可千万别说这话。”她没说的是：“这好不容易缓和的母子关系，可别再出问题。再出问题，吃亏的可是您。”

程知敏一愣，可不是嘛，刚才一激动，忍不住又抱怨出来。

她现在处于更年期，平日靠药物维持着情绪，但偶尔还是控制不住，让负面情绪占了上风。吃了保姆递过来的药，她深呼吸了几次，仿佛刚才那些话都不是出自她的口，她从容且优雅道：“给我收拾行李，让司机过来送我去机场。”

保姆一惊：“程老师，您要去哪里？”

“去H市看看我那两个孙子。”她特意强调了“孙子”两个字，此时对他们是谈不上什么感情的。

“程老师，您要去H市看孩子，要不要跟禹安说一声？我怕他知道了会不高兴。”保姆想拦着她，心想，别又出岔子，现在可不是以前了。

“我又不会吃了他们，就是去看看，再不堪，也是我亲孙子孙女，不是吗？”她语气里对那两个孩子是充满不屑的。很多东西刻在骨子里，很难改变。

保姆叹了口气，心想：“程老师，您真是狗改不了……哦，不，江山易改，本性难移。回头再捅出娄子来，谁也救不了你。”

这次保姆还真是误会程知敏了，她虽然心里极度不舒服，觉得舒听澜当初答应离婚，结果给她留了这么一手，那无异于在背后捅她刀子，但是事已至此，她确实什么都做不了，就是去看看，不过分吧。

舒听澜在律所里看到程知敏时，一点儿也不意外，卓禹安知道孩子们后，这一天迟早会来。

程知敏坐在会议室里，气场一如既往地强，像她的主场一样，看舒听澜的眼神也没有一点儿变化，带着一丝她自己都察觉不到的鄙夷。

舒听澜已经不是以前那个任人欺负的人了，尤其是牵扯到孩子的事，她比谁都坚强，看着程知敏时眼神凌厉：“有事吗？”

“听澜，你挺让我刮目相看的。”程知敏忍不住讽刺起来。

舒听澜不动声色等着她往下说。

“当初你答应离婚时，可是答应跟卓禹安永不再往来的，结果自己偷偷把孩子生下来了。”事已至此，程知敏也无法，只是不说出来，憋得难受，不符合她的性格。

“所以呢？”舒听澜冷冷地反问，但并不表露半分自己的心境。她是很烦眼下这种状况的，为什么不愿意回头跟卓禹安在一起？这就是答案，因为她不想与他的家庭有任何联系。

程知敏道：“没有所以，听澜，不用那么紧张，我就是想来看看孩子们。也想知道你以后有什么计划，是否需要我帮忙。”

程知敏依然把话说得很好听，不过是想打探一下，她到底想做什么？会不会去森洲？会不会继续缠着卓禹安？会不会以孩子威胁要复婚？

舒听澜冷笑：“抱歉，您如果想看孩子们，请通过卓禹安来安排。”她想也未想便拒绝了程知敏单独见孩子的要求，不想让孩子们接受程知敏傲慢的对待。

她内心对卓禹安有一些失望，他说会解决，却再次把程知敏带到她面前，该解决的一样都没有解决。

她的拒绝让程知敏的忍耐到达极限，程知敏正想要开口说难听的话时，手机忽然响了，是卓禹安打来的。

她到底是心虚，接了电话，没说话。

电话那边的人声音冰冷：“现在马上离开听澜的律所。”

“禹安，我只是想来看看孩子们。”

“不需要！”

卓禹安真发怒时，即便隔着手机，也让她心颤，她挂了电话，没敢再多说，便拎着包离开了。今时不同往日，这几年她很清楚卓禹安说到做到的性格。

回京的路上，程知敏忽然意识到，卓禹安要以她的名义捐建图书馆和希望小学，表面上是为了肯定她的个人价值，给她前所未有的荣耀，满足她所有虚荣心，但实际上，是给她设置了一个很深的陷阱，把她架在那个最高的位置，她一脚踏进去，他就有了足够的资本可以要求她，甚至威胁她。

他最了解她在意的是什么，是面子，是虚荣心，图书馆或者希望小学一旦撤资不建，她将骑虎难下，丢尽脸面。

果然如程知敏所料，她回京之后，接到的第一个电话就是华大的薛校长打来的，那是以她名义修建的第一座图书馆，建设速度最快，外部的主体已经建成，现在要开始进行图书馆内部的装修。可是，卓远科技突然停止了拨款，修建图书馆的项目负责人找到薛校长，薛校长逼不得已只能找到程知敏。

程知敏气得手发抖，如果以她名义捐赠的图书馆成了烂尾工程，那她这辈子当真就要成为别人的笑柄了，烂尾的图书馆就是把她永远钉在耻辱柱上。

这亲儿子对亲妈当真是毫不留情。

接了薛校长的电话之后，她连着做了两个晚上的噩梦，都是梦到在华大，以她名字命名的知敏图书馆变成了残垣断壁般的废墟，顶层上“知敏”两个大字被风雨吹得摇摇欲坠，她从那儿经过，“知敏”两个大字砸落，正好落在她的脚边，碎成一片片的碎铁。旁边走过的都是华大的学子以及华大的教师，大家看着砸碎的“知敏”二字，轰然大笑。

她被这笑声惊醒，再也睡不着，连夜订了去森洲的机票，找卓禹安要工程款。

彼时卓禹安刚进办公室，就见崔姐领着程知敏过来了。

即便他是自己的亲儿子，程知敏也不由得产生一丝敬畏，跟当年看到老爷子时一样。她怎么会相信，他给她修建图书馆是念母子情，是想缓和母子关系？他是连老爷子葬礼都不肯出席的人。

程知敏明知答案，偏要问：“为什么设计我？你是我亲儿子。”

卓禹安态度冷淡，平静无波地回答：“只是让你体验一下当年听澜走投无路的感觉。”

当年的听澜被她设计、被她逼迫，不得不选择离婚，选择离开他，之后人生巨变。卓禹安每每想起，都觉得心痛难忍。

“果然是为了她。”程知敏此次来已做好心理准备了，这几年，她退休了，老爷子亦已离世，卓禹安消失三年不闻不问，那个家早已不像个家，那些所谓的家族荣光早已经没了意义，她还有什么可执迷不悟的呢？

卓禹安看到她态度的变化，语气也变软，说道：“妈，没有人愿意与自己的父母为敌。我只是希望你和爸能明白，我这一生非她不可。还有那两个孩子，也是你们今生仅有的孙子孙女，你们不要再抱有任何幻想。”

“什么意思？”程知敏问。

“我结扎了，这辈子只有这两个孩子。”

“你……你……”程知敏一听，血压几乎飙升，她急忙吃了一颗随身携带的降压药。

等平静下来，她是真明白了卓禹安的决心。

“妈，不是听澜离不开我，而是我离不开她。该怎么做，你们清楚。”

她能不清楚吗？这几年，他的绝情早让她和卓闳看得清清楚楚了，现在为了让她死心，连伤害自己身体的事都做得出来，她还能看不清吗？她道：“我会去找听澜道歉。”

“我和你一起去。”卓禹安不会让她单独去见听澜，但这一趟必须去，不管听澜是否原谅，至少是卓家的诚意。

程知敏的道歉，舒听澜着实意外，意外到以为又是她的圈套，所以不动声色地看着她，眼里是藏不住的戒备。

一旁的卓禹安看她这样，有些心疼，被深深伤害过的人很难放下心防。他站在她旁边，轻轻揽着她的肩膀给她力量，告诉她，可以相信。

这是程知敏的态度，可以相信。但她不想原谅就不必原谅，他只是告诉她，卓家不再是他们的阻碍。

而关于孩子，自是更不必说，卓禹安不可能再有孩子，程知敏不愿意接受也得接受，何况，在来H市的时候，卓禹安把两个孩子的照片和视频都给她看了。程知敏几乎是第一眼就喜欢上了两个小家伙。

“真的是龙凤胎？”她还是觉得不可思议。

“是，听澜把他们带得非常好。”

原本程知敏来H市是逼不得已，对舒听澜还是充满敌对的状态，但是看到两个小家伙之后，心态有了一丝变化，不是那么难以接受了。

舒听澜没有表态是否接受她的道歉，很多事，不是对方态度转变了，就必须接受，那些伤痛都是实实在在存在的，不会随着道歉而削减半分，妈妈不会回来，这几年受的苦也不会减少。

她没有让程知敏见两个孩子，只说：“等有机会吧。”

程知敏本想说，她已经态度如此诚恳了，到底还想怎样？但是看见卓禹安的眼神，她只好憋回去，她现在完全没有筹码，筹码都在舒听澜手里。

罢了罢了，她不是来吵架，不是来寻不开心的。

“那行，听澜，我先回京，随时欢迎你和孩子们来。”这是她能表示的最大诚意了，她尽了全力。

卓禹安让司机送程知敏去机场之后，自己继续留在律所陪舒听澜，这次打定主意不走了，除非舒听澜愿意随他回森洲。

舒听澜面对他也是依然不表态，程知敏离开之后，她就开始忙工作，把他当成透明人，他也不介意，找孙律师聊天，一派从容的样子，他的外形太出众了，以至律所显得格外逼仄。

孙律师不时就找借口躲起来，他年纪大了，不愿意跟这样的人打交道，说话要绞尽脑汁想话题，费了不少脑细胞。

在办公大厅的小新以及别的几位律师都不时从办公桌前偷偷露出脑袋看他，几位律师偷偷问小新：“那真是卓远科技的卓总？跟你们舒律师是什么关系啊？”

小新摇头说不知道，她不是不知道，而是舒律师的隐私，不便告诉别人。

“你这个助理当得真不合格，看来马上就要失业了。”

“失业？”小新反问。她才不会失业，她要一直跟着舒律师。

“你们舒律师到咱们律所来，那是凤凰落难，迟早要飞走的。”

就这么小的律所，就这么几位律师，有心查，一下就能查出卓禹安和舒听澜的关系。

有他在，舒听澜哪里能真的静下心工作？而且人家的脸皮比城墙还厚，直接就在律所简陋的办公桌上坦然自若地处理自己的工作。

为了不影响别人的工作，舒听澜只好关了自己的电脑，离开律所，卓禹安紧随其后走出去。

出了律所，他便来牵她的手。

舒听澜甩开，他又继续牵住。

“听澜，说话要算数。”他说。

舒听澜看他一眼，什么说话要算数？

“你说解决了卓家的问题，就可以来找你。”讲真的，他在她面前既卑微，也没有任何自尊可言，可是他就是乐意。

舒听澜无话可说，径直朝律所办公楼后的小巷子走，她的车停在那里。

她正准备上车时，手机响了，是家里阿姨打来的，电话一接通，她就听见阿姨焦急的声音：“舒小姐——”

“怎么了？”舒听澜发现自己问这话时心跳有点儿快，她很怕阿姨突然打来电话，脑子里会浮现出无数不好的消息，没办法，当妈妈之后，哪怕接到幼儿园老师的电话，都会浮想联翩。

“小念与小荷忽然发烧了。”阿姨焦急地继续说，“刚才接他们放学时，老师就说他们有点儿不舒服，让回家注意些，结果我刚才一量体温，他们发烧了。”

“烧到多少度？”

卓禹安听到她的电话，顿下脚步，在一旁听着。

“都是39度8。”

“好，我知道了，我马上到家。”

顾不得卓禹安，她马上开了车门准备上车，

“你坐副驾驶，我开车。”卓禹安拿过她的车钥匙。

舒听澜一颗心悬着，只要孩子们一生病发烧，她就容易心慌，像是有创伤后遗症，容易胡思乱想。

回到家，舒听澜见到两位小朋友都靠在沙发上蔫蔫的，精神不是很好，看到她就直接哭了，伸出双手要她抱。

舒听澜急忙跑过去抱住他们，他们额头和小脸都是滚烫的，她的心都要碎了。

倒是卓禹安很冷静：“给宝宝们穿好衣服，上医院。”

舒听澜和阿姨急忙各负责一个小朋友，快速帮他们穿好衣服，卓禹安在那边打电话联系医生。

有他在，再急的事也变得有条不紊，他们去的是私立医院，提前联系好的儿科医生和护士过来直接给小朋友们检查，免去了排队等门诊的时间。

因为两位小朋友吃了退烧药还是烧着，加上精神恹恹的，医生检查完之后，安排了CT，CT显示两位小朋友都有一点儿肺炎，建议住院。

舒听澜一听到诊断，腿便有些软，她靠在走廊外边扶着墙，强自让自己镇定。

其实她心里明白，小朋友发烧或者肺炎是常见问题，可是她曾经历过独自在医院陪妈妈，看着妈妈生命慢慢消逝的过程，身体有了应激反应，不受控制，听不得“肺炎”两个字。

卓禹安过来抱了抱她，安慰道：“放心，没事。现在马上安排宝宝们住院。”

“嗯。”

舒听澜克制住自己的心慌，强作镇定地过来陪孩子们一起去住院部。

因为有卓禹安在忙前忙后办理一切手续，舒听澜只需要安心陪在孩子们身边即可，这让她慌乱的心稍稍定了下来。

住院后，孩子们很快就输了液，到了晚上九点多，烧就退了，呼吸平稳，睡得很踏实。

舒听澜长长地松了口气。她看到一边一个病床躺着的孩子们，有些心酸：“卓禹安，今天谢谢你。”

卓禹安眸光一沉：“谢我什么？谢我这几年不在你的身边，孩子生病了要你一个人辛苦地照顾？”他说话带刺，却是深深地自责。

舒听澜摇头：“这不是你的错，你不知情。”

她越宽容，卓禹安就越难受，他没再说话，把她揽进怀里紧紧抱着。

反而是舒听澜的情绪今晚有些泛滥：“你知道吗？我以前恨过你，真的。特别痛苦时，就特别恨你，恨你为什么不回头看我一眼。我一个人眼睁睁看着妈妈的生命逝去无能为力时，我一个人挺着大肚子不敢回森洲，不敢回栖宁，只能在一个陌生的城市租房找工作时，我一个人躺在产床上被疼痛折磨得生不如死时，还有孩子们生病，我一个人抱着两个在医院的门诊大厅熬夜输液时，我都好恨你。”

这些话如同冰锥，扎在卓禹安的心里，让他剧痛无比。

他只能本能地抱紧她，本能地喃喃道：“对不起，听澜，对不起。”再多言语也无法表达他万分之一的心疼。

舒听澜摇头：“我那时真的恨你，恨你不回头看我一眼，因为我知道，只要你回头，你一定不舍得我那么辛苦，我知道你不舍得。”

“听澜，以后你不要那么辛苦了，有我在。你和小朋友们都有我在。”无论如何他都要带他们回森洲，一家四口重新开始。

这家私立医院不管是医疗水平还是环境都是全市最好的，孩子们得到特别精心的照顾。孩子们住了一周的医院，卓禹安就寸步不离地陪在医院整整一周，也因此，和孩子们建立了不错的关系。

医生和护士自然就以为他们是一家人，每回来查房，都是跟小朋友们说：“你爸爸，你爸爸。”

舒听澜也不否认。舒小荷嘴巴很甜，每次都是爸爸长爸爸短地叫着。

住了一周的医院，她莫名就省去了跟孩子们解释的步骤。

经过这次住院，舒听澜心里开始动摇了，想着要不要和卓禹安回森洲。小朋友们很喜欢他，每天都跟在他的身后爸爸长爸爸短地叫着，而她似乎也渐渐习惯了他的存在，在生活上开始依赖他了。

卓禹安倒也不逼她，她如果想留在H市，他就在H市办公，照顾她和孩子们；她若是决定回森洲，他便回森洲。

不过，他这个人大多数时候都很讲究，不讲究时也真不讲究，舒听澜租的房子很小，他每天就在客厅睡沙发，一点儿怨言都没有。

他每天送完孩子们，就拎着自己的电脑到舒听澜的律所，随便找一个空桌就能办公一整天。

律所的空间本就不大，他的气质、形象都和律所的环境格格不入，他往那儿一坐，在公共区域办公的律师自然就有一种压迫感。

舒听澜跟他提过几次，他完全无动于衷，就是要在舒听澜的眼皮底下晃荡。

最后孙律师忍无可忍了，他把舒听澜叫到办公室："你还是和卓总回森洲吧。"

他有些痛心疾首，毕竟是把舒听澜当接班人培养的，但是这个卓总态度很明确，不把她带走，就一副要和律所死磕到底的架势："听澜，放心去吧，孩子们在森洲能受到更好的教育、能有更好的生活环境，你没有权利剥夺孩子们的条件。还有，你自己的发展，宏正律所和律协的韩主任都跟我提过，希望我能让你回去。你不属于这里，迟早是要回去的。"

舒听澜都不知道卓禹安到底给她身边的人做了多少思想工作，他们都跑来劝她回去。连林之偶都每天一个电话地催她："快回来吧，舒舒，快回来。"

就这样，舒听澜才下定决心跟卓禹安回森洲。

回去之前，她还特意强调："我是出于对孩子们未来的考虑才回去的。"

"嗯，我知道。"卓禹安笑着回道。

"当然，也是为了我自己的职业发展。"

"我知道。"

"我回去并不是答应要跟你重新开始。"这才是她想强调的重点。

"我知道，听澜，不着急，来日方长。"

第二十六章

新职场新身份

再次回来，尤其身边还带着两个小朋友，舒听澜有一种恍如隔世的感觉，兜兜转转一圈之后又回来了。

在航班上，空乘人员认识卓禹安，他的旁边坐着一个软萌可爱的小女孩。小女孩很乖巧，安安静静地坐在那里认真地吃小零食，心安理得地享受他的照顾，因为小腿短，所以在座椅上轻轻地晃啊晃，白白的肉乎乎的，像藕节一样，让人心都萌化了。

空乘借着过去递纸巾的机会，轻声问小女孩："宝宝，你叫什么名字啊？"

小女孩看了一眼过道另一边已经睡着的妈妈和哥哥，朝空姐做了一个嘘的动作，然后很小声地回答："我叫舒小荷。"

"你们是去森洲旅游吗？"空姐放低了声音。

小女孩很认真地回答："我们是跟爸爸一起回家。"她说完还悄悄指了指旁边的卓禹安，自以为声音很小，但透着一股自豪，"他是我爸爸。"

一旁的卓禹安听到，心脏猛地被击中，眼眶不由得发热。有人说父爱与母爱不一样，因为没有经过十月怀胎的辛苦，父爱不是与生俱来，而是靠时间慢慢培养出来的。但他不需要靠时间慢慢培养，这是他和听澜的孩子，单是这一点，就足够他瞬间爱上他们，何况还是这样聪慧又可爱的孩子。

一个小小的气流颠簸，过道这边的舒听澜猛然惊醒，伴随着耳边传来的熟悉、软萌的声音："他是我爸爸。"

她的心脏怦怦跳了几下，透出一丝暖意。卓禹安见她醒了，隔着过道向她投来关切的眼神，问她是否要喝水。

她摇头，人还有一些恍惚，以为自己是在去出差的路上，但看到旁边的两位小朋友和卓禹安，又瞬间被拉回到现实中。

卓禹安这次带他们回来，没有通知任何人，连陆阔都没说，只是叫司机来机场接机，然后直奔市中心那套豪宅。

房子还是上回来时的样子，只是卓禹安在各个边边角角都贴了防撞条，很是贴心。不同于H市的出租房，一眼就望到底，这房子大而显得空旷，各个功能区都有明确划分，休闲、会客、餐厅各有各的设计，卓禹安把其中一间卧室与客厅相连的墙打通，安装了一整面的玻璃墙，卧室改装成了儿童游乐场。在这个家的大部分地方，都能一眼就看到里边，既能让孩子们玩得尽兴，大人也能轻松照看。

小朋友们奔波了半天也不累，一进门就撒欢了跑，然后一头扎进儿童游乐场玩了起来。卓禹安把她和孩子们的行李带到相应的房间以及衣帽间收拾好，还是像从前那样，喜欢亲力亲为帮她把所有事都做好。

到了下午，小朋友们睡午觉时，他把舒听澜叫到书房："这边有几家幼儿园的资料，你看一下哪家合适。"

舒听澜坐在书房办公桌的对面，接过资料，低头很认真地翻阅。卓禹安选幼儿园当然是怎么贵怎么来，每年的学费跟在H市时比，可以说算是天价了。

其实她不得不承认，跟着卓禹安在森洲生活，对孩子们的未来发展更好。

卓禹安坐在办公桌的另一侧，在她低头看资料时，他便靠在椅子上安静地看着她。她不管做什么，都是那么认真，就是几张幼儿园的资料而已，不知道的人会以为她在审核涉及上千万的商业合同，看似连一个标点符号都不放过。

这是舒听澜的习惯，其实她天天看各种资料，已经有一目十行的能力，只不过选择小朋友们的幼儿园，她还是要谨慎一些，要考虑环境，考虑教育理念，考虑对老师的要求，考虑同学之间甚至家长之间的关系，等等。

只不过她看了一圈下来，发现是自己多虑了，森洲成千上万的幼儿园，能被卓禹安选出来的五家当然是各方面都是最好的。

最后她指了指其中一家："就这家吧。"因为离家最近。

卓禹安看到她指的那家，笑了："英雄所见略同！"这也是他最中意的一家。

晚上，卓禹安亲自下厨给他们做饭，小朋友们在客厅和游乐场里疯玩。大约是因为最近朝夕相处，他们对卓禹安已没有任何陌生感了。

卓禹安在厨房做饭，他们不时过去好奇地看他在做什么，两个小不点儿都只到他大腿的高度，一边站一个，抬头看着他，双眼澄澈纯净，不含一丝杂质。

卓禹安哪受得了这个，心都软化了，简直爱不释手，忍不住掏出手机咔嚓拍了一张照片，然后发给陆阔，除了陆阔，他还能跟谁炫耀呢？

陆阔一看他发的照片，再一看背景是在他森洲的家里，顿时怒骂："滚！拉黑警告！"他最烦这种晒孩子的人。

卓禹安一笑，自动把陆阔划分为是嫉妒他的人群。要说什么血缘关系、什么亲情，他从小就感受不深，也无所谓有没有，但是见到两个孩子时，那自然而然的爱就不停地冒出来，恨不得把全世界最好的东西给他们。

他的厨艺一向很好，何况今晚他是用心给他们母子三人做的，两个小朋友一边吃，一边夸："爸爸做的饭真好吃，爸爸是超级大厨。"

舒小荷嘴巴跟抹了蜜一样，夸完爸爸就算了，偏偏又要补刀：“比妈妈做的好吃。妈妈只会炒黑乎乎的蛋炒饭。”

舒听澜气得一口气堵在胸口不上不下，尤其是听到卓禹安闷声的笑，她就更生气了，抬头瞪了他一眼。

他立即收敛笑意，正儿八经地跟舒小荷说：“因为每个人都有自己擅长做的事，妈妈只是不擅长做饭，但妈妈也有她做得特别好的事情。”

舒听澜心想，这还差不多。

“爸爸，那你是怎么从天堂回来的？是坐飞机飞回来的吗？”舒小荷是个问题小孩，眨巴着晶亮的双眼，很好奇也很认真地问。

舒听澜险些被饭给噎着，有点儿幸灾乐祸地等着卓禹安回答，完全没有自己是罪魁祸首的自觉。

卓禹安轻飘飘地看了她一眼，对舒小荷说：“这个问题，恐怕要妈妈来回答，妈妈比较清楚。”

我什么都不知道，不要问我！舒听澜第一次体会到什么叫搬起石头砸自己的脚，当初不该图省事的。

结果舒小荷还不死心，眼巴巴地看着她继续问：“那外婆也能从天堂回来吗？”

她觉得外婆和爸爸的照片一直放在一起，他们都是去天堂了，那爸爸回来了，外婆应该也会回来吧。

小朋友们的脑洞总是过分地大，本来蛮轻松的氛围，因为提到外婆，舒听澜有一瞬间的闪神，心里总是有遗憾，她想，如果妈妈还在世，看到两个可爱的宝贝该多开心。

“外婆虽然不能回来，但她会一直看着我们，保护着我们。”她如是说。

既然已经再次回到森洲，回到这套房子里来，过去的很多事，她就不愿意再想了，人总是要往前走的。

晚上睡觉时，因为第一天到森洲，两位小朋友不想跟舒听澜分开睡，所以在她的卧室里缠着她，要她讲睡前故事，要她陪着睡，她只得答应。

卓禹安在小朋友们面前，对舒听澜很克制，一直没有任何越界的举动。这会儿临睡前，他来他们的房间，就是想道一声晚安，结果，舒小荷见到门口的他，很开心地喊道：“我要爸爸给我讲故事。”

舒小念也坐着，充满期待地看着他。

“不行，爸爸要回去睡觉。”舒听澜拒绝。

舒小荷可没有那么好打发：“我同学说，每天晚上都是爸爸妈妈陪她一起睡的，有时候妈妈讲故事，有时候爸爸讲故事。我都没有听过爸爸讲故事。”她的声音委屈巴巴的。

舒听澜看着舒小荷就想：“你是上天派来克你妈妈的吧？”

她只能寄希望于一向懂事的舒小念拒绝，结果舒小念坐在床中央，也是眼巴巴地看着卓禹安，眼里充满期望。他真的好想听爸爸讲睡前故事呢。

舒听澜叹了口气，不忍心拒绝孩子们的要求，也无法跟孩子们解释，爸爸妈妈为什么住在同一个屋檐下，却不睡在同一个房间。

卓禹安是多精明一个人，捕捉到她眼神里的犹豫，立即走进房间，接过舒小荷手中的绘本：“爸爸给你们讲。”

两个小朋友一左一右躺在他的身边，安静地听他讲故事。舒听澜被舒小念握着手走不了，只得也躺在旁边听着。

他声音温柔而低沉，虽没有抑扬顿挫或者声情并茂，但胜在感情真挚而投入，两个小朋友都听得很入神，舒听澜躺在一旁也安静地听着。

讲完一本，卓禹安低头一看，不仅怀里的两位小朋友睡着了，连旁边的听澜也不知何时睡着了，呼吸很轻，半长的头发散在白皙的脸颊上，她紧紧挨着舒小念的后背，睡得很踏实。

这一室的温柔暖意让卓禹安的心头涌起无限的缱绻，他轻轻躺下，伸手去握听澜的手，与她十指相扣。她睡得熟，手被他握着时只轻轻动了一下，没有反抗。

舒听澜不知自己是怎么睡着的，睡到后半夜，忽然被噩梦惊醒，梦到在医院的走廊上，她哭着追妈妈的背影，结果一脚踩空，失重感传来，人便忽然惊醒过来。

卧室里没有灯，遮光窗帘又很挡光，漆黑一片，只有感官清晰地知道自己被搂在一个熟悉的怀抱里。搂着她的人睡得很沉，无意识地伸手轻轻拍着她的后背，好似安抚。

孩子们呢？中间明明隔着一个舒小念的。她翻身起来，用手去探他身后，适应了黑暗之后，能模糊看到他身后两团小影子横躺着，所以占据了大半个床，她和卓禹安只能紧贴着躺在床边的位置。

卓禹安被她的动静吵醒。

“听澜？”他轻声喊她名字，又把她搂进怀里躺着。

“回你自己的房间去。”舒听澜推他，心情还没有从刚才那个噩梦里恢复过来。

他不为所动，甚至加大了力气：“乖，睡觉。别吵到孩子们。”

她动弹不了，身体在床边上，半边几乎悬空，他一松手，她恐怕就要摔下床去。大概就是因为这样的姿势，所以她才有失重感，做了那样一个可怕的梦。

昏暗中，卓禹安的双手忽然往下移，握住她的腰部，她轻喊：“你做什么？”

他握住她腰的双手稍稍用力，就把她180度旋转换到了里侧的位置，她和孩子们在里面，他在最外面。他语气揶揄地回答她的问题：“你以为我想做什么？”

这大半夜的，暧昧气氛陡升。

舒听澜坐起来，把两个孩子放直了让他们躺好，床的位置空出大半，她往里缩了缩，知道赶不走他，索性不管他，更不回答他的问题。

卓禹安闷声笑："听澜，承认你对我有感觉并不难。"

说着，他就覆身上来，把她吻得昏天暗地，他一见到她，脑子就不受控制都是少儿不宜的画面。

舒听澜使劲推他，心想，这人是疯了吗，旁边还有两个小朋友。她挣扎的动作太大，旁边的舒小念被碰到，迷迷糊糊叫了一声妈妈。

两人都一僵，好在舒小念没有醒，翻了个身又睡着了。

卓禹安在深夜里轻笑，但是放开了听澜，没再继续。

回来之后，舒听澜花了将近一个月的时间，陪两位小朋友适应森洲的生活和学校，然后准备找工作。

卓禹安想给她在卓远科技的法务部安排一份工作，被她拒绝了。宏正律所的肖主任和周铭知道她回来，也热情地抛出橄榄枝，欢迎她回归，亦被她拒绝。

不是他们给的条件不够好，而是不符合她的职业发展，她这几年主要是做诉讼领域的案子，也从中找到价值所在，不想就这么放弃，所以正式投入找工作的大军之中。

森洲的律所很多，但是真正知名的红圈所就那几家，又是老生常谈的问题，她想进红圈所，学历上就没有优势，而现在又比几年前多了一条致命的缺点——单亲妈妈。

她最初没有利用以前的资源找工作，就是按部就班地投简历，人事部约面试，结果，面了几家，翻来覆去都是一样的问题。

今天来面试的蓝元律所虽然综合实力比宏正律所差一些，但是在诉讼领域，尤其是商业诉讼方向，又要比宏正律所强，很符合她的职业规划，所以她格外重视今天的面试。

面试她的人事经理跟她差不多大，一副都市丽人的穿着打扮，很干练，看完她的简历，提的问题跟之前面试的几家差不多："舒律师工作换得很频繁啊，基本上是三年换一次。从企业跳到宏正做并购，之后又跳槽到H市的小律所做诉讼，能说说每次离职的原因吗？"

要不是招聘困难，这种简历，人事经理压根儿就不想看一眼。干律师这行，最重要的是要沉得住气，在同一个领域深耕，才可能有发展。可她跳来跳去，没有发展方向。

舒听澜除了第一份工作是主动离职的，离开宏正律所以及孙律师律所的原因不好解释，只得回答是个人原因，显得很敷衍。

"舒律师现在是离异，还有两个孩子？那还有精力投入工作吗？律师工作强度很大的。”

人事经理的问题没有毛病，从简历上看，她的这些硬件条件真的没有任何优势，别说进红圈所了，就是进普通律所，人家也要考虑考虑。

只是她希望人事经理能够看看她的工作经历，看看她接手过哪些有影响力的案件，以及她如果入职，能直接带来哪些客户资源。她很耐心地把自己简历的后半部分展示给人事经理看，介绍自己的这些优势。

人事经理叫郭冉，郭冉漫不经心地看了一眼后半部分的案例介绍，有些嘲讽道：“舒律师既然有这么丰富的工作经验，那应该去当合伙人。”

大约是她太年轻也太漂亮了，加上频繁换工作，又离异带孩子，郭冉压根儿不相信那些案子是她独立完成的。郭冉在蓝元律师工作了近十年，筛选过无数简历，面试过无数人，见多识广，很多应聘者在面试时特别喜欢夸大自己以往的工作经历，明明只是一个助理，协助律师做一些打杂的工作，但就是敢大言不惭地说是自己独立完成的案子。

她看舒听澜的案例介绍中有几个是比较复杂的无罪辩护的案例，她一点儿都不相信是舒听澜独立完成的。

“舒律师，那今天就这样，您回去等我们通知。”郭冉这么说，就是面试没过她这一关，连第二轮面试的机会都没给舒听澜。

舒听澜倒也没生气，落落大方地拿回自己的简历，跟郭冉说再见。她说的再见就是一定会再次见面的意思。

卓禹安知道舒听澜最近在找工作，频繁出去面试，大约是一直受挫，所以她看上去有些恹恹的，情绪低落。其实他能理解，现在职场对女性的压迫，尤其是像她这样看似工作不稳定又带着两个孩子的年轻妈妈，用人单位或多或少会戴着有色眼镜去看她，根本不会管她真实的能力如何。

他心疼她，所以没忍住，开口问：“需要帮忙吗？”很多事都是他一句话的事。

“不用。”舒听澜连着面试了几家都受挫后，其实并没有萎靡不振，不过是有些累而已。她有一种不撞南墙不回头的拼劲，固执地不用自己手里的资源去找工作，就是想看看，在没有资源的情况下，一个妈妈找工作到底有多难。

这几天面试过的几家律所让她深刻地感受到全职妈妈想重新进入职场，要遭受多少冷嘲热讽，即便她不是全职妈妈，一直在工作，找工作时也会因为孩子受到歧视。

“有目标了？”

“嗯，打算去蓝元律所。”她很有自信能进去，虽然今天第一轮面试就被人事经理给淘汰了。

卓禹安原本想说，他们跟蓝元律所有合作，可以帮她引荐一下，其实就是他一句话的事，但料想她不会接受，便只说道："有需要帮忙的随时跟我说。"说完，他又忍不住强调了一下，"听澜，我们是一家人。"

舒听澜没再反驳，他们现在住在同一个屋檐下，被孩子们爸爸妈妈地叫着，甚至每天晚上都睡在同一张床上，她再反驳，就显得矫情了。

对于去蓝元律所，她是有自己的计划的，去面试只是探探路，实际上，前几天，面试之余，她去律协拜见了韩主任。她早已经不是以前那个自命清高的人，知道该维系的关系自然要维系。

韩主任听说她想去蓝元律所，当即高兴地说："不错啊，小舒有眼光。蓝元律所的经营范围最适合你。你上回办的那个十八年前的冤案太出色了，蓝元的创始人蓝萧山之前就跟我打听过你，想把你收入麾下，无奈你当时不肯来森洲发展。"

韩主任当时就想把她介绍给蓝元律所的蓝萧山，无奈蓝萧山在外地出差，要等他回来才能见。

舒听澜便提前打印了简历去面试看看，只是想不到在第一轮就被人事经理给刷下来了。

卓禹安有些不高兴："你去求韩主任帮忙，都不需要我的帮忙？"

"韩主任是我们圈内人，德高望重，我找他帮忙介绍是天经地义。你不是圈内人，找你帮忙那叫以权谋私。"

"歪理！找韩主任才叫以权谋私，找我帮忙谁也说不出什么。"我就是你，你就是我，在卓禹安心里不分彼此。

偏偏她不这么想，凡事都跟他分得清清楚楚的，给她安排工作，她拒绝，给她介绍资源，她拒绝，她回森洲这么久，每回经过卓远科技的大厦，都恨不得绕道走。

以至崔姐忍不住问他："舒小姐真的跟你住一起了？"

嗯，所谓的住在一起，其实对他来说，就有一点儿残忍了，两个小家伙每晚都要硬拉着他让他跟他们躺在一起，给他们讲故事，爸爸妈妈谁也不准走，四人挤在一张床上睡，他每晚能抱着她，却碍于小朋友们在，什么也做不了，尤其某人还完全不配合。

崔姐是过来人，大概一眼就明白是怎么回事了，笑着吩咐她秘书室的助理："去外边药店买一盒龙胆泻肝丸回来。"

助理问："崔姐，你上火了吗？"

崔秘书："不是，卓总上火了，你们没看到他脸上冒出来的那颗痘吗？"

她的话正巧被来看卓禹安的陆阔听到，陆阔一脸幸灾乐祸："哟，崔姐久居国外，还没忘记我们中医的博大精深啊。龙胆泻肝丸好啊，能清肝火，能明目。还有，再多买点儿牛黄解毒片、黄连上清丸、金银花等，反正你们卓总都用得上。"

崔姐在一旁偷笑，小助理则是一脸迷茫，到底该买哪些回来？

陆阔调侃完，还很不怕死地特意凑到卓禹安面前，左右打量他的脸，嘴里啧啧道："不只是脸上冒痘，这黑眼圈，是多久没睡好觉了？"

"滚！"卓禹安忍无可忍，从办公桌上的笔筒里拿了一支钢笔砸向陆阔，没有他这么幸灾乐祸的。

陆阔手一伸，接住那支价值不菲的笔，顺势放进自己的衣兜里，等会儿拿回去孝敬家里的老头儿。

陆阔心里也苦啊，卓禹安忽然多出这么一对可爱的双胞胎，老爷子眼都红了，现在只要联系他，就催他赶紧找对象结婚。老爷子以前还对他未来的另一半有诸多要求，现在没了，只要家世清白、女的、活的、能生双胞胎的就行。

前几条倒是好找，生双胞胎是什么鬼？这是他能控制的吗？所以他看到卓禹安这个罪魁祸首就很生气："你知道程老师在京城圈子里是怎么炫耀你家孩子的吗？把我家老头儿眼红得不行。"

一提程老师，卓禹安的脸冷了冷，他道："她跟别人提起孩子们了？"

他母亲至今并未见过孩子们，只不过经过听澜的同意，给她发过几张孩子们的照片，所以她能炫耀什么？

"提了，听老爷子的口气，程老师很喜欢两位小朋友。"陆阔说这话其实就是想让卓禹安放心，家里不会再是他和听澜的阻碍。

今天是舒听澜到蓝元律所上班的第一天。

前几天，经韩主任引荐，她与蓝元律所的创始人蓝萧山见了一面，详细沟通过她的职业发展方向。

作为圈内从业者，蓝萧山的名字可以说是如雷贯耳，年轻时就独立代理过几件震惊全国的案子，一战成名，而后工作不过几年，就创立了蓝元律所，从开始代理刑事案件到慢慢扩展到别的诉讼领域，事业版图越扩越大，在每个领域都有强大的律师团队，而他本人已不轻易接手案件，除了管理律所大方向的发展，平时就做做公益，去高校做个演讲，出几本与法律相关的畅销书籍，过得优哉且名利双收。

那天，舒听澜在蓝萧山办公室聊了一下午，她原本想介绍一下自己过往的一些工作经历，但他说不必介绍："你之前办的几个案子都很漂亮，我跟韩主任说过几次，早就想让他介绍你来蓝元。而且宏正律所的肖君华主任，我们也见过面，她对你赞不绝口。"

蓝萧山丝毫不掩饰自己对舒听澜的欣赏，所以过去的工作经验就不再提了，他只问舒听澜将来的规划，他需要做的是把合适的人放在合适的岗位上。

舒听澜目前手里还有几家企业的客户，加上个人专业能力方面，她是想在商业诉讼领域发展，不想再做民事或者刑事案件了，一个太杂要处理太多鸡毛蒜皮的小事，一个又需要强大的内心去面对各种人生惨剧。当她有能力选择了，自然就想避开这两种案子。

蓝萧山当即就答应她的要求，她以前有在企业做法务的工作经历，又做过上市公司的并购项目，又处理过刑事诉讼案件，虽然看似都没有在其中一个领域深耕，但是如果做商业诉讼方向，这些经历结合起来，恰恰能给她加分，非常完美。

等一切谈妥了，蓝萧山才说："我们商业诉讼组的合伙人离职创业去了，上个月刚办完交接，所以现在商业组暂时还没有合伙人。目前组里是李安娜律师带着六人的团队在负责，你加入之后，也可以按照要求招聘合适的律师进来帮你。相信你和李安娜律师能够互补起来，把商业组带上辉煌。"

蓝萧山到底是生意人，把舒听澜安排得明明白白的，表面上是让她和李律师和平共处，实际上，是把两人放在竞争的关系上，谁做得好，将来由谁晋升到商业组合伙人的位置。

舒听澜的压力瞬间巨大。

她在H市孙律师那儿的几年，虽然工作很忙，案子很多，但是因为孙律师很佛系，加上所里统共没几个律师，所以没有所谓的"内卷"，没有竞争，在职位上，她是过于安逸的。

但是在森洲不一样，尤其是蓝元律所这种有几百个律师的红圈所，竞争压力可想而知。她就像一个游泳的业余爱好者忽然被扔进了国家游泳队，然后教练在旁边一直鼓励："你行，你可以的，你一定能超过专业游泳运动员。"

她想，压力是前进的动力，既然来了，就一定要拼尽全力。

那天面试舒听澜的面试官郭冉看到蓝萧山亲自带她来办理入职时，一脸震惊，犹记得自己那天讽刺她："舒律师既然有这么丰富的工作经验，那应该去当合伙人。"蓝律师能亲自带过来办入职的肯定不是普通的律师，一般都是合伙人级别的，所以自己那天冷嘲热讽的话，现在就有一点儿打脸的意思。

在给舒听澜办理入职时，她的态度便不是很好。

那边李安娜消息最灵通，她在蓝元律所工作了七八年，与人事经理郭冉关系很好，所以第一时间便发来信息对郭冉说："这位舒律师的简历发我一份。"

郭冉没有二话，偷偷把舒听澜的简历拍了一张照片发给李安娜："看完删除。"很默契，没有一句多余的话。

李安娜看到舒听澜的简历——离异！两个宝宝的妈妈！ H市名不见经传小律所的工作经历。

看完简历，李安娜松了口气，两人根本就不是一个级别的竞争对手，她想，大概率是蓝萧山受律协韩主任所托，磨不开面子，才招舒听澜进来的。

既然不是竞争对手，她对舒听澜便展开双手表示热烈欢迎，又跟蓝萧山承诺，一定会好好带舒律师："咱们商业组难得进来新鲜血液，真是太好了。

“舒律师，以后合作愉快。”

其他几位律师也纷纷过来对她表示欢迎之后，便各忙各的去了。

舒听澜找了一个位子坐下，特意找了旁边有空位的位子，因为答应过小新，等自己稳定了，就带她过来。

舒听澜第一天来蓝元律所有些兵荒马乱，但好在该办的手续办了，该接手的工作也接手了，该认识的人都认识了，到了下班时间，算是平稳度过。

卓禹安的电话打来时，她刚出律所。

他说：“我们今晚去外边吃，庆祝你找到一份满意的工作，入职成功。”

孩子们在旁边喊：“妈妈，你快出来，我们在等你。”

她心里一暖，放下手机，朝不远处卓禹安的车走去。

大约是不想引起别人的注意，他开的车很低调，是商务型的，也是专门用来接送孩子们的。后面小朋友一人一个座位，座位上固定着安全座椅，很安全，也很宽敞。

舒听澜主动坐上副驾驶的位置，也不问去哪里吃饭，很放心地交给他安排，在衣食住行方面，卓禹安比她细心很多，诚如他所说，跟着他出来，只要人到就行，别的什么都不用管。

他安排得井井有条，因为是庆祝她找到新工作，所以没有迁就孩子们的喜好去儿童餐厅。他们去的是一家西餐厅，气氛浪漫，孩子们也乖乖巧巧地坐在儿童座椅上，跟着爸爸学用餐礼仪，既觉得新奇，又很有趣。

一家四口的颜值都太高了，尤其两个乖巧、漂亮的孩子让人忍不住赞叹。服务员刚才看到两个三岁多的孩子进来，还担忧他们会吵吵闹闹打扰到别的顾客，结果完全没有，他们很安静，连说话都知道刻意放低声音，教养真好。

舒听澜以前因为独自带着两个小朋友，又要忙着生计，所以没有太多耐心对他们，没有耐心引导他们，从小就是她制定的规矩，他们就必须照着做，很严厉。

与其说孩子们是被教育得很好，不如说是因为怕他们失去很多同龄孩子该有的活泼调皮，所以她内心一直觉得愧对孩子们。

对面的卓禹安端着一杯果汁，跟小朋友们说：“我们敬妈妈一杯，好不好？祝妈妈以后工作顺利，前程似锦。”

“好，祝妈妈工作顺利，前程似锦！”两位小朋友端着果汁，学着爸爸有模有样地敬妈妈，把舒听澜逗笑了，又觉得心里暖暖的。

她道：“谢谢你们。”

两位小朋友捧着果汁，开心地喝着。

卓禹安则没有喝，端着果汁看着对面的舒听澜，怎么看怎么觉得好。虽不再是二人世界，有一左一右两位小朋友当电灯泡，但一家四口的世界刚刚好。

接收到他的眼神，舒听澜没有闪躲，倒了一点点红酒递给他，什么也没说，但眼里的感激之情不言而喻。

他一直很尊重她，无论是在生活上还是工作上。她的工作，忙起来的时候可能连孩子们都顾不上，而且赚得不多，一个月的薪水或许只是他一顿饭、一瓶酒的钱，不值一提，但是他很尊重她的工作，真心替她开心，大张旗鼓地为她庆祝。

这份尊重很重要，将来孩子们长大了，也会同样尊重她，而不会因为妈妈赚得不如爸爸多，对她有丝毫怠慢。

卓禹安端着酒杯，看着她的眼神渐渐炙热，他轻抿了一口红酒，不敢喝，因为一会儿要开车回家。

舒听澜亦是轻抿一口，一切都在不言中。

回家的路上，孩子们坐在后面的安全椅上都睡着了。到了小区的地库，舒听澜刚解开安全带，卓禹安的身影便从驾驶座上笼罩过来，把她紧紧圈在他的怀里，低头吻她，很轻柔，又很霸道。

她嘴里还是刚才喝的那一小口红酒的余香，清甜、有回甘。

卓禹安渐渐觉得热起来，心脏控制不住疯狂地跳起来，因为感受到听澜在小心翼翼悄悄地回应他，在唇内试探一样与他互相追逐。

他克制不住越来越用力，几乎让两人都快要窒息，若不是孩子们在后座坐着，恐怕在车内他就要了她了。

“妈妈。”

孩子们醒来的动静把舒听澜吓得慌忙推开他，推开副驾驶的门，几乎落荒而逃地下车，绕到后座去抱孩子们下车。

“妈妈，到家了吗？”

“到家了。”她解开舒小念的安全带，另一边卓禹安也解开舒小荷的安全带，他们各自抱一个孩子下车。

两人中间隔着孩子，但卓禹安的目光几乎黏在她的身上，让她全身都发烫。

他仗着孩子们看不懂，所以毫不掩饰自己对她的想法。

好不容易到家了，舒听澜去给孩子们洗澡、吹干头发，然后到床上陪睡。又是卓禹安讲睡前故事，今晚难免心不在焉，不时走神，心早就飘到别处去了。他只希望孩子们快快入睡。

结果，孩子们像跟他作对一样，因为在车上睡了半个小时，现在正是精力充沛的时候，毫无睡意。

他们问：“爸爸，为什么小白兔的眼睛是红的？”

“因为小白兔身上的色素少，所以眼睛是透明的，红色是血液的颜色。”

一会儿，他们又问：“爸爸，骆驼为什么能在沙漠里生存？”

“因为骆驼的脚掌有很厚的肉垫，不怕沙子烫，而且骆驼的驼峰能储备脂肪，提供它们身体需要的营养。”

他们简直是十万个为什么，而卓禹安此时满脑子都是一些少儿不宜的画面，却偏偏要克制着，耐心地有问必答。

舒听澜在偷笑，孩子们刚才睡了一觉，属于充电五分钟、放电二十四小时那种，一时半会儿根本不可能睡着。

她脸都埋在枕头里，秀发散落在一旁，脸上不施脂粉，清丽好看，整个人不设防，看着软绵绵的，卓禹安不由得口干舌燥。见她还好意思笑，他瞪她一眼，转身无奈地继续给小朋友们讲绘本。

他讲了一本又一本，脾气全无。孩子们终于睡着了，他一转身，看到听澜不知何时也睡着了，且睡得很安心，也很沉。

他轻轻吻了她一下，不忍心弄醒她，只能翻身起床，去卫生间洗澡。他照镜子时，发现自己脸上那颗痘好像变大了，无奈地叹了口气，继续回床上躺着。

只不过这次，他不敢再靠近舒听澜，而是把两个孩子挪到中间，把彼此隔开。他看了眼两个孩子，心想，嗯，也三岁了，该培养独立睡眠了。

这父爱真是说没就没。

舒听澜进入一个新环境，需要一个慢慢适应的过程，尤其在蓝元这样的大律所，工作流程有严格的规章制度要遵守，与在孙律师那儿是天壤之别。

她要把小新招聘进来，需要通过合伙人以及人事经理的审批，但她现在所在的组比较特殊，没有合伙人，她便直接向人事经理郭冉提交申请。

郭冉一看申请单上合伙人签字那一栏是空的，便给她打回去了：“你们组要招聘新律师进来，必须有合伙人的签字，你找李安娜律师签完字，再提交到人事盖章。”

找李安娜律师签字？如此一来，不就是间接默认李安娜律师是商业组的合伙人？那么她以及未来要进入的小新都默认要到李安娜的团队去？

所以舒听澜当然不会找李安娜签这个用人申请表。她进来时，蓝萧山的意思很明确，她和李安娜是平级关系，公平竞争合伙人这个职位，靠业绩说话。

权衡了一下利弊，她便直接去找蓝萧山签这个用人申请表，也是想试探一下，蓝萧山是否真的会支持她。

当然，她也知道，这么做一定会把李安娜得罪，但职场就是这样，她来是为了工作，不是为了来讨好任何人。

蓝萧山看了一眼她手中的用人申请表，没有多余的话，接过来就签了。他一边签字，一边问她是否适应蓝元的工作节奏。

她回答：“很好，很适应。”

“好，有什么问题可以直接跟我说。还有，你们组的李安娜律师也是经验丰富的资深律师，业务上有不明白的可以直接问她。”他表面关心她，实际上也带着提醒，让她不要太特立独行，要跟同组的同事搞好关系。

“好，谢谢蓝律。”

她接过申请表，心想，如果能和平共处搞好关系，当然是再好不过。但蓝律师应当也明白，她与李安娜必然是竞争关系，不兼容的。

人事经理郭冉看到她拿着蓝萧山签字的用人申请表过来，不由得有些阴阳怪气：“蓝律直接签字的？这还是第一次有人跨级别找蓝律签字。舒律师好厉害。”

舒听澜当作没听见，保持着礼貌的微笑，郭冉愿意说什么就是什么，她就是特意找蓝萧山签字，明确告诉他们，她与李安娜律师目前是平级的关系，将来谁晋升成商业组合伙人还不一定呢。

在职场这几年，她也摸出一条道，大部分人还是欺软怕硬的，该强硬时就一定要强硬。今天或许是职位之争，明天就是客户之争，所以从一开始就要把自己的威信建立起来，一点儿也不能退让。

用人申请通过了之后，她便给小新打电话安排小新来森洲的事宜。隔着手机她就听到小新欢呼雀跃的声音：“谢谢舒律师，我终于要向梦想踏进一步了。”她从毕业开始就心心念念想来森洲闯一闯，父母开始还反对，但一听是舒律师带着，便放心了。

“你跟孙律师说过吗？”舒听澜觉得有点儿对不起孙律师。

“他说不用再给我发工资了不知多高兴，让我赶紧滚。”小新开心地说。

“帮我跟他说一声谢谢。”舒听澜对孙律师是满怀感激，她手中的那些客户，孙律师执意不要，说她在蓝元律所是新起点，带着这些客户过去好傍身，别给他丢脸。

所以你看，只要专注于自己的工作，好同事、好领导就会随之而来。

临近下班时，舒听澜再次去人事那边提交小新的入职资料，郭冉翻了翻小新的资料，一看，小新是本科毕业，还是名不见经传的本科院校，更没有什么工作经历，这种资质，如果是走正常招聘渠道，简历直接就被刷了，她连一眼都不会看。

为此，郭冉对舒听澜的印象又差了一分，她真把蓝元律所当成菜市场了，什么阿猫阿狗都敢往里带。

下班时，郭冉在卫生间补妆，不由得跟李安娜抱怨道：“蓝律不知怎么想的，招这么一个人进来。据说是律协的韩主任引荐的。”

“你真以为是韩主任引荐的？”李安娜对着镜子补口红，一会儿要陪客户参加应酬。

郭冉愣了愣，随即会意地笑了，没有再说话，但两人在镜子里互相对视了一眼，就什么都明白了。

蓝律师还未婚，有个交往多年的女朋友，最近她们见过几次他女朋友红着眼从他办公室离开，好像是说蓝律师要跟她分手。

而舒听澜正好是这个关口空降而来，蓝律直接带着办理入职，这次的用人申请表也直接签字，加上舒听澜长得漂亮，大约是生过孩子的缘故，比年轻女孩多了一份若有似无的韵味，属于轻熟女风，所以她和蓝律的关系似乎不言而喻。所谓的谣言大约就是这么出来的吧。

而舒听澜对此一无所知。

她有无数的事情要处理，首先是老客户的维护，需要致电解释自己跳槽到了蓝元律所；然后还需要去开发新的客户，想要业绩出众，唯一的方法就是多开发优质的大客户；最后是要去机场接小新，并且安排她的食宿问题。

舒听澜觉得，既然是自己把小新带到森洲发展，对她就多了一份责任，所以也没有给她在外面租房，直接把自己近郊那套房子让给她住，反正空着也是空着，住自己家里安全一些。

小新太感动了，红着眼，道：“舒律师，我一定会好好干的。”

舒听澜在森洲的生活算是真正步入正轨了。

程知敏得知她带着孩子们回森洲之后，便一直跃跃欲试想来看看孩子们，但都被卓禹安拒绝了，他只偶尔给程知敏发一张孩子们的照片或者一小段视频。

程知敏看着眼馋，所以按捺不住，连声招呼都没打就直接来森洲了，看自己的孙子孙女天经地义，不是吗？

但她不敢直接过去，所以曲线救国，先去找陆阔了。

陆阔不敢像卓禹安那样怠慢她，还得小心翼翼地伺候着，生怕她不高兴。

他一边伺候着程老师，一边偷偷躲起来轰炸卓禹安：“你快来把你家祖宗请走，我伺候不了啊。”

卓禹安不理他。

“你还是个人吗？自己躲清净，把烫手山芋扔给我，快来领人，不然我带着程老师直接去找听澜。”不就蓝元律所嘛，他熟悉，听鲸金融有位女精算师是蓝萧山的女朋友。

听到他的威胁，卓禹安才慢条斯理地回答：“你不要中了她的计。”

姜还是老的辣，程知敏天天不动声色地往陆阔面前一坐，一句话不用说，就把陆阔逼疯了，他比她还着急，急吼吼命令卓禹安带她去见孩子们。

舒听澜既然决定回森洲，就知道躲避不了程知敏，虽然心有芥蒂，但相信卓禹安能处理好，所以答应程知敏来看孩子，她自己出门回避了，不想见到程知敏。

程知敏在他们家见到两个孩子，本来对舒听澜还有些硌硬，但这会儿就只剩下激动了。

舒小念跟卓禹安小时候长得几乎一模一样，连那有些骄傲和冷漠的表情都如出一辙，很安静地坐在一旁观察着她。

而舒小荷就热情、开朗很多，很快就被她买的那堆糖衣炮弹攻下，不一会儿就奶奶长奶奶短甜甜地叫着。

程知敏开始是有些别扭的，这孩子长得是可爱漂亮，但是五官跟舒听澜太像了，她心里总是不自觉会产生一点儿排斥。

但是听到舒小荷乖乖巧巧一口一个奶奶地叫着，吃到好吃的零食，还递到她嘴边，非要喂她吃不可，她几十年来哪跟人这么亲昵过，别别扭扭地吃着舒小荷喂到嘴边的东西，吃着吃着，就吃出了一点儿甜味来。

“奶奶，好不好吃？”舒小荷黏着她，眨巴着水汪汪的眼睛充满期待地看着她。

“好吃。”她回答着，不自觉地连声音都放温柔了。

舒小荷笑，又往她嘴巴里喂了另外一个零食：“奶奶尝尝这个。”

程知敏一把年纪，注重养生，平时一点儿零食都不吃，这是孙女递过来的，她便勉为其难又吃了一个。

气氛还算不错，舒小念观察了好一会儿，见奶奶看着挺温和的，便悄悄靠近了一点儿坐着。程知敏就伸手抱住他问：“你们春节跟奶奶回京城过，好不好呀？”

一听到她的话，卓禹安便皱眉。

程知敏急忙解释：“孩子们回来了，正好带回家给你爷爷看看，你爷爷要是还在世，不知该多开心。”

“以后再说。”卓禹安想也没想就拒绝，没有经过听澜的同意，是不可能带他们回卓家的。

“禹安，妈妈真是一片真心，看到两个孩子就高兴，就想尽一点儿当奶奶的责任，没有别的想法。”

程知敏是想春节时带孩子们回去，摆个宴席告诉大家卓家有孙子孙女了，也是给两个孩子一个名正言顺的身份。而且，卓闵那边已经给孩子们想好名字了，如果回去，把户口上到卓家，就可以用新名字了。

她自认为自己完全没有恶意，因为站在她的角度看，她已经够豁达了，诚心接受舒听澜的两个孩子回卓家，这是很多人求之不得的事。

“那春节你和孩子们一起回来？听澜那边，我去邀请。”程知敏放下身段。

只是，她又问了一个发人深省的问题：“你现在和舒听澜是什么关系呢？如果一起回京过年，我好跟大家介绍。”

这真真是戳中卓禹安的痛处！什么关系？前夫前妻的关系！

他送走程知敏看到舒听澜时，脑子里又闪过“前夫”这两个字，这段日子日夜相处，他险些忘了，他们还没有复婚。

舒听澜看他一眼，问：“你们要回京城过年？”

程知敏已经给她打过电话了，说是也邀请她一起去京城过年，破天荒地言辞恳切。不过，以舒听澜对她的了解，事出突然必有妖。

“不去，别理她！”卓禹安斩钉截铁地拒绝。

他脑子里想的是如何去掉前夫这个身份，如何让两人的关系有进一步的突破，否则脸上的那颗痘当真要爆了、化脓了。

可是，他又舍不得让孩子们去儿童房睡，很享受他们每晚缠着他讲故事的依赖以及一家四口挤在一张床上睡的温馨。他只能想着再熬一熬。

舒听澜因为开始上班了，比前几天忙很多，很多客户资料要看，卓禹安在给孩子们讲故事时，她就拿着资料靠在床边看，等孩子们上下眼皮开始打架睁不开了，卓禹安示意她关了床头灯让他们睡，灯一关，两个孩子翻了个身，就秒睡了。

舒听澜自然是睡不着，工作压力很大，蓝萧山给了他们商业组一个客户，要她和李安娜一同跟进，客户是一家日化品企业，消费者告他们虚假宣传——

她正想着，忽然觉得有个阴影压下来，熟悉的气息传来，她正想大力推开，他却双手压住她的双手：“嘘，别吵到孩子！”

说别吵到孩子的人动作可一点儿也没小，见她躺直了没作声，他轻轻站起来，然后弯腰把她腾空抱起来。

黑暗中，她忽然被这么腾空抱起，失重感传来，她惊呼了一声，然后声音便消失在他的唇中。

厚重的呼吸传来，她想跟他抗争，又怕吵到孩子们，只得暗暗使劲，但力气始终不敌他。

不等她适应这种黑暗，人已被他抱起，出了卧室的门，他用脚轻轻钩上卧房的门，抱着她转而去旁边的客房，也是之前他原本该睡的地方。

一直没有开灯，他的客房窗帘遮光效果更好，暗得连对方的影子都几乎看不见。在如此的黑暗之中，感官最敏感。

肌肤与肌肤的贴近，呼吸与呼吸的缠绕，无一不被放大数倍，连那份吸引与渴望也被放大无数倍。

舒听澜觉得自己要完了，思绪如同一团糨糊，什么也无法思考，只有本能的原始的东西支配着她。

而对方虽是在伸手不见五指的客房里，但落下的每一处都是精准无误的，直到他越来越往下，她彻底失去任何意志，只有无限的沉沦。

等一切都结束，这个人才轻轻打开床头柜上一盏暖黄的夜灯。

舒听澜觉得自己此时的样子一定无法见人，额头上的发丝都是湿的，灯一开，她马上就用枕头蒙住自己的脸。

他也不起身，依然趴着，紧贴着她的脸，在她耳边低低沉沉地说了一句：“很美！”然后把枕头从她脸上拿开，两人瞬间近距离地四目相对。

她的双眸湿漉漉地看着他，她一这么看着他，他就受不了。

又来？不仅又来，这次人家还把客房所有灯都打开，不放过她脸上任何一个表情，她用枕头蒙着脸，他就把枕头扯开，她蒙住，他扯开，两人幼稚地较量着，室内的温度却不断地升温。

后半夜，舒小荷找不到妈妈，光着脚到卧室外边的走道上大哭，哭声隐隐约约传到隔壁客房，卓禹安才消停。

舒听澜累得不想动，真正的骨头散架，由卓禹安出去哄孩子。

舒小荷迷迷糊糊地大哭，被爸爸抱回房间后，哄了一会儿，又睡得踏实了。

等他回客房时，舒听澜也已睡着了。

第二天上班时，崔姐说：“咦，卓总脸上的痘好像小了不少，看来龙胆泻肝丸的效果还是不错的，真败火。”

舒听澜呢，好在是冬天，她可以穿着高领的内搭去上班，否则脖颈上的一个又一个红痕，简直无法见人。

到了律所的办公大楼，电梯从负一层上来，她刚进去，却见蓝萧山在里面，正在跟人聊语音，他对着手机，声音很大：“我们分手了，我爱找谁找谁，跟你没关系。”一大早，他脸色就不好。

听到别人隐私，舒听澜有些尴尬，但已经进了电梯，总不好再出去。

蓝萧山没料到会在电梯里遇到律所的人，朝她点点头，收起手机，恢复一贯的文雅，刚才那声吼仿佛是她的幻觉。

蓝元律所在这栋甲级办公楼占据了19、20两层，面积上千平方米，装修得简洁大方。

据她这几日的观察，蓝萧山并不在律所坐班，如果没有特殊情况，一般是每天上午十点来，到了中午十二点便走了。所以她没想到，还不到九点，会在电梯里遇到他。

同样觉得奇怪的还有公司的前台女孩以及正在前台打卡的郭冉。

蓝萧山难得这么早到律所来，还是跟舒听澜一同出的电梯，这就让人浮想联翩了。而蓝萧山因为刚才的语音，心情还极度不好，没理会前台女孩和郭冉的问候，径直朝20层走去。舒听澜打了卡，也默不作声朝20层走去，明明是非常陌生的关系，却偏偏被郭冉等人理解成了故作陌生，掩耳盗铃。这便坐实了她和李安娜的猜测。她马上给李安娜发了一条信息。

李安娜正看着信息，见到舒听澜进办公室，全身上下裹得严严实实的，虽然现在是冬季，但是办公室里暖风十足，大家很少会穿高领内搭。

都是过来人，李安娜看一眼便明白了，眼里不免闪过一丝嘲讽，呵，长得漂亮的离异单亲妈妈最擅长走的路，男女之间这点儿事，她自认看得明白。

反而小新不明所以，因为认识舒律师以来，从来没见她穿过高领，舒律师有天鹅颈，很漂亮。

许是小新的眼光太赤诚了，舒听澜有些不自在地拉了拉领子，解释道："天气冷。"心里不由得怪卓禹安真是个变态。

李安娜心想："此地无银三百两！"

舒听澜清了清嗓子，正式投入工作中。

"舒律师，昨天组里发的资料，关于新月日化品公司被告虚假宣传的案子，你看了吗？"李安娜问道。

"看了。"她大致浏览了一遍，还没细看，就被某人打断了。

"这个案子，恐怕需要你跟进，其他律师手里都有不少案子，抽不出时间。"这种消费者告虚假宣传的小案子，李安娜自然是不愿意接的，她底下的律师也瞧不上这种案子，她便推给了舒听澜。

舒听澜刚来蓝元律所，手里客户不多，正好可以接过来，让小新练练手，便欣然同意了。

李安娜最近压力很大，马上就到春节了，她今年一整年的KPI还没有完成，这也是蓝萧山宁愿让商业组合伙人的位置空着，也不提升她的原因，就是还差那么一点儿业绩证明自己，所以她必须去找一些大客户合作，小客户无暇顾及，便推给了舒听澜。

她通过其他部门的同事得知卓远科技的全国总代理公司要换法律顾问团队，所以打算去攻坚下来，那么未来一年的业绩基本就能轻轻松松拿下来。

卓远科技集团有自己专业的法律团队，但是与它相关的一些供应商或者总代理商是独立运营，外聘法律顾问，蓝元律所的IPO组曾帮这家总代理公司运作过上市的工作，所以得知他们要换诉讼律师，便把这个消息告诉了李安娜，并且为她做了推荐，所以这个客户八九不离十能拿下。

对于李安娜的这些小心思、小手段，舒听澜自然是知道的，在她看来，这是人之常情，很正常，小新却有一点儿愤愤不平，毕竟在她看来，舒律师就是最好，怎能受委屈呢?

舒听澜引用了网络流行语安慰她："如果你看过了星辰大海，又怎会在意眼前池塘的小是非？"

其实道理很简单，真正想在这条路上走长走远，就要把眼光放在更高更远的地方，而不是拘泥于眼前的小纷争。

道理，小新都懂，但她没有舒律师的豁达，还是有些愤愤不平，还想再说什么，舒听澜看她一眼，命令道："工作。"

见她严厉起来，小新不敢再说话，安心地投入工作，开始研究新月日化品的相关资料。

其实卓远科技总代理公司要换法律顾问的事，舒听澜也有耳闻，本来她也计划去联系看看，因为她有优势，这事都不必经过卓禹安，直接联系卓远的法务张律师即可，但是既然同组的李安娜先跟对方联系上了，她便不想同组内恶性竞争，所以主动放弃卓远总代理这个客户。

甚至出于对商业组的一份责任，她主动问李安娜是否需要帮忙，也主动提起，她认识卓远科技的法务，可以帮李安娜介绍一下。

但李安娜心高气傲，打心眼里看不上从H市小律所来的舒听澜，她看过舒听澜的简历，但因为当时人事经理郭冉只拍了简历第一页的内容给她看，所以她并没有看过舒听澜过往的工作经历，其中参与卓远科技并购案的部分她没看见，关注重点只在舒听澜离异、带两个孩子上。

所以即便现在舒听澜主动提及自己认识卓远科技的法务，可以帮忙引荐，李安娜也是嗤之以鼻，心想，卓远科技的律师团人数众多，她认识的不过是其中一个小律师，能帮上什么忙？她甚至想，舒听澜是不是借此也想参与这个项目，好从中分一杯羹？

所以她当即拒绝："舒律师，谢谢了，暂时还不用，总代理公司的王总，我们已经见过面了。"言外之意便是："我已经联系到了直接负责人，你就别再打主意了。"

"好。"舒听澜便不再说话了。

总代理公司实际上并不属于卓远科技，只不过是依赖于卓远科技的产品而生存，也正是因为如此，总代理那边的王总对卓远科技更是小心翼翼，卓远法务部的张律师说了一句他们的顾问律师不专业，王总便立即大张旗鼓要换律师团。他征求了张律师的意见，张律师便给王总推荐了蓝元律所。

王总一听蓝元律所，他熟悉啊，之前在创业板上市时，就和蓝元律所合作过。

既然张律师推荐蓝元律所，所以王总便格外关照李安娜律师，反正如果各大律所的专业水平都差不多，那么当然是首选张律师推荐的蓝元律所了。

所以李安娜志得意满，只要谈下来这份顾问合同，以后的业绩根本不用愁。

这边舒听澜带着小新做新月日化品的案子，她主要在后面帮忙给建议，具体的所有操作都让小新独立去完成，希望小新能够快速成长起来。

新月日化品旗下有一款热销面膜，主要是通过网络直播的方式推广，主播人员每天都在喊原价999元，现在只要99元，买一盒送一盒。

就是一种销售话术，大部分消费者也不在意他们怎么宣传，但这次被一位消费者告了，说他们虚假宣传，这款面膜从来没有卖过999元的价格，原价就是99

元，买一盒送一盒，所以要求新月日化品公司赔偿。

为此，新月日化品才找到蓝元律所帮忙打官司。

小新去新月日化品沟通了一圈之后，发现案子的难点在于，新月日化品确实找不到卖过999元的真实销售数据。也就是说，产品确实一直以来就是只卖99元，从没有卖过999元。那么所谓的原价999元就是虚假宣传。

小新本身也是消费者，也痛恨这种行为，但作为律师，只能抛开个人喜好，去帮客户赢得官司，眼下是一筹莫展，只能求助舒律师。

舒听澜现在主要任务其实跟李安娜一样，开发大客户，把业绩做上去，蓝萧山最终肯定是以业绩为第一衡量标准。

她听完小新对整个案子的叙述以及问题，心里已经有数，只简单提醒道："你问问新月日化品和主播间是什么关系，是雇用关系，还是委托关系？"

她一提醒，小新就明白了，如果只是委托关系，那么主播怎么销售、怎么卖这款面膜，新月日化品公司并不能左右。

"谢谢舒律师。"小新豁然开朗，高高兴兴继续去查资料与相关法条了。

她快下班时，卓禹安给她打电话，说陆阔想请她和孩子们吃饭，问她愿不愿意去。

当然要去，她正愁没有大客户打响在蓝元律所的第一仗呢，陆阔就主动送上门来。

"见陆阔这么高兴？"卓禹安听出她语气中的兴奋，有点儿不是滋味。

舒听澜就笑，也不说话。

"那我先去接孩子们，再去接你。"

"不用了，你先带孩子们过去，我下了班自己开车过去。"下班高峰期，路上堵，接来接去浪费时间。

"好吧，那一会儿见，开车小心。"

卓禹安第一次带舒小念、舒小荷去见好朋友陆阔，迫不及待要跟陆阔分享、炫耀这份喜悦的心情。

陆阔如今也不像以前那样混日子了，虽然不像卓禹安那样自律也自虐地每天朝九晚五上班，但也是每天都规规矩矩地来听鲸金融，陆家就他和陆垚垚这两棵独苗，陆垚垚那德行，只会随心所欲地过，所以偌大的产业便落到陆阔一人身上。他叔叔现在是把他拴在身边，手把手地教，指望着他能把听鲸金融带上一个新高度。

陆阔纯粹是在外玩够了，所以开始收心，搞事业，在听鲸金融附近的餐厅一见到卓禹安，就生气："我请的是听澜和宝贝们，有请你吗？你好意思来。"他纯属嫉妒，故意找碴！

越这样，卓禹安便越得意，对两个孩子说："叫陆叔叔。"

“陆叔叔好。”

他们声音脆甜又软萌可爱，陆阔对他们的爹有再多不喜，看到两个孩子，那心还是跟化了一样，非常不能免俗地送了一组大大的玩具，是乐高机械拼装系列——舒小念的最爱。

舒听澜一进包间，便看到了这组玩具，忽然想起当初在H市的幼儿园门口，有两个巨型玩偶免费送礼物，难不成是他俩？

卓禹安此地无银三百两地急忙挥手，拒绝承认自己扮演过那个玩偶。

陆阔则是坦荡地承认：“见笑了，见笑了。”

“你俩真是比舒小念、舒小荷还幼稚一百倍！”

餐厅包间的暖风比公司里还足，加上刚才走得急，舒听澜落座之后便有些热，加上很少穿高领的衣服，所以不时拉扯领子通风。

陆阔见到后，哈哈大笑，看了一眼卓禹安的脸，挖苦道：“我看看，这脸上的痘好像小了不少哇。药要记得吃，别偷懒。”

舒听澜抬眼看一眼卓禹安，纳闷道：“脸上长痘了？我看看。”

她有时确实没心没肺，竟然一直没有发现卓禹安脸上长了一颗青春痘。她关心他，他轻轻扭头让她看自己脸上那颗痘，想得到她一点儿关心。

舒听澜看了一眼，鄙夷道：“就一颗痘也值得说？矫情！”

卓禹安一脸无奈，他为什么脸上爆痘，她不知道原因？

陆阔则哈哈大笑，他可太喜欢听澜了，这世上也只有听澜治得了卓禹安。她虽然跟你回来了，但该晾着你还晾着你，不去你安排的地方工作，不跟你确定关系，那房子也不是你的，充其量，你现在属于寄人篱下。

只有舒小荷最心疼爸爸，坐在爸爸的旁边，看着那颗小小的痘问：“爸爸疼不疼？我给你吹一吹。”说着，她趴在他的肩膀上，很认真地给他吹。

卓禹安感动得眼泪都快要掉下来了。

陆阔暗想，他也想要一个女儿了，有没有人愿意给他生一个？

舒小念最会察言观色，把餐桌上的水杯递给陆阔：“陆叔叔，你喝水。”

他们都是什么人间天使！跟他想象中只会哭闹的熊孩子完全不一样。他只能感慨：“我们听澜真会教育孩子，难怪程老师心心念念想让孩子们回京城过年。”这么可爱的孩子，谁不爱呢？

“她找你来当说客？”卓禹安冷声问。

“她是找过我，但是拜托你们可千万别带孩子回京过年，否则让我家老爷子看到两个宝贝，我明年一年都别想好过。”

卓禹安本来完全不想带孩子回京过年，但这么一听，竟有些心动。

舒听澜则说：“你也可以找一个人结婚生子。”

陆阔以一句“我还没玩够呢”结束话题。

其实舒听澜没有说的是，程晨给她发结婚照了，对方是一位警察，长得高高大大、很帅气，婚纱照里高大的男人把程晨衬托得格外小鸟依人。

“相亲认识的，闪婚。条件合适就结了。”程晨跟她说得轻描淡写，婚礼在下个月，正好是过完春节的正月十五，但并未邀请以前的任何朋友，包括舒听澜，“舒舒，希望你能理解我。”

她与对方家世相当，工作相当，外形、年龄相当，在栖宁，两人都有稳定的工作，过着世俗却又稳定的生活，她再不做白日梦了。

舒听澜刚才故意跟陆阔提起结婚生子，也是想探探他的婚恋观，或者探探他对程晨还有无感情。

陆阔一句“我还没玩够呢”直接断了舒听澜所有念想，也罢，或许就是有缘无分吧，两人想要的生活不一样。

爱情像拉锯战，必须有一方坚决拉住另一方，否则只要稍微松懈，便是一别两宽。像程晨和陆阔，像她和卓禹安，态度不一样，结果便截然相反。

想到这儿，她不由得多看了一眼卓禹安，经过这么多事，这一刻，她好像忽然就明白，在两人的关系中，是卓禹安一直死命拽着他们中间的那根绳不放弃，也一直是他在不停地付出，而她好像从头到尾都没为他做过什么。她一直未曾把自己的心真正打开过。

恋爱时，她沉浸在原生家庭的痛里，觉得天下男人都不可信；莫名其妙结婚后，又背负着双方家庭的矛盾与悬殊的地位而患得患失；离婚后，一个人苦苦支撑生活，没有能力爱人。中间走的每一步，但凡卓禹安稍稍松手，他们都没有可能在一起。

她想到这里，心里既暖，又充满了酸楚，看卓禹安的目光也不自觉地柔和了一些。卓禹安接触到她的目光，心便重重一跳，忍不住伸手把她揽进自己怀里，低头轻吻了一下她的额头，然后松开，很自然的情不自禁的动作。

“虐谁呢？没眼看！宝贝们也别看。”陆阔怒骂，然后假装捂住旁边舒小念的眼睛。

舒小念在那儿腼腆地笑。

舒小荷则拍着手，开心地喊：“爸爸亲妈妈了。”

舒听澜脸一红，默默低头喝了一口水。卓禹安则又揽过她，原本就是想像刚才那样亲她的额头，但又忍不住往下吻她的唇，顺便伸手把放在椅子上的风衣一扯，盖在舒小荷的头上！

呃——正在围观爸爸亲妈妈的舒小荷忽然被风衣这么当头罩住，一时红红火火、恍恍惚惚，心想：“我是谁，我在哪里？我还是你最爱的宝宝吗？”她在风衣里胡乱挣扎。

“你还是人吗？”舒听澜刚被他吻住，就见风衣把舒小荷的脑袋罩住，气得她狠狠地咬了他一口，推开他，急忙去抱叽里哇啦乱叫的舒小荷。

对面的陆阔看到，笑得不行，跟听澜同仇敌忾：“他真不是人，他就是禽兽。”

舒小荷其实乐在其中，一点儿也不生气，甚至晚上一家四口回到家，躺在床上要睡觉时，她还闹着要玩捉迷藏的游戏，非要卓禹安再用风衣给她蒙住脑袋，蒙了一次又一次，乐此不疲。

舒小念倒是好点儿，妹妹在跟爸爸闹，他就陪在妈妈身边，妈妈看工作资料，他看绘本。

兄妹二人，一个玩累了睡着了，一个看绘本看睡着了。

舒听澜总算可以去洗澡并把自己高领的内搭换掉，脖子被束缚了一天，难受得很。她不只是脖子上有红痕，身上别的地方也有不少，卓禹安真是属狗的。

她正恨恨地想着他，他恰好推门而进。

这是主卧的卫生间，面积很大。双脸盆洗手台，往里是淋浴房，再往里还有一个独立的空间，将近十平方米的空旷空间，冷白色调的装修，只在正中央放了一个浴缸，浴缸旁边还有一层酒柜，平日进来也不觉得有什么，可夜晚，一男一女在这个有一丝密闭的空间，空气便瞬间燃了起来。

舒听澜知道他想做什么，但是她经过昨晚，真有一点儿累，所以想拒绝，但她已经被他带入浴缸，浴缸是智能设备，卓禹安早已通过手机操作蓄满了温热的水。

水里滴了让人安眠的精油，舒听澜一进去，便觉得整个人都放松下来，趴在旁边懒洋洋地看他。

而卓禹安把整个空间的光线都调暗了几度，浴室有一面是玻璃墙，可以看整座城市的夜景，但玻璃材质特殊，外面看不到里面，整个环境颇有一点儿电影中的意境。

他给彼此都倒了一小杯红酒，他是调气氛的高手，舒听澜刚才完全没有任何想法，但在此情此景下，尤其是他缠在她身上的目光，让她渐渐迷失。

她不自觉便说：“不准再咬我。”

卓禹安浅笑出声，在水中把她抱在自己身上，一切都在不言中。

虽是连着主卧的浴室，但是隔音很好，不管是水声，还是什么奇奇怪怪的声音，外边一点儿也听不见。而卓禹安也不必担心孩子们醒来，因为有了昨晚的前车之鉴，他在卧室设置了个小程序，孩子如果哭了，会连通他的手机发出提示音。他把聪明才智发挥得淋漓尽致，用在生活的方方面面。

等在浴室里闹够了，他抱她回卧室时，她原本以为是直接回房睡觉，结果，他又把她带到隔壁的客房，还没完没了了，这就有点儿过分了。

卓禹安不管在哪方面都是特别克制且自律的人，唯独在这方面不知节制。

舒听澜无语：“不是说男人过了二十五岁，这方面的能力就断崖式下跌吗？”

卓禹安颇为自傲："你觉得呢？我早就过了二十五岁。"好像为了证明自己，他更加用力了。

幼稚！

舒听澜其实并不排斥，毕竟他很照顾她，每回都先以她的感受为主。他温柔地带着她翻山越岭，攀爬一座又一座高峰，在每次极致释放时，他总是俯身再深深吻他，那一刻，他的眼里仿佛藏着绚烂的烟花，尘世所有纷扰都离她远去。

她筋疲力尽，他便把她搂在怀里睡。

后来很长的日子里，他们都在主卧陪孩子们睡着后，再回到客房睡，既保证一家四口的温馨，又拥有完全无打扰的二人世界，平衡得很好。

临近年关，卓远科技进入最忙的时候，各种股东大会、投资人的会，还有各事业部的会议、合作商的会，都纷至沓来。

大部分会议都由CEO傅慎逸主持，卓禹安只出席一些重要的高层会议，他这几年已经不参与卓远具体的事务管理了。

崔姐给他递来最近一周的行程表，他看了一眼，直接划了几个，例如要去国外总部的，直接让王岩代他参加，国内各种经销商的会直接让傅慎逸或者崔姐替他参加。这些会其实就是应酬，去了，也是听大家绞尽脑汁说些恭维他的话，没有任何意义。

崔姐便听他的，安排其他人代他去，最后一项是明天的年会，一年一度的会议，大老板肯定要参加，需要上台发言的。

年会是行政部门在负责，筹办了快一个月，有各部门的文娱精英表演节目，也会请几位当红明星来表演。卓远的行政总监平日对物质管理严格，全公司上下出了名地抠，但是涉及公司门面方面是相当大方的，每年年会都会请明星来表演节目。

各地的经销商、合作商都会来，卓禹安上台致辞很随意，从不用秘书写的演讲稿，都是临场发挥，高兴了就多说几句，不高兴了应付讲两句官方的话就下台。但崔姐还是把演讲稿提前写好了。

年会时，各地总经销商都来了，远远地，张律师看到森洲的总代理王总，便主动过去打了声招呼。

"张律师，你好。"王总急忙跟他握手。

"你们要换律师顾问，找好了吗？"张律师问。

"承蒙张律师介绍，我们计划就跟蓝元律所合作，已经跟他们律师谈得差不多了，年后便可以签合同。"王总很给张律师面子，张律师特意推荐蓝元律所，这个人情，王总是必须要给的。

"那便好。"张律师但笑不语，心里的石头落了地，都是聪明人，很多事不用明说，提醒一句就够了。就像卓总从没让他关照舒律师，只告诉他舒律师现在在蓝元律所上班，那后面的事，怎么做，就是他自己来了。

卓远科技虽然有自己强大的律师团队，但业务太多，牵扯很广，所以跟不少知名律所都有各种合作，每年年会，张律师都会有邀请名额，把合作的律所邀请来参加。

这次邀请的名单里就有宏正律所的创始人以及肖主任。蓝元律所这边，除了蓝萧山，还有商业组的律师。张律师自认为善解人意，特意给蓝元律所的商业组也发了一张邀请函。

结果，落座之后，他发现蓝萧山带来的是李安娜，他想，可能是舒律师为了避嫌才没来，并未想太多。

李安娜从业多年，手里合作的有不少大客户，但是像卓远科技这种级别的，还是只此一家，她第一次来参加，特意盛装出席，高价买的衣服，高价做的发型与妆容，加上得体的谈吐，确实很吸睛。

在场的律师大部分都是认识的，只有李安娜是第一次见他们，所以很有礼貌，挨个儿打招呼加自我介绍。

最后，她向宏正律所的肖主任自我介绍完，肖主任捏着她的名片看了眼，问："商业组的？"

"是的，肖主任，请多指教。"李安娜急忙恭敬地回答。宏正律所的肖主任声名在外，圈内人都敬她几分。

肖主任只点点头，把她的名片随意放在餐桌旁，便置之不理了。

肖主任一身正气，即便来参加年会，也是干练、简单的打扮，反观李安娜，打扮太过于精致，与周围的其他律师气质格格不入。

蓝萧山是人精，都看在眼里，这也是他一直没有提升李安娜做合伙人的原因，她业务能力是有的，上进心也是有的，只是人有些浮躁，简单来说就是用力过猛，还需要再锤炼锤炼。

反观新招进来的舒听澜，人沉稳很多，而且有大局观，只是之前在商业诉讼方面的经验稍显薄弱，业绩无法服人。

所以他便不声不响先观察着，并不着急。

此时，蓝萧山更多注意力在另外一桌人身上，那是听鲸金融的太子爷陆阔，一桌子金融行业精英在侃侃而谈，唯独陆阔斜靠在椅子上，漫不经心地在刷手机，像是很不耐烦、随时都想走的样子。

听鲸金融作为行业大鳄，法律相关业务非常多，因为每参与一家公司的投资，就会产生无数的法律业务，所以蓝萧山一直想取得听鲸金融的合作，只是苦于没有合适的机会。

李安娜作为蓝萧山的陪同出席年会，自然会察言观色，看到蓝萧山频频看向陆阔，她便会意了，拿着名片，端着酒杯过去敬陆阔。

陆阔本来就吊儿郎当，坐在那儿没个正形，看到一位落落大方的美女过来朝他敬酒，他便也笑嘻嘻地举杯共饮，一双桃花眼上下打量了一下李安娜，心里有了一个判断，不是天然美女，全靠妆容支撑，勉强打6分。但他最会演戏，面上依然带着欣赏的表情看她。

李安娜没想到听鲸金融的太子爷会是这么好相处的人，甚至看她的眼神还带着欣赏与打量，这是男人看女人的眼神，她的心便重重地跳了一下。

她自我介绍："陆总，您好，我是蓝元律所商业组的李安娜律师，还请多多关照。"

她递过去名片，陆阔一看，哦，他家舒听澜同部门的同事，当即笑道："你们律师也该与时俱进了，都什么年代了还用名片，来，加个微信。"

他那桃花眼勾人得很，自己先掏出二维码让李安娜扫，李安娜受宠若惊，满脸通红，急忙拿手机扫了一下，加上微信。

她今天简直是运气爆棚，有幸来参加卓远科技的年会，不仅认识了张律师，还认识了听鲸金融的太子爷陆阔，甚至加上了微信，简直跟做梦一样。

认识他们，离她升为合伙人还会远吗？她仿佛看到了幸运之神在对她召唤。

"李律师，以后常联系。"陆阔又跟她敬了一杯酒，然后一饮而尽，很是礼貌。大约是因为她是舒听澜的同事，所以他确实比对其他人客气一些。

同桌的人打趣道："陆少对美女也太区别对待了。刚才那么多过来敬酒的，也没见你喝一口。"

陆阔又看了李安娜一眼，笑着回答："那怎么能一样？我和李律师以后还多的是见面机会。"

他这话就让别人有了歧义，同桌的人暧昧地哈哈笑。

李安娜的心跳得都快要飘上云端了，对方可是听鲸金融的太子爷，可望不可即的人物。她仿佛看到美好的未来在向她招手了，急忙道："欢迎陆总随时来。"她这"来"字也用得暧昧，随时来？来哪里？可以是她家，也可以是律所。

等回到律师这一桌时，大家便见她脸色绯红，眉目里比刚才多了一份风情，她不时朝陆阔那桌看去，心不在焉。

年会正式进入正题，舞台上载歌载舞，逐渐热闹，表演一般会持续一个小时左右后结束，最后才由卓远科技的负责人上台致辞感谢各个合作方。

表演节目刚结束，主持人上台讲话："下面欢迎卓远科技集团的卓总上台讲话。"

在海浪一般的掌声中，全场的光束以及所有目光都追在卓禹安身后，他西装革履大步朝台上走去，目光从容中带着刚毅，与生俱来的骄傲与矜贵在这一刻展现无遗。

他在工作场合一向严肃、不苟言笑，往演讲台上一站，只稍稍抬头看一眼底下的人，场内瞬间便安静下来。

崔姐已让技术人员把演讲稿投影到大幕上，这次的PPT背景用的是宇宙苍穹，还带有3D的效果，把卓远科技今年一整年所有高科技的产品都一一陈列，似乎悬浮在半空中，而卓禹安置身其中，就是这个宇宙的主宰者，他每介绍完一个产品，便用手关一个产品。

每款产品，他都能用最简单的语言把功能介绍清楚。最后一款是一个小型迷你机器人，专门为儿童设计的陪伴款机器人。

原本他设计这款产品主要是为了自家小朋友，所以造价很高，预估市场接受度不高，结果年底试着在官网推出，反响非凡，已有很多客户下了预订的定单，极有可能会成为明年的一款爆款产品。

卓禹安在介绍这款产品时，语气比之前要柔和很多，细节更是一一展示给所有人看。

台上的人在侃侃而谈，台下的人都被代入其中。

陆阔这桌都是卓远科技的投资商，每每看到卓禹安都仿佛看到摇钱树，卓远科技是他们投资生涯里最浓墨重彩的一笔，也正因如此，他们才有资本在资本市场上如鱼得水。

张律师这一桌的律师们就各怀心思了。相比卓远的合作商或者投资商，他们实在微不足道，是随时可以被替换的人，此时看到台上演讲的卓禹安，他们唯一的念头就是一定要提升自己的专业能力，这样才有资格继续为卓远科技服务，能与卓远科技合作便是一种荣耀。

李安娜更是心潮澎湃，刚才在陆阔那儿被撩拨起来的心还未平静下去，此时看到卓禹安后又进入了另一层的激动，所以精英就该跟精英做朋友，她一生努力的目的就是也想跨越阶层进入这个圈层。参加这个年会便让她产生一种错觉，仿佛梦想已经触手可及。

年会结束，卓禹安回到家时，已是夜里十二点了。

他原以为听澜和孩子们已经睡着了，结果门一开，有暖黄的几盏地灯亮着，他下意识寻找听澜的影子，走了几步，就见她正在餐厅的吧台边喝水，披着头发，穿着纯色的睡裙，赤脚站在那里，皮肤很白，身材纤细，因刚喝了水，双唇似有水泽。

她身上没有任何生过孩子的痕迹，要非说有，大概就是比以前多了一点儿韵味，更勾人。

卓禹安刚才喝了几口酒，本来并不觉得渴，现在见到她，忽然就觉得口干舌燥起来。

舒听澜没想到这么巧，她今天陪孩子们睡得早，睡了一半，因为房内暖风开得太足，她被渴醒了，刚出来喝水，就听到开门声，他回来了。

他走到吧台旁边看她手中的水：“给我也倒一杯。”他喝了一点儿酒，家里又热，他也很渴。

“自己倒。”舒听澜才不给他倒，自顾又喝了一口。

水才刚进嘴里，她还没来得及咽下去，他浅笑着拉过她：“喝你的。”

速度之快，她嘴里的水瞬间被吸光，她瞪大眼睛：“你恶不恶心？”

他就笑，双手扶着她的腰稍一用力，就把她抱到吧台上坐着，他居高临下，道：“一起恶心！”

他端起旁边的水杯喝了一口，然后低头全部渡到她的口中。

舒听澜简直要气死了，她迫不得已必须张嘴，否则水就会全部滴到衣服上，这个男人简直变态。

“喝醉了？”她隐隐闻到他身上有淡淡的酒味。

“没喝醉，只喝了几口。”他依然低着头，用额头蹭着她的额头，鼻尖蹭着她的鼻尖，懒散地回答。

“没喝醉还这么变态，快点儿去洗澡睡觉。”她想从吧台上下来，无奈，双腿被他箍住，根本动弹不得。

“酒不醉人人自醉。”从回家看到她那一刻，他就不清醒了，满脑子都是那些事。

他承认自己最近有些太上头，大约是小别胜新婚，哦，不，他和她是久别胜新婚，只要单独跟她在一起，就想不了别的事。

舒听澜穿的是睡裙，又这么坐着，拨人心弦。

她到底是保守一些，只想一脚踹开他，否则以后无法直视这个吧台，偏偏被他双手抓着双脚，动不了。

“你清理吧台！”

“嗯。”

“明天把吧台换了。”

“好。”

她说什么就是什么。

第二天清晨醒来，卓禹安又人模狗样地到主卧陪孩子们睡，等他们醒来，假装陪了他们一夜。

果然，两个孩子醒来看到旁边的爸爸，兴奋地跳起来缠到他身上，昨晚睡觉没听爸爸讲睡前故事，他们都好想爸爸。

“咦，爸爸这里受伤了吗？”舒小荷发现爸爸的喉结上红红的，关心地问。

“没受伤，被蚊子咬的。”

“哦，妈妈之前脖子上也有，她说是被狗咬的。”

卓禹安笑，想着下回真的要克制，不能再在身上留下痕迹。

舒听澜比往常晚了半个小时起来，到餐厅时，特意绕开那个吧台，虽然清理得干干净净，但还是让她无法直视，看一眼就脸红，污染眼睛的程度。

卓禹安面无愧色，一本正经地说：“昨晚把吧台的桌布扔了，换了新的。”

舒听澜这才好点儿。

·

年前最后一周的工作，律所里完成本年业绩的律师已经开始优哉游哉等着过年放假，没有完成业绩的律师则是焦头烂额，不敢松懈，希望在年底还能冲一下业绩。

舒听澜作为刚来没多久的律师，自然不敢松懈，一边继续开发新客户，一边处理手中老客户的一些案子。

今天上班，李安娜的心情似乎非常不错，她底下的几位律师都问：“蓝律师真带你去卓远科技的年会了？”

“是的，收获颇丰。”李安娜志得意满，去参加卓远的年会，跟卓远的总代理王总见了面，合同敲定，明年开始，她将负责总代理公司的法律顾问工作。

她又加了听鲸金融太子爷的微信，等年后再谈谈合作的事，她的事业可以说是平步青云。

哦，对了，她还有幸听了卓远科技卓总的演讲，简直精彩绝伦，让人着迷。

几位律师发出羡慕的感慨：“不知什么时候，我们才能跟上李律师的步伐。”

大家都默认了她即将成为商业组合伙人。

一旁的小新听着都急死了，不时看一眼淡定的舒律师。小新并不知道舒律师和卓总住在一起，只以为两人现在就是前夫前妻的关系，以舒律师的性格也不好意思张口求卓总。

舒律师都不提她和卓总的关系，小新自然也不会提，因为不了解实情。

舒听澜其实也不知道自己跟卓禹安是什么关系，首先，当然不是夫妻关系，他们已经离婚，而且舒听澜打从心里不想再领那个证，结婚又离婚，太伤人了。其次，他们也不是恋人的关系，自始至终，好像两人从来没有给这个关系下一个定论。所以，确实更像住在一个屋檐下共同抚养孩子的前夫前妻的关系。

如果非要跟外界介绍的话，大约最好的身份就是：她是孩子的妈妈，他是孩子的爸爸。舒听澜觉得眼下这样最好不过。孩子们可以享受正常家庭的气氛，和爱他们的爸爸和妈妈一起生活。而她也可以放心拼搏事业，把丢失的时间、机会都补回来。另外她与卓禹安的感情因为没有特定身份的限制而变得毫无负担，不必患得患失，这样最好不过。

第二十七章
温情相容

临近放假，程知敏一天一个电话打给卓禹安，他不接，她便打给崔姐。崔姐要做年终总结，正是最忙的时候，被程老师电话催得没办法，只得转告卓禹安：“程老师问你几号带孩子们回京。”

“不回。”他想也未想就拒绝。

这话，崔姐不便直接转告，又不敢拉黑程老师，只得说卓总过年很忙，抽不出时间回京。

程知敏打了几天电话，自知问题的症结在舒听澜那儿，只要舒听澜不答应，卓禹安和孩子们就都不可能回京。

可她话早已经放出去了，圈里的官太太们都知道，春节时卓禹安要带着两个孩子回京过年，甚至请帖都做好了，只等人确定回来了，就发出去邀请四方宾客，给孙子孙女一个名正言顺的身份回卓家。她想得多周到，绝不会委屈孙子孙女的。

卓闳对家里的事一向冷漠不管，一心扑在工作上，唯独这次，也问了两次程知敏，卓禹安几号回京。

没有办法，程知敏只得给舒听澜打电话，但是她的电话早就被舒听澜拉黑了，加微信也拒绝通过。

舒听澜意思很明白，你是孩子们的奶奶，你想跟孩子们联系可以通过卓禹安，我不阻止，但我们之间没关系，没有联系的必要。

程知敏在心里暗暗怨舒听澜真是不知好歹，却又毫无办法，只得拉上自己家的保姆一起去森洲找她。

原本程知敏的意思，只想让卓禹安带着两个孩子回京过年，并不想邀请舒听澜，毕竟舒听澜现在跟卓家没有实际意义上的关系，她要是出现在卓家，不好跟人解释她的身份。

彼时，正在蓝元律所一层的会议室，前台女孩通知她有人找，她还以为是客户，急忙下楼，便看到了一身贵气的程知敏与眉目温和的保姆。

她到了会议室，便听到程知敏的提议，让她陪卓禹安和孩子们一起回京，会帮她在附近五星级酒店开间房让她住着。

也就程知敏能想出这么侮辱人的主意，并且还理直气壮，觉得理所当然，反正大家都要围着她转就对了。

“听澜，也请你体谅一下我这个当奶奶的心情，我绝无别的恶意，就是单纯想带孩子们回京城过个年，过完年你们该回来还回来。”

孙子孙女聪明、可爱，程知敏真心希望他们能回卓家过年，也就是认祖归宗。而且，他们回京过年，她不仅可以在圈子里炫耀一番，也是证明自己和卓禹安的关系和好如初，让那些看她笑话的人闭嘴。总之，面子大过天。

保姆也在一旁搭腔：“舒小姐，程老师早就给孩子们布置好了房间，买了一屋子的玩具，看在孩子们的分上，过去的事就过去了，好不好？”

保姆始终是向着程知敏的，虽然知道她做得不对。

“听澜，我以前要有对不起你的地方，现在郑重地跟你说一声抱歉。”破天荒地，程知敏竟然主动开口跟舒听澜道歉了。

舒听澜见她们特意从京城飞到森洲，一唱一和地劝她，大有一种她不答应她们就绝不离开的架势。

实际上，舒听澜自从带着孩子们回森洲跟卓禹安一起生活后，就默认了孩子们和卓家的关系，那回京认爷爷奶奶也是迟早的事。

“我会劝劝卓禹安，让他带孩子们回京过年。”她答应下来，也是想趁他们回京之后，自己回一趟栖宁，给妈妈扫墓，妈妈自从下葬之后，她还从未回去过一次。

她把自己整个春节假期的行程安排得满满的，卓禹安带孩子们回京，她反而更放心。

她不再避讳，下了班，带着程知敏以及保姆回了市中心的房子。

保姆这一路看着舒听澜，就觉得这孩子真不错，程老师能遇到她这样的儿媳妇，是程老师的福气，若是换成别的脾气强硬的姑娘，卓家指定天天鸡飞狗跳，谁也没有好日子过。还是禹安有眼光。

程知敏在自己亲儿子那儿受尽冷待，原以为都是舒听澜从中挑拨离间，所以对舒听澜一直无法真心喜欢，今天再来森洲，见她大大方方、行事磊落，跟自己想象的好像有些不一样。

当卓禹安下班接了两个孩子回家时，看到她们，脸当即就冷了：“你们来做什么？”

他四下找舒听澜的身影，生怕她受委屈，看到她出现，并且面色无恙才松了口气。

舒听澜径直过来，牵过两个孩子的手，道：“叫奶奶。”

程知敏已经蹲下，张开双臂要抱孩子们。

舒小念乖乖叫了一声奶奶之后就站在原地没动，有些防备。

倒是舒小荷，甜甜叫了一声奶奶之后，很热情地过去跟奶奶拥抱，卓禹安一家四口，只有舒小荷对她最热情，不仅奶奶长奶奶短地叫着，还会把好吃的递到她嘴边。小姑娘长得软萌可爱，性格又开朗大方，程知敏早抛弃之前的偏见，现在喜欢她喜欢得不得了，觉得还是孙女贴心，让她们的尴尬少了不少。

等程知敏和保姆回酒店之后，卓禹安才知道舒听澜答应了程知敏让他带孩子们回京过年的事。

他道：“有经过我同意吗，你就答应？”

“反正迟早要回去，我都不在意了，你在意什么？”

他抱她：“怕你回去受委屈。”他舍不得啊。

“呃，我只答应让你带孩子们回去，我不回。”

“什么意思？”

“春节时我想回H市和栖宁看看。”她也不隐瞒。

“我陪你去。”他不可能跟她分开。

“你陪孩子回京。”

两人都固执，差点儿因为这事吵起来，最后卓禹安很强势地说：“我和孩子们不可能跟你分开过年，要么一起回栖宁，要么一起回京。”

他该强势时就很强势，最后还强调了一句：“是你答应她要回京的。我们回京之前，她和阿姨恐怕不会离开森洲。”言外之意就是她需要为自己的承诺负责。

舒听澜这才告状：“你妈妈说，如果我跟着回京，让我一个人住酒店。”语气里故意带着一点儿撒娇与委屈，其实她已经不生气了。

“她敢？我们一起回京，要么都住酒店，要么都住在卓家。”卓禹安说一不二，不可能让她单独去H市，也不可能让她独自回栖宁面对悲伤。

舒听澜最后妥协：“那就只能住酒店了。”她不想住卓家，名不正言不顺，住进去算怎么回事？

卓禹安见她不坚持也不犯倔了，亲了亲她脸颊，夸道：“真乖。”

她虽然脾气不好，又经常钻牛角尖，但只要自己想通了，大多数时候都特别听话、特别乖。

程知敏和保姆怕他们忽然反悔，所以这两天一直在森洲等着他们。

到了真正回京时，程知敏才知道舒听澜要一起回京过年，当即又在心里鼓捣小九九了。

程知敏怕她要跟着回卓家，那她的身份确实不好对外说。

卓禹安早就看出程知敏的心思了，上了飞机后道：“我和听澜带着孩子们住酒店，大年三十会过去陪你们吃饭，顺便祭拜爷爷。”他是想着过完春节，再陪听澜和孩子们回栖宁祭拜她母亲，了却她的心愿。

程知敏一听，急忙说：“怎么能住酒店呢，你舍得让孩子们住酒店？一起回家住，一起回家住。”没办法，她只能妥协。

一辈子高高在上、从不妥协的程知敏现在正不知不觉退让了一步又一步，觉得好像也没有自己想象中那么难以接受。

两个孩子对爸爸从小生活的地方充满了好奇，早就想去参观了，所以不给妈妈拒绝的机会，硬是拉着她一起去卓家住。

当车停在四合院门前时，舒听澜还有一种恍惚感，做梦也没有想过，自己有朝一日会住进京城卓家，心里难免会有些紧张，尤其是见到卓闳时，紧张更甚。

“我带你参观一下。”卓禹安知道她会别扭、紧张，所以从一进来就一直没有松开过她的手。

两个孩子被程知敏带着去会客厅见卓闳。

卓闳本来还端着身份，在沙发上端坐着看报纸，只见两个“小萝卜头”一左一右站在他面前，脆生生叫：“爷爷。”

因为他坐在那里，太有威严感了，以至两个孩子叫完就不敢再往前走一步，连活泼的舒小荷也站在那里一动不动。

卓闳因为工作关系，冷脸惯了，确实不苟言笑，此时被叫了一声爷爷，心头实实在在被震了一下，努力想让自己和蔼一点儿，生硬地伸出双手：“过来，让爷爷看看你们。”

这真是程知敏听过的他最温柔的语气了。

舒小念慢慢走过去，舒小荷则是也伸手牵住爷爷的手慢慢挪过去。两个孩子都遗传了父母优秀的外貌，让人看一眼就心生欢喜。

卓闳一手握着一只小手，肉肉的、软软的，手心觉得发烫。他一辈子跟无数人握过手，唯独这两只小手让他感觉到世界的纯粹与美好。

人在权力场太久，久到心变成了铁，人也变成了一个工作机器，硬邦邦的，不苟言笑，更不懂温情。

小孩好奇地盯着他看，上下打量着他，小女孩指了指他鬓角：“爷爷这里有白头发。”

卓闳不自觉抬手摸了一下自己的双鬓，好像是听秘书说最近长了很多白头发，还问他要不要去染一下。

“爷爷要乖乖休息，才不会长白头发哦。”舒小荷想起同学的外婆也长了好多白头发，外婆说是因为晚上没有好好睡觉才长的。

卓家人都不会说甜言蜜语，卓闳和程知敏每天只会恶言相向，卓禹安骄傲不屑说，舒小念随了卓禹安的性格，也不太爱说话，但舒小荷谁也不像，甜言蜜语张口就来。

卓闳活到快六十岁，一辈子严厉惯了，对家人、对下属都严厉，唯独对舒小荷，人家一句爷爷要乖乖休息，就把他拿下了。

他别别扭扭地回答："好！"声音不自觉比刚才又柔了几分。

舒听澜和卓禹安参观完回到会客厅，就见到舒小念和卓闳面对面坐着下五子棋，舒小荷则坐在卓闳的腿上，在捣乱，不让哥哥和爷爷好好下棋，卓闳竟然也不恼，任由她捣乱。

卓禹安眼珠子都快掉下来了，惊讶于那个只会教训人的严苛的父亲竟然有这样温柔的时候，果然，是隔代亲。

许是有两个孩子在的缘故，卓家的气氛比舒听澜想的好太多，卓闳与程知敏虽是不苟言笑的人，但是孩子们的童言童语还是经常让他们忍俊不禁，不时扯着嘴角笑。

甚至因为孩子们的到来，卓闳和程知敏之间的交流都比往常多了一些，他们去哪儿都带着两个孩子，以至卓禹安和舒听澜反而清闲下来。

等到大年三十，卓闳和卓禹安带着两个孩子在老爷子的房间给老爷子上香，舒听澜则陪着程知敏在厨房帮忙打下手。

因为是大年三十，今年又是两位小朋友第一次来过年，所以程知敏要亲自给家人准备年夜饭，不让保姆动手。

她问："听澜，你的拿手菜是什么？今晚也做一道。"

舒听澜尴尬，她真不会炒菜，前几年在H市，也是将就做熟了给孩子们吃，一道都拿不出手。

"我还是负责洗菜吧。"既然不会炒菜，她便自告奋勇包下别的工作。

"也行，这些都是需要用的，你洗一下。"程知敏能让她参与年夜饭的准备，那是看得上她，把她当家人看了。反正不看僧面看佛面，看在她把孩子们养得这么好的分上，也算是立功一件。

程知敏内心对舒听澜依然是不满的，看不上她的出身和家世背景，看不上她的工作。但是看在孙子孙女的分上，她愿意维持表面的和谐，反正大多数婆媳不都是这么过吗？而且她不得不妥协，谁让儿子一心向着舒听澜呢。

想起来，她还是隐隐有些郁结。

"听澜，把葱、姜、蒜都准备好，放在碟子里备用。"

"听澜，把豆腐切块放进冰箱。"

"海参，你清理一下。"

程知敏的声音不时传来，一会儿命令这个，一会儿命令那个，她厨艺其实是二把刀，平日心血来潮想炒个菜，都是保姆一切准备就绪，她直接负责下锅炒。

所以她是按照对保姆的要求来要求舒听澜打下手的，也隐约有一丝证明家庭地位的意思。

程知敏是为了卓禹安和孩子们维持表面的和谐，舒听澜亦是，况且今天是大年三十，她不愿发脾气，便默默打下手，做这些她并不擅长的事。

那边，程知敏的声音又传来了："听澜，蔬菜洗完，把鱼切一下片。"

给鱼切片？这个舒听澜哪会？她看了一眼那条虽然被开膛破肚但依然不时蹦跶一下的鱼，鸡皮疙瘩都冒出来了，尤其旁边还放着两条滑溜溜的黄鳝，她内心只想喊救命，正想偷偷给卓禹安发信息，让他来厨房救急，便听到门外在洗瓶瓶罐罐的保姆打了声招呼："禹安过来了。"

卓禹安带着孩子们给老爷子上完香，大老远就听到自己的妈在一口一个听澜地叫着，一会儿让她干这个，一会儿让她干那个，他便皱眉过来了，见她系着围裙，头发散了，落在脸颊旁，正一脸忧愁地看着池子里的鱼和黄鳝，见他来了，可怜巴巴地看着他，他的表情就冷了。

她哪会做这些事？这不是故意为难她吗？他带她回卓家不是让他们欺负的。他沉着脸过去，一句话没说，帮她把围裙解了，然后抓着她的手给她洗手。

舒听澜虽看到救星有一瞬间的委屈，但是，他这么生气也没必要！

她抽回手道："你帮我把鱼处理好。"

"旁边待着去，或者出去陪孩子们。"知道她不擅长，所以他一向不让她做。

程知敏可算是见识到卓禹安有多护着舒听澜了，这心里真不是滋味，又酸又羡慕，谁不想被人温柔地呵护、对待呢？

准备年夜饭本是热热闹闹的事情，舒听澜不想把气氛搞僵，自己要真就这么出去了，以后又要被程知敏诟病了，便说："你处理这些海鲜，我把土豆切一下。"

卓禹安只得随她，嘱咐道："你小心点儿手。"

话音一落，他就见舒听澜的手抖了一下，果然，切到手了。好在伤口不深，就是一道小小的口子，卓禹安抽了纸巾给她包住，保姆急忙去找创可贴。

只有程知敏无语地站在那里，心想，会撒娇的女人真好命。那叫伤吗？保姆拿创可贴再晚点儿回来，伤口就该愈合了吧。

不只程知敏这么想，舒听澜自己也是这么想的，偏偏卓禹安大惊小怪，她道："你这戏是不是演得有点儿过头了。"

"一点儿也不过，要让他们知道，你就是最珍贵的，跟舒小荷、舒小念一样珍贵。"卓禹安声音压得很低，说完见她的手又冒出了一点儿血，他干脆把她的手指含在嘴里。

舒听澜的脸烧起来，她心想，这人还真是不分场合。

保姆正好送来创可贴，心想，这是递过去还是不递过去？

程知敏也是没眼看，看了一眼门口的保姆，怒吼道："愣着干吗？快过来帮忙。"

然后她把卓禹安和舒听澜都轰出厨房，不让他们做任何事了，什么亲手准备年夜饭才够诚心诚意？都是假的。明年春节都别在家吃了，去外面餐厅吃吧。

保姆熟练地开始忙碌起来，心里也松了口气，不让她干活儿还真不适应。

卓禹安牵着舒听澜的手出来，已一派悠闲。

“你刚才是故意的吧？”舒听澜道。

“嗯，故意的。”大好时光，他不想浪费在厨房。

卓家这么多年来，还是第一次如此热闹地过年。往年的年夜饭，只有程知敏和卓闳，两人坐在餐桌旁默不作声，没交流，各吃各的，吃完就下桌。

今年不一样了，四个大人、两个小孩，即便交流不多，但自然就有一种推杯换盏的热闹错觉，尤其舒小念、舒小荷，端着果汁，恭恭敬敬地敬爷爷奶奶一杯时，模样可爱、惹人喜欢。

两个孩子在上桌前，舒听澜就跟他们讲了一下用餐礼仪，不能大声喧哗，不能去够自己够不着的菜，要乖乖坐好，等等，她生怕卓闳和程知敏觉得孩子们没有教养。

“爷爷奶奶，新年好，祝你们平安健康，万事如意。”舒小念记住了祝福语，一个字一个字地说。

本来两个小朋友约好要一起说的，结果舒小荷慢了半拍没说上，她脑子一转，也不知从哪里学的，开口道：“祝爷爷奶奶福如东海，寿比南山。”

舒小念冷静地提醒：“妹妹，这是生日的时候才说的祝福。”

话音一落，卓闳和程知敏都忍不住笑了，要知道，平时想让他们露出一个笑脸比登天还难，今天却不知不觉笑了好几回。

“宝贝们的心意，爷爷奶奶都收到了，来，这是奶奶给你们的红包。”程知敏递过去两个超大超厚的红包。

“谢谢奶奶。”两个孩子接过红包，齐声道谢完，又齐刷刷地看向卓闳。

卓闳脸色一凝，他哪会准备这种事？一时有些尴尬，他正想说回头让秘书准备两份，明天补上。

“给你。”程知敏适时地递过来两个红包，比她的那个更厚一些。

卓闳一顿，从她手中接过红包，点了点头，表示感谢。

孩子们欢天喜地，舒小荷甚至还过来亲了一下程知敏和卓闳，两人表情上的冰霜彻底被溶解了。

一顿年夜饭前所未有地热闹，一旁的保姆眼泛着泪光看着这一切，这个家今天才真正有家的样子。

年夜饭吃完，晚上守岁时，两个孩子都黏着爷爷奶奶，不要爸爸妈妈了。舒小念喜欢这个爷爷，因为爷爷虽严肃，但是会很认真地和他下棋，把他当成真正的对手，不会为了讨他开心而故意输给他。

舒小念平日在幼儿园或者回家跟妈妈下棋，他们都太差了，三两下就输了，小小年纪的他已经尝到什么叫没有对手的孤单，直到遇到了爷爷，终于体会到了棋逢对手的快乐。

卓闳跟小不点儿下棋，开始并没有当回事，直到连着输了两次，才正视对面的小孩。卓闳一边陪他下棋一边观察着他，心里竟然涌出一种后生可畏的念头。

下棋识人。小孩才三岁多，但是耐得住性子，每一步棋都会认真琢磨，纵观整个棋盘之后，才落下棋子，动作干净利落，没有一丝犹疑，而后，即便两秒后反应过来自己刚才走错了，但落子无悔，坦然接受自己的失误。

他才这么小，就已隐隐有大将之风了。

以前他不解父亲一辈子威严，怎么独独对卓禹安宠爱且纵容，如今，他看着对面的舒小念，似乎理解了。

程知敏则是带着舒小荷在她的书房里画画，小孩没有功底，但可以启蒙启蒙，女孩子如果会琴棋书画，气质总是要好一些的。

结果舒小荷注意力完全不在画画上面，反而被那些五颜六色的颜料吸引了，自己乱画一气。程知敏开始还有些生气，但见舒小荷虽是乱画，但有模糊的一个主题，再细看，是四个大人和两个孩子，人家这是抽象画，画的全家福。

程知敏心里一下就软了，让保姆找相框裱起来，要挂在书房。

卓禹安与舒听澜落个清闲，躲在房间看卓禹安小时候的相册，舒听澜翻了几页就笑了，若不是因为照片的背景有年代感，她会以为是舒小念。

她取笑道："你当初第一次见舒小念，怎么没认出他来？你们长得这么像。"

卓禹安也不甘示弱："你在路上见到一个陌生的孩子，会想到是自己的孩子？那不是变态吗？"

舒听澜一想，也是，那时候他们多年没见，他不可能会有这方面的联想。

新年马上来临，电视上热闹的声音在进行跨年倒计时，院子里的灯都亮了起来，保姆来敲门，请他们出去一起跨年吃夜宵。

但屋子里没人回应她的敲门，只有一些少儿不宜的激烈的粗喘声传来，保姆脸一红，落荒而逃，孩子们已经在儿童房睡着了。

"他们不来？"程知敏问。

"不来，睡……睡着了。"保姆的脸还红着，她说话都结巴了。

程知敏便瞬间明白是怎么回事，卓闳也轻咳一声起身回房了。

大年初一，按照程知敏原本的计划是要宴请宾客，给两个孩子一个名正言顺的身份。但碍于舒听澜也在卓家，她的身世毕竟不好大张旗鼓地让外人知道，所以程知敏只能低调地把这个宴请给取消了，实际上也是一个妥协的过程。

但是卓闳的身份地位摆在那里，即便没有老爷子，大年初一，也络绎不绝地有人上门来拜年。

最先来的是陆家，陆阔和陆垚垚跟卓闳、程知敏打声招呼后就去找孩子们玩了。然后是卓闳的下属，下属拜完年，便匆匆走了，不太敢跟卓闳相处，怕他。

反而是住在附近的几位同僚带着家眷来了，见到程知敏皆是一副羡慕的模样："程老师真是好福气。"

几位家眷今年难得坐在一起，话题自然是以孩子们为主。

"儿子孝顺，给建了图书馆和希望小学，现在孙子孙女都有了，真是叫人羡慕。"

程知敏听着，但笑不语，不时喝几口茶，在外人面前一直保持着优雅得体的形象。

不管怎样，她们说的都是事实，以她名义修建图书馆和希望小学，给了她想要的荣耀。家庭亦是圆满，孙子孙女聪明可爱，还贴心。

"程老师，孩子们呢？快带出来让我们瞧瞧。"

程知敏喝了一口茶，慢悠悠地说道："昨晚守岁，今天又起得早，这会儿玩累了睡着了，等改天吧，以后有很多机会见。"

众人一愣，不知她怎么临时改了主意，不让她们看了，之前不是还想大张旗鼓地大办宴席要炫耀吗？

程知敏之前确实有炫耀之意，但最近几天跟孩子们相处，感情深厚起来，反而不愿意拿他们炫耀了，因为知道这些太太都各怀心思，看轻孩子们私生子的身份，她可舍不得让自己的宝贝孙子孙女被她们糟蹋，恨不得藏起来呢。

她们正说着，保姆进来说："黎太太和黎语也来拜年了。"

她们是黄鼠狼给鸡拜年，不安好心。可她又不能拒绝，只好起身相迎。

厅里，别的几位太太都想着，今天可真是热闹，有好戏看了，这黎太太也不是好惹的主儿。

黎太太一进来，就笑着给大家拜年："新年好，新年好。"

黎语也跟着给各位太太拜年、问好，很是知书达理。

程知敏夸道："小语又漂亮了。"坦诚说，程知敏是真心喜欢黎语，心里想要的儿媳妇就是黎语这样的，要家世有家世，要样貌有样貌，要能力有能力，就是不知自己家儿子卓禹安是怎么想的，黎语不比那个舒听澜长得好看？

黎太太招呼完一圈，便笑着问了刚才大家问的问题："怎么不见两个宝贝出来？快带出来让我们看看，眼馋了都。"

程知敏又是刚才的说辞："玩累了，这会儿睡着了，下回下回。"

黎太太便也不强求，忽而转移了话题："我听小语说，前阵子在森洲看到禹安和他那个前妻在一起吃饭，那这俩孩子是前妻生的？"黎太太就是故意来恶心程知敏的，她心里有气，当年程知敏在明知自己儿子是已婚的状态下，还怂恿黎语去追卓禹安，这不是坑人吗？

结果自家女儿还真就被卓禹安迷得神魂颠倒的，这几年都没法好好找对象，把她给耽误了。这也就是黎太太有修养，没有跟程知敏闹。

原本这事过了就过了，结果程知敏转眼就把前妻生的两个孩子领回来，这不就是打她脸吗？所以黎太太也不给程知敏面子了。

程知敏听她一口一个前妻生的孩子来称呼孩子们，心里就极不高兴，所以也没忍住道："禹安和听澜兜兜转转这几年，还是放不下彼此，所以重新走在一起了。现在孩子们有爸爸妈妈陪伴，共同抚养。没有什么前妻不前妻的，都是一家人。"

程知敏不自觉就开始维护舒听澜、维护孩子们。

她确实变得不一样了，经过这几天的相处，还有昨晚的年夜饭、跨年，让她忽然感知到，其乐融融的家庭生活远比那些虚无缥缈的身份地位、面子、虚荣心都重要。日子是关起门来自己过的，何惧别人的眼光？

一旁的保姆听了程老师的话，心里松了口气，她家程老师终于开窍了，也不算晚。

黎太太想不到程知敏竟然会替舒听澜说话，你们倒是和好如初了，那他们家黎语之前受她诱惑跑去追求卓禹安的行为就成了一个笑话，黎太太当即心就冷了。

"行，那就祝禹安和舒小姐百年好合。"她颇有点儿阴阳怪气，心想："程知敏你真是昏了头了，舒听澜是什么家世背景，你不知道？她父亲跟你家卓闵的事要是被牵扯出来，到时候看你们怎么收场。"

黎太太前几年就把舒听澜的家世背景调查得清清楚楚，当时只是碍于情面，没有向外公开而已。

程知敏以前对这事草木皆兵，尤其当年是卓闵要调任回京的关键时刻，不得沾染半点儿污点，现在，她看开了，反正身正不怕影子斜，真要调查那就调查好了。

程知敏放下心里的各种包袱，是真舒坦，以后她就好好享受退休的生活，把那些图书馆和希望小学的事做好，再看看孙子孙女，便很知足了。

人有时候就是这样，执念一旦放下，心就无限宽广。

大年初三，卓禹安便带着听澜、孩子们回栖宁给她妈妈扫墓。程知敏和卓闵难得一起送他们到机场。

卓闵不便下车，便和司机在车内目送孙子孙女离开。

程知敏悄悄拽过卓禹安问："你们打算什么时候复婚？"

卓禹安难得和颜悦色："当初是谁逼我们离婚的？"

程知敏就知自己儿子没有好话："妈妈错了还不行吗？那你倒是快和听澜把证领了，免得夜长梦多。"

自己亲妈自己最了解，即便接受了听澜，但如此迫切要他们复婚，还是那句话，事出突然必有妖，所以他沉住气，继续和颜悦色："什么叫夜长梦多？难道孙子孙女还会跑了不成？”

程知敏叹了口气：“你是真傻还是装傻？孩子们现在还姓舒，你觉得合适吗？你爸已经按照卓家族谱给孩子们想好名字了，等你们领证了，孩子不就可以名正言顺地改姓吗？”

程知敏觉得现在如果逼着孩子们改姓，舒听澜肯定不同意，那么如果结婚了，自然就无话可说了吧？孩子们姓卓，那是天经地义。

卓禹安一愣，当即拒绝：“希望这些话是你第一次说，也是最后一次说。孩子们姓舒就挺好的，即便我们复婚，也不会改姓卓。”

“听澜她不同意吗？”程知敏不死心，这可不是小事，孩子们不姓卓，那就总是差了那么一层亲近。

因为这几天的相处，卓禹安能感受到父母对听澜的接受，所以他的态度也比以前缓和了一些，只是警告道：“妈，别轻易毁了现在难得平静的日子。”

不管听澜是否同意，他首先就不同意。从怀孕到孩子们出生、成长，他和卓家没有出一份力，现在凭什么要求孩子们姓卓？况且，不管姓卓还是姓舒，他无所谓，都是他和听澜的孩子。

程知敏还是不死心：“舒小念、舒小荷，这两个名字，你不觉得太小家子气吗？当个小名还可以，当作大名实在难登大雅之堂。”

“这两个名字对听澜有特殊意义。”卓禹安结束了话题，不想再说了，前边听澜和孩子们已经过完安检在等他。

程知敏也无法，只得先忍着，等以后再说。

上飞机后，舒听澜不时看一眼卓禹安，欲言又止。

“我脸上有脏东西？”卓禹安侧脸看着她问。

“我都听见了。”

卓禹安一愣，随即才想起她说的应该是他和他母亲的谈话，他牵过她的手握着，不甚在意道：“别理她。”

程知敏的提议根本不在他考虑的范围内，所以他听完就忘了。

因为他的态度，舒听澜的心就变软了，要知道，绝大部分的男人对冠姓权有很大的执念，她以前打过很多离婚官司，有几对年轻夫妻在孩子刚出生时，就因为冠姓的问题而闹到要离婚，尤其是独生子女家庭，不仅是年轻夫妻的事，更是双方家庭的争夺。

以程知敏的思想，会有这样的提议完全在她的预料之中，所以她不生气，只是感动于卓禹安的态度。

过了一会儿，舒听澜自己偷偷笑了。

“笑什么？”卓禹安道。

“其实小念、小荷确实很难听，对不对？”当时怀孕期间，包括后来生完孩子，应对生活与工作已经是筋疲力尽，所以名字就一拖再拖，没有认真想过，等医院要开出生证明了，她便报上这两个名字，因为当时妈妈离世没多久，她特别想妈妈。

她现在想来，这确实是对孩子们不负责的行为。

“很好听的名字。”卓禹安说的也是实话，名字就是一个代号，再大气、好听的名字也远不如一个有意义、有纪念价值的名字。

飞机很快降落在栖宁，这座城市一直四季如春，他们从京城过来时还穿着厚厚的大衣，出了机场，大衣都挂在手上。

两个孩子知道是来看外婆的，都特别高兴，在酒店办理完入住后，一直问外婆喜欢什么，要给外婆买礼物。

舒听澜的眼泪都快下来了，心想，多好的孩子们，要是妈妈还在世，看到该多开心。可妈妈喜欢什么呢？这个问题把她给问住了。

小时候，妈妈的生活中只有她和爸爸，妈妈把所有业余时间都投入在家庭里，没有自我。等爸爸出事，她上大学，妈妈住院，更没有个人的喜乐。

她想了想，从随身的行李箱里拿出两件针织的毛衣，一件蓝色，一件粉色，给他们穿上。

毛衣有些古早气质，两个小朋友长得再洋气，穿上也显得有些乡土气息。

舒听澜觉得好笑又有些心酸，还好还能穿，再过一年就穿不了了。

“我们明天穿这件衣服去见外婆，好不好？外婆什么礼物都不要，只要你们平平安安、健健康康地长大就好。”

在酒店午睡完，傍晚时，卓禹安租了一辆车，带着孩子们逛栖宁的大街小巷，这座城市对他们有特殊的意义，既是听澜从小长大的地方，也是他们认识的地方，更是所有矛盾纠纷的始发地。

每走过一个地方，也不管孩子们听不听得懂，他都认真介绍。然后车便停在了栖宁高中附近的汤粉店。

汤粉店还在，只是比以前老旧了不少，因为是寒假，又是正月，店里一个客人都没有，老板和老板娘正在打盹。

他们先是看到两个粉雕玉琢般的小朋友出现在店里，然后身后跟着笑意盈盈的一男一女，老板和老板娘一看，一眼就认出了他们，立即站起来，像见到老朋友，激动地问：“你们怎么来了？”

老板娘见他们带着孩子回来，真是比看到自家女儿带男朋友回来还开心。她一直笑，声音格外清亮：“还是吃老样子？”

舒听澜笑着点头：“加两个煎蛋。”

“好嘞，给你加三个，这次我请客。”老板和老板娘爽利地去下粉了。

一家四口穿着鲜亮照人，在这古旧的小店里坐着也怡然自得。店很旧，连盛着汤粉的碗都有岁月的痕迹，但是很干净，没有一点儿油污，味道更是一如既往地好吃，两个平日颇为挑食的小朋友也吃得津津有味，这或许就是这家店能够一直坚持下去的原因。

老板和老板娘坐在旁边看着他们笑。

“我就知道你们能一直在一起。

“现在社会太浮躁，很少有你们这么念旧的人。从我这儿走出去的高中生不计其数，但能回我们这家小店的少之又少。

“念旧的人也念情，你们一定会幸福的。”

是啊，幸福！在熟悉的小店吃着热腾腾的粉，旁边有孩子、有他，舒听澜真切地感受到了幸福，好像前半生所有的苦难都是为了这一刻的幸福。

不用豪宅，不用山珍海味，只要在一起，即便是如此不起眼的小店，一碗米粉，也足以让她有幸福的眩晕感。

她今天没有化妆，但因为吃粉，白皙的脸颊像抹了脂粉，眼眸也格外清亮，等吃完时，卓禹安忍不住探过身，轻啄了一下她的唇。

爸爸整天偷偷亲妈妈，两个孩子已经见怪不怪了，之前舒小荷还会嚷着要爸爸也亲自己，但后来不嚷了，兄妹二人已接受这个事实，爸爸爱妈妈胜过爱他们。

偶尔半夜醒来，见爸爸妈妈都不在身边，他们也渐渐不哭了，翻个身继续睡，反正第二天清晨，爸爸妈妈会回来，假装一直陪着他们，扮演慈父慈母的形象，他们看破不说破。

粉店的老板和老板娘就跟看偶像剧一样，他们能想到的最好的爱情、最好的生活，也不过如此。

卓禹安没让他们请客，跟他们告别时，偷偷扫码付了款。

大年初四，一家人都穿戴整齐，买了鲜花和几样小蛋糕，去墓园。前几年，舒听澜过得不好，不想让妈妈担心，所以一直没来看过，今天，她觉得自己幸福了，也足够好了，才有勇气来。

她本意是想跟妈妈分享快乐的，但是临近墓地时，眼泪还是一下蓄满了双眼，只因妈妈走得太匆忙，连一句告别都没有。

这是她永远的痛，也是卓禹安心中的一根刺，每每想起当年，她向他求助，他拉黑了她，没有回应，便心疼不已。很多事，错过了就是错过了，生命没有办法重来一次。

四人到了墓地，才发现上面摆着一束鲜花，显然是刚有人来过，她不用想，便知道是程晨。

她急忙朝四处看了一下，便看到不远处，程晨一家人也来上香。栖宁有这个风俗，正月初三到初四会给逝去的亲人上香。

程晨的身边除了她父母，还有一个陌生的男人，他身形高大健壮，虽然只是一个侧身，但挺拔、有气势。

舒听澜知道，是程晨的另一半，本人看着比结婚照上更阳刚一些。

卓禹安也看到了那个男人，脑海里一闪而过陆阔的死样子。

程晨没料到会在这里见到舒听澜，开心地急奔过来，奔了两步忽然又停下脚步朝身后的男人喊道："邵晖，过来。"

被称作邵晖的男人很贴心地过来，嘱咐："别跑，小心摔了。"然后便自然地牵过程晨的手，朝舒听澜和卓禹安走过来。

舒听澜看到他们紧握的手，跟卓禹安是一样的想法，陆阔没戏了。

程晨介绍："我最好的朋友舒听澜，跟你提过。这是我老公，邵晖！"

她有意略过卓禹安，不想介绍，也不知该怎么介绍。

舒听澜急忙伸手跟邵晖打招呼："你好你好。"

"久仰了。"邵晖道。

两人客客套套地打招呼。

舒听澜记得，邵晖的身份好像是警察。果然，人民警察的气质就是不一样，很从容、镇定。

"听澜，你怎么回来也不说一声？"

"也是临时决定的。还有，谢谢你啊。"她指了指自己妈妈墓碑前的鲜花。程晨一家只要来扫墓，一定会顺便来看她的妈妈，弥补了她这几年的缺席。

卓禹安无话可说，便带着两个孩子给外婆献花，摆上蛋糕。

程晨的爸妈在不远处看到舒听澜和孩子们，高兴地招呼："听澜，你们一会儿跟程晨一起回家吃饭。"

"好！"舒听澜答应着。

这顿饭，他们没有去程晨家吃，而是卓禹安请客，在外面酒店吃的，他们真心真意地感谢程晨和她的家人这几年一直给妈妈扫墓。

程晨是爽利的人，他们要请便请了，她也不拒绝。邵晖话不多，人很稳重，不论性格还是外貌，都与程晨很相配。

其间，卓禹安问："邵先生是负责哪方面的？"

"刑事。"很简短的回答，他不方便透露太多。

卓禹安不是多管闲事的人，要不是因为陆阔，他对陌生人完全无兴趣了解。

程晨的父母对邵晖自然是喜爱有加，一席饭下来，把邵晖夸出天来，程晨在一旁抿着嘴笑，再没有以前那种浮躁之色。邵晖人沉稳，话很少，但不时会默默替程晨夹她够不着又爱吃的菜，以及不时给她父母续水，于细节处见人品。

程晨开玩笑地对听澜说：“我现在的家庭地位一落千丈，邵晖才是他们亲儿子。”

程妈妈说：“你还好意思说，你的工作整天优哉游哉的，人家小邵工作多辛苦，你都不知道心疼人。”

邵晖：“晨晨的工作也很辛苦的。”

程晨现在的工作难度跟以前在地产公司或者后来创业无法相提并论，所以她处理现在的工作得心应手，就显得轻松了。但实际上，公务员在单位人际往来的压力也是巨大的，跟以前在私企是完全不一样的处理思路。

舒听澜看邵晖也觉得满意，他刚硬里藏着体贴，一身浩然正气，与眼下的程晨最合适。

舒听澜借着跟程晨一同去洗手间的机会说：“邵晖很好。”这是作为好友的真心话。

“你今天才第一次见他，就能判断好坏了？”程晨揶揄她。

“我相信你的眼光。”舒听澜如是说。

程晨笑：“是很好。”她就此沉默。

两人在洗手间的镜子里对视了一眼，舒听澜忍不住问：“放下了？”

“就是一个渣男，偏偏要做出深情状，有什么可放不下的？”程晨回答听澜的问题。

当然，她也曾被他所谓的深情欺骗，耽误了那么多年青春，现在想起来当然还会意难平，但也仅仅是意难平。尤其是遇到邵晖之后，她真切地体会到被一个男人一心一意放在心上的感觉是什么样。她从没有一刻像现在这样安心。

舒听澜便不再说什么了，爱情只有双方的感受最重要，程晨感受不到陆阔的爱，正如陆阔感受不到程晨的努力一样，两人的齿轮就差那么一点儿合不上，便脱轨而去，再也合不上了。

舒听澜对程晨只有最真挚的祝福：“程晨，以后一定要幸福。”

“你也是。”

等舒听澜和卓禹安回到森洲，她不禁有些唏嘘，年少的悸动转化为爱情坚守，需要多大的勇气与坚持才能修成正果？

卓禹安：“嗯，所以像我这样执着的人很少，你要好好珍惜。”

给他几分颜色就开染坊，舒听澜也不甘示弱：“那你要继续加油。还没修成正果呢，我们现在不过是共同抚养孩子的关系。”

卓禹安笑着揽住她：“你这是暗示我们该领证了？”

“你想多了。”她觉得现在就挺好，那张结婚证并不重要。

她觉得不重要，卓禹安却觉得重要，两人没有放在一个户口本上，他的心就总是悬着，他患得患失，生怕她一个不高兴就跟别人跑了，即便已经是这个关系，依然没有自信。

“对了，程晨要结婚的事，你别告诉陆阔。”舒听澜提醒，免得节外生枝。

“晚了，陆阔已经去栖宁了。”卓禹安坦承，是他告诉陆阔的。

“你——”舒听澜无语，他是唯恐天下不乱吗？

“听澜，正如你希望程晨幸福，我也希望陆阔幸福，不要留有遗憾，他有追求幸福的权利。”卓禹安并不觉得自己做错了什么。

“他有追求幸福的权利是没错，但他没有权利随意打扰别人的生活，他去栖宁做什么？阻止程晨的婚礼？阻止完呢？他就会对程晨负责一辈子了吗？你们永远只会高高在上、随心所欲，随便打扰别人的生活。”

陆阔要真有心，早干吗去了？舒听澜想到这儿，情绪就上来了，不自觉把卓禹安也给牵扯进来，现在看他也跟看陆阔一样面目可憎：“你这是多管闲事！”

这事没有谁对谁错，两人立场不同，都是为了自己的朋友。

卓禹安第一次被人扣上多管闲事的帽子，心里有一丝不高兴，听澜应该知道他和陆阔的关系，他不愿让陆阔的人生留有遗憾，怎么叫多管闲事呢？

“你不知道陆阔的德行吗？他今天去栖宁不是因为爱程晨，是因为意难平，是因为程晨比他更早找到另一半。他去了是想让邵晖知道程晨还有这么一段过去吗？去给他们的新婚生活添堵吗？”舒听澜越想越气。

“如果程晨嫁给邵晖足够坚定，就根本不会在意陆阔的出现。”

“随便考验人性很有意思？”

“……”卓禹安觉得莫名其妙，这跟他有什么关系？

他们莫名其妙吵了一架，莫名其妙冷战，不管卓禹安说什么，她都不再理会。

正好春节假期结束，舒听澜再次回到律所上班，大家都喜气洋洋的，就她一个人黑着脸，连小新从H市给她带了特产，她也反应平淡。

“舒律师，春节没休息好吗？”李安娜人逢喜事精神爽，过完年上班，有好几个合同要签，看舒听澜也顺眼许多。

“李律师，新年快乐。”舒听澜没心情跟他们客套。

卓禹安那个男人，自己做错事了还敢跟她冷战，昨晚竟然半夜才回来，今早又比她早离开家，分明是为了避开她。

蓝萧山今天也早早到办公室，在人事经理郭冉的陪同下，来给他们这些律师发红包，舒听澜不得不打起精神笑脸相迎。

“看来大家春节都过得不错，保持精气神，今年好好干。”

要说精气神，当然是李安娜的精气神最好了，她年前就跟卓远总代理的王总约好，今天下午过去签合同。她微信里又有听鲸金融太子爷陆阔的微信，春节期间，她特意给陆阔发了拜年短信，陆阔回复说，过完年会来蓝元律所拜访，这也是囊中之物。

舒听澜经过了闹哄哄的一上午，下午整理好心情开始投入工作，邮箱里有不少邮件需要处理。

她的心刚静下来，那边卓远总代理的王总来找李安娜签合同了。一听到“卓远”这两个字，她就头疼，偏偏小新看到李安娜志得意满的样子很是生气，悄声说：“卓总是不是有点儿过分，这么大一个项目给外人做，也不给你？”虽说那个总代理不是卓远科技的公司，但也就是卓总一句话的事，就这么拱手让给别人了。

舒律师投来一记冷眼：“别在我面前提他。”她很烦。

“你们吵架了？”小新八卦心上来，很少见舒律师在工作场合有这样小女人的姿态。

“你很闲？”

小新刚觉得舒律师有点儿小女人的可爱，她立马又原形毕露了。

“不闲，不闲，好忙的。”她急忙回自己座位工作，免得又被分配任务。

快下班时，舒听澜收到卓禹安的微信：“我来接你。”

舒听澜冷冷地回复：“不用。”

她心想：“接什么接？你就继续夜不归宿好了。”

卓禹安好冤，出于兄弟情谊，才把程晨要结婚的消息告知陆阔，没想到把听澜得罪了，还跟他玩起冷战。

他并非故意夜不归宿，陆阔那家伙从栖宁回来之后，就跟丢了魂一样找他喝酒，他不能不理陆阔。

陆阔一向藏不住事，这次却出乎意料，前所未有地沉默，也不说具体发生了什么，就是不说话，喝闷酒。

卓禹安怕他醉死，所以才不得不陪着，等他消停了才敢回家。

其实，陆阔不是藏得住事的人，只是这次有点儿鄙视自己的懦弱，他太尿了，所以不想说。当时听卓禹安说程晨要结婚了，他脑子一热就跑到栖宁去了，去的时候，也不知道自己到底想做什么，就是觉得她不能这样悄无声息地结婚，没有他的同意，她怎么能结婚呢？

他虽然吊儿郎当，对谁都热情有加，但这么多年没有正经谈过恋爱，不是因为花心，而是再没有遇到过像程晨那样让他怦然心动的人。

去的时候，他有一瞬间的冲动，想着见到程晨，就把她抢回来，他深信她还是爱他的，她不是为了他来森洲创业吗？不是跟他表白过吗？

他内心依然有那么一份自信，自信只要自己勾勾手指头，程晨必然会回来。

所以他守在她家门前等着，等到很晚，终于见她的车从小巷子里开进来，停在门前，在暗处的他正准备叫她，赫然发现驾驶座上是一个高大的男人，她坐在副驾。

她本来已经解开安全带准备下车，驾驶座上高大的男人忽然一把扯过她，两人在光线暗淡的车内吻得难舍难分。

整个世界都是漆黑一片，唯有车内的光线刺眼，如同早年前的画质不清的电影慢镜头，陆阔整个人淹没在黑暗之中，无意探究别人隐私，却又不可控制地看着她。

她在男人怀里显得那么娇小，很投入，双手甚至去解男人制服上的衣扣，被男人制止。许久，两人才分开，她笑，男人也笑。

他看到她眼里有情也有欲，对男人不是将就的选择，也不是退而求其次的选择，是真心相爱，也对，以程晨的性格，绝不会让自己委屈，否则他们怎么会走到这一步？

陆阔鄙视自己，太㞞了，就这一步，他都没有勇气迈出去，来栖宁之前的所有自信都在这一刻崩塌，程晨与他已成过眼云烟。

他没有勇气迈出这一步还有另一个原因，他能给程晨什么？

他固然喜欢她，从高中时期到现在，但他游戏人生惯了，从前追她时，怪她功利心太强，人也浮躁，一心扑在事业上。后来他放弃她时，见她变得从容稳重了，又担心她是奔着结婚去的。他只想谈恋爱，并不想结婚，这便是她表白时他拒绝的一个重要原因。

他知道自己是个浑蛋，所以不想耽误她。

今天见她终于找到自己的幸福，他该替她开心的，只是这心像被什么东西抓着，一抽一抽地痛。

程晨下了车，笑着跟男人告别，然后目送着男人开着她的车从小巷子里渐渐消失。她顿在原地没有动，站了很久。

那一瞬间，陆阔几乎以为她看到了他，或者知道他就在旁边看着她。

她站了很久，但始终没有往他这个方向看，她独自一人站在那儿至少十分钟之久，陆阔便在旁边黑暗的小巷子里一动不动了十分钟。

而后，她瘦弱的背影渐渐消失在那扇大门里。

很晚，他赶深夜的航班回森洲，从栖宁到森洲，或者从森洲到栖宁这条路线的每趟航班，他都坐过，每回都是来看她一次，然后深夜回去。

他想，这是他最后一次再走这条路线了，临上飞机前，他给程晨发了最后一条信息：“程晨，祝你幸福。”虽疼，但是真心真意。

许久，程晨都没回复，直到他回到森洲自己的家中，已是凌晨，再看手机时，发现了她的回复：“谢谢！也谢谢你刚才没有出现。”

所以，她知道他那时站在那里？她怎么会不知道呢？他以前每回来找她，都是站在那个位置突然跳出来给她惊喜，她那时说，他不用现身，单是闻到空气中的味道，她就能知道他来了。

所以，她站在那里十分钟是在等他现身？但他终究是㞞了。

他忽然明白，那时程晨虽没有明确地答应做他女朋友，但已默认两人的关系，是他愚钝，没有悟到。

错过就是错过了，两人一直不在一条线上，将来要去的方向也完全不同。

好像都是他自找的，所以即便面对卓禹安，他也无话可说。

还好他没说，否则卓禹安若是知道自己不惜惹听澜不开心而告诉他程晨的消息，他却㞞到躲起来，才真要跟他绝交。

陆阔酒醒了，人也清醒了。

他看到家里出现的卓禹安，惊吓道："你怎么还没走？"很典型的过河拆桥，心想，这厮大半夜不回家，不会是在这儿等着看他笑话吧？这也太过分了，当年他离婚要死要活时，自己可没嘲笑过他一次。

卓禹安像猜到他的想法，说道："没那么闲！"看他笑话，有什么可看的？

"大半夜不回家，被扫地出门了？"陆阔顿时忘了自己的伤痛，幸灾乐祸地灵魂发问。

这就戳到卓禹安的痛处了，他下班要去接听澜，结果人家说，周末带着孩子去林之俜家了。林之俜与傅慎逸乔迁新居，买了一套别墅，空间宽阔，房间充足，她和孩子们想住几天便住几天。

林之俜对他一向冷言冷语，把他拒之门外，他总不好死皮赖脸地跟着，虽然确实想这么做。

"还不是因为你？"卓禹安此时也真切地体会到听澜所说的，他是多管闲事，陆阔就活该单身一辈子。他是真生气，恨不得骂陆阔一顿。

得知原委后，陆阔这个罪魁祸首不仅不愧疚，反而更加幸灾乐祸，假惺惺道："这就是听澜不对了，怎么能离家出走呢？"

卓禹安心里冷笑，呵，她哪里是离家出走？分明是小题大做，借此机会甩开他，跟闺密愉快地度过周末时光，他从林之俜不时发的朋友圈看出，她周末过得可开心了。简直不要太过分！

"兄弟，放心，我周一就帮你把老婆追回来，不会让你独守空房太久的。"陆阔仗义地说。

舒听澜和林之俜在一起确实度过了一个愉快的周末，因为傅慎逸出差了，不在家，林之俜感慨："没有男人的日子真的少很多烦恼。"

闺密二人很久没有这样黏在一起了。她们在她家的茶室喝酒，然后在后院泡温泉，孩子们在后院的阳光房里看书或者玩游戏，简直不要太惬意。

等周一上班时，舒听澜一改上周的黑脸，容光满面地迎接新一周的工作。

第二十八章

陆阔请客

李安娜因为一开年便签了几份大的代理合同，商业组里的律师都觉得她今年一定能升上合伙人的位置，只等着蓝萧山的人事命令了，这让舒听澜感受到了巨大的压力，一走进律所，周末放松的心情又瞬间紧张起来。

李安娜很聪明，开年后，新签的这些代理合同都是去年就谈好，但特意压到今年来签的，反正去年的业绩已经不达标，不如都积攒到今年来冲一波，对于商业组合伙人的位置，她势在必得。

但蓝萧山这个人精，每回开会或者找她谈话时，都毫不吝啬地夸她能干，夸她今年开门红是个好征兆，就是迟迟不表态。她也问过人事部的郭冉上边有无指示，郭冉摇头："蓝律一向不会找我们沟通这事，如果有任命，都是他自己决定后再通知我们执行。"

李安娜的心就一直悬着。

"反正你努力吧，蓝律去年突然把舒听澜空降过来，恐怕没那么简单。"郭冉好心提醒道。

"她，我很清楚，手里就那么几个小客户，应该翻不出浪来。而且，仗着跟蓝律的关系，每天准点儿来准点儿走，没见她加过一次班，蓝律真要提拔她，无法让组里别的律师信服。"

李安娜从今年开始，更不把舒听澜放在眼里了，觉得她们不是一个量级的选手。

郭冉点头，觉得李安娜说得对，毕竟她有员工上班打卡记录，虽然所里很多律师都不是朝九晚五，时间可以自由支配，但那些律师不是在见客户就是在去见客户的路上，很拼，反而这位舒听澜上下班时间规律得不得了。

这就是她们不了解舒听澜了，她确实准点儿上下班，是因为家里有两个孩子，她习惯了回家加班，自己的努力没必要让别人看见。

来蓝元律所已经有两个月，除了一些小客户，她也开发了一些大客户，只不过中间正好夹着一个春节，所以节奏被打乱了，要等客户全面上班了，才能推进下去。

她正在整理客户资料，突然收到陆阔的微信："出来，中午请你吃饭。"

舒听澜一笑，心情爽朗，陆阔这条大鱼主动送上门来，她求之不得，正愁没有优质大客户呢。

两人到了餐厅，她难得对陆阔展示自己的热情，一边递给陆阔菜谱一边说：“你难得来我们律所，这顿我请客，你尽管点。”

陆阔瑟瑟发抖：“听澜，我最近没做错什么吧？”他已经快速在脑子里过了一遍自己最近做错了什么，难道他调侃她的那些话，卓禹安都告诉她了？

舒听澜：“我们陆少怎么会做错事呢？不会，有错也是我的错。”她错在以前怠慢他了。

陆阔更怕了：“听澜，我有错就让法律惩罚我，不要这么折磨我，我这小心脏受不了。”

“就是真心实意请你吃一顿饭，我们怎么说也是从年少就认识的老同学，不是吗？你不想要我请，那你请我好了。”

老同学？陆阔信她个鬼，这么多年她什么时候在乎过同学情分了？他认真琢磨了一下，觉得她今天突然态度会有180度的转弯应该不是因为卓禹安，那一定是为了程晨的事了，当即澄清：“我虽然去栖宁了，但是真没打扰过程晨，更没破坏她即将到来的婚礼，我就是默默祝她幸福，然后独自心碎地回森洲。”

见舒听澜一脸冷静地看着他，他不打自招：“是，我回来后是动用关系查过那个叫邵晖的，但绝无坏心，就是单纯希望程晨能嫁对人，别被伤害了。”

舒听澜冷笑：“你不去打扰她，谁也伤害不了她。”

陆阔觉得自己真是有自虐倾向，一见听澜冷言冷语，还是熟悉的味道，觉得这就对了，他就习惯她的不理不睬，刚才的热情真叫他受不了。

这顿饭后来还是舒听澜坚持请了，陆阔便一路战战兢兢地送她回蓝元律所，末了还不忘嘱咐一声：“程晨的事就翻篇了哈，你别再跟卓禹安生气了，今晚赶紧让他滚回家，不要再整天对着我苦大仇深了。”

“看他表现吧。”舒听澜也不是真跟他生气，两人在一起，小吵小闹实属正常。

两人在律所门前又聊了几句，舒听澜忽然想起，今天蓝萧山也在律所，她便开口邀请：“既然来了，你要不要见一见我老板？”

陆阔知道她打的是什么主意：“你跟程晨好的没学会，她那套薅资本羊毛的歪理论倒是全学来了。你想让我去你老板面前给你撑门面，用得着我亲自上门吗？我堂堂听鲸金融的太子爷可不是被你这么用的，太丢份儿。改天我让秘书约你们小蓝到听鲸聊聊。”

小蓝？蓝萧山？舒听澜忍不住扑哧笑出声，也就狂妄自大的陆阔敢这么不着调。不管怎么样，蓝律师都是业界精英。

舒听澜一笑，陆阔就放心了，他给卓禹安发了条信息：“人给你哄好了，晚上别再来我家了。”

卓禹安正开会呢，看到他的信息，回复道：“我的人用得着你去哄？滚！”

“狗咬吕洞宾，不识好人心，有本事自己去哄好，晚上别再来我家喝酒。老子不伺候！”

卓禹安懒得再回复陆阔，自己的老婆当然自己哄，他会用实际行动让听澜知道，他对她有多好，真正地想她所想，急她所急。

他问张律师：“王总和他的律师顾问到了吗？”

“马上到，正在一楼填来访表呢。”

张律师想，一楼前台的人也是没有眼力见儿，也不看看来的是谁，闭着眼就叫人填来访表。卓总特意吩咐让代理商王总带新合作的律师过来开会，呵呵，醉翁之意不在酒，张律师什么都懂，但看破不说破。

“我去电梯口等他们。”张律师自告奋勇。

其实舒律师对卓远科技很熟悉，根本不用他引路，他这么做是出于礼貌。

卓禹安有些幼稚地想：“叫你跟我冷战，想见你，还不是轻而易举？顺便再叫你感动一下，等会儿顺水推舟让你再签几份顾问代理合同回去。”

他内心波动，表面却控制得很好，他冷冷地严肃地看着会议室的门打开。只见张律师面如土色，伟岸的身材此时都有些佝偻了，他带着代理商王总进了会议室，王总带着自己的律师顾问。

卓禹安一脸疑惑，等等，这律师……不是舒听澜？

张律师脸更沉了，朝他点头，解答了他的疑惑。

好，很好！

那边王总落座，旁边的李安娜也落座，她是临时被通知要来卓远科技开会的，问王总开会的内容是什么，王总说他也不知道，是张律师通知他一定要带着她来的。

既然要她来，那一定是有业务了。李安娜认真以对，端坐在会议室里等待卓总发话。

卓禹安一脸阴沉，尤其是听到李安娜自我介绍说自己是蓝元律所商业组的律师时，他的眼神就快要杀了张律师了。

这下他更说不清楚了，李安娜是听澜的竞争对手，他把合作拱手让给她的对手，听澜能原谅他才怪。

张律师频频擦汗，心想，大意了大意了，他不死心地追问王总最后一次：“你们新签的律师顾问是这位李安娜律师？”

“是的，李律师有很丰富的经验，专业能力非常强，以后有她帮忙，我们很安心。”王总回道，他心想：“我是按照你的指示特意签的这位李安娜律师，怎么，不满意吗？”

“那个，李律师，我记得你们所里负责商业组的还有一位舒律师？”

李安娜没想到张律师竟然会提起舒听澜，心想，是不是舒听澜趁着她不注意，来联系张律师了？这也太过分了吧，同组这么明目张胆地抢客户？

她心里虽然痛恨舒听澜的行为，但没有表现出来，只礼貌地回答："是的，我们舒律师是去年年底刚入职的。"她特意强调了一下，舒听澜只不过是新入职的律师，不值一提。

张律师点头，心想，自己真是大意了，这事办得太愚蠢了，简直是他职业生涯中的滑铁卢。

王总小心翼翼地问："卓总今天请我们来有何指教？"是不是集团对代理商有一些新的行业规范的要求？他可得记好了。

"张律师，你跟王总讲。"卓禹安一脸阴沉地坐在会议室里，半个字都不想讲，今天一上午雀跃的心情消失殆尽。

张律师镇定下来，并不知要讲什么，毕竟这个会议本就是醉翁之意不在酒，他以为把人叫来卓远科技开会，后面就没他什么事了，所以压根儿一个字都没准备。

他看着王总和李安娜认真拿着笔等他发言的表情，到底是职场老江湖了，调整了一下心态，便开始侃侃而谈："是这样，卓远科技今年的规划，相信两位在年会时也听卓总讲过了，卓远科技每年都在快速发展，那么对你们代理商每年也有新的规定——"

张律师硬着头皮先扯了几个新规章制度。其实新规章制度确实有，但法务还在整理之中，不到正式发布的时候，所以他现在只能先捡着几个无关痛痒的说。

王总和李安娜频频点头，认真记录。

"卓总最看重你们，所以提前让我跟你们沟通，今天的谈话内容希望不要外传，等正式文件下来，会再召集你们代理商过来开会。"

"好的，好的。"能得到卓禹安的重视，王总异常感动。卓远是他们的衣食父母，很多公司抢破脑袋想代理卓远的产品，竞争十分惨烈。所以卓总亲自召见，他确实受宠若惊，又说了几句恭维话，会议才结束。

李安娜就有一些云里雾里了，卓远科技对代理商的规章制度，她研究得很透彻，今天张律师的发言骗骗外行还行，骗不了她，张律师的话说了等于没说。

不过，她这一趟来也不亏，第一次来卓远科技，第一次近距离看到卓禹安本人，还是很激动的，以前只在网站上看过视频，之前年会也只是远远看到。

他就是帅，有气质，比她见过的那些明星都要帅许多，因为男人与生俱来的气场，以及在商业王国历练出来的沉稳与城府，真不是明星能演出来的，演技再好，也差了那点儿真实的味道。

李安娜春节前因为陆阔的热情而小鹿乱撞了好几天，而今又因为看到卓禹安而心潮起伏。这也不能怪她花心，两个男人各有各的优秀，各有各的迷人气质，都让人心脏怦怦乱跳，她庆幸自己做了律师这一行，能够不断接触这些平日可望不可即的人物。

她心情很好地回到律所，她底下的助理告诉她，下午在律所一楼的前台看到听鲸金融的太子爷了。

“陆阔？来找我的吗？”她急忙打开手机微信，翻到两人的聊天界面，最后的对话是春节时她发新春祝福，陆阔很礼貌地回复说：“李律师，年后见。”

正是因为如此，她一直等着陆阔年后约她见面，也把这件事告诉过助理，让助理留意一下来访人员。结果，竟然这么巧，她刚好去了卓远科技开会，错过了陆阔。

“他约下次的时间了吗？”她急忙问，不知陆阔是出于公事还是私事来找她，但都让她激动不已。

助理回答：“您问一下舒律师，是舒律师接待的。”

她的助理并没有看到是陆阔送舒听澜回来的，只看到两人站在一楼前台处说话。

助理记得李律师告诉过她，陆阔可能会来律所找自己，让她留意。所以她看到陆阔和舒听澜站在前台处，就以为是因为李律师不在，舒律师去接待了。

李安娜一听，当即怒火冲天，心想，舒听澜什么意思？玩阴的，在背后撬人客户？

她今天在卓远开会，张律师特意问起商业组的舒律师，就让她心里不舒服了，现在人家陆阔来找自己，舒听澜瞎接待什么啊？一点儿行业规矩都不懂。

她拎着笔记本电脑回到办公室，怒气冲冲地站在舒听澜的办公桌前，敲了敲舒听澜的桌面，厉声问：“今天陆总来找我什么事？”

舒听澜本来正投入地工作，从陆阔那儿确实薅了几个客户来，陆阔介绍了几家他们有投资的公司给她做，还调侃她是薅资本羊毛第一人。她正在查看这些公司的资料，忽然被李安娜劈头盖脸一顿怒吼，她惊了一下，关了电脑页面问李安娜：“什么陆总？”

舒听澜根本不知道李安娜认识陆阔。

“你还装傻？你刚才在看什么资料？”李安娜一手掀开她的电脑，屏幕上还跳动着听鲸金融的官网页面。

“我在看听鲸金融投资的资料，有什么问题？”舒听澜底气足，陆阔介绍的那几家公司都是听鲸金融参与投资的，陆阔开口了，那些公司自然都会跟她合作。她想多了解一些客户信息，避免给陆阔丢脸。

她做她的事，跟李安娜有什么关系？为了避免组内恶性竞争，她把更有优势的卓远科技让给了李安娜，甚至回家都没跟卓禹安提过一句业务上的事，她够仁至义尽了。

李安娜见舒听澜抢别人客户，还如此理直气壮、厚颜无耻，当场就气得快升天，但职业修养让她忍住了脾气，反而笑着问："舒律师，听鲸金融的陆总是我认识在先。他今天来律所也是跟我约好了要见面，你从中横插一脚算怎么回事？你若是这样，我们可以找蓝律师说说理。"

舒听澜总算明白过来是怎么回事了。

"陆阔今天是来找你的？"她反问，难怪他突然要来律所请她吃饭，原来是来见人家李安娜律师的。这都叫什么事啊？让她平白无故被人误会。

舒听澜正想解释，她和陆阔是多年的朋友，他来律所，她去和他见面也正常。

结果李安娜根本不听她说话，很严厉地对她说："舒律师，我理解你初来乍到，想在律所站稳脚跟，那就凭自己实力、凭自己专业堂堂正正地竞争，而不是专门想这些歪门邪道，走歪门邪道不长久的。这是我作为行业前辈对你的奉劝。"

李安娜站在道德的制高点，对舒听澜进行全面的打压之后，踩着高跟鞋愤然离去。只听她一边往外走，一边给陆阔发语音："陆总，您好。我是李安娜律师，今天真抱歉，我恰好不在律所。您现在有时间吗？我现在过去拜访您。"

舒听澜一口恶气堵在胸口，想发却发不出来，她什么时候变成走歪门邪道的人了？这个陆阔也是，专程来见李安娜倒是告诉她一声啊，她也不至于像现在这么被动。

同组没外出的律师都听到了她们的对话，用一言难尽的表情看了她一眼之后，又纷纷转回各自的办公桌。

舒听澜百口莫辩，难道要现在在办公室当众喊，她和陆阔是多年的朋友以及老同学以证清白？未免太幼稚了一点儿。

她心想："陆阔，你给我去死，不带十个客户来偿还，以后就绝交算了。"

因为舒听澜被李安娜骂了一顿，又生陆阔的气，晚上下班回家，就忘了跟卓禹安还在冷战期，尤其看到他已经做好一桌丰盛的晚餐在等她回来，在外边受的那点儿委屈顿时就消散不少，甚至她主动投怀送抱，抱住卓禹安的腰，脸埋在他胸前，被熟悉的气息包裹才能缓解她的焦虑。

卓禹安被她突如其来的温柔惊吓到，对，是惊吓，没有一点儿惊喜，毕竟这几天她把他视为陌生人，发信息不回，打电话不接，突然投怀送抱，后面准没有好事。

何况，卓禹安今天很心虚，要是让听澜知道，代理商王总那边的合同是他一手促成她的竞争对手李安娜得到的，他没有办法交代。

但软玉在怀，他不舍得松开，颇有点儿战战兢兢地伸手轻轻环住她，也不说话，就是轻轻抚摸她的后背，像是安慰。

过了不到两分钟，果然，她忽然气冲冲地推开他，抬眼怒瞪着他。

他又一阵心虚，难道被发现了？他想，主动招供好了，都是张律师的错，办了这么一件乌龙的事，他也很生气，为了补偿她，给她多介绍一些大客户就是了，反正他不缺这些人脉，都是他一句话的事。

他正要开口，舒听澜忽然转身去倒了一杯水喝，喝完了，才正色道：“你以后少跟陆阔来往，他勾搭谁不好，偏去勾搭我同组的李律师。”

陆阔？所以不是生他的气？卓禹安顿时松了口气，听听澜说完事情的原委，同仇敌忾道：“老婆说什么就是什么，我跟他绝交。”

“谁是你老婆？”

卓禹安再次把她拥入怀里：“你说呢？”

舒听澜默不作声，良久才开口问：“我是不是特别幼稚？”

她在外无论表现得多从容、冷静，一到卓禹安面前就原形毕露，像个没长大的孩子，贪嗔痴癫全都暴露无遗。

“因为我们是一家人，在家人面前，我们可以幼稚一辈子。”卓禹安想，他在听澜面前又何尝不是幼稚得没边？因为爱，因为放松，因为是家人，所以愿意敞开心扉展示最真实的自己。

舒听澜因他的话正要感动，又听他忽然严厉道：“不过，听澜，有一点，你确实太幼稚。你在律所需要业绩稳住位置还不找我帮忙，反而找陆阔，这是什么道理？”他忽然严肃，无法理解她的思路。

舒听澜关键时候最会装傻，她把脸继续埋在他的胸前蹭啊蹭，因为刚回家还没卸妆，脸上薄薄的粉底把他的衣服蹭脏了。

“说话！”卓禹安不依不饶，想知道原因。

“我也没找陆阔，是他自己主动送上门给我客户的。”她得了便宜还卖乖。

卓禹安微眯着眼看她：“所以你是怪我没主动送客户上门，让你笑纳了？”话音一落，他自己忽然觉得心虚，他倒是拐弯抹角地送客户了，结果送到了她竞争对手的手上，心虚使他沉默。

舒听澜双手还缠着他的腰，两人贴在一起，她抬头看他，他便低头轻轻吻了她一下，想让这个话题绕过去，别再提了。

但舒听澜抬头很真诚地看着他：“我确实太幼稚，就是想看看不靠你，自己能做出多大的成绩。”

她以前没有意识到，自己如此急切地想证明自己是为什么，后来发现是因为自卑，她对卓禹安藏着一份深深的自卑。

两人无论是家庭背景还是工作成就，都有着天与地的差别。

所以很早以前，他追她时，她并不相信他会真的爱她；即便后来在一起，甚至结婚了，她也不愿意让外人知道，因为怕别人异样的眼光，怕别人说她一朝飞上枝头变凤凰，更怕他会忽然发现，她是如此平凡又一身毛病，不要她。

哪怕经历这么多，他们纠缠不清又重新在一起了，她相信了他的爱，但内心依然有惶惶不安的自卑感，地位悬殊，几乎是碾压性的，让她在他面前找不到一点儿存在感，所以她唯有靠努力工作证明自己是优秀的，也想向孩子们证明，妈妈在自己的领域也是优秀的。她的优秀是靠她自己，而不是靠卓禹安的关系，所以，这也是她不想让律所的同事知道她和卓禹安关系的原因。

但陆阔不同，即便没有卓禹安，她和陆阔也是高中同学的关系，这属于她自己的资源。

她的话让卓禹安一僵："听澜，你要知道我们是一家人，不分你我。你想证明自己与我帮你并不冲突。我只是一张给你当敲门砖的名片，客户是否会选你进行合作要靠你自己的能力。"

他说得好像也有道理，但是，她就是不想要，心里总有一根弦绷着，让她要靠自己。

卓禹安知道她在有些问题上很轴，说不通，就不再说了，反而揶揄她："你肯接受陆阔的资源，你真以为陆阔是念你们高中同班的情谊才帮你？你问问他，他还记得几个高中同学的名字？所以，也是因为我。"

卓禹安含着金钥匙出生，不管承认与否，他都是一直在富贵中长大的人，字典里就不会有"自卑"这种词。所以他无法感受到听澜的自卑，在他看来，他是这样掏心掏肺对她好，在任何人面前都尊重她、护着她，从未看轻过她一分，真要论起来，他才是卑微的一方。

舒听澜明白，两个人哪怕再相爱，但因为成长背景不同，很多事都无法感同身受。成熟的标志是她承认这种差异，并且接纳这种差异。

所以她很诚恳："我答应你，如果我需要你的帮助，我会开口的。"

她都这么说了，卓禹安还能说什么，只开玩笑道："你啊，太好强，让我觉得自己努力工作毫无意义。要不我提前退休，以后你养我好了。"

舒听澜就笑，正巧看到两个孩子从玩具房里出来。他们看了爸妈一眼，已经不再像以前那样要抱抱，反而很平静地自己乖乖去洗手，乖乖坐上餐椅，等待爸爸妈妈一起吃饭。舒听澜有一种满足的幸福感，而那些偶尔冒出来的自卑感根本无足轻重。

舒小荷好饿，气呼呼地喊："你们抱够了没有？我要吃饭啦。"

她和哥哥都坐在餐椅上这么久了，爸爸妈妈还抱着，眼里都没有她和哥哥了，她顿时觉得她和哥哥都是多余的。

她气呼呼的模样太可爱了，卓禹安便松开了舒听澜，开始给小朋友们盛饭盛汤，他小心翼翼也心满意足地照顾着。

等晚上兄妹二人洗完澡，卓禹安和舒听澜一边一个给他们吹头发时，舒小念小大人一样说："晚上我和妹妹不跟你们睡了，我们要睡儿童房。"

吹风机的声音戛然而止，两个大人不明所以地看着一本正经说话的他。

舒小念继续道："干妈说，我和妹妹都长大了，要自己睡，不能再打扰爸爸妈妈的二人世界。"

他说的"干妈"是指林之偶，周末林之偶给兄妹二人上了一堂生动的性教育课，让兄妹二人终于知道自己是怎么来的，也知道男生女生的区别，还有爸爸妈妈是因为相爱才喜欢拥抱，等等，他们似懂非懂，但是知道，他们长大了，不能跟爸爸妈妈一起睡了。

卓禹安听后就笑："周末离家出走的意外收获。"那个林之偶也有可圈可点的地方。

他们终于不用等到半夜偷偷摸摸去隔壁客房做喜欢做的事了，也不用凌晨赶回主卧假装父慈母爱。

舒听澜无语，说好的父爱呢？

或许是因为舒听澜的教育方式，两个孩子比同龄孩子懂事乖巧很多，说睡儿童房就睡儿童房，虽然临睡前，舒小荷泪眼汪汪不舍地看着爸爸妈妈，但没有哭闹，自己抱着一个布偶乖乖躺好了。

卓禹安哪舍得宝贝女儿掉眼泪，心都要碎了，抱着她，道："爸爸陪你睡，好不好？"他至少要哄她睡着了再离开。

他在儿童房哄孩子们睡，舒听澜正好去书房看会儿客户资料，她年后接的第一个案子是一个关于商标侵权的案子，客户宏尔是国内一家知名的小家电生产企业，旗下主打的也是卖得最火爆的产品是宏尔吹风机，一直走的是高端路线，每款吹风机的售价在两千元到五千元不等。

春节期间，有一位女性顾客通过网络购物，购买了一台宏尔吹风机，在使用过程中，吹风机忽然着火，把女顾客的头发烧了一半，脸部以及头部也有轻微烧伤，为此，女顾客上门要求宏尔公司赔偿，并承担相应的责任。

宏尔公司的产品上市是经过层层质检、严格把关的，绝不会无故着火，故而他们并不理会女顾客的要求，一口咬定她买的是假的宏尔产品，拒绝赔偿。

舒听澜最初接触的是这位女顾客，她在律师网的账号，她每天都会登上去看一眼，简单的问题交给小新代为回答，有点儿疑难的自己亲自解答。

这位女顾客在被宏尔公司拒绝之后，顶着一头烧焦的头发以及脸部的烧伤不想出门，便在网上找律师咨询，大约是看到舒听澜的职业照也是女性，觉得能够理解她，所以在网上咨询。

舒听澜在工作上脑子活络，从女顾客的遭遇上，看到背后隐藏的是宏尔公司的商标被不法之徒侵权、剽窃、恶意利用的事情，这对她来说是一个机会，故而约女顾客线下见面，成为女顾客的代理律师，借此接触宏尔公司。

客户不是大风刮来的，都是靠自己敏锐的目光和努力去争取的，此时，她的电脑文件里，满满的全是女顾客提供的自己购买假货的那家店铺的资料。

她需要做的是统计、总结具体的销量，到时候与宏尔公司才能有理有据地沟通。

舒听澜将数据整理到一半，卓禹安便哄完孩子们回来催她睡觉了。

“才九点多，等我忙完再睡。”她头都没抬，继续整理数据。

卓禹安靠在门边，意味深长地看了她一眼：“哦，才九点多？正好可以多做一些事。”

他一语双关，以舒听澜对他的了解，他指的绝不是可以多做一些工作上的事。

她立马正色道：“别闹，给我两个小时，这些数据很重要，明天见客户要用。”

卓禹安不是不讲理的人，见她很认真，便把自己想做的事放一放，走到她身边看了一眼她的电脑：“什么数据？”

“消费者在这些网站购买的消费记录，我要算出总金额是多少。”她焦头烂额。这款剽窃宏尔吹风机的假冒产品在好几家店都有销售，她需要把这些店都找出来，然后找到这款吹风机，再把每一笔的交易累加起来，才是最终的销售额。

她刚才说两个小时都是少的，她做事认真，要具体的数据，不能有漏网之鱼，所以全都要统计出来，可能要熬通宵。

卓禹安不可思议地问她：“你一单一单用手算？”

“不然呢？我又没有他们后台的数据。”

“走开。”他已站在她的办公桌旁，让她往旁边挪一挪，他要被她笨死了。

“做什么？”舒听澜虽不明所以，但还是听话地坐到旁边的位子上，给他让座。

“把这款假冒伪劣产品的各项参数发我，我在购物网抓取，可以直接算出销量。”这都什么年代了，还用手一单一单算？他无法理解她这个文科生的脑回路。

他忍不住敲了敲她的脑袋，故作担忧道：“按说智商也不低啊！”

“哦。”舒听澜乖乖地把相关信息发给他。

见他认真看着电脑屏幕，在键盘上噼里啪啦打出一行行代码，然后过了也就十几分钟，她刚才一页一页翻的数据瞬间罗列清楚，显示在表格上。

她难以置信，又看了一眼表格，别说总金额了，连每家店每个型号具体卖了多少，都详细罗列好了。

她原以为要忙一个通宵的工作，他十分钟就搞定了，她忍不住高兴地搂住他亲了一下：“谢谢老公，你最棒了。”

一声老公就让卓禹安的心都酥麻了，她平时都是连名带姓地叫他，甚至不高兴了，连名字都不叫，只有在特别高兴，或者深夜做某些事时，她才会一声一声地叫他老公。

所以寻常夫妻的称呼在他这儿就别有深意，他笑：“你老公棒的地方何止这个？”话里又带出别的意图来了，他一弯腰，就把她抱起来去卧室。

“我先保存一下数据。”她挣扎着要下来，工作至上。

“保存好了。”

“我关一下电脑。”

“没必要关。”

好吧，看在他今天立了大功的分上，就随他吧。况且周五到周日三天都在林之倛家住，她有一点儿想他了。

分开三个晚上，他可是都要补回来的。

可想而知，他们虽然从九点多开始回卧室，但是具体睡觉的时间，鬼才知道。

舒听澜只知道第二天去律所时还有些累，睡眠不足。偏偏很不巧，她又在电梯里遇到了蓝萧山。

蓝萧山看上去昨晚也没睡好，两人同乘电梯上楼，只见他不时打哈欠，虽然他特意转过身克制住了，不想被下属看见自己精神不济。

舒听澜也有些困，不时打哈欠，电梯里左、右、后三面都是镜子，两人本来都想避开同事，朝着不同的方向，结果，一左一右，镜子里映照出对方哈欠连天的样子，尴尬、社死现场不过如此。

蓝萧山：“舒律师昨晚没休息好？”

她急忙回：“昨晚找资料，比较晚才睡，上午要见客户。”她脸不红，心不跳，更不心虚，在老板面前，自然要展现积极努力的形象。

她回答完，正好电梯门开了，到了蓝元律所，蓝萧山先出电梯，不忘回头叮嘱她：“工作要慢慢来，别太累了。”

“谢谢蓝律。”

办公室的气氛亦是很怪异，自从昨天李安娜当众骂她走歪门邪道抢自己客户之后，同组的律师现在见到她，连基本的客套招呼都没了，全和李安娜一样，把她当成透明的，生怕她也抢他们客户。

连带小新跟着她也受了委屈，被跟自己同级别的律师给孤立了。她自己被孤立倒是无所谓，正如她跟小新说的，来工作不是为了搞好同事关系，更不是为了讨好任何人，能相处愉快自然好，若无法相处亦无妨。

但见小新被孤立，可可怜怜的一个人，连去财务部提交报销资料都战战兢兢的，她把小新从H市带过来，就有一份责任。所以她放下姿态，去找李安娜：“李律师，有时间吗？我们聊聊。”如果因为陆阔的事有误会，解释清楚就好了，即便是竞争关系，但也可以和平共处。

李安娜抬头看她一眼，往椅子后背一靠：“我们之间没什么可聊的吧。”她不屑于跟舒听澜聊，一个新来的律师，要业绩没业绩，要人脉没人脉，不过是靠出卖美色跟蓝萧山有一腿的人。

蓝萧山，她还是了解的，很现实的一个人，对舒听澜大概也不可能长久。所以她们没什么可聊的。

“李律师，关于昨天的事，我想我们之间有点儿误会，我和听鲸金融的陆阔之前就认识，昨天并不知道他是来找你的。”

她不提陆阔还好，一提陆阔，李安娜就更生气了，昨晚她想约陆阔，结果人家说“对不起啊，没时间”，对白天来律所的事只字不提，想来一定是舒听澜从中横插一脚的原因。

不过，她也不是吃素的，她在卓远科技的年会上认识陆阔的整个过程，蓝萧山都是亲眼所见的，所以刚才，她已经把陆阔来律所找她却被舒听澜从中抢走的前因后果都以邮件的方式发给了蓝萧山，以此留证。如果舒听澜将来和陆阔合作，那也是她被抢走的客户，让蓝萧山心里有数。

她有恃无恐，继续冷眼看着舒听澜，冷声道：“舒律师，你一个小时的咨询费是多少？”

“……”舒听澜一下没反应过来她的意思。

“我一个小时的咨询费是你的两倍，你现在浪费了我两分钟四十秒的时间。”她看着手中的手表慢悠悠道。

旁边传来几声闷笑，伤害性不大，侮辱性极强。

“好，我知道了。”舒听澜淡然地转身回到自己的座位。不生气是假的，她工作几年了，从来没有被人这么针对过，即便之前在宏正律所肖主任的手下工作时，同事对她也颇多照顾，更别说在孙律师那儿，她说一不二。

她不避讳，直接在办公室里给陆阔打电话，让他现在来一趟他们律所，反正事情因他而起，他被她当工具人使用也是活该。

陆阔接到她的电话，一迭声地说：“我知道了，我知道了，马上过去。你家姓卓的今天一大早就命令我过去负荆请罪。我真是作孽，请你吃个饭，还请出问题来了。”

“呵呵！”舒听澜鄙夷地冷笑，他还好意思说，要不是他瞎放电，到处招蜂引蝶，何至于给李安娜幻觉，让李安娜迁怒于她。

陆阔认识他们两口子，真是倒了八辈子霉。卓禹安一大早就打电话来兴师问罪，让陆阔必须去律所帮他的小娇妻扳回一局。被扰清梦，陆阔也火大：“你体谅体谅一个没有性生活、清晨才睡得着的人吧，我下午再去，行吗？”

“你活该，不行，现在，立刻，马上起来去。”

陆阔要气死了，一脸郁结，认命地起床，继续说道：“要替听澜撑场面，你亲自上场不就行了。”

卓禹安沉默了，不无失落道：“她不让。”人家很有志气，要靠自己努力证明自己呢。

陆阔的心情瞬间好转，他幸灾乐祸道："也对，她还没给你正名呢，你去算怎么回事，名不正言不顺。还不如我，我好歹是她班长。"

陆阔是典型的纨绔子弟，吃喝玩乐样样在行，对朋友也算仗义，既然要给听澜撑场面，那自然要把场面功夫做足了。

舒听澜正上班呢，忽然觉得办公室有异动，她抬头往外看，便看到了一身西装革履、人模狗样的陆阔正站在办公室门边看她，他平时只穿休闲服，把自己衬托得很慵懒散漫，此时忽然西装笔挺，头发甚至还用发胶固定住了，他本来就长得帅，现在把五官全露出来了，便更帅了，整个人看起来竟有几分卓禹安的精英模样。

这很不像他，舒听澜忍不住笑了。她这才发现，他旁边还跟着蓝萧山。原来他来律所后，先去找的蓝萧山，要请蓝萧山吃饭。

对于听鲸金融的太子爷，蓝萧山从女朋友那儿听过不少消息，他以前是很不着调的主儿，这两年才安稳下来，每天老老实实去听鲸金融上班，反正大家都心知肚明，听鲸金融的未来接班人非他莫属。

他主动上门请吃饭，蓝萧山还是有些受宠若惊的，不知他葫芦里卖的什么药。他刚在办公室看完李安娜发来的痛斥舒听澜的邮件，作为律所的负责人，内部矛盾他见得多了，看完也不在意，心里反而对李安娜又扣了一分，觉得她没有大局观，太锱铢必较，这样的人很难胜任管理岗位。

邮件的主要人物便是这位太子爷，所以他想，他上门来到底是找李安娜还是找舒听澜的？他有一丝好奇。

舒听澜看陆阔人模狗样的，就忍不住总想笑，陆阔演技不错，把自己太子爷的高贵、冷漠的气质拿捏得死死的，完全没有平日的吊儿郎当。

李安娜也看见陆阔进来了，急忙站起来相迎。

只见陆阔看也没看她一眼，反而朝着舒听澜熟稔地招呼道："舒听澜，傻了是不是？这就是你迎接老同学的态度？"

老——同——学！三个字清清楚楚地传递到办公室里每个角落，今天在办公室的律师都听得清清楚楚。舒听澜和陆阔是老同学？

李安娜的脸色变了变，有点儿发白。

像是知道大家的疑惑，陆阔解释道："我和你们舒律师不仅是高中同学，还是关系很好的老朋友。她初来乍到，为了感谢大家对她的照顾，今天我请大家赏脸吃饭，你们蓝律师也会一起去。"浮夸的人做事总是这么浮夸！

舒听澜给他打电话让他来，本是想着让他跟蓝萧山解释一下即可，结果他倒好，大张旗鼓要请所有组员吃饭，好像他们之间有什么不可告人的奸情一样，神经病嘛，这是。

陆阔的眼神告诉她，他们之间就是有不可告人的“奸情”，他这件事要是没办好，那个真正跟她有奸情的人不知要怎么小题大做弄死他了。

陆阔心想：“这都是为了谁啊，你以为我愿意跟你们这群人吃饭？自降身份！”

李安娜的脸色更不好看了，她直接拒绝：“抱歉，我约了客户开会，恐怕没法去。”说完自顾坐回办公桌前了。她这次面子都丢尽了，想起从年会到春节之后，自己为了陆阔而患得患失、时喜时悲的心情，简直像个笑话，尤其是昨天到今天，在舒听澜面前说的话更是自取其辱。

而这个舒听澜既然跟陆阔是老同学、好朋友的关系，竟然丝毫不透露，一心要看她笑话，可见其心眼有多多。

而其他律师虽不想去，但陆阔搬出蓝律师，说他会一起去，他们便不得不去。一个个都是人精，等跟着陆阔和蓝律师一行出门去餐厅后，便想明白了，能认识听鲸金融的太子爷，他们这一波不亏，尤其陆阔人如其名，非常阔气，请他们去的是高档餐厅，人均几千。这种餐厅，他们平日只会偶尔跟亲密的人来，任何公司的团建、聚餐绝不会来这种档次的餐厅。

大中午的，他还开了一瓶价值近十万的红酒，很客气地挨个儿给他们敬过去。

“我这个老同学脾气不太好，你们以后多多包涵哈。她要是犯了错，你们直接来找我，我批评她。”

他这话说得暧昧不清，又很有歧义。舒听澜警告地看他一眼，让他别演戏，戏太过了，她现在恨不得不认识他。

陆阔要是能看她的警告，那就不叫陆阔了，反正他今天就是来罩着她的，不把她的地位抬上去，卓禹安那厮不知会怎么折磨他。

敬完酒，他继续道：“不过呢，舒听澜这位同学工作还是很认真的，专业能力也很强，蓝律，你只要把工作交给她，她一定会给你完美地完成任务。”

蓝萧山自然是点头赞同：“是的，当初律协的韩主任，还有宏正律所的肖主任都这么说，这点，我相信，也相信舒律师以后一定能在蓝元律所大放异彩。”

这叫什么？互助夸夸吗？舒听澜完全没有身为主角的意识，她本就不是高调的人，此时更是恨不得找个地洞钻进去。

蓝萧山以及几位同事一直在偷偷观察舒听澜与陆阔，他们原来是将信将疑，甚至想着很有可能是昨天刚认识的，陆大少爷追人高调又别出心裁，但现在观察下来，看两人虽然互动不多，舒听澜还一脸嫌弃、默不作声的样子，但陆阔也不在意，甚至还一心讨好她，他们终于确定，两人是多年好朋友的关系。

只是两人之间的气氛有一丝微妙，要说陆大少爷现在的所作所为是在追人家吧，看着又不像，反而格外小心翼翼，尊重她，甚至有种低她一等的感觉。

一席饭下来，两人的关系更是扑朔迷离，让他们云里雾里。唯一确定的一点是，舒听澜与听鲸金融的太子爷陆阔关系匪浅，所以昨天，人家确实没有抢李安娜的客户，反而是李安娜自作多情了。

大功告成，陆阔送舒听澜回律所，自夸道：“怎么样？今天够给你面子了吧。”

舒听澜毫不客气地对他翻了一个白眼：“今天破费了。”加上那瓶酒，一顿午餐，花出去将近二十万吧？

陆阔哈哈大笑：“是破费了。”反正破费的不是他的，点完餐，他就把账单发给卓禹安了，是卓禹安出的钱。

第二十九章

接妈妈下班

舒听澜被陆阔这么一闹，打乱了节奏，等回到律所时，那位宏尔吹风机事故的当事人田女士已经等她半个小时了，她急忙带上小新去会议室见田女士。

田女士把头发全剃了，戴着棒球帽，脸上还包扎着几个伤口，她一见到舒听澜进来，急忙起身打招呼。

“坐吧。”舒听澜让她坐，自己也坐在她的对面，认真看着她。

田女士对她的印象不错：“舒律师，是这样的，我之前去过宏尔公司，要求赔偿我的损失，你看，我的头发，还有我的脸。”田女士说完也不避讳，直接把自己的棒球帽摘了，虽是万幸没有大面积烧到头皮，只被火燎了几个小地方，但是头发被烧了，她只能剃光头，慢慢再养。此时她摘了帽子，光头有点儿晃眼睛。

舒听澜目光并未多做停留，点头记录下来，继续听田女士说：“我是在其中一家旗舰店买的宏尔公司的这款吹风机，结果，宏尔公司一口咬定，我买的是假冒伪劣产品，跟他们无关，他们不可能赔偿。这是强词夺理、店大欺客。旗舰店还能卖假货？

“我的要求很简单，赔偿我的精神损失费以及误工费。”

舒听澜一直认真倾听，中间田女士如果有停下来的时候，舒听澜便眼神鼓励她继续。

田女士反反复复、前前后后说了很多，总结下来，她的诉求就是要求宏尔公司赔偿她的损失，但是现在宏尔公司拒不认账，让她找网络旗舰店去要赔偿。

她终于说完，舒听澜也记得差不多了，这才正式开口道：“我们首先需要确定的是，你购买吹风机的这家旗舰店是不是宏尔公司授权开的，还是挂着羊头卖狗肉，只是盗用宏尔的商标进行非法的生产与销售？”意思就是要明确被告是谁，这个很关键。

“我这儿有购买的票据和交易记录。”田女士其实也不确定，自己到底是不是买了假货。

这些票据与交易记录，她之前在律师网上咨询时，就已经交给舒听澜了。

舒听澜其实之前就已经调查过，心里很明白，这家店并不是宏尔公司授权的店，吹风机也不是从宏尔公司进的货，而是盗用的宏尔公司的商标，找的工厂加工制作的假冒伪劣产品。

但此时，她没有言明，反而不动声色道：“我陪你去一趟宏尔公司，需要先确定，你买的这款产品是不是宏尔生产的。”

她现在是田女士的代理律师，田女士自然是答应了，两人决定现在就去一趟宏尔公司。

“不过，他们负责人不一定愿意见我，我之前来闹过几次，结果都不了了之。”

“先去了再说。”

当宏尔公司前台的人看到田女士又来了之后，态度极恶劣，怒喝道：“你怎么又来了？你买的产品不是我们公司的产品，该找谁找谁去。实在不行，你就去起诉，我们走法律程序。”前台的人不胜其扰，加上公司上层嘱咐过，一律不见，所以她急着赶人。

田女士一筹莫展，之前闹也闹过了，宏尔公司根本不理会她，甚至把她当成闹事的人要报警。

宏尔公司作为小家电知名企业，专走高端路线，确实姿态摆得有些高，并不是平易近人的企业。这是一个企业骨子里的基因，以至前台的人对来访的客人完全没有礼貌。

舒听澜把田女士请到门外，让她平复情绪，自己进去应对。

她自我介绍，是田女士的代理律师，并且出示相关证件，前台的人这才正眼看她，语气稍缓道：“我们负责人不在公司，你们改天再来吧。”

“这样啊，那只能改天再来了。正好田女士今天也约了不少媒体，可以先跟媒体聊一聊。”

前台的人一听她说约了媒体，不敢自作主张：“你们稍等一下，我看看负责人是否回来了。”前台的人朝舒听澜点点头，然后疾步往办公室里走去汇报。

大约过了五分钟，她才出来：“舒律师是吗？我们邢总请你们进去沟通。”

其实，她们根本没有约什么媒体，一个普通人想约媒体哪有那么容易？况且类似事件，每个月都要发生好几起，没有重伤，没有闹出人命，媒体也懒得报道。

邢总是宏尔的副总，管理公司大小事务，很忙，这次愿意见田女士是因为她请了律师，又说约了媒体，不得不见。

所以他态度很不好，冷冷地坐在会议桌的那一端，开口说话，语速很快：“田女士，舒律师，对吧？你们的事情，我也有所了解，深表同情。但是根据田女士的交易记录，她所购买的并不是我们宏尔的产品，所以这事确实轮不到我们来承担责任。我们也一直强调，消费者购买商品时，一定要从正规的销售渠道购买，避免被骗。”

邢副总很忙，只想快速说完话便离开，也算仁至义尽了，本来这件事就跟宏尔没关系。

舒听澜听后，倒是不急不缓，把随身的电脑打开，推到邢副总面前，说道：“邢总不妨先看一下这组数据，近三年来，网上有关宏尔吹风机发生起火的事件，我做了一个统计。”

她并不与邢总纠结田女士的问题，而是给他看相关的报道。

邢副总挑眉接过她的电脑，认真看了一眼这组数据。

之前市场部就反馈过，网上偶尔有相关的事件报道，但都是假冒伪劣产品导致，所以他只让市场部发了一个声明，并未去处理，消费者要买假冒伪劣产品，他们也没有办法啊。

邢副总是第一次看到这个数据，比他们市场部做得更详细。

舒听澜道：“虽然这些是消费者购买假冒产品导致的，但对宏尔吹风机的品牌形象也造成了不好的影响，因为有些消费者并不能辨别到底哪个是真的，哪个是假的。”

邢副总道：“我们的产品都有防伪标志，相信消费者只要不贪便宜，从正规的渠道购买，一定能辨别真假。”

邢副总的意思就是，那些买假冒伪劣产品的人都是贪图便宜，价格差那么多，能是真货吗？

一旁的田女士一口气提起来，想当场发飙，她哪里贪便宜了？她买的是原价的产品。

舒听澜按住了她的手，动了一下鼠标，把电脑页面翻到下一页：“邢总，看看这组数据。这是我昨晚加班把所有购物网站上这款产品在每家网店的销量提取出来做的表。”

表格很清楚，每家店的总交易额、单笔交易额、产品的价格、型号，从多个维度做的表格，一目了然。

这么清晰有条理的数据，确实让邢副总对舒听澜刮目相看。

“这组数据可以证明，买宏尔吹风机的消费者绝大部分都不是贪图便宜而买的假冒伪劣产品，他们是在所谓的旗舰店以原价买的假货。这个行为的背后其实是因为对宏尔公司品牌的信任、对吹风机质量的信任而购买的，如果宏尔公司放任这些产品继续在市场销售，那么损害的不仅是消费者的利益，更是宏尔公司的利益。”

假冒伪劣产品的总交易额已高达两千多万元。邢副总被这个金额给震住了。

讲真的，在这个大环境下，别人模仿你们家的产品在网上进行销售的行为禁止不住，有的做大了，他们还能发个律师函警告或者起诉，但有些小店，如果也去起诉的话，纯属浪费时间，所以这也是没办法的事，只能反复跟消费者强调，认准商标，认准品牌店。

舒听澜："起诉或者禁止这些网店售卖是治标不治本。"

邢副总坐直了问："那舒律师有何高见？"

这句话正是舒听澜想要的，也是她出现在宏尔公司的主要目的："经过调查，目前网上售卖的以假乱真的吹风机主要出自标飞工艺生产公司，他们通过购买原材料，按照设计图，拉了几条生长线来生产宏尔的吹风机产品，并且直接用宏尔的商标进行包装销售。网上出现的两千多万的销售额全部出自这家公司。"

舒听澜要表达的意思已经很明确了，她可以作为宏尔的律师顾问接手这个案子。

邢副总总算眉心舒展了，但并未当场答应她，只夸了一句："舒律师准备工作做得很充分。"

都是聪明人，后面的律师顾问代理合同就是水到渠成的事情了。

一直没有存在感的田女士还在云里雾里，怎么舒律师完全没有谈她的案子，反而东扯西扯的？

舒听澜等和她再回律所时，才解释道："你购买的确实不是宏尔的产品，这点宏尔公司可以出示检测证明。"

"就是找宏尔公司赔偿是没用的？"田女士有些颓废，她并不是真的想要钱，而是要一个公道，一头秀发被烧焦了，要个公道有那么难吗？

"可以找标飞工艺生产公司赔偿。只要宏尔起诉标飞工艺的侵权案成立，那么后续你的赔偿包含两个部分，一部分是吹风机起火头发被烧焦的医疗赔偿以及精神损失赔偿等费用，还有一部分是购买到假冒伪劣产品的十倍赔偿金。田女士，你放心，这些我都会帮你争取。"

田女士陪她见了一圈宏尔公司的人，现在又听到她如此笃定的语气，便放心地把这个案子交给她了。

而她刚回律所没多久，宏尔公司的邢副总就给她打电话，约她明天一早到宏尔公司签律师顾问代理合同，不仅是这个案子，还有宏尔公司近三年的律师顾问代理合同。

舒听澜挂了电话，忍不住扬起唇角，这是她入职蓝元律所以后靠自己能力签下的第一份律师顾问代理合同，还是在业界很有知名度的宏尔公司，心情自然就很好。

小新也替她开心，朗声道："舒律师请客。"

舒听澜看了一眼部门的同事，用微信给小新发了五百元："你去给大家买咖啡。"

"得嘞。"小新开心地接下任务。

她快速去各个律师的位子上，问他们要喝什么口味的。

众人经过中午陆阔的请客，对舒听澜至少不再排斥了，听她说要请大家喝咖啡，纷纷报上自己想喝的口味。

“谢谢舒律师。”

“恭喜舒律师拿下大单。”

场面话谁都会说。

李安娜看着热热闹闹的办公室，心里有些不痛快，她想，不就签了一个小家电公司吗？至于这么炫耀？这种小家电公司，她都不屑去做，她要愿意去开发，能有舒听澜什么事？

这种公司，典型的活儿多钱少，而且从业人员素质普遍偏低，跟金融等行业不能相提并论。

“李律师，你喝哪个？”小新对李安娜印象不好，因为李安娜总是有意无意地压着舒律师一头，让她很不喜欢，但表面功夫还是要做的，所以态度诚恳地问道。

“美式，谢谢。”

小新急忙记下，然后按照大家的要求，开始上网点单。

这一天，对舒听澜来说忙碌、充实、有成就感。当然，如果陆阔上午不那么浮夸就更好了，因为他，她在律所一战成名。别说商业组，其他组的律师见到她，偶尔也调侃，不称呼她为舒律师，反而喜欢称呼她舒同学，陆阔的老同学嘛。

叫她舒同学，少部分是无意的玩笑，更多的是带着调侃的心态来看笑话。本来嘛，认识一个陆阔，至于如此大张旗鼓地炫耀吗？到底是小地方来的人，没见过世面。

蓝元律所其他部门的律师，尤其是那些做资本市场的律师，谁不认识几个大佬？谁没经手过十几亿甚至上百亿的项目？做律师，低调是基本修养。

而且她的情况，大家大抵上也有所了解，单亲妈妈嘛，那个陆大少爷对她能是真心的？回头人家玩腻了，什么老同学不老同学的，照样翻脸不认人，这个阶层的男人都现实得很。

舒听澜百口莫辩，也无可奈何，谁叫她当时被李安娜一刺激，请了陆阔这尊大神来撑场面，只能说是自食恶果。

不过，陆阔这事也让她更加确定，绝不能在工作场合公开她和卓禹安的关系，尽量让自己的职场纯粹一些。

晚上下班时，舒听澜在停车场又碰巧遇到蓝萧山，蓝萧山今天难得一整天都在律所没外出，因为约了女朋友韩亚，确切地说是前女友，见面沟通，偏偏自己的车不知怎么启动不了。

舒听澜经过他身边打了声招呼，见他车坏了，又是下班高峰点，不好叫车，便说：“蓝律师去哪里？我送您过去。”反正卓禹安已经接两位小朋友回家了，她不着急回去。

“那麻烦舒律师了。”

"不客气。"

蓝律师便跟舒听澜走到她的车旁，见她开的是一辆宝马7系，眼神闪过了然。这款车最高配不到300万元，但对舒听澜这个级别的律师来说，消费是有困难的，所以他心里明白，应当是那位陆少送的。

舒听澜没什么可解释的，这辆车是她来森洲后卓禹安特意给她买的。对舒听澜来说，这辆车是她消费能力的天花板，但对卓禹安来说，是他能接受的底线。

她之前在H市开的那辆车原本想托运到森洲，但卓禹安出于安全考虑拒绝了。他坚持要给她买新车，她便坦然接受了。

"蓝律师去哪里？"她系好安全带，在调导航。

"听鲸金融。"他前女友韩亚在听鲸金融上班。

舒听澜也有所耳闻，所以没有问太多。听鲸金融，她很熟悉，去过很多次，所以没有调导航，直接上路了。

"舒律师常去听鲸金融？"

"嗯，几年前，在宏正律所时和他们合作过。"

"是吗？我以前经常去接女朋友下班，或许曾经见过。"这话不假，那会儿他跟韩亚还在热恋期，总是见缝插针地约见面。

舒听澜微笑地说："可能吧。反正这个世界说大很大，说小也很小。"

"舒律师，宏尔公司明天签约吗？"

"是的。"

"这家公司在小家电高端市场势头很猛，将来会发展得很好，能成为你优质的客户。不过，这次涉及假冒伪劣产品的标飞公司劣迹斑斑，需要多费心，如果有困难，随时跟我说。"坦诚说，蓝萧山很欣赏舒听澜，从最初她还在H市时处理的几个刑事案件就能看出她是个基本功扎实、肯吃苦、有责任感的人。所以当初，他就跟律协的韩主任打听过，想把她收入麾下。

当然，她的私生活，他也尊重，毕竟单亲妈妈在这个社会生存不容易，想攀高枝，想借势、借力，能理解。

"家里两个宝贝是请的阿姨在照顾？"蓝萧山不知怎么忽然脱口而出这个问题。他们都是做律师的，很注重隐私，他一般不太关心员工的私事，所以问完这个问题，自己都吓了一跳。

舒听澜神色坦然道："嗯，是的。"

其实孩子们的事情大多数都是卓禹安亲力亲为，但也请了两位育儿老师负责孩子们的教育问题。

他说专业的事就要交给专业的人做，在育儿的问题上马虎不得。自从回森洲之后，所有大小事都是他一手包揽，她只需要安心工作即可，明明他的工作比她还忙，她想到他，心里就有雨过天晴后的明朗，唇角亦是不自觉上扬。

她乐得轻松，全身心投入工作，目标很明确，在蓝元律所站稳脚跟，晋升成功。

因为舒听澜开车送了蓝萧山一次，第二天午休时，蓝萧山请她吃饭以示感谢。老板请客，她自然是欣然答应。

就在律所附近的商圈，两人正在餐厅用餐，忽然听到一个熟悉的声音传来："蓝律师，舒律师，好巧。"是卓远科技的张律师。

蓝萧山急忙起身跟张律师打招呼，心里还有些奇怪，他怎么也认识舒律师？

舒听澜也起身，看到张律师旁边还站着卓禹安，正似笑非笑地看着她时，她脸一红，低头跟张律师打招呼："你们也来这儿吃饭？"

"是的，我们正巧路过。"张律师回答。其实他早就看到舒律师在这儿坐着了，他原本想过来打招呼，被卓总给制止了。

然后他就见舒律师很认真地在听蓝萧山说话，还不时点头，眼里跟带着星星一样清亮，旁边的卓总脸色越来越不好。

张律师怕舒律师再跟蓝萧山热聊下去，卓总就该爆发了，所以急忙主动过来打招呼。

在卓禹安和蓝萧山面前，舒听澜就有些心虚，怕蓝萧山发现他们的关系。

蓝萧山主动跟卓禹安打招呼，只听他说："幸会，希望以后有合作机会。"

这简直不像他，竟然主动抛出橄榄枝，蓝萧山自然受宠若惊，急忙回答："期待。"

卓禹安皮笑肉不笑，看了眼舒听澜，继续道："这位舒律师以前帮我们卓远做过并购项目，这是跳槽到蓝元律所了？"明知故问、阴阳怪气不过如此。

舒听澜警告地看了他一眼，让他闭嘴，安静地离开。他不看她，低头把玩手机。

不一会儿，他又抬头看她，她的手机响了，他发来了微信："红颜祸水！"

他总算明白那晚她说自己是红颜祸水指的是什么了，是他自作多情了，这笔账，他可记住了。

舒听澜的脸便更红了一点儿。

蓝萧山听到他提舒听澜，心想，卓总的记忆力真好，大佬就是大佬，竟然能记住这样一位小律师。

似乎为了解答蓝萧山的疑问，卓禹安不冷不热地说："舒律师以前为卓远服务时，工作很认真负责，专业能力很强，能独当一面，所以印象深刻。"

一旁的张律师忍不住想笑，心想，卓总就是卓总，生气归生气，但还是暗促促地在人家面前夸舒律师，就差没有直接说："你给我重用她！立刻马上让她晋升合伙人。"

舒听澜心想，她那时跟着肖主任还是个助理、新兵，哪来的独当一面？

"原来如此！舒律师确实很棒。"蓝萧山承认这一点。

至于合伙人的位置，当然还需要再考察考察，况且，他也是生意人，团队里，现在两位优秀的律师互相竞争，激发斗志，产能更多，所以他并不急着提升合伙人。

舒听澜与卓禹安提前就约定过，不参与彼此工作的事，她想凭自己能力证明自己。但一旁的张律师不知道啊，见卓总都把话说到这份上了，他作为律师团队的负责人，自然要借花献佛了，便主动开口道："我记得舒律师以前在知识产权方面颇有经验，正巧我们集团子公司最近有款产品被侵权，舒律师若是有空，可否来我们集团详细沟通一下合作事宜？"

舒听澜一脸问号地看着卓禹安，不是说不插手她的工作吗？怎么又来这一套？

卓禹安属实冤枉，这是张律师自作主张。

舒听澜还没回复，蓝萧山便替她答应了："舒律师下午就有空，去吧。"

蓝萧山是多精明的人，卓远科技可是大客户，之前李安娜辛辛苦苦跟卓远的代理商王总合作，主要也是为了能打进卓远科技，那既然张律师都主动抛出橄榄枝了，他自然没有拒绝的道理。

舒听澜不想跟卓远科技合作，也是因为李安娜已经在努力做这件事了，她不愿意在组内恶性竞争，不希望再出现之前听鲸金融的事。

故而她主动推荐："我们部门有一位李安娜律师，也是这方面的专家，能否让她去卓远科技跟您沟通？"

"这个……"张律师觉得有些棘手，这个合作机会是为她量身定制的。

而旁边的蓝萧山在心里对舒听澜有些刮目相看，觉得她有大局观，而不是执着于自己的一亩三分地，这个格局不是普通人能有的。

卓禹安微挑眉看着她："怎么？舒律师是觉得我们卓远科技不配跟你合作？要找其他律师来打发我们？"

他似笑非笑，语气淡然，舒听澜听不出他是真生气了还是假生气。

蓝萧山并不知他们的关系，虽感动于舒听澜有大局观，但细想一下，他这么直接地把工作推给别人确实不合适，所以急忙替她回答："舒律师，你现在就跟卓总和张律师去沟通工作事宜。"

舒听澜看了眼卓禹安，他竟然转头看向别处，不理会她，反而是张律师热情道："舒律师，这边请。"

她顿时有一种上了贼船被人卖了的感觉，眼前的三个人一个比一个精明，跟他们比起来，她还是稚嫩了点儿。

上了车，是司机陈哥在开车，张律师主动坐到副驾，卓禹安和舒听澜坐在后排。开始时，卓禹安还假装一本正经，与她各坐一边，不理会她。

但是到了中途，他就忍不住了，手过来轻轻握住她的手。她挣脱，他又握住，过了一会儿，他索性往这边挪了一个位置，紧挨着她。

“还装？”他低沉的嗓音传来。车内又没有别人，司机陈哥和张律师都知道他们的关系。

“没装。”

“那是生气我打扰你跟别的男人吃饭，还是生气我给你介绍业务了？”他握着她的手紧了紧。

“说话别那么难听，什么叫别的男人？那是我老板，跟我老板吃饭不是很正常？”

“老板？他律所那么多律师，为什么偏偏找你吃饭？”他不依不饶，想到刚才两人热聊的画面，他还是有些不是滋味。

“他对我有意思？”舒听澜故意反问，充满讽刺。

“舒听澜——”他咬牙切齿低声警告她。

“你不就是想听到这个答案？觉得他对我有意思。”

“难道不是？”

“是，全天下男人都对我有意思，我都该远离，不要有社交，最好每天什么都不做，就在家等着你下班回家。”她气冲冲一口气说完，心想，这个男人真是离谱，脑子被门夹了才会觉得是个男人就对她有意思。

“也不是不可以。”他认真考虑了一下，厚颜无耻地回答。

前边的张律师觉得自己的耳朵简直要被污染了，后面的两人到底是在吵架还是在秀恩爱？

他疑惑地与司机陈哥对视了一眼，陈哥默默地点头，意思是：秀恩爱。他作为卓总的司机，经常接送他们，已经习以为常了。

张律师只能轻声咳嗽，表示：“公司到了。”

卓禹安这才人模狗样地下车，率先在前边走着，与他们保持距离。她便跟着张律师到会议室了。

“舒律师，这些是子公司的资料，我们总部实在管不过来，以后有相关的法律咨询，我让他们负责人跟你联系。”张律师详细跟舒听澜介绍了一番，然后当场发视频会议给子公司的负责人，特别隆重地介绍了舒听澜，让他们以后有相关的业务咨询都可以咨询她。

张律师对舒听澜的语气很尊重，电话那边的负责人自然也十分尊重她。

双方算打过招呼了，舒听澜也约了具体见面的时间，这个视频会议才结束。然后张律师像怕她反悔一样，马不停蹄地把合作合同发给她，让她签字。

舒听澜接过签字笔，开玩笑：“怎么有种签卖身契的感觉？”

她翻了一下合同，确实有很多不平等条约，不过，这些不平等条约都是针对卓远科技的，对她倒是百利而无一害，明显是给她送业绩来了。

“张律师，你们真够大方的，以后跟律师合作就把这份合同当模板好了。”

张律师见她签了合同，松了一口气，故而提到之前的事：“舒律师，我这也是将功补过，之前代理商王总那边，是我闹了一个乌龙，指定要跟你们蓝元律所合作，就差没说你名字了，结果阴错阳差，代理商王总签了你们部门的李安娜律师。”

“这是你们卓总的主意？”他表面答应她绝不干涉她的工作，暗地里却做这些事，归根结底就是不相信她能靠自己能力在蓝元律所站稳脚跟？不相信她有能力做好自己的工作？想到这儿，她很生气。

张律师没有回答她的问题，等于默认。本来就是卓总的主意，虽然卓总没有明说，但是很明确地告诉他，舒律师在蓝元律所，不就是希望他能帮上忙吗？

卓禹安回公司后，一直没有再出现，大概是觉得心虚，总忍不住想拉她一把，倒不是不相信她的工作能力，而是希望她的路走得轻松一点儿。

他也是如是跟舒听澜说的，希望她轻松一点儿，以两人的关系，不必分得那么清楚。

舒听澜气得不想理他，要知道，就因为他和张律师瞎帮忙，她和李安娜的关系势必会更加恶劣。

果然，第二天，舒听澜去上班，李安娜脸色极差地看着她。她本意并不想跟李安娜争什么，但这两次，因为听鲸金融和卓远科技的单子，她都不可避免要与李安娜起冲突。

尤其是这次，李安娜一直在为卓远科技努力，这是整个部门有目共睹的，她这是明着抢李安娜的客户。

这件事，她如果解释，只会越解释越乱。

李安娜不依不饶，这次底气十足，带着舒听澜去找蓝萧山讨要一个说法，她就不信，蓝萧山这次还能偏袒舒听澜。

结果，让她大跌眼镜，蓝萧山看着李安娜据理力争不停控诉，舒听澜沉默地站在一旁，他皱了皱眉，打断了李安娜的话：“李律师，这件事我知道，是我让舒律师接这个案子的。”这事本就是他全程参与的。

李安娜瞪大了眼睛，不可置信地看着蓝萧山，他如此明目张胆地站在舒听澜那边？

“舒律师曾经为卓远科技做过项目，他们的张律师以及卓总这次主动找到舒律师要合作。当时我也在场，有问题吗？”

蓝萧山想到昨晚，舒听澜主动要把客户让给李安娜的格局，两人一对比，高下立判。原来蓝萧山对她们两人是公平的，并没有任何偏颇，此时，却有了想法。

他声音严肃地对李安娜道：“李律师，工作呢，有时候不必把自己局限在这方寸之地，把眼光放远放宽一些，或许会看到更好的景色。”

他一直没有提拔李安娜，不是因为她不够努力，不是因为她业绩不够好，而是她缺乏一个部门领导该有的大局观。

李安娜简直不敢相信自己的耳朵，自己客户被抢了，蓝律师竟然还说是她的问题，她没有大局观？她锱铢必较？

她越看舒听澜越觉得不舒服，舒听澜真会装，此时站在那里一言不发的样子，像被她欺负得不敢说话一样，想不到蓝萧山色令智昏，竟然会被舒听澜迷惑。

面对这种人，李安娜甘拜下风，她学不会，也斗不过。

其实舒听澜现在处在放空的状态，因为她意识到自己犯了一个大错，她想靠自己的努力去证明自己，所以拼命跟卓禹安划清关系，可是人生只要经历过，就必然会留下痕迹，如同她和卓禹安、和陆阔。他们是这样的关系，怎么可能藏得住？

因为她的隐瞒而导致李安娜的误会，这事如果换成她是李安娜，她想她也同样会像李安娜那样暴怒。

“蓝律师，李律师，我先跟你们道个歉，对不起，是我的问题。”

蓝萧山和李安娜正剑拔弩张，此时都停下来看她，不明所以。

“是这样的，我和听鲸金融的陆阔是老同学和好朋友的关系，而陆阔和卓远科技的卓总是发小，我们很多年前就认识。”

她想说自己和卓禹安的关系，可是话到了嘴边，终究是说不出口，他是前夫，还是男朋友，或者孩子们的爸爸？她自己都还没捋清楚这个关系，一时不知该怎么介绍。

蓝萧山对昨晚的事有印象，现在想起来，觉得卓总好像确实是认识舒听澜的。

李安娜嗤之以鼻：“所以因为陆总的关系，卓总就主动要把业务给你做，是这个意思吧？也是让我不要不自量力，不要跟你争？”

她觉得不可思议，怎么会有这种脸皮厚的女人，这么狂妄的话也说得出口。

舒听澜一不做二不休，坦诚地回答：“是的，可以这么理解。”这是事实，在卓远科技或者听鲸金融的业务上，她有绝对的优势，只要她想。

蓝萧山再次对舒听澜刮目相看，因为这份自信中还隐隐透出一点儿霸气，之前完全被她低调地掩藏住了。

李安娜气得快升天，舒听澜这种女人，她真是第一次见。她心想：“在职场，你以为凭那点儿关系就能为所欲为吗？”

偏偏舒听澜很诚恳地再次开口，不过，这次是对蓝萧山说的：“其实卓远科技或者听鲸金融，即便我谈下合作，恐怕很多商业领域的纠纷，我也无法胜任，例如股权债权投资纠纷、反垄断等并不是我擅长的，而这恰恰是李律师擅长的方向，如果我能和李律师互相配合，取长补短，想必我们商业组能发挥出更大的能量。”

她一向不轻敌，所以进组之后，就对李安娜的客户做了一个分析，对李安娜的优势以及劣势都很了解。

当然，她诚恳地邀请李安娜与她一起参与卓远或者听鲸的业务，并不是因为多大方、大气，而是在这两家公司，她有绝对的自信，他们是任谁也抢不走的客户，她不如做个顺水人情，建立自己在商业组的地位。

李安娜没想到舒听澜会跟蓝萧山推荐她，并且对她擅长的领域如此了解。反观她，被人事部的郭冉误导，以为舒听澜只是个单亲妈妈、是个花瓶，靠关系进来的，真是大错特错。

“我倒是愿意跟你配合，前提是，你先把这两家公司拿下再说，据我所知，他们都有非常专业的律师团。”李安娜态度稍稍缓和了一点儿，舒听澜要是真能拿下这两家公司，那是舒听澜的本事，她甘拜下风；若是拿不下，现在就属于信口开河，她等着看舒听澜笑话。

蓝萧山自然乐意，底下员工团结互助也好，互相竞争也罢，只要对律所有益，他都支持，他笑面虎一样：“那两位律师辛苦了，希望你们今年再创佳绩。”

蓝萧山昨天下午回来，其实跟宏正律所的肖主任通过电话，再次确认舒听澜之前跟着她时做过的项目，其中确实有卓远科技以及听鲸金融的。

肖主任与蓝萧山也熟识，所以有些痛心疾首道：“我这边一直给她留着位置，可惜，她没来宏正律所。蓝律，你好好珍惜吧，她远比你看到的要好很多。”

肖主任对舒听澜是知根知底，对她和卓禹安的关系更是清清楚楚，只不过是人家的隐私，自己不便多说。

舒听澜和李安娜本是剑拔弩张去找蓝萧山的，结果出来时，竟然前所未有地和谐，看得组里别的同事都莫名其妙。

舒听澜好不容易转过这个弯，有资源就要利用起来，因为这本身就是她的一部分，剥离不开。

“你终于开窍了，也不晚。”卓禹安夸她。

“具体合作事宜，你找张律师吧，张律师会安排。”他如是说。他平时很忙，对集团里律师事务关注得不多，都是张律师全权负责。

李安娜原本是等着看笑话的心态，觉得她信口开河的成分居多，结果没想到，她回来之后，几个电话，便约好了时间。

“李律师，约好明天下午到卓远科技和张律师开会。”

李安娜点头。

明天上午，舒听澜还要去一趟宏尔公司，宏尔公司正式起诉标飞公司商标侵权，她要取证，要写意见书，忙得连喝水的时间都没有。

等下班了，她把工作资料都收拾好，准备带回家加班。她与小新一同出的律所，乘坐电梯下楼到大厦门口时，小新忽然扯了扯她的衣角：“舒律师，卓总和小朋友们来了。”

她一愣，站在原地，看着不远处，卓禹安一手牵着一个孩子站在那里，看着她笑。大厦门前人来人往，还有不少蓝元律所的人，也都看到了卓禹安。

她没往前走，反而是小朋友们松开卓禹安的手，背着小书包，朝她飞奔过来：“妈妈，小新姐姐。”

小朋友们抱了抱她，又转身去缠着有阵子没见的小新。

“又长高了，小新姐姐都抱不动了。”小新只能蹲下搂了搂他们，确实抱不动。

舒小荷夸：“小新姐姐更漂亮了。”

一句话夸得小新哈哈大笑起来，她好羡慕舒律师呢。

“你们怎么来了？”

“爸爸说来接妈妈下班。”

舒听澜远远看了一眼卓禹安，很不想过去，心想：“你跟陆阔是半斤八两，就爱高调，嫌我事情少，是不是？”

一同走出大厦的还有李安娜和郭冉等人，她们先是看到她家传说中的两个孩子，跟她们想象的不一样，原以为单亲妈妈带两个孩子会很辛苦，加上工作忙，应该没有太多精力照顾孩子，但看眼前这两个孩子，白白净净的，气质也很好，像富家子弟，尤其从头到脚穿的都是名牌，完全不像妈妈的朴素穿着。

她们再看他们的校服与背的书包上面的幼儿园标志，是森洲市最好的幼儿园，一年的学费比她们的年薪还高，而且还是两个孩子。

确定这是舒听澜的孩子？这样的消费是她一个单亲妈妈负担得起的？

直到过了一会儿，卓禹安见舒听澜没有过去的意思，主动朝他们走了过来，李安娜和郭冉才看到他。

她们一脸震惊，只见他温柔地抱了抱舒听澜，开口问：“看到我好像很不高兴？”

卓禹安并不知道舒听澜没有在律所公开他们的关系，以为是公开了下午才打的那通电话，所以下了班接上孩子们，便开开心心地来接她下班了。毕竟他等这一天等了很久。

事已至此，她还能说什么？

郭冉好奇死了，故而特意上前问：“舒律师，这位是？”

不等舒听澜回答，一旁的孩子们已经牵住卓禹安的手：“爸爸，爸爸，我们走吧，好饿啊，今天我们还请妈妈吃昨晚的大餐，好不好？”

“小新姐姐也要一起去。”

“好。”卓禹安答应着，想听舒听澜是如何跟同事介绍他的。

结果她的同事郭冉犹如缺心眼，听到孩子们叫他爸爸，替她回答了：“他是你前夫？”郭冉印象最深的就是她的简历上写着离异、单亲妈妈。那么他自然就是前夫了。

舒听澜看到面色铁青的卓禹安，心情可太好了，开开心心地回答郭冉：“是的呢，前夫。”说完，她还不忘挑衅一样看了一眼卓禹安。

李安娜把这一切都看在眼里，见他们虽然没交流，但是眉眼里透露出来的都是爱意，忽然想起上午在蓝律师的办公室舒听澜说的话，想来并不是她狂妄，看那两个孩子，尤其是男孩，可不就是这位卓总的？原来如此，是自己浅薄了，以貌取人看轻她。再想到自己为了单子跟舒听澜吵的场景，她便有些无地自容，觉得太尴尬，打了声招呼便离开了。

卓远安一路上因为“前夫”两个字脸色阴郁，他想是时候要给自己正名了。舒听澜则是看着窗外，故意晾着他，不理他。他不请自来跑到律所接她，让她很被动。

小新陪两位小朋友坐在后座，在这诡异的氛围里，她可真心不想跟他们一家四口出去吃饭，大餐也没用，会消化不良的。

所以她极其讨好地喊道：“姐夫，把我放在前面路口就行，我突然有点儿事，不能跟你们去吃饭了，对不起啊，姐夫。”

姐夫？舒听澜回头看着讨好的她，心想，真是胳膊肘往外拐。

小新朝舒律师吐吐舌头，知道她是纸老虎，并不怕她。

卓禹安表示这声姐夫很受用，刚才阴郁的心情总算好转一点儿。他把车缓缓停在路口，小新逃也似的下车，往地铁口跑去。

这趟地铁，舒听澜以前坐过无数次，忽然又想起很多年前，她精神出了点儿问题，跳进铁轨，是卓禹安不顾生命危险跳下去把她救上来的。

想到这儿，她心里就一片柔软，她现在很确定，他是爱她的，纵使她满身缺点又别扭，纵使她自认自己不值得他的爱，但她很笃定，他爱她。

第三十章

确定的爱

生活顺利，便能全情投入工作中，宏尔公司要起诉标飞工艺，舒听澜目前正在搜集证据的阶段，她先让小新在网上那几家销量最大的网店分别购买了一款吹风机，保留交易凭证，用以证明这些假冒伪劣产品的销售途径以及销售总金额。

然后她又以代理商的名义参观了标飞工艺的生产车间，留存他们生产假冒伪劣产品的证据。

小新吓得心惊胆战：“舒律师，你胆子也太大了，万一标飞工艺的人发现你是律师，是去取证的，会不会被他们打死？”

“工作都是有风险的，不入虎穴，焉得虎子。”这个案子是她入职蓝元律所之后真正意义上靠自己能力接的，所以她力求完美。

小新咬牙陪同她去，去的时候，标飞工艺的人很热情地接待她们，开始时很顺利，参观了他们的生产车间，发现他们不仅冒用宏尔公司的商标，还制作了假的宏尔授权文件，对外宣称是宏尔公司名下的代工厂。

实际上，在网上卖假冒伪劣产品的商家太多了，商家当然知道是假货，但是进货便宜、利润空间大，所以都趋之若鹜。

舒听澜坦然自若，没有露出丝毫破绽，结果小新因为心虚而显得太紧张了，临出门时，几乎是同手同脚地走路。

“等等！”对方忽然叫住她们，语气不善。

“别回头，快走。”舒听澜吩咐。她们的车就在不远处，得赶紧上车，刚才好不容易取得的证据一定要保存好了。

然而，她们到底是在别人的地盘上，还没走两步，就被身后两个男人死死拽住了包。

“你们做什么？”舒听澜也紧紧拽着包不松手。

“拿出来！”男人目露凶光，语气阴狠。

“舒律师——”小新吓死了，不自觉地喊了一声。

“他妈的，果然是律师！”男人狠狠推了一把舒听澜，硬抢了她背着的包。

舒听澜不敌他的力气，踉跄没站稳的同时本能地去抢那人手中的包，包里是证据和刚才全程拍摄的视频。

结果就是这么一踉跄，她失去重心，往前扑倒，好巧不巧，撞到大门口摆着的石狮子上，一阵天旋地转。

“舒律师——”小新惊叫，自知闯了祸，一边掉眼泪一边来扶她。

好在那两个男人不想在自己公司门口惹事，把她包里的文件拿走，再把微型摄像机砸烂之后，便关门离开了。

舒听澜闭着眼好一会儿，等那种天旋地转的感觉减轻之后才睁开眼。

“舒律师，你怎么样？”

舒听澜摇头想说没事，结果稍一摇头，又是一阵眩晕：“会开车吧？”

“会，会！我送你先去医院。”

“先去律所。”她急着回去保存证据。

“好。”小新急忙拿着车钥匙去开车。

舒听澜回到律所，刚才的眩晕感稍稍减轻了一点儿，但是越来越想吐，她喝了一口水，想把恶心的感觉压下去，结果越喝水就越恶心，忍不住跑到卫生间呕吐。

她吐完出来，头晕得更厉害了。她想，不会是脑震荡吧?

她想集中精力把资料和视频整理好，但是看着看着，眼睛就开始变得模糊起来，头晕得厉害。

她实在有点儿扛不住了，还是觉得难受，也不逞强了，给卓禹安发信息：“老公，我好像脑震荡了。”

人生病脆弱时，连说话都温柔了，一般正常情况下，她不会叫他老公，一难受，有了依赖心，便带了点儿撒娇的感觉。

她一直在卓禹安好友列表里的置顶位置，他正在科研部跟技术总监看新产品的调试，一看信息，心一紧，急忙打电话过去。

舒听澜没有接，是小新帮忙接的。小新见舒律师脸色越来越白，额头上还冒出细密的汗，快急哭了：“姐夫，舒律师好像晕过去了。”

卓禹安一听，犹如被当头打了一棒，开车时，手都抖了，他没有问具体的经过，只是让自己冷静下来，然后冷静地吩咐小新：“快叫救护车，我马上到。”

“已经叫了，120说可能是脑震荡，不要随便挪动，等医生来了再说。”

此时商业组的人都围在她的身边，李安娜也在旁边帮忙：“你们都离远一点儿，给舒律师一点儿清新空气。”

几人马上散开，把她周边的空间让出来。

舒听澜是时晕时吐，并不是真的毫无意识，看到前边蹲着帮她扇风的李安娜，还不忘说：“谢谢。”只是她终究没什么力气，一说完谢谢，又是天旋地转，想吐。

小新急忙把垃圾桶放在她的旁边。

李安娜道："小新，你去大厦楼下等救护车带医生上来，别耽误时间。"

"好。"

小新刚出律所的大门，就见前面卓禹安和医生同时到达。

卓禹安脸色发白，一路小跑过来，后面的医生也跟着一路小跑，见到她，便问道："人在哪里？"

"在楼上。"

卓禹安三作并作两步跑上楼，他这辈子都没这么惊慌过，知道她要不是真难受，绝对不会给他发那条信息。

众人见到他来都惊住了，见他一脸担忧与温柔地看着舒听澜时更震惊，全都默默退到一边看着，李安娜也默默回到自己的座位上，反正医生来了，她也帮不了忙了。

舒听澜迷迷糊糊中，就感觉有熟悉的气息靠近，脑袋被一双熟悉的手轻轻地托着，他在轻声呼唤她的名字："听澜？听澜？"

她感受到了是卓禹安，眼眶一下就发热，鼻子发酸，她好像丢人了，就被撞了一下脑袋，怎么会有这么大的连锁反应?

她一掉眼泪，卓禹安便更紧张了，依然轻轻托着她的头，然后配合医生，把她抱到医生抬进来的担架床上。

舒听澜自认是个很坚强的人，但因为被人爱、被人珍惜、被人小心翼翼地抱着，那一刻，所有坚强就崩塌了。她一边难受，一边问："老公，我不会死了吧？"多大的人了，有时候在他面前还会变得幼稚起来。

卓禹安一听，心里无比酸涩，亦觉得鼻尖有些发酸，低头亲吻她的脸颊，柔声说："不会的，只是轻微脑震荡。"医生已经先检查了一下，应该没有大问题，只是因为个体差异，有些人反应会比较大。

有卓禹安在身边，她便很放松地睡着了，希望睡着之后不再那么眩晕和想吐。

"乖，先别睡，先去医院。"卓禹安不时轻抚她的脸，低头轻吻。

她被医生抬走了，小新也跟着去了。

整个办公室里只留下几位没外出的律师，以及李安娜和来探望的人事经理郭冉。

郭冉一脸震惊地看着刚才两个人的互动。

老公？郭冉说不出是羡慕还是嫉妒，和李安娜对视了一眼，想八卦。

但李安娜只朝她点点头，没有再说话，转身坐回自己的座椅。她现在对舒听澜保持中立的态度，但是刚才看卓总的一言一行，还有两人的互动，绝不是作秀给别人看的，那是发自内心的关爱以及浓得化不开的情，这份深厚的感情恐怕不是一日两日能积累出来的。

所以李安娜又想起那日舒听澜对于与卓远科技或者听鲸金融的合作的自信。

这边，舒听澜到了医院之后，被推进检查室做全面的检查。卓禹安沉默地坐在那里，有些头疼，她真是永远不知道什么叫安全，什么事都往前冲，不让人省心。等了一会儿，医生才推她出来，说确实是脑震荡，需要卧床静养至少一周时间。好在不是很严重，卓禹安松了口气。

她输着液，躺在雪白的病床上，小小的一个人，几乎陷进床单里，用了药，她睡得很安稳，就是看着太虚弱了，像一碰就要碎了一样。他又生气又心疼，坐在病床边，轻轻握着她的手，把自己的温度传递一点儿给她。

她醒来后张了张嘴，低声问："今晚回不了家，孩子们怎么办？"

"刚给阿姨打过电话了，让她们今晚在家陪他们。"这些事轮不到她来操心，他早就安排好了。

晚上，凑巧他母亲程知敏发来视频，说想见见孩子们，见他的背景是在医院，她一惊："怎么在医院，出什么事了？"

"没事，听澜摔了一跤。"他怕吵到她，特意站在窗户边上低声说话。

"啊，那你在医院，孩子们怎么办？"程知敏下意识的第一反应就是关心孩子们有没有人接送、有没有人照顾。

卓禹安不由得有些无奈，强调了一下："妈，听澜在住院，你不是该先关心一下她的情况吗？"

程知敏愣住，道理虽是这个道理，但感情有偏颇，她下意识的第一反应就是自己的孙子孙女有没有人照顾，不能委屈了他们。

"对不起，听澜摔得严重吗？"她不是真的完全不关心，就是有个先后顺序。

卓禹安对于虚情假意的问候有些烦，哪怕是对自己的母亲。他看了眼病床上还在熟睡的听澜，心便有些疼。

她那边没有父母了，家里也没有别的可来往的亲戚，她好像没有来处，孤立于这世上。虽然对此她不曾说过一句自怨自艾的话，但是他知道，她内心渴望这份亲情。一个人不管如何长大变成熟，内心总留有一块是给父母的，即便如他，与父母关系淡薄，但亦是很难真正做到绝情。

所以听到自己母亲对听澜的漠不关心，他便更加心疼她，挂了电话，想把她抱进怀里，想告诉她，以后有他、有孩子，她的人生已经在开花结果，并且枝繁叶茂，不再是一个人了。但他又怕吵醒她，只得继续轻轻握着她的手坐着。

后半夜，等她输完液，他有些支撑不住，便趴在她的病床边睡着了。

舒听澜这一夜睡得格外好，虽然醒来时，稍微一动，还是有些眩晕，但保持姿势不动，就没感觉了，而且不再想吐了，额头上的包也只是隐隐地疼痛，整个人好了很多。

卓禹安与她同时醒来，一言不发地看着她，默默观察她的反应，见她不再有痛苦的表情，悬了一夜的心才稍稍放松了一些。

“让你担心了。”舒听澜记得在律所时，他赶过来时的脸色，怕是吓坏了。

卓禹安冷冷地回道：“想不到现在律师行业也是高危行业。舒听澜，以后还有什么危险，你都一次性告诉我，让我有个心理准备，不然迟早要被你吓死。”

“还没遇到，我怎么知道？不过，哪个行业没有危险，你们程序员还有猝死的风险呢，对不对？”

“还会顶嘴了，看来没撞坏脑子。”卓禹安揶揄。

“脑袋还疼呢。”她的姿势很僵硬，就像脖子落枕了一样，一动不动，只有那双清亮的眼睛在随着卓禹安转动。

卓禹安又心疼又好笑：“渴不渴，要不要喝水？”

她本想摇头说不渴，但稍稍一摇头，又眩晕了，只得继续保持僵硬的姿势。

“你喂我。”她撒娇，反正病房里没有人。

卓禹安把开水凉凉了，坐在她的床边，问：“想让我怎么喂你？”

她动不了，只能用吸管喝水，但是他找了半天，没看到吸管，也不想去叫护士拿，脑子里有个不成熟的想法。

舒听澜忽然想到那晚，在家里的吧台上他往她口中灌水的画面，脸一红，心跳加快，头更疼了：“你还是人吗？我脑震荡。”

卓禹安轻轻把她的床调低一点儿，又在她后背垫了一个垫子，让她斜躺着。他自己灌了一口水，俯身在她的上方，轻轻捏着她的脸，迫使她的唇微微张开。

舒听澜瞪大眼睛，他不会真的那么变态，又这么喂她喝水吧？她可是病号，但是依然不自觉地闭上眼，等待口中进水。

结果她等了好一会儿，只等来一个温热的唇，轻轻地，蜻蜓点水一般亲了亲她的唇，而后沙哑的声音传来：“我去找护士要吸管。”

他没那么变态，不是因为不卫生，只是现在她是病人，这么做不合适。

舒听澜松了口气，又有些失落，刚才他温热且湿润的唇让她好喜欢。现在她是脑震荡病人，别胡思乱想。

吸管拿来了，他倒了一杯温水递到她面前，她就着吸管小口小口地喝，感觉好多了。

“谢谢老公。”以前只有在亲密时，她才会叫他老公，现在这么叫着叫着，好像就叫顺口了，她感觉良好。

卓禹安一愣，被她叫老公感觉很受用，又忍不住把她吸管拿下来，亲了亲她，本来是蜻蜓点水地亲一下，结果就变成了难舍难分。

舒听澜头好晕啊，可又舍不得跟他分开。

这时门外传来嗒嗒嗒的敲门声，还没等他们分开应声，门已经被推开，有人进来了。程知敏大约是没想到病床上的两人会在这时候亲吻，所以脚步一顿。

卓禹安转身回头，便看到自己本该在京城的母亲此时竟然站在病房门口，一旁的保姆红着脸看着他们。

被撞了个正着，舒听澜无地自容，尴尬至极，想躲进被子里，无奈不敢动，只能僵硬地半靠着躺坐在那儿。

“怎么来了？”卓禹安倒是神色自若，看了眼自己的母亲。

“你不是说听澜受伤了吗？我凌晨就过来了，让阿姨炖了鸡汤，还热着呢，你倒出来喂给听澜喝。”

程知敏场面话说得好听，舒听澜有一丝感动，想不到有生之年竟然能喝到程知敏送的鸡汤，不管是真心还是假意，至少表面的和谐，她做到了。

卓禹安接过鸡汤，内心虽然知道自己母亲特意飞到森洲的目的，是怕他们住院，孩子们没人照顾，但是她肯深夜过来，炖了鸡汤，也算有心，他的态度便好了一些。

他和听澜一样，不要求彼此有多深的感情，但能维持表面的和谐，相敬如宾，便已经足够，反正自己的老婆当然自己疼。

舒听澜喝完鸡汤，说：“谢谢奶奶。”她不叫程老师，那样显得生分，更不可能叫妈妈，没到那个份上，那就随孩子们叫奶奶再合适不过。

病房里一时很安静，四个人大眼瞪小眼干坐着。

程知敏倒是想走，但是怕儿子回头又说她不关心听澜，她便硬着头皮坐在那儿至少一个小时，也算把礼数尽了。

旁边的保姆心里直笑，心想：“程老师，你故意的吧，没见人家小两口如漆似胶想黏在一起，你这么一个电灯泡坐在那里，简直闪闪发光，闪瞎人的眼。”

“听澜，以后走路一定要小心，这次算是万幸，没大事。你要是出事了，两个宝贝该怎么办？”

“好。”舒听澜回答着，心想：“您这是拐着弯诅咒我吧？”

“妈，听澜要休息了，我让司机送你们回家，小朋友们应该已经去上学了，下午放学后你去接。”

“好好好，那你好好照顾听澜。”

“嗯。”他已经先走到门外，一副送客的模样，迫不及待要母亲赶紧离开。

程知敏正有此意，早就想走了，跟听澜真的无话可说。

等把她们送走，卓禹安才回病房，看她一眼：“还口渴吗？”嗯，刚才的喝水环节还没结束呢！

“不渴，刚喝了一大碗鸡汤。”鸡汤很好喝，她忘了喝鸡汤之前两人在做什么了，心里因程知敏的示好有一些动容，没办法，她就是吃软不吃硬的人。

两人正说着话，门外又传来了敲门声，是蓝萧山带着李安娜和小新来看舒听澜了。

小新一见舒听澜，叫了一声舒律师，眼眶就红了，她站在床边一直掉眼泪，已经愧疚了一天一夜。

“别哭了，给你一个将功补过的机会，把昨天搜集的证据整理好，送去宏飞。”舒听澜并没有苛责她，出去取证，遇到各种突发状况很正常。

“好，谢谢舒律师。”

一旁的蓝萧山和李安娜倒是没有想到会在病房里看到卓禹安，急忙道：“卓总，你好。”算是打了招呼。

卓禹安点点头，声音已恢复在职场才有的严谨、疏离，他说道：“坐吧。”

小新急忙搬了两把椅子给蓝律师和李律师坐，病房的气氛，因为有卓禹安在，顿时就变得压抑而紧张。

舒听澜想这人变脸还真快，刚才还一副欠打的模样，一有外人，立即一本正经，让人心生敬畏，别说别人了，就是她都不太敢看他。

“那个，你能去外面帮我买瓶奶吗？有点儿口渴。”

“好。”他点头，知道她是想支开他。

等他一离开，连蓝萧山都觉得松了口气。

舒听澜便笑着开玩笑：“蓝律，我这算不算工伤？”

蓝萧山道：“当然算。”

李安娜：“你这完全符合劳动法里对工伤的界定，回头让人事部的郭冉帮你申报一下。”

舒听澜本是开玩笑，没想到他们都这么认真且一本正经地回答她的问题，她倒是有一些不好意思了。

蓝萧山看了眼她额头上的包，说道：“工伤申报后，律所还有补偿，也可以向人事那边申请。以后跟客户沟通要多加小心，我们律师有时候夹在中间最危险。”

“知道了，谢谢蓝律。”

李安娜是很现实的人，自从知道她的身份后，抛开过去的偏见，发现舒听澜这人挺好的，低调、努力且容易相处，也明白了蓝律师之前说的，不必把自己局限在这方寸之地，把眼光放远放宽一些，或许会看到更好的景色。

她对舒听澜产生了一点儿好感，嘱咐道：“你安心在医院养伤吧，工作上的事，我先帮你盯着。”

“好，谢谢李律师。”舒听澜发自内心，觉得这样很好。虽然她一直说是来工作不是来交朋友的，但是如果同事之间相处愉快，良性竞争，那自然是求之不得的。

卓禹安买了牛奶回来，他们便与舒听澜告别离开了。

回程的路上，李安娜不由得感慨：“舒律师命真好，刚刚卓总一直小心翼翼地照顾她，真让人羡慕。”

小新道：“我们舒律师以前吃过很多苦，尤其是跟卓总分开那几年。”

“哦？他们当年为什么离婚？看他们的样子，应该还是很相爱的。”

“不是很清楚。”小新知道一个大概，好像是因为卓总的妈妈，但这是舒律师的私事，她不会随便往外说。

怎么说呢？李安娜虽改变了心态，但心中难免还是有一些意难平，她想自己学历高，工作能力强，人也漂亮，可偏偏一直单身到现在，甚至偷偷去相过亲，不是她看不上的，就是看不上她的，不知不觉就这么剩下了。她想起之前去卓远的年会，第一次见到听鲸金融的太子爷陆阔，因他的热情，她心思荡漾了整个春节假期。后来她去卓远开会，近距离见到卓禹安，又被他的气质迷惑，自己偷偷藏了一份小心思，但心里很明白，他们高高在上，遥不可及。

她因工作的关系，接触过不少这个圈层的人，所以知道他们最现实，真要结婚找另一半，一定是找门当户对的，即便肯纡尊降贵看她们，也不过是玩一玩，玩腻了再换一个。

她确实一直是这么认为的，哪怕之前陆阔来，或者卓禹安亲自来律所接舒听澜下班，她也觉得是有钱公子哥儿的把戏，直到看到舒听澜受伤，卓禹安冲进办公室把舒听澜送医院的画面，她才真正觉得，他们的感情是真的。

舒听澜住了一周的院，很快就出院回律所上班。

小新见到她很开心，急忙汇报了一下工作进展：“宏飞吹风机那边要下个星期才开庭，正好舒律师你可以赶上，不过被烧了头发的田女士要的赔偿，我已经帮她拿到了。”

能替舒律师解决工作上的事，小新终于没那么愧疚了。

“进步很大，继续加油。”她也不吝啬夸奖。

小新挠挠头发，有点儿不好意思道：“其实是李律师帮我出了很多主意，才能这么快帮田女士要到赔偿。”

舒律师不在的这几天，大家对她都很照顾，完全没有之前的互相排斥了。小新很喜欢现在的工作氛围。

李安娜听到后说：“那是你自己努力，对我来说只是举手之劳而已。”

舒听澜：“小新，你要请李律师吃饭表示感谢。”

小新乖乖地回答：“好的。”

门口走过一道人影，走了几步，又折了回来，是蓝萧山：“舒律师这么快就出院了？”

“是的。”

“到我办公室来一趟。”

“好。”

蓝萧山的办公室有个小吧台，他一边往小吧台走一边问：“喝咖啡还是茶？”

“水就行。”

蓝萧山便给她倒了一杯温开水递给她，看她一眼道：“舒律师，你要是身体不舒服，就多休息几天再回来，反正工作是做不完的，没必要那么拼。”

“谢谢蓝律关心，我没事了。”

蓝萧山知道她工作认真，但没想到会这么拼，有卓总那样的家境，还如此拼事业的女生实属少见。

这段时间，他一直在观察她，虽然业绩还有待积累，但是从品行到专业能力上，无疑都是胜任商业组合伙人的，何况还有这样的背景。所以在听澜出门时，他便透露了这个消息。

最后，他道：“舒律师，好好干。”

舒听澜内心的喜悦翻涌着：“谢谢蓝律。”

她迫不及待想要跟卓禹安分享这个消息。

舒听澜现在在律所的地位今非昔比，她和卓禹安的关系，不出两天就被扒了一个底朝天。这些人可都是律师啊，搜索信息的能力异于常人，只要有心，堪比福尔摩斯，能根据蛛丝马迹牵连出一系列的信息，连成了一个完整的故事。

连舒听澜都惊讶，他们最终的故事版本竟然与她真实发生的不相上下，太可怕了。

大家私下盛传的故事版本都是小新念给她听的，小新说，大家最好奇的是，你为什么离婚？真的是因为卓总的妈妈吗？现在不复婚，也是因为卓总的妈妈还没同意吗？

复婚啊？不知为何，舒听澜想到“复婚”这两个字，不自觉心里就冒起了无数泡泡。

小新要请李安娜吃饭，李安娜原本并不想去，毕竟小新只是一个新人，她没时间和精力陪新人应酬。但是舒听澜愿意陪同去，那就另当别论了。两人虽然在商业组还是竞争关系，但她愿意在竞争之外，与舒听澜交个朋友。

李安娜想交舒听澜这个朋友，一方面源于舒听澜的个人品质，她是个值得深交的人，另一方面也源于舒听澜手里的人脉网。这些人脉或许是她终其一生也无法得到的。

所以嘛，人都是很现实的。

李安娜聊了几句，便有些推心置腹：“舒律师，其实我是很嫉妒你的，感觉你想要什么就有什么，你所得到的是我们这些人望尘莫及的。”

对她来说，卓禹安要颜值有颜值，要身材有身材，要事业有事业，要家境有家境，就像远在天边的星辰，高不可攀，但这样的男人对舒律师宠到骨子里，怎能不让人羡慕？

舒听澜只是笑，也不否认。

可她心里明白，她的人生在这之前并没有什么可让人羡慕的，她一路伴随着伤痛走过来，到今天，才有他们看到的好。

“舒律师，这些话是私底下才说的，其实以你的人脉关系，完全可以自立门户开一间律所，专门服务高端客户，何必屈就于蓝律师这儿？”

舒听澜听李安娜这样说，便听出了她的言外之意，其实就是介意自己来商业组抢她的饭碗：“我没什么野心，就想按部就班地上班下班，照顾孩子，所以在蓝律师这边挺好的。”

讲实话，舒听澜在工作上一直不太愿意依靠卓禹安，生活已完全依靠他，若是工作再依靠他，那自己的人生价值在哪里？

当然，事实是，不管她愿不愿意，她和卓禹安在工作上很难分割。

“舒律师，别误会，虽然我们是竞争关系，但也是同事关系。至于合伙人的位置，其实蓝律已有决定，我输得心甘情愿。”李安娜也是肺腑之言。

舒听澜没想到她会这么坦荡：“谢谢，我们一起努力。”

* * *

两人又聊了一会儿，卓禹安打来电话，说来接舒听澜，见时间差不多了，她们便结束了这个聚餐。

小新乘坐地铁走，李安娜开车，目送她们离开，她一抬眼，便看到卓禹安了，他站在车旁笑着朝舒听澜伸出双手。

舒听澜小跑两步，熟练地投入他的怀里。

他道：“卓太太，以后抛夫弃子的聚餐尽量避免。”

舒听澜嘀咕：“我还不是卓太太，你就管这么宽吗？”

卓禹安替她打开了副驾驶的门，让她上车后，自己也上了驾驶座，系好安全带，慢条斯理地说道：“你提醒我了，听澜，你什么时候给我正名呢？”

“再说吧。”她故意懒懒地回答，心里早有主意。

难得休闲的夜，有爱人，有美景，这是再好不过的生活了。这回他们不急着回家，反而是手牵手在小区里散步，又走到小区人工湖旁边的草地，想起上回两人在夜里散步到这儿说的那些亲密的话，都有一种恍如隔世的感觉，也都庆幸，他们没有丢了彼此，兜兜转转又在一起了。

舒听澜主动环住他的腰，脸靠在他的怀里：“卓禹安！”

“嗯？”他也拥着她，轻轻扶着她的后背，把她牢牢圈在怀里。

“谢谢你啊，一直没有放弃我。”她想起过往的种种，如果没有他的坚持就没有今天的幸福。

卓禹安低头看她，她的双眼如湖水一般波光粼粼，还有不再隐藏的对他的爱意，他忍不住深深吻她，良久道：“不客气，我一直知道我们会有今日的幸福。”

“未卜先知吗？”

“不，是因为有爱。”有爱就能冲破一切桎梏，有爱就能无所不能。

两人并肩在湖边的草地上坐了一会儿，初夏夜里的草地湿润，两人不约而同想起几年前坐在这里谈的亲密的话题。

卓禹安眼眸微沉，嗓音喑哑：“卓太太，该回家了。”说完直接起身牵着她往家里走。

生活中互相照顾，工作中又互相独立，这应该就是舒听澜能够理解的最理想的生活状态。

当然，她很满意，卓禹安倒是还觉得差了一点儿，那就是还差那张结婚证，这是他的执念，不领证，他心里始终没有安全感。偏偏舒听澜每次都打马虎眼糊弄过去，就是不给他正面的答案。

舒听澜是觉得上次的婚姻过于草率了，都没有好好谈恋爱，没有好好求婚，就因为妈妈的几句话，一时冲动就领了结婚证。而这次，反正两人都已经在一起了，先好好享受恋爱，又跑不了，不必急于一时。

林之俜说她和卓禹安的关系现在互换了，以前是她没有安全感，患得患失，这次是她很笃定，反而卓禹安没有安全感，患得患失。

舒听澜一想，好像确实是，从H市回来之后，她对两人的感情日渐笃定，甚至在工作上，以前因身份悬殊带来的自卑感不知何时也消失殆尽了。

她开玩笑道：“既然关系互换了，那等时机成熟了，我跟他求婚就是了。”不是什么大不了的事，以前他给她的，现在换她给他。

林之俜一愣：“行啊，舒舒，你真是新时代女性的楷模。等你求婚，可不把卓总美死？”

“就是忽然想给他一个惊喜。”舒听澜此刻就是觉得，不管她为卓禹安做多少事，都远不如他为她做的。而且，她好像除了能让他高兴，什么也给不了他。他足够强大，要什么有什么，她能给什么？

林之俜：“你能给他提供情绪价值啊，情绪价值才是最无价的，好不好？

“不管，到时候我要帮你策划求婚现场。”

其实画外音是，她要好好设计设计，好好整蛊卓禹安，不能白白让他占便宜。

“忽然很想嫁给他是怎么回事？”莫名地，舒听澜这个念头起来就无法消散。

舒听澜是行动派，说求婚就求婚，所以瞒着卓禹安开始偷偷准备，准备了大概一个月的时间。

一切准备妥当时，她给陆阔发了一条消息：“本周五晚六点把时间空出来，在卓远科技大厦前面的广场见面，不要告诉卓禹安。”

陆阔调侃：“听澜，你什么意思？要单独跟我约会吗？这样不好吧。”

舒听澜：“我要给卓禹安一个惊喜，反正你把时间空出来，然后保密，不要告诉他。”

陆阔：“什么惊喜，能让我提前知道吗？”

舒听澜言简意赅：“求婚！”

陆阔一听顿时激动了，这辈子竟然还能看到这一幕，他一迭声地说：“行行行，一定保密，一定保密。”仿佛被求婚的是他一样，他自己游戏人间，对卓禹安的感情倒是比谁都上心。

舒听澜保密工作做得太好了，卓禹安竟然浑然不觉。

周五早晨，舒听澜破天荒去衣帽间亲自给卓禹安挑选着装，卓禹安有点儿受宠若惊：“太阳从西边出来了？”

舒听澜不像别人家的太太，很少会替他打理这些，所以偶尔帮他挑选一次，他就感动不已。

“那以后都让我帮你打理这些好不好？”她在替他系领带，不是很熟练，新学的，弯弯绕绕很多次，终于替他系好。

卓禹安笑，低头自己又调整了一下领带，说：“不用，有这时间，你不如多睡会儿。”

“哦。”她没再说话。

卓禹安又说：“不过，偶尔帮我打理一次，我会很开心。”他不能打击她的积极性，要适当地鼓励一下，他深谙夫妻之间的相处之道。

“晚上我们带小朋友出去吃饭。”

“好。”他亲了亲她，就出门上班了。

卓禹安对于舒听澜要做的事毫无察觉，但今天有点儿奇怪，下午的时候，崔姐一会儿就进他办公室看他一眼，确定他在办公室不外出，一会儿陆阔又打电话来问他下午要不要外出。

“不外出，下班后要带听澜和小朋友们出去吃饭。”难得周五，全家在一起，听澜早就订好餐厅了。

“好，好。”陆阔挂了电话。

卓禹安有点儿莫名其妙，等到下午开完最后一个会，还不到下班的时间，崔姐又来敲他办公室的门，进来时，身边还站着陆阔。

一见陆阔，他就笑了：“你干吗呢？”因为陆阔难得穿正装，西装笔挺，人模狗样，让他看着有点儿不适应。

“别废话，快跟我下楼。”陆阔有点儿激动，就差没上手去抓他了。

“卓总，快下楼吧，听澜和小朋友们在楼下等你。”崔姐也笑着催促。

“这么快就来了？”他一边往外走，一边给听澜打电话。

听澜温柔的声音传来："是，我们在楼下，你下来吧。"

"好。"

大概是恋人之间的心灵感应，不知为何，卓禹安此刻心跳得有点儿快，乘坐电梯下楼时，有一些模糊的影子或者想法掠过他的脑海，然后逐渐清晰起来，出了电梯，他便大步朝大厦外走去。

大厦外的广场有一片绿草地，悠扬的钢琴声在卓禹安走出来的那一刻传来，是那首《天空之城》，他的脚步顿住。

只见前面草地旁放着一架钢琴，听澜穿着白色连衣裙，扎着马尾，坐在钢琴前，没有看他，很认真地在弹那首《天空之城》，她的手指在琴键上飞扬，她的侧面、背影都亦如当年，是他第一次对她动心的那个画面。

钢琴旁边是一个巨大的幕布，幕布上投放着特别制作的3D影像，此时影像的照片是一张栖宁高中的操场，因为特别制作的立体效果，听澜和钢琴都仿佛融入到那张照片里。

时光被倒带回去，此时此时，就像在栖宁高中的操场上，在那场迎新生的活动上，他来晚了，只看到这最后一个节目，他的心因为这个节目而绽放，情窦初开，就此改变一生。

3D的影像围绕着钢琴旁的听澜，她指尖的音乐随着照片的变化而变化。从栖宁高中的操场到教室，从校内到校外的街景，再到那家汤粉店，每张照片里都有年少的他，是她这次回去从以前的老师、同学、程晨那儿找出来的，有些是他的独照，有些是合影，而每张照片她都把自己加进去，少年的卓禹安在背后偷偷看着她。

卓禹安看着这些照片，心脏被敲得生疼，那是年少时，他在追着她的影子跑，在栖宁高中的角角落落，在栖宁那座城市的大街小巷，他无数次默默看着她，而她毫无察觉，是又酸又甜的暗恋，是不被知道的情窦初开。

广场上安静得出奇，大家仿佛都被代入到了那个故事里面。

影像最后是一行字幕：少年的卓禹安，我回来看你了。

钢琴声也在这一刻戛然而止！

卓禹安不知道她想做什么，此刻，他的大脑一片空白，只有那颗心脏在不停地膨胀着，他只知道，想抱她，紧紧抱着她。

舒听澜也从钢琴旁起身，顺手把扎着的马尾解开，黑发散落披肩，是现在的轻熟女形象。她伸手轻轻挡住卓禹安，没让他抱，往后退了一步的距离，认真看着他："卓禹安，谢谢你这么多年一直拉着我，没有放弃我。"

"也谢谢你一直包容我尊重我，我知道我有很多缺点，没自信，没安全感，而且喜怒无常，又偏执又倔强。我还不会做饭，还不会照顾你——"舒听澜说到这儿，自己都有点儿说不下去了，"但是，这些我都会慢慢改掉，所以，卓禹安，你愿意娶我吗？我想嫁给你。”她原本是个很低调的人，但是今天，鼓足勇气，在卓远科技的大厦外求婚，就是想表明自己的态度，她再也不怕了，再也不躲藏了，就是要光明正大、堂堂正正地告诉所有人，她爱卓禹安这件事。

卓禹安本该高兴而激动的，这是他梦寐以求的事情，此刻却觉得无比心痛。他双手捧着她的脸，指尖摩挲着，低声道：“不需要改，你什么都不需要改。”说完，他低头轻轻吻她，由浅至深，认真而虔诚。

此时正值下班，卓远科技办公楼出来无数的员工，都瞠目结舌地看着这一幕，这可以称为卓远科技历年大事记里的一件大事，他们的总裁被人当众求婚，而且当众旁若无人地亲吻。

旁边的陆阔眼眶微红，刚才看视频时，他自己也仿佛被带到青春年少时，代入那段熟悉的记忆。林之twin牵着两位小朋友站在那里，哭成泪人，她觉得舒舒很勇敢，做得很好。崔姐想到他们离婚后卓禹安在国外的场景，不禁也红了眼眶，好在苦尽甘来，一切都好了。

现场出奇地安静，没有人说话，更没有人起哄，甚至都不舍得打破此刻的气氛，很唯美浪漫，像看偶像剧一般。

良久，卓禹安才松开她，舒听澜被吻得晕乎乎的，又是在大庭广众之下，她有点儿不好意思，但是还是问：“你还没有回答我的问题，你愿意娶我吗？我想嫁给你。”

卓禹安到这里情绪依然沸腾，平静不下来，但好在恢复了理智，低头看着她：“求婚这种事情应该由我来。”

他直接把旁边钢琴架上听澜准备好的戒指拿下来，单膝跪地，很郑重地向她求婚：“听澜，你愿意嫁给我吗？”他的指尖是微抖的，只有听澜能看出来。

“我愿意。”她点头，眼泪没控制住，一直掉，她伸出手让他戴上戒指，其实这对戒指是他们上一次结婚时的那对，但出于种种原因，一直压在箱底。如今，她终于可以光明正大地戴上了。

台下终于爆发出雷鸣般的掌声，不知为何，明明只是求婚现场，但是他们都有一种参加他们婚礼的感觉，每个人都感受到那份幸福与感动。

林之twin松开两位小朋友的手，让他们上台抱着爸爸妈妈，一家四口很养眼地站在上面，大大方方地接受所有人的祝福。

卓禹安还是有点儿像做梦的感觉，幸福感持续涌上来，缠绕在心间，在所有人的祝福声中，他没忍住心中激荡的情绪，又倾身过来搂住她吻了一下。

舒小念和舒小荷在他们的旁边笑着跑着，看到爸爸吻妈妈，已经习以为常了，眼都不眨一下，在他们的概念里，爸爸妈妈接吻和牵手是一个概念，都是相爱的表现。

这份爱是他们家的主旋律。

番外一

曾经年少

栖宁市，四季如春，气候宜人。

卓禹安随父母的工作转学到栖宁高中，他适应能力强，才开学第三天，就适应了栖宁的天气和栖宁高中的校园生活。

只是，昨晚，少年的他人生中第一次做了一个难以启齿的旖旎的梦，梦里是迎新会上那个弹钢琴的女孩。

清晨醒来时，身上的黏腻让他心跳如擂鼓，耳尖发红。他不知道这是不是意味着他真正长成了一个男人。

此时，他穿着白色的校服上衣、浅蓝色的校服裤子，身上有着清爽干净的少年气，低头闷声在阳台的洗手池上清洗清晨换下来的内裤，耳尖依然是红的，不敢去细想。

他洗完匆忙骑上单车去上学。

栖宁的大街小巷不像在京城那么车水马龙，这里有一种慢悠悠的节奏。他骑着车，迎着晨光，穿过烟火气十足的街道，往栖宁高中的方向而去。

经过一个公交车站时，他忽地刹车，立在原地。晨光里，女孩逆着光站在公交站台上排队等待公交车，她扎着马尾，穿着校服，背着书包，不时回头和身后的女孩说话，不知说到什么好笑的事，两个女孩笑成一团。

清晨的阳光太柔美了，像她的笑容，与迎新会上的她不一样，也与昨晚的梦境不一样。

梦？他的心跳陡然加快，他为昨晚的梦感到羞愧，感到无地自容，踩着单车疾驰而去。

那是迎新会之后他第一次见她。

第二次见她，是卓禹安特意早起，去她每天坐公交车的站台排队等她。女孩和她朋友手拉手说说笑笑走来，因为是上学时间，公交站有不少学生在排队，她们来得晚，排在队尾，等上了公交车，早已经没了座位。

他在女孩经过他的座位时，忽地站起："同学，坐这儿吧。"他看似平静的语气下，内心已满是波澜，等着她的回应。

女孩似吓了一跳，摆手道："不，不用了。"那是他们第一次说话，如果这也算的话。

他坚持空出位置，女孩大概以为他下一站就要下车，便让她的同伴坐下，自己站着。

公交车很拥挤，晃晃荡荡，尤其是每到一站时，司机猛地踩刹车，车上的人必须牢牢抓着把手才行。

为了护住她不被撞到，他站在她的身后替她挡着。女孩的头发清香，发尾随着公交车走走停停，不时扫过他的唇和下巴，他想往后拉开一些距离，无奈身后都是人，太拥挤，他只能任由她的发尾一下又一下扫在他的唇边，挠在他的心里，不由得又心跳如擂鼓，耳尖泛红。

那时的他还不知多年后，他们会在地铁里再次有同样的动作。

卓禹安和她真正有交集是在开学后一个月，学校进行全年级测试，他从陆阔那儿得知女孩学习很努力，但成绩似乎很差，所以熬了一个通宵，把所有知识点罗列清晰，并且配上一道相应的习题，通过陆阔转交到她手里，只要认真做下来，应该可以考个不错的分数。

当时写完知识点时，他看着空白页，忽然想起了海子那首《新娘》，他便写下：一些花开在高高的树上，如他这悸动不安的心高高悬在树梢上。

女孩来还笔记本，穿着简单白净的校服，身材纤细，俏生生地站在门口，晃了晃手里的笔记本："谁是卓远？"

声音有栖宁人特有的软糯、好听，只是他皱了皱眉，原来她连他名字都不知道啊。

他走到门口，从她手中接过笔记本，语气因紧张显得有些生硬："我不叫卓远，我叫卓禹安。"

女孩红着脸说了声谢谢，便跑开了。

他坐回座位，翻到笔记本的最后一页，看到他那句诗的下面有一行她添上的娟秀的字：一些果结在深深的地下。

他的心被重重一击，唇角不自觉地扬起，那是被回应的一丝甜意，是独属于他们之间的让人心悸的小秘密。他带着一份期许，妥善保管，小心珍藏在心上。

因为陆阔，卓禹安和女孩的交集不少，他们一起去游乐场夹过娃娃，一起去电影院看过电影，一起乘坐公交车，一起吃过消夜，所以，他曾以为女孩对他至少有过心动。

暗恋的滋味并不好受，他的心情随着女孩的一举一动而忽高忽低。

高二时，他特意申请担任学校每周五晚的播音员，播的第一期节目就是他朗读海子的那首《新娘》，那些曾经写在笔记本最后一页的字，他想，她会懂。

所以他选择用这样隐晦的方式，选择只有她一个人能懂的方式默默告白和守护，希望有一天，这颗种子能生根发芽，能开花结果。

为了这个果，他默默守护了三年，直到高中毕业。在那个毕业狂欢会上，在她熟睡时，他偷偷吻了她。

他想，他要告白，为高一时那惊鸿一瞥之后的心动要一个心安处，为这三年的苦恋要一个答案，他等不及了，也不想再等了。

但他没有想到，他的告白在她眼中一文不值，被骂得那么难听，虽然多年后，他知道是他选择告白的时间不对，在她人生至暗时刻，但年少的他是那么骄傲的一个人，捧着一颗火热的心被人狠狠踩在地上，他甚至能听见身体各处都破裂成碎片的声音。

一场暗恋就那么无疾而终。

初到国外的日子并不好过，他一边忙于学业，一边忙于创业，每天像陀螺一样转不停歇，有很长一段时间没再想起这个人。

这中间他回来过两次，第一次是公司成立后拉到了第一笔投资，不知为何，忽然想起她，想和她分享，只是很遗憾，那次在她的学校门口等到深夜，没有见到她。

第二次，是回国出差，那么小的概率，他们竟然在电梯里遇见了，那是他时隔三年多再次见到她。只是那一次，他误以为她有了男朋友，所以黯然神伤地离开。

很多年后，他曾反思过自己，他们之间的不断错过和蹉跎的那些年都是他的错吧，他的骄傲和自负，以及所谓的自尊，让他们错过无数次。

好在他的内心深处始终没有放下过，所以后来回国创业，他把分公司选在森洲，也有一部分原因是她在森洲。分公司稳定之后，他才让陆阔组了那么一个局，从此才真正和她有了联结。

那一夜对卓禹安来说，是梦境与现实的重叠，让人魂不守舍。在赶往国外十几个小时的长途飞行中，他完全无法集中精力思考概念产品被窃的事，满脑子都是从聚会到她家门口再到房内的旖旎。他想了一遍又一遍，如同电影慢镜头，一帧一帧在脑海里无限循环播放。

以至下了飞机，来接机的王岩问他概念产品被窃的事是否想好了解决办法时，他的大脑一片空白。

他只好回："到公司再说。"

在车上，王岩几次转头看他，终是忍不住："这是什么值得高兴的事吗？"

卓远科技今年最重磅的一款产品，还没发布，就让对手捷足先登了，为什么他看起来眉眼里都是笑意?

卓禹安闻言，终于把那份荡漾的心绪收回来。

到了公司总部之后，他便调整好心态，全神贯注投入工作，争取早日解决，早日回国见她，心里有些遗憾与歉疚，两人的第一次，他就匆忙离开。

他没倒时差，连着加班熬了一夜，崔姐递给他手机，说有人找他。他接过手机一看，是她。

看到微信名字，他心跳忽地一快，带着一丝无法言喻的期待和甜蜜，这是她第一次主动找他。

他回拨视频，为了让自己看起来镇定一些，佯装在工作。

视频里的她有即将入睡时的迷糊，背景是在她的那张床上，见到视频里的他，忽然坐直了，瞬间清醒了一样:“听说卓远科技要收购……肖主任有很丰富的经验，能否安排……”

他打断她的话，心情瞬间坠入谷底，那感觉就像回到高中的时候，每次在他以为她对他有一点儿意思之后，就发现不过是他的自作多情。他以为经过那晚会不一样，结果依然如此。

年少时那暗恋的苦涩滋味涌上来，所以他态度不佳:“我没记错的话，你现在还是助理律师。”

“对不起，打扰了。”

她挂了视频，也破坏了他所有的好心情。

但能怎么办，他依然被她的一举一动吸引着。

看到她朋友圈里发的那个栖宁汤粉店的照片，他带着一种求和的心态回复:“这家粉店还在？”

结果，等忙完，他再看朋友圈时，已经是一条黑线。

她直接把他微信删除了，脾气可真大。他坐不住了，马上订了机票提前回国，守在她家门口等着，很是卑微。

那时，他就知道她是没心没肺的人，得靠他紧拽着两人之间的那根绳才行。

番外二

婚后日常

舒小念、舒小荷上二年级了，据说兄妹俩是学校里最受欢迎的学生。舒小念每天都会收到各种小礼物或者“告白”，但是小小年纪的他已经很会拒绝了，每次都会义正词严道：“我不和小孩玩扮家家的游戏。”

而且据说他还挺不留情面的，小女生送他东西，他向来看都不看一眼，直接无视，很有高冷范。

舒听澜一度担心他缺乏情感，所以想引导他，故意问：“你们班或者学校，哪个女生长得最漂亮啊？”

舒小念：“妈妈，你怎么能以外表来观察人呢？”

舒听澜被噎住，这还没到青春期呢，说话就让她无法反驳了，她看向旁边的卓禹安，向他求助。

卓禹安眉头一皱，正想教训臭小子，让他好好跟妈妈说话。

舒小念先他一步，很真诚地说：“我们学校的女生，包括老师，都没有比妈妈更漂亮的。”

卓禹安表示对这个答案很满意，收回了要批评他的话。

舒听澜出于工作原因，上下班时间不规律，每天接送他们以及辅导作业的责任就落在了卓禹安身上。当然，他乐此不疲。

某晚，舒听澜难得下班早，所以由她辅导孩子们的作业。

卓禹安接了一个电话，捂着手机话筒到外边阳台去打了。

怎么说呢？她刚才听到手机里溢出的是女生的声音，而且，她判断绝不是工作上的事，因为卓禹安的表情非常难得地温顺，他不时浅笑着点头，回应几句。

她从来没见他对谁态度这么好过。而且，这已经不是第一次了，一个月前的一个傍晚，他以同样的神态在打电话，她出现时，他正好和对方说再见，确切地说，是很温柔地和对方说：“好，明天见。”

舒听澜不是爱查岗的人，老实讲，他们在一起也有好几年了，她从来没有看过他的手机。

偏偏最近律所里，小新服务的一家公司是夫妻档公司，夫妻俩正在闹离婚，原因是男方出轨公司的财务人员，就在女方眼皮底下把财产转移了，现在女方挺惨的。

小新每天在她耳边痛骂：“这个男人以前追她时轰轰烈烈，她不答应，还寻死觅活呢，这才几年就变了。

“天下的男人没有一个好东西。

“当然，卓总除外哈。”

她莫名想到小新说的这句话：“卓总除外哈。”呵呵，她看，也未必。

她盯着阳台看，卓禹安似乎感受到她的眼神，目光稍稍一顿，然后又朝对方说了两句话，才挂了电话回来。

回来时，他神色自然，手机也随意地扔在书桌上。

他越是自然，舒听澜就越是怀疑，虽然都说没有一个女人能笑着从男人的手机里走出来，但是此时，她职业病上身，有了蛛丝马迹，不追根刨底有辱专业，所以趁着月黑风高之际，她半夜躲进书房查看他手机。

咦？她的指纹竟然能直接开屏，他什么时候给她录的指纹？

他的通讯录里只存了她一个号码，孤零零的一个备注：卓太。

她叹了口气，终究还是把手机放下，没有再翻别的内容。她回到卧室，刚躺下，卓禹安就伸手把她揽进怀里抱着继续睡，他倒是睡得很踏实，她恨不得把他踹醒，和他好好谈谈这个问题。

她一夜没睡好，第二天吃早餐时全程黑脸。

卓禹安莫名看她，昨晚他没做错什么事吧？

在两位小朋友去换衣服和拿书包的间隙，他上前搂住她，问：“怎么了？”

舒听澜推开他：“你自己知道。”

卓禹安一脸问号。

看他还装傻，她压住气，问：“昨天晚上，谁给你打的电话啊？”

此时，两位小朋友正好穿戴整齐出来，并排站在玄关，目光灼灼地看着他，尤其是舒小荷，撇着嘴看着他。

他心一紧，撒了个谎：“一个客户。”

“知道了，快去送他们吧，别迟到了。”她冷冷地推开了他，转身回书房拿电脑包。

一个客户？男人们的借口能不能有点儿新意？她越想越生气，决定还是跟他好好谈谈，不能就这么糊弄过去。但她又不想当着孩子们的面，所以一直跟在他们的车后，看他把孩子们送进学校之后，她才下车朝他走去。

卓禹安似早料到她会来，所以倚在车门边笑着看她。

还敢笑啊你？她还在生气。

她一走近，他就牵着她的手道：“跟我去一下学校。”

舒听澜："先把昨晚的电话说清楚，什么女客户那么重要啊？要你小心翼翼地躲着我接电话。"

卓禹安："确实很重要。"

舒听澜想甩开他的手，这时，他的手机又响了。

"卓爸爸，你到了吗？"是孩子们的老师打来的。

"陈老师，我在校门口，马上到。"卓禹安回。

"怎么了？"涉及孩子，舒听澜一下紧张起来，忘了刚才还在生气，和卓禹安一起往老师办公室走去。

陈老师见到他们夫妻来，挺热情的："我昨晚给卓爸爸打过电话，主要是跟你们说一下小朋友们的情况。"

卓禹安一边听着陈老师的话，一边不时看舒听澜，眼里笑意渐浓。

舒听澜大脑一空，昨晚打电话的是陈老师？

她的脸和耳朵不自觉变红，自己脑补了一出大戏，这就尴尬了，以至她听老师的声音也是断断续续的，只抓住了几个字眼，舒小荷又惹事了，在前桌男生的后背画了一个大大的乌龟，男生想来打舒小荷，不仅没打成，反而被舒小念制服趴在地上。男生哭哭啼啼找老师告状，兄妹二人宁愿罚站，也拒不认错。

眼前这位卓爸爸呢，对老师态度一直很好，但也拒不承认自己家孩子有错，非常护犊子。

陈老师把希望的目光放在妈妈的身上，毕竟她看着是很明事理的人。

结果，这位妈妈更淡定："是那个之前总扯我们小荷头发的男生吗？这事，我们也正想找对方家长聊聊呢。"

夫妻俩在这点上非常一致，无条件相信自己家孩子，不从他人的口中了解自己的孩子。

从老师办公室出来后，卓禹安有点儿惋惜地说："应该把那件衣服买回来，毕竟是我们小荷画的画。"

舒听澜想起别的事："老师打来的电话，你躲躲藏藏做什么？"

卓禹安笑道："老师的醋，你也吃？"

舒听澜脸一红："谁吃醋了？"

这事吧，主要是因为两个小朋友在学校太能惹祸了，尤其是舒小荷，每回在学校惹事被告家长，她总是委委屈屈地拽着他的衣角，红着眼求他不要告诉妈妈，怕被骂。他不忍心拒绝，所以每次接老师电话都避着她，没想到让她多想了。

"听澜，我很高兴，说明你越来越在意我了。"他也算因祸得福，终于知道自己在卓太心中的地位了。

舒听澜："……"

图书在版编目（CIP）数据

今日宜偏爱：全二册 / 山谷君著. — 北京：北京联合出版公司, 2024.3
ISBN 978-7-5596-7306-0

Ⅰ. ①今… Ⅱ. ①山… Ⅲ. ①长篇小说—中国—当代
Ⅳ. ①I247.5

中国国家版本馆CIP数据核字(2023)第241393号

今日宜偏爱：全二册

作　　者：山谷君
出 品 人：赵红仕
责任编辑：管　文
产品经理：陈隽萱　谢佳卿
出版监制：辛海峰　陈　江
特约监制：穆　晨　殷　希
特约编辑：王苏苏
美术编辑：任尚洁

北京联合出版公司出版
（北京市西城区德外大街83号楼9层　100088）
北京联合天畅文化传播公司发行
万卷书坊印刷（天津）有限公司印刷　新华书店经销
字数 769千字　710毫米 × 1000毫米　1/16　39印张
2024年3月第1版　2024年3月第1次印刷
ISBN 978-7-5596-7306-0
定价：79.80元（全二册）